Assam

Gérard de Cortanze

Assam

ROMAN

Albin Michel

IL A ÉTÉ TIRÉ DE CET OUVRAGE
VINGT-CINQ EXEMPLAIRES
SUR VÉLIN BOUFFANT DES PAPETERIES SALZER
DONT QUINZE EXEMPLAIRES NUMÉROTÉS DE 1 À 15
ET DIX HORS COMMERCE NUMÉROTÉS DE I À X

© Éditions Albin Michel S.A., 2002
22, rue Huyghens, 75014 Paris

www.albin-michel.fr

ISBN broché 2-226-13393-3
ISBN luxe 2-226-13511-1

« Procurez-vous d'abord vos faits, puis déformez-les autant que vous voudrez. »

Souvenirs, Rudyard KIPLING

« N'expliquez rien », dit Angelo.

Angelo, Jean GIONO

« Un pays où l'on n'entend plus la rumeur d'aucun conflit est mûr pour la servitude. »

De l'Esprit des lois, MONTESQUIEU

Première partie

1

AVENTINO Roero Di Cortanze était un homme de certitudes, donc de longues fidélités et de servitudes. Ainsi lorsqu'il devait se rendre de Turin à Gênes refusait-il de passer par Alexandrie. Sa vaste citadelle, construite sur la rive gauche du Tanaro, en faisait à ses yeux la ville la plus triste du monde. Il préférait emprunter la route, toute de montées épouvantables et de descentes rapides, qui traversait l'Apennin. Bra, Chevasco, Ceva, Millesimo étaient les principales étapes d'un voyage qui, se plaisait-il à répéter, devait le mener « presque jusque dans la mer ». Après une ultime montée par un chemin étroit bordé de précipices de quatre cents pieds de haut, à travers des carrières de marbre de toutes couleurs, la route se jetait dans une plaine, au terme de laquelle se dressaient les rues longues et les hautes maisons de Savone, port endormi et seconde ville de l'État de Gênes.

Alors que son antique carrosse, traîné par des chevaux harnachés de cordes mais fabriqué comme il se doit à Asti, passait devant les longs murs des savonneries et des usines de faïence qui enlaidissent les faubourgs sud de la ville, Aventino, profitant du ralentissement de la voiture et de la cadence des claquements de fouet, fit signe au cocher de poursuivre sa route. Plutôt que de s'arrêter dans une auberge pour déguster une fricassée de poulet arrosé de fleurs d'orange, mieux valait tenter d'arriver avant la tombée de la nuit ; défi plus que raisonnable pour des bêtes faisant six à sept milles à l'heure. Ballotté depuis son départ, fatigué et agacé, Aventino avait fini par nourrir de funestes pensées. Était-ce la morosité ambiante qui avait, cette année, plané sur le carnaval ouvrant traditionnellement les fêtes du roi de Piémont-Sardaigne, et placé de façon plus évidente encore la mort à côté des plaisirs ? Étaient-ce toutes ces maisons construites sur la côte de la *Riviera di Ponente,* aux portes revêtues d'une espèce de marbre noir tirant sur l'ardoise, qui donnaient à ce voyage une tonalité funèbre ? Aventino, plutôt que de regarder la mer qui scintillait en contrebas, se cala avec les coussins posés de chaque côté des sièges, tira les rideaux, s'entortilla dans un grand plaid écossais et sombra dans la mélancolie.

Pourquoi refuser de voir la vérité en face ? En ce 6 février 1794, le Piémont de Victor-Amédée III était au bord du gouffre. C'était un euphémisme que de reconnaître que la Révolution française avait « désagréablement » surpris la cour et le gouvernement turinois. À peine le peuple de Paris s'était-il porté en masse vers la Bastille pour demander des armes et faire retirer les canons des embrasures, que le monarque piémontais avait jugé cette « révolution » inadmissible, incompréhensible, étrangère et, du fait même des réformes déjà entreprises à Turin, parfaitement inutile. Sans doute parce qu'il était plus menacé que tout autre, à cause de la proximité de la frontière française, le roi de Sardaigne avait été le premier à proposer des voies de salut. Le premier, mais le seul. Il avait pensé qu'à son exemple, l'Italie entière se lèverait, il n'en fut rien. Son idée, pourtant, était simple : afin de repousser toute influence et toute invasion étrangères, l'Italie devait mettre sur pied une « alliance défensive ». Son but : rassembler un certain nombre de troupes prêtes à marcher de concert, veiller d'un commun accord sur les démarches des étrangers et des nationaux, se communiquer réciproquement toutes les nouvelles et tous les renseignements relatifs à ce qui aurait menacé la tranquillité de la péninsule. Les États du pape, séduits par les législateurs français qui l'assuraient de leur fidélité, préférèrent recourir aux armes spirituelles plutôt que de lever une armée temporelle, et tentèrent de cimenter un pacte entre la religion et les idées nouvelles. La République de Gênes, afin de protéger son commerce actif avec la Provence, ne voulut prendre aucune attitude hostile envers la France. Le grand-duc de Toscane, pour des raisons tout aussi mercantiles, mais se cachant lâchement derrière l'amour qu'il portait à son peuple, choisit le mutisme. Venise persista dans un système entièrement pacifique et resta immobile dans sa neutralité. Le roi de Naples, craignant une attaque des flottes françaises, n'entra dans l'alliance que du bout de ses pieds parfumés à l'essence de muguet. Quant à l'Autriche, maîtresse du Milanais et ayant un vif intérêt à l'existence de cette ligue, elle la stimula très vivement, tout en se réservant, en cas d'échec, des voies de sortie qui laisseraient le Piémont nu face aux révolutionnaires. Aventino n'était pas le seul à le penser : les Autrichiens n'étaient qu'un ramassis d'aventuriers. À telle enseigne qu'une phrase assassine circulait non seulement dans tout le Piémont mais dans une bonne partie de l'Italie : « Nos amis allemands sont plus à craindre que nos ennemis français. »

La voix prophétique du roi de Piémont-Sardaigne ne fut pas écoutée, et aujourd'hui, après plusieurs années de tergiversations, de revirements et de lâchetés, la péninsule restait plus que jamais exposée à l'invasion étrangère. L'Italie regorgeait d'exilés français, des victimes que d'aucuns regardaient avec autant d'étonnement que de terreur, respectant tout à la fois leur vaillance, leurs vertus et leurs malheurs. La Savoie, réunie à la France, portait désormais le nom de département du Mont-Blanc. Les forts de Montalban et de Villefranche, tombés aux mains des armées révolutionnaires, leur avaient ouvert le comté de Nice devenu depuis le département français des Alpes-Maritimes. Victor-Amédée, prince d'humeur chevaleresque mais à l'ardeur belliqueuse, était impatient d'essayer sa magnifique armée. De Genève à Nice, des deux côtés des frontières, des troupes en armes n'attendaient qu'une étincelle pour mettre la région à feu et à sang. Telle était la conclusion épouvantable à laquelle était arrivé Aventino Roero, marquis de Cortanze, comte de Calosso, seigneur de Crevacuore, et homme d'épée comme tous ses ancêtres.

Dans les salons, les cafés, et trop de couvents d'Italie, on ne lisait plus désormais que les œuvres de la littérature française. Voltaire, Rousseau, Diderot allaient régénérer le monde. On discutait philosophie et économie, on parlait de grandes réformes législatives et éducatives. En un mot, on pensait que le monde se renouvellerait sans que ni la beauté, ni l'ordre, ni la sécurité, du Piémont comme de toute l'Italie, en soient altérés... *Poverina Italia,* se disait Aventino. Après le conformisme douceâtre, hypocrite, étouffant, l'atmosphère de patriarcale quiétude de la vie à la cour, dans la capitale et dans les provinces piémontaises, les sujets de Victor-Amédée ne s'apprêtaient-ils pas à connaître l'exil, la prison, l'échafaud, la guerre, le chaos ? Un peu plus d'un an auparavant, le 21 janvier 1793, Louis XVI avait été guillotiné place de la Révolution. Tout le monde semblait déjà l'avoir oublié...

Aventino fut tiré de ses sombres pensées par une embardée du carrosse, lequel, au sortir d'un virage, était venu buter contre un gros rocher. Le cocher avait fini par arrêter les chevaux, et constatait en pestant que les longues courroies de cuir qui servaient de ressorts à la caisse de la voiture étaient endommagées. En revanche, les malles, attachées par des cordes et des chaînes serrées par un gros tourniquet de fer sur le toit, n'avaient heureusement pas bougé de leur logement.

– Rien de trop grave, j'espère ? demanda Aventino.

Tenant dans une main son long fouet flexible et dans l'autre un vieux et large chapeau qu'il enfonça sur le sale bonnet de nuit qui lui couvrait la tête, le cocher répondit :

– Non, non, monsieur le Marquis, nous pouvons repartir. Et pour vous, tout va bien ?

– Oui, ne vous inquiétez pas, dit Aventino, tout en remettant dans le grand filet qui pendait du plafond son épée et son chapeau tombés sur les sièges de cuir rembourré.

Le carrosse redémarra dans un boucan infernal. Du haut de son perchoir, le cocher donnait de grands coups de fouet sur les muscles de ses bêtes afin qu'elles reprennent leur allure, car il n'y avait plus de temps à perdre. Du chemin côtier qui contournait Voltri, Aventino put enfin apercevoir le grand fanal du port de Gênes, dont il n'était plus séparé que par une belle plaine parsemée de palmiers, laquelle, selon la saison, se couvre d'orangers, de cédrats et de limoniers tous plus odorants les uns que les autres. Le calvaire du voyage allait bientôt prendre fin. Cette route, longue de trois lieues, bordée à droite par la mer, et à gauche par des maisons de campagne peintes à fresque et toutes plus élégantes les unes que les autres, ne pouvait conduire à rien de moins qu'au paradis.

Agé de vingt-cinq ans, Aventino, qui avait passé une bonne partie de sa jeune vie entre les murs du château de Cortanze et la ville de Turin, vouait un amour particulier à *Genua* la Ligure. Certes, Turin était sa ville, avec ces édifices de brique et ces larges rues, avec ces portiques élevés et ces grandes perspectives architecturales qui contrairement à ce que certains prétendaient ne lui conféraient aucune monotonie. Cette rigueur, cette linéarité, ce style presque austère invitaient à la logique, et par là même, ouvraient, à travers la logique, une voie vers la folie. Oui, il aimait par-dessus tout ce Turin des grands architectes baroques que le duc de Savoie avait eu le bon goût de convier en Piémont : Castellamonte, Guarini, Juvara. Les soirs d'été, il soufflait, dans ces longues voies tirées au cordeau, une brise exquise qui donnait des ailes aux pensées les plus pesantes. L'eau y coulait partout, les jours s'y suivaient avec la même et égale perfection, et quand l'hiver était venu, les montagnes, au nord et à l'ouest, se couvraient d'une neige qui ressemblait à de la *giuncà*, ce lait caillé de l'enfance dans lequel on trempait de friables grisses de pain. Mais Gênes faisait battre son cœur d'une autre façon. Tout d'abord, il y avait cette entrée, magnifique, par le faubourg de San-Pietro-d'Arena, porte sublime à quelques pas du phare. Puis, ce long demi-cercle où le marbre des façades, et ces maisons aux murs peints en trompe-l'œil faisaient de Gênes un immense décor d'opéra. Voilà pour l'arrivée, théâtrale, irréelle. Alors, lentement, on pénétrait dans la ville, comme dans un antre. Il fallait une réelle connaissance des lieux pour ne pas se perdre dans ce dédale de rues si étroites que certaines, bordées de maisons à sept étages, ne semblaient guère avoir plus d'une aune de large. Mais plus que les palais majestueux des Spinoza et des Doria, coiffés de terrasses couvertes d'orangers ; plus que la luxuriance de la Strada Nuova et de la Strada Balvi ; plus que ces villas imposantes dont certaines possèdent des soubassements où pénètrent les flots ; plus que cette cité démesurément aristocratique, c'était la Gênes du quartier des pêcheurs qui engourdissait Aventino d'une béatitude confinant à l'ivresse.

Là, dans l'espace restreint compris entre l'hôtel de la Croix de Malte et l'hôtel Feder, protégé par de longs passages obscurs et un lacis de rues tortueuses pleines d'ordures, d'émanations pestilentielles et de saletés, était dissimulé un joyau. Il fallait, pour y parvenir, passer sous de misérables portiques, et longer une longue galerie d'ignobles échoppes, lesquelles abritaient des tonneliers, des marchands de fromages, d'infâmes auberges pour la populace, des poissonniers faisant frire leur marchandise en plein vent dans de grandes chaudières, et des marchands de légumes sentant le chou pourri. Là, au pied d'une colonne de marbre rose, débouchant sur la minuscule place Madre di Dio, on trouvait le fameux brûloir où particuliers et professionnels venaient griller leur café sur des plaques de tôle. Les effluves dégagés par les grains étaient comme un signal olfactif : on était arrivé à destination.

Arrêté à l'angle de la rue Ceba, Aventino observa la place avant de descendre du carrosse. La nuit venait tout juste de tomber. Les boutiques étaient pleines de marchandises. À côté des provisions de bouche en abondance, on pouvait distinguer des produits chics et raffinés qui faisaient toujours d'excellents cadeaux : pommades, gants, parfums, boîtes de toilette doublées de bergame. Chaque enseigne parlait sans erreur possible au client. Des ciseaux pour le tailleur, le serpent d'Esculape pour une pharmacie, une longue pipe pour le marchand de tabac, un plat à barbe pour le coiffeur, un ours pour l'auberge, une chope pour le café qui proposait bière de houblon et bière de gingembre, enfin, ce qui ne laissait pas d'amuser Aventino, un Suisse de la garde pontificale pour un magasin de lingerie à dentelles et de dessous intimes !

Après avoir repris son chapeau, son épée et sa mallette contenant quelques effets personnels, il sauta sur les pavés de la place, et demanda au cocher de venir le rechercher « ici même, demain, en fin de matinée ». Comme chaque vendredi soir, depuis plusieurs années déjà, Aventino Roero Di Cortanze traversa le ravissant jardin de la place Madre di Dio, passa sous d'énormes orangers qui versaient à profusion une obscurité bienfaisante imprégnée de délicieux parfums, et se préparait à retrouver le club très fermé du *casino* Santa Margherita.

2

C'ÉTAIT une maison à quatre étages et de taille impressionnante, composée de vingt appartements sur cour et sur rue, chacun pourvu d'antichambres et de cabinets attenants à chaque pièce. Chaque niveau comprenait en outre deux chambres à coucher et un salon de compagnie. Au quatrième et sur le derrière, on avait placé les chambres des domestiques. Dans l'une des pièces du premier étage, une porte de communication sur l'escalier de la maison voisine permettait de sortir dans la plus grande discrétion. La cave, bien garnie, contenait plus de mille bouteilles de vin rouge de cru, de vin blanc, d'Asti spumante, et de champagne. Dans l'écurie, deux chevaux arzel attendaient à disposition, et dans la remise de la cour patientaient une diligence à l'anglaise et un cabriolet. Cette maison, singulière en bien des points, avait en outre un portier, un cuisinier, quatre femmes de chambre pour les filles, des maîtres à écrire, de danse et de musique pour leur donner une éducation, et un chirurgien attitré qui venait les visiter une fois par mois, lequel, afin de permettre un examen rapide de l'intimité de ces dames, avait mis au point un fauteuil permettant d'examiner sans réglage des filles de tailles différentes, tout en leur laissant la possibilité de conserver leurs vêtements et, surtout, leur chapeau.

La maîtresse de maison avait apporté un soin « domestique » à l'ameublement de son hôtel si particulier. Les pièces étaient garnies de velours cramoisi et de damas fixés par des baguettes dorées. Du plafond pendaient des lustres à six branches et des Bohèmes montés en cuivre doré. Partout des causeuses, des fauteuils en cabriolet, des ottomanes à trois places, des bergères, le tout recouvert de housses de toile à carreaux, permettaient aux uns et aux autres de s'alanguir dès que le désir s'en faisait sentir. Partout, des trumeaux ornés de sujets décoratifs et des dessus-de-porte peints. Dans les chambres : des lits à quatre colonnes garnis de glaces en dedans, une baignoire en cuivre rouge, un bidet, et des seringues en étain. Au mur des corridors menant aux chambres, des scènes gravées ou peintes desquelles était exclue toute obscénité : Vénus couchée, enfants jouant avec un bouc, tentation de saint Antoine, portrait de Marie-Madeleine, représentations de harems orientaux, d'esclaves enchaînées, jusqu'à des paysages de la Toscane dont était originaire la maîtresse des lieux. Les buffets regorgeaient de vaisselle, d'argenterie et de plats en vermeil. Les armoires étaient pleines de robes de chambre, de déshabillés, de chemises, de manteaux de lit, de serviettes, de nappes, de draps de toutes qualités et de toutes sortes. En un mot, la vénérable maison n'était pas sans présenter certaines analogies avec le physique de sa propriétaire : sans véritable obésité mais d'une corpulence honnête.

L'illustre Caterina Grassini, pour ne pas la nommer, avec son visage plein et sa bonne mine, était une grande femme forte, ronde, et droite comme un chêne. Elle avait cette grâce puissante que l'on prête à Junon, et cette fraîcheur de teint qui, la quarantaine passée, avait tourné en couperose. Créature encore fort appétissante et désirable, elle n'en était pas moins grave, sérieuse et réfléchie. Parlant peu, sachant lire, ce qui lui conférait une certaine supériorité, elle inspirait, sous son casque de cheveux noirs commençant à s'argenter, la confiance et la sympathie. Célèbre aventurière de la fin du règne de Charles-Emmanuel III, elle ne pouvait toujours pas prétendre, vingt ans après les faits, à être reçue dans la bonne société. Ses désordres, de notoriété publique, l'extravagance de sa vie passée, lui avaient fermé à jamais les portes des maisons honnêtes. Renommée pour la bizarrerie de ses caprices, au moins autant que pour ses talents, prodigue jusqu'à l'excès, on lui reprochait de dépenser sans compter. Et si le temps était loin où ses promenades en amazone révolutionnaient la ville tandis qu'une véritable meute de cavaliers l'entourait, les mauvaises langues continuaient d'affirmer que tout lui était encore bon : officiers, gardes, valets, ecclésiastiques, saute-ruisseaux, « pourvu qu'ils fussent bâtis comme Hercule ». Et alors ? Elle était pour « ses filles » la meilleure et la plus tendre des mères. À force de les soigner, de les veiller dans leurs maladies, de les soulager dans leur peine, elle avait fini par acquérir une grande expérience de garde-malade... Quant aux locataires du *casino*, ne s'inquiétant pas plus de son origine que de ses vices, ils succombaient tous au charme incomparable de sa personne, à la pureté de ses traits, et à l'audace de son caractère – allant même jusqu'à défendre sa béatification, ce qui, comme chacun sait, n'a rien à voir avec la canonisation...

Avec beaucoup de dignité et d'esprit, elle faisait les honneurs du lieu, recevait, conduisait, commandait de son sofa, tout en maintenant l'ordre et la bienséance. Celle qu'on avait surnommée la « surintendante des plaisirs de la cour et de la ville », veillait jalousement à la tenue de sa maison. À la différence de ces « maisons à estaminet », de ces faux débits de boissons possédant un cabinet noir ou de ces lupanars destinés à la clientèle populaire, la maison Santa Margherita proscrivait le bruit, la fumée, les vapeurs d'alcool, et les filles outrageusement fardées tout juste vêtues d'un peignoir ajouré. Ici, pas de rixe, pas de garçon de tolérance faisant office de videur, pas de client s'enivrant à la bière ou à l'absinthe. Du *Chevalier français* aux refrains de carnaval, nulle chanson paillarde n'était tolérée. Et si les filles ne pouvaient maintenir aucune relation ni avec leurs familles ni avec leurs amis, c'était pour le bien de tous. Bref, comme aimait à le répéter la Grassini, citant une célèbre dame maquerelle romaine, « chez moi, les pilons et les mortiers sont de tout premier choix ». N'oubliant pas de clore son dithyrambe par un vieux proverbe toscan, un peu naïf mais tellement vrai, et qui devait, à ses yeux, sonner comme une mise en garde : « *Che ha l'amor nel petto... ha lo spron nei fianchi...* Celui qui a l'amour dans le cœur, a l'éperon dans les flancs. »

Si les « pilons » étaient triés sur le volet – l'épée, la robe et la finance, formant le gros des troupes –, les « mortiers » ne l'étaient pas moins. La Grassini avait systématiquement proscrit de sa maison les ouvrières lingères, les couturières, les blanchisseuses, les marchandes-chapelières en fleurs, les perruquières, les ouvreuses d'huîtres, les écosseuses de pois, les soupeuses de restaurant de nuit, les filles de café, les servantes d'auberge, les employées travaillant dans les ganteries, les magasins de cols et de cravates et ceux de tabac, enfin toutes ces femmes qui, victimes de l'insuffisance des salaires, demandaient à leurs charmes un complément de ressources. Elle n'avait, prétendait-elle, que des marquises étrangères ou italiennes, des demoiselles du meilleur monde et des courtisanes « au sommet de leur carrière galante ». Soucieuse de la diversité des tempéraments et des comportements, « veillant à la variété dans l'ethnologie », elle juxtaposait des « tétonnières convenables » et des « maigrichonnes à silhouette de collégienne », des Juives portugaises et des Flamandes, des Napolitaines et des Piémontaises, des Siciliennes se donnant pour des filles du Levant, sans oublier les négresses, jusqu'aux plus récentes révolutionnaires à cocarde en provenance de Lyon. Blondes rêveuses, rousses affectées, brunes prétentieuses, elles avaient toutes leur spécialité.

De la « manuélisation » au « gamahuchage », en passant par la fellation, la posture « retro » ou « more canino », et l'utilisation d'instruments « consolateurs », tout était possible et objet d'un supplément de prix. Tel seigneur polonais ayant la manie de se faire pisser dans la bouche, tel « Américain » des Antilles françaises exigeant pour réveiller ses sens refroidis qu'on lui donne un clystère en public, « comme les dames de l'ancienne cour de France », tel conseiller au Grand Conseil refusant de « parler aux femmes en face », tel professeur d'Ancien Testament à Vienne, au ventre plissé comme une redingote, se pâmant devant une fausse pucelle fille d'un soi-disant jardinier, tel nonce apostolique aimant à se branler une fois sur les tétons et l'autre sur le cul, voyaient toujours leurs lubies satisfaites. La Grassini cependant avait deux exigences, qui lui firent perdre nombre de clients mais auxquelles elle recourait, plus sans doute pour le salut de son âme que pour la bonne réputation de la maison : aucune fille n'était contrainte d'agir contre sa volonté ; l'usage du condom ou redingote d'Angleterre, qu'il fût en cœcum de mouton ou en baudruche, était obligatoire :

– Votre coït interrompu, mes étalons, m'en a mis des dizaines enceintes. Si vous n'êtes vraiment pas prêts pour le « funeste secret », contentez-vous des filles de barrière ou des pierreuses !

Le portier, posté derrière la grille, laissa entrer Aventino. Contrairement à la mode du moment qui faisait venir de Paris des coiffures « à l'humanité », des vêtements coupés dans des étoffes françaises, des parfums violents et des fards rouge sang, l'homme portait un habit largement ouvert sur la poitrine, un long gilet de brocart à ramages, une culotte courte, des bas de soie et un jabot de dentelle. Il était coiffé d'une perruque poudrée, d'un couvre-chef en forme de tricorne, et arborait au côté une épée de parade. Voilà comment la Grassini résistait à sa manière aux « coupeurs de tête » !

– Monsieur le Marquis, vous avez fait bon voyage ?

– Assurément, répondit Aventino. Malgré le froid et la route épouvantable !

– Venez donc vous installer à Gênes...

– Un Piémontais chez les Génois, n'est-ce pas se jeter dans la gueule du loup ? ironisa Aventino, alors qu'il tendait au portier sa sacoche et son chapeau.

– Un loup sans poils, sans crocs et sans couilles, mon cher enfant, lança donna Grassini tout en descendant les marches de l'escalier monumental qui, émergeant d'une rocaille couverte de petits miroirs, menait au vestibule.

Habillée d'une robe verte à paniers agrémentée de garnitures dorées, la tête rehaussée d'une extraordinaire coiffure poudrée, véritable monument de cheveux, de plumes et d'oiseaux, Caterina

Grassini était plus resplendissante que jamais. Aventino lui fit un baisemain plein de cérémonie, puis déposa un tendre baiser sur sa bouche :

– Caterina, si nous étions à Rome vous seriez la seconde souveraine de la ville après saint Pierre.

– Laissez ces flatteries au cardinal Antonelli, voulez-vous... Je suis épuisée. Nous avons encore fait des horreurs comme à l'ordinaire, et le souper n'a fini qu'à quatre heures du matin. J'ai à peine dormi...

– Des horreurs ? Racontez-moi.

Caterina prit un ton de conspiratrice, et chuchota à l'oreille d'Aventino :

– « La grosse »...

– Lucia ? Encore elle ?

– Elle s'est déshabillée. Nue comme la main... On l'a fait passer dans le foutoir tout en glaces... Elle était si effrayée qu'elle cherchait à s'enfuir en criant comme une truie... Les deux hommes...

– Les deux hommes ?

– Kristan von Enghelhard et Lodovico Cernide se sont donné une façon à côté l'un de l'autre, debout, la grosse entre les deux. L'« émigré » autrichien sur le cul et le policier milanais sur le ventre. Elle baignait dans le foutre. Comme ça jusqu'au matin ! Enghelhard, hors de son sens, a fini par vouloir baiser la grosse en cul. On n'a jamais su s'il était arrivé à ses fins.

Caterina, féline, se frotta contre Aventino :

– Cette méchante épée ! Quand vous déciderez-vous à vous en séparer, marquis ?

– Elle ne me quitte jamais, donna Grassini.

– Même au lit ? lança le cardinal Lucilio Antonelli qui venait de sortir d'un des petits cabinets du rez-de-chaussée où, après le déjeuner, il avait coutume de faire la sieste. Vous vous promenez toujours avec votre hachoir au ceinturon, et les armes de votre illustrissime famille enfoncées dans le cul ? Voilà bien un marquis piémontais belliqueux, foutredieu...

Certains soutenaient que le cardinal Lucilio Antonelli était de moralité douteuse et prétendaient qu'il ne connaissait rien ni à la théologie ni à l'histoire ecclésiastique. Ce qu'il ne démentait pas, rétorquant à qui voulait l'entendre : « Oui, mais je sais vivre à la cour ! » Qu'importe, il aimait passionnément la musique, et s'y entendait à merveille. Avec ses deux haridelles et son vieux carrosse à train rouge, il était un des hommes les plus rusés que le Saint-Siège ait jamais mis en circulation dans le commerce diplomatique. Transteverin de vieille souche, c'est-à-dire d'au-delà du Tibre, du côté du

Janicule, cet arrière-petit-fils de vigneron était persuadé qu'il descendait des Anciens Romains. Ce qui était sans doute vrai. Comme tous ces nobles, ces artisans, ces mendiants, ces prêtres, conscient d'appartenir à une même famille, il n'hésitait pas parfois à user de l'antique formule *Civis sum Romanus* : laissez-moi passer, je suis citoyen romain... Très pieux et marqué par une grande expérience de la solitude, riche, excentrique, à deux doigts d'avoir été élu pape au conclave où, après deux cent soixante-cinq jours de délibérations, Angelo Braschi avait finalement été choisi, il ne connaissait ni l'obséquiosité ni la révérence. Avec sa tête énorme, ses cheveux ras poudrés, ses gros yeux contenus à peine dans leurs orbites, sa peau luisante, son buste court et ses épaules arrondies, il se dégageait de tout son corps comme une étrange impression : son absence de tenue le faisait ressembler moins à un dieu déchu qu'à un *buratino*. Mais ce qui sauvait tout, du moins aux yeux d'Aventino, c'était son intelligence extrême, non exempte d'ailleurs de certaines petites perfidies. Oui, le cardinal Lucilio Antonelli, sous sa calotte rouge, était l'être le plus subtil, le plus adroit, le plus fin qu'il ait jamais rencontré. Et cela bien qu'il condamnât les pratiques contraceptives lorsqu'elles étaient destinées à empêcher la génération, alors qu'il les autorisait lorsque la cause était *juste* ; « quand un homme, par exemple, se retire, même avec pollution, parce qu'il se rend compte qu'il allait commettre un péché ! ». « Mais que voulez-vous, quelqu'un qui vous envoie un bouquet de deux mètres de tour, fait de camélias, de violettes et de giroflées ; qui vous fait don d'un calice en or, de rubis et de brillants, ne peut être un mauvais homme, affirmait donna Grassini, ajoutant que son goût immodéré pour la fustigation le conduirait droit au Ciel. » Ne l'avait-elle pas un matin découvert baignant dans son sang, après que deux filles eussent usé sur son corps deux balais entiers, plusieurs faisceaux de verges, et un paillasson de jonc qu'elles avaient dû déficeler !

– Alors, que diriez-vous d'un œuf frais et d'un petit verre de Ganzano, avant le dîner, mon cher Aventino ? demanda le cardinal. Je ne vis que de cela, et à soixante-dix ans je conserve un teint fleuri et la peau aussi douce que l'intérieur des cuisses d'une pucelle...

– Trop doux, trop jaune, pas de corps, pas de goût, répondit Aventino.

– Prenez un thé à la bergamote, cela fera plaisir à notre cher Percy Gentile. Ce foutu navigateur génois nous inonde de ses breuvages infects, on ne sait plus quoi faire de toutes ses boîtes métalliques...

– *Sia ammazzato il signor Lescabiaso !* comme vous dites chez vous, à Rome. Vous voulez ma mort ? Pourquoi pas de l'*acqua tofana* !
– Et un café brûlant ? demanda donna Grassini, en offrant à Aventino un petit plateau de malachite sur lequel reposait une tasse de café noir mêlé de rhum.

Aventino l'avala d'un trait, puis monta lentement l'escalier qui conduisait à la grande salle à manger dans laquelle étaient servis les dîners de cérémonie. Le cardinal et donna Grassini lui emboî- tèrent le pas, cette dernière lui confiant, une pointe d'émotion dans la voix : « Nous fêtons aujourd'hui nos quinze ans de bons et loyaux services. » Ils passèrent tous trois devant le grand aigle empaillé qui montait la garde sur le palier du premier étage, puis devant le tableau d'un certain Colorno, barbouilleur poussif qui avait offert à la maîtresse des lieux cette *Paysanne du Frioul* dont la posture, toute d'abandon et de retenue, faisait dire au cardinal qu'elle était en train de refuser de « se laisser voir extraordinairement »...

3

L E luxe de la table était tel qu'on se serait cru chez le duc de Genzano-Fratti. Autour de l'immense nappe somptueusement décorée, une vingtaine de couverts encerclaient une batterie de petits réchauds d'argent sur lesquels on viendrait poser les plats recherchés dont seraient composés les deux services. On avait prévu des potages divers aux *agnolotti, rissoles* et autres *tagliarini*, des hors-d'œuvre, un tendre et juteux bœuf *stuffato*, des truites venues tout droit des torrents des Alpes et de minces *lamprede* pêchées dans le Pô, force truffes blanches, des pâtisseries et des entremets, des fruits et des fromages. On annonçait plusieurs espèces de vins, italiens et étrangers, des liqueurs fines, et une surprise, « incroyable », « inimaginable », due à la grande générosité du cardinal Antonelli. Chacun prit place. La table étant fort large, on était certain de n'être coudoyé ni à droite ni à gauche ; ce qu'avait souhaité donna Grassini : « Il y a un temps pour tout. Un pour les plaisirs de la table, l'autre pour les plaisirs de la chair, et qui ne doivent pas être mêlés. »

Après que tout le monde se fut installé, qu'on eut bu le traditionnel petit verre de vermouth, et que les plats eurent commencé de circuler, Aventino, assis entre le cardinal et donna Grassini, fit le tour des personnes présentes. Tout son petit monde génois était là, dans la vaste pièce, haute de plafond, et presque entièrement entourée de glaces d'un seul tenant. Cela faisait comme un théâtre. Parmi tous ces bronzes, ces portes en marqueterie, ces boiseries blanches délicatement ornées, ces grosses lampes d'Argand posées sur les monumentales cheminées de marbre, et ces candélabres dressés dans les angles, au milieu de cette somptueuse et élégante décoration, il était étrange pour lui de devoir s'avouer qu'une partie importante de sa vie s'écoulait ici, dans ce *casino* qui n'était rien d'autre, en somme, qu'une version plus chic du trottoir, un substitut embourgeoisé des fenêtres de rapport où des rubans et des cages à oiseaux, placés à la croisée, indiquent au client, l'heure venue, la position momentanée de la prostituée. Oubliant ses états d'âme, Aventino, entre deux cuillerées de potage aux *agnolotti*, observait attentivement ses commensaux.

En face de lui, Joseph Designy, prêtre niçois réfractaire, lequel après avoir un temps exercé son culte dans les caves et les granges, le plus souvent travesti en paysan, en charretier ou en domestique, avait fini par rejoindre Turin puis Gênes. Il avait fui la France des « illusions mensongères du fanatisme » par le Mont-Cenis, moitié à cheval, moitié sur une chaise portée par quatre hommes, évitant de peu la déportation à la Guyane. Son presbytère, après avoir été vidé de son mobilier puis saccagé, avait été vendu comme bien national à un particulier. D'une taille élevée mais à l'embonpoint flasque, d'aucuns le prenaient pour une vieille femme habillée en homme. Il avait une apparence de douceur et de bonté que son caractère ne démentait pas. Aventino l'aimait parce qu'il était revenu de tout. Après avoir prié Dieu, il avait décidé de se mettre au service du diable. Quiétiste par conviction, il faisait partie de ces hommes, malheureux par essence, et qui croient l'être par accident.

À sa gauche, le baron autrichien Kristan von Enghelhard, ancien ministre plénipotentiaire à Paris, qui avait lui aussi fui la France et se prenait pour un émigré. Il était aux côtés du maréchal de Castries lorsque celui-ci, tentant de quitter son château d'Ollainville, avait failli être massacré à coups de faux et de piques par une bande d'émeutiers. Depuis sa vie n'était plus qu'un cauchemar traversé de souvenirs de vols, de tortures, de viols et d'incendies de châteaux. Devenu asthmatique, il pratiquait les saignées comme d'autres l'escrime, se bourrait de digitale et avait entièrement révisé ses critères de jugement de l'espèce humaine. Ne prenant plus pour norme la perfection mais l'authenticité, il s'exerçait désormais à l'indulgence, accordait du prix à la moindre vertu et à la plus légère apparence de mérite ou de talent. Sa vie était à l'image de sa coiffure : clairsemée, improbable et trop poudrée.

À droite de Joseph Designy, Barnaba Sperandio, qui s'exprimait moitié en latin moitié en patois vénitien, et dont le nom – « Crois en Dieu » ! – n'aurait pas manqué de rassurer les malades s'il avait été médecin, ce qui n'était pas le cas. Barnaba Sperandio, qui se plaisait à rappeler au cardinal qu'il appartenait au « peuple déicide », pouvait tout aussi bien entretenir son monde des différences fondamentales entre les *lucciole* et le *Lampyris noctiluca*, que de la nécessité des bains de mer, de la thermolampe, ou de l'électricité

« qui donnerait un jour une lumière pure et blanche, et permettrait la lecture d'un journal à vingt-cinq pas ». Barnaba Sperandio n'était pas un savant fou mais un authentique chercheur. Il dirigeait l'observatoire de Brera, avait calculé la théorie des planètes et donné aux mathématiques un traité plein de doctrines. Mais ce qui l'intéressait par-dessus tout, c'était l'ascension en ballon. Quand il ne se consacrait pas à la préparation de la soupe aux *pidocchi*, ces poux de mer qu'on recueille religieusement dans les canaux de l'Arsenal, il travaillait au lancement de son aérostat à air chaud. Aventino, qui lui avait prêté le délicieux campanile de l'église de Cortanze pour y faire un observatoire, le jugeait parfois avec sévérité : accusant plus son esprit que son cœur.

Puis, à mesure qu'on s'éloignait du centre de la table et qu'on se dirigeait vers ses extrémités, Aventino observait le dernier groupe de convives, chacun accompagné de sa petite amante. Il semblait avoir gardé pour la fin ceux qu'il considérait comme ses deux meilleurs amis, ainsi qu'un troisième homme en qui il voyait un traître problable et dont il ne comprenait pas la présence dans ce cercle si restreint. Celui qui discourait avec fougue sur l'excellence des truffes blanches « dont le petit goût d'ail ne nuit pas à leur perfection, parce qu'il ne donne lieu à aucun retour désagréable », c'était Ippolito Di Steloni, véritable frère parmi les frères, et officier de qualité. Depuis sa plus tendre enfance l'armée était au centre de sa vie. Il en avait fait sa passion et voyait en elle l'instrument de son grand dessein. Dès le collège il s'était consacré à l'art militaire, dévorant les ouvrages des maîtres de la tactique et de la stratégie ; vérifiant leurs théories dans les événements de l'Histoire et les biographies des grands capitaines, et ne dédaignant pas d'élargir son horizon jusqu'au domaine politique. Tout lui avait toujours souri. À dix ans, il parlait le plus volontiers, et avec le plus d'intelligence, d'opérations militaires et de forteresses, savait dire comment telle bataille avait été gagnée, quelles erreurs avaient été commises, et par qui. À seize, il avait déjà reçu des mains du chancelier de l'université de Turin « l'anneau du doctorat ». À dix-huit, il avait obtenu un diplôme de chirurgien en présentant à partir d'instruments et d'observations une explication nouvelle sur la torsion de l'humérus ainsi que sur la formation des éminences et des cavités osseuses. Et deux ans plus tard, il était admis à la Société médicale d'émulation turinoise pour ses recherches sur l'utérus qu'il voulait faire retirer du rang des organes vulgaires « puisqu'il n'a pas d'analogue ». À vingt-trois ans révolus, Ippolito Di Steloni était un chirurgien réputé et un soldat plein d'avenir auquel il ne manquait que quelques nobles cicatrices. Grand, élancé, la tête couronnée d'une longue chevelure blonde qu'il portait souvent tressée et liée en queue, sachant parler aux femmes, il n'avait aux yeux d'Aventino que deux défauts : celui de détester la terminaison italienne de son nom, qui lui faisait transformer l'*i* en *e* muet, et cet autre, plus grave encore, de soutenir qu'en France se trouvaient « des défenseurs de la cause des hommes ».

Si le cardinal Antonelli se croyait descendant des premiers Romains, Vincenzo Di Carello, comme tout natif d'Asti, soutenait le plus sérieusement du monde qu'il était un arrière-petit-fils de Noé : le taux élevé de précipitations annuelles relevé dans la province d'Asti prouvant sans conteste que la fondation de sa ville remontait au Déluge ! Paladin de la maison de Savoie, Vincenzo Di Carello avait d'abord fait de bonnes études au collège des jésuites tout comme Ippolito et Aventino. À la différence des deux autres, se croyant la vocation, il n'avait pas hésité à prendre l'habit. Mais il faut croire qu'elle n'était pas très forte car il ne tarda pas à descendre de l'arche en marche et à renoncer à ce qu'il croyait être sa mission dès qu'il eut la certitude d'en avoir une autre : écrire des pamphlets dans lesquels pourrait se déverser toute sa haine des Français ! Il voulait désormais être le premier, « et peut-être le dernier », prophétisait-il, des sanglots dans la voix, à crier contre l'ignorance et la pédanterie de cette nation d'analphabètes. Jeune homme de beaucoup d'esprit, de capacité et d'instruction, il possédait une immense bibliothèque que le moindre curé aurait fait brûler sur l'heure, ne serait-ce que parce qu'elle contenait le premier volume de la traduction italienne de Démosthène par Cesarotti. Très tranché dans ses jugements, il se serait damné pour une tranche de mortadelle à la pistache posée sur une tranche de *biova*, et pouvait avec la même absence de discernement fustiger les journaux de Gênes, de Milan ou de Turin, hurlant qu'ils étaient écrits dans un jargon barbare qui révolte l'esprit et l'oreille. Son grand combat, connu de tous, et qui le rapprochait intimement d'Aventino, c'était sa lutte pour l'unité italienne. Il en était sûr, ce n'était pas de l'utopie, comme ces « gants natatoires palmés » en taffetas ciré, inventés par Barnaba, lesquels, liés au poignet, permettaient de traverser une rivière sans se noyer ! Elle viendrait un jour, cette sacrée unité : alors toutes les beautés de la langue nationale pourraient enfin s'exprimer. Ses *Promessi sposi*, que son ami l'éditeur Giambattista Bodoni lui avait promis de publier, ne disaient rien d'autre : les Français ont tué dans l'œuf la Liberté qu'ils avaient annoncée au monde, à nous Italiens de la reprendre et d'en faire le ciment de notre future unité.

Autant Vincenzo Di Carello brillait par son élégance et sa distinction, autant le couple formé par Lodovico Cernide et Lucia Sciarpa le mettait mal à l'aise. Non point tant parce que, selon toute apparence, les fées de la beauté avaient manqué au rendez-vous de leur naissance, mais parce que tous deux voulaient paraître ce qu'ils n'étaient pas. C'est en cela que résidait leur ridicule. Se seraient-ils contentés de paraître eux-mêmes, de se tenir dans les limites que leur assignait leur état, qu'il en aurait été tout autrement. On aurait dit deux malades qui jouaient aux bien portants, deux ignorants qui voulaient paraître érudits, deux campagnards qui singeaient le citadin. Ce n'étaient pas tant leurs défauts qui étaient ridicules, mais le soin qu'ils prenaient à les dissimuler. Grosse blonde très flasque, Lucia Sciarpa affichait des façons de parvenue, commandait des hommages et distribuait des impertinences à quiconque voulait s'y soumettre. Ancien policier milanais, Lodovico Cernide occupait désormais à Gênes le poste envié d'« inspecteur de la partie des filles et femmes galantes », et dirigeait, à ce titre, toute une phalange de « mouches » – domestiques en exercice, anciens serviteurs retirés de maison, nouvellistes, gazetiers, tous chargés de recueillir pour lui le plus d'informations possible. Pour définir ce qu'il pensait être leur vice principal, Vincenzo avait trouvé une furieuse formule : « Ils souscrivent par ignorance aux actes et aux pensées les plus bas et les défendent par veulerie. »

Tout en se faisant servir un nouveau verre de barbera d'Alba, Aventino constata qu'à l'exception de sa petite amante, Maria Galante, qui était légèrement souffrante, mais qu'il s'était promis d'aller retrouver après le dîner, seul manquait à l'appel Percy Gentile, le navigateur et marchand génois, qu'on attendait d'une minute à l'autre. La conversation roulait sur des sujets mondains dans lesquels chacun tentait de briller du mieux qu'il pouvait, exercice qui, c'est le moins qu'on puisse dire, n'était guère le fort d'Aventino. Le cardinal, au contraire, qui avait l'art de renvoyer la balle avec entrain, possédait un véritable talent d'orateur. Au-dessus du brouhaha des rires, des éclats de voix, des bruits de déglutition et du tintement de la vaisselle, sa voix parvenait toujours à se frayer un chemin :
– Cette fin de siècle, vue de Rome, ressemble à un coucher de soleil. Une chaude lumière dorée engourdit de tendresse notre Italie surannée, inoffensive et charmante. Partout ailleurs, en Europe, des nuages s'amoncellent...
– Qui finiront par embrumer le ciel de Rome, objecta Vincenzo Di Carello. Et pour le coup, le vieil adage romain prendra tout son sens...

– Quel vieil adage romain ? demanda Lucia, en tripotant un horrible bracelet incrusté de diamants, offert par Cernide, où figuraient son portrait et son chiffre.

– Il faut être napolitaine pour ne pas savoir ça ! lança Vincenzo, avec mépris... On dit qu'aux heures chaudes de la journée, on ne rencontre sur la place d'Espagne que des chiens et des Français !

Tout le monde rit de bon cœur, excepté monseigneur Lucilio Antonelli auquel il arrivait de se prendre pour un de ces conteurs prussiens qui veulent seuls porter la parole, et considèrent tout interrupteur comme un concurrent hostile.

– Allons, allons, Vincenzo, ne jouez pas à l'oiseau de mauvais augure. Vous avez déjà traduit l'*Emile* de ce monsieur Rousseau dans notre langue... C'est assez ! tonitrua le cardinal.

– Avec une grande pureté et en l'arrangeant aux idées italiennes, précisa Ippolito, venant à l'aide de son ami.

– Laissons cela, voulez-vous. Rome ignorerait la menace, même si elle existait. Dans ce siècle prosaïque d'ignoble raison et d'infâme dialectique, Rome est la seule à demeurer fidèle à la beauté des choses. Dans la tranquille incuriosité d'un peuple que rien n'étonne, elle sait vivre comme il faut : au-dessus du présent.

Une partie des convives applaudit à cette envolée lyrique, que le cardinal, la bouche pleine de petites anguilles grises, accueillit d'un geste de bénédiction. Ippolito n'était pas d'accord et le fit savoir :

– C'est cela, les vieillards qui la gouvernent n'ont jamais été si libéraux, si familiers, si délicats ! D'ailleurs, ils n'ont entrepris aucune réforme. Pourquoi ? Afin de ne pas troubler le repos des bonnes gens installées dans les abus. *Fa dolce !* bougonne le Saint-Père, *sono pastore dei popoli !*

– Pour un militaire, « mon cher monsieur de Stélone », voilà une belle saillie.

– Mais nous le savons toutes, dit la Grassini, sentant que la discussion commençait à s'assombrir comme le ciel romain : les saillies d'Ippolito sont incomparables.

– Chère maîtresse, vous avez raison, détendons un peu l'atmosphère et revenons à des choses plus concrètes, dit le cardinal, en reprenant la main, comme dans une partie de whist. Il est temps de vous parler de ma surprise.

– On la dit très grosse, minauda la Severina, une petite grassouillette, aux joues rondes, à la gorge pleine, et compagne provisoire de Barnaba Sperandio.

4

U N monstre, se rengorgea le cardinal. Cent cinquante livres !
– Mais de quoi parle-t-il ?
– Encore une de ses énigmes ?
Le cardinal Antonelli était pourpre de plaisir. Il tenait son audi-toire la bouche ouverte, comme les carpes de son étang auxquelles il jetait des morceaux de pain d'autel non consacré :
– Vous n'êtes pas sans savoir qu'il est de bon ton, à Rome, de faire hommage à ses amis de pièces exceptionnelles qui viennent à paraître sur les marchés. Il n'est pas jugé malséant que le bénéfi-ciaire d'un de ces cadeaux s'en sépare au profit d'un personnage plus digne de le recevoir... Eh bien, mon cadeau...
– Au fait !
– Vite !
– De quoi s'agit-il, enfin ?
– On meurt d'impatience !
– Brisez là, cardinal, je vais rendre l'âme...
– Patience, chers amis... Mon cadeau... pêché il y a quatre jours, a été envoyé par la confrérie des poissonniers à notre Très Saint-Père, qui l'a fait vendre au profit des pauvres... L'abbé Lanuce l'a acheté, qui l'a donné au cardinal Spignolito, lequel l'a envoyé au cardinal Cascia, qui en a fait présent au prince Colonese. Le prince l'a envoyé à la duchesse Di Bracci, qui me l'a généreusement offert afin qu'il...
À ce moment, tous les regards se tournèrent vers la porte d'entrée de la salle à manger. On était en train de traîner sur une sorte d'im-mense lit à roulettes et dissimulé sous un drap, le fameux présent.
– Afin qu'il nourrisse mes ouailles... Et c'est donc ici que le mons-tre vient achever son voyage : un *acipenser*, esturgeon géant de cent cinquante livres !

29

Tout le monde leva son verre, à cette nouvelle marque de générosité de ce cher cardinal. Quelle belle pièce, en effet, que ce ganoïde immense allongé sur son lit de gelée et de petits légumes ! Allez, l'Italie était un beau pays où l'on savait encore s'amuser et jouir de la vie. Après la première surprise et les premiers coups de fourchette dans la chair tendre d'un poisson qui aurait dû trôner à la table du Saint-Père, les conversations reprirent.

On évoqua les femmes, sujet inépuisable. Vincenzo, l'écrivain, tenta de démontrer qu'elles symbolisaient le monde.

– C'est avec les mêmes procédés que l'on conquiert les femmes et le genre humain : avec hardiesse et douceur.

– Si l'on brûle d'un amour sincère et passionné, il faut être prêt à tous les sacrifices, renchérit Ippolito.

Le cardinal n'était pas de cet avis, ou plutôt, il avait une conception très personnelle du lien qui peut unir la femme et le monde, car le monde, comme les femmes, « appartient à celui qui le séduit, jouit de lui et lui fait outrage ». Était-ce le vin éclusé en grande quantité ou une arête d'*acipenser* freinant son entendement ? Lodovico Cernide fit une remarque imbécile qui détruisit l'édifice fragile de la soirée :

– Il y a femmes et femmes...

– Comment, il y a femmes et femmes ? dit la maîtresse de maison.

– Prenez les prostituées... Elles sont aussi inévitables, dans une agglomération d'hommes, que les égouts, les voiries et les dépôts d'ordures. On ne peut pas dire ça de toutes les femmes...

– Quelle honte, Lodovico, comment peux-tu dire des choses pareilles ! rétorqua la Grassini. Si tu continues je te fermerai les portes de Santa Margherita...

– Mais notre ami a lu saint Augustin, c'est tout, grogna le cardinal.

– Laisse saint Augustin où il est, Lucilio, supplia la Grassini, qui était la seule à l'appeler par son prénom.

– Relisez vos classiques, ventredieu ! Saint Augustin, *De ordine*, livre II, chapitre IV, paragraphe 12 : « Supprime les prostituées, les passions bouleverseront le monde ; donne-leur le rang de femmes honnêtes, l'infamie et le déshonneur flétriront l'univers. »

– Tu nous ennuies, cardinal, dit la Grassini en prenant un air faussement réjoui.

Quelque chose venait de se briser : une certaine légèreté, la fine couche de fausse respectabilité qui protégeait ces soirées. C'était un fait : il y avait bien d'un côté les hommes qui payaient et de l'autre des filles qui étaient là pour assouvir leurs désirs. Chacun baissa le nez dans son assiette, et la suite de la conversation ne fit que confirmer ce que chacun craignait : la soirée venait de basculer dans la tristesse. Et pas n'importe laquelle, une tristesse parente du vice. Chacun, maintenant, allait prendre plaisir à être chagrin, et quand celui-ci serait passé, une fois que toutes ses forces précieuses se seraient usées, chacun en resterait abruti.

– Aventino, tu ne dis rien, tenta, chaleureuse et presque maternelle, la Grassini.

– Notre marquis est bien sombre, ironisa Lodovico. Est-ce le poids de son « illustre » famille qui serait trop lourd à porter ?

Ippolito et Vincenzo se raidirent, prêts à défendre leur ami. Aventino sourit. Sa réserve naturelle l'opposait non seulement à un Lodovico Cernide, mais à l'ensemble des convives. Avec le temps Ippolito et Vincenzo avaient appris à apprécier cet étrange jeune homme auquel son père, Ercole Roberto Roero Di Cortanze, marquis, comte, seigneur, chevalier de l'Annonciade, conseiller particulier de Charles-Emmanuel III, et éminence grise de Victor-Amédée III, avait donné une éducation presque princière. Rompu à l'escrime et à l'équitation, formé aux usages de sa classe, initié à la musique, au dessin, à la danse, accoutumé à parler plusieurs langues, Aventino aurait pu ne présenter que de brillantes apparences masquant une réelle médiocrité. Mais il n'en était rien : cette éducation avait abouti à une singulière réussite. Manière d'enfant prodige, s'intéressant à tout et tirant profit de chaque chose, il forçait l'admiration de son entourage et exaspérait les envieux.

Il lâcha une des phrases sibyllines dont il avait le secret :

– J'étais en train de me dire que les Anciens nous ont laissé des modèles de poèmes historiques où tout l'intérêt se concentre sur quelques héros, et nous ne voulons pas nous faire à l'idée qu'en nos temps plus humains cette manière d'entendre l'histoire n'a plus aucune raison d'être...

– Ce qui veut dire, en clair ? demanda Lodovico, son couteau à poisson brandi à hauteur du visage.

– Qu'Aventino est inquiet, répondit la Grassini.

– Que si dans le jeu de dames j'ai un pion de moins que mon adversaire et que je veuille troquer un pion, je perdrai certainement. C'est pourquoi je dois m'abstenir de troquer, énonça Aventino.

– Encore la guerre... Quel rabat-joie, décidément, gloussa le cardinal.

– Regardez Gênes. Cette ville est en train de mourir. Atmosphère de marchandages mesquins, complots sordides, bassesses, lâchetés. D'un côté un pouvoir qui n'en est plus un, de l'autre les jacobins du Club Morandini qui pensent que la Révolution est arrivée.

– N'exagérons rien, tenta Barnaba Sperandio.

– Je n'exagère pas, Barnaba, répondit tristement Aventino. Sans armée, sans police, sans justice, sans Trésor, la Révolution a dû faire et continuera de faire la guerre sur trois frontières. Sa propre peur s'est transformée en terreur. 1789, pourquoi pas... même si je ne suis pas du tout d'accord ; mais 1793, non !

– Et la Terreur accouche de jumeaux : la République et la guerre sans règles, dit Vincenzo.

– Exactement, acquiesça Aventino.

– Il faut reconnaître que si la France fait de nouveau la guerre à la République de Gênes, nous serons dans de beaux draps, fit remarquer la Grassini... Vous ne vous souvenez pas du décret du doge qui invitait tous les étrangers à quitter la ville par peur d'un siège... J'ai failli être expulsée, moi, Caterina Grassini !

Aventino se tourna vers le cardinal :

– Enfin, cher ami, vous savez très bien que la France participe pour les trois quarts aux ressources de l'État pontifical. Je ne sais pas si le ciel de Rome est aussi serein que vous le prétendez, mais la Révolution a bien coupé la route du Vatican à l'argent français...

– Alors très bien, lança le cardinal, visiblement agacé, Gênes est envahie, et puis Rome, et puis le Piémont avec son foutu monarque qui ferait mieux de se faire donner des leçons de prononciation par un Florentin ! Les Italiens n'ont plus qu'à aller vivre ailleurs ! Parfait !

Cette fois-ci, la soirée était réellement gâchée. C'est tout juste si on osa toucher à la multitude de petits desserts qui circulaient le long de la table : tarte sucrée à la *ricotta, zuppa inglese, zabaglione,* poires au mascarpone, pêches farcies, pavé d'automne, *tiramisù,* beignets au rhum, *cassata,* etc. Bientôt, ces « amis », que la nourriture et le sexe avaient rapprochés, retrouvèrent les familles politiques qui les séparaient, leurs intérêts contraires, et leur position personnelle face à l'événement que tout le monde se refusait à admettre : depuis deux ans les armées du Directoire bivouaquaient derrière les rochers stériles des Alpes et des Apennins. Joseph Designy, le prêtre niçois réfractaire, et Kristan von Enghelhard, l'« émigré » autrichien, entrèrent dans la mêlée :

– L'effondrement de la légalité monarchique en France va continuer d'anéantir les familles qui, depuis des siècles, laissaient vieillir et perfectionnaient les traditions politiques, diplomatiques et militaires de l'Europe.

– « Liberté, Égalité, Fraternité », dit Joseph Designy, songeur, j'ai longtemps cru que ces doctrines étaient nobles et généreuses. Je me disais, appliquées sincèrement, elles feraient sans doute beau-

coup de bien. Au fond, cette triade plonge ses racines dans l'Évangile. Mais j'ai vu trop de sang, de meurtres. Je ne crois plus en rien.
– Tout n'est peut-être pas si mauvais, chez ces Français, avança Lodovico Cernide. Je me souviens d'un voyage...
Vincenzo Di Carello explosa :
– Votre damné voyage à Paris ! On ne le connaît que trop ! Le boulevard du Temple avec les orchestres, les chanteurs, les pâtisseries, les rôtisseries, les restaurants, les marionnettes, les danseurs de corde, les charlatans, les diseurs de bonne aventure, les géants, les nains, les montreurs de bêtes féroces, « et toutes sortes de curiosités merveilleuses ». On a ça aussi en Italie ! Mais ce ne sont ni des funambules ni Nicolet qui sont derrière les montagnes !
– Les Français ont pour eux l'imagination et l'espérance, répondit Lodovico. Et, se tournant vers Enghelhard : les Tudesques, l'amour de l'ordre et le gouvernement par la terreur.
– Les « Tudesques » partis, vous tomberez comme les palombes dans les filets tendus par les Français, répondit dignement Enghelhard.
Vincenzo Di Carello tenta de calmer l'atmosphère :
– Personne ne peut nier que nos royaumes italiens sont en crise. Enfin, Aventino, il y a peut-être un moyen terme entre notre ancienne société figée et les propositions révolutionnaires...
Sans donner raison à son ami, Aventino reconnut que la société piémontaise était réglée selon une étiquette des plus strictes. Tous les aspects de la vie, des plus futiles aux plus vitaux, étaient serrés dans un cadre d'une rigidité absolue. L'état des jurisconsultes déclarait déchu tout noble qui s'adonnait au commerce, et seuls trois états donnaient droit d'entrer dans la Société : les charges, les armes, la prêtrise. Le système juridique piémontais était un des plus désuets d'Italie. Et si les nobles étaient en effet les seuls à pouvoir occuper des situations élevées, à être présentés à la cour, à avoir le droit d'entrer dans la demeure de n'importe quel citoyen, « aussitôt que les violons s'y font entendre », à danser aux bals officiels ou à occuper au théâtre les premiers et seconds rangs des loges, ils ne pouvaient, en contrepartie, ni sortir du pays, ni vendre leurs fiefs sans permission, et étaient obligés de servir le roi – service qui n'était jamais lucratif... Quant à la danse, au maintien, aux révérences, loin d'être des divertissements, ils étaient l'objet de véritables études. Tout s'apprenait selon des principes immuables, depuis le moindre pas jusqu'à la plus rigoureuse *prammatica* des inclinaisons...
Le cardinal proposa une solution :
– Le Piémont pourrait rédiger un traité de mathématiques politiques de la révérence. Il couvrirait toutes les positions possibles, de

celle qui à peine se départit de la perpendiculaire à celle qui présente l'échine entièrement au protecteur comme pour dire : « Seigneur, me voici prêt pour la bastonnade ! »

Le ton montait. Des quatre coins de la table jaillissaient des paroles désobligeantes :

– L'État pontifical est le plus mal administré d'Europe après la Turquie ! rétorqua Aventino.

Deux groupes se formaient. D'un côté le cardinal Antonelli, Lodovico Cernide et Kristan von Enghelhard. De l'autre : Ippolito Di Steloni, Vincenzo Di Carello et Aventino. Au milieu, mouvants : Joseph Designy et Barnaba Sperandio.

– Vous allez finir par sortir vos épées ! cria la Grassini pour se faire entendre.

– Quand on pense à l'esprit de dévastation et de mort qui règne au centre même de la chrétienté, on ne peut que gémir des fureurs auxquelles les dissensions intestines entraînent les nations policées.

– Les Piémontais n'ont de mémoire que pour la haine !

– Naples est le pays des quatre-vingt mille moines, des sigisbées et des bandits !

– À Milan, on se préoccupe moins de ce qui est utile au peuple que de savoir ce qui est favorable au pouvoir !

– Et à Venise, on s'occupe surtout de diminuer le nombre des religieux et de soumettre le reste à l'évêque diocésain.

Tentant de faire entendre sa voix, Vincenzo Di Carello déclama à tue-tête :

– « *Italie ! À quelle infâme servitude te voilà réduite*
pour n'avoir pas été à fond délivrée des Goths !
Ta langue elle-même a perdu son indépendance et sa pureté !
Pauvre Italie, de quoi sera fait demain
parmi toutes ces figures d'assassins ? »

Soudain, au milieu de ce flot de paroles tendant à prouver que l'unité italienne tant vantée par Vincenzo et Aventino n'était pas pour demain, la haute stature de Percy Gentile le Génois apparut dans la pièce. Personne ne l'avait entendu monter.

5

Court, trapu, l'œil louche, le visage rouge et plein, le poil épais, Percy Gentile avait un aspect aussi repoussant que sa réputation. Malgré tout ce qui justifiait cette dernière, et malgré sa tête qui, s'il était resté quelques jours sans se raser, serait devenue un modèle parfait pour une tête de brigand, Percy Gentile dégageait un charme irrésistible dès lors qu'il avait entrepris de vous plaire. Bien que prudent et économe, il avait toujours vu ses affaires en grand et ne s'était jamais laissé abattre par les difficultés. Son père, aujourd'hui décédé, avait passé la plus grande partie de sa vie dans la jungle du sud de l'Inde, terre des cobras, et l'avait instruit d'une foule de choses aussi incroyables que surprenantes, comme celle-ci : « Les serpents, maîtres absolus des plaines et des montagnes, ont dû un jour céder la place aux hommes. Mais ils n'ont jamais accepté leur défaite. Le venin qu'ils distillent aujourd'hui est produit par des millénaires de rage intérieure, et certains hommes ont en eux l'âme du cobra. »

Percy Gentile était un aventurier qui avait autant de cordes à son arc qu'il portait de noms, ce qui ne laissait pas d'étonner Aventino, lui dont les ancêtres portaient le même depuis plus de dix siècles... Après avoir fait fortune dans le transport de mousseline venant de l'Inde et passée en contrebande en Italie, il avait acheminé sur des mulets, de Turin à Gênes, puis par bateau jusqu'à Londres, des balles de soie grège produite dans le Piémont, cultivé le ver à soie, fabriqué de la poudre à canon en lui adjoignant de l'eau de riz, grâce à laquelle, soutenait-il, « elle devient plus vive, plus forte, et plus prompte à prendre feu », enfin, profitant aujourd'hui de la surtaxation qui frappait le thé anglais et encourageait la fraude, il inondait le sud de la France et l'Italie de thé cantonnais falsifié auquel il ajoutait des feuilles de sureau, de frêne, de hêtre, d'aubépine et d'églantier, colorées avec de l'indigo et du bois de campêche. Mais à côté de ce que les Anglais appellent avec beaucoup de délicatesse le *rubbish tea*, Percy Gentile, en *smuggler* véritable, gardait toujours, pour sa consommation personnelle et celle de ses amis, des boîtes du meilleur thé.

– Ah, notre ami le Génois, cria la Grassini, comme pour faire taire sa bande de macaques braillards. Viens, mon fils, tu nous sauves ! Il y a du duel dans l'air. Ah, cette horrible politique, elle se faufile jusque dans nos draps.

Appuyé fermement sur sa canne de bois des îles, Percy nourrissait une tendresse infinie pour celle qu'il n'appelait jamais autrement que « ma Caterina », se souvenant toujours avec une joie réelle de leur première rencontre : lui ayant offert une boîte de thé *Oolong* de Formose, sans lui indiquer comment l'apprêter, elle avait tout simplement fait bouillir la plante, jeté la liqueur et servi les feuilles comme un plat d'épinards !

D'un pas rapide, Percy Gentile alla rejoindre sa place, et, avant de s'asseoir, tapa sur son verre pour demander le silence :

– Docte assemblée, un poème de bienvenue, avant de me jeter sur ce que vous avez bien voulu me laisser... « *Allons, allons, garçon, verse le thé dans ma tasse ; mes yeux succombent à un assoupissement inexplicable : je sens mon esprit engourdi, mes forces abattues ; l'action vivifiante du thé dissipera cette langueur.* »

Sa voisine, la rousse Liliana, qui se mourait d'impatience de l'attendre, lui versa du vin :

– Bien que tu demandes un garçon pour te verser du thé, accepte ce verre de barbera offert par des mains féminines...

Voilà plusieurs mois que Percy Gentile n'était pas venu au *casino*. Il avait, ce soir, par on ne sait quel miracle, pu tenir sa promesse et se rendre à la fête organisée par Caterina. Chacun avait droit à son cadeau qui sentait l'au-delà des mers, l'exotisme, le mystère : cotonnades de Mazulipatnam, mouchoirs de Paliacate, mousselines du Bengale, nensouques brodées de Dakka, châles superfins en laine de chameau à une bosse, soieries de Cassembazar... Et bien entendu plusieurs boîtes de thé en fer-blanc doublées de plomb : *Pekoë* noir de Chine, *Bohea* de Canton, *Tun-Ke* vert de la province de Kian-Han. Cette arrivée inespérée et ces présents avaient dissipé les haines sous-jacentes qui avaient affleuré au cours du dîner.

Percy Gentile avait pour sa chère Caterina un cadeau particulier. Grâce à cet étrange aventurier, le *casino* Santa Margherita aurait pu être pris sinon pour la Compagnie des Indes du moins comme un comptoir avancé de ses intérêts en Italie. La vénérable institution, en quinze ans d'existence, avait accumulé une quantité incroyable d'objets et d'ustensiles liés à la dégustation du thé, ce qui amusait beaucoup de clients de l'établissement, grands consommateurs d'alcool, de tabac et de café. Ainsi, trouvait-on des fontaines à eau chaude, des aiguières d'eau froide, des cuillères et des mesures à thé, des petits ramequins à *clotted cream*, des confituriers, des assiettes montées, des services muets pour les *clubs sandwichs*, des *tea mugs*, des brocs « en casque » destinés à la toilette des mains, nombre de tasses et de petits pots imités des formes étrusques et antiques, sans oublier les fameuses bouilloires. « Depuis quinze ans, je tiens thé ouvert et tout le monde admire mes bouilloires », aimait à répéter la Grassini.

Percy Gentile était un conteur-né, et lorsqu'il faisait un nouveau présent à Caterina, il lui racontait toujours l'histoire de ce cadeau-là, car, disait-il, tout objet a sa vie propre et lorsqu'il passe d'une main dans une autre, il s'enrichit d'autant d'histoires, d'expériences et de biographies dont il absorbe l'essence. Le cadeau était cette fois une simple boîte rouge foncé. Mais la délicatesse avec laquelle il l'offrit à Caterina prouvait qu'il s'agissait d'une pièce unique, d'un thé « hors catégorie » pour reprendre ses propres termes. Le silence se fit, et on écouta son histoire :

– Figurez-vous que ce thé est fabriqué depuis 976. Le *Pei Yuan*, du nom du plus célèbre des quarante-six jardins impériaux, vient de Fou-tcheou, port situé sur le détroit de Taïwan. Il est récolté à l'époque dite des « insectes excités », début mars. Il est cueilli tout couvert de la rosée matinale, au son des tambours et des cymbales. Les cueilleuses travaillent aux heures les plus fraîches d'avant l'aube, et utilisent leurs ongles car les doigts peuvent transmettre la transpiration et la chaleur du corps, et contaminer les feuilles. Voilà, ma Caterina, pour toi, les petits bourgeons du *Pei Yuan*, avec une seule feuille sur chaque tige.

On sentait bien que dans cette drôle de société fermée, comme arrêtée dans le temps, celui de l'Italie de la fin du XVIIIe siècle, prise entre l'occupation autrichienne et la présence française à ses frontières, le Génois raconteur d'histoires pleines de tigres et de serpents, de palanquins et de chameaux, était quelque peu jalousé par les autres hommes. Les querelles intérieures italiennes concernant la brillante société internationale réunie à Rome et les Piémontais à l'esprit militaire, les princes florentins et les Vénitiens politiques, les Milanais sincères et les belliqueux Napolitains, les ecclésiastiques et les nobles, les libéraux et le peuple indolent, ne pouvaient rivaliser, tout du moins dans le cœur de ces dames, avec les relations mirifiques de Percy Gentile qui avait un jour parcouru les rues de Pondichéry sur le dos d'un éléphant. La venue du navigateur avait mis un terme aux querelles et sonné le glas de la soirée. Commencé vers dix-huit heures, le dîner pouvait prendre fin. Après tout, les convives étaient réunis autour de la table depuis plus de huit heures !

– Messieurs, dit la Grassini, il serait peut-être temps de passer aux choses sérieuses, nos dames attendent que vous les honoriez...

On ne se fit guère prier. Les rares convives restés à table la quittèrent, et en quelques minutes les fauteuils, les chaises en cabriolet, les ottomanes et les canapés furent abandonnés. Comme tous les autres, Aventino poussa les deux portières de damas qui donnaient sur le couloir menant à l'escalier et rejoignit, au troisième étage, après le premier salon, à droite du vestibule en entrant, la chambre de Maria Galante.

Une bougie éclairait faiblement une pièce au centre de laquelle trônait un lit immense de style antique et ornementé de bronzes. Aventino avançait en faisant le moins de bruit possible. Autour du lit, sur le gradin de deux marches qui le supportait, des vases de forme antique trônaient majestueusement ; en arrière, vers le fond, une dizaine de candélabres à huit branches étaient rangés en guirlande. Du ciel de lit, descendant jusqu'à terre, des rideaux de fine mousseline dérobaient au regard le corps assoupi d'une femme. Sous ces rideaux : une tenture en damas de soie violette, relevée à droite et à gauche, et qui laissait apercevoir une glace immense qui renvoyait une grande partie de la pièce. Un large lambrequin de satin vieil or, disposé le long de la corniche, couronnait le haut de la tenture. Si la chambre était un univers, ce lit en était l'épicentre. Aventino souleva le voile de mousseline et regarda Maria Galante, à moitié dévêtue, dans tout l'éclat de sa beauté. Souffrante, elle avait gardé la chambre depuis le matin. Il n'osait la toucher. Il devait sentir le tabac, l'alcool, la sueur...

Sous une masse de cheveux noirs s'enroulant autour de son front, dans un désordre dédaigneux et hâtif, la jeune femme offrait au regard une figure ovale et brune d'Indoue[1]. Elle avait dix-huit ans

---

1. L'action de ce roman se situe entre 1794 et 1815. Nous avons volontairement conservé, notamment pour tout ce qui touche à l'Inde, l'orthographe de l'époque : maharajah, Kashmire, Koromandal, Sandal, aux Indes, etc. *Indou*, écrit alors sans *h*, à l'origine sans connotation religieuse – pour cette dernière on utilisait le mot *gentil*, voire *idôlatre* –, ne servait qu'à différencier les Indiens

à peine, semblait faite par les Grâces mêmes, et ses grands yeux, parfois languissants, et à présent fermés, s'enflammaient quelquefois dans des regards qu'elle dérobait avec soin. À peine l'avait-il aperçue dans le boudoir, vêtue d'une robe de mousseline blanche très échancrée dans le dos, qui laissait admirer sa nuque d'Aphrodite et ses charmantes épaules, qu'il n'avait plus souhaité d'autre fille. La fraîcheur de son teint, l'incarnat de sa bouche adorable, le contour gracieux de son visage, ses cheveux flottant négligemment sur son sein, l'histoire même de ses malheurs, tout l'avait rendue instantanément émouvante. On ne savait rien d'elle, sinon qu'elle avait sans doute passé son enfance à Massa Ducale, qu'elle avait été « débauchée » à quatorze ans par un « particulier », dont elle avait fait la connaissance près des ruines du château de Montignoso, et à qui elle avait vendu un bouquet de violettes. Confiée, sous le sceau du secret, à Caterina Grassini, qui la considérait un peu comme sa fille, et lui avait donné une éducation des plus raffinées, elle était devenue en moins de cinq ans une autre personne, susceptible même de faire illusion dans le monde. Ayant totalement perdu le dialecte touffu qui était le sien, elle parlait couramment l'italien et le français, jouait admirablement du clavecin, chantait, dansait, et possédait une conversation au charme si grand que nul ne pouvait l'entendre sans le subir. Beau morceau de fille, *bel pezzo di ragazza*, aussi parfumée et mordorée qu'un raisin de muscat, enveloppée par un léger embonpoint qu'elle devait à sa vie désormais sédentaire, et peut-être à l'habitude qu'elle avait prise de grignoter du matin au soir, elle était la reine incontestée de la *bucellata*, que les nouveaux venus prenaient pour une position érotique particulièrement osée, et qui n'était en fait qu'un grand gâteau rond en forme de couronne, pétri à l'huile et parfumé à l'anis. La Grassini l'avait admirablement définie en ces termes : « Mes filles sont des poules faites pour rester dans la maison et être utiles ; Marie Galante est un *uccellino*, un petit oiseau sauvage fait pour chanter et s'envoler au soleil. » À ce surnom, elle en préférait un autre, que lui avaient donné les hommes, et qui lui rappelait et ses rondeurs et son village d'enfance : *Massa*. Ainsi, bénéficiait-elle du privilège étrange de posséder plusieurs noms, que chacun utilisait à sa guise : Maria Galante, Massa, *uccellino*. Pour Aventino, elle était et resterait à jamais Maria Galante...

(habitants de l'Inde) des Indiens Peaux-Rouges (habitants des Amériques). Quand les Anglais inventent le mot *hindouisme*, à la fin du XIXe siècle, les voyageurs français ajoutent un *h* à *Indou*.

– Aventino, tu es là depuis longtemps ? dit-elle en se réveillant. Elle était trempée et semblait effrayée.

– Je te regardais dormir. Tu trembles..., fit remarquer Aventino, en la serrant dans ses bras. Tu es malade depuis hier m'a dit Caterina.

– Rien de grave. Je suis fatiguée. J'ai peur. Déshabille-toi et viens contre moi.

Aventino se glissa sous le gros édredon de plume. Maria Galante vint se blottir contre lui.

– On dirait un vieux couple, dit-elle en chuchotant. C'était bien le dîner ?

– Toujours un peu la même chose. Les mêmes querelles, les mêmes blagues, les mêmes jalousies, les mêmes amitiés. Comme dans une famille, en somme...

Maria Galante ne l'écoutait qu'à peine. Elle semblait ailleurs. Elle éclata en sanglots.

– Ma très chère, que se passe-t-il ?

– J'ai fait un cauchemar atroce. J'étais emmenée en carriole à l'hôpital, avec d'autres filles. On était entassées comme une cargaison de nègres sur un navire africain... On nous a jetées dans des salles très sombres, aux murs hideux. Les fenêtres étaient clouées. On aurait dit de vrais cachots !

– Quelle idée !

– J'avais je ne sais quelle maladie honteuse. Ce n'est pas si étonnant après tout, il y a dix filles de chez nous qui en sont mortes ! Tu crois peut-être que je ne fais l'amour qu'avec toi, mon Aventino...

– Calme-toi. Je suis là. Tu n'es pas en danger...

– C'était affreux, Aventino. On servait de cobayes. On nous bourrait d'iodure de potassium. On m'a mise au carcan. On m'a rasé les cheveux. Heureusement, j'ai senti ta présence. Je me suis réveillée. Ils étaient en train de me fouetter. Tu ne vas pas partir, Aventino, dis-moi. Tu vas rester.

– Évidemment. Quelle idée !

– Et la guerre ?

– On est en février. Il fait trop froid. Ces gueux de Français sont en train de se geler les couilles dans les montagnes.

– Tu sais ce qui me ferait plaisir ?

– Qu'on dorme l'un contre l'autre ?

– Oui, comme mari et femme.

– Sans faire l'amour, alors ?

– Oui, c'est ça. Sans faire l'amour, dit Maria Galante, à mi-voix.

Aventino avait laissé la bougie se consumer. Il faisait maintenant nuit noire, et Maria Galante dormait dans ses bras. Il ne parvenait pas à trouver le sommeil. Le récit de la jeune femme l'avait bouleversé. Combien de petites prostituées finissaient ainsi, dans des hôpitaux qui étaient de vraies prisons. Aucune ne guérissait. Fustigations, confessions obligatoires, coups, brimades, « retranchements de nourriture », mises aux « malaises » : tel était le quotidien de ces filles dès lors qu'elles étaient atteintes d'une de ces maladies « plus dangereuses que la peste » et qui étaient hissées au rang de fléau national, de véritable Protée contre lequel on ne pouvait rien. Malgré les bons soins de Caterina Grassini, et ses nombreux appuis, tant auprès des autorités politiques que de la police, combien de ces femmes domiciliées étaient régulièrement raflées et conduites sans jugement à l'Hôpital des femmes de débauche. Que deviendrait-elle, en effet, s'il venait à disparaître ou devait s'absenter trop longuement ? La « protection » de la Grassini était bien fragile...

Alors que, perdu dans sa somnolence pâteuse, il attendait le matin, Aventino entendit un bruit épouvantable dans la cour de l'hôtel particulier. Un homme à cheval et un carrosse ! Il s'habilla précipitamment et descendit les escaliers. Ippolito était en grande discussion avec un militaire piémontais. Quant au carrosse, c'était celui d'Aventino !

– Ça y est, dit Ippolito. Les Français sont en train de bouger : entre le col de Tende et la côte.

– On ne sait rien d'autre ? demanda Aventino.

– Non, répondit le militaire. J'ai un ordre de mission pour vous, monsieur le Marquis, ajouta-t-il, en lui tendant une lettre frappée des armes de la maison de Savoie.

Aventino en fit sauter le cachet : il devait se rendre dans les plus brefs délais à Turin auprès du roi. Ippolito ne parvenait pas à cacher son excitation :

– Évidemment, ça fait trois ans que l'armée d'Italie végète dans la région niçoise face aux armées piémontaises et autrichiennes, d'ailleurs tout aussi passives. C'est là qu'il faut aller. Pour se couvrir de gloire !

– Je me demande laquelle, ne put s'empêcher de marmotter Aventino.

Dans la maison, tout le monde dormait. Comme si ce charivari n'avait concerné que les deux militaires. Aventino remonta rapidement dans la chambre de Maria Galante qui était en train de s'habiller.

– Ce n'est rien. Je dois rentrer à Turin. Je reviendrai très vite.

– C'est toujours pareil, dit-elle, déçue.

– Trouve-toi un apothicaire ou un notaire, ça sera plus calme !

Maria Galante haussa les épaules :
– Je n'ai pas envie de rire...
Aventino n'eut pas le cœur de lui dire que la chose semblait grave. À quoi bon ! Il se persuada qu'il ne s'agissait pas de sa part d'une forme de lâcheté. Leur séparation eut lieu dans la chambre. Il ne voulait pas qu'elle descende dans la cour. Tous deux ne détestaient-ils pas les adieux ?

Ippolito et Aventino firent la route ensemble, et c'est ensemble qu'ils assistèrent, juste à la sortie de Cortondino, un petit village du Montferrat, à une scène étrange. Le jour venait de se lever et une vache était livrée à des enfants qui pratiquaient une cérémonie des plus rebutantes. Il s'agissait de petits paysans qui s'adonnaient à un rite initiatique. Les yeux crevés, le ventre roussi par des brindilles enflammées, les lèvres coupées à coups de serpes, la pauvre bête, déchiquetée et martyrisée, finit par s'affaisser dans un flot de sang et d'horribles beuglements. « C'est pour se donner le plaisir de la voir furieuse », dirent les adultes qui accompagnaient les petits inquisiteurs. « Ici, on aime les émotions fortes », soutenait un autre. Hors de lui, et alors qu'il était déjà trop tard, Aventino descendit du carrosse et s'adressa au petit groupe :
– Mais c'est monstrueux, laissez cette pauvre bête tranquille !
– Je ne savais pas que cette vache avait des parents dans ce village ! répondit un paysan, ce qui fit rire toute l'assemblée.
Aventino remonta dans son carrosse et donna l'ordre au cocher de repartir.
– Tu es trop sensible, Aventino, dit Ippolito.
– Mais enfin, c'est horrible !
– Ça ne fait que commencer. Crois-moi. La suite sera bien pire.
Un exemplaire de *La Gazette de Turin* dépassait d'une des poches de cuir pendant de la portière du carrosse. Aventino la prit, et la lut avidement. Un article déplorait le mauvais état des routes et des véhicules. Voyager en Italie n'était pas une sinécure : innombrables frontières, douanes, censures, misérables petites formalités de toutes sortes, « mauvaise volonté et incapacité exaspérante des divers gouvernements à se mettre d'accord à ce sujet », notait l'article, ajoutant : « et si l'on est noble, il faut même demander la permission expresse de quitter son État natal. Quand donc cette gabegie cessera-t-elle ? »
Ippolito s'était endormi. Aventino avait reposé le journal et regardait la route défiler lentement sous ses yeux. Quel affreux sentiment que celui de cette Italie divisée qui allait s'engager en ordre dispersé dans la guerre, car il ne s'agissait pas d'autre chose. Les gens de

Plaisance haïssaient ceux de Parme, ceux de Reggio avaient les mêmes sentiments envers ceux de Modène, les Piémontais méprisaient les Génois, les Siennois se considéraient comme absolument différents des Florentins, les habitants de Vérone n'aimaient pas Venise, les Romains trouvaient les Napolitains détestables... L'Italie avait tant de haines diverses, tant de coutumes différentes ! Chaque État possédait sa monnaie, ses poids et ses mesures, ses milles dont le nombre de toises variait à chaque kilomètre ; les frontières entre États multipliaient les difficultés fiscales, monétaires, arithmétiques, chronologiques, bureaucratiques. Et que dire des dialectes, nombreux, qu'on retrouvait même sur les scènes des comédies et des opéras-comiques. Qu'on le veuille ou non, César Borgia avait été le dernier homme capable de donner à l'Italie son unité et son indépendance. L'Italie d'aujourd'hui était une Italie morte, et son nom n'avait plus d'importance que pour les géographes, les dilettantes et les touristes frivoles.

Qu'allait devenir cette Italie si immobile et provinciale, au temps si incertain, fluctuant, dont on ne savait jamais s'il était mesuré selon la méthode ordinaire ou selon le vieux système italo-romain ? Qu'allait-elle faire de sa noblesse oisive, comptant dans ses rangs quelques bas-bleus et des révolutionnaires de salon ; de son clergé intrigant et mondain, davantage préoccupé de sa situation séculière que des choses spirituelles ; de sa bourgeoisie ignorante et insatisfaite, suave, doucereuse, et qui se plaisait à voir le sang répandu sur les planches du théâtre ; de son peuple, enfin, plongé dans l'obscurantisme le plus profond, le plus irrémédiable, prêt à toutes les aventures ? *Poverina Italia*, que ferait ton peuple de sigisbées outrageusement maquillés, en costumes de satin, la perruque bien poudrée et l'épée d'ornement à la ceinture, face à l'éléphant français qui n'attendait qu'un geste de son cornac pour être lâché dans ton magasin de porcelaines ?

Le carrosse venait de s'engager dans le large vallon qui conduisait à Bra, rempli d'oliviers et de vignes, entre lesquels on cultivait le froment. Après avoir dépassé Alba, puis traversé les rues bien pavées en dalles d'Asti, il s'arrêterait au château de Castellero, dont l'unique tour carrée dominait la *valle di Monale*, pour y déposer Ippolito. Alors, chanteraient à ses oreilles des noms de villages et de forteresses qui faisaient partie de son enfance, de sa famille, de sa vie, et qui étaient comme la part la plus intime de lui-même : Monale, Cortazzone, Soglio, Montechiario, et enfin, sur sa colline de terre jaune, entouré de cèdres, Cortanze et son château.

6

A TOUS les plaisirs auxquels l'aristocratie piémontaise avait coutume de se livrer, il faut faire une place particulière aux villégiatures. Turin, dont le climat est si rude de novembre à mars, devient inhabitable en été : la canicule y est ardente. Sitôt que les orages d'avril ont cessé, le printemps, délicieux, mais trop court, fait place à la sécheresse et à un terrible soleil. La terre que rien ne vient rafraîchir, les murs qu'une constante réverbération échauffe, dégagent une atmosphère brûlante. La poussière ajoute encore à l'ennui qu'éprouve tout Turinois obligé de passer ces mois de feu dans une citadelle où il est par ailleurs si agréable de demeurer. Aussi, dès le XVe siècle, les familles aristocratiques avaient pris le goût des longues stations à la campagne. Il faut avouer qu'elles n'avaient que l'embarras du choix. Quelle autre région d'Italie que le Piémont pouvait mieux réunir autant de beautés dans un si court périmètre ? À l'est, une alternance de collines, de prés et de bosquets. Sur le territoire d'Asti, de Saluces et de Suse : des vignes et des vergers. Sur celui de Verceil : force rizières irriguées par l'eau de la Dora Baltea. Dans le Canavese : d'abondants champs de lin et de chanvre. De Mondovi à Cuneo : d'immenses forêts de châtaigniers. De Bra à Racconigi : l'industrieuse culture des cocons de vers à soie...

Ainsi, au jour fixé, pouvait-on voir chaque année le seigneur accompagné de sa suite arriver en magnifique équipage dans le petit pays dont il était feudataire, recevoir les hommages du clergé, du médecin et des commerçants du lieu, parce que sa venue interrompait la monotonie de la vie champêtre et procurait au menu peuple et aux paysans de nombreux gains. Là, le citadin fatigué par tout un hiver de corvées mondaines retrouvait ses vieilles forteresses médiévales de brique rouge, modifiées selon la mode du temps, embellies de fresques à sujets mythologiques ou guerriers, garnies

44

de mobiliers solides précieusement entretenus par les générations précédentes, de jardins ombreux ornés de statues, de fontaines, d'allées et de parterres symétriques, dont la seule vue réjouissait les yeux et rendait les cœurs plus heureux. Il y avait encore les chevaux de selle et de trait pour les chasses et les excursions en montagne, les chiens dont les aboiements joyeux saluaient bruyamment les visiteurs, et bien d'autres choses, essentielles ou futiles, qui constituaient autant de balises délimitant une mémoire familiale dont le maître mot ne pouvait être que pérennité – celle des exemples, des traditions, des héritages, du goût, de la loyauté, et de la lignée. À présent, le vieux marquis Roberto Ercole Roero Di Cortanze vivait à Turin auprès du roi, et avait laissé le gouvernement et l'entretien du château de Cortanze à Aventino, son fils unique.

Le marquisat de Cortanze était un vaste domaine comprenant, regroupés autour du château, des bâtiments d'exploitation avec prés, champs, vignes, jachères, jardins, châtaigneraies, et de nombreuses terres avec leurs fermes, toutes situées dans le Montferrat, lesquelles, louées à des paysans, assuraient annuellement depuis des siècles un revenu honnête aux membres de l'illustre famille.

Aristocrate rebelle qui abhorrait la cour et sa noblesse de fanfreluches, Aventino comptait bien passer la majeure partie de sa vie les bottes dans la glaise de la Roera, petite vallée riche en truffes blanches de laquelle il tirait son nom : Roero. Aussi avait-il entrepris, depuis quelques années, de grands travaux de réparation du château. Il avait fait refaire le toit avec tous les chéneaux, la plupart des cheminées, tous les galandages, les plafonds à caisson, et l'ensemble de la décoration des salons, de la salle à manger, des chambres du deuxième et du troisième étage ; il avait remplacé toutes les fenêtres avec leurs volets, et comptait achever la rénovation des pièces restantes dans les deux ans à venir.

Pourquoi chercher un autre lieu de vie que son cher Montferrat ? Il en aimait par-dessus tout son étrange couleur blonde, de terre et de boue ; ses brouillards interminables ; ses arpents de terrain descendant des châteaux vers la plaine, cultivés pour partie en vignes et pour partie en fourrage et en blé. Parfois, lorsque survenait un orage féroce, comme il en éclate souvent dans cette partie de l'Italie mangée par les Alpes, il ordonnait qu'on ne couvre pas les gerbes, qu'on ne nettoie pas le canal de ses herbes, afin qu'il se perde d'autant plus dans le déluge qui frappait les collines. Mieux valait, en effet, contempler, des heures durant, ces rectangles de terre, bruns, verts, blonds, parfois presque blancs comme du lait là où, le printemps venu, fleurissaient les pruniers à l'odeur de musc et les cerisiers chargés de quenouilles blanches, plutôt que d'aller « perdre son âme », dans les bals, les concerts, les réceptions donnés par Victor-Amédée III, bien que son statut de dernier héritier d'une des plus vieilles familles piémontaises eût exigé qu'il y parût.

L'Italie en général et le Piémont en particulier abondaient en faux ducs, marquis, comtes et barons *novi homines* : issus de bourgeois qui avaient épargné un peu d'argent dans leurs différents métiers et s'étaient élevés à la noblesse en l'achetant. L'un descendait d'un avocat, un autre d'un apothicaire, un troisième d'un négociant en vin, un quatrième d'un revendeur de truffes, un cinquième d'un marchand de macaronis ambulant. On pouvait aujourd'hui, pour quelques pièces de métal, acquérir un marquisat ou un comté, et le titre suivait, tout comme les *lettres de noblesse*. À côté de cela, des enfants de très anciennes et très nobles familles étaient réduits à la condition de simples paysans, bien qu'ils conservassent l'ancienne fierté de leur maison et s'enorgueillissent du sang noble qui coulait dans leurs veines. Sans être réduit à de telles extrémités, Aventino aurait préféré demander à son fils, s'il en avait eu un : « Chevalier, avez-vous donné à manger aux cochons ? », plutôt que de lui dire : « Mon très cher fils, laissez-vous ligoter par toutes les entraves de l'étiquette, elle constitue la loi la plus formidable de notre société. » Quant aux dames de la cour, dont certaines auraient fait un savoureux parti, Aventino leur préférait, ce qui chagrinait son père, les filles de ferme et les prostituées de Santa Margherita.

Au beau milieu d'une nature frémissante qui venait battre jusqu'au pied de ses hautes murailles, le château de Cortanze, protégé par une armée de statues recouvertes de mousse, de fontaines bruissantes, de grands chênes, de longues pentes gazonnées, et plusieurs rangées de vitres rougies par le soleil couchant, dressait ses lignes roides et austères. Pour l'édifier, sans doute avait-on abusé de l'équerre, mais l'accumulation des siècles en avait cassé la rigueur initiale. La vénérable bâtisse regorgeait d'arêtes, de coins, de saillies et de courbes rentrantes, d'angles bizarres, de profils débordants. Dès l'enfance, Aventino avait reconnu en ce lieu un univers inépuisable, à commencer par ces amas de ruines au pied des remparts d'où les paysans venaient extraire des pierres qui viendraient renforcer les trous à mûriers, ou ces fossés pleins de grenouilles coassantes. Le château de Cortanze était un morceau de lui-même, un monde secret, éclectique, dans lequel il vivait et qui l'habitait, fait de souvenirs précieux, d'odeurs, d'ombres furtives, de fantômes : l'immense cuisine où brillaient des lèche-frites et des dames-jeannes accrochées au mur – domaine réservée de sa chère Felicita –, l'urne antique de porphyre vert à anses torses sur la cheminée du grand salon, le petit pont de bois derrière les écuries, les pergolas de vieille vigne, le froid intense régnant dans l'ancienne salle des gardes où le père n'autorisait qu'un feu unique, les deux grands magnolias près de la grille d'entrée aux feuilles immenses ; et tant d'autres choses encore, comme les vignes vertes dégringolant entre les sillons, et les premières cigales accompagnant le bruit des carrioles traversant les champs de maïs haut. Mais surtout, au retour des promenades dans le jardin ou des longues chevauchées à travers le domaine, le passage obligé, après le vestibule et le grand escalier menant à l'aile droite du château, par la galerie de portraits.

Tous ces portraits, alignés les uns à côtés des autres, de haut en bas, sur toute la longueur des murs et qui représentaient des ancêtres qui avaient, de près ou de loin, participé à un moment de l'histoire de la haute Italie, n'étaient pas l'image d'un passé mort mais celle d'un présent dont il portait tout le poids sur les épaules. Aucun sentiment d'inquiétude ne venait l'habiter lorsqu'il se perdait dans la contemplation de ces visages familiers. Ils étaient ses doux fantômes, ses inspirateurs, ses tendres amis, son réconfort : Manfredino Roero Di Cortanze, mort à Asti en 1250, Giuseppe Andrea, Cesare Massimiliano, Filippo, Renato, Polissena, Carlo Felice, Anna Cristina et tant d'autres, gouverneurs de places d'armes, ministres plénipotentiaires, pages, officiers de la garde royale, dames d'honneur, ecclésiastiques, chevaliers de l'ordre du Collier et de l'ordre de Malte.

Un tableau, cependant, l'avait toujours intrigué, situé au bout de la galerie, dans la pénombre, entre le portrait d'Ercole Tommaso Roero Di Cortanze, qui avait été l'un des premiers vice-rois de Sardaigne, peint par Giovanni Francesco Rigaut ; et la lithographie du château de Cortanze par Enrico Gonin, artiste attaché à la maison de Savoie.

Et ce soir, de retour de Gênes, alors qu'il se délasse dans la galerie de portraits, Aventino pose de nouveau longuement les yeux sur l'étrange tableau. Il a quelque chose de flamand ou de hollandais, et un titre énigmatique écrit en lettres gothiques sur une petite étiquette en cuivre clouée sur le cadre : *A.R. servant le thé à deux dames amies.* La signature de l'artiste est illisible et ressemble à un signe cabalistique. Sur la toile de fond ocre, aux tonalités d'incendie, se détache un amoncellement d'objets rares et de bijoux : collections de pièces d'orfèvrerie, médaillons retenus à des chaînes d'or et d'argent, vaisselles précieuses, bols de toutes couleurs et de toutes formes, mais aussi une petite sculpture figurant un sexe d'homme, une pipe à opium, un colibri empaillé, et une maquette de bateau... En premier plan, une table, dont le dessus laqué luit, éclairée par une bougie qui se consume lentement, laissant échapper un bref nuage de fumée. Autour, les trois personnes assises restent visibles malgré la pénombre. Deux objets se détachent : un chandelier au pied sculpté, sur lequel repose un scorpion, et une théière d'argent en forme de poire, posée sur un support mobile, en argent lui aussi et muni à sa base d'une lampe maintenant le thé au chaud. L'homme assis entre les deux femmes plonge une pince à sucre dans un bol rond, en argent et joliment bombé. Celle de droite, toute de réserve et de simplicité, exhibe une richesse évidente qui tient moins à ses vêtements en étoffe précieuse qu'à sa beauté énigmatique : comme si elle était là pour remplir une mission précise. Elle porte à ses lèvres une tasse en porcelaine chinoise. Celle de gauche est jeune, élégante, le buste pris dans un corsage de dentelle montant jusqu'à son cou ; d'un doigt, passé sous le busc du corsage, elle essaie de chasser le pli de sa chemise. Elle n'affecte aucune coquetterie, ses cheveux sont ramenés avec force et beaucoup de soin en arrière. Sa bouche, légèrement ouverte, laisse entrevoir un petit morceau de sucre candi, roux et translucide, qu'elle laisse fondre, à la manière hollandaise, entre la langue et le palais. Aucun des trois personnages ne touche l'autre, et pourtant un lien invisible les relie. Les deux femmes portent chacune à l'oreille une boucle ayant la forme d'une chaîne d'or, enrichie de trois pierres précieuses de couleur verte. Elles se ressemblent presque, ou plutôt sont comme les deux moitiés d'une même femme, lesquelles, une fois superposées, pourraient n'en plus former qu'une seule.

Aventino a beaucoup rêvé devant cette image, et ces visages féminins le suivent avec une insistance curieuse, le troublent. C'est encore le cas aujourd'hui, alors que la nuit est tombée, et qu'il regarde la lune briller dans le cadre de la fenêtre de sa chambre. Le château est calme, replié sur lui-même, indestructible. Souvent l'huile s'épuise dans la lampe avant qu'Aventino ne se fatigue de sa lecture. Mais ce soir, il ne lit pas. La pensée des deux femmes est trop présente. Il va même jusqu'à trouver à celle de gauche une vague ressemblance avec Maria Galante dont Percy Gentile dit qu'elle a des traits « indous ». Mais tout cela est absurde. Ne vaudrait-il pas mieux dormir ? Demain, il est attendu à la cour du roi. C'est tout ce qu'il déteste, tout ce qu'il fuit.

Dans sa chambre, au plafond haut à poutres ornées d'arabesques rouges et noires, Aventino attend le matin, espérant une nuit sans cauchemar, durant laquelle il serait beau de croire à la lumière, et à l'amour.

Combien de fois avait-il accompli le trajet de Cortanze à Turin, à travers les mûriers, les vignobles et les pacages ? Et toujours cette même joie intense, cette surprise réitérée. Turin et sa beauté, sa régularité, son air d'aisance et sa richesse, sa gaieté. Ici, un goût unique et prédominant, un calme aristocratique, s'étendant jusqu'aux couleurs jaune et rouge foncé de la ville ; et derrière l'alignement des nombreux cafés et des arcades, les montagnes, sentinelles couvertes de neige.

Aujourd'hui, il pleuvait, et le carrosse avait eu beaucoup de peine à se frayer un chemin dans la boue et les ornières. Mais une fois dans la ville, la difficulté du trajet fut vite oubliée. La vie grouillait sous les grands parapluies de toile. L'équipage traversa le marché où des femmes, les cheveux roulés sur les tempes, ou en bonnets et fichus, vendaient des herbes, des choux, des poireaux, des paquets d'épinards et de céleris étalés à leurs pieds. Ici et là des quartiers de bœufs saignants, des étalages de piverts, de la triperie sous l'œil avide de chiens hérissés. Plus loin, des marchands de beignets, de bols de bouillon brûlant, de pains ronds empilés, de poissons frits, de légumes cuits conservés dans du vinaigre, de carrés de polenta, de salaisons à l'odeur forte. Aventino se dit que si tout cela devait disparaître un jour, ces petits ânes traînant des voitures de légumes, ce grouillement d'hommes, de femmes et d'enfants, ces marchands d'étoffes et de linge, une grande tristesse s'installerait alors dans son cœur.

Un Français imbécile avait écrit un jour que Turin était une ville « propre, régulière et triste », et que ses environs « sentant encore la Gaule ressemblaient à la Normandie »... Que ne connaissait-il, ce petit monsieur, les magnifiques librairies trilingues de Turin, et ses rues interminables s'acheminant en ligne directe vers les Alpes, et les promenades du Valentin, et la rue du Pô, et la rue Neuve, et toutes ces écluses lâchées dans la ville, la nuit venue, pour entretenir la fraîcheur et la propreté de ses artères ?

Le carrosse ralentit. Sur la *piazza Castello* se dressait la façade imposante du Palais Madame, flanqué de sa galerie que d'aucuns raillaient mais qui plaisait tant à Aventino, et qui communiquait avec le Palais Royal. De la fenêtre du carrosse, il pouvait voir les statues de pierre de la balustrade qui termine le second ordre d'architecture.

Il monta à grandes enjambées les marches de l'escalier central, leva les yeux en direction de la voûte garnie de rosaces et de pierres variées, et fut arrêté sur le seuil de la salle de réception par une armée de valets en livrée. Aventino avait tout fait pour arriver à la fin du dîner. Ainsi avait-il évité les poulardes aux truffes, les tronçons d'esturgeon, les perdrix, les morceaux de chevreuil, les jambons, les langues, les dindons, avalés à grand renfort de sonorités gutturales par tout un déluge de cardinaux, de gentilshommes italiens et étrangers, de fausses marquises en pleine gloire et de vraies baronnes déchues caquetant autour d'une table en fer à cheval.

De l'enfilade de salons jaillissaient un bruit épouvantable de basse-cour et une curieuse impression, sinon de fin des temps, du moins de fin d'un monde.

– Monsieur le Marquis Aventino Roero Di Cortanze, aboya un laquais poudré et austère.

Il y avait là tout ce qui depuis la mi-septembre 1789 était arrivé au château de Moncalieri, dans les valises du comte d'Artois reparti par la suite vers d'autres cieux. Mais le temps n'était plus à l'espérance. L'époque où l'Émigration n'avait encore que la forme d'un voyage de formation ou d'un dépaysement amusant n'était plus de mise. L'insouciance, les rires, une certaine condescendance pour tout ce qui se passait de l'autre côté des Alpes avaient cédé la place à une détresse et à une misère bien réelles. Le fameux « Je pars pour la mort ou la gloire », lancé par le cadet des gendres de Victor-Amédée III, n'avait plus aucune raison d'être. Quant aux rodomontades du sieur Bouillé qui avait écrit à l'Assemblée nationale : « Je connais les chemins qui mènent à Paris, j'y guiderai les armées étrangères et, de cette orgueilleuse cité, il ne restera pas une pierre », elles étaient restées lettre morte. L'armée de Condé n'était plus qu'un défilé de spectres loqueteux, les lois contre les émigrés avaient été votées, le roi était mort, dans les prisons des milliers de captifs avaient été massacrés, des prêtres réfractaires exécutés sommairement, Marie-Antoinette avait été guillotinée, et les sans-culottes avaient fait mettre « la Terreur à l'ordre du jour ». Bien que Turin continuât de protéger les émigrés, ceux-ci avaient perdu tout crédit. Beaucoup de souverains d'Europe les tenaient pour quantité négligeable. Jugés sans discernement, condamnés en bloc, proscrits, ils semblaient voués à une misère et à un abandon qui ne pouvaient que les conduire au désespoir.

Le spectacle qu'Aventino avait sous les yeux aurait été drôle s'il n'avait été si pathétique. La cour, malgré la magnificence de ses fêtes, avait toujours été très guindée, et il était de bon ton de savoir qu'on n'y venait pas pour son plaisir. D'ordinaire, lors des grandes réunions, la galerie d'apparat se remplissait de femmes assises et d'hommes debout. On affectait d'y danser mal par crainte d'y sembler trop frivole, et si l'intérêt ne l'eût étouffé, l'ennui y eût paru sans vergogne. Victor-Amédée III, qui avait accédé au pouvoir en février 1773, avait hérité d'un royaume où régnait une paix profonde et une prospérité économique certaine. Souverain secondé par une administration efficace, aimé par un peuple soumis et très attaché à la dynastie, il avait, en roi viril, lettré et pétri de culture française, édicté pour sa cour une étiquette des plus rigides dont les notes dominantes, étendues à toute la société, étaient une scrupuleuse observance des devoirs religieux, et un caractère aussi austère que militaire. Ayant hérité de sa mère le don de se faire aimer à cause de la grâce extrême de son accueil, il se montrait accessible à tous, ne refusant à aucun de ses sujets, riche ou pauvre, de lui accorder audience. Mais le temps où il se promenait, entouré de ses treize enfants, et sans garde, dans la rue du Pô, s'était enfui. La guerre était aux portes de son royaume, et ses palais regorgeaient d'émigrés français sans le sou. Leur patrimoine avait été confisqué, les membres de leurs familles restés en France guillotinés, et certains, les plus malchanceux, étaient devenus balayeurs, laquets ou valets de ferme pour ne pas mourir de faim.

Lorsque Aventino pénétra dans la grande salle de réception, il eut la désagréable impression que les gens présents appartenaient à une espèce animale en voie d'extinction. On buvait, on riait, on faisait la fête, et l'on dépensait ses derniers louis d'or au lieu de les garder pour les jours de détresse.

7

– Monsieur de Marmontel a un esprit sans éclat, disait un gros homme à la démarche aussi lente que régulière. Sage, juste, mais avec peu de passion, et une ambition bornée !

– Et madame de Bourienne, qui va rendre des services à des personnes qui l'ignorent, chuchotait une vieille femme tenant sous son bras un petit loup blanc, de ces chiens qu'on appelle « chiens de Vienne ».

– Ce n'est pas possible ! Comment voulez-vous supprimer et le valet de chambre coiffeur, et la première femme de chambe de service, et la femme de garde-robe d'atour ! Autant s'habiller comme une marchande de truffes !

– Mon Dieu, quelle figure extrêmement laide, disait une jeune femme à la tournure des plus gracieuses. Regardez-moi ces gros yeux à fleur de tête, ce nez, ce menton, cette peau jaune !

– Mais si, je vous assure, c'est une perruque mécanique. Elle tire la peau sur le derrière de la tête et diminue d'autant plus les rides du visage !

Conversations inutiles, méchancetés, vaines paroles, Aventino n'éprouvait aucune compassion pour ces émigrés français en perdition, aucun intérêt pour cette noblesse de cour piémontaise qui exhibait ses spécimens les plus imbéciles. Tout ici n'était que jabots surannés, coupes et couleurs d'un autre temps, habits bleu de ciel en velours ras, boutons de strass, bas de soie, culottes courtes, chapeaux à trois cornes, perruques à queue, souliers cirés au vernis anglais, uniformes de mousquetaires et de chevau-légers, de grenadiers et de gendarmes. Untel promenait une grosse figure ronde toute luisante comme s'il sortait de l'eau, Untel se déplaçait avec tant de prestance affectée qu'il semblait mettre trois fois le temps des autres pour arriver au même but. Et celui-ci qui aboyait sans cesse après tout ce qui s'approchait de lui, et telle autre qui jetait du sucre d'orge et des friandises pour obtenir grâces et faveurs, et ces trois barons chancelants, caricatures fardées, bardées de cordons et de rubans, entretenant une volumineuse duchesse dont la beauté s'arrêtait au dessin du visage et dans celui de la main, comme si la nature n'avait fait qu'ébaucher la taille, négligé le sein, et totalement oublié la jambe.

Parmi la foule, Aventino reconnut Ippolito Di Steloni. Il s'avança vers lui :

– Que fais-tu ici ?

– Et toi, monsieur le Marquis ? dit Ippolito en ricanant, ce n'est pas le genre de réunion que tu affectionnes...

– Tu oublies ma convocation.

– Et alors ?

– Je ne sais pas. Les conseillers du roi veulent me voir après la soirée.

– Tout ça n'est guère encourageant. Ces émigrés sont d'une tristesse. Ils n'ont rien compris.

– Ils ont surtout tout perdu...

– Je me demande parfois si ce n'est pas mieux ainsi. Il faut que quelque chose change dans ce monde. Tu n'étouffes pas, toi, dans notre petit royaume de Piémont-Sardaigne ?

Aventino n'eut pas le temps de répondre, un homme au front haut, habillé de noir de la tête aux pieds, qui boitait, et se disait ancien conseiller en la cour des comptes de Mont-Saint-Jean à Bassy, leur adressa la parole :

– Quel magnifique royaume que le vôtre, messieurs. Né savoisien comme mon fils, j'ai suivi les drapeaux du roi de Sardaigne, et je ne craindrai pas de faire la guerre à mon ancienne patrie. Je me présente : François de Songeon-Gandoin, lieutenant des invalides au fort de Bard.

– Aventino Roero, marquis de Cortanze.

– Ippolito Di Steloni, capitaine au troisième régiment de Montferrat.

– Eh bien messieurs, l'heure est venue de se battre. Aujourd'hui, en Italie, seul le Piémont peut résister...

Un autre homme vint se mêler au groupe :

– Oui, absolument. Et je ne vois qu'une solution : monter la garde jour et nuit, faire des patrouilles, surveiller les fleuves, les ponts, les bateaux, puis anéantir les coupeurs de têtes !

Le ton, lentement, montait. Aventino qui, tel Pangloss dans *Candide*, s'était dit, face à ces émigrés, « mais ils sont tous rois », s'apercevait que chacun de ces hommes avait ses solutions, ses sujets de réflexion, mais que tous réclamaient vengeance :

– Dans les choses profondes, soutenait un homme très maigre qui avait perdu ses dernières illusions au château de Schönbornlurst, c'est toujours le petit nombre qui est le plus perspicace ; la majorité, elle, ne s'entend qu'aux évidences. En politique, c'est tout le contraire. S'opposer à l'opinion de la majorité est toujours un exercice périlleux, et qui s'avère à la longue parfaitement inutile. Et que veut la majorité ? Revenir au monde d'hier : stable, hiérarchisé, rassurant.

« Oui ! », « bien sûr ! », « cela ne fait aucun doute ! », « évidemment ! » entendait-on à l'unisson. Ces hommes et ces femmes, écrasés et meurtris, abandonnés, trahis, fustigeaient le langage imbécile des révolutionnaires :

– J'en ai assez de leur « génie de la liberté » et de leurs « poignards homicides », disait une rescapée des massacres d'Annecy.

– Et moi, de leurs « poisons liberticides »...

– Et moi, de leurs « perfides projets »...

Car en fait, derrière ces concepts creux, cette rhétorique vide, se cachait une réalité pleine de sang et de fureur : « Je n'ai pas besoin, Citoyens, de vous inviter à prendre des mesures actives pour empêcher ces monstres de souiller le sol de la république. » Ou encore : « Fonctionnaires publics, patriotes, déjouez les trames horribles enfantées par les émigrés pour anéantir la Liberté. » Nos « amis » anglais ont raison de se demander, entendait-on ici et là : « Mais comment un peuple devenu libre a-t-il pu utiliser sa liberté pour assassiner un souverain qui avait précisément été à l'origine de cette liberté ? »

Oui, petit à petit, l'atmosphère s'alourdissait. Les vieilles rancœurs rejaillissaient, les jalousies, l'opprobre. Certains allaient même jusqu'à dire du mal de leurs hôtes, reprochant aux Piémontais d'être les vrais « méchants-bilieux » de l'Italie, de n'être pas plus italiens que français, en somme d'être un peuple à part : « Ce n'est pas pour rien que le vermouth, ce breuvage amer, a été inventé par les Turinois. Et je ne parle pas de l'asti, ce sirop pour vieilles dames. Ces gens parlent rarement, rient moins encore, sauf au Parlement peut-être ! » Mais tout le monde se réconciliait sur un point : depuis cinq mois, la Terreur ensanglantait la France. Le décret relatif aux suspects – décret terrible et odieux – visait non seulement les aristocrates, les émigrés et les prêtres réfractaires, mais aussi tous ceux qui, n'ayant rien entrepris contre « le génie de la Liberté », n'avaient cependant rien fait pour lui. En moins d'un an, plus de mille personnes avaient été guillotinées à Paris...

La Révolution, qui avait tout détruit, commençait à se détruire elle-même. L'échafaud, après s'être inondé tour à tour du sang des émigrés, des prêtres, des constitutionnels, des républicains modérés, se couvrait maintenant de celui des « terroristes » et des montagnards. Les loups se dévoraient entre eux.

Songeon-Gandoin posa une question qui glaça l'assistance :

– On trouve toujours un dictateur à la queue des révolutions. César, Cromwell... quel sera le prochain ?

Aventino profita de ce moment de flottement pour s'éclipser. Ippolito semblant soudain plus vivement intéressé par la perfection des épaules dénudées d'*una bella forestiera*, que par des problèmes de prospection politique, ne s'aperçut même pas du départ de son ami. Quant aux autres, ils pouvaient désormais aller écouter les improvisations poétiques enrobées de regards féroces, de poses plastiques, de gestes éloquents et des sublimes drapés d'Olympia Corini, reine incontestée des odes interminables et des généreuses thrénodies.

En sortant de la pièce, Aventino jeta un coup d'œil dans la cour d'honneur du château. Elle était pleine de soldats de la garde royale et de domestiques en grande livrée. Il traversa le salon d'attente garni de fauteuils sur les dossiers desquels étaient brodées les armes de la maison de Savoie. Son regard croisa celui d'une femme qui se dirigeait vers le grand escalier conduisant au rez-de-chaussée. Elle était élégante, portait une robe de soie aux nuances violet et lilas, toute bordée dans le bas. Il lui sembla qu'elle pleurait. Il aurait pu la suivre mais ne le fit pas. Dans la petite salle, juste derrière elle, autour d'une cheminée dans laquelle brûlaient d'énormes bûches, deux hommes attendaient Aventino. L'un d'eux, ce qui ne laissa pas de le surprendre, était son père, qu'il n'avait pas vu depuis plusieurs mois.

Quelle était la véritable raison de sa présence ? Était-ce lui qui, une fois encore, avait tout manigancé et tenté ainsi de s'immiscer dans la vie de son fils ? Aventino l'observa de loin avant d'entrer. Les naturalistes le savent, on comprend très bien l'animal d'après la coquille. On ne pouvait pas vraiment dire de Roberto Ercole Roero Di Cortanze qu'il était beau, mais il se dégageait de sa présence un mélange de solidité aride et de mystère. N'accordant aucune préférence aux habits qu'il mettait, enfilant avec la même désinvolture un vêtement retaillé pour lui, parce qu'il refusait de s'en séparer, ou une veste neuve qui changeait immédiatement de couleur après un séjour prolongé sous la pluie, il n'avait qu'un luxe : sa coquille. Il accordait une attention toute particulière à ses chapeaux ! Il aimait les choisir, lui qui était l'austérité personnifiée, fantaisistes et curieux. Il en changeait souvent, et les ajustait avec soin sur ses boucles argentées, prêt à les soulever à la première rencontre. Un grand coup de chapeau accompagné d'un sourire lui servait à masquer sa cruauté ; et lorsqu'il se l'enfonçait prestement sur la tête, cela lui permettait de mettre provisoirement en cage son impulsivité. Oui, le couvre-chef était son luxe et, à ses yeux, la plus efficace des carapaces. De petite taille et de mauvaise mine ; laborieux, intelligent, grand politique, brave et habile dans l'art militaire, il révélait dans ses traits étirés et fins son appartenance à une race bien particulière : celle des seigneurs piémontais qui comptent des ancêtres jusqu'aux croisades. Âgé d'une soixantaine d'années, il avait dans ses discours et son maintien beaucoup de mesure et de dignité.

Destructeur par habitude et par caractère, il n'entrait jamais dans la serre chaude de son palais turinois, ni dans celle du château de Cortanze quand il y habitait, sans couper ou arracher quelqu'une des plantes précieuses qu'on y cultivait pour lui. Prédateur froid et qui cachait soigneusement ses habitudes meurtrières sous une parfaite civilité, il craignait les habitudes et aimait la règle. Depuis toujours au service de la maison de Savoie, comme l'avait été toute sa famille depuis des générations, il avait, dès la mort du roi Charles-Emmanuel III, en 1773, été appelé par Victor-Amédée, qui avait souhaité remplacer les ministres de feu son père par des hommes à lui. Grand défenseur de la stricte neutralité du royaume de Piémont-Sardaigne, due au renversement des alliances advenu en 1756, il avait longtemps été ministre de l'Intérieur, et avait à ce titre tenu entre ses mains l'administration, la justice, l'instruction publique, les communications et une bonne partie des finances publiques. Ayant souhaité quitter ce poste, il occupait désormais les fonctions de conseiller particulier du roi, et était tout « particulièrement » attentif à la solidité des liens unissant les cinq parties des États sardes – ou plus exactement ce qu'il en restait –, au caractère, à la culture, aux traditions et aux langues si différents.

Enfant, Aventino avait le souvenir d'un père souvent absent qui, vers les deux heures du matin, vêtu d'une simple robe de chambre de basin grège en été, de molleton blanc en hiver, et la tête entourée d'un madras, passait les heures les plus silencieuses de la nuit, et parfois jusqu'à l'aube, à étudier dans son cabinet. Que de fois il eût souhaité que son père quittât cette pièce sombre et enfumée pour venir lui parler de ses petits problèmes d'enfant qui étaient pour lui comme des montagnes infranchissables, en face desquelles il restait sans réponse. Et ce soir, sur le seuil de la porte, bien que le père de son enfance soit aujourd'hui un vieux militaire aux tempes grises, toujours aussi rigide bien qu'un peu voûté, il ne pouvait le regarder sans que se superpose à cette image celle du père d'autrefois, plus jeune, chevauchant à merveille, si lointain, si distant, mais qui la nuit, au fond du long couloir, laissait, pour une raison qui lui échappait, la porte de son cabinet ouverte, ce qui permettait au jeune fils de se bercer d'illusions : un soir, peut-être, le père viendrait rejoindre le fils dans sa grande chambre glaciale pour lui remonter ses couvertures ; un soir, sans doute, le fils se mettrait à courir comme il le faisait parfois dans les champs de maïs vers le cabinet de son père pour se précipiter dans ses bras ou simplement le regarder se pencher sur le parchemin où courait une plume crissante. Aventino chassa ses souvenirs et se précipita dans la pièce comme on se jette à l'eau.

– Père, dit Aventino prêt à l'embrasser.

– Mon fils, dit Roberto Ercole, lui donnant une vigoureuse poignée de main qui excluait toute effusion.

L'homme qui l'accompagnait se leva et adressa à Aventino un salut des plus militaires :

– Général de Saint-Amour, commandant en chef des garnisons d'Oneglia et de Saorgio.

– Mon général, dit Aventino tout en faisant claquer ses talons.

Inconfortablement installé au bord de son fauteuil, Aventino regardait furtivement son père. Il n'y avait jamais eu entre eux le moindre signe de tendresse, état de choses qu'ils semblaient tous deux regretter, sans pour autant se décider à faire le premier pas pour le changer. Aventino, qui avait toujours pensé que les œuvres littéraires naissent de la solitude, se demandait pourquoi son père n'était pas écrivain. Il avait rarement été témoin d'une solitude aussi profonde, aussi désespérée, aussi absolue que celle qui détruisait et protégeait Roberto Ercole Roero Di Cortanze. « Ce n'est pas la solitude d'un être humain, avait-il souvent répété à Maria Galante lorsqu'elle lui demandait de parler de son père, mais la solitude sans geste, sans parole d'un animal qui s'enferme dans sa tanière et voudrait ne plus avoir à en sortir. »

– Si nous avons jugé nécessaire de te faire revenir rapidement de Gênes, c'est que l'heure est grave, dit le vieil homme.

Le général opinait du chef en signe d'approbation.

– À ce point ? rétorqua Aventino.

– Oui. Et dans cette épreuve, mon fils, tu dois être à nos côtés, dit Roberto Ercole, poursuivant, dans le style ampoulé qui était le sien : Tu sais combien j'aime l'Italie, et bien que je sois si fort épris d'elle, Dieu sait combien plus doux que le nom de toutes les autres contrées de l'Italie est pour moi celui du Piémont. Le pays de nos ancêtres : ton pays. Ce pays aujourd'hui est en danger.

– Oui, bien sûr, isolé culturellement et idéologiquement par rapport à l'Italie et à l'Europe, absent dans le débat européen des Lumières..., avança Aventino.

– Je ne te parle pas de cela, ni de la mort en prison de Pietro Giannone. Nous ne sommes plus en 1735. Je te parle d'aujourd'hui.

Le général de Saint-Amour prit la parole, comme on s'empare d'une redoute, baïonnette au canon :

– Pendant que certains portent aux nues le métier de bandit, et méprisent celui de soldat, et qu'on va jusqu'à écrire dans les colonnes de *La Gazette de Turin* que « les militaires sont des brigands privilégiés qui font la guerre à des brigands qui ne le sont pas »... Pendant qu'on se chamaille pour savoir qui des parlers d'oc et d'oïl, des parlers allemands des « Walser », des dialectes de la vallée padane et de la Ligurie, ou du piémontais utilisé dans le nord-ouest du pays, devrait être la langue dominante... Notre pays « deçà et delà les Monts », comme le disait déjà en 1682 le *Theatrum Sabaudiae*, est en danger, dans l'intégrité même de ses frontières.

Le père d'Aventino se rapprocha de son fils, et, ses yeux dans les siens, lui dit :

– Tu es un soldat, Aventino, même si tu n'as pas encore connu le feu du combat. Un soldat, comme moi, comme mon père et le père de mon père...

Roberto Ercole Roero Di Cortanze ne put terminer sa phrase. Exalté, le général s'était levé, et tout en le priant de l'excuser lui coupa la parole :

– Seule la profession militaire permet à l'homme de sortir de sa condition ! Elle entretient l'activité du grand nombre et de ceux dont l'esprit est ordinaire. Elle permet à ceux de la classe, qu'on appelle haute, et qui ne l'est souvent que comme les matières impures qui montent à la surface des liqueurs en fermentation, de sortir de leur oisiveté. Mettez sur un champ de combat des hommes nonchalants, corrompus, de mauvais fils, d'exécrables maris, de détestables citoyens, et voilà tout à coup que les vertus nationales en font des soldats pleins d'abnégation et de courage !

– Le Piémont est cerné, Aventino. Ici et là des mouvements de troupes, des munitions de guerre qui s'entassent et des provisions de bouche, lard salé, riz, alcool. Des préparatifs hostiles sont en marche...

– Le feu roi Victor disait que l'Italie était comme un artichaut qu'il allait manger feuille à feuille. Aujourd'hui, c'est le Piémont qui risque d'être avalé si nous n'y prenons garde.

Dans les salons voisins, les couloirs, les escaliers, les bruits de la réception commençaient de disparaître. En ordre dispersé, la gent poudrée à talons rouges rangeait ses colifichets et rentrait chez elle. Le père d'Aventino baissa la voix :

– Ce que les Français appellent pompeusement l'armée d'Italie est en train de piaffer dans les provinces du Sud, immobilisée dans les impraticables défilés des Alpes. On dit que le pain se vend au prix de l'or, que la solde n'est pas payée, que les caisses de l'armée sont vides. Pour l'instant, les munitions de guerre sont épuisées, les cadres de l'armée incomplets, et les soldats tombés devant certaines redoutes sont morts de fatigue ou crèvent de maladie dans les hôpitaux.

– L'or, les vivres, les hommes : tout manque ! précisa le général.

– Une armée de gueux, qui va tout faire pour pénétrer dans les plaines du Piémont et s'emparer de leurs riches approvisionnements.

– Et une armée aussi faible, dans un état d'isolement et de misère aussi grand, cela peut aisément s'anéantir !

– Mais nos ressources sont faibles ; en hommes, en argent. Nous ne pourrons pas soutenir un conflit très long. La guerre a déjà privé le Piémont d'une partie de ses États.

– Justement, fit remarquer Aventino, n'est-ce pas prématuré de...

– Aventino, je ne t'ai pas fait venir pour te demander ton avis, mais pour te mettre en garde, pour te dire quel sera ton rôle, celui qu'on attend de toi. L'oisiveté n'est plus de mise... Le Conseil aulique vient de détacher trente mille hommes dans les armées autrichiennes. Naples va envoyer six mille hommes dans le Piémont. Quant à nous, nous allons mettre cent mille Piémontais sous les armes.

– Demain, une levée générale va être ordonnée. Les magasins, les arsenaux vont s'emplir de vivres, d'armes et de munitions.

– Je croyais que le trésor royal était épuisé, ironisa Aventino.

Pour quelques instants, Roberto Ercole Roero Di Cortanze ne fut plus le conseiller personnel du roi mais redevint le père d'Aventino. Ce n'était pas à un futur soldat qu'il s'adressait mais à un fils impertinent :

– Tu sais aussi bien que moi que des solutions existent : aliénation des biens ecclésiastiques, échanges des propriétés foncières des hospices contre des rentes sur l'État, multiplication des emprunts, des droits et des impôts. Alors oui, il y aura des mécontents, des grincheux, mais notre liberté est à ce prix.

– Et en face ?

– En face ? dit le général, une armée en guenilles. Des va-nu-pieds qui bivouaquent sous des branches d'arbres. Des loqueteux couverts de lambeaux, sans plus d'habits, sans coiffure, sans bas, sans chaussures, sans linge, dévorés par la gale, et qui n'ont même plus assez d'assignats pour acheter du pain de munition qui de toute façon n'arrive jamais. Ces jeunes conscrits ne pèseront pas lourd face à nos armées professionnelles !

Roberto Ercole regarda sa montre de gousset. Estimant que cet entretien avait assez duré, il décida de l'écourter.

– Enfin, toute cette malheureuse guerre voulue par les Français ne fait que confirmer ce que j'ai toujours pensé : le monde n'est que l'association des coquins contre les gens de bien, des plus vils contre les plus nobles. Et je veux que tu sois du côté des nobles, Aventino.

Étrangement, ce fut le général qui rassura Aventino, et non son père, qui s'était déjà levé et s'apprêtait à partir :

– Votre détachement sera cantonné près d'Oneglia, en terre de Gênes – une région que vous connaissez, je crois...

– En effet, dit Aventino en souriant vaguement.

– C'est un territoire neutre qui ne peut être envahi par les troupes ennemies. Ainsi vous rentrerez dans la guerre, si je puis dire, « en douceur ».

8

En traversant le pré, Aventino vit le cheval d'un porte-guidon, qui avait la selle sous le ventre, troué par un boulet. Il traînait huit à dix pieds d'intestins, marchant lentement et paissant avec une calme avidité le peu d'herbe qu'il pouvait trouver sous les plaques de neige. Aventino avait mis presque deux semaines pour faire huit lieues. Il s'était battu tous les jours et il était épuisé. Un grenadier-sergent du régiment de Cuneo, blessé par un boulet qui l'avait atteint à la cuisse, gisait devant lui sur le sol.
– Ayez pitié de moi, abrégez mon agonie, je vous en supplie !
Son habit, sa veste, sa chemise, son pantalon et la peau de la moitié de son ventre étaient comme pliés sur sa poitrine, et l'on voyait clairement à l'intérieur de la cavité abdominale. Ce spectacle était affreux. Aventino se pencha :
– Mon ami, que voulez-vous que je fasse ?
– Mais Bon Dieu, un coup de pistolet !
Aventino aurait voulu s'enfuir, mais il ne pouvait bouger. Il se pencha vers le blessé.
– Monsieur, je vous en supplie, ayez le courage de terminer ma souffrance. Vous êtes un soldat, vous aussi, râla l'homme en s'agrippant au bras d'Aventino.
Aventino porta sa main à son pistolet, ajusta le mourant devenu soudain comme joyeux, à l'idée d'une délivrance prochaine. Mais son doigt n'eut pas la force de presser la détente. Il remit son arme dans la fonte, et partit en courant, le cœur comme arrêté dans la poitrine. Il entendit dans son dos des grognements épouvantables : « Cruel ! Lâche ! » Il s'arrêta et se retourna, pris de remords, prêt à revenir sur ses pas. Mais l'homme ne bougeait plus. Les yeux ouverts, il venait de rendre son dernier soupir. Quarante pas plus loin, Aventino buta sur le cadavre d'un jeune officier français. Son

chapeau était encore sur sa tête, maintenu par une sous-gorge. Il était beau. Il se pinçait la lèvre inférieure avec une sorte de fierté pleine d'audace. Il avait reçu plusieurs coups de sabre sur les bras, des coups de pointe dans la poitrine et dans le ventre. Son épée était pliée et tordue ; elle était rompue sur un quart de la longueur, vers la pointe, et ensanglantée. Son chien, blessé de plusieurs coups de baïonnette, agonisait sur lui, couché en travers, et lui léchait le sang qui sortait de sa bouche. Aventino eut un haut-le-cœur. Il voulut aller plus loin, mais des abattis de gros arbres l'empêchèrent d'avancer. Il rebroussa chemin, se dirigeant vers les glacis de Landrecino, pour éviter d'être bloqué dans la forêt. Soudain, derrière le rideau de neige fine qui s'était mise à tomber, il aperçut une ferme en ruine et y dirigea ses pas ; l'objectif atteint, il s'affala sous un porche encombré de brancards, de charrettes, de roues aux rayons brisés et de herses rouillées. À mesure qu'il reprenait des forces, le hangar se remplissait de soldats exsangues, hagards, certains blessés, mais tous encore en vie.

Le combat, depuis plusieurs heures, avait cessé aux ailes, et l'armée piémontaise le laissait finir au centre sans poursuivre ses ennemis. À quoi bon ! Épuisés, les soldats pouvaient à peine se tenir debout, et ils manquaient aussi de munitions. Il n'y avait aucune possibilité de continuer la poursuite, quelque avantage qu'eussent pu en recueillir les régiments de Saluces et de Montferrat. Officiers et soldats, jusqu'aux tambours et aux fifres, tous pensaient : « Un pont d'or aux Français qui s'en vont ! » À la petite centaine d'hommes qui s'étaient regroupés autour de la ferme, Aventino décida d'accorder un repos indispensable. Plusieurs d'entre eux, simplement heureux d'être ici à l'abri et en sursis, entonnèrent une vieille chanson piémontaise : *Viva, viva 'l bel drapo.*

Toute la journée, le cri de ralliement de l'avant-garde avait été : « Aujourd'hui, pas de retraite ! Pas de retraite ! » Et, en effet, tout ce qui était venu se heurter contre elle avait été brisé. Mais pouvait-on parler de victoire ? La campagne environnante avait été incendiée, enflammée par le feu piémontais et celui de l'ennemi. Longtemps, les troupes des deux bords n'avaient su où se placer pour éviter le brasier, et à présent, aucune n'était sortie victorieuse de ce volcan. Camps en flammes entourés de débris sanglants, canons démontés, caissons faisant explosion à tout moment, monceaux de cadavres comblant les retranchements : partout ne s'étalaient qu'horreur et désolation. À quelques mètres du bivouac improvisé, comme un symbole évident de cette bataille, un grenadier de la compagnie piémontaise des frégates et un fusilier d'infanterie français croupissaient dans la boue, enlacés dans la mort. Le premier avait la partie supérieure de la poitrine et l'épaule droite emportées par un boulet, le second, le visage épouvantablement ouvert par une décharge de mousqueterie.

Le champ de bataille était couvert de havresacs, de souliers et de guêtres, de chemises, de pantalons, de fusils, de pièces de canon et de caissons tout attelés. Certains officiers français ayant l'habitude d'emmener avec eux leurs épouses, on pouvait apercevoir ici et là d'étranges équipages, bagages, cabriolets chargés d'objets de toilette, d'instruments de musique, de guitares, de mandolines, et d'oiseaux dans leur cage ! Aventino se remémorait le fil absurde de cette journée. Il avait tout de suite compris que, contrairement aux ordres, il n'aurait pas dû tenter de passer la rivière en empruntant le grand pont de bois. Cette marche forcée avait été accompagnée des plus grandes difficultés. Il avait fallu se frayer un chemin à travers une masse de voitures, d'hommes, de chevaux qui gisaient pêle-mêle, fracassés, blessés ou morts, témoins des combats de la veille. Quant à passer un à un, c'était assurément s'exposer au feu ennemi. Si fortement pressé, dans la cohue générale, contre un cheval, lui-même serré entre des chariots, Aventino n'avait pu se dégager qu'en tuant la bête avec le fusil d'un soldat qui venait derrière lui. C'est là, au milieu de cet enchevêtrement de soldats, d'armements, de véhicules et d'animaux, que le colonel Rocca Di Bobbio avait trouvé la mort. Aventino n'avait rien pu faire pour le sauver. La dernière image qu'il garda de lui était celle d'un homme au visage fendu de la bouche à l'oreille par un coup de sabre, et éclairé par les flammes s'échappant d'une voiture qui brûlait à côté de lui. Cette mort avait eu une conséquence importante pour Aventino : dernier officier vivant, il prenait désormais le commandement de ce qui restait du régiment de Montferrat, avec le grade de colonel. C'est à ce titre qu'il avait ordonné, une fois le pont franchi, de le faire rompre par son arrière-garde et par les pontonniers, exigeant même qu'on brûlât les chevalets préparés pour établir, si besoin était, un passage de secours. Mais maintenant, l'obstacle franchi et la bataille provisoirement terminée, c'était un spectacle déchirant que de voir tant de blessés et de malades, obligés de demeurer sur l'autre bord, et livrés ainsi à l'ennemi. Il y avait là-bas plusieurs centaines d'hommes, parmi lesquels deux bons chirurgiens, des canons, la plupart des voitures des généraux, et une partie de la caisse militaire. « Mais que faire d'autre ? N'est-ce pas cela, la guerre ? », se demandait Aventino, à voix assez haute pour que les soldats allongés à ses côtés l'entendent.

– C'est une question sans réponse, mon colonel, dit un sergent-major, serrant fort dans ses mains le drapeau de sa demi-brigade d'infanterie.

– Moi, j'ai mon idée, dit un grenadier, tout en essayant de réparer son fusil.

Aventino lui fit un geste de la main, lui signifiant qu'il pouvait parler sans crainte...

– Nos chefs sont glorieux mais trop vieux ! Colli est piémontais, certes, mais malade et usé, il se fait porter sur les champs de bataille en civière ! Beaulieu est flamand et âgé de soixante-dix ans ! Quant à Provera, qui a le même âge, et qui est censé faire le lien entre les deux, il n'est qu'un brave homme...

– Ce sont les Autrichiens, nos vrais ennemis ! entendit-on du fond du hangar.

Aventino écoutait ces hommes harassés. À mesure que la discussion, décousue, se faisait et se défaisait, il acquit une certitude : la guerre est une chose personnelle. Chacun a la sienne, et fait la sienne, particulière, unique. Tel soldat estime que sa guerre, c'est de rester élégant coûte que coûte : aussi adopte-t-il des pantalons d'une largeur démesurée, qui ne manquent pas de grâce lorsqu'on est à cheval, mais qui sont on ne peut plus embarrassants à pied. Tel autre se souvient du jour où il a perdu tous ses biscuits dans un précipice devant quarante camarades qui riaient comme des fous, ou de cet artilleur mort, les yeux ouverts, sur lequel on avait en toute hâte rabattu un peu de terre, « n'ayant même pas eu le temps de le déshabiller ». Un quatrième ne voit que ses problèmes de souliers : « C'est l'essentiel ! Des guêtres mal faites, mal ajustées, et tu t'enfonces dans la boue ! – Mais non, le principal ce sont les jambes. La jambe en bon état fait le bon soldat ! Tu te les frictionnes le soir avec de l'eau-de-vie, et avant de les enfiler dans des bandes de linge, et non dans des chaussettes, tu te les frottes avec de la graisse d'oie ! » Oui, la guerre n'est pas dans les grandes stratégies, les mouvements de troupes, mais dans la vie de chacun, au jour le jour. C'était cette vérité-là qu'était en train d'apprendre le colonel Aventino Roero Di Cortanze.

Sa guerre à lui avait commencé bien avant la retraite d'aujourd'hui, entre Oneglia et Saorgio, en plein printemps. Arrivé sur une plate-forme entre deux montagnes, il ne s'était alors occupé que du magnifique tableau qui s'offrait à ses regards : les sommets des Apennins, dominés dans le lointain par les cimes des Alpes qui jetaient dans l'azur du ciel l'éclat blanc de leurs neiges. De légers pavillons, dont l'œil distinguait difficilement les couleurs ennemies, flottaient çà et là sur les crêtes et sur les versants des monts ligures. De longues files de baïonnettes mouvantes, qu'on voyait aux feux du jour, tournaient en spirale sur les hauteurs de Melogno. La guerre était lointaine, presque belle. D'un côté ces armées qu'on n'entendait pas, de l'autre les montagnes, hautes roches calcaires mélangées de schiste argileux, d'ardoises veinées, de mica brillant. Au milieu, les rayons du soleil, la pleine nature. Aux côtés du général de Saint-Amour, en plein vent, Aventino avait observé les plans et les cartes maintenus par des pierres. Et puis, en une fraction de seconde tout avait basculé. L'ennemi avait franchi la colline et s'était jeté sur le petit groupe de soldats piémontais. À la tête de sa demi-brigade, Aventino s'était élancé dans le combat, poursuivant un groupe de soldats français dont certains finirent transpercés à coups de baïonnettes. Puis il avait pris en chasse un carabinier d'infanterie légère qui avait disparu dans les broussailles. Tapi dans l'ombre d'un olivier, Aventino attendit que l'homme en sorte, comme il le faisait jadis dans le jardin du château de Cortanze avec les moineaux sur lesquels il tirait avec sa fronde. Quand l'homme accroupi se releva, il était trop tard, le coup partit, rageur. Aventino avait atteint sa cible. Lorsqu'il s'approcha de lui, il lui sembla tout à coup irréel, comme cette journée et le soleil haut derrière les arbres. Son premier mouvement fut de s'enfuir pour ne plus le voir. Mais il était officier et ses soldats attendaient un ordre. Il leur hurla de continuer la poursuite, de fouiller le maquis et de ramener d'autres Français, morts ou vifs. Une fois seul, il s'appuya contre un olivier et pleura à cause de la peur qu'il avait eue, et de l'horreur de ce corps éventré. L'homme s'était relevé si haut qu'Aventino n'avait même pas eu le temps de viser, la balle était partie se nicher dans le ventre.

Depuis combien de temps avait-il quitté la « vraie vie », le château de Cortanze, le *casino* Santa Margherita, Turin ? Dix jours, un mois, un an, un siècle ? Les mots du général Saint-Amour résonnaient encore à son oreille : « Votre régiment sera cantonné dans la région d'Oneglia, en terre génoise, territoire neutre qui ne peut être envahi par les troupes ennemies. Ainsi, vous rentrerez dans la guerre, si je puis dire, *en douceur*. » Au commencement de la campagne de 1794, l'armée austro-sarde avait repris ses anciennes positions, et depuis les hauteurs du petit Saint-Bernard jusqu'au fleuve du Tanaro, ses soldats, échelonnés sur les Alpes, protégeaient les plaines du Piémont. Cela ne faisait aucun doute, pensait-on à Turin, cette puissante coalition pourrait sans peine repousser les Français au-delà du Var. Quelle erreur ! Depuis mars, Aventino avait été de toutes les batailles. À commencer par la première : Oneglia. On disait la ville imprenable, non par la puissance de ses redoutes, mais parce qu'en territoire génois. Bien que les Français aient largement pénétré dans cet État neutre, les Gênois restèrent cois, par faiblesse, pusillanimité, et intérêt. Gênes était momentanément sauvée et pouvait conserver avec son alliée de toujours, même devenue jacobine, d'excellents rapports. Le Grand Conseil n'avait visiblement pas encore choisi son camp et permettait aux armateurs génois de continuer de faire fortune en approvisionnant la Provence affamée. Les Gênois ne furent pas les seuls à refuser de prendre la guerre au sérieux : l'archiduc Ferdinand en personne, vice-roi du Milanais, vendit de son côté du blé à l'armée française affamée. Les uns et les autres faisaient partie de ces gens pour lesquels l'argent est toujours le bienvenu, d'où qu'il vienne. Et pendant ce temps, la petite Oneglia, prise et reprise, totalement dévastée et détruite par le feu, fut lentement recouverte de poussière et de mort. Ce fut le premier contact d'Aventino avec la guerre. Défaits, les Piémontais assoiffés se jetèrent sur la bouche noire d'un énorme puits qui semblait très profond. Certains trouvèrent l'eau fade, d'autres infecte, mais tout le monde en but. Le lendemain, les rares survivants du village racontèrent aux soldats que les Français, fous de rage, avaient massacré quatre cents personnes et les avaient jetées dans ce puits.

D'autres combats, d'autres villes suivirent, d'autres champs de bataille. Loano, Ponte-di-Nave, Orméa, Garessio, Saorgio enfin, qui ouvrit ses portes devant les Français, le 29 avril. Dans cette guerre qui avait commencé au printemps, alors que la neige avait peu à peu disparu des collines et que les arbres se fondaient encore au matin dans le brouillard, Saorgio avait marqué une date capitale. Trois mille prisonniers, soixante pièces de canon, de vastes magasins de munitions de toute espèce, une place forte essentielle dans le dispositif de défense piémontais tombés aux mains de l'ennemi. Victor-Amédée, qui avait jugé que le commandant de la place par sa trop molle résistance avait compromis le salut du royaume, le fit traduire en conseil de guerre qui décida de le passer par les armes. C'était Saint-Amour. Avec le retour des premiers froids, chacun campait derrière ses redoutes, ses batteries, ses tranchées. Mais désormais, dominant les hauteurs des Alpes, depuis le Mont-Blanc jusqu'aux sources du Tanaro, flottait le drapeau français.

La neige fondue avait cédé la place à une pluie battante qui pénétrait jusqu'aux os. Aventino et ses hommes étaient en train de se partager les dernières réserves de biscuit, de pain de munition et d'eau-de-vie. L'obscurité était complète.

– Mon colonel, quelle décision avez-vous prise ? demanda le sergent-major.
– Devant nous : le campement ennemi. Nous en sommes séparés
par la rivière, qui peut être aisément franchie. À gauche, la forêt
qui a reçu un intense bombardement par grosses pièces, et qui est
impraticable. À droite, le village d'Aviglio, notre faiblesse numéri-
que fait que nous ne pourrons jamais l'atteindre, de plus il est trop
fortement défendu. Reste la montagne, derrière nous.
– Avec cette neige ? Vous avez vu ces pentes, ces précipices ?
– Justement. Si nous parvenons à nous installer là-haut, nous mon-
terons les canons qui nous restent, les munitions...
– On investit le vieux monastère et on ferme la passe, ajouta le
sergent-major.
– Je vois que vous connaissez la région.
– Mais après ?
– Après ? Le temps est notre meilleur allié. L'hiver est en train de
prendre la montagne dans la glace. Il va interdire toute relation
avec les différents corps d'armée et l'intérieur du pays. Les Français
ne sont que sur les crêtes. Les plaines nous appartiennent. Leur
inaction va les fatiguer, le manque de vivres va les affaiblir. La
vivacité de l'air, la crudité des eaux leur seront insupportables !
– Notre armée sera dans les plaines, fertiles, au chaud, en train de
se renforcer tous les jours.
– Voilà, exactement. Ici, sur notre petite crête nous ferons partie
de la longue chaîne qui, du mont Tende au mont Viso, en passant
par le mont Genèvre, le pic de Gletscherberg et le mont Brenner
préserve l'Italie d'une invasion.
À mesure que les arguments s'accumulaient, le ton montait. Le
vieux monastère, investi par la petite troupe d'Aventino, serait donc
une nouvelle fortification alpestre redoutable dressée aux côtés des
autres. On parla de batteries meurtrières qui protégeraient les précipices, de chemins escarpés et périlleux, de gorges étroites et profondes semées de fondrières, crevassées par le passage des torrents,
obstruées par les débris des rocs s'élevant au-dessus des hommes
comme une menace éternelle. C'était une tâche titanesque qui
attendait ces hommes, un défi aux éléments. Chaque angle de
rocher serait un rempart, chaque monticule une redoute. La montagne devenait une force nouvelle dans la coalition austro-sarde.
L'agresseur, forcé de disputer pied à pied ce terrain où tout favorise
la défense, où rien ne seconde l'attaque, presque toujours contraint
d'abandonner son artillerie dans des chemins impraticables,
d'oublier sa cavalerie, d'assaillir à découvert un ennemi retranché,
de n'opposer au boulet et à la mitraille que le feu de sa mousque-

terie ou la pointe de sa baïonnette, s'acheminait vers un échec
annoncé. Cette fois, il en serait fini de cette guerre où tour à tour
on devenait assaillants et assaillis, où des cris de victoire pouvaient
retentir alternativement dans les deux armées. Les Piémontais
gagneraient la bataille de la neige.

Après une nuit sans sommeil les survivants du régiment de Montferrat se dirigèrent d'un pas assuré à l'assaut de leur monastère. En
moins de quatre jours ils avaient atteint leur but. En un mois, et
durant des nuits où le thermomètre descendait jusqu'à moins 28°,
le lieu sanctifié était devenu une forteresse imprenable qui dominait
la route et bloquait tout passage vers les plaines du Piémont.

Presque entièrement entouré de rochers escarpés, le monastère
n'était attaquable que d'un côté, aussi y avait-on multiplié les ouvrages : double glacis, double chemin couvert, ravelins. Faute de matériaux, on avait remplacé ce qui aurait dû être un ensemble de
casemates inertes par un rempart percé d'embrasures. Dans ce formidable palais carré, pas une lumière ne brillait. Des toits plats, des
terrasses, des frontons, d'âpres formes enchevêtrées tranchaient
avec leurs fortes arêtes sur le ciel clair. Et sur le chemin escarpé qui
menait au portail, un arbre unique, saule misérable, dont on prenait
grand soin car il était un peu comme une image de cette Italie qui
sortirait victorieuse de toutes ces épreuves. Aventino n'avait aucun
souci pour la nourriture des chevaux qui, élevés dans la forêt, ne
vivaient en hiver que de mousse et d'herbes desséchées. Lâchés au
pied de la forteresse, ils grattaient la neige avec leur nez jusqu'à ce
qu'ils aient rencontré la couverture en paille ; alors, ils s'en donnaient à cœur joie, et mangeaient la neige quand ils avaient soif.
La grande crainte pour ces hommes était que les pieds ou les mains
ne gèlent, et que les soldats, inexpérimentés, ne viennent les
appuyer sur les poêles ; le soulagement n'était que passager et le
risque de les perdre tout à fait réel. Mieux valait sortir du monastère
et se frictionner vigoureusement les extrémités avec de la neige.

Tous les quatre jours, on relevait les postes à quarante pieds de
distance de l'ennemi, car en certains endroits, les deux camps
s'étaient à ce point rapprochés qu'une simple langue de neige les
séparait. Dans ces endroits, bien des fois, les hommes se souhaitaient le bonjour à coups de fusil. Chacun s'observait, ici un feu, là
une fumée, une carriole qui avançait péniblement le long des précipices, un mulet qui disparaissait dans une crevasse. Entre les hommes, une frontière matérialisée par de grands poteaux de bois, où
était inscrit, sur une plaque en fer blanc : SAUVEGARDE DE BASE.

En plusieurs mois de ce régime de glace et de neige, Aventino n'avait eu à déplorer que deux incidents. Le premier avait eu lieu peu après la fin des travaux de transformation du monastère en forteresse. À l'intérieur du *blockhaus*, la garde était relevée tous les matins avant le jour, et ce qu'on appelait pompeusement la garde descendante ne quittait ce poste avancé qu'après que les patrouilles eurent éclairé le chemin en avant, juste près du col de la Chevrette. Ce poste, renforcé par une garde doublée, dans les moments qu'Aventino considérait comme les plus critiques, mettait la centaine d'hommes du monastère à couvert sur toute la gauche de l'édifice. En cas d'attaque, cette retenue permettrait de recevoir promptement les secours puisque la liaison avait été établie avec Turin. Or, un matin, on vit arriver un équipage qui refusa de répondre aux sommations d'usage et ressemblait fort à une bombe ambulante. Un vivandier et sa femme, qui s'étaient égarés sur le chemin de montagne qui d'un côté mène au monastère et de l'autre conduit à Aviglio, tombèrent sous les balles des sentinelles. Le chariot qui contenait un baril de poudre explosa et blessa grièvement un sergent. On eut beaucoup de mal à enterrer l'homme et la femme côte à côte dans une terre endurcie par le gel.

Le second incident fit comprendre à Aventino que la guerre restait la guerre et que le moindre manquement à la vigilance pouvait être fatal et avoir de très graves conséquences. Si l'été, la route du col de la Chevrette était susceptible d'être parcourue par des voitures courtes, à cause des pentes rapides et des sinuosités nombreuses et brusquées qui se répétaient de mont en mont, ce passage était impraticable en hiver, en raison de la grande quantité de neige qui l'obstruait, et surtout à cause des vents impétueux qui tourbillonnaient dans les tournants. Lorsque l'air était calme, le matin, plusieurs mulets d'une taille, d'une encolure et d'une force prodigieuses, entretenus par les forces austro-sardes, partaient de la vallée au point du jour sans guides et se rendaient à la suite l'un de l'autre jusque sur le plateau du col, puis au pied du monastère, où ils trouvaient, sous un abri, du fourrage et de l'avoine, après quoi ils repartaient vers la vallée. C'est par ce moyen qu'Aventino recevait régulièrement nourriture et munitions. Si quelqu'un interceptait le convoi avant son arrivée au monastère, les mulets retournaient sur leurs pas, renonçant à la récompense qui leur était offerte au terme de leur voyage. C'est exactement ce que tenta de faire un soldat français, et cela sous le nez des gardes piémontais. L'homme était vêtu d'habits lui faisant comme une vaste redingote, de culottes en guise de pantalon, d'une veste qui lui tombait sur les épaules, de souliers trop grands, et était coiffé du grand bonnet à poils des grenadiers. Il s'était porté volontaire pour tenter de rapporter aux soldats enfermés sans vivres dans Aviglio de quoi se nourrir. Il n'avait rien mangé depuis quarante-huit heures, si ce n'était un morceau de vieux suint qu'il avait retrouvé dans une des poches de son sac, et avec lequel il graissait ses souliers. Bien qu'une partie de la garnison voulût le fusiller sans jugement, Aventino souhaitait avoir un entretien avec lui, avant, pourquoi pas, de le relâcher avec quelques sacs de farine et des tonnelets d'alcools. Mais l'homme, pauvre pantin effrayé et qui avait à peine vingt ans, tenta de s'enfuir, glissa le long des remparts, et alla s'écraser une dizaine de mètres en contrebas. Il mourut sur le coup. Quand, le lendemain matin, on descendit le chercher pour lui offrir une sépulture, le soldat chargé de cette tâche constata avec horreur que le pauvre homme avait été aux trois quarts dévoré par les loups.

9

Du temps avait passé depuis que le pauvre soldat affamé avait été dévoré par les loups, mais Aventino y pensait souvent. L'hiver avait cédé la place au printemps. Du haut de son observatoire, le colonel Roero Di Cortanze regardait la nature alentour. Les champs qui donneraient du blé, les forêts de châtaigniers, et la route de la vallée qui, avant la guerre, était utilisée par les convois de muletiers qui portaient à Turin le riz, le savon, le sel et autres denrées arrivant dans les ports du roi de Sardaigne. Aviglio, village bâti au flanc de la colline, si proche qu'on pouvait y voir tout à loisir le moindre déplacement des soldats français qui l'avaient totalement investi, surplombait la rive droite de la rivière où tant de Piémontais avaient péri noyés lors du passage de ce maudit pont de bois. Sur sa rive droite, la plaine s'étendait au pied du col de la Chevrette et la route s'engageait dans la vallée étroite et rocheuse, où elle décrivait toute une série de zigzags des plus tortueux. Une ferme en ruine était située à mi-chemin : celle où il s'était réfugié avec ses hommes. D'ici, tout lui semblait soudain clair, comme s'il trouvait enfin, plusieurs mois après, les réponses aux questions de stratégie militaire qu'il s'était alors, et en vain, posées. Depuis quelques instants, il suivait des yeux un homme à cheval qui galopait le long de la route sinueuse qui partait de la vallée et conduisait au col après avoir formé plus de soixante lacets. « En voilà un qui n'est pas au bout de ses peines ! » pensa-t-il en rangeant sa longue-vue dans son étui.

– Français ou Piémontais ? demanda un soldat, sur le ton de la plaisanterie.

– Les paris sont ouverts, répondit Aventino.

– Si c'est un Piémontais, il n'ira pas loin. Les Français ne pourront jamais nous déloger, mais lui, ils vont le tirer comme un lapin !

71

La sentinelle du poste avancé avait déjà fait passer le message : « Un cavalier se dirige vers nous. » Aventino reprit sa longue-vue et la braqua à nouveau sur le cavalier. À mesure qu'il progressait, les hommes du fortin délaissaient leur occupation pour le suivre à leur tour. L'un reposa sur le sol la poterie qu'il était en train de recoudre avec du fer ; un autre arrêta de jurer, en dialecte de Cuneo, contre les généraux, la pluie et la faim ; un troisième interrompit le centième récit de son enfance passée à l'ombre du palais de Moncalieri, résidence des rois de Piémont-Sardaigne ; un quatrième cessa de nettoyer les boutons de son uniforme avec une brosse et du tripoli... Cela ne faisait maintenant plus aucun doute : le cavalier se dirigeait vers le monastère. Penché sur les crins flottants de son cheval, il se laissait porter par lui, tout en ne cessant pas de l'exciter et de le guider, le cinglant, l'éperonnant, tirant brusquement sur les rênes, avec intelligence et précision. On eût dit que la bête ne sentait ni le mors ni la selle, et que le cavalier tout en menant son cheval ventre à terre faisait tout pour ne point le harasser. « Je connais peu d'hommes capables de monter aussi bien », pensa Aventino.

– Ce n'est pas un paysan, il monte si bien que le cheval prend un plaisir extrême, fit remarquer une sentinelle.

Arrivé devant les positions françaises, l'homme retint l'animal lancé sur les quatre pieds et l'arrêta court, puis changeant brusquement de direction coupa à travers bois, piquant son cheval comme pour s'élancer à la poursuite d'un cerf ou d'un sanglier. On entendit plusieurs coups de feu qui, répercutés par les échos, résonnèrent avec un tel fracas dans la montagne que des bandes d'oiseaux effrayés s'enfuirent vers le ciel. Le cavalier avait disparu dans la profondeur de la forêt.

– Italien, donc, dit la sentinelle, sinon il se serait arrêté chez les Français...

– Ou émigré ? répliqua Aventino.

L'homme finit par ressortir de la forêt du côté opposé aux positions françaises.

– Il connaît la région, fit remarquer Aventino. C'est le meilleur chemin pour retrouver la route du monastère tout en évitant Aviglio.

– Colonel, il nous fait des signaux, regardez !

L'homme, en effet, ayant arrêté son cheval, transmettait des signaux aux soldats du monastère à l'aide d'un petit miroir avec lequel il captait les rayons du soleil. Aventino regardait attentivement. Dans le cercle de sa longue-vue, il vit que l'homme, tête nue, portait une longue chevelure blonde tressée et liée en queue, et l'uniforme des dragons du roi.

– Fourragère, aiguillettes, brandebourgs... C'est un dragon piémontais, messieurs... Il en a le costume..., dit tout haut Aventino.

– C'est peut-être un déguisement pour nous abuser ?

– Mon colonel, son signal ne répond à aucun code.

Plusieurs sentinelles avaient déjà pointé leurs armes vers le cavalier.

Soudain, Aventino esquissa un sourire, prit un éclat de miroir et
retourna au cavalier son signal. En une seconde, tout lui revint. Les
champs de blé entourés de haies de mûriers, et la petite fille qui
court en tablier coloré sous le soleil resplendissant de juin. Elle
représente l'armée adverse, celle qui a piétiné le blé, arraché les
vignes, incendié les fermes : l'Autriche ! C'est la petite guerre avant
la vraie. Ses longs cheveux touchent presque terre. Pendant ce
temps, les boulets de canon secouent les mûriers, les uniformes
s'éclaboussent de sang, les chariots passent le Pô à gué, les moyeux
se brisent contre les pierres, les chevaux se cabrent et le courant
les emporte. Sur l'autre rive, le porte-drapeau du régiment de Castellero transmet un message à l'autre porte-drapeau, celui du régiment de Cortanze, juché sur une meule de foin, qui est une haute
tour. « Ramenez l'aile droite », ordonne le miroir.

– « Ramenez l'aile droite », dit Aventino.

La sentinelle qui, aux côtés d'Aventino, avait suivi le trajet du
cavalier depuis le début hésitait, ne sachant s'il devait en rire ou
craindre le pire :

– « Ramenez l'aile droite », qu'est-ce que c'est que cette histoire ?
Je ne comprends rien...

Aventino ne répondit pas, ordonna d'ouvrir les portes du monastère, et de baisser les armes. Il courut le long du chemin de ronde,
dévala les escaliers, traversa la cour, et se retrouva face à l'homme,
qui tenait son cheval par la bride. L'un était couvert de sueur, l'autre
trempé d'écume.

– Ippolito !

– Aventino !

Les deux hommes se jetèrent dans les bras l'un de l'autre. Se
touchant. Se frappant. S'embrassant. C'était tellement irréel. Les
paroles se bousculaient dans la bouche, et quand survenait une
vague trop forte d'émotion les mots redevenaient du silence. Et
Vincenzo, et Barnaba, et Joseph, et Percy ? Qu'étaient devenus tous
les amis ? Et Santa Margherita, et la Grassini, et le cardinal, et Maria
Galante, enfin ? Et toi, Ippolito ? Et toi, Aventino ? Depuis le début
des hostilités, Ippolito n'avait plus jamais remis les pieds à Gênes.
Lodovico Cernide louvoyait entre les Autrichiens et les Français,
attendant de choisir son camp et l'heure propice à la trahison. Le

cardinal Antonelli était retourné à Rome. Quant aux autres, il ne savait pas. Il ne savait rien.

– Rien au sujet de Maria Galante ?

– Non... Ce n'est qu'une prostituée.

– Sans doute, répondit Aventino, étonné de se sentir blessé par la remarque de son ami.

– Mais parle-moi de toi, Aventino ! De toi !

– La mort, le sang, l'horreur. Une guerre dont on peut se demander à quoi elle sert.

– Tu es colonel ?

– Oui ! Colonel perché sur le toit de son monastère comme jadis sur sa meule de foin, à surveiller les montagnes... Et toi, Ippolito ?

– Comme toi, la guerre aussi, contre cette bande de va-nu-pieds républicains. Avec la chirurgie en plus, les amputations, les rafistolages, les rapetassages sanglants...

– Tu sauves des vies !

– Si peu...

– Où as-tu combattu ?

– Ormea, Saccarella, la Tanarde, le col Ardent. On vient de tenir tête à Masséna au col de Tende, mais on a dû se retirer plus en arrière, en direction de San Dalmazzo et de Cuneo.

– Retranchés entre la Stura et le Gesso ?

– Oui, répondit Ippolito, désabusé. Colli-Marchini, Dellera, d'Argenteau, le duc de Chablais, de Vins et ses rhumatismes : nous sommes commandés par des incapables ! Tu sais ce qui me ferait plaisir, Aventino ?

– Dis, mon ami...

– Je suis épuisé ! Tu me laisses dormir et on reparle de tout cela au réveil. J'ai une bouteille d'eau-de-vie dans mon sac...

Ippolito ne s'était réveillé que le lendemain en fin de matinée. Autour du feu, Aventino et Ippolito mangeaient leur soupe de petits pois et des tranches de cheval grillées. La bouteille d'eau-de-vie circulait de l'un à l'autre.

– C'est le seul vrai repas de la journée ! Tu aurais peut-être préféré des animelles, des ris de veau frits, des artichauts à la poivrade, des fraises, du fromage et du vin blanc...

– Et pourquoi pas ? répondit Ippolito.

– Comme à la *Trattoria Antichi Sapori*, à Cortanze...

– Tout ça est tellement loin.

Aventino s'assombrit :

– Combien de temps va durer cette mascarade ? Cette guerre qui ne veut pas dire son nom.

– Mais c'est une vraie guerre, tu sais. Évidemment, vu de ton nid d'aigle, tu as l'impression que tout est bloqué...

– Et ce n'est pas le cas ?

– Non. Finale, Loano, Savone, Vado, la redoute de la Planète, qui avait été construite par Kellermann, les postes de Saint-Bernard, de Rocca-Barbena et de Bianco, ont tous été abandonnés par les Français ! Sur la rive droite et sur la gauche du passage de Terme, en avant d'Orméa, nous avons repoussé l'ennemi derrière ses avant-postes.

– Ce qui veut dire ?

– On leur a laissé croire que les Alpes, qui descendent doucement et lentement par de longues vallées vers les plaines, allaient leur servir à se ruer sur l'Italie et la plaine du Pô, comme l'eau qui descend des montagnes et se déverse dans la mer.

– Où est la ruse ?

– Mais ce sont nos montagnes qui nous protègent. Nous sommes maîtres des montagnes et les Français se trouvent dans la folle nécessité de devoir les attaquer de bas en haut !

– Tu ne crois plus en la possibilité d'une rencontre sanglante, en terre ferme, entre les troupes autrichiennes descendant du Tyrol et les troupes françaises qui auraient investi la Lombardie ?

– Non. Si j'étais français, je m'attaquerais d'abord au Piémont, ses chefs militaires sont des vieillards impotents.

Aventino sourit :

– Dis-moi, Ippolito, tous ces traités militaires que tu as ingurgités au fil des années, ils t'ont servi à quelque chose ?

– Non. À rien. Pour ce qui concerne la chirurgie, c'est la même chose. Fini les cobayes, les mannequins en cire. Les écorchés sont sur place, éventrés, tu n'as qu'à te baisser...

– Je te demande ça, parce que je viens de passer ici l'hiver le plus long et le plus calme de ma vie. Dans une solitude totale, frappée par une si curieuse immobilité. Tout ça me semble tellement irréel que...

Aventino n'eut pas le temps de finir sa phrase, un soldat venait d'entrer dans le réfectoire qui lui servait tout à la fois de chambre et de bureau :

– Colonel, le canon tonne à Aviglio...

À l'endroit le plus haut du monastère, les Piémontais dominaient toute la vallée et avaient une vue inespérée sur Aviglio, repérant le moindre mouvement de ceux qu'ils appelaient les « morts de faim ». Qu'il s'agisse de leurs brèves sorties pour venir cueillir les feu-d'enfer, le sarrasin et les pissenlits dont ils faisaient une sorte de farce qu'ils mangeaient en guise de pain, ou les pommes de terre fendues en quatre que les laboureurs plantaient dans les champs pour l'hiver suivant, ou encore de plus inquiétants déplacements d'hommes et de matériel, rien ne leur échappait. À peine avait-il rejoint les soldats déjà postés sur les hauteurs que d'autres pièces de canon furent allumées. Puis ce furent les cloches qu'on sonna à toute volée...

– Qu'est-ce que c'est que ce charivari ? cria Aventino.

– Écoute..., dit Ippolito.

Montaient du village les sons creux de tambours battant l'air de *Ça ira*. Ceux qui possédaient des longues-vues pouvaient observer une scène étrange tout en la commentant à ceux qui n'en avaient pas. Derrière les tambours une jeune fille, vêtue de blanc, avec une écharpe tricolore et un bonnet rouge, brandissait dans une main le drapeau français, et de l'autre conduisait un enfant. Venaient ensuite, en rang, deux par deux, des jeunes filles et des jeunes garçons tenant dans leurs mains des panetières remplies de fleurs, de branches de chêne et d'olivier. Derrière eux : des officiers, des paysans armés de piques, des hommes en tenue de ville, des femmes tenant dans leurs bras des bébés ; un peloton de grenadiers de ligne et un peloton de cavaliers fermaient la marche. La petite troupe arriva sur la place et se regroupa autour d'une estrade dressée en son centre et décorée. Sur la scène : la maquette d'une Bastille. Un homme monta sur scène et prononça ce qui devait être un discours. Une femme le rejoignit. À ses gestes, on comprit qu'elle entonnait un chant. Aventino et Ippolito avaient l'impression d'assister à une cérémonie secrète, comme il en existait tant aujourd'hui en Italie depuis que Giuseppe Balsamo et le fameux Cagliostro y avaient planté les graines de la magie. « Ils vont bientôt distribuer de la poudre d'immortalité et du vin de jeunesse ! », dit Aventino. Puis on vit la foule reculer de plusieurs mètres de la scène, tandis que des chevaux de labour, caparaçonnés de longs draps tricolores, étaient offerts au village par les autorités françaises.

Hasard malheureux ou mauvaise coordination ? Dans le même temps, arrivèrent des rues avoisinantes, convergeant vers la place, des gens en haillons, armés de fourches et de faux, et qui braillaient. Dans un angle, pointés vers la montagne : deux canons. À peine les premiers braillards avaient-ils pénétré sur la place que le feu fut mis à la charge d'un des canons. La mèche enflammée passa par la lumière et provoqua une énorme déflagration qui secoua les montagnes. Les chevaux, attachés au peloton de cavaliers, habitués au combat, bougèrent à peine. Les chevaux de labour, surpris, poussèrent de prodigieux hennissements, cassèrent leur bride et s'emportèrent dans la foule. Rien ne put les retenir. Les Piémontais, impuissants, observaient la scène, dans un silence relatif puisque les cris et les hurlements ne leur parvenaient qu'à peine, atténués par la distance. Dans une pénible scène muette, ils voyaient des femmes et des enfants rouler sous les pieds des chevaux devenus fous. La confusion, l'effroi, le tumulte étaient à leur comble. Ici, une mère tremblante emportant son enfant demi-mort, là, cette jeune déesse Raison, à la chemise blanche couverte de sang. Certains parvenaient à porter secours à des infortunés qui revenaient à la vie et qui porteraient pour jamais le souvenir de cette fête inscrit sur leur visage mutilé. « On dit qu'en France tout finit par des chansons, qu'en Italie, pour que la fête soit complète, il faut ajouter un *sparo di mortari*, des pétards ; mais quand la France vient en Italie, pensa Aventino, c'est la mort qui clôt les réjouisances. » Voilà comment, le 14-Juillet 1795 fut célébré à Aviglio. Le lendemain, Ippolito Di Steloni, pleurant presque de devoir quitter son ami, et toujours à la recherche d'un chef d'armée providentiel auprès duquel il rêvait de s'engager, rejoignait son régiment.

Les semaines suivantes, l'attente se poursuivit pour les hommes du monastère, mais l'été venant, la nature plus clémente adoucit leur séjour. De temps en temps, leur parvenaient des nouvelles de Turin et de la guerre. Une chose était sûre : le manque de vivres se faisait sentir avec plus de force que jamais parmi les Français. Éloignées des rives de la Méditerranée, leurs unités étaient lentement acculées à la famine. Bien qu'Oneglia et Albenga leur appartinssent encore, elles ne pouvaient suffire à leur approvisionnement. Des escadres anglaises et des corsaires sous pavillon autrichien ou napolitain croisaient sur les côtes jusqu'à Nice, arraisonnant tous les vaisseaux neutres qui tentaient de se rapprocher des côtes occupées par des Français qui ne pouvaient attendre de secours des départements du Midi, en proie à l'anarchie et à la disette. De plus, les transports étaient inexistants : faute de fourrage, les chevaux et les mulets de l'armée étaient morts. Au fil des jours, l'argent se fit rare, les services s'interrompirent, nombre de soldats furent frappés de maladies, les transports des hôpitaux, de l'artillerie, du chauffage, des vivres, tout se trouva interrompu et menacé. Une désorganisation subite gangréna ce que les Français appelaient l'armée d'Italie. Plus de pain, plus de viande ; des bataillons entiers restaient bloqués plusieurs jours, n'ayant pour toute nourriture que de mauvais biscuits avariés. La famine devenait le plus puissant auxiliaire des armées coalisées. Bientôt Nice et la Savoie seraient reconquises. Le centre et la gauche de cette fameuse armée d'Italie, ainsi que la droite de celle des Alpes furent bientôt attaqués. À Tende, Fréjus, à Saint-Barnouil, au Mont-Cenis. Dans les retranchements de Zuc-carello, les postes de Linferne, de Rocca-Barbena, d'Issando, les armées sardes reprenaient du terrain. Les Français seraient vaincus par la faim, le découragement et la lassitude. Les bataillons fatigués étaient remplacés par des bataillons frais, armés, nourris, sûrs de leur victoire.

Face à cette armée française de pouilleux et de loqueteux, aussi peu nombreuse, mal nourrie, désarmée, les Sardes abandonne-raient bientôt cette guerre de postes inutile et dangereuse, pour la remplacer par une offensive massive et puissante. Quarante mille hommes, lancés contre les coupeurs de têtes, les écraseraient en moins d'un jour. Ippolito Di Steloni, comme tant d'autres, attendait les ordres de Vienne, de Naples et de Turin pour agir. Il fallait dépasser la vieille tactique et la lenteur autrichiennes, l'alliée hon-nie, et les dissensions de ses généraux. Quoi qu'il en soit, on avait atteint le milieu du mois de juillet, et la chance commençait à tourner en faveur des Italiens. Voilà ce que résuma en peu de mots le messager dépêché par Turin au colonel Aventino Roero Di Cor-tanze, afin qu'il participe à la réunion de travail durant laquelle, et dans le plus grand secret, la France voulait faire de nouvelles pro-positions de paix au roi de Sardaigne par l'intermédiaire de l'ambassadeur d'Espagne. La cour avait souhaité la présence de plusieurs hommes de terrain. Aventino, grâce à l'action d'éclat qu'il avait entreprise avec l'aide de ses hommes au col d'Aviglio, ne pouvait pas ne pas faire partie de ce cercle restreint et glorieux. Sa présence était ardemment souhaitée.

10

ALARMÉ des progrès des troupes françaises déjà maîtresses de la partie de ses frontières dont il avait cru l'accès impossible, le roi d'Espagne, croyant Pampelune menacé, tremblant pour la Navarre, et craignant sans doute que le chemin de la Castille et de l'Aragon ne fût ouvert aux républicains, se décida, désabusé et sans illusions, à la paix. Un article du traité conclu avec la France stipulait que la République accepterait sa médiation pour rétablir la bonne intelligence entre la nation française et d'autres royaumes comme ceux du Portugal et de Naples, ainsi qu'avec certains souverains d'Italie dont celui de Sardaigne. En conséquence de cette clause de pacification, l'ambassadeur espagnol à Turin envisageait de proposer au roi, au nom de la Convention, la garantie entière de ses États s'il voulait rester neutre et laisser l'armée française traverser le Piémont. S'il consentait à joindre ses forces à celles de la France, contre les Autrichiens, la possession de la Lombardie lui serait offerte pour le payer de ses efforts. Voilà, en peu de mots, ce que Roberto Ercole Roero Di Cortanze était en train d'expliquer à un fils d'autant plus soudainement aimé qu'il s'était illustré à Aviglio.

Aventino, qui avait chevauché une partie de la nuit, tout humide encore de la grisaille du matin, eut à peine le temps de se laver les mains et le visage, de revêtir quelques effets propres et de tirer ses bottes *seafarot*. Protégé par ses hautes grilles et gardé par les statues équestres en bronze de Castor et de Pollux, le *palazzo Reale* allait abriter des négociations qui, quelles que soient les décisions prises, pèseraient lourd dans l'histoire du royaume de Piémont-Sardaigne.

Sur une longue table recouverte d'un drap bleu, frappée à chaque extrémité des armes de la maison de Savoie, un frugal repas avait été apporté. Bien qu'une grande partie des personnes conviées fussent déjà présentes, la tonalité générale de l'assemblée n'était pas à la clameur. On ne parlait qu'à mi-voix avec son voisin, même si les conversations semblaient fort libres. Dès que le roi fut annoncé, les groupes se disloquèrent, et chacun regagna sa place tandis que toutes les bouches se fermaient. Quel silence soudain : on eût dit une chartreuse ! À mesure que Victor-Amédée s'avançait vers la cheminée monumentale qui donnait à la pièce toute sa solennité, les têtes se courbaient. À petits pas, le roi dispensait ici et là un mot de politesse, gradué suivant l'état, le rang ou les qualités des heureux élus. Puis, le dos à la cheminée, dans une attitude de grand cérémonial, il déclara la séance ouverte et convia ses invités à s'asseoir. Très vite, les mousses glacées de jus d'orange, d'abricot ou de pêche, les barberas âpres et noirs, les doux muscats couleur de tabac furent versés dans les verres et les coupes. On toucha à peine aux biscuits, aux petits pains, aux *pomi carli* de Finale, aux énormes parts de melons de Sardaigne, et aux *melanzane* grillées de Livourne, présentés dans des plats en argent par des serviteurs qui ne portaient pas de livrée mais des redingotes de drap marron brodé d'or. L'heure était au recueillement, et c'est à peine si l'on se permit quelques bons mots d'usage, « on dirait du vin niçois, coupé avec la crotte de pigeon et de la chaux vive », ou « ne trouvez-vous pas, cher marquis, que ces melons d'eau ressemblent fort aux seins de madame Dintorinegri »...

Le ministre plénipotentiaire espagnol avait une drôle de figure qui ne déparait pas cette curieuse assemblée de vieillards affublés de perruques frisées comme on en portait il y a vingt ans, et dont chaque mouvement de la tête en faisait sortir des nuages de poudre. La plupart d'entre eux étaient un jour ou l'autre venus à l'une des soirées que le père d'Aventino donnait au château de Cortanze, à l'époque où il y habitait encore. En les regardant, Aventino ne put s'empêcher de sourire au souvenir d'une de ces réceptions durant laquelle, tandis que des laquais en riche livrée formaient une haie majestueuse sur le grand escalier de marbre tout illuminé, décoré d'un somptueux tapis et bordé d'arbustes fleuris, tous ces beaux messieurs, à peine descendus de leurs carrosses au bas du perron, allèrent aussitôt s'échelonner le long des degrés pour prendre « certaine précaution » devant un caisson de myrte ou d'oranger. Ces hauts dignitaires inondaient les portiques d'urine sans se soucier le moins du monde de la présence des dames en falbalas, ni des éclaboussures que recevaient les traînes de leurs robes. Ces mêmes hommes, aujourd'hui, allaient décider du sort du Piémont.

On évoqua les conséquences de la mort malheureuse du jeune Louis XVII survenue quelques mois auparavant, et la cour « chimérique » que son successeur avait rassemblée à Vérone, l'échec des soulèvements en Bretagne, en Vendée et dans le bocage normand, les massacres perpétrés par les autorités républicaines et les maladresses qui semblaient avoir définitivement compromis les défenseurs de la légitimité, « car tout ceci se tient, messieurs, tout ceci a et aura des répercussions sur la suite de notre histoire », conclut le roi.

Victor-Amédée, qui avait, dit-on, le cœur « naturellement haut et généreux », n'avait guère le choix. En s'alliant à la France, il sauvait provisoirement son royaume, mais au prix d'une trahison envers son allié... Son peuple était épuisé par ces escarmouches en montagne. Refuser la proposition du ministre espagnol c'était se faire de la France un ennemi irréconciliable. Refuser tout moyen d'accommodement, c'était se jeter dans une aventure guerrière dont l'issue était plus qu'incertaine. Il fallait trancher. « Monsieur le ministre, dit le roi, en se tournant vers le marquis de Silva, nous vous écoutons.

– Tous les malheurs du Piémont viennent de l'Autriche, sire...

Plusieurs têtes s'inclinèrent, afin de marquer leur approbation. On murmura autour de la table. Un léger nuage de poudre s'échappa de plusieurs perruques.

Le roi demanda au marquis de Silva de poursuivre. Mais Aventino, ne laissant parler que son cœur, intervint :

– C'est exact ! L'Autriche, plus qu'un défenseur, se conduit comme un conquérant. Elle sera la cause prochaine de notre ruine et non l'auteur possible de notre salut !

Tout le monde avait entendu parler des exploits du jeune marquis, et de son caractère impétueux. Aussi ne manqua-t-on pas de l'observer avec une certaine curiosité. Fallait-il dire tout haut, comme il venait de le faire, ce que beaucoup pensaient tout bas ?

– Poursuivez, marquis de Silva, poursuivez.

– Messieurs, du jour où les Français sont parvenus à établir la ligne de leurs opérations, du flanc oriental des Alpes jusqu'à travers les Apennins, nos barrières les plus sûres ont été renversées. Le Piémont, privé de toutes ses défenses, miné de tous côtés, est menacé d'une ruine aussi prochaine qu'inévitable.

Le voisin d'Aventino, Massimiliano di Massetti, vieux serviteur de la maison de Savoie, ne put s'empêcher de maugréer : « Ce n'est tout de même pas un Espagnol qui va venir nous faire la leçon ! »

Le marquis de Silva continua :

– Ignorez-vous, messieurs, les ordres donnés aux généraux autrichiens ? Éviter les actions périlleuses, ménager les soldats, réserver les troupes pour la défense de la Lombardie. Dès que les Français se seront ébranlés du côté de Gênes, vous les verrez, je vous le dis, vous les verrez, ces mêmes Autrichiens, se replier en Lombardie, et vous abandonner à votre triste sort !

Le vieux Massimiliano di Massetti fit, cette fois, un effort surhumain pour se relever, et, tout en tremblant, lança :

– En somme, vous êtes en train de nous expliquer que la paix est préférable à la guerre ?

– Je vous exhorte à la paix !

– Et quel qu'en soit le prix ?

– Les forces qui vous restent encore peuvent vous la faire obtenir honorable et avantageuse. Si vous attendez la dernière extrémité, on vous l'imposera et elle sera honteuse, et vous aurez signé votre esclavage éternel.

Parmi les conseillers du roi, une ligne de partage commençait de se dessiner. Si une telle paix était acceptée, ce serait davantage par haine de l'Autriche qu'en faveur de la France. Le père d'Aventino prit la parole, regardant alternativement son fils et son roi :

– Le marquis de Silva nous propose de faire la paix. Avec qui ? Avec une République, ennemie naturelle et terrible de tous les rois ! Quant aux armées en présence, quelles sont les plus considérables ? la nôtre réunie à celle de l'Autriche, ou celle de l'ennemi exposée seule aux deux autres ? Quel est donc le but de ces doléances ? Que veulent dire ces prédictions sinistres ?

– Oui, dit le vieux Massimiliano : les Français sont maîtres des hauteurs ? Qu'ils les gardent ! Et qu'ils périssent de faim, de misère, de froid et d'ennui ! Nous avons parmi nous un fier combattant qui sait mieux que moi ce que tout cela veut dire !

On entendit ici et là quelques applaudissements qui ne seyaient guère à une réunion diplomatique. Le roi en fut gêné. Le marquis de Silva feignit d'en être affecté, et avec une politesse aussi protocolaire qu'habile demanda à Aventino de s'exprimer sur ce sujet. Mais Massimiliano poursuivit :

– Il y a une certaine infamie à accepter un traité qui stipule des donations à un ennemi, et le partage des dépouilles d'un allié. L'honneur est encore, je pense, de quelque prix en ce monde ! Alors que faire ?

Aventino prit la parole :

– Un accord avec la France serait l'asservissement du Piémont, son bouleversement, sa ruine totale. L'Autriche ne peut nous obliger à courber la tête sous son joug. La France, si, sans peine. La laisser entrer sur notre territoire, c'est creuser le lit du fleuve qui nous emportera.

– Que proposez-vous, cher marquis ? demanda le roi.

– La France ne nous recherche que pour s'accommoder ensuite avec l'Autriche. Elle fera la paix avec elle dès que l'occasion s'en présentera. Et son trésor est vide. Avec une telle paix, elle nous vole notre territoire, nos soldats, nos...

Le marquis de Silva, refermant sa chemise de cuir, fit mine de vouloir quitter la salle. La noble assemblée, visiblement, ne semblait guère vouloir accepter ses propositions. Aventino se sentit mal à l'aise, et une rougeur soudaine lui monta aux joues. Mais un regard du roi le rassura immédiatement. Toutes ces gesticulations faisaient partie du jeu...

– Remercions notre héros d'avoir parlé sans détour, en homme de cœur et en soldat.

La discussion se poursuivit plusieurs heures encore, au terme desquelles on fit comprendre au ministre espagnol que la délibération aurait lieu sans lui. Il eut l'élégance plénipotentiaire de ne pas broncher. On le remercia pour sa bonne volonté, la qualité de ses propositions, la clarté et l'honnêteté de son discours et de ses interventions. Le marquis de Silva parti, le roi prit la parole :

– Messieurs, je résumerai donc la situation en ces termes. Je pense que l'amitié avec l'Autriche n'est pas d'un dur métal, ce pays nous occupe, nous opprime, nous devrons nous en débarrasser un jour. Quant à l'amitié avec la France, elle serait plus que périlleuse. Procédons donc en deux mouvements : résistance à la France, puis, quand l'heure sera venue, éviction de l'Autriche. Je vous exhorte à faire tête à la fortune. Je vous en supplie, persistez dans cette constance qui vous a toujours distingués. Montrez à la face du monde que le Piémont, aujourd'hui menacé, ne déploie pas moins de fermeté que le Piémont envahi du temps de nos ancêtres.

Un tonnerre d'applaudissements marqua la fin du discours du roi. Il partit aussi dignement qu'il était arrivé. Passant devant Roberto Ercole, il glissa à son vieux conseiller de ménager autant que faire se pouvait le marquis de Silva qui semblait si fort marri, et engagea Aventino, auquel il donnerait bientôt de nouvelles attributions, à continuer d'offrir, au reste du royaume, un si bel exemple de courage. Le père et le fils semblaient provisoirement réconciliés. Aventino se sentait pris dans un mouvement qui le dépassait, une machine infernale dont il aurait lui-même élaboré les plans mais qui, maintenant qu'elle était construite, échappait entièrement à son vouloir. Son père l'embrassait, le félicitait, le présentait à ses pairs comme il le faisait jadis lorsque, à la fin des repas si guindés, si solennels, il lui demandait de réciter un poème en latin, d'éblouir l'assemblée en exécutant, fleuret en main, un impeccable contre de quarte, ou de donner dans l'ordre les noms de ses ancêtres depuis 636. En refusant les propositions de l'émissaire hispanique, le roi de Piémont-Sardaigne avait décidé de « reprendre les hostilités avec force et vigueur, et de tenter des succès décisifs ». Aventino se dit qu'il n'était pas outrecuidant de penser qu'il n'avait pas été étranger, lui qui détestait tant la guerre, à cette souveraine décision. Il ne savait ni où, ni quand les hostilités reprendraient, ni quelles seraient cette nouvelle affectation et ces nouvelles responsabilités évoquées par le roi. Il lui fallait rentrer à Cortanze et attendre.

11

PRÉVENUE en fin de matinée du retour probable d'Aventino au château, Felicita, qui dirigeait toute une petite société de domestiques, ne cessait de pester. Une joie mêlée accompagnait les retrouvailles. Cela faisait plus de quinze mois que le jeune marquis était parti risquer sa vie dans les montagnes, et elle n'avait même pas pu préparer dignement son retour. Pas de repas extraordinaire, pas de fanfare ; quant au château, il croulait sous la poussière et les toiles d'araignées ! La vieille gouvernante, pour qui Aventino était comme un fils, et dont elle s'était occupée depuis sa naissance, ne décolérait pas. Colonel ou pas, embrassades ou pas, monsieur le Marquis aurait pu essayer de la faire prévenir ! Elle était hors d'elle, et cela d'autant plus que Barnaba Sperandio, « ce Vénitien mangeur de poux de mer », ne se contentait plus d'occuper le campanile de l'église de Cortanze pour observer les étoiles mais avait volé toutes les toiles d'emballage et le papier de la réserve pour construire ses maudits ballons ! « *A's peul nen pié na galina per la pùpe* », marmonnat-elle, recourant, comme à son habitude, à l'un de ses fameux proverbes piémontais.

Tandis que Felicita laissait progressivement s'évanouir sa colère pour ne plus jouir que du simple plaisir de revoir son cher Aventino, c'est-à-dire de le noyer dans un flot de paroles, de vraies et de fausses nouvelles, de mises au point, d'anecdotes, de chiffres, de considérations météorologiques, de naissances et de morts, de précisions sur l'état de la toiture et sur ses douleurs à la jambe gauche, celui-ci se laissait submerger par la joie de retrouver son château. La voix de Felicita, gardienne de sa jeunesse, lui rappelait ses jeux dans le labyrinthe de buis et de lauriers, ses courses dans les longs couloirs sombres, les greniers, les caves, les cuisines. Comme lorsqu'il avait quatre ans, et qu'il parcourait l'une après l'autre les pièces du château en tenant la main de Felicita, Aventino touchait les meubles, les murs, les objets. Reprenant contact avec cette part de lui-même, il retrouvait son idée du bonheur. Ici, il oubliait tout, comprenant que ce qu'il apercevait là-bas, au-delà de la ligne des collines, derrière le bois de cèdres, à la limite des vignes plantées en hautins, n'était pas la vie dont il avait rêvé, mais autre chose, fait de toutes les contraintes et de toutes les déceptions accumulées. La guerre était aux portes de l'Italie et le crépuscule qui descendait sur la tour ronde du château était peut-être un des derniers qu'il regardait en homme libre... Plus tard, allongé sur son lit, il finit par s'endormir, et fut réveillé plusieurs heures après par des coups frappés contre la porte de sa chambre.

– Barnaba !
– Aventino !
Les deux hommes s'étreignirent de toute la force de leurs bras. Barnaba tournait autour d'Aventino, le détaillant des pieds à la tête :
– Notre héros est entier ! Vivant ! Pas trop amaigri !
– Toi non plus ! Tu aurais même engraissé, on dirait... Felicita t'a trop gavé !
– Tu veux rire ! Elle m'a mis à la diète. Elle a peur des Juifs !
– Mais non, imbécile. Ce sont tes ballons qui l'effrayent. Et en plus, tu lui vides ses réserves, à ce qu'elle m'a dit !
– J'ai enfin trouvé ce que je cherche depuis des années ! La navigation aérienne est possible ! C'est une question de force ascensionnelle. Le gaz, Aventino ! Le gaz ! Je l'ai obtenu en faisant brûler un mélange de paille et de laine hachée. Ensuite, il a fallu trouver une enveloppe, pour le contenir... J'ai d'abord employé un globe de papier, puis un ballon de taffetas. Échec. Ce n'était pas comme ça.
– Et alors ?
– Alors ? La science va devoir remercier Felicita. Sa toile d'emballage doublée de papier a fait une enveloppe bien plus résistante que la précédente. Ce troisième ballon, qui pesait deux cent quarante-cinq kilogrammes, s'est élevé en dix minutes, à cinq cents mètres de hauteur ! En attachant une cage d'osier au ballon, j'ai déjà envoyé dans les airs un coq, un mouton et un canard ! Si tout va bien, je prévois qu'un homme pourra bientôt prendre place dans mon aérostat !

Aventino ne put s'empêcher de rire, imaginant ces malheureuses bêtes volant au-dessus du clocher de l'église de Cortanze, et un peu plus tard, un homme gesticulant de tous ses membres, dans son panier à champignons... Soudain, Barnaba devint sombre, et, prenant Aventino par les épaules :

– Mon ami, je suis là à te parler de mes aérostats, et toi pendant ce temps tu as fait la guerre... Raconte-moi, raconte-moi, mon ami.

– Il n'y a pas grand-chose à raconter. Du sang, de la boue, des carnages. Lorsqu'on demande aux plus jeunes de se préparer à l'attaque, tu vois leur visage changer. On y lit le désarroi, la peur, la résignation. Certains restent de longues minutes la tête sous leur couverture. Il y en a qui prient. J'en ai même vu qui rédigeaient des lettres à leur fiancée, à leurs parents, leur testament. Je viens de passer des mois dans la neige, enfermé dans un monastère près du col de Tende. Tout ça est assez absurde, en vérité.

– Ippolito t'a rendu visite.

– Comment le sais-tu ?

– Je l'ai vu peu de temps avant son départ.

Aventino, sortant de sa triste rêverie sur l'absurdité de la guerre, s'ébroua comme un homme qui revient de l'autre monde :

– À Gênes ?

– Non, à Castellero.

– Et les autres ? Tu as vu les autres ?

– Assez peu. Tout le monde est dispersé un peu partout. Lodovico Cernide vend du blé aux jacobins de Lyon, Kristan von Enghelhard est à Milan.

– Et notre écrivain Vincenzo ?

– Il écrit plus que jamais des pamphlets contre les Français.

– Et les femmes ? Lucia ? la Severina ?... Maria Galante ?

Barnaba parut soudain gêné :

– Je crois que Maria Galante ne va pas très bien. Elle s'ennuie. Elle aspire à une autre vie. La dernière fois que je l'ai vue, elle ne parlait que de toi. Et puis, elle a été très affectée par la mort de...

– Qui est mort ?

– C'est idiot, évidemment, comment pourrais-tu le savoir... Joseph Designy.

Aventino proposa à Barnaba de continuer cette conversation dans le parc du château. Le plein été était là et, après ces mois de neige et de guerre, il ne voulait pas perdre une seule journée de soleil, de parfums, de grillons. On pouvait le rappeler à tout moment et l'envoyer sur un des fronts des Alpes.

– Ça s'est passé pas très loin de la frontière avec la Savoie. Les soldats de Montesquiou poursuivaient des émigrés qui combattaient aux côtés des Sardes. Joseph était redevenu aumônier, pour eux... Perdant tout espoir d'échapper aux républicains, ils ont résolu du moins d'être libres dans le choix de leur mort et de leur supplice. Ils ont atteint les cimes les plus escarpées du rocher qu'ils occupaient, ont mesuré la profondeur des précipices ouverts sous leurs pas, puis ont demandé à Joseph de leur accorder l'extrême-onction. Alors, ils ont brisé leurs armes, et se sont élancés en criant « vive le roi ! ». Joseph a sauté avec eux. Au lieu d'abaisser leurs baïonnettes et leurs foutus drapeaux républicains en signe d'hommage, ces cochons de Français ont hurlé « vive la Nation ! ». Juste avant de partir pour la Savoie, Joseph m'avait remis une lettre pour sa famille, sans adresse.

– Sans adresse ?

– « Ma demeure est en enfer », m'avait-il dit. Il devait sentir que sa mort était proche. Je mettrai sa lettre dans mon aérostat, elle ira droit au ciel...

Dans les semaines qui suivirent, Aventino repensa souvent au récit de la mort du prêtre réfractaire, et à ce « vive le roi ! » résonnant jusque dans le fond des abîmes. Ce cri, il l'entendait jusqu'à Cortanze, jusqu'aux terres qui s'étendaient devant lui, à l'horizon. Mais l'été finissait. Le raisin étant mûr plus tôt que prévu, il fallut vendanger. Ce qu'il n'avait pu accomplir l'année passée, il pouvait s'y consacrer aujourd'hui, il le devait, aussi. Il fallait respecter chaque étape, chaque geste, car ce temps rythmé donnait un sens à la vie. Choisir les grappes et les cueillir avec soin, presser les grains les jambes et les pieds nus comme dans une danse, placer un robinet au bas de la cuve pour en soutirer le jus, mettre le raisin foulé dans le pressoir pour qu'il rende un nouveau jus, faire couler ces deux jus dans des fûts dont la bonde restait ouverte, laisser les impuretés s'évacuer, attendre douze à vingt jours que la fermentation ait lieu. Au bout d'un mois, le vin de Cortanze, de la *vigna di Riveli*, serait prêt à boire.

Un matin, alors qu'il était dans le cellier à surveiller la fermentation du vin, parmi les bonnes odeurs de bois et de futaille, il fut interrompu par Barnaba qui, très excité, descendit l'escalier en courant. Après plusieurs reports, l'expérience de « navigation aérienne habitée » pouvait enfin avoir lieu ! Les travaux de l'Anglais Priestley et du Français Etienne de Montgolfier avaient permis de résoudre nombre de problèmes techniques. Ce n'était plus qu'une question de calculs mathématiques, de matériaux adéquats, et de volonté :

– Mon ballon est prêt, je m'envole aujourd'hui !

Aventino, qui avait toujours pris les expériences de son ami très au sérieux, n'avait jamais envisagé qu'il puisse un jour aller jusqu'à risquer sa vie. Suspendre une grenouille, par un petit crochet de cuivre, à la grille de fer du jardin, pour prouver qu'elle est porteuse d'une certaine quantité d'électricité animale, faire des recherches sur le bélier hydraulique ou la « machine évaporatoire » à l'aide de laquelle un homme peut réduire en tablettes portatives une grande quantité de moût de raisin, n'engageait que lui. Mais l'expérience que Barnaba voulait tenter aujourd'hui était un défi à la pesanteur, et « à Dieu lui-même », avait maugréé Felicita, en accompagnant ses plaintes de force signes de croix.

Au centre du village de Cortanze, l'énorme ballon frappé des armes de l'illustre famille n'en finissait pas de s'arrondir. L'air échauffé qui avait déjà tendu la partie centrale de l'enveloppe, où apparaissait l'écu timbré d'un casque de marquis à sept grilles, était en train de donner forme humaine aux deux hercules appuyés, à dextre et à sénestre, sur une massue, et qui encadraient l'écusson terminé en son sommet par un hallebardier tenant dans sa main libre un phylactère déployant la devise familiale : *À Buon Rendere*. Quand tout fut gonflé, Barnaba monta dans la nacelle, actionna la soupape qui aiderait à la redescente de l'aérostat, et vérifia la quantité de lest monté à bord et censé modérer la vitesse de la machine. Après plusieurs minutes d'angoissantes hésitations, le ballon s'éleva lentement sous les yeux d'Aventino et d'une partie des habitants de Cortanze. Nombre de villageois, entraînés par le curé qui refusait de prier pour un Juif, et les nonnes du couvent voisin qui, se souvenant du jour où un maudit ballon d'hydrogène, à la nacelle chargée de poissons dans une bassine, de trois anguilles et d'un poussin, s'était écrasé en flammes dans leur potager, avaient refusé de participer à la fête. « Habitants de Cortanze, avait lancé le curé du haut de sa chaire à la messe dominicale, un Juif qui dissèque des grenouilles au lieu d'en faire du bouillon, qui invente un calorimètre pour mesurer la force calorifique dégagée par les diverses espèces de combustibles, et qui bafoue la vérité divine en nous parlant d'illusion d'optique, ne peut être soutenu ni par notre présence, ni par nos prières. Chers enfants, ne cautionnons pas le mal et le péché. Sans aller jusqu'à désirer, loin de nous cette pensée, que ce monsieur Barnaba Sperandio, dont la moindre des tares est d'être vénitien, ne brûle dans son brasero volant, souhaitons-lui simplement, en humbles chrétiens outragés que nous sommes, de ne pas voler plus haut que la genouillère de ses bottes. »

Dieu, dans son immense mansuétude, ou parce qu'il était sourd ce jour-là, ne répondit pas au souhait du curé. La nacelle, devenue le jouet magnifique des vents, fit une ascension d'une heure trois quarts, monta à la hauteur étonnante de dix mille cinq cents pieds, et ne fut pas précipitée sur les rochers comme celle du malheureux Pilâtre de Rozier en juin 1785. Le seul incident regrettable eut lieu pendant la redescente, là où les terres du marquisat de Cortanze cèdent la place à celles de Montechiaro. Un trou d'air précipita la nacelle dans un étang marécageux. Faute d'y perdre la vie, ce qui eût sans doute réjoui le bon curé, Barnaba y laissa plusieurs batteries et machines électriques dont quelques-unes lui avaient été offertes par son compatriote Nievo de Fratta. Barnaba en fut quitte pour la peur et un bon bain suivi de frictions au baume acétique camphré, à l'huile de camomille et à l'opodeldoch, ce qui peut paraître excessif, et, en effet, l'était. « La prochaine fois, dit Barnaba, j'enfilerai le fameux "parachute" de Blanchard et Garnerin ! »

– En attendant, nous pourrions peut-être aller à Gênes en diligence, proposa Aventino.

12

ALORS que la lourde diligence, traînée par sept chevaux, et
guidée par le postillon monté sur un des trois premiers attelés de front, faisait son entrée dans Gênes, les discussions qui
n'avaient cessé durant tout le trajet continuaient d'aller bon train.
Les milices vaudoises, irritées de voir les avant-postes français s'avancer jusqu'au col de la Croix, avaient attaqué les troupes du général
Moulins mais avaient subi une contre-offensive qui s'était terminée
par le massacre de Malchaussée : « Une boucherie horrible. Des
combats corps à corps », disait un gros homme, engoncé dans un
costume de drap brun uni et coiffé d'un chapeau noir.

– Mais nous tenons, nous tenons, disait un autre, enveloppé dans
une grande couverture. Malgré les torrents de pluie et les tourbillons de neige. Dewins est à Cairo et à Dégo. Les redoutes du mont
Balin protègent Savone et Vado.

– Je ne vois pas comment les Français pourraient nous empêcher
de recevoir des renforts de Tortone ou d'Alexandrie, renchérit le
petit monsieur au chapeau noir, ils devront alors abandonner Borg-
hetto et se retirer dans les Alpes...

– Donc, se porter sur le territoire de Gênes, par Campo-Freddo
et le col de la Bocchetta, dit le voisin de Barnaba, qui avait les gestes
et la tenue de ces sigisbées romains portant toujours sur eux un
magasin de quincaillerie et un nécessaire de coiffeur.

– Je sais à quoi vous pensez, dit l'homme, recroquevillé dans sa
couverture. Le gouvernement génois va pousser des hauts cris, invoquer le droit des nations, protester : Gênes est un territoire neutre !

– C'est déjà fait, dit Aventino, suscitant chez ses compagnons de
voyage un vif étonnement.

Il arborait son uniforme de colonel du Régiment du Montferrat.

– Qu'est-ce qui est déjà fait ? demandèrent-ils tous en chœur.

91

– Les hauts cris et l'occupation ! Les Français ont violé le territoire de Gênes et les Génois ont crié au scandale...

– Mais alors, par la Vierge, nous sommes perdus ! s'exclama le
sigisbée.

– C'est tout le contraire, répondit Aventino. Nous interceptons
tous les convois par terre. Les Anglais ferment la mer. Les Alpes et
les Apennins vont bientôt être paralysés une nouvelle fois par
l'hiver.

– Monsieur a raison, dit l'homme au chapeau noir. L'hiver endort
la guerre, aussi bien que la race des ours et des lérots qui rôdent
vers la base de ces montagnes !

– Soyons sans crainte, messieurs, ajouta Aventino qui semblait
posséder des renseignements de première main.

– Que Dieu vous entende, mon cher militaire, dit l'homme au
chapeau noir. Il fait la sourde oreille depuis tant d'années...

Aventino, se redressant légèrement sur son siège, développa une
argumentation sur un ton qui ne souffrait aucune controverse :

– Les Autrichiens et le général Wallis sont à gauche, appuyés sur
la mer à Loano, et occupent la Pietra et Finale. Au centre, Argenteau, avec des troupes échelonnées jusqu'aux monts de Mélogno
et de Settepani. À droite, les Sardes, avec Colli, adossés au Piémont,
sur les places de Céva, Cuneo et Mondovi.

– En somme, si je comprends bien, nous pouvons dormir à poings
fermés, puisque les officiers ont même la permission d'aller jouir
des plaisirs de Turin ou de Gênes, dit le sigisbée en dévisageant
Aventino avec une ironie méchante.

– Exact, pendant que les Français crèvent de faim et de froid,
nous nous amusons, dit Aventino, alors que la diligence s'arrêtait
à deux pas de la place Madre di Dio. Nous allons boire du vin avec
les courtisanes, mais rassurez-vous, monsieur le délicat, c'est peut-
être la dernière fois...

Le délicieux parfum des orangers de la place Madre di Dio manqua de faire défaillir Aventino. « Cela faisait si longtemps, se dit-il. »
Mais sa joie tomba, d'un coup, comme la guillotine des républicains
français : le quinquet, attaché au plafond de l'entrée du *casino* et
enjolivé de cristaux roses, était éteint. Aventino frappa à la grille
qui était fermée. Le portier, toujours affublé de son long gilet de
brocart à ramages, vint lui ouvrir.

– Monsieur Aventino, monsieur Barnaba ! gloussait-il en sautillant sur place. Mais quelle surprise ! Quelle joie ! Comme ces dames
vont être contentes !

– Vous êtes tout seul, et dans l'obscurité, pourquoi ? demanda Barnaba.

– Tout le monde est à la conférence ! Nous ne pouvions pas savoir...

– Quelle conférence ?

– Chez la marquise de Salicetti... La Société des Clubistes organise une rencontre avec monsieur Percy Gentile.

– Autour de la vente de grains génois à l'armée française cantonnée en Provence ? demanda avec ironie Aventino.

– Monsieur est perfide, dit le portier. Non, autour des « Traités et des Controverses sur les effets du Thé ».

– J'aurais dû m'en douter, fit remarquer Aventino. Toujours dans ces histoires de tisane ! Et elle a lieu où cette causerie ?

– Derrière le *Teatro Apollo*.

– Je sais où c'est, dit Barnaba. Dans le ghetto.

– Eh bien, allons-y !

Après avoir marché dans un dédale de ruelles sombres, où ne figurait aucun emblème religieux, Aventino et Barnaba arrivèrent devant une maison à l'air farouche et mystérieux. La porte d'entrée n'était pas fermée. Les deux hommes en franchirent le seuil. Au fond d'une grande pièce à l'assistance fournie, Percy était assis, tassé dans un profond fauteuil de cuir vert. Un lumignon à huile agonisait sur une petite table qu'on avait prudemment appuyée au mur. Pas de mobilier, des poutres blanchies à la diable, des murs lépreux, des portes et des fenêtres fermant si mal que les flammes des bougies vacillaient à tout bout de champ ; en revanche, des superpositions de tapis, de carpettes, de rideaux et de tentures de toutes formes et de toutes couleurs qui amortissaient tous les bruits. On se serait cru dans un magasin de tapis orientaux censé cacher les activités d'une loge maçonnique ou d'un de ces nombreux clubs jacobins qui fleurissaient dans la capitale ligure. Il restait encore quelques médiocres chaises paillées non occupées. Aventino et Barnaba en choisirent deux et s'y installèrent discrètement. À mesure que leurs yeux s'habituaient à la pénombre, ils purent enfin distinguer, en effet, une partie des habitués du *casino* : la Grassini, Lucia, Cernide, Vincenzo, Teresa, la Severina. Aventino avait beau tenter de scruter l'obscurité, il ne trouvait pas la longue masse de cheveux noirs et les charmantes épaules de Maria Galante. La conférence était sur le point de se terminer.

– On a dit du thé tout et n'importe quoi. Que c'était un dissolvant qui purifiait le sang. Qu'il fortifiait la tête et l'estomac. Qu'il facilitait la digestion, la circulation du sang, la transpiration. Qu'il

93

dégageait les reins et la vessie. Qu'il préservait des maladies chroniques, ou même les guérissait lentement. Plus d'un médecin, je citerai pêle-mêle Willem ten Rhym, Jacob Bontius, Cornelius Bontekoe, Nicolas Tulp, Johann Waldschmidt, sans parler de la fameuse Amelia von Nütombee, ont vu dans cette drogue un remède à nombre de maux. Les gazetiers leur ont reproché : « Ils auraient bien prescrit la mort-aux-rats comme médicament universel, si la compagnie en avait fait commerce et n'avait pas trouvé pour ce produit d'autres débouchés que l'estomac des malades et des gens sains. » Alors qu'en est-il réellement ? demanda Percy, théâtralement, conscient qu'il était de tenir son auditoire en haleine.

– Oui, gloussa la marquise de Salicetti, confortablement vautrée entre deux éphèbes dont les mains se perdaient sous ses robes, qu'en est-il, cher Percy ?

Pendant que Percy répondait brillamment à la question de la marquise, Aventino cherchait toujours, parmi cette assistance, pleine de gens vautrés les uns sur les autres, certains buvant du thé les yeux mi-clos, d'autres fumant des demi-cigares, mais la plupart davantage occupés à délacer des corsets et à déboutonner des vêtements qu'à écouter le maître du thé, la présence hypothétique de Maria Galante. La voix de Percy s'amplifia :

– Rien n'est comparable à cette plante, connue en France depuis l'époque de Richelieu mais que l'Italie s'obstine toujours à ignorer et qui voisine, sur les étalages de nos droguistes, avec les pots de camphre et de rhubarbe ! Le thé est reçu chez nous comme un étranger dont on n'a pas très bien saisi le nom, dont l'état nous échappe, dont la profession surtout ne nous paraît pas claire. À Gênes, on le prendrait presque pour un Piémontais !

La saillie de Percy déclencha un tonnerre d'applaudissements qui réveillèrent sans ménagement les membres de la docte assistance qui somnolaient, ou pire, avaient osé s'endormir.

– Avant de conclure, nous pourrions dire, premièrement, que le thé n'est ni un breuvage exotique qui, comme le prétendent certains apothicaires, peut soigner les rhumes, ni une boisson peu respectable que certains salons continuent de prohiber. Deuxièmement, que contrairement à une idée reçue, le thé n'a rien à voir ni avec le fenouil ni avec la sauge et qu'il donne, lui, effectivement – c'est la thèse défendue par le professeur Morisset – « de l'esprit ». Troisièmement, qu'il faut cesser de ne le servir qu'aux dames tandis que les messieurs se réservent le sherry ou le vermouth. Moi qui m'occupe depuis si longtemps de ce commerce, qui ai fait les recherches les plus consciencieuses sur la nature de cette plante, qui ai lu tous les auteurs anciens et modernes qui ont écrit sur le thé, je puis vous assurer qu'une grande révolution se prépare, économique et gustative. Le thé va très avantageusement soutenir la concurrence du chocolat et du café. Il ne faut pas manquer ce grand changement : la plante médicinale va devenir une plante aphrodisiaque, une plante du plaisir...

— Ah, voilà une bonne nouvelle !

— Mon Dieu, j'en meurs d'avance !

— Que ne le disiez-vous plus tôt !

— Oui, chers amis, je le répète : le thé va devenir une plante du plaisir qui aura sa place aux côtés de la cantharide, du céleri, du gingembre, de la mandragore, de la poudre de corne de rhinocéros, de la lointaine yohimbine et du jus de civette ! Ne dit-on pas, dans les campagnes nippones : « Du thé pour les vieux pépés » ?

Cette dernière remarque, lancée par notre orateur qui savait conclure sur une note destinée à faire rire son public, fut bientôt couverte par un furieux brouhaha. Rares furent ceux qui entendirent Percy renchérir en affirmant que le thé « excitait aux actes reproducteurs », que les peuples qui faisaient usage du thé, comme la Chine, l'Angleterre, la Hollande, « multipliaient d'une manière extraordinaire », et que les autres, forts consommateurs de café – les Turcs, les Arabes, et hélas ! les Italiens –, « voyaient leur nombre diminuer considérablement ».

C'est à cet instant précis qu'Aventino aperçut enfin Maria Galante, à quelques mètres devant lui, assise, juste là, sur la gauche, occupée, dans un geste qu'il aurait reconnu entre mille et qui n'était qu'à elle, à passer son doigt sous le busc de son corsage pour chasser le pli de sa chemise. Percy était maintenant debout :

— Oui, l'usage du thé a une influence directe sur les organes de la génération ! Oui, le thé a une fâcheuse influence sur les dents ! Non, le thé ne procure ni étourdissements, ni hémorragies, ni apoplexie, ni convulsions si on le flaire trop longtemps ! Oui, il est nuisible aux personnes atteintes de constipation et de flatulences. Terminons par ce proverbe chinois : « On peut pardonner un meurtre ; une incorrection pendant le thé, jamais ! »

Mais cette parole définitive, personne ne l'entendit. Aventino perdit Maria Galante de vue au moment où une panique soudaine s'emparait de l'assistance. Une bougie renversée avait enflammé l'une des tentures et le feu s'était communiqué aux draperies. Plusieurs personnes, tentant d'arracher les parties embrasées, ne firent que contribuer à étendre la flamme. En quelques minutes l'embrasement s'étendit d'un bout à l'autre du plafond avec la rapidité de l'éclair et dans un roulement de tonnerre. Tout le monde fut pris sous une énorme voûte de feu. La porte de sortie étant très étroite, le public ne pouvait s'échapper du brasier que très lentement. Aventino, plutôt que de gagner la sortie toute proche, s'enfonça vers le fond de la pièce pour essayer de retrouver Maria Galante.

Il crut la reconnaître dans une femme qui s'était trouvée mal et gisait sur le sol, ou plutôt, se soumit à un phénomène étrange qu'il ne chercha pas à comprendre. Ces yeux qui croisaient les siens, à la fois immenses et languissants comme ceux de Maria Galante, ressemblaient à s'y méprendre à ceux de la jeune femme de gauche dans le mystérieux tableau du château de Cortanze. Alors qu'il se saisissait de la jeune femme, ne pouvant détacher son regard de ses yeux qui maintenant se fermaient, il fut comme projeté à l'extérieur par le flot effrayé et hurlant. Le poids de ce corps, cette façon de se laisser prendre dans ses bras, c'était bien elle !

Ils se retrouvèrent dans la rue. Le froid de la nuit le rassura. Ils étaient sains et saufs. Alors qu'il l'abandonnait à ceux qui avaient pu sortir et s'occupaient comme ils le pouvaient des blessés, Aventino comprit que la jeune femme qu'il venait de sauver, maintenant allongée sur les pavés, n'était pas Maria Galante. Comment avait-il pu se tromper à ce point ! Aventino et Barnaba retournèrent immédiatement ensemble dans la fournaise tandis qu'une pluie noire se mettait à tomber. À l'intérieur de la pièce, il faisait une chaleur affreuse. La fumée et les flammes rendaient tout mouvement impossible. Des morceaux du toit commençaient de s'écrouler. Aventino et Barnaba ne pouvaient rien faire, refoulés vers la sortie par des silhouettes en feu, le visage et les mains dévorés par les flammes. Sur le sol gisaient des cadavres ensanglantés et brûlés. De toutes parts des cris de douleur et de désespoir étaient jetés. Il fallait ressortir. Plus rien n'était possible. Aventino et Barnaba sentirent que leurs vêtements commençaient de prendre feu. Ils chargèrent sur leurs épaules deux corps trouvés sur le sol, mais constatèrent avec effroi, une fois arrivés dans la rue, éclairée à présent comme en plein jour, qu'ils avaient transporté deux cadavres affreusement mutilés. L'un d'entre eux était celui de la marquise de Salicetti, totalement défigurée mais qu'on reconnut grâce à ses parures. Son diadème et sa monture d'argent, fondus par la chaleur, avaient laissé sur son crâne une trace en creux. Plusieurs personnes sauvées des flammes mais déjà mortes des suites de leurs blessures gisaient sous la pluie qui, bien que tombant dru, ne parvenait pas à éteindre l'incendie.

Assis par terre, Aventino était au désespoir. Comment se pouvait-il que Maria Galante fût restée dans le brasier ? À mesure que les secours arrivaient, que les survivants commençaient de parler entre eux, on rapporta à Aventino qu'il existait une seconde porte, au fond de la pièce, qui avait été utilisée par nombre de personnes pour échapper à la mort. Certains témoins assuraient avoir aperçu des habitués du *casino* s'enfuir par ce côté. Lucia et Cernide avaient été parmi les premiers... Plutôt que de fouiller les cendres encore brûlantes, Aventino et Barnaba décidèrent de retourner au *casino*. À mesure qu'ils s'éloignaient du ghetto, ils croisaient des gens réveillés par le bruit et la fureur du feu et qui venaient voir si les Juifs avaient brûlé. Leurs commentaires étaient presque aussi meurtriers que les flammes qu'ils venaient d'endurer. Aventino prit Barnaba par les épaules et le plaqua contre sa poitrine, tandis que des groupes de Génois les croisaient en disant : « On ne va tout de même pas leur donner nos pompes ! Ce sont les Juifs qui nous portent malheur ! Si seulement ils pouvaient tous brûler ! »

En arrivant sur la place Madre di Dio, les deux hommes constatèrent que toutes les fenêtres du *casino* étaient éclairées et qu'il régnait à tous les étages une terrible agitation. Le portier leur ouvrit.

– Quel malheur, messieurs ! Quel malheur ! Quelle horreur !

La Grassini apparut, noire des pieds à la tête, les vêtements déchirés. Elle se jeta dans les bras d'Aventino.

– Dieu soit loué ! Tout le monde est vivant, mon chéri ! Rien que des blessés. Mais tout le monde est vivant ! Tout le monde est là...

– Maria Galante, Caterina, Maria, où est-elle ?

La Grassini s'effondra dans les bras d'Aventino :

– On ne sait pas, Aventino. On ne l'a pas encore retrouvée. Mais elle va revenir, j'en suis sûre, mon petit, j'en suis sûre. Reste ici, on a besoin de toi.

Dans la fameuse pièce, qui plus d'un an auparavant avait abrité leur dernier dîner, plusieurs filles gisaient sur des canapés. On leur avait administré sur les plaies, à l'aide de compresses, un liniment à base d'huile d'olive, de blanc d'œuf et d'eau fraîche. Le médecin avait assuré qu'elles pourraient rapidement reprendre leurs activités, boutade qui n'avait guère été appréciée de Caterina Grassini qui avait mis l'Esculape à la porte. Teresa, la plus jeune des pensionnaires, était allongée sur un drap, et souriait doucement. Aventino la regarda longuement, en lui prenant la main. Hors de lui, il se rappelait les mots des passants génois. Nulle part, excepté à Rome peut-être, les Juifs n'étaient plus misérables, plus méprisés et plus soumis à de scandaleuses discriminations qu'ici. Et pourquoi cette jeune fille avait-elle dû souffrir dans sa chair tout ce feu et ces flammes ? Et pourquoi Maria Galante avait-elle disparu dans cet enfer ?

– Je suis sûre qu'elle est vivante, lui dit Teresa. Je suis sûre.

Lucia, qui venait d'entrer dans la pièce, affirma le contraire :

– Elle était à côté de moi. Je l'ai vue s'évanouir. On l'a piétinée, et puis... C'est affreux... C'est horrible... Je suis si triste, mon Dieu, si triste... Et je...

Elle ne put terminer sa phrase et éclata en sanglots.

Aventino se jeta alors comme un fou hors de la pièce. Personne ne put ni lui faire entendre raison ni l'arrêter. Abîmé dans sa douleur, il sella le cheval arzel qui attendait dans l'écurie, et partit pour Cortanze.

Cette nuit-là, quelque chose en lui changea, qu'il ne comprit pas immédiatement, dû à la proximité de ces deux événements apparemment sans lien entre eux : la mort de Maria Galante et les insultes proférées dans le ghetto par les Génois. L'indignation, la colère ne sont jamais mauvaises, se disait-il tandis que le cheval galopait sur une route glissante, pleine d'embûches, et dans un froid glacial. L'indignation, la colère ne donnent jamais de mauvaises réponses aux bonnes questions. Il faut se lever. Il faut dire non. Vivre debout. Être un rebelle permanent. Se sentir toujours requis face aux injustices. Cette mort était une injustice. Ces cris étaient intolérables. Comme la présence de l'Autriche et de la France était inacceptable sur le sol d'Italie. Il arriva au château trempé jusqu'aux os, grelottant, mais brûlant d'un étrange feu intérieur.

Felicita l'attendait, pleine d'inquiétude, non point à cause de cet incendie dont elle n'avait pas pu entendre parler, mais à cause d'un autre, plus petit, qui aurait pu mettre le feu au château. Elle ne pensait qu'à cela depuis que c'était arrivé, et était sûre que monsieur en serait fort attristé :

– L'affreux tableau du fond, dans la galerie de portraits...

– Quoi, l'affreux tableau du fond ? demanda Aventino.

– Toute la journée, Marcella et Silvia ont dépoussiéré les cadres, un bougeoir est tombé sur celui-là et l'a brûlé, mais d'une drôle de façon...

Aventino se précipita dans la galerie de portraits. Le jour venait à peine de se lever et une lumière de fin du monde baignait toute la pièce. Le tableau avait été décroché et posé sur la grande table aux pieds zoomorphes. La femme de gauche n'apparaissait plus sur le tableau qu'à l'état d'ombre, une silhouette grisâtre. La toile était toute boursouflée par le feu. Quant au beau visage de la jeune fille, celle dont Percy disait qu'il avait un côté « indou » et ressemblait à Maria Galante, il avait totalement disparu sous une couche de suie noire.

13

–Et après, mon colonel, lui demanda le soldat, qu'est-ce qui s'est passé ?

– Après ? Je suis resté plusieurs semaines à essayer de comprendre ce que tout ça voulait dire. En vain. J'ai voulu faire restaurer le tableau mais on m'a dit que c'était impossible.

– Vous l'avez encore ?

– Je l'ai remis à sa place, répondit Aventino, tout en se disant qu'il avait beaucoup trop parlé de Maria Galante, du tableau, de l'incendie. La solitude du soldat, la promiscuité du champ de bataille poussent parfois aux confidences...

– Et après, mon colonel ?

– Rien. L'ordre de mission est arrivé, et me voilà aujourd'hui à vos côtés, en cette fin de novembre 1795, sur le champ de bataille de Loano à essayer de repousser l'ennemi alors que je n'ai aucun renseignement sur le mouvement des troupes, que mes blessés n'ont pas encore été relevés, que mes morts n'ont pas encore été comptés, que mes engins sont brisés, que la plupart de mes chefs tués n'ont pas été remplacés, et que mes hommes, vous en savez quelque chose, n'ont ni mangé ni dormi...

Cela faisait plusieurs jours déjà que, pris dans un brouillard épais et d'abondantes chutes de neige, les régiments sardes offraient une résistance farouche à l'offensive lancée par Scherer et Masséna. À la tête de soldats habillés de vêtements tombant en lambeaux, vêtus d'étoffes de toutes sortes et de toutes couleurs, combattant pieds nus ou chaussés de souliers de fortune faits de bandages ou de lanières tirées de leurs sacs de peau, les officiers français avaient, petit à petit, et après plus de six jours de combat, repris toutes les positions tenues par les Sardes. Banco, Rocca-Barbena, Bardinetto, Vado, Finale, Savone étaient tombés. Comme tous les autres, Aventino avait dû fuir en désordre vers le camp retranché de Céva et attendait, piétinant dans la boue. Les Austro-Sardes avaient abandonné à l'ennemi un matériel immense, cinq mille prisonniers, des champs de bataille couverts de morts, et dans toutes ces villes tombées entre leurs mains, des magasins de vivres et de fourrage. Comment, en si peu de temps, une armée de trente mille loqueteux, sans cavalerie, sans vêtement, sans pain, épuisée de fatigue et de misère, avait pu triompher de quarante-cinq mille Austro-Sardes, retranchés derrière leurs forteresses, protégés par cent pièces de canon, fournis abondamment en vivres et en munitions, et aidés in extremis par le ciel qui leur avait envoyé au moment décisif un orage épouvantable qui avait semé la mort et la panique au beau milieu des armées ennemies, et dont ils n'avaient pas su tirer profit.

L'ordre de la retraite arriva enfin : les régiments du Montferrat, de la Roera et d'Asti devaient se replier sur Acqui. Après avoir bu et mangé à discrétion mais sans excès, et avoir fait remplir de vin leurs bidons, les soldats prirent la route à la pointe du jour. La brume était si épaisse qu'ils faillirent se diriger vers la ligne ennemie. Il y avait à côté de l'endroit où avaient bivouaqué les Sardes, un large terrain qu'ils avaient reconnu la veille et sur lequel ils envisageaient de passer. En le cherchant dans le brouillard, ils donnèrent sur le bois occupé par les ennemis, lesquels, par on ne savait quel miracle, laissèrent passer le régiment du Montferrat qui ouvrait la colonne. Aventino avait rarement fait de marche aussi pénible. Une pluie glaciale perçait les vêtements. Les hommes et les chevaux devaient passer tantôt dans des zones couvertes de rochers escarpés, tantôt dans des marécages où ils s'enfonçaient. Tous les ponts étant coupés, les fantassins étaient obligés de se déshabiller, de placer leurs armes et leurs effets sur leur tête, et d'entrer nus dans l'eau glaciale des rivières et des ruisseaux. Le plus difficile était de ne pas crier. Parfois, hommes et chevaux disparaissaient, totalement engloutis dans les terres détrempées, parfois, pour faire passer les pièces d'artillerie légère, il fallait construire en toute hâte une chaussée en fascines et en corps d'arbres. Mais le plus dur, sans doute, fut de constater combien les villages traversés avaient été mis au pillage par des Français transformés en véritables bêtes féroces. Certes, on sait que l'exaspération provoquée par une misérable existence guerrière, et le fait de voir journellement ses compagnons assassinés rendent souvent intraitables, mais les Français avaient largement dépassé les simples exactions commises lors des randonnées de maraude.

Pour la plupart abandonnés, les villages traversés portaient les traces des combats. Parfois, des feux y brûlaient encore, et il n'était pas rare que les poils des chevaux roussissent et qu'on les crût presque rasés. Les rues jonchées de cadavres calcinés dégageaient une puanteur intolérable. Ayant, dans un premier temps, tenté d'avancer en se protégeant la bouche et le nez par un mouchoir, Aventino et les autres officiers à cheval durent se résoudre à prendre le galop pour sortir de cet enfer. Au fur et à mesure de leur retraite, les soldats piémontais s'occupaient à relever les blessés, transformaient les maisons épargnées par les incendies en infirmeries, et enterraient les morts. Dans les villes prises et reprises plusieurs fois, ils détruisaient les signes visibles de la présence française comme ces affiches sur lesquelles on pouvait lire : « AU PREMIER COUP DE CANON, TOUS LES HABITANTS RENTRERONT DANS LEURS MAISONS ET LES TIENDRONT FERMÉES. TOUS CEUX QUI PARAÎTRONT DANS LES RUES OU AUX CROISÉES SERONT SABRÉS OU FUSILLÉS. »

Les rares habitants sortant de leur cachette à la vue des soldats piémontais racontaient les jours d'horreur qu'ils venaient de vivre :

– La première nuit, ils se sont enfermés dans le couvent des capucins et ils ont fait un vacarme épouvantable, brisant les autels, les portes, les fenêtres, jusqu'au mobilier, dit un vieux paysan.

– C'était affreux, ils ont saccagé les magasins. Je les ai vus, caché derrière un tonneau, ils avaient leurs habits couverts de farine échappée des balles qu'ils venaient de percer à coups de baïonnettes. Les uns pliaient sous le poids d'un sac de blé qu'ils n'avaient pas la force de porter ; d'autres, trop faibles, se contentaient d'une caisse de biscuits, ou d'un sac de riz. Une bande de voleurs qui crevaient la faim, pleurait un jeune commis.

– La place devant le magasin d'eau-de-vie était pleine de cadavres : ils s'étaient entre-tués pour savoir qui rentrerait le premier. Les uns buvaient à même le tonneau, les autres arrivaient avec des vases qu'ils remplissaient et vidaient jusqu'à ce qu'ils tombent pour ne plus se relever, cria un troisième.

Un homme entraîna Aventino et plusieurs des officiers qui l'accompagnaient derrière un fournil, un hussard était là le corps criblé de blessures et défiguré par le feu :

– C'est moi qui l'ai tué. J'ai tiré mon coup de pistolet à la longueur de son fusil. Mon coup a porté dans l'estomac, bourre et balle. La bourre a mis le feu à son lainage, et il a brûlé toute la journée. Je l'ai achevé à coups de fourche ! Il avait violé ma fille.

À chaque village, les mêmes descriptions d'horreur et de carnage ; dans chaque champ de bataille traversé les mêmes visions terribles de ces soldats morts, mangés par la vermine et dont beaucoup étaient entièrement nus. C'était une des spécialités des Français. Les charognards aux cocardes bleu-blanc-rouge revenaient à la nuit tombée et déshabillaient entièrement les soldats morts, depuis la cravate jusqu'aux bottes, toilette à laquelle il fallait ajouter les bourses, les bagues et les montres. En quelques minutes, tout était aspiré, pompé, escamoté. Et si une ferme s'était trouvée sur leur passage, c'était jusqu'au chaume des toits qui, arraché, était donné aux chevaux.

Après avoir longé la Bormida sur plusieurs kilomètres, à travers un pays si ravagé qu'on pouvait se demander s'il produirait encore un jour du vin et de la soie, Aventino et son régiment se retrouvèrent sur la rive gauche du fleuve. On logea les officiers dans le célèbre établissement thermal connu déjà des anciens sous le nom d'*Aquae Statiellioe,* ce qui les changea des derniers bivouacs où la paille sur le sol était plus épaisse de vermine que de paille, et où une chaudière contenant une livre de haricots, une boule de graisse rance grosse comme un œuf, une poignée de sel, du pain et de l'eau sale, servait à nourrir cinquante hommes. Là, sous les lambris et les lustres, les autorités locales offrirent un étonnant repas dans lequel le plat de résistance était un jeune bœuf saigné du jour. On avait fait cuire l'animal, y compris les sabots, la fresse, la panse et ses résidus qui donnèrent au bouillon une belle couleur vert d'oseille ! Tous s'accordèrent à reconnaître que c'était le meilleur repas qu'ils avaient fait, sinon depuis leur départ de Turin, du moins depuis les jours qui avaient précédé la bataille de Loano.

Un spectacle de marionnettes piémontaises clôtura cette soirée. Si habilement exécutées, elles donnaient l'illusion de vrais personnages grandeur nature. Seule l'apparition à la fin du jeune garçon monté sur scène pour moucher les chandelles, leur rendit leur échelle véritable. Engraissée comme une truie d'épaisses références à l'histoire militaire du Piémont, mêlée aux saillies les plus obscènes, la pièce devait redonner le moral aux officiers et sous-officiers qui encadraient la valeureuse armée royale. La conclusion en était particulièrement imbécile : les Français sont vainqueurs mais à bout de forces !

– Quelle idiotie ! dit un homme à l'oreille d'Aventino, qui se retourna prudemment, sans acquiescer ni contredire. L'armée piémontaise était bourrée d'espions à la solde de l'Autriche.

– Ippolito ! Décidément, tu joues les apparitions.

– Les régiments piémontais ont pratiquement tous été rassemblés dans la même région, tu sais. On peut faire confiance au commandement autrichien : on sert de chair à canon !

– Alors ce n'est pas un miracle, reconnut Aventino. Remarque, j'ai toujours pensé que le miracle était une marque du mépris divin pour l'esprit humain...

– « Ne tournez pas la tête, un miracle est derrière vous ! » : c'est plus prosaïque que ça, répondit Ippolito, en lui montrant son bras droit enveloppé d'un bandage. Un coup de sabre, le 27 sur les hauteurs de Spinardo... Quelle foutue guerre de marches et de contremarches, de retraites simulées, d'attaques sans résultats ostensibles !

– Il y a tout de même des morts, non ?

– Pour rien ! Quelle mascarade ! Comme ces marionnettes...

Pendant que la salle se vidait de son contingent de capitaines, de colonels, de généraux, mais aussi de caporaux, **de sergents**, de sergents-majors et de vaguemestres qui avaient pour l'occasion laissé au vestiaire le bâton de coudrier qui pendait d'ordinaire à l'une des boutonnières du parement de leur habit, les deux amis restèrent l'un à côté de l'autre, puisque la guerre venait de les réunir une nouvelle fois. Ippolito tira Aventino par la manche :

– Tu sais qu'il y a eu de nouvelles négociations de paix...

– Avec la France ?

– Avec qui veux-tu que ce soit !

– Toujours l'idée d'une paix séparée entre la France et le royaume de Sardaigne, par l'intermédiaire de l'Espagne ?

– Non, par l'intermédiaire d'un certain Helfinger, résident français en Valais !

– Pourquoi pas le résident brésilien à Irkoutsk, ironisa Aventino...

– Sans les problèmes autour de Nice et de la Savoie, ça aurait pu réussir... Tout le monde s'y était mis : l'archevêque de Turin, l'évêque de Savone, même notre cher Antonelli... Victor-Amédée aurait contraint les généraux piémontais à être les subordonnés des Français.

– Au fond, en signant cet accord, le Piémont se serait vu obligé de troquer un cheval borgne contre un aveugle.

– La carence de notre « allié » autrichien nous a été fatale, tu le sais très bien. Comme tu sais très bien que la somnolence de l'empereur Léopold II est trop évidente pour ne pas être la marque de quelque calcul machiavélique ! Ce n'est pas pour ça qu'il faut se jeter dans les bras des Français !

– Surtout après Loano, ce refus expose le royaume de Piémont-Sardaigne à un terrible danger.

– Mais enfin, Aventino, les Français nous mettraient les pieds sur le ventre !

– Dis-le-moi franchement : tu n'as pas le sentiment qu'on est en train de reculer pour mieux sauter ? Et que les pieds sur le ventre, on les a déjà ?

– Je vais te dire une chose : le jour où ces assassins auront un chef, ils nous écraseront !

– Eh bien, tu n'auras qu'à les rejoindre, Ippolito, Masséna l'a bien fait !

– J'en ai assez de servir des chefs gâteux et des incapables ! De Vins est grabataire, Colli est un soldat loyal mais mou ; quant aux ducs d'Aoste et de Montferrat, ils n'en font qu'à leur tête !

Aventino poussa un profond soupir :

– Je me moque de tout ça, Ippolito... J'en ai tellement assez.

– Mais enfin, tu ne peux pas...

– Je regrette notre vie d'avant, Ippolito... Tu as appris pour Maria Galante ?

– Quoi ? Nous sommes en guerre, mon colonel, et tu me parles d'une petite pute !

– Mais, c'est affreux ce qui lui est arrivé, non ? L'incendie, sa mort dans les flammes. Elle n'avait même pas vingt ans.

Ippolito éclata d'un rire sonore qui se répercuta en échos dans la salle désertée par tous, sauf le marionnettiste qui rangeait ses poupées.

– Mais, Aventino, elle n'est pas morte !

– Pourquoi me dis-tu une chose pareille ? dit Aventino en repoussant son ami des deux mains.

– Elle est vivante, bien vivante. Le dos brûlé, oui, mais ça ne l'empêche pas de...

Ippolito sourit, en regardant Aventino droit dans les yeux :

– J'ai fait l'amour avec elle il y a moins de trois semaines. « Puisque mon cher Aventino n'est pas là, prenons au moins son frère », m'a-t-elle dit.

Sur la scène, le marionnettiste avait fait un tas de toutes ses poupées. À la lueur des bougies, les *burattini*, le corps vide et désarticulé, ressemblaient à un spectacle effrayant et rappelaient à Aventino le convoi macabre qu'il avait croisé lors d'une de ses contremarches au pied du mont Calvo. Une centaine de blessés, dont une partie étaient amputés ou avaient des blessures graves, étaient partis avant son régiment, sous l'escorte de quelques paysans contraints par la force de tirer les mauvais traîneaux de bois vers la ville voisine. Se voyant livrés à eux-mêmes et effrayés par les combats, les montagnards avaient abandonné blessés et traîneaux. Lorsque, le lendemain, le régiment du Montferrat arriva sur les lieux, les malheureux avaient cessé de vivre. Quelques-uns, espérant sans doute gagner des abris, étaient morts en chemin. Pendant plusieurs lieues, les soldats ne firent pas quatre pas sans buter contre un cadavre ensanglanté et gelé. Les cadavres étaient ceux de soldats français et les paysans étaient des Piémontais. De quel côté était le mal ? Aventino ne pouvait se réjouir d'une telle barbarie.

Les poupées désarticulées, abandonnées en tas sur la scène, lui semblaient comme un rappel à l'ordre. Aventino, qui n'était pas grand amateur de prémonitions, et mettait beaucoup d'énergie à refuser les attractions mystérieuses, s'attarda longuement sur ces corps jetés les uns sur les autres. Il trouva pourtant dans ces paquets d'étoffes, de bois, de cartons façonnés, de masques de cire, une menace précieuse. Comme s'il était en train de trouver sa voie, ou une explication du monde. Les armées de la Révolution, abandonnant les règles militaires du XVIIIe siècle, faisaient un bond en arrière : pour elles, la guerre se nourrissait de la guerre. La barbarie revenait sur la terre d'Italie. Maintenant, il en était sûr, les armées de la Révolution videraient la péninsule. Des siècles durant des hommes avaient créé et fait se multiplier des splendeurs inimaginables. Les églises, les couvents, les palais, les châteaux, les *villæ*, s'étaient bousculés, se serrant les uns contre les autres, apportant aux hommes joie et réconfort, douceur et quiétude. Entre infini et mystère, vie réglée et hiérarchisée, mais aussi sûre et tranquille, dans l'opulence des marbres rares, de l'or et de l'argent, tous, gens de cour et d'Église, membres de la noblesse et peuple laborieux, avaient fait de l'Italie, de ses villes, de ses campagnes, un pays miraculeux. Cette marche des Français dans l'Italie centrale serait une *razzia* d'armes, de vivres, de marchandises et de beautés. Une offensive contre les riches, donnant dans leurs palais de somptueux soupers entourés de mobilier magnifique, mais aussi contre les pauvres dînant d'un bol de minestrone, d'une tranche de polenta, et d'un morceau de fromage, debout sur le pas de leur porte. Oui, cette marche serait la mise à mort systématisée d'une idée de la vie.

Après que le marionnettiste eut éteint les dernières bougies et étouffé les ultimes torches, Aventino s'aperçut qu'il était seul face au tas de poupées mortes, et seul face à lui-même.

14

La rue du Pô, avec ses sept cents mètres de long, ses dix-neuf de large, et ses maisons à arcades, est en toutes saisons une promenade très fréquentée. Dans les grandes chaleurs ou par les temps de pluie, tout ce que la ville compte d'oisifs et de simples amateurs de distractions gratuites se promène de la fin de la sieste à la tombée de la nuit. Les dames de l'aristocratie se pavanent dans des voitures découvertes à sièges élevés, qui permettent de bien voir et surtout d'être vues. Autour d'elles, de fringants cavaliers caracolent comme des mouches autour d'un flacon de vinaigre de toilette. Les bourgeoises s'entassent en gloussant dans des carrosses de louage, mais tout aussi bien pourvus de galants. Une foule compacte de gens à pied suit la file des voitures ou déambule sur les trottoirs. Tout ce monde ne fait rien d'autre que de prendre l'air et tenter de se montrer à son avantage. C'est une sorte de revue de détail de la bonne compagnie. Nul ne peut prétendre appartenir à ce monde clos s'il ne sacrifie au rite de la promenade. Quand une femme connue n'y paraît point, on épilogue sur les raisons de son absence. Massés aux croisées, comme des boulettes de veau à la piémontaise dans l'huile de la poêle, les curieux saluent au passage les grands de leur petit monde ou les amis, en échangeant des papotages et des appréciations plus ou moins acides, plus ou moins charitables sur les appas des dames, et le contenu du pantalon des messieurs. Les gens du peuple, venus nombreux, admirent les équipages et font des signes d'amitié aux laquais ou aux cochers. On recommence ainsi, indéfiniment, la montée et la descente de la rue du Pô, de la place du Château à la place de la Venue-du-Roi, où il est d'usage de s'arrêter un instant pour entendre de la musique et pour déguster, selon la saison, des sorbets, des *rusoni* bolognais, ou des pavés d'automne, avec des petits verres de grappa ou de vermouth.

Cette promenade devient en temps de carnaval une fête extraordinaire, à laquelle tout Turin se rue dans le mélange complet des conditions et des rangs. Une sorte de folie collective s'empare alors de la ville. On danse au son des orchestres payés par les nobles ; des musiciens amateurs, avec guitares et mandolines envahissent les rues ; et des chansons populaires piémontaises sortent de dessous les pavés. Plusieurs jours durant, au milieu des torches, du bruit des cornets et des tambours, parmi les mannequins et les masques, la gaieté s'exhibe. C'est le jour de fête le plus bruyant de l'année. À la fin du carnaval, il prend au peuple de Turin comme une fièvre de folie, comme un désarroi d'amusement, dont on ne trouve pas d'exemple ailleurs. Toute la ville se déguise ; à peine reste-t-il aux fenêtres des spectateurs sans masque, pour regarder ceux qui en ont. Et cette gaieté éclate sans que les événements nationaux, publics ou particuliers de l'année empêchent presque jamais personne de se divertir. Ainsi bascula-t-on véritablement dans une nouvelle année ce 6 janvier 1796, date de la fête du roi Victor-Amédée qui régnait depuis vingt-trois ans, et début d'un carnaval qui fut un des plus brillants dont on se souvînt à Turin. On fit même venir de Venise le fameux Crescentini, qui chanta avec transport le nouvel opéra de Cimarosa, *Gli Orazi ed i Curiazi*. Mais malgré tout, la voix ravissante du castrat ne put cacher tout à fait les croassements de corbeaux annonciateurs de la fin d'un règne, d'un régime et d'une certaine conception des choses.

Il fallut peu de temps, aux soixante mille Français massés sur les frontières, pour entrer en campagne et commencer leur invasion. Leur position chaque jour empirant, ils ne pouvaient plus perdre un instant : ils devaient avancer ou reculer. L'objectif de leur état-major, de plus en plus évident au fil des nombreux accrochages et des combats, aurait dû alerter le commandement austro-sarde. Mais il n'en fut rien. Comprenant tout de suite que la faiblesse des « alliés » résidait dans leur manque d'unité, les quatre divisions de l'armée d'Italie firent en sorte d'attaquer l'armée piémontaise et de la séparer des forces autrichiennes. D'âpres discussions opposèrent les deux gouvernements qui résolurent de « combattre chacun pour soi », tout en confiant, au grand regret du roi de Sardaigne, la direction des opérations au cabinet de Vienne. L'armée serait donc divisée en plusieurs masses. À droite, vingt mille Piémontais, commandés par le feld-maréchal Colli, stationnés à Ceva et Mondovi, et tenant la route de Turin. À gauche, quarante et un mille Autrichiens, sous les ordres de Beaulieu, répartis entre Novi et Acqui, et gardant la route de Milan. Au centre, les dix mille hommes de Provéra, assurant la liaison avec les Piémontais, tandis qu'à l'arrière les seize mille soldats de Sebottendorf constituaient un corps de réserve. Sans oublier les vingt mille Piémontais du prince de Carignan chargés de surveiller les cols.

Dès les premiers jours du printemps, Aventino et Ippolito furent de toutes les batailles. Le 13 avril au matin, ils s'étaient portés, avec le général Colli, sur Montezzemolo pour couvrir Céva. Mais le brusque mouvement d'Augereau ayant séparé de leurs troupes les deux mille grenadiers autrichiens et piémontais du vieux général Provéra qui gardaient la rive gauche de la Bormida, ce dernier, isolé de Colli, se trouva bientôt environné de tous côtés par les Français, et sommé de déposer les armes. Dans un mouvement d'orgueil d'une intrépidité extrême, il poussa ses hommes, en colonne serrée et les armes à la main, à se faire jour, à travers les rangs républicains. Dans l'impossibilité de se rapprocher de l'armée autrichienne, car un violent orage avait grossi les eaux de la Bormida, il n'eut d'autre recours que d'investir le vieux château abandonné, dont les ruines offraient au sommet du mont Cossaria une position presque imprenable. Sans vivres, sans artillerie, il n'y attendrait plus son salut que d'un coup de la fortune. La nuit venue chacun se retrancha derrière ses positions. Les Austro-Sardes, en s'entourant de débris et de fragments de vieilles murailles, faisant rouler des rochers qui écrasaient les Français ; les républicains, derrière des épaulements formés de tonneaux et d'affûts de canons, pour entourer le château et se mettre à l'abri d'une surprise. Bien que refoulés en partie par la brigade Ménard, Colli réussit à gagner Montezzemolo et décida d'envoyer à Provéra un renfort de trois cents hommes, en deux vagues. La première commandée par Ippolito et la seconde par Aventino. Ippolito parvint au sommet du mont, mais Aventino, très vite arrêté dans sa course, tomba, comme nombre de ses hommes morts ou blessés qui jonchaient à ses côtés le champ de bataille.

Cette fois-ci, la Madone-des-Neiges, d'ordinaire si bonne avec les membres d'une famille qui était à l'origine du pèlerinage menant, depuis plusieurs siècles, tout un peuple de la cathédrale de Suse au sommet de la Rocciamelone, n'avait pu accomplir de miracle. Allongé, blessé, pris entre les feux français et piémontais, Aventino pensait qu'il n'avait plus que quelques heures à vivre. Curieusement, repassait devant ses yeux le souvenir d'un excellent petit concert, plein de bonnes chanteuses et de charmants airs. Que cette vie-là était facile, en somme ; quand le simple fait de pouvoir se placer près de l'orchestre, et de suivre la conversation des musiciens turinois, pouvait remplir d'aise. N'était-ce pas lors de ce concert que lui avait été présenté un jeune musicien de treize ans, capable, comme Mozart, de reconstituer de mémoire, après une seule audition, le *Miserere* de Gregorio Allegri ? Que pouvait-il, lui, reconstituer de mémoire, de sa propre vie d'aujourd'hui ? Bien peu de chose. Ces derniers instants peut-être, quand après que ses hommes eurent été écrasés par deux pièces de canon chargées à mitraille, les Français avaient enfoncé le carré à coups de sabre, et que nombre de ses soldats, les doigts gelés, n'ayant pu faire usage de leurs armes pour se défendre, avaient tous été massacrés. Et quoi d'autre, encore ? Dans sa main gauche, deux balles et une bourre. Et puis, presque dans le même temps, ce choc soudain à l'épaule. Un cavalier furieux qui se porte vers lui. Aventino vient d'amorcer, il va passer l'arme à gauche pour mettre la cartouche au canon. C'est là que le hussard lui détache un furieux coup de sabre sur la tête, heureusement dévié par son casque. Mais un second coup, rapide, plus dangereux, lui est porté, à revers, horizontalement. Aventino n'a pas la présence d'esprit de croiser la baïonnette, et le coup l'atteint. Depuis, plus rien. Il a dû s'évanouir. Et maintenant, il est là dans la boue. Depuis combien de temps ?

Autour de lui, des soldats gisent, à moitié brûlés, morts. Certains, qui ont dû essayer de se traîner au loin pour s'écarter des cadavres en état de décomposition avancée, ont laissé au sol des traces de leur vaine fuite. Depuis combien de jours est-il là ? Il ne le sait pas. Il a dû, pour étancher la soif horrible qui le dévore, boire sa propre urine. Aventino tente de se redresser. On a déjà enlevé nombre de soldats blessés ou mourants, mais le théâtre du carnage offre un spectacle navrant. Sur une immense étendue, le sol est jonché de carcasses de chevaux. Entre ceux-ci apparaissent des cadavres entièrement nus. Leur linge, leurs uniformes et leurs armes, quand ils n'ont pas été volés par des maraudeurs, ont dû, comme toujours, être récupérés et transportés ailleurs dans des fourgons. Partout, on voit des flaques de sang, des projectiles, des éclats d'obus. Bientôt, on fera en sorte de faire disparaître les désastres de la guerre. Des pionniers recueilleront les corps ou leurs débris et les inhumeront. D'autres couvriront de terre les traces des combats. Des vétérinaires s'occuperont des chevaux qui vivent encore.

Un orage commence à se former, s'annonçant au loin par quelques éclairs douteux. Des nuages s'agglomèrent et se condensent. Le ciel peu à peu se couvre d'un voile noir. Le tonnerre qui gronde, d'abord sourdement, se rapproche et fait entendre sa voix épouvantable. La foudre éclate de toutes parts. Aventino se laisse emporter par cette obscurité zébrée d'éclairs et ferme les yeux.

– Docteur, s'il le faut, coupez, tranchez comme un boucher !

Telles furent les premières paroles qu'Aventino entendit en se réveillant. Après les mots, une odeur. Cela puait énormément. Une odeur de fromage pourri qui annonce les affreuses suppurations. Il était donc vivant...

– Je vous le répète, s'il le faut, n'hésitez pas ! Un coup de hachoir, hop !

Aventino n'était plus dans la boue de Cossaria... Il avait autour de lui un spectacle des plus hideux et des plus affligeants. Des blessés, des malades, sans lit, sans couvertures, sans litière, n'ayant personne pour les soigner ni les servir, périssaient de besoin, de misère et de corruption de l'air. Des cadavres à moitié pourris restaient là à même le sol avant qu'on songeât à les enterrer. Les blessés étaient pansés avec du foin en place de charpie, et des courroies en guise de bandages. Un homme, la chemise en lambeaux sur son corps, soulevant un moignon fourmillant de petits vers blancs, hurlait :

– Des semaines entières à bouffer du pain noir et à boire de l'eau sale !

– Allez, hop, un coup de hachoir, une bonne tranche, allez, monsieur le boucher ! redisait l'homme qui délirait.

Beaucoup gémissaient, certains criaient qu'on les débarrasse du voisinage d'un cadavre. Tous étaient couverts de sang, la tête et les membres entourés de chiffons sales.

– Pas d'infirmiers, pas de charpie, pas de bouillon, pas de médicaments ! On nous envoie à l'abattoir et on nous laisse crever !

La porte de la pièce était ouverte ; dans la cour des monceaux de cadavres nus, maigres, défigurés, attendaient les tombereaux qui les emporteraient dans une fosse commune. À mesure qu'Aventino revenait à lui, il se rendait compte du bruit épouvantable qui régnait dans cet hôpital de fortune. Il avait un lit, ce qui était tout à fait exceptionnel : une paillasse, une paire de gros draps et son manteau en guise de couverture. Il se rendit compte qu'autour de lui des hommes attendaient, guettant le moindre de ses gestes : ils attendaient son décès pour lui prendre sa place, sans penser qu'ils étaient tous plus ou moins destinés à subir le même sort. L'homme qui l'avait réveillé par ses cris poursuivait sa litanie :

– Ici, messieurs, on coupe ! Des bras, des jambes, des pieds ! Coupe, coupe !

Soudain Aventino se sentit soulevé par les aisselles et les pieds, et conduit sans ménagement sous une grande tente ouverte à tous vents et encombrée de morts qu'on jeta dehors pour lui faire de la place. Là, plusieurs chirurgiens s'affairaient à amputer une jambe à l'un, un bras à l'autre. Des charrettes débordaient de membres amputés. Des soldats, noirs de poussière, n'ayant plus l'apparence humaine, gisaient par terre. Laissé en plan comme un vieux paquet, Aventino, plusieurs heures durant, ne vit que couper et scier, n'entendit que geindre et hurler. Autour des habiles chirurgiens, des jambes et des bras étaient jetés au hasard. Aventino constata que les instruments chirurgicaux, couteaux de différentes longueurs, à lame droite et fine, scies, pinces-gouges, aiguilles, ciseaux, n'étaient jamais lavés après les interventions. Certains, cassés ou mis hors service, étaient jetés avec les membres amputés. Après toutes ces heures passées près des tables d'opération, il aurait pu par le menu en décrire chaque moment. Le premier aide qui comprime l'artère principale, le second qui soutient la partie supérieure du membre et relève les chairs sous le tranchant de l'instrument. Le troisième qui maintient l'extrémité inférieure du membre et l'oriente afin de faciliter la section des muscles. Le quatrième qui présente les instruments et les deux derniers qui maintiennent le malade. Assis sur le rebord de la « table à viande » et adossé à un matelas ployé en double, celui-ci n'a pour tout réconfort qu'un grand verre de *schnaps*.

Le tour d'Aventino semblait arrivé. On préparait les instruments, le fil de soie pour lier les artères, des chiffons ; on redisposa autour de la table les quatre chandeliers métalliques pourvus de grosses chandelles semblables à des cierges, et un chirurgien indiqua, sur l'épaule gauche d'Aventino, le cercle que devait suivre l'instrument. Alors qu'on s'apprêtait à l'assujettir sur cette affreuse « table à viande », une nouvelle équipe de chirurgiens entreprit de relever celle qui opérait depuis plus de vingt-quatre heures. Ippolito en faisait partie.

– Alors, le survivant ? lança Ippolito. Les brancardiers t'ont trouvé deux jours après la bataille, perdue, d'ailleurs !

– L'amputation est nécessaire, dit le chirurgien, considéré par tous comme l'un des plus habiles du régiment.

– Je peux examiner le blessé ? demanda Ippolito, en soulevant délicatement la chemise de son ami et en terminant d'enlever les pansements de la blessure.

Il y avait, au sein de l'armée de montagnards piémontais commandée par Colli, deux écoles : celle du chirurgien-sabreur Vittorio Rufini, et celle d'Ippolito Di Steloni. Aux lendemains des combats, les ambulances se repéraient par les pyramides de jambes ou de bras coupés. Si ces membres étaient sectionnés au niveau d'une articulation, c'était l'ambulance de Rufini : un travail drastique, mais impeccable et propre. S'ils étaient coupés à tort et à travers, il s'agissait de l'ambulance de la plupart des autres chirurgiens. Une troisième ambulance se singularisait, devant laquelle les tas de membres sectionnés n'atteignaient jamais les dimensions des deux précédentes : celle d'Ippolito Di Steloni. Il prônait pour sa part, non l'amputation mais la résection – « blocage du membre inférieur » –, tout en reconnaissant que les « coups de couteau » du sabreur Rufini avaient souvent transformé un blessé en infirme mais lui avaient aussi sauvé la vie.

– Enfin, Rufini, tu sais très bien que j'ai conservé à une foule de gens des bras condamnés à la destruction totale !

– D'accord, mais c'est toi qui opères. Une amputation effectuée sur un blessé laissé sans secours depuis quarante-huit heures, a peu de chances de réussir..., fit remarquer Rufini.

Les deux hommes se respectaient. Rufini demanda à Ippolito de rester à ses côtés...

– Et ma main ? demanda Aventino.

– Ne t'inquiète pas, répondit Ippolito. Les balles l'ont traversée, la bourre s'est légèrement incrustée. Mais elle n'est pas fracassée. Tu en retrouveras l'usage.

– Et mon bras ?

– En principe, le bras est bloqué. Chez certains, il se remet en place. On a évité la désarticulation de l'épaule et la paralysie. Ça ne m'étonnerait pas que tu appartiennes à la race des durs à cuire ! J'ai connu un porte-étendard, qui, amputé un matin est reparti le soir même sur son cheval !

Si le génie consiste à faire de grandes choses avec de petits moyens, on peut dire que jamais le chirurgien-major Ippolito Di Steloni n'en montra davantage que cette nuit-là, sous cette tente, à la lumière des quatre chandeliers métalliques. Il sauva son ami, lequel, l'opération terminée, se jeta sur le bouillon, le vin, et les larges tranches du bœuf abattu le jour même que lui avait préparés le cuisinier de l'ambulance.

Quand Ippolito vint le rejoindre, Aventino était presque un homme heureux. Il était en vie, et garderait vraisemblablement l'usage de son bras et de sa main. Il pourrait rapidement retourner se battre. Il observait son ami, dans son grand tablier rouge de sang, et ses longs cheveux blonds trempés de sueur. Où était le jeune homme des soirées galantes à Gênes, des chasses turinoises et des parties de *tamburello* sur le terrain attenant au château de Cortanze ?

– La pourriture d'hôpital, c'est ça le vrai drame, Aventino. Je me demande si les soldats ne meurent pas plus à l'hôpital que sur le champ de bataille.

Il y avait tellement de mesures à prendre : se laver les mains au savon et au vinaigre camphré, passer les instruments dans la braise enflammée, n'utiliser que de la charpie propre et qui ne soit jamais préparée par les malades eux-mêmes, jeter les pansements sales dans des récipients en métal et ne jamais les réutiliser, n'entrer dans une salle d'opération que revêtu d'un « habit spécial »...

– L'évidence même, Aventino. Éviter les pinces à rayures : c'est dans ces maudites rayures que séjourne la matière virulente. La mortalité varie singulièrement d'une épidémie à l'autre... Le cas du typhus traumatique, par exemple...

– C'est un vrai cours...

– Je t'ennuie ?

– Non, mon ami, mais quand tu me parles longtemps de ton métier, et que tu emploies des termes très techniques, c'est que tu veux me dire quelque chose de plus important...

Ippolito prit les mains de son ami, soudain en larmes.

– Il y a deux armées. D'un côté, les Piémontais. De l'autre, les Français. On a vu ces derniers sur les champs de bataille : une musique de baladin de foire, des soldats coiffés qui de shakos, qui de bonnets de police, qui de bonnets Marie-Louise ; des capotes tantôt grises, tantôt couleur de capucin ; celui-là a un habit, cet autre porte une veste ; pas d'armes, pas de nourriture. Mais ils portent haut la tête, ils ont conscience de leur force, de leur valeur ; ils ont un but, un idéal...

Ippolito était blême, épuisé, non de fatigue mais par ce qu'il devait dire à Aventino.

– Où veux-tu en venir ?

– Cette armée a un idéal... et maintenant un chef...

– Ah oui, celui que tu attendais ?

– Un général complètement inconnu, Napoleone Buonaparte, qui a pris le commandement de l'armée d'Italie depuis le 27 mars.

– Tu vas aller te battre du côté des loqueteux ?

– Non, Aventino. Mais le Piémont est perdu. Le roi est un vieillard lâche et sénile. L'Autriche nous abandonne. Je veux suivre Buonaparte, non pour me retourner contre mon pays, mais pour battre l'Autriche. L'Autriche battue par les Français, l'Italie sera libre !

Toute la nuit, Ippolito tenta de convaincre son ami. Il n'y parvint pas. Ippolito ne partirait pas immédiatement rejoindre l'armée d'Italie. Il attendrait la défaite du Piémont. Allongé sur son lit d'hôpital, Aventino se demanda quelle sorte d'amitié il pourrait désormais porter à un frère qui lui avait sauvé la vie et pourtant le trahissait. Qui venait de séparer le bonheur d'avant du malheur d'après ?

15

O<small>N</small> était au milieu du mois d'avril. Dans le Piémont, où le froid est intense, où l'humidité entretient dans la terre un travail perpétuel, sitôt les brises de mars passées, les nuages d'hiver s'envolent. La glace fondue, c'est toute l'ivresse du radieux printemps qui s'empare de la terre. Le ciel jusque-là nébuleux se découvre tout à coup, et devient d'un bleu qu'on ne trouve nulle part ailleurs. Les plaines ne sont plus qu'un immense tapis de verdure bordé de mûriers. Alors, êtres et choses se rapprochent, communient ensemble dans la splendide résurrection du printemps. C'est ce mois joli que les Français choisirent pour envahir le Piémont et le mettre au pillage.

La rumeur de la pénétration française, à l'image de ses exactions, enflait. Dans tous les villages, dans toutes les maisons, dans tous les hameaux, tout est pillé et dévasté. Au malheureux, on enlève ses pauvres draps de lit, ses chemises, ses hardes, ses misérables souliers ! S'il ne donne pas son argent, on l'assomme. Partout, les habitants fuient devant les troupes barbares. On voit des enfants perdus sur les routes, des femmes qui pleurent, crient et demandent du pain. Et le pillage ne fait que commencer. Réquisitions abusives, vols de chevaux, de denrées, d'argent, chez les particuliers, dans les boutiques, dans les églises, dans les monts-de-piété. Les généraux eux-mêmes bénéficient de pratiques qu'ils condamnent. On menace de fusiller quiconque se permettrait « de soustraire et d'enlever de force des femmes ». Mais ce peloton d'exécution ne fait peur à personne. L'orgie soldatesque se poursuit. Des bandes avides s'emparent de tout ce qui a quelque valeur, objets utilisables ou non, vêtements, linges, vins, volailles. Les officiers laissent faire, profitent des circonstances pour s'enrichir, allant jusqu'à prendre la tête des compagnies qui maraudent. Aucune plainte, dit-on, à l'état-major français, ne nous est parvenue : « Les victoires de l'armée enveloppent les coupables. »

L'armée d'Italie s'enfonce dans le Piémont, et chacun trafique comme il veut. Il est toujours possible de vendre ses armes et ses vêtements. On ne sait jamais de quoi demain sera fait, la disette alterne régulièrement avec la pléthore, et parfois, la solde et l'eau-de-vie ne sont pas assurées. Les profits des uns et la misère des autres provoquent désordres et désertions. Ce sont des hordes de rapaces qui se jettent sur le Piémont. On se venge sur les artisans, sur les paysans, sur les journaliers. On les oblige à abattre tout leur bétail qu'on juge bon de prendre pour sa subsistance. Tout doit y passer. Vaches, moutons, chèvres. Logeant dans les villages, loin des villes, les soldats n'hésitent pas à envoyer les paysans chercher de la nourriture dans des magasins qui se trouvent à trois ou quatre lieues. Le pillage s'intensifie. On organise des ventes aux enchères, où on vend le mobilier volé. Et on ne laisse rien. Tout ce qu'il est possible d'emporter, tout ce qui peut être récupéré, arraché, enlevé à coups de haches des édifices de toutes sortes, doit l'être.

Comment se défendre des barbares de l'armée d'Italie ? Dans les châteaux, on enlève tout, on enfouit tout à l'annonce de son arrivée. Chez les paysans, on cache en terre les meubles, les ustensiles de ménage, le linge, les provisions de bouche. On va même jusqu'à enfouir dans les grandes fosses des cimetières des sacs de grains et de farine, du lard, des jupes du dimanche, des soutanes, des ornements d'église, des Vierges de bois doré, des caisses de lentilles. Parfois, le long des routes, on trouve des fourgons chargés d'argent, caissons éventrés, sacs ouverts : les pilleurs, pour une raison quelconque, ont abandonné leur butin. Jusqu'aux animaux des jardins zoologiques qui ont à craindre le passage des prédateurs. Les baraques en bois qui abritaient des bêtes sauvages et des oiseaux exotiques, ont été détruites afin d'en utiliser les planches. Quant aux animaux, lapins, lièvres, chevreuils, biches, cerfs, oiseaux, on les a attrapés, tués à coups de bâton et à coups de fusil avant de les faire rôtir. Et le jeune Buonaparte, qui n'a que vingt-sept ans, qui est corse mais connaît la langue et les mœurs italiennes, et qui se fait appeler « Bonaparte », parle de réprimer fermement le pillage, « fléau de l'armée d'Italie ». Quel valeureux soldat que cet homme qui envoie sur le Piémont des hordes de Huns et qui proclame : « Peuples de l'Italie, l'Armée française vient rompre vos chaînes ; le peuple français est l'ami de tous les peuples ; venez avec confiance au-devant d'elle ; vos propriétés, votre religion et vos usages seront respectés. Nous faisons la guerre en ennemis géné-

reux et nous n'en voulons qu'aux tyrans qui vous asservissent. »
Quel grand homme, en effet !

Pendant ce temps, les villes du Piémont tombaient les unes après
les autres. À peine remis de ses blessures, Aventino, devenu général
malgré lui, accompagna Colli dans sa déroute. Après l'attaque du
16 avril, ce dernier pouvait choisir entre trois issues : attaquer, se
faire assiéger dans Ceva, se replier vers Turin. Il choisit cette dernière. Cette solution, sans doute dictée par le commandement autrichien, fut une catastrophe : elle transporta la guerre dans la plaine
piémontaise. Le 17 avril, les Français étaient maîtres de Ceva. Le
19, après une bataille sanglante, ils prenaient San Michele, que
Colli venait d'occuper. Deux jours plus tard, Colli, qui avait repris
sa marche vers Mondovi, subit une nouvelle défaite : il avait perdu
1 800 hommes. La marche vers Turin reprit.
   Le 22, les Piémontais passèrent le Tanaro et poursuivirent leur
retraite dans la direction de Cherasco, où ils arrivèrent le 24. La
manœuvre était évidente : Beaulieu, parti d'Acqui, marchait par
Nizza Monferrato vers Cherasco. Le moment de la jonction approchait... Mais le 25 avril, à huit heures du matin, l'avant-garde de Masséna attaquait les deux bataillons piémontais. « Le torrent précipité
du haut de l'Apennin » franchissait le rempart de terre et faisait sauter les palissades, de telle sorte que la garnison commandée par Colli
dut évacuer la ville, et se replier sur Carignano afin de couvrir Turin.
   Cherasco est une petite ville très gaie, au confluent de la Sture
et du Tanaro. Très ouverte, régulière, pourvue de maisons basses,
elle domine les plaines qui conduisent à Turin qui n'est plus qu'à
trente kilomètres. Le 27 avril, à dix heures du soir, les plénipotentiaires du roi de Sardaigne, Sommariva, Sallier de Latour et le cardinal Costa, y entamèrent les négociations d'armistice. Moins de
quatre heures plus tard, tandis que les Français, se servant de l'émigré piémontais Bonafous comme d'un épouvantail, faisaient mine
de fomenter, à Alba, une insurrection démocratique, c'en était fini
de la liberté en Piémont. Par cet armistice, le Piémont était neu-
tralisé, abandonnait à l'armée française plusieurs places fortes –
Cuneo, Tortone, Alexandrie –, autorisait le passage du Pô à Valence,
et acceptait de négocier une paix définitive avec le Directoire.
Entrée en campagne le 10 avril, l'armée française était, en moins
de quinze jours, arrivée aux portes de Turin et, après avoir battu et
refoulé les Autrichiens, avait mis le Piémont à genoux.

En quittant Cherasco, Aventino se sentait abattu, comme jamais auparavant. Et s'il souffrait, ce n'était pas de ses blessures à l'épaule et à la main. Dans cette occurrence, si grave, Victor-Amédée III n'avait pas su montrer la fermeté dont son glorieux aïeul, Victor-Amédée II, lui avait laissé un si héroïque exemple. Il avait fléchi, comme seul un vieux roi fatigué peut le faire. Pourquoi, en si peu de temps, avait-il formé la résolution d'abandonner les intérêts de l'Autriche, et de s'attacher entièrement aux destinées de la France ? Bien que ce ne fût pas la thèse défendue par Aventino, on aurait pu imaginer que ce plan politique eût été bon si l'on avait eu affaire à tout autre qu'à un gouvernement révolutionnaire. Mais ici, dans une telle conjoncture, c'était se confier corps et âme à un pouvoir qui, sous le masque de l'amitié, méditait la ruine, non seulement du Piémont, mais de toute l'Italie.

Général blessé et sans armée, Aventino se demandait ce qu'allait devenir l'Italie, et quelle place il pourrait y occuper. Dans ce XVIIIe siècle, si gros de bienfaits pour l'espèce humaine, la Révolution avait mis un arrêt définitif au progrès. Le mouvement vers un ordre des choses plus juste, plus favorable à l'égalité civile et au bonheur des peuples, venait d'être à jamais freiné. L'avenir reculait. Aventino avait souhaité rentrer à Cortanze à cheval, suivi d'une voiture contenant ses effets personnels. Les quelques lieues le séparant de la vieille demeure familiale avaient été couvertes rapidement. Il n'avait croisé aucune troupe, ni française ni piémontaise et encore moins autrichienne dont les éléments semblaient s'être volatilisés. Arrêté au pied de la colline sur laquelle se dresse le château de Cortanze, Aventino se sentit submergé par un flot d'émotion et de questions. Quelle serait désormais sa vie, dans ce pays vaincu où le duc d'Aoste lui-même, fils du roi, assurait Buonaparte de son admiration et de son dévouement ? Où Victor-Amédée, bien qu'il ait déclaré « ne jamais vouloir contracter une alliance avec ces brigands », venait de leur fournir des chevaux de ses propres écuries et des barques pour leur permettre de franchir le Pô ? Où un certain Bonafous, après avoir instauré à Alba une éphémère « République piémontaise » déclarant la déchéance du roi Victor-Amédée et l'abolition des titres nobiliaires, avait été arrêté puis relâché sans jugement, pour complaire au général français qui du reste s'en souciait fort peu ?

Peu avant de quitter Cherasco, Aventino avait longuement parlé avec ses soldats. Ils étaient indignés de devoir céder à un ennemi dépourvu d'artillerie, de cavalerie, qu'un seul revers aurait pu abattre, alors que les Sardes occupaient encore un grand nombre de forteresses, quand Turin même n'aurait succombé qu'après un long siège, que les Français n'eussent peut-être jamais osé entreprendre. Beaucoup de ces hommes, désespérés, avaient oublié leurs griefs contre l'Autriche, et s'apprêtaient déjà à passer dans les rangs de son armée. Colli était de cet avis : « Ce n'est plus la même cause à défendre, mais du moins est-ce encore le même ennemi à combattre. »

Dans la grande cour du château de Cortanze, tout au bout de l'allée, entre les tiges dénudées des asters, Aventino aperçut le carrosse de son père. Le vieil homme l'attendait. Il était chez lui. Tout, dans ses gestes, sa façon d'être rappelait à Aventino que le château n'était le sien que lorsque Roberto Ercole Roero Di Cortanze n'y était pas.

Roberto Ercole ne s'intéressa guère aux blessures de son fils. Sa main malhabile, son bras raide n'étaient que les marques de sa participation aux combats de ces dernières semaines. « Des blessures glorieuses », comme il les appelait.

Cette visite, chez cet homme habitué aux circonvolutions du pouvoir, aux dialogues avec les ministres plénipotentiaires, et aux complots de palais, ne pouvait être que diplomatique, certainement pas paternelle, et ne durerait donc que peu de temps. Après quelques paroles d'usage à la frontière du protocole, le vieux ministre, habillé d'un costume gris trois-pièces de même étoffe, et le chapeau noir trois cornes à la main, entra immédiatement dans le vif du sujet :

– Turin n'a pas fait la paix parce que nous ne pouvions pas nous battre, mais parce que nous ne le voulions pas ! C'est de la politique et non de la stratégie !

– Vous avez livré le Piémont aux républicains.

– Mon garçon, il fallait avant tout sauver le trône de Sardaigne.

– Il était plus menacé par les Français que par les Autrichiens ?

– Je connais ta théorie. Mais le vrai danger vient du peuple : fatigué d'une guerre qui l'écrase depuis si longtemps, il murmure à haute voix, contre la monarchie, contre nous...

– La République d'Alba a été fabriquée de toutes pièces par les Français. Bonafous était un homme de paille !

– Les Français n'ont qu'un mot à dire et le Piémont républicain marchera contre le Piémont monarchique. Tu sais très bien que Beaulieu a complètement abandonné Colli, et qu'il ne songe qu'à sa chère Lombardie.

– Quoi, le roi ne peut plus compter ni sur ses alliés ni sur ses sujets ?

– En quelque sorte.

– Il ne vous reste plus qu'à vous rendre à Paris, alors !

– C'est ce que nous allons faire, mon cher fils. Et dans un seul but : en ramener la paix. Nous avions pensé... étant donné l'ancestrale tradition familiale... que tu aurais pu être le ministre plénipotentiaire qui...

Aventino se leva, s'avança vers la grande fenêtre du cabinet de travail et, regardant la neige qui sur les premiers contreforts des Alpes n'avait pas totalement fondu, dit, plein d'amertume dans la voix :

– Comment avez-vous pu penser que j'accepterais une telle besogne ?

– Mais, c'est un honneur, pour toi, pour notre famille...

– Un déshonneur...

– L'Histoire se souviendra que...

– L'Histoire se souviendra de quoi ? Que va nous coûter la « bienveillance » des armées de la République ? Beaucoup plus que les deux mille bœufs, les dix mille quintaux de blé, les tableaux et les sculptures demandés au duc de Parme. Père, pourquoi devons-nous accepter une telle humiliation ? Le duc de Modène est prêt, lui aussi, à signer un bout de parchemin, aux mêmes conditions : grand bien lui fasse !

– Qu'attendais-tu d'un conflit qui oppose d'un côté un général d'origine française, Beaulieu, qui rêve l'abaissement de la France ; et de l'autre, un chef d'origine italienne, Buonaparte, qui marche à la conquête de l'Italie ! Je comprends ta déception, mais moi, ça fait soixante ans que je suis déçu !

– Il ne s'agit pas de déception, mais de colère. J'ai vingt-sept ans, et je ne veux pas que le monde s'arrête. Je ne veux pas être comme ces cyniques qui ne supportent plus que les belles femmes et les méchants livres ! Tu me vois en face de ce petit employé au bureau des documents militaires qui s'est fait un nom en mitraillant une insurrection royaliste sur les marches d'une église. Que lui dirais-je ?

– Il a aussi libéré Toulon... Et depuis, il y a eu Voltri, Montelegino, Montenotte, Millesimo, Dego, Ceva, Cursaglia, Mondovi ; et maintenant il peut dormir quand il veut au *palazzo Madama*...

– Eh bien, rejoins-le !

– Mais non, Aventino, tu n'as rien compris, Buonaparte est un bouffon ! Quelqu'un qui ose dire : « J'ai fait la campagne sans consulter personne ; je n'aurais rien fait de bon si j'avais eu besoin de me conformer à la manière de voir d'un autre » ; ou encore : « Ma marche a été aussi prompte que ma pensée » est un bouffon, mais un bouffon dangereux, pour l'Italie, pour la France et pour

119

l'Europe. L'Italie sera le tombeau de ce petit homme au teint jaune et au nez long, cet être imaginaire...

– Et en faisant la paix avec cet « être imaginaire » qui déambule en uniforme de régiment d'infanterie, tu penses sauver l'Italie ?

– Donc, tu refuses l'honneur qui...

Aventino ne laissa pas son père terminer sa phrase :

– Oui, je ne suis ni Pallavicini, ni Della Rosa qui se font sodomiser par un nain de cinq pieds six pouces, et lui offrent en plus le *Saint Jérôme* du Corrège !

Le vieux ministre remit sur sa tête son petit chapeau noir à trois cornes, et partit, comme toujours, en claquant la porte, tandis que les domestiques croisés sur son passage se courbaient respectueusement en évitant de rencontrer son regard pour ne pas que monsieur le Marquis passe sa colère sur eux. Cette sortie théâtrale libéra Aventino de la tension accumulée durant l'entretien. Il s'apprêtait à s'enfoncer dans son fauteuil lorsqu'on lui annonça une visite. « Encore un importun », ne put-il s'empêcher de penser.

– Monsieur Gentile, dit Felicita d'un air de dégoût, et qui avait pénétré dans la pièce à peine le père d'Aventino parti.

Felicita, qui avait toujours surveillé de très près les fréquentations d'Aventino, ne supportait pas la tête de brigand de « ce monsieur Gentile » qui avait toujours mille histoires toutes plus rocambolesques les unes que les autres à raconter, qui se promenait invariablement avec des sachets, des boîtes, des bocaux pleins de denrées bizarres, et qui avait cru « amadouer » la vieille servante en lui offrant un jour une tête de cobra conservée dans de l'aldéhyde formique.

– Percy ?

– Oui, je viens de te le dire.

Aventino sourit :

– Mais fais-le entrer, vieille carcasse, dit-il en embrassant Felicita sur le front.

Percy Gentile pénétra dans la pièce, souverain, immense, la mine rougeaude. Le bas du visage à moitié mangé par une cravate de gentilhomme espagnol en fine dentelle, qui disparaissait sous un gilet brodé d'or, lui-même recouvert par une redingote du plus beau vert acide, il se précipita sur Aventino.

– Mon *Général* ! Tout le Piémont ne bruit que de vos exploits !

– N'exagérons rien, dit Aventino en se levant péniblement de son fauteuil.

– Blessure de guerre ?

Aventino ne répondit pas et esquissa un léger sourire :

– Que fais-tu ici ?

– La vie à Gênes devient compliquée. Bientôt, il va falloir porter la cocarde. Ou aller vivre ailleurs...

– À ce point ?

– Oui. Remarque, tout le monde ne s'en plaint pas. Lodovico et Lucia s'en tirent plutôt bien. On dirait même qu'ils attendent avec impatience l'arrivée des Français.

– Et le *casino* ? J'ai cru que Maria Galante était morte dans l'incendie...

– Non. Elle est bien vivante, d'ailleurs...

– D'ailleurs, quoi ?

– Attends, dit Percy avec un air de conspirateur. Non, tout va bien, à part quelques traces de brûlures dans le dos. Mais rien ailleurs, rien au visage. Elle est seulement devenue quelqu'un d'autre, comme nous tous. Après un événement pareil...

Était-ce le souvenir de l'incendie ou la douleur au bras qui se réveillait, mais Aventino fit une grimace, et demanda qu'on apporte du café fort.

– Toujours allergique au thé ? dit Percy en riant. Ma conférence flamboyante ne t'a pas convaincu, alors ? C'est quoi ces blessures ?

Aventino raconta les batailles, le sang, le coup de sabre, la balle tirée à bout portant. Malgré les tasses de café, il avait de plus en plus mal.

– Je t'ai apporté plusieurs cadeaux. Le premier est une petite sculpture, dit Percy, en tendant à Aventino un sac en toile de jute. Attention, c'est fragile.

Aventino tira sur la petite cordelette qui fermait le sac. La « sculpture » représentait les parties naturelles de l'homme.

– Qu'est-ce cela, monsieur l'aventurier génois ? demanda Aventino, surpris.

– Un *lingam* phallique.

– Mais encore ?

– Ce serait très long à raconter... Disons qu'il tire son origine de l'idée que les Brahmanes avaient de la force reproductrice et régénérative de la nature. Ceux qui font profession d'adorer le Lingam forment une secte. Les « Lingamistes », puisqu'il faut les appeler par leur nom, portent toujours, attachée à leur cou ou au bras, cette « infâme idole », comme dit Antonelli.

Aventino caressa l'étrange objet. Percy ajouta :

– On dit qu'il est le « signe sensible d'une chose que l'on veut faire connaître sous le voile du mystère »...

121

– Alors, ce n'est pas le moment... L'heure n'est pas aux mystères, dit Aventino, le visage crispé par la douleur.

– Mon deuxième cadeau va te faire un bien fou..., dit Percy en ouvrant une petite boîte en argent qui dégageait une très forte odeur.

– Encore de ton foutu thé ?

– Pas cette fois : du pavot blanc. Imagine un peu, il a descendu tout le Gange, par bateau, jusqu'à Calcutta.

– Du pavot blanc ?

– De l'opium, mon cher. Les imbéciles affirment qu'il mène à la frénésie ou à la mort. Certes, il a des vertus pour le moins contradictoires. Pris en quantité idoine, c'est un excellent somnifère et un calmant. Les peuples du Bahar le prennent en fumigation. Comme toujours en Europe, on méprise cette médecine. Mais tu verras, elle va faire son chemin. Tu vas être un précurseur.

Aventino ne semblait qu'à moitié convaincu :

– Un précurseur ? Un cobaye, oui, comme les grenouilles de Barnaba.

Felicita entra, avec sur une table à roulettes, un repas froid.

– Tu n'as rien mangé, dit-elle, en s'adressant à Aventino, voilà de quoi te réconforter.

– Vous m'aimez toujours à la folie, Felicita, n'est-ce pas ? lança Percy, joyeusement.

– Si monsieur le permet, je dirai à monsieur : non, je n'aime pas monsieur, répondit Felicita en quittant la pièce.

Sa haine, très relative, de Percy, ne l'avait pas conduite jusqu'à ne servir qu'un seul repas. Il y avait largement à manger pour deux. Les deux amis se regardèrent en riant.

– Et j'ai un troisième cadeau, dit Percy en tendant à Aventino un livre en demi-veau bleu, avec, gravée en couverture, une fleur de *Camelia Sesanqua*.

L'auteur en était un certain Cornelius Overcamp-Etmüller, et le titre, on ne peut plus explicite : *Traité sur l'excellente boisson du thé*.

– En somme, dit Aventino, tu veux que je devienne un « Lingamiste » fumeur d'opium et buveur de thé ! Tous les vices, réunis en un seul homme, quoi !

Percy Gentile devint soudain sérieux. Il reposa sa fourchette et s'essuya la bouche :

– J'ai de grands projets de voyage, pas seulement commercial... Je t'en parlerai, mais pas aujourd'hui. Le monde est en train de changer...

– Encore Buonaparte !

– Non, non. Plus important que ça. Plus profond, plus spirituel.

Buonaparte est un fils contrefait de la Révolution. Un jouet qui finira par se briser.

– Pourquoi es-tu venu, tu ne m'as toujours pas expliqué ?

Percy marqua un temps d'hésitation avant de répondre :

– Pour te voir. Je dois me rendre à Milan demain livrer une cargaison de thé. On pourrait y aller ensemble ? Ou tu pourrais m'y rejoindre...

– On verra... Le Piémont est vaincu mais la guerre n'est pas finie, et...

Aventino hésita :

– On m'a confié une mission d'observation, en Milanais...

– Tu deviens espion, marquis ?

– C'est beaucoup dire...

– Alors, c'est que nous avons tous les deux intérêt à nous retrouver à Milan.

– Oui, on peut dire ça comme ça.

Percy regarda sa montre :

– Déjà, mon ami, je dois retourner à Turin. J'ai encore plusieurs heures de mauvais chemins, de routes boueuses...

– Reste pour la nuit ici.

– Impossible, ce soir tu dois être seul... En tout cas, pas avec moi.

– Mais, qu'est-ce que c'est que ces sous-entendus...

– Ce mystère te dépasse ? Feins d'en être l'organisateur.

Aventino haussa les épaules, sourit, raccompagna l'étrange Génois jusqu'au bas du grand escalier, puis retourna dans le cabinet privé. Il passa sa main sur le mystérieux *Lingam*, huma l'opium et tourna les pages du livre de Cornelius Overcamp-Etmüller. Son bras et sa main blessés avaient, semblait-il, décidé de le laisser momentanément en paix. La fenêtre donnant sur les collines du Montferrat était ouverte et laissait entrer les douces senteurs du printemps. Aventino, qui avait commencé par feuilleter le livre de manière distraite, fut très vite absorbé par sa lecture. C'était tout un univers qui s'ouvrait à lui. Les sols du thé gagnés sur la jungle, sa culture, « non en champs mais en jardins », la hauteur de l'arbuste à thé, ses tiges qui se divisent en rameaux diffus, ses feuilles, ses fleurs blanches. « Les théiers poussent principalement dans les régions soumises à la mousson, ou à de fortes pluies suivies de périodes sèches », précisait Cornelius Overcamp-Etmüller, qui racontait aussi comment le thé était venu aux hommes. Inventeur de la médecine, l'empereur Chen Nung avait ordonné à tous ses sujets de faire bouillir l'eau avant de la boire. Un jour de grande chaleur, l'empereur qui se reposait à l'ombre d'un arbre sauvage eut soif. Il fit bouillir de l'eau, lorsqu'une brise légère détacha de l'arbre quelques feuilles qui vinrent se poser délicatement sur l'eau frémissante. Chen Nung porta le bol à ses lèvres. L'eau, devenue infusion, avait un goût étrange et merveilleux. Cela se passait en 2737 avant Jésus-Christ : l'empereur Chen Nung venait de créer le thé...

Plongé dans le livre à la reliure en demi-veau bleu, Aventino, général vaincu du régiment du Montferrat, ne vit pas le temps passer. Rêvant aux soixante quinze mille bourgeons nécessaires à la confection d'une livre de feuilles fraîches de thé Bi Luo Chin, qu'il aura fallu couper d'un ongle net, sans froisser ni endommager le duvet recouvrant le brin minuscule, il ne releva la tête qu'à la nuit tombée. Il devait, pour regagner ses appartements, traverser la galerie de portraits. La double porte était ouverte. Felicita se tenait devant, comme une sorte de Cerbère. Tous les bougeoirs de la pièce étaient allumés. Les tableaux avaient disparu.

– Mais enfin, Felicita ? dit Aventino, que signifie tout...

Pour le cas où les révolutionnaires français, qui envoyaient prêtres et souverains à la mort, auraient dû investir le château, Felicita avait cru bon de cacher les tableaux et autres œuvres d'art, comme elle avait caché les semences, les sacs de blé, les victuailles, les chevaux, et fait emmurer le vin...

Aventino ne fit aucune remarque. Un seul tableau était resté accroché, *A.R. servant le thé à deux dames amies* : « Personne n'aurait l'idée de voler une telle horreur », avait pensé Felicita... Quelque chose, à mesure qu'il s'approchait du tableau et le détaillait attentivement, intriguait Aventino. Le beau visage de la jeune fille dont Percy disait qu'il avait un côté « indou », semblait moins abîmé que la dernière fois où il l'avait regardé, juste avant qu'il ne parte pour Loano. Effet de la lumière ou de la fatigue, il lui semblait que la silhouette avait retrouvé de ses couleurs, que le cercle parfait aux bords noircis avait diminué de diamètre. Il voulait rester seul pour observer ce prodige qui n'était sans doute que simple illusion et fit comprendre à Felicita qu'elle pouvait disposer.

– C'est que..., dit la vieille servante.

– Quoi encore ? Je suis rentré, je suis vivant... Va te reposer, Fecilita.

– Il y a une dame...

– Quoi, quelle dame ? Je ne comprends rien à ce que tu racontes.

– Il y a une dame qui attend. Elle est venue avec monsieur Gentile. Je ne voulais pas qu'elle te dérange. Et puis, on ne dirait pas une dame honnête... Elle est dans le salon rouge, au rez-de-chaussée. Je crois qu'elle s'est endormie.

– Allez, Felicita, je vais m'en occuper, dit Aventino. Va te coucher.

Une femme, en effet, était là, endormie dans le salon rouge, vêtue d'une robe antique transparente, dont le décolleté souple ne cachait de ses charmes que ce que la décence exige. Elle portait une coiffure à l'enfant et des souliers rayés. Soudain le cœur d'Aventino se mit à battre plus fort. Lui qui avait passé des mois dans la boue et le sang des champs de bataille, lui qui avait pataugé dans les charniers, traversé des enfers jonchés de charognes et de cadavres en putréfaction, se trouvait soudain désemparé : Maria Galante était là, alanguie sur l'une des méridiennes du salon rouge ! Partagé entre la joie immense de la revoir et le caractère totalement extravagant voire incongru de sa présence dans ces murs vénérables, il resta là devant elle, silencieux. Sentant une présence, Maria Galante se réveilla, et d'un sourire fit tomber toutes les réticences d'Aventino. Ils avaient tellement de choses à se dire, de secrets à se chuchoter, que dix jours et dix nuits n'y suffiraient pas. Longtemps, elle l'avait cru mort. On colportait tant d'horreurs sur cette guerre : les soldats qui tombent, épuisés de faim et de soif ; ceux qui devenus fous courent à la rencontre des canons ennemis qui les balaient dans un éclair de poussière et de fumée ; ceux qu'on retrouve sur les champs de bataille, les ongles enfoncés dans la terre gelée ; ceux qui gémissent toute la nuit, de plus en plus doucement, et sur le visage desquels on dépose un mouchoir afin qu'ils ne soient plus tourmentés par les mouches... Tant de choses les unissaient, tant d'événements, tant de souvenirs, qui pourraient presque laisser accroire que les différences sociales allaient être aplanies. Aventino ne put se résoudre à monter avec Maria Galante dans sa chambre. La conduire au sein même de son intimité, des lieux secrets de son histoire familiale, lui était impossible. Cette barrière-là était infranchissable. Ils firent l'amour sur le vieux tapis de Perse feutré comme une prairie. Doucement, pour ne pas raviver leurs blessures respectives. Entre le dos brûlé de la femme et l'épaule meurtrie de l'homme, un fil invisible était en train de se glisser. Ils étaient tous deux passés à côté de la mort, de l'autre côté, et les traces qu'elle avait voulu leur laisser ne les rapprochaient que davantage.

Le matin, c'est Maria Galante qui se réveilla la première. Le soleil pénétrait dans la pièce. Elle pressa ses doigts sur ses tempes.

Ce soleil qui l'aveugle, elle se force à le regarder, jusqu'à la douleur qui lui fait mal aux yeux. Maria Galante se sent devenir toute rose, ni belle ni laide, mais toute rose et fraîche du bonheur de voir Aventino, là, sain et sauf. Et elle ne pense à rien d'autre.

16

QUELQUES jours après qu'ils se furent retrouvés sur le tapis du
salon rouge, Aventino et Maria Galante partaient pour
Milan. Aventino conduisait lui-même les quatre chevaux qui les
emmenaient, et se plaisait dans la vitesse de leur course. Finalement,
ce couple traversant le Piémont puis le Milanais passerait plus facilement inaperçu aux yeux d'éventuelles armées françaises ou autrichiennes... La rapidité de l'équipage semblait accroître chez chacun
des deux occupants de la voiture la vivacité du sentiment de l'existence, et la douce impression d'être à côté de l'être aimé. Du moins
était-ce ainsi que pensait Maria Galante. Aventino dirigeait avec une
attention extrême. Bien que sa main et son épaule ne le fissent plus
souffrir, il craignait pour le dos écorché de la jeune femme. Il avait
de ces soins protecteurs que d'aucuns pourraient interpréter
comme la preuve des liens les plus doux de l'homme avec la femme.
Mais Maria Galante n'était pas comme la plupart des filles, facilement effrayée par les dangers possibles de la route. Sa vie passée
lui interdisait de telles angoisses inutiles. Pourtant, ce matin, il lui
était si doux de remarquer les sollicitudes d'Aventino, qu'elle eût
presque souhaité avoir peur, afin qu'il la rassurât.

Milan était à moins de cent milles de Cortanze. En passant par
Chivasso, Vercelli, Novara, ils arriveraient bien avant la tombée de
la nuit. À sept heures du matin ils avaient déjà accompli près du
quart du trajet. On était début mai. Dans les champs encore humides de rosée, le blé commençait à poindre. Ici et là, un cerisier
mieux abrité que les autres avait fleuri, et l'on sentait l'odeur du
sureau. À Trecate, à mi-chemin entre Novara et le Ticino, ils aperçurent quelques instants durant la plaine qui s'étendait sans un seul
arbre jusqu'au pied des montagnes, puis vinrent Turbigo, Magenta,
et enfin Rho où ils franchirent l'Olona sur une barge.

Ils entrèrent dans Milan par la *Porta Vercellina*. L'appartement retenu par Percy était dans une de ces fameuses *contrade*. Pavées d'un cailloutage de galets, et traversées dans leur longueur par des dalles de granit, ces ruelles conduisent, en cercles inégaux, jusqu'à la place des Marchands. La rue de l'Industrie était l'une des plus sales et des plus obscures de Milan, habitée par des chiffonniers, des parcheminiers, des marchands de vins, et des cuisinières. Si Maria Galante était horrifiée, Aventino semblait, lui, plutôt satisfait : sa présence à Milan n'en serait que plus discrète. Quant à Percy, le choix de ce bouge confirmait ce qu'Aventino subodorait depuis longtemps : son commerce de thés devait cacher d'autres trafics moins prestigieux nécessitant une certaine devanture...

Le n° 15 de la rue de l'Industrie était le seul endroit qui devait recevoir le soleil de la journée. La fenêtre de la chambre ouvrait sur une cour de quelques mètres carrés ressemblant au fond d'un puits, qui dégageait une odeur de fosse d'aisances, et devait n'être jamais lavée que par la pluie. Durant leur séjour, Aventino et Maria Galante auraient comme voisins un laveur de levure, un perruquier, un menuisier, une tricoteuse de tribunal, un ouvrier relieur et une porteuse au marché.

La pièce dans laquelle ils se trouvaient, plus grande qu'il n'y paraissait au premier abord, était remplie de boîtes de différents formats et de différentes matières. Au fond, une porte ouvrait sur une autre pièce également remplie de boîtes, qui elle-même ouvrait sur une immense halle, pleine de caisses en cuir roux empilées les unes sur les autres. Au mur, un tableau représentant une voyante en train de lire l'avenir dans une tasse de thé, à une jeune fille, rose et grasse, aux épaules nues. Une étrange odeur régnait dans tout l'appartement, tenace, presque écœurante :

– De l'opium, dit Aventino.

– Comment le sais-tu ? demanda Maria Galante, surprise.

Aventino lui montra son bras et sa main :

– Percy m'en a donné pour atténuer mes douleurs. Et ça marche...

– Sortons d'ici. Tout me fait peur.

Aventino prit Maria Galante par la main :

– Allez, viens, allons dîner.

Le jour n'était pas encore tombé. Près de la poste aux lettres, ils choisirent de se laisser guider par un *vetturino* qui, pour une somme modique, leur offrit une place dans le fond d'une calèche ouverte. L'homme pesait au moins cent kilos. Il fit grincer tous les bois en montant sur le siège, et leur proposa une petite auberge située en dehors de la ville, « du côté nord », à l'ambiance agréable et gaie : la *Casa Simonetta*. Le prix de la course comprenait le trajet, le dîner, et si on le souhaitait une chambre à l'auberge. À mesure que la *vettura* s'éloignait des fortifications, les bruits de la cité cédèrent la place au silence. Des hirondelles volaient bas dans le crépuscule. On sentait le printemps, soudain humide et intense. Maria Galante se serra contre Aventino. Les chevaux avançaient au pas. L'auberge était à moins de deux lieues de Milan. Le cocher profita d'une portion bien droite et carrossée de la voie pour se retourner :

– Vous n'êtes pas d'ici, n'est-ce pas ?

– Non, dit Aventino.

– Alors vous ne connaissez pas l'histoire de la Simonetta.

– Non, dit Aventino.

– Il y a deux Simonetta, la vraie et la fausse, dit l'homme en ralentissant l'allure, puis en se taisant à nouveau.

Aventino et Maria Galante se regardèrent en souriant.

– Et alors ? demanda, impatiente, la jeune femme.

– Alors, la *casa Simonetta* c'était la maison de campagne de la comtesse Simonetta qui y organisait des orgies. Elle avait fait construire des pièces qui avaient un écho formidable capable de répéter un mot plus de cent fois. Vous imaginez... Aujourd'hui elle est beaucoup dégradée, elle tombe en ruine.

– C'est là que vous nous emmenez ? demanda Aventino.

Le gros homme éclata de rire, comme s'il s'apprêtait à jouer un bon tour :

– Non, ça c'est la vraie. Je vous emmène à la fausse ! Des Autrichiens ont eu l'idée d'ouvrir une auberge qui pourrait reproduire cette merveille. Ils ont copié fidèlement les constructions, avec une exactitude tellement scrupuleuse qu'ils ont même pesé les pierres. Pourtant, qu'arriva-t-il ? Rien ! Pas d'écho ! Tout est là, édifices, jardins, pièces, matériaux... Tout est là sauf l'écho qu'ils avaient cru déplacer avec eux et qu'ils ont en fait laissé dans un coin mystérieux de la vraie *casa Simonetta*.

– Dommage, dit Maria Galante.

– Oui, mais la nourriture est extraordinaire et les lits moelleux, ajouta l'homme en lançant à ses deux passagers un clin d'œil entendu. Et le nouveau patron est un de vos compatriotes.

– Que voulez-vous dire ? demanda Aventino.

– Vous n'êtes pas piémontais, peut-être, dit le bonhomme, en lâchant un rire sonore. Tiens, voilà l'auberge.

La *casa Simonetta* était visiblement le lieu des rendez-vous discrets, et l'aubergiste semblait y faire de bonnes affaires. Les bancs, rangés le long du mur sous les arcades voûtées qui ouvraient sur la grande salle à manger, étaient pleins de monde. À l'intérieur, l'éclairant vivement, un feu de sarments d'oliviers pétillait dans le foyer. Il s'en exhalait une bonne odeur de cuisine et de bois brûlé. Partout, sous les arcades, dans la salle à manger et dans le vestibule, on avait dressé des tables recouvertes de nappes blanches sur lesquelles circulaient d'immenses plats de macaronis, des tourtes d'herbes aux anchois, et des tranches d'agneau rôti. Dans une pièce du fond, on pouvait apercevoir, juché sur une estrade, un orchestre de danse qui jouait une musique entraînante. Le maître des lieux fit entrer Aventino et Maria Galante dans la grande salle à manger, peinte en jaune et décorée d'arabesques représentant des oiseaux et des sauterelles. Elle avait en outre un ornement particulier, le portrait d'un soldat de la garde piémontaise, portant sous son bras un *Manuel du lieutenant d'infanterie,* que l'aubergiste leur montra avec force démonstration gestuelle :

– Moi-même, *signor Spinoto,* à la grande époque, quand on ne léchait les bottes ni des Français ni des Autrichiens, dit-il. Ajoutant, d'un air entendu : Monsieur me comprend, n'est-ce pas ?

Alors qu'ils prenaient place, au milieu des rires et du bruit, l'aubergiste se pencha vers eux :

– Pour les amis de mon ami le *vetturino,* un repas spécial : pintade bouillie à la sauce au raifort, pois gourmands du val d'Aoste, sabayon, et un petit vin que je fais spécialement venir des Langhe...

Aventino regardait Maria Galante qui mangeait et buvait avec un plaisir communicatif. Sans doute n'avait-elle jamais été aussi belle, aussi radieuse, alors qu'autour d'elle n'éclataient que cynisme et bêtise. L'époque était à la valse qui était en train de détrôner un peu partout la jolie danse villageoise où les Lombards excellaient. Ce bal voisin avait quelque chose d'étrange, d'inconvenant, presque. Aventino y discernait même plusieurs femmes en habits d'homme ; une mode qui se répandait. Tout cela faisait maintenant beaucoup de bruit. On valsait en buvant de la limonade ou du vin. Il y avait là des caporaux en favoris et grosses bottes sales, des marchands en longues redingotes, des ouvriers en chemise blanche qui faisaient danser des femmes de chambre et des grisettes à l'élégance maladroite, singeant celle de ce qu'elles croyaient être les bals les plus brillants. D'un côté, toute cette nourriture goulûment avalée et de l'autre une gaieté sans souci et un oubli joyeux de toutes les préoccupations du moment, alors que les Français étaient aux portes de Milan, mais aussi de toute la Lombardie, de la Vénétie, et qui sait bientôt de l'Italie entière. Maria Galante regardait des petits lézards, attirés par les lumières, et qui se faufilaient dans des haies de myrtes. Son regard croisa bientôt celui d'Aventino :

– Voilà une journée comme il me plaît, monsieur mon « mari ».
Elle paraissait si heureuse. Aventino lui prit la main, et gravement,
lui dit :

– Je ne suis pas ton « mari », *uccellino.*

– « Marquis » conviendrait mieux, sans doute ! lança-t-elle, bles-
sée.

– Mais non, ce n'est pas ça.

– Alors c'est quoi, monseigneur ? dit une bohémienne qui s'était
faufilée jusqu'au couple, à qui elle présenta des mousselines, des
châles, des fichus, des cravates, des mouchoirs de poche, jusqu'à
un pantalon à la mamelouk. Pour la jolie demoiselle, cadeaux,
articles de toilette, fantaisies...

Aventino ne répondit pas, lui faisant signe de partir.

– Les lignes de la main. Je lis les lignes de la main de la demoiselle,
la bonne aventure, insista la bohémienne, en prenant la main de
la jeune femme. À peine avait-elle ouvert les doigts de Maria Galante
afin de voir la paume, qu'elle s'enfuit en silence comme si elle
venait d'apercevoir le diable.

– Rentrons, dit Aventino, tout ça m'ennuie.

Maria Galante ne dit rien. Jamais Aventino ne s'était conduit de
la sorte avec elle. Elle en conçut beaucoup de tristesse.

Sur le chemin du retour Aventino regardait Maria Galante assise
face à lui, les yeux fermés et dodelinant de la tête, se laissant bercer
par le mouvement de la voiture. Elle avait délacé son corset et sa
chemise parce qu'elle avait trop chaud. Dans la nuit, ici et là des
mouvements de troupes étaient visibles, ici et là des feux de bivouacs
semblaient comme encercler Milan. Une fois dans la chambre,
Maria Galante ne montra pas à Aventino la fine lingerie qu'elle
avait l'intention de porter cette nuit-là, lui qui aimait tant dénouer
un à un les mille rubans de ses dentelles, et portait parfois à ses
lèvres ces étoffes si fines qu'elles tiennent enfermées dans le poing.
Chacun allait s'endormir dans son coin, ignorant l'autre, lorsque
Maria Galante poussa un cri. À moitié nue, elle se jeta contre Aventino, la main droite tendue montrant le plancher de la chambre.
Un instant plus tard, la porte, au fond de la pièce, s'ouvrit. Percy
apparut, enveloppé dans une couverture, encore tout habillé et en
bottes, un couteau à la main. Rentré avant ses amis, il avait sombré
dans un profond sommeil.

– Ah, c'est vous, vous m'avez fait peur...

– Là, par terre, là, ne cessait de répéter Maria Galante, en montrant le parquet.

Percy prit un des chandeliers sur le tablier de la cheminée,
l'alluma et le promena lentement à ras du sol.

– C'est parti sous la boîte, murmura la jeune femme.

– Ça y retournait, dit Percy en écrasant sous son pied une masse noire et brillante.

– Quelle horreur, dit Maria Galante en frissonnant.

Percy se baissa, ramassa le petit tas par sa queue recourbée et annelée :

– Un scorpion noir ! Mes amis, vous pouvez remercier l'*East India Company* !

– Il va nous piquer ! Il va nous dévorer ! criait Maria Galante.

– *Uccellino*, il ne mange que des têtes de papillons, dit Percy.

– Je vais mourir ! Je vais mourir ! hurlait Maria Galante.

– Mais non, *uccellino*, dit doucement Percy, le scorpion est un messager, et comme tout messager il est aussi sujet à l'erreur que l'homme.

– Et quel est son message, monsieur le professeur ? ironisa Aventino.

– Un message de mort, évidemment.

– Il va en revenir d'autres, plein d'autres, j'en suis sûre, dit Maria Galante en tremblant.

– Mais non, tu n'as qu'à allumer un grand..., répondit Percy qui se tut immédiatement, ajoutant : Si on allait se recoucher, les Français vont finir par arriver ici, je préférerais avoir bien dormi avant.

Aventino prit la jeune femme dans ses bras afin qu'elle se rendorme paisiblement. En regardant le plafond bas et crasseux de la chambre, il songeait aux troupes de Buonaparte qui infestaient toute la campagne italienne, et à la phrase interrompue de Percy. Le scorpion a une horreur particulière du feu : ne préfère-t-il pas, en effet, se suicider en se perçant le corps avec son propre dard plutôt que de traverser un cercle de charbons rouges dans lequel on l'a enfermé ?

Quelle idée d'être venu se jeter dans la gueule du loup ! Certes, Aventino avait à cœur de bien accomplir sa mission d'observation. Mais en plein Milan, tout de même, et en ce jour de Pentecôte, les rues étaient noires de monde. Il était même question que Masséna, déjà présent dans la capitale lombarde, y accueille Buonaparte... La veille, le commandant en chef avait reçu les clefs de la ville devant un parterre de deux cents Milanais, badauds et domestiques auxquels il avait fait crier : « Vive la République ! » tout en les assurant du caractère républicain de sa démarche. Il leur avait juré de ne leur rendre leurs clefs que lorsqu'ils seraient libres et qu'ils seraient pénétrés des mêmes principes que ceux de la France ! Il faut dire que le bon archiduc Ferdinand, courtisan affable, intéressé davantage par les expériences scientifiques autour de l'« électricité » que par la liberté de ses sujets, et désireux de ne s'entourer que de conseillers médiocres de telle sorte que chacune de ses paroles parût un oracle, n'avait pas hésité à préparer le terrain : il avait pris la fuite dès que les Français avaient été annoncés aux portes de sa ville. Après avoir convié ses proches à un brillant souper d'adieu, il avait confié le gouvernement du pays à un *Municipio* particulièrement docile, et qui ne tenta aucune résistance.

En ce 15 mai 1796, il faisait sur Milan un soleil radieux. La phalange de pouilleux de la veille avait cédé la place à tout un peuple en délire. Comme dans l'épître de Paul évoquant une lecture de l'histoire des Apôtres, il se fit tout à coup un grand bruit de tempête qui ébranla Milan tout entier. Apôtres et passants virent apparaître, non pas au-dessus de chacun d'eux, comme des langues de feu, mais, sous l'arche de la Porte Romaine, Napoleone Buonaparte, en personne, escorté par cinq cents cavaliers et un millier de fantassins, et précédé à l'antique d'une petite troupe de prisonniers autrichiens. Aventino, Percy et Maria Galante, au milieu du peuple milanais, observaient cette scène que les livres d'histoire se chargeraient sans doute par la suite de déformer. C'était écœurant et ridicule, pathétique, navrant. Monté sur son petit cheval blanc à la mine piteuse, celui qui se croyait le premier général de l'Europe, imaginait sans doute que l'âme de toute l'Italie volait vers lui. Comment, d'ailleurs, ne l'aurait-il pas cru ? À côté du petit peuple qui pensait que l'âge mûr, la froideur solennelle, en un mot l'hiver de l'occupant autrichien allait être balayé par l'optimisme endiablé de la jeunesse et de l'ardeur des guerriers français, une large suite, prête à tous les reniements et à toutes les bassesses, composée de représentants de la bourgeoisie élégante, des nobles qui se croyaient éclairés, des riches, des députés de la ville, des décurions du Conseil général milanais, des magistrats en grand costume, des *monsignori*, des cardinaux violets, calotte rouge à la main, des chanoines, de l'évêque, du vicaire des provisions, de l'archevêque enfin, en simple carrosse, était là pour venir déposer ses présents aux pieds du vainqueur, écouter ses harangues et boire le petit-lait de ses mensonges : « J'assure les habitants de Milan de la bienveillance de la République. »

Oui, la lâcheté, en ce jour de Pentecôte 1796, était rarement descendue plus bas, c'est-à-dire plus près des hommes. La garde urbaine avait revêtue les trois couleurs pour rendre hommage à son tyran, et le duc Galeazzo Serbelloni en personne, qui comptait parmi les plus grands seigneurs de la ville, commandait cette veule milice. Oui, en ce jour de Pentecôte 1796, les Milanais étaient comme les Juifs pieux venus à Jérusalem le jour de la Fête. Étonnés, stupéfaits, ils se demandaient : « Est-ce que ces hommes qui nous parlent ne sont pas de l'Italie ? Comment se fait-il qu'ils nous parlent dans notre langue maternelle, depuis celle des Vénitiens jusqu'à celle des Napolitains ? Nous les entendons raconter dans notre langue les choses merveilleuses que Dieu a faites ici ces temps derniers. » Les uns étaient arrêtés aux carrefours en leurs équipages, les autres aux croisées jetaient des fleurs chatoyantes. Tous les balcons, toutes les fenêtres se montraient garnis. On battait des mains, on poussait des cris d'allégresse. On avait décoré les rues par lesquelles le cortège devait passer pour se rendre jusqu'au Palazzo reale où aurait lieu un magnifique banquet. Jamais fête n'avait été plus belle. Des parades, des fêtes républicaines, des discours enflammés, des ballets, des galas, des opéras, voilà tout ce que ce drame à la Métastase suggérait à qui le souhaitait. Quelle impression de force, de discipline ! Aucun débordement de la soldatesque, rien que de la générosité, de la droiture, de la bonté, à croire que les cent mille habitants de cette ville, autrichienne depuis soixante-douze ans, revivaient enfin : Napoleone Buonaparte venait de libérer Milan !

Au milieu de cet océan humain, aux ondulations lentes qui enflent et se brisent, Aventino sent monter en lui une honte tenace. Le flot avance et recule sous le reflux des vagues précédentes. Une bruissante et tumultueuse confusion de pas, de frôlements, de paroles, de hurlements, de cris et de coups, roule, jaillit, explose entre les murs des maisons qui sont comme des murailles. Et dans les hauteurs, au-dessus de cette agitation et de ce murmure, Aventino aperçoit un vide lumineux, celui du ciel milanais de mai. C'est là qu'il voudrait être. Loin de Maria Galante qui jacasse et pleurniche, de Percy qui ne cesse de tenir des propos enflammés. Loin de cette mer de corps et de têtes, de cette double digue, d'hommes et de femmes, d'enfants, de vieillards dont certains tombent à terre, piétinés. Les soldats jettent des cocardes tricolores que tous arborent glorieusement à leurs chapeaux. « *Evviva ! Evviva !* », crie-t-on partout. Et lorsque Aventino se retrouve avec dans la main une cocarde tricolore, il se sent comme Maria Galante face au scorpion : écœuré et effrayé. Il hait ce peuple de courtisans dans l'âme. « Arborez la cocarde, emblème que tout bon républicain doit se montrer fier de porter ! », dit l'un. « Il faut enlever les platanes de la *fabbrica* du Duomo et planter à leur place un arbre de la Liberté ! », suggère un autre. « Les Français manquent d'habits, de souliers, mais non de gloire, ni de bonne humeur... », entend Aventino qui n'en peut plus, délaisse ses amis et s'enfuit.

Au milieu de toute cette folie, de ce torrent populaire, de ces éblouissements, Aventino donnant et recevant quelques coups de poing et de rudes poussées, finit par rejoindre la rue de l'Industrie. Il y règne un silence étrange et chacun y travaille à sa place. Les jacobins, sans doute, diraient qu'il s'agit du peuple soumis, endoctriné par les moines. Aventino retrouve la chambre remplie de caisses d'opium et de thés. Il y découvre un autre scorpion qu'il écrase vivement du talon et se demande comment il pourrait faire comprendre à ces Italiens subjugués par les Français que jamais aucune armée ne se promène dans le monde dans l'unique but de faire la félicité des autres peuples. Et il s'endort.

Combien de nuits, combien de jours passent ? Il ne le sait pas. Pendant ce temps, Milan chante les louanges de celui qu'on appelle désormais Scipion, Annibal, Jupiter ! Partout ce ne sont que réjouissances, illuminations, bals, festins en abondance. Par un esprit servile d'imitation, les Milanais les plus fervents dressent des assemblées populaires où l'on y déclame sur les affaires de l'État, tandis que les harangueurs sont d'autant plus applaudis que leurs discours sont plus véhéments et plus démagogiques. Milan se couvre d'arbres de la liberté, place de la Madonna del Carmelo, au Cordusio, sur la place du palais archiducal, aux Portoni di Porta Renza, à San Nazzaro, au jardin public, à la place Fontana, à celle de la Scala, au San Sepolcro, à Santa Maria Podoni, à Brera, au Collège helvétique, à tel point que la ville se s'appelle plus désormais que *Bosco della Merlada*, le Bois de la Merlada étant réputé pour abriter des voleurs...

En somme, tout le monde est satisfait. À commencer par les « patriotes » ou jacobins, assez peu nombreux mais vociférants, et qui établissent des plans pour la subversion de toute l'Italie et le renversement du pape. Ils font des feux de joie des emblèmes impériaux et féodaux et des écussons des familles nobles, brûlant en effigie l'archiduc Ferdinand, arrêtant tous ceux qui ont occupé des postes importants sous le régime précédent, allant même jusqu'à ouvrir des clubs où des orateurs hystériques réclament le nivellement de toutes les fortunes, le renversement de tous les trônes, l'arrestation en masse et la mise à mort de tous les « aristocrates ». Un obscur scribouillard va même jusqu'à écrire dans le *Termometro politico*, journal milanais à la solde de Buonaparte : « Les Milanais sont fous d'enthousiasme, et les officiers français fous de bonheur. »

Dans la chambre sombre de la rue de l'Industrie, gardée par les scorpions, Aventino pense au dernier souper à la mode italienne, donné par l'archiduc Ferdinand, dans son palais près du Duomo : entouré de sa cour, il avait dû boire, le plus joyeusement du monde, du vin blanc de Lombardie, lançant à l'adresse des Français que personne ne croyait si proches, force quolibets. Ce repas avait eu lieu deux semaines auparavant à peine, le 8 mai 1796. À chaque fête de la Pentecôte, Aventino enfant sortait du château par la grande grille donnant sur la place Vittorio Veneto, passait sous les deux rangs de tilleuls formant un berceau couvert, puis devant la grande maison toute neuve de l'Électeur, dissimulée par un boulingrin ; s'asseyait sur les bancs de la *chiesa della Santissima Annunziata*, réservés à sa famille, là où figurait sur une petite plaque de cuivre ses différents prénoms : Aventino Roberto Tommaso Ercole Roero Di Cortanze ; et priait, enfin, avec tout le village : « Seigneur, lavez ce qui est souillé, ravivez ce qui est desséché, guérissez ce qui est malade. Seigneur, donnez-nous votre force pour agir, donnez-nous de tenir jusqu'au bout, donnez-nous la joie sans fin. Amen. Alléluia ! »

17

L E printemps milanais touchait à sa fin. Dans l'appartement de la rue de l'Industrie, Aventino avait trouvé une sorte de rythme qu'il savait ne pas être celui de sa vie. Il attendait simplement que cela prenne fin. Turin n'était pas très loin, ni le château de Cortanze. Ne suffisait-il pas de quelques heures de cheval pour y retourner ? Les boîtes de thé diminuaient ainsi que celles d'opium, substance à laquelle il avait désormais l'habitude de recourir.

En extrait, conservée en consistance d'électuaire, et à petites doses prises à jeun le matin, l'étrange potion bengalie atténuait ses douleurs. Certains soirs, il en fumait avec Maria Galante, respectant scrupuleusement la procédure recommandée par Percy. Alors, les scorpions ne faisaient plus peur au tendre *uccellino* qui parvenait même à les écraser. Quand Aventino sortait, c'était pour continuer son travail d'observation qu'il notait dans des carnets que des hommes, jamais les mêmes et toujours dans des lieux de rendez-vous différents, venaient chercher pour les emmener à Turin.

Il observait Milan. On y donnait des concerts de « musique patriotique » : la *Carmagnole*, la *Marseillaise*. Il en trouvait les paroles imbéciles et la mélodie indigeste. Soir et matin, la capitale du Milanais était sillonnée de soldats et d'officiers qui se jetaient sur les magasins de victuailles, tant et si bien que lentement mais sûrement les stocks se vidaient. Certes les jambons, lards, saucissons, et autres pieds farcis garnissaient encore les magasins de charcuterie. Mais les truites savoureuses, les perches et les carpes, qu'on trouvait il n'y avait pas si longtemps encore dans les lacs voisins, étaient en train de disparaître des étals des commerçants. Quant aux produits venant de Bologne, de Naples, de Florence, les moyens de transport périlleux en rendaient l'acheminement extrêmement difficile. En revanche, partout, entassés au fond des boutiques ou habilement dressés en échafaudage, les fruits et les légumes étalaient leurs saveurs et leurs couleurs. Hélas, dès qu'un commerçant faisait montre de ces denrées, un soldat français se présentait et emportait tout par cageots entiers. Le vin, la viande, le pain subissaient le même sort, si bien que très vite les rideaux se baissèrent et que les Milanais eux-mêmes durent pour se nourrir emprunter des voies bien labyrinthiques, pleines de dangers pour celles et ceux qui étaient surpris par ces soldats amis qu'on avait quelques semaines auparavant accueillis à bras ouverts. Mais enfin, on semblait vouloir encore pardonner beaucoup à ces Huns dont le chef suprême proclamait par voie d'affiches, sur tous les murs de la ville, que ses soldats venaient éclairer le vieux monde encore plongé dans les ténèbres, et qu'ils étaient entrés en Italie pour délivrer un peuple d'esclaves. Et puis quoi, pour ces jeunes hommes harassés par la guerre, l'heure n'était pas plus à la beauté qu'à la méditation. Un furieux besoin de vivre développait l'instinct outre mesure et chassait les rêveries ; pour eux, la ville était comme un eldorado dont il fallait chaque jour éventrer les coffres.

Près de la place du Duomo, assis à une table du *coperto dei Figini*, Aventino déclamait en prenant une pose théâtrale, les « dernières balivernes » de Buonaparte, sous l'œil inquiet de Maria Galante et de Percy qui trouvaient que faire de la provocation dans un lieu fréquenté par des Milanaises venant y exposer leurs toilettes parisiennes, et des Milanais plus jacobins que le plus sanguinaire des coupeurs de têtes, n'était guère prudent :

– Mes amis, écoutez encore ceci : « Que ceux qui ont aiguisé les poignards de la guerre civile en France tremblent ! Mais que les peuples soient sans inquiétude : nous sommes amis de tous les peuples. Le peuple français, libre, respecté de tous, donnera à l'Europe une paix glorieuse qui le récompensera de six ans de sacrifices... »

Maria Galante demanda à Aventino de parler moins fort :

– Arrête avec tes jacobins, ce n'est pas la peine d'attirer l'attention sur nous.

Sa prière provoqua l'effet inverse :

– Quoi, les jacobins ? Ces petits messieurs ont le plus grand dédain pour les idées et les mœurs qu'ils prétendent défendre !

La réaction des autres consommateurs ne se fit pas attendre. D'un groupe de jeunes gens habillés à la mode de Paris, c'est-à-dire dont la suprême élégance était de paraître myope et contrefait, jaillit un homme aux cheveux en oreilles de chien, couvert d'un énorme chapeau bicorne. Sa redingote à plis lui donnait la silhouette d'un bossu, sa culotte attachée par un bouton lui faisait les genoux cagneux, quant à sa cravate, entortillée autour du cou, elle escaladait le menton, et atteignait la lèvre inférieure comme pour cacher un goitre :

— Hé ! l'avaleur de truffes, retourne à Turin si l'air de Milan ne te plaît pas !

Aventino s'avança, menaçant, vers le faux bossu :

— *Signore,* je vous...

— « *Signore* »... Pourquoi pas « *Maestà* ». Tu te trompes d'époque, *cittadino,* le château Sforza a été pris et démoli, comme la Bastille !

Percy retint Aventino par la manche :

— Arrête, on va se faire massacrer... Arrête...

— Ton roi a bien fait, le premier et sans combattre, la paix avec les Français, non ? lança un autre Milanais, le collet rouge et les cheveux à la Brutus, ce qui déclencha un tonnerre de rires et d'applaudissements.

— Ton « portier des Alpes », *cit-ta-di-no,* n'a pas su tirer le verrou !

— L'invasion, comme tu dis, n'a eu qu'à enfoncer une porte ouverte !

— *Don Signore Cittadino,* ton Victor-Amédée est un vieux roi, à moitié sourd et aveugle, entouré d'une cour misérable de bigots froussards.

Aventino se tut, meurtri et honteux. Que pouvait-il faire, seul contre tous ? Sur l'air de *Donna Lumbarde,* une vieille chanson piémontaise, hommes et femmes entonnèrent : « *Aussi je te le dis,* citta-dino piemontese, *balaie devant ta porte, lave-toi le trou du cul...* » En cette soirée humide, presque brumeuse à cause de la grande chaleur de la journée, le ton montait, et le petit groupe d'amis commençait de se dire que la situation devenait dangereuse. Alors qu'ils se préparaient à partir sous les huées et les quolibets, un silence soudain gagna les tables. Un homme engoncé dans un « habit dégagé », chaussé de bottes à revers chamois, cravate jusqu'au menton et chapeau de forme haute sur la tête, venait de faire son apparition sous les arcades, accompagné d'acolytes à la mine patibulaire qu'il congédia d'un signe de la main. Un murmure courut d'une table à l'autre : « Le chef de la police... » Maria Galante le reconnut immédiatement :

— Lodovico !

On s'écarta pour le laisser passer, surpris qu'un homme comme Lodovico Cernide connaisse ces Piémontais si peu recomman-dables.

— Que faites-vous ici ? demanda-t-il.

— Commerce illicite de thé, dit Percy, en souriant. Maria Galante est une assistante très efficace.

— Et le marquis Roero Di Cortanze ? demanda Cernide.

– Il vient nous espionner, l'aristocrabe, dit un homme assis à la table voisine.

Il portait des escarpins à bout pointu, de grosses lunettes, deux montres et une mince badine à la main avec laquelle il tapotait nerveusement ses genoux.

Rusé, Cernide prit la défense d'Aventino :

– On ne te demande pas ton avis, *cittadino* ! dit-il.

– Je viens changer d'air à Milan, finit par dire Aventino.

– Et se remettre de ses blessures, ajouta Maria Galante en montrant le bras et la main d'Aventino.

– Mais toi, Lodovico ? dit Percy, ne me dis pas que tu es devenu « chef de la police » !

– Si, provisoirement détaché à Milan.

– C'est une belle promotion, ne put s'empêcher de dire Aventino.

– Si on veut. Le monde change, monsieur le Marquis. Bientôt, ce seront les « pauvres » comme moi qui vivront dans les châteaux.

– À la bonne heure...

– Évidemment, c'est dur à admettre.

– Non, ce n'est pas ça. C'est que tu te trompes, Cernide. Ce sont les bourgeois qui vivront dans les châteaux. Les « pauvres », c'est comme les femmes, on les envoie conquérir la Bastille, et la révolte passée : retour aux fourneaux. Les pauvres resteront toujours pauvres, mon cher Cernide. On les utilise et puis on les jette.

– Raison de plus pour en profiter avant d'être jeté !

– Mais ces changements ne sont exigés ni par les Milanais, ni par les Piémontais, ni par le reste de l'Italie. Ils nous sont imposés ! L'Italie devient le jouet de la France ! Comprends-tu cela ? Ce sont les intérêts des Français que tu sers, et non ceux des Italiens...

Cernide, comme beaucoup d'autres, ne semblait pas vouloir comprendre. Pourtant, Aventino en était sûr. Cette petite armée tombée du ciel, ce jeune général qui en quelques traits de plume était en train de chambarder toute la constitution politique et administrative du pays, ce n'était pas sérieux, ce n'était pas vrai ! La stupéfaction incrédule devait céder la place à une résistance véritable, à une réplique ! Ces fastes à la Gargantua durant lesquels les Français engloutissaient des bœufs entiers, dévoraient des montagnes de fruits, vidaient la moitié des barriques de la ville, toutes ces beuveries payées par la caisse publique n'avaient rien à voir avec la « frugalité républicaine » annoncée : ils renouaient au contraire avec les festins de Lucullus et d'Apicius.

– Enfin, la résistance est possible, dit Aventino. Marchesi, le chanteur, a bien refusé de prêter son concours au banquet offert à Buonaparte par les autorités milanaises !

– Alors fais-en autant à Turin, répliqua Cernide, sûr de sa force. Mais quoi, le comté de Nice et la Savoie sont acquis à la France. Les fortifications d'Exilles, de Suse et de la Brunette sont en cours de destruction. Les sujets du roi condamnés pour crime politique ont été amnistiés. L'armée française peut traverser librement le Piémont et s'y installer. Ton roi a fini par présenter des excuses à Sémonville pour n'avoir pas voulu le recevoir en 1792. Il a même accepté cette clause, que tu dois trouver bien « barbare » : « Le roi ne souffrira dans ses États aucun émigré ni banni français. »

– Ce n'est pas parce que cette paix est humiliante et désavantageuse pour la cour de Turin qu'il ne faut pas réagir.

– Peut-être, mais désormais tu me trouveras en travers de ta route. Le *casino*, c'est terminé, dit Cernide en regardant successivement Percy, Aventino et Maria Galante. J'ai choisi mon camp. Buonaparte a raison : « Si vous ne voulez pas profiter de l'occasion, la diplomatie disposera de vous et votre destin dépendra des intérêts de notre politique. Mais si vous vous montrez dignes d'être libres et vous prononcez dans ce sens, la France vous aidera. »

– Les conséquences vont être incalculables, Lodovico. Non seulement pour l'Italie mais pour l'Europe tout entière.

– Mais bien sûr ! Les armées à laquelle ton vieux portier somnolent a ouvert la porte amènent avec elles un cyclone. Eh bien tant mieux, gloire au cyclone !

« Gloire au cyclone ! » Cette phrase imbécile revenait sans cesse à l'esprit d'Aventino alors qu'une fois encore, il avait regagné la chambre du premier étage de la rue de l'Industrie et que les branches du noyer venaient frapper contre les vitres. Allongé sur son lit et tenant dans ses bras Maria Galante qui dormait profondément, Aventino songeait à ces temps absurdes qui ne pouvaient durer. La vie à Milan était devenue impossible. À mesure que les idées nouvelles se répandaient dans la ville, c'est-à-dire que chacun mettait autant de faiblesse à les fuir qu'à les affecter, les esprits surchauffés se ralliaient aux soldats vainqueurs. On adoptait les coutumes, les expressions, le laisser-aller des troupes de Buonaparte. Fascinés par la gloire du général corse, les Lombards, qui se disaient éclairés, c'est-à-dire ceux qui se piquaient d'avoir lu les encyclopédies et les gazettes, qui appartenaient à des loges maçonniques et portaient des bottines à hautes tiges maintenues par des jarretières de cuir, attendaient de lui la liberté et la gloire... Cela eût pu prêter à rire si toutes ces simagrées n'appelaient pas du sang et de la tyrannie. On commença par supprimer les titres et les appellations nobiliaires, puis on jeta les opposants en prison et on restreignit les libertés au nom de la liberté. Lentement, ce peuple si courtois en oublia sa culture et renoua avec les cruautés du chef lombard Alboïn, lequel, avant de quitter la Pannonie, avait fait enlever le roi des Gépides, Cunimond, l'avait tué de ses propres mains, et de son crâne avait fait une coupe d'honneur pour boire dans les festins ! Dans cette ville où la Renaissance et le paganisme avaient atteint leur extrême, où le XVIIIᵉ siècle avait donné tout ce qu'il avait de meilleur, les ténèbres du Moyen Âge revenaient en rampant, comme les scorpions qu'Aventino regardait passer sur sa paillasse de feuilles de maïs dans laquelle il cachait les notes qu'il prenait pour Turin. Aventino regarda sa montre de gousset : il était trois heures du matin. Le jour se lèverait bientôt. Percy voulait absolument que son ami l'accompagne chez le vicomte Renato Di Viano-Pollone qui avait décidé de lui vendre plusieurs pièces de sa collection d'œuvres d'art. Aventino finit par s'endormir. Il tomba dans un sommeil si profond qu'il rêva d'une vieille femme appelée Shamaji dont lui avait parlé Percy – magicienne, elle cultivait la domination des petits animaux et notamment celle des scorpions –, sans se rendre compte qu'un magnifique specimen d'arachnide lui passait plusieurs fois sur le ventre...

L'hôtel particulier du vicomte Di Viano-Pollone, descendant d'un farouche opposant à l'empereur Frédéric Barberousse, était situé dans la partie du *Corso Francesco* comprise entre *Porta Orientale* et *Porta Nuova,* c'est-à-dire le plus élégant et le plus fréquenté des lieux de promenade de Milan. Il régnait, au numéro 18 du *Corso di Porta Orientale,* un calme et un luxe inespérés en ces temps troublés. Sur quatre étages de longues galeries en arcades, le vicomte avait rassemblé une collection hétéroclite et savante. Tableaux, camées, marbres antiques, bustes de bronze, pierres taillées, médailles, pièces de majolique ou de porcelaine italienne ancienne, bibelots en émail, sculptures sur bois, chinoiseries, cires, ouvrages anciens, estampes, dessins originaux de grands maîtres toutes écoles confondues, collections d'histoire naturelle, et particulièrement de nombreuses curiosités du règne animal conservées dans des bocaux, coquillages, minéraux, résines, bijoux, pierres précieuses. Enfin, chaque pièce avait un sens propre, une histoire particulière, liés à celle de l'Italie ou plus sentimentalement à la généalogie familiale. Le vicomte estimait Percy Gentile, et lorsque des difficultés financières étaient venues assombrir son existence, il avait eu plusieurs fois recours à l'aide de son cher collectionneur. Une forme d'amitié était née entre les deux hommes, et aujourd'hui qu'il lui fallait se séparer de plusieurs éléments de sa si précieuse collection, le vicomte avait tout naturellement pensé au marchands génois : plutôt vendre à lui qu'à un banquier acoquiné avec un de ces capucins régnant en maîtres sur ces Monts-de-Piété dont l'origine même lui semblait douteuse : « Sauver le peuple chrétien de l'usure juive ! »

– Mon cher Percy, dit le vicomte en lui donnant une chaleureuse poignée de main.

– Voici mon ami Aventino Roero Di Cortanze...

– *Cittadino*, je suis très heureux de te rencontrer, dit le vicomte.

Aventino lui retourna le compliment :

– *Cittadino*, tu habites une bien somptueuse demeure.

La visite pouvait commencer dans la bonne humeur.

Aventino n'avait jamais vu autant de beautés rassemblées en un seul lieu. À mesure qu'il avançait au milieu des tableaux, des marbres, des vitrines renfermant des merveilles, il sentait monter en lui, sans pouvoir exactement l'expliquer, un étrange sentiment d'étouffement. Le château de Cortanze, au milieu de ses vignes et de ses châtaigneraies, n'avait rien de cette grandeur et de cette fragilité citadines. Tout ici était feutré, silencieux, précieux. L'opposition avec l'extérieur était d'autant plus grande que la violence et l'effervescence des rues de Milan étaient aujourd'hui à leur comble. Alors que le vicomte, qui faisait montre, durant la visite, d'une culture jamais pédante, mais toujours enthousiaste, vivante, lumineuse, proposait à ses hôtes de faire une pause en prenant un rafraîchissement sous une toile de Bartolomeo Schidoni intitulée *Repos pendant la fuite en Égypte*, un bruit énorme retentit au rez-de-chaussée. Un valet eut à peine le temps de monter l'escalier quatre à quatre que la grande entrée, où reposaient dans des vitrines une collection de vases de Mantoue et le grand tableau de Melchior de Hondecoeter, *Les Animaux devant l'arche de Noé*, résonnait déjà des bruits d'une troupe braillarde. Six « employés », suivis d'une phalange de soldats français, sous les ordres d'un capitaine de dragons, et précédés de Cernide, piétinaient dans l'entrée, le nez en l'air et regardant tout autour d'eux comme des maquignons d'affaires. Cernide prit la parole. Il était là en tant que représentant du pouvoir policier et servait accessoirement d'interprète.

– *Cittadino* Renato Pollone, je suppose ? lança-t-il.

Renato Di Viano-Pollone ne répondit pas. Cernide se tourna vers Aventino et Percy :

– Décidément, Milan est petit... Que faisiez-vous ici ?

– Ces messieurs sont mes invités, ils venaient voir ma collection d'œuvres d'art.

– Tiens, le *cittadino* Pollone parle, dit Cernide avec ironie.

Le vicomte préféra se taire.

– J'espère, messieurs, dit Cernide, que vous avez bien apprécié la collection privée du *cittadino*, car c'est la dernière fois.

– Que voulez-vous dire ? demanda le vicomte.

Cernide présenta les six hommes qui l'accompagnaient. Il y avait là monsieur Monge, professeur ; Berthollet, chimiste ; Thouin, naturaliste ; La Billarderie, botaniste ; Moitte, sculpteur ; enfin, Berthélemy, peintre :

– Quelle est la raison de leur présence ? *cittadino* Pollone, allez-vous me demander. Par ordre du Directoire nous devons faire passer en France tous les monuments transportables des sciences et des arts que ces éminents spécialistes croiront dignes d'entrer dans les musées et dans les bibliothèques de France.

– Vous ne pouvez pas, c'est indigne, c'est du vol ! cria Renato Di Viano-Pollone, en essayant de barrer le chemin aux savants qui avaient fait quelques pas en direction de l'escalier.

– Dois-je employer la *force, cittadino* Pollone ? demanda Cernide en faisant signe aux soldats de maîtriser le vicomte et de garder ses deux hôtes.

Cernide passa avec ses hommes devant le vicomte et ses invités. Pendant que la meute poursuivait son chemin dans les étages, un des soldats commis pour veiller sur les trois prisonniers, crut bon de faire de l'humour :

– Au Cabinet de Physique, ils ont même emporté la vertèbre de Galilée. Elle était sur un petit piédestal en bois verni. Ça payait pas de mine, tu sais, citoyen, et pourtant, la France en a besoin, de la vertèbre de Galilée !

Le premier tableau à quitter les murs de l'hôtel de la famille Viano-Pollone fut un magnifique *Judith et Holopherne* anonyme du XVIe siècle. Il fallut ceinturer le vicomte pour lui interdire de s'opposer à son transport. Les déménageurs avaient une interprétation très particulière du tableau : « Tu vois, citoyen, cette femme-là, c'est Charlotte Corday. Et l'autre, c'est Marat. Il l'entretenait, elle en a eu assez et elle l'a assassiné. Faut dire que toutes ces bonnes femmes entretenues sont des vauriennes. » La « saisie révolutionnaire » dura toute la journée. Ce n'était qu'un prélèvement nécessaire. Il ne s'agissait en somme que d'augmenter le rayonnement de la plus grande nation de l'Occident. Les savants qui passaient et repassaient devant Renato Di Viano-Pollone, les soldats, et jusqu'à Cernide ne disaient pas autre chose. Et peu importaient les crevaisons inévitables de toiles, les dégradations de matière picturale, les éraflures ou les frottages intempestifs, l'exposition à la poussière ou aux gravois, et tout le reste. Défilaient sous les yeux du malheureux esthète, non seulement des pans entiers de lui-même et de l'histoire de sa famille, patiemment et amoureusement accumulés, mais aussi les violences qu'allaient subir toutes ces œuvres durant leur voyage jusqu'en France, gardées, véhiculées, entreposées par des soudards, et confiées aux soins de « citoyens » incompétents. Toutes ces œuvres, soi-disant ramassées pour être montrées au plus grand nombre, seraient ravies aux arts et au public, pour être entassées dans des magasins fermés et humides. Comment dès lors protéger ces trésors ? Combien de toiles subiraient le sort de ce *Christ couronné d'épines* de Jacopo de Ponte qu'une échelle venait de percer sous les yeux de Renato Di Viano-Pollone ? Ou de cet *Incendie de Troie*, par Schiavone, qu'on était en train de découper pour le faire entrer dans une caisse ?

Lorsque la horde quitta l'hôtel particulier rien ne fut remis en place, ni nettoyé, ni relevé. Le vicomte, accompagné de ses deux amis, errait dans les pièces de son hôtel particulier dévasté. Rien n'avait été épargné. « Tout, ils ont absolument tout emporté », ne cessait-il de répéter. Dans le cabinet des curiosités, les beaux camées anciens ornant l'armoire avaient été arrachés. La statue de Diane, exposée à l'entrée principale du second étage, avait été descellée et transportée par dix hommes venus en renfort. Cernide avait, de ses propres mains, décroché deux tableaux qu'il destinait à ses appartements : *Adam et Ève* de Giorgione, et l'*Adoration des bergers* de Valerio Castello, non parce qu'il en appréciait les sujets ou les peintres, mais parce que ces toiles de presque deux mètres sur deux étaient les plus grandes ! Chaque soldat avait reçu un ou plusieurs petits portraits sculptés dans du buis. Ce qui n'avait pas empêché certains de choisir des endroits isolés aux étages pour satisfaire leurs naturels besoins républicains, volant au passage du mobilier, des tentures, de la vaisselle, des coupes de pierres rares et jusqu'à des poignées de porte zoomorphes. Renato Di Viano-Pollone retrouva, sous une méridienne, la figure centrale du triptyque de Van Orley, un christ en croix dont la toile avait été lardée de coups de baïonnette. Vingt-cinq caisses remplies d'œuvres d'art avaient quitté l'hôtel du 18, *Corso di Porta Orientale*. Monsieur Vivant Denon, diplomate, espion, courtisan, aventurier, graveur, collectionneur, directeur du Louvre et prédateur de haut vol, avait mille fois raison : « Puisque la France est le pays de la Liberté, et puisque les arts sont justement le fruit de cette même liberté, il convient donc de délivrer en Europe les chefs-d'œuvre esclaves de gouvernements tyranniques et de leur permettre enfin de s'épanouir en toute quiétude dans le Paris de la liberté retrouvée. »

Ce que venait de subir le vicomte n'était qu'une des nombreuses vexations réservées aux Milanais qui, au fil des jours, commençaient de comprendre que la lune de miel avec l'occupant avait un prix. Des impôts de toutes sortes se mirent à pleuvoir. Un train de contributions extraordinaires destinées à l'entretien de l'armée fut mis en place. Les fonds des établissements de crédit, les institutions charitables, les associations religieuses furent mis au pillage. À ces exigences « officielles » s'ajoutaient les exactions personnelles des officiers et des soldats qui se dédommageaient de tous ces mois difficiles. On parlait, à grand renfort d'affiches et de discours, de « la fraternité des peuples », de « la future indépendance de la Lombardie », mais tout cela n'était que mots vains et paroles vides. Le pouvoir était laissé aux mains d'assemblées municipales « démocratiques », en réalité aux ordres d'un Bureau militaire composé d'officiers français et de commissaires italiens : Lodovico Cernide devint vite l'un d'entre eux. Petit à petit, après l'aristocratie et les notables, la petite bourgeoisie puis le peuple, certains jacobins milanais osaient reconnaître que la présence d'une armée « même libératrice » est toujours une calamité. L'impiété outrancière des vainqueurs choquait, et des murmures commençaient à s'élever.

C'était un fait, ici et là une forme de résistance se faisait jour. Chacun y contribuait avec ses moyens. François-Étienne ordonna des processions et l'exposition des reliques dans les églises. La duchesse Litta refusa, elle, de paraître à un bal organisé pour Buonaparte. « Les femmes de la haute société milanaise ne sauraient se présenter à une réception sans bijoux, dit-elle. Or, afin de payer les taxes levées par vos receveurs, nous avons dû engager les nôtres. Le lucre de vos agents, en s'emparant des trésors contenus au Mont-de-Piété, nous a pour toujours dépouillées de nos parures. Souffrez donc que nous demeurions chez nous... » D'autres formes de révolte se firent jour. À peine Buonaparte avait-il quitté Milan, que des insurrections secouèrent Pavie, Tortona et Côme. Plusieurs Français furent même assassinés à Bignasco. La réponse des autorités françaises fut aussi rapide que brutale. Le bourg de Bignasco fut entièrement brûlé et les personnes tenues pour responsables de l'émeute exécutées. À Tortona et Côme, des notables furent pris en otages, et de nombreuses exécutions sommaires eurent lieu. Pavie fut bombardée, laissée des heures aux mains du 6ᵉ bataillon de grenadiers qui la pilla ; des otages furent arrêtés et la Municipalité fusillée. L'armée française eut beau jeu d'affirmer que l'attaque des convois de malades et de blessés lâchement égorgés était le fruit d'une conspiration du parti des moines et des nobles. Non, ces insurrections étaient dues à la détresse, au malheur, à la révolte provoquée par trop d'exactions et de déprédations répétées. Le peuple, exaspéré, se porta aux pires excès, osant même insulter et frapper dans les rues des Français qu'il admirait il n'y avait pas si longtemps encore. Dans les rues de Milan les jacobins membres de la *Società popolare* lancèrent des bandes aux cris furieux de : « Mort aux prêtres, aux nobles, aux rois, à leurs suppôts ! » Les commissaires politiques ordonnèrent l'arrestation des nobles. Le vicomte en faisait partie. Pertusati, le poète, s'en émut : « Les pères de la patrie, nos protecteurs les plus grands, les Belgiojoso, les Litta, les Cusani, les Roma, les Viano-Pollone : on les conduit en prison comme des voleurs. »

Cette situation ne pouvait durer. Les droits de guerre s'exercèrent avec la plus grande sévérité, les abus les plus détestables s'y mêlèrent, comme cette énorme violation du droit des personnes que constituait le vol des objets précieux mis en dépôt au Mont-de-Piété dans nombre de villes conquises. Ces dépôts n'étaient pas propriétés de l'État : ils appartenaient à des particuliers qui les avaient confiés aux capucins. Un soir, on apprit que Renato Di Viano-Pollone avait été relâché et qu'il avait l'intention d'aller reprendre lui-même son bien. Le butin, placé dans des caisses hâtivement construites parties tardivement de Milan, devait transiter par la vallée du Piémont. Il devait passer par Ceva, Final-Bourg, Final-Marine, enfin dans ces régions par où serpente le Tanaro, sur le territoire des Barbets, lesquels, comme les Vaudois, n'étaient ni des hérétiques ni des brigands de grand chemin, mais des Italiens révoltés qui avaient longtemps servi d'auxiliaires au roi de Sardaigne.

Il fut décidé que Percy, Aventino et Maria Galante rejoindraient les amis du vicomte. Le lieu de rendez-vous fut fixé : une petite chapelle en pleine campagne lombarde. Quelques lampes de cuivre y brûlaient éternellement, comme des étoiles pendues dans une profondeur morne. La fumée montait en rampant sur les voûtes, et l'épaisse odeur des cierges se mêlait à une odeur humide de cave. Mais au matin, Percy et les autres ne virent pas arriver Aventino. Maria Galante, qui devait voyager avec lui, descendit seule de la calèche. C'est elle qui lut la lettre que lui avait confiée Aventino :

– « *Mes amis, le roi de Piémont a donné, en signant l'armistice puis la paix, l'exemple de la faiblesse. L'exemple est devenu contagieux. Le roi de Naples a négocié un armistice. La* Serenissima *a consenti à l'occupation de Vérone. Le duc de Modène a donné à Buonaparte des fusils et des pièces d'artillerie, sept millions et des œuvres d'art. Le duc Ferdinand a mendié un armistice qui lui a coûté deux millions de livres, des approvisionnements considérables, mille six cents chevaux et vingt tableaux dont le* saint Jérôme *du Corrège. La légation de Bologne a donné deux millions de livres à*

Buonaparte, celle de Ferrare cent cinquante canons et trois mille fusils. Après le Piémont, le roi de Naples, la Toscane, bientôt le pape, laisse-t-on entendre, quel sera le prochain à céder ? Mes amis, dans quel pays étrange cette armée française est-elle entrée ? Les armes, l'argent, les tableaux, les objets précieux, les vivres, l'honneur : tout lui revient sans combat. Il suffit qu'une demi-brigade montre le bout de son havresac ! Assez de ces contributions militaires acceptées, de ces lâchetés. Je rejoins, ce jour même, l'armée autrichienne à Mantoue. Que voulez-vous, la réalité force toujours les hommes à agir, même si ce n'est pas dans le sens qu'ils avaient choisi. À vous, bons et loyaux amis, que Dieu vous garde. »

18

Du haut des remparts de Mantoue, Aventino ne cherchait plus à comprendre pourquoi il avait rejoint les armées autrichiennes, lui qui les haïssait tant. Pour continuer la lutte, sans doute. Pour ne plus se morfondre entre les jacobins milanais, le couple absurde qu'il formait avec Maria Galante, les boîtes de thé, les doses d'opium, et les scorpions de l'appartement de la rue de l'Industrie. Il faisait une chaleur étouffante. Autour de la forteresse, de longs nuages de poussière laissaient à peine distinguer les mouvements incessants des troupes françaises. Les soldats autrichiens, habillés de gros drap et lourdement chaussés, étouffaient. Chaleur, soif, poussière : c'est à cette triade infernale que devaient faire face les deux armées. Autour de la ville, une grande foule d'hommes était rassemblée, comme obéissant à la loi physique de l'attraction, attirée par les murailles de la plus forte place de guerre d'Europe ; atomes isolés, avançant dans leur masse compacte, en un seul bloc, comme un peuple entier.

Avant d'entrer dans Mantoue, Aventino ne connaissait de cette ville qu'on surnommait « la reine des eaux » que son image dans les gravures de l'époque : une cité à l'enceinte gonflée de maisons dont on aperçoit les toits, surmontée de clochers qui sont autant de mâts de navires immobiles, et qui semble flotter sur la mer. Quel paysage chimérique, en effet, que cette forteresse aquatique amarrée à la plaine et enlacée par les eaux : le Mincio, à l'est et au nord, épanoui en trois nappes – lacs supérieur, moyen, et inférieur – ; des marais boueux l'isolant de la terre ferme, au sud et à l'est. La grande défense de Mantoue, ce sont les eaux, marais et fleuve. N'offrant d'accès que par un petit nombre de chaussées, elle paraît imprenable. Mais, en cet été 1796, les marais étaient à demi asséchés, et les assaillants comme les défenseurs devaient lutter contre une troisième armée, puissante, inébranlable : la malaria. Si Mantoue tenait, la face de la guerre d'Italie en serait changée. Mantoue, c'était l'épine dans le pied qui mettait en danger tout le dispositif français. Aventino, comme tous les autres, savait que les Français pouvaient périr de ces marais bien plus encore que des tirs de canons. Les espions disséminés parmi les assaillants rapportaient des nouvelles alarmantes. Malgré les saignées et les expériences curatives diverses, la dysenterie et les fièvres ne cessaient de gagner du terrain. Odeur infecte de la vase humide, aspect écœurant de l'eau des marais constituant pour nombre de soldats la seule boisson possible, écarts mortels de température entre le jour torride et la nuit glacée qui surprenaient le dormeur dans son sommeil, manque de nourriture, rudesse du travail de terrassement des tranchées : tels étaient les meilleurs alliés des troupes autrichiennes. Si les Français ne parvenaient pas à s'emparer de Mantoue dans les plus brefs délais, elle serait leur tombeau.

Les Français ne semblaient pas savoir que la fière Mantoue n'était finalement qu'un bastion assez médiocre et vétuste, au mur de brique crénelé sans aucun appui maçonné, pourvu de buttes de terre assez dérisoires, de redans trop petits, d'ouvrages avancés inexistants. Quant à la citadelle elle-même, dont la défense était fort incomplète, ses dimensions exiguës faisaient que, en cas de prise de la ville, la garnison ne pourrait jamais s'y replier. Il était un autre point sur lequel les Français se trompaient. S'ils surestimaient les défenses de la ville, ils sous-estimaient en revanche la quantité et la qualité de son artillerie, l'abondance des vivres, l'énergie des chefs et l'effectif armé. Buonaparte croyait que la garnison de Mantoue contenait à peine sept mille hommes alors qu'elle atteignait le double.

Mantoue tenait. Malgré les cent quatre-vingts bouches à feu amenées par Sulkowski des diverses forteresses italiennes pour suppléer à l'artillerie de siège, malgré les bombardements à boulets rouges propageant dans la ville d'effroyables incendies, et bien qu'elle commençât à manquer de tout, cernée depuis plusieurs semaines, Mantoue résistait. Aventino, qui avait longtemps soutenu que l'armée autrichienne avait été inventée pour permettre aux Français de gagner des batailles, devait réviser son jugement : Mantoue était imprenable. Mais, au matin du 3 août, Würmser, descendu des pentes méridionales des Alpes, avait délaissé son quartier général de Trente et était allé personnellement délivrer sa ville. Quel spectacle : les Français venaient d'abandonner précipitamment la place, et l'on avait trouvé des tranchées et des batteries encore entières, des pièces renversées et enclouées, et partout des débris d'affûts, des plate-formes et des caisses de munitions de toute espèce. Un tonnerre de joie avait accueilli le général autrichien, et Aventino avait participé à ce grand moment. Certes, Quasdanovitch avait été battu et séparé du gros de l'armée, mais qu'importe, les derniers jours de juillet avaient été pour les Français un désastre. Cela ne faisait plus aucun doute : les succès de Würmser auguraient bien de la défaite finale des troupes républicaines aventurées loin de leurs bases. Depuis le début de l'invasion les vrais patriotes n'avaient cessé de le répéter : isolée de tout, cette armée d'Italie finirait par se débander. Le départ des troupes françaises de Mantoue était le résultat de l'épouvante et non les suites d'un plan calculé...

Très vite, l'euphorie de l'été céda la place à un automne morne. Le doute s'installa. Et si les Français, cette fameuse nuit du 31 juillet au 1er août, n'avaient levé le siège de Mantoue, et mis hors d'usage ou noyé leurs canons, que faute de pouvoir assiéger la ville ? S'ils avaient décidé d'en triompher par un long blocus ? Et si Würmser s'était laissé enfermer comme un rat dans sa forteresse ?

Aventino, qui avait en charge le secteur de la *Porta Pusterla*, avait perdu, comme beaucoup d'autres défenseurs de Mantoue, son enthousiasme des premiers jours :

– Nous sommes fin octobre, et cela fait déjà quatre fois qu'on essaie de nous sortir de cette souricière.

Un officier des grenadiers prit la parole :

– Avec l'arrivée des pluies les fièvres des marais vont envoyer une bonne partie des Français à l'hôpital.

– On ne sera pas épargnés non plus...

Un garde du corps, dont le jaune de l'uniforme disparaissait sous une couche de saleté, s'adressa à Aventino :

– Si vous le permettez, mon général, je crois qu'il faudrait tenter de nouvelles sorties.

– La dernière a été un échec. Cinq mille hommes ont été stoppés au château Saint-Georges. Résultat de l'opération : trois bouches à feu de perdues et deux cents hommes faits prisonniers ! Sans parler de nos troupes d'élite détruites en moins d'une heure. Les Français nous ont poursuivis, la baïonnette dans les reins, jusqu'aux premiers ponts-levis. Les morts sont si nombreux que deux jours après la bataille on en rencontre encore par tas entiers qui n'ont pu être enterrés.

– Le massacre a assez duré, renchérit l'officier de grenadiers. Je suis de Mantoue, moi. Avant cette méchante guerre, il y avait tout autour une campagne plantée d'arbres et sillonnée de canaux. Et aujourd'hui ? Ça ne leur suffit plus de mettre le feu aux villages et de tout saccager, voilà qu'ils scient les arbres fruitiers !

– C'est vrai, dit le garde du corps, ils sont en train de transformer le plus beau pays d'Europe en désert.

– J'avais des vignes hautes, vers Legnago, chacune mariée à son arbre, dit l'officier de grenadiers, ils ont tout rasé. C'était plein de lupins verts, de giroflées. Les soirs d'automne, tout ça dormait dans la brume tiède comme une femme dans ses dentelles...

L'évocation des vignes de Legnago rappela à Aventino l'existence des siennes. Après les vendanges, la tradition était d'ouvrir les caves du château aux villageois. Les buveurs avaient pris soin d'apporter de belles tranches de jambon savoureux. En fin d'après-midi, alors que le soleil est moins puissant et qu'on sent déjà descendre des Alpes une bonne fraîcheur, c'était tout le village et une grande partie des métayers qui investissaient la cour du château, le labyrinthe de buis taillés et la partie est du bois, celui qui touche au terrain de *tamburello*. Puis on mettait les tonneaux en perce, et quiconque voulait pouvait boire, à un sou. Le vin le meilleur coûtait dix sous le litre, et pour montrer qu'il sortait de l'ordinaire, un homme un tant soit peu orgueilleux devait s'écrier : « Eh bien moi, messieurs, j'en bois à onze ! » Et ces mots, prononcés dans la bonne ville de Cortanze, vous classaient une personne. Alors, on arrosait de vin blanc frais à peine sorti de la cuve les divines tranches de jambon. Cette année, la vendange aurait lieu sans lui, et la fête autour des barriques serait annulée.

Alors qu'il sortait de ses songes nostalgiques, Aventino comprit que les hommes qui l'entouraient étaient également plongés dans les leurs, et qu'une amitié étrange les réunissait, tous ces soldats, d'horizons et de mentalités différents. Mais un coup de tonnerre les sortit soudain de leur torpeur. Un des proches collaborateurs de Würmser venait d'entrer dans la pièce où se tenait la réunion improvisée. L'homme s'avança très respectueusement vers Aventino et, après lui avoir chaleureusement serré la main, lui annonça la triste nouvelle :

– Monsieur, le roi est mort hier, 16 octobre 1796, d'une crise d'apoplexie. Je vous prie de bien vouloir accepter...

Bouleversé par la nouvelle, Aventino n'entendit pas la fin de la phrase. Certes, Victor-Amédée III n'avait pas l'énergie de son grand-père, ni le discernement remarquable de son père, mais il avait dû faire face à la fin de son règne à des événements extraordinaires qui dépassent tout vouloir humain. C'était un homme juste, soucieux du bien-être de son peuple, c'est du moins l'image qu'en avait toujours donnée Roberto Ercole à son fils, et qui aimait consacrer ses loisirs au culte des lettres et des arts. Trop religieux, sans aucun doute, sa droiture naturelle l'avait cependant conduit à refuser, au lendemain de 89, de pactiser avec des révolutionnaires dont les mains étaient souillées par le sang d'un roi légitime, et à aider sans relâche les émigrés. Enfermé dans Mantoue, Aventino n'oubliait pas qu'il avait été le seul monarque italien à s'opposer jusqu'à l'épuisement de ses propres forces à l'envahisseur, à un moment où la fidélité, la loyauté et l'amitié de son allié autrichien lui avaient fait si cruellement défaut.

Le roi mort, qu'allait devenir un Piémont livré aux commissaires et aux petits fonctionnaires ? En vertu du traité de paix signé à Paris, Victor-Amédée avait contracté l'obligation de retirer à ses enfants les titres rappelant sa souveraineté sur les terres auxquelles il avait dû renoncer. Charles-Félix, duc de Genevois, devenait marquis de Suse ; Joseph-Benoît, comte de Maurienne, comte d'Asti ; Benoît-Maurice, duc de Chablais, marquis d'Ivrée. Quant au duc d'Aoste, Victor-Emmanuel, les Français souhaitaient le voir monter sur le trône. Mais pour cela, Charles-Emmanuel, le frère aîné, devrait s'effacer.

Dans l'hiver qui s'annonce, Aventino n'a qu'une satisfaction : malgré les dissensions qui existent au sein de la famille royale, le prince Charles-Emmanuel refuse de se prêter à cette manœuvre, et met ses dernières forces dans un combat qu'il sait juste : refuser une alliance avec la France du Directoire. Aventino pense à son père. Une défaite sans combat de son roi aurait tué le vieux marquis. Mais l'Italie du Nord et l'Italie du Centre ne représentent plus rien. Plus de gouvernement nulle part ; quant aux titres subsistants, ce ne sont qu'écorces mortes autour d'un tronc évidé. Le roi de Piémont, les doges de Venise et de Gênes, le duc de Parme, le duc de Modène, le grand-duc de Toscane, le roi de Naples, le pape même, impuissant dans Rome, n'ont plus aucun pouvoir : l'Italie s'enlise, comme s'enlisent les armées révolutionnaires dans les sables du Pô. La mort lente de l'Italie annonce celle de la Révolution. L'Italie rasée, pillée, anéantie, entraînera dans sa chute la Révolution française.

Dans Mantoue en hiver, Aventino pense à son enfance. Que faire d'autre dans ce présent blessé si ce n'est revenir au passé ? Dans les champs autour de Cortanze la poussière du long été de sécheresse s'est transformée en boue, et quand on marche sur les chemins qui ramènent au château, on est crotté jusqu'aux genoux. Le maïs est gâté. Une partie du raisin est resté sur le sarment. Les charrues ne peuvent passer dans les champs. Les bœufs tombés dans les ornières doivent en être tirés avec des cordes, les hommes crient sous la voûte sombre des nuages, et la nuit les loups hurlent. Aventino passe des heures à jouer aux cartes avec Felicita qui se lève de temps en temps pour regarder le ciel ou préparer un lait bouillant dans lequel elle verse un filet de miel doré. Et lorsque enfin Aventino peut sortir, on lui recommande de retirer ses bottes au retour de sa promenade : il est petit marquis, certes, mais n'en doit pas pour autant salir de boue toute la maison, et s'étendre sur les lits sans les ôter. Dans cette société où chacun est à sa place, dit le père, chacun doit se respecter, et respecter le travail des autres...

Mais à présent, dans Mantoue en hiver, plus rien n'a de sens. Les bottes des soldats ont détruit les récoltes, dans les champs négligés le chiendent est venu, les roues de l'artillerie ont écrasé le maïs à peine levé, les sabots des chevaux ont dévasté les vignes. Le temps de la guerre s'est installé, et en dressant des Italiens contre des Italiens, elle nous rend responsable du mal, même celui qu'on ne fait pas. Quelle question imbécile que celle qui consiste à se demander si dans les mois à venir les Italiens seront capables d'être les émules des révolutionnaires ou simplement leurs esclaves. Aventino pense à ses amis, aux soldats qu'il a vus mourir et dont on ne transporte plus les cadavres que la nuit, au jeune soldat dévoré par les loups de la forteresse d'Aviglio : le futur n'appartient pas aux morts, mais à ceux qui font parler les morts, à ceux qui expliquent pourquoi les morts sont morts.

Mantoue : 31 janvier 1797. Voilà neuf mois qu'Aventino Roero Di Cortanze, Piémontais combattant aux côtés de l'armée autrichienne, est enfermé dans la fameuse forteresse, et que les Madones de pierre qui avaient miraculeusement versé des larmes, n'avaient pu faire que Würmser débouchât sur les arrières de Buonaparte. Cet après-midi, Aventino, occupé à déblayer des gravats qui obstruaient l'entrée d'une cave, était persuadé que l'homme fait prisonnier le matin même et qui s'était aussitôt échappé était ici :

– Enfoncez cette porte, nom de Dieu ! Allez chercher l'artillerie s'il le faut !

La porte finit par céder. On dévala l'escalier, et à la lueur des bougies on découvrit un spectacle effrayant : dix-sept cadavres autrichiens.

– Morts de faim, dit Aventino.

– On les enterre, mon général ?

– Pas le temps. Inutile, ajouta Aventino. Il faut retrouver le fuyard. Vous avez bien vu un homme rentrer par le soupirail, oui ou non ?

– Oui, mon général, répondit un grenadier, si maigre qu'on aurait dit un squelette.

Le ciel qui avait été jusque-là relativement serein était en train de changer. Les soldats ressortaient maintenant de la cave, Aventino à leur tête. Une tempête épouvantable s'abattit en quelques minutes

153

sur la forteresse, accompagnée de jets de grêle. Un homme jaillit de la cave, glissa sur la dernière marche de l'escalier et vint se répandre presque entre les bottes d'Aventino, sur la place où s'élève le buste de Virgile.

– Le Français ! C'est le Français !

On le releva. La tempête donnait droit dans les visages de la petite troupe, une pluie épaisse leur dérobant jusqu'à la vue de la rue qu'ils devaient emprunter pour retourner au quartier général. Le prisonnier, les pieds déchaussés, glissa une nouvelle fois sur les talus de terre glaise. Tous, prisonnier et gardiens, avançaient sous le déluge, tous vivaient le même dénuement et le même découragement. Enfin, on atteignit la caserne. Aventino retira sa capote, se fit servir un café brûlant, et en demanda un pour le prisonnier. C'était un jeune Niçois de vingt ans, Jean Poitré, qui avait quitté Menton en avril 96, aux côtés du général en chef, et avait depuis participé à toutes les batailles.

– Pourquoi avez-vous cherché à vous insinuer dans Mantoue ?

L'homme ne répondit pas. Aventino ordonna qu'on le fouille. On ne trouva rien. Aventino poursuivit l'interrogatoire :

– Vous avez cherché à vous insinuer dans Mantoue parce que vous avez des dépêches à communiquer aux espions qui s'y trouvent !

Le jeune Jean Poitré, persuadé sans doute de l'importance de sa mission, ne disait mot.

– Vos dépêches sont dans votre ventre ? Vous les avez avalées, c'est ça ?

L'homme haussa les épaules.

– Et l'élixir que nous avons trouvé dans vos poches ?

– Je ne sais pas, dit le jeune garçon.

– Si vous avez l'estomac « dérangé », vous récupérez le petit cylindre contenant les dépêches, vous le trempez dans l'elixir et vous l'avalez de nouveau, n'est-ce pas ?

Le jeune garçon gardait toujours le silence.

– Écoutez, si vous persistez à nier, ou je vous fais ouvrir le ventre par nos chirurgiens, ou je vous fais fusiller !

L'air d'assurance avec lequel Aventino lui parla le déconcerta tant et si bien qu'il changea de couleur, se mit à trembler, balbutia et finit par convenir du fait. Il lui fallut toute la nuit pour expulser la dépêche. Quand l'ordonnance l'apporta à Aventino, celui-ci le pria d'ouvrir le cylindre et d'en lire le contenu. L'ordonnance fit remarquer à Aventino que cela puait :

– Évident, Bertini, ça sent la merde ! Et alors, on vit dedans depuis des mois, vous n'allez tout de même pas jouer les marquises effarou-

chées ! Vous préféreriez l'autre méthode : celle des dépêches dissimulées dans des boules de cire à cacheter et recrachées par la bouche ?
– Non, mon général, non, je...
– Alors, lisez.
L'homme tremblait :
– « *Tenez bon, nous avons écrasé les Austro-Sardes à Rivoli. Provéra a capitulé à La Favorite. Une attaque sur Mantoue est imminente.* »
– Eh bien voilà, vive la merde ! On sait à quoi s'en tenir maintenant, dit Aventino. Finies les soupes au pois orphelin, les bouillons de tête de porc pourrie, les pains à l'ivraie qui font vomir, le foin bouilli, le chiendent. Neuf mois qu'on est ici à crever doucement ! Demain, tout le monde sera mort !

Une canonnade formidable couvrit bientôt la voix d'Aventino qui courut à son poste de combat. Du matin au soir ce ne fut qu'un grondement de tonnerre : le bruissement des balles rappelait celui d'un essaim d'abeilles, et les explosions des bombardements celles des volcans. Les rues étaient enveloppées d'une nuée épaisse, et les soldats, trempés par des torrents de pluie glacée, ne savaient plus quelle brèche combler, vers quelle porte se jeter. À l'extérieur de la forteresse le spectacle était tout aussi impressionnant. Les Autrichiens, mettant leurs dernières forces dans la bataille, bombardaient les positions françaises. À la pluie de boulets se joignaient des trombes d'eau d'une violence inouïe. Routes, champs, chemins, tout était inondé. Il faisait un froid glacial et les chevaux tombaient comme des mouches, le ventre explosé, dans des hennissements d'apocalypse. La nuit ne vit pas la bataille se ralentir, les foyers allumés par les boulets rouges embrasaient maintenant toute la ville. Il était impossible de se reposer ne serait-ce qu'un instant pour se mettre à l'abri ou recharger son arme. Tous s'enfonçaient dans un terrain boueux comme dans un marécage. Au matin, l'aube était pâle. Tremblants, transis jusqu'aux os, les Autrichiens, sous les projectiles et dans la fumée de la poudre qui rougissait les yeux, ressemblaient à des fantômes ou à des naufragés provisoirement sauvés. Il n'y avait plus d'eau, plus de vivres, seules les munitions ne faisaient pas défaut. Les hôpitaux étaient pleins, les édifices publics n'avaient plus assez de place pour accueillir malades et mourants ; les habitants, aussi touchés que la garnison, s'éteignaient par milliers. Errant dans les rues dévastées, Aventino retrouva Jean Poitré tué par un boulet français. Il régnait partout une puanteur d'hôpital et de morgue. Faute de brancards on transportait les blessés en leur passant un fusil sous les bras et un autre sous les jarrets. Les bombes ne pleuvaient plus. Ici et là, des moribonds affamés fouillaient les ordures pour disputer aux vers quelques restes de charognes.

En ce 2 février 1797, Mantoue, orgueil de la vieille monarchie autrichienne, capitula. On accorda aux troupes et aux gardes tous les honneurs de la guerre. Würmser, vieux soldat trahi par la fortune, pourrait sortir librement avec son état-major, deux cents cavaliers, cinq cents personnes de son choix et six pièces de canon qui ne devraient pas servir contre la France avant trois mois. Quant aux officiers tués, les honneurs funèbres leur seraient rendus. Würmser livrait treize mille prisonniers qui seraient conduits à Trieste pour y être échangés, cinq cents bouches à feu, un équipage de vingt-cinq pontons, et soixante étendards.

L'évacuation dura trois jours. Aventino, les yeux brûlés à force de se les laver avec du rhum pour repousser le sommeil, fut un des derniers à sortir. Würmser, qui avait pu choisir ceux qu'il souhaitait sauver avec lui, n'avait guère été tendre avec le Piémontais qui s'était pourtant rallié à lui : Aventino partirait, avec les autres prisonniers, à Trieste. Alors qu'il s'apprêtait à sortir de la ville entre une double haie de soldats français, repus et glorieux, et de sentinelles piétinant dans la boue sous une pluie d'abat, deux soldats s'emparèrent de lui et le conduisirent sans ménagement dans une casemate construite tout près du château Saint-Georges. Un officier l'attendait, debout, de dos, une longue crinière blonde, tressée et liée en queue, lui tombait dans le dos. Il se retourna et, dans le même temps, lui parla :

– Tu ne vas tout de même pas finir à Trieste ?

Aventino n'en croyait ni ses yeux ni ses oreilles :

– Ippolito ! Sous l'uniforme français !

– Tu luttes contre les Français, moi contre les Autrichiens. Tu te souviens de ce que disait Barnaba ?

– Non.

– « J'aime les Autrichiens, mais *fuori*, dehors ! » À nous deux on devrait libérer l'Italie...

Aventino n'eut même pas la force de sourire. Il soupira.

– Tout ça est tellement absurde. Tu sais que tes amis français ont menacé d'exécuter Würmser comme un émigré pris les armes à la main s'il ne se rendait pas, sous prétexte qu'il était strasbourgeois !

– Et moi, on m'a supplié d'embaumer le corps d'un certain François Saint-Bernard. Une opération fort longue et difficile... Mais le monsieur était un compagnon de Buonaparte ! Pendant ce temps j'aurais pu sauver une bonne dizaine de blessés ! Quel gâchis !

– Ippolito, j'aurais pu te tuer, tu aurais pu me sabrer !

– Je ne regrette rien... La guerre sous les ordres de Buonaparte, c'est l'égalité, la liberté, la fraternité...

– Ippolito, je ne te reconnais plus, dit Aventino, raide et meurtri. Je l'ai compris ici, derrière ces murs : ce qui me dégoûte dans la guerre, c'est sa bêtise. J'aime trop la vie. Et nous sommes trop bêtes pour elle !

– Alors, si tu aimes tant la vie, accepte qu'un officier piémontais passé dans le camp français t'aide à retrouver ta liberté, à moins que tu préfères aller à Trieste, dit Ippolito en conduisant Aventino à l'extérieur de la casemate. À gauche, la longue file de prisonniers pour Trieste. À droite, tu montes sur ce cheval, le mien, et tu retournes en Piémont grâce au sauf-conduit que voici.

Autour de Mantoue, les canons tonnaient, les cloches des églises et des couvents sonnaient, et l'on entendait même chanter des *Te Deum*. On préparait déjà pour le soir des illuminations et un grand bal pour les officiers et les notables, ainsi que pour la troupe et le peuple. La guerre était donc finie ? Oui, du moins cette bataille-là. D'ailleurs, on avait sorti de leurs boîtes les armes d'honneur, les fusils de parade, les mousquetons, les baguettes de tambour, les haches d'abordage garnies d'argent, les grenades en or, et autres récompenses de pacotille que Buonaparte accorderait à ses officiers, sous-officiers, caporaux, soldats et tambours pour leurs actions d'éclat... Aventino prit le sauf-conduit, regardant son ami au fond des yeux. Tous deux pleuraient. Il enfourcha le cheval, donna des éperons et quitta le camp de Mantoue sans se retourner.

Le chemin du retour à Cortanze fut long et difficile. Tout autour de Mantoue, dans la direction de Crémone, le terrain est plat et sablonneux, planté de mûriers et de vignes, et traversé de fossés profonds et de digues ; mais aujourd'hui, Aventino ne reconnaissait plus rien. Il faisait très froid. Les rivières étaient gelées. La neige alourdissait les branches, les pliant vers le sol, et à la moindre oscillation ou au moindre bruit elle tombait en pluie immaculée. Tout était englouti dans le silence. Un soir, la neige fit s'écrouler le toit de l'étable dans laquelle il s'était réfugié. Le lendemain, il croisa une sentinelle de glace : un homme sur son cheval à l'attitude étrange. En s'approchant de lui, il comprit que l'homme avait de la neige jusqu'aux bottes, qu'il était mort, gelé, et qu'il faudrait sans doute lui briser les jambes pour le glisser dans son cercueil. Avant tous ces événements les routes de Lombardie et du Piémont étaient sillonnées par de nombreux voyageurs.

La pluie et la neige fondue ont transformé la route en bourbier dans lequel le cheval d'Aventino s'enlise jusqu'au ventre. Et personne. Aventino ne croise personne. Excepté des fantômes comme celui de ce pauvre enfant trompette, pleurant son escadron et son officier mort au combat, ou celui de ce loup au pelage gris, presque blanc, et qu'il imagine le suivant depuis Mantoue. Partout des rigoles glacées, des flaques d'eau gelées, puis un jour la nappe argentée du Pô charriant de gros blocs de glace, si lente qu'elle semble immobile, qui lui rappelle que Turin et le Montferrat puis la Roera ne sont plus loin. Tout cela lui dit que son voyage est bientôt fini. Que les troupes du « mauvais jeune homme », comme Beaulieu avait surnommé Buonaparte en son temps, l'ont laissé momentanément en vie, tout comme les bandes de brigands piémontais qui infestent la contrée et suivent les armées telles les mouettes les filets des pêcheurs. Non loin de Piea, il traverse une route et aperçoit une cage de fer dans laquelle trois poteaux supportant trois têtes achèvent de se corrompre. Sur la cage est fixé un écriteau portant ces mots : « CES TÊTES SONT CELLES DE TROIS MALFAITEURS QUI ASSAILLIRENT EN CE LIEU LE NOBLE COMTE MARAZZONEGRINI. »

Aventino n'est plus qu'à une lieue du château de Cortanze qu'il finit par voir émerger de la brume. Le voyage qu'il vient d'achever, il n'aurait jamais pu en imaginer de semblable. Il doit faire un détour pour éviter une énorme congère. Soudain, la tourmente reprend, de lourds flocons commencent à tomber qui aveuglent son cheval. Les tourbillons de neige viennent frapper et recouvrir son visage. Aventino, qui veut mettre pied à terre, voit soudain, à quelques mètres de lui, un loup gris, presque blanc. C'était bien lui, cette présence qu'il sentait depuis son départ de la forteresse. Il n'avait donc pas rêvé. Une présence discrète, presque invisible. Un loup solitaire et silencieux, qui s'arrêtait quand il s'arrêtait, qui accélérait l'allure quand le cheval pouvait trotter parce que la neige était moins épaisse, qui ralentissait quand la pente s'accentuait. Un loup gris et blanc qu'il pourrait – il le sait – presque caresser comme un vieux chien.

Son bras et sa main le font souffrir et il n'a plus d'opium. Bientôt, la grille du château s'ouvre devant lui. Et de nouveau Felicita est là, effarée, la main sur la rampe. Une fois le seuil franchi et le vaste *cortile* traversé, le bel escalier se présente, conduisant à l'enfilade de pièces du premier étage, reliées entre elles par une galerie, sur laquelle s'ouvrent les appartements d'Aventino.

Le soir, il est dans son lit, et cela lui semble un don du ciel, une bénédiction. À trois heures du matin, le temps s'est levé, et la lune éclaire si fort le paysage, qu'on peut voir dans le lointain la masse tumultueuse et muette des Alpes. Aventino finit par ouvrir sa fenêtre pour laisser pénétrer la nuit glacée. Le froid lui dit qu'il ne rêve pas. À quelques mètres du mur d'enceinte qui donne sur la place Vittorio Veneto, au pied de l'allée gardée par les statues de pierre couvertes de neige, il distingue une forme aux contours incertains : roulé en boule, le loup au pelage gris, presque blanc, qui l'a suivi depuis Mantoue.

19

C'ÉTAIT comme si Aventino désormais ne voulait plus rien savoir du monde. Les murs du château le protégeaient, lui que sa mère, morte si jeune, n'avait jamais pu aimer. Il n'avait aucun souvenir de cette jeune fille venue de Settime, pays d'Opizone Roero, seigneur de Mombarone, et cousine éloignée de Roberto Ercole. Aucune gravure, aucune estampe. Même Felicita, arrivée au château après la mort de Barbara Benedetta, n'avait pu lui fournir la moindre information. Quant à son père, muré dans son silence turinois, il ne songeait qu'à ses intrigues de cour, furieux que son fils refuse de marcher sur ses traces. Il ne restait plus à Aventino que cet hiver de neige et de froid derrière ses murailles et les livres de Percy. Son ami l'avait prévenu, « imperceptiblement, comme une lente soirée d'automne, le thé s'insinuera en toi ». Il ne lui manquait plus en somme que de savoir le préparer lui-même. Ce qu'il commençait d'essayer, avec plus ou moins de bonheur. Bien qu'il suive attentivement les conseils de préparation – « fais bouillir une pinte d'eau, mets un demi-gros de thé, retire du feu, laisse reposer et infuser l'espace de trois Pater et sers dans de la porcelaine » –, il obtenait des résultats plus ou moins heureux. Ne disposant pas d'ustensiles « exotiques », il ne pouvait encore, comme le prétendait Percy, éprouver un plaisir esthétique, ni faire que dans ses gestes se reflètent ses états d'âme et sa disposition d'esprit. Alors, Aventino se contentait de l'observation infinie de la boîte de *paou-coung* que lui avait offerte Percy. Elle était remplie de petits paquets de papier jaune clair contenant chacun deux cents grammes de ce fameux thé en feuilles larges, bien roulées, mélangées avec une grande quantité de pétioles, et dégageant un arôme aussi délicat.

Chaque nuit il se relevait, ouvrait sa fenêtre, et constatait que le loup était toujours là. Invisible de jour, il sortait dès qu'il faisait sombre. Aventino avait pris l'habitude de descendre et de déposer aux pieds de celui que le clergé considérait comme « l'ennemi mortel de l'agneau », donc de la foi, un animal fraîchement tué. Petit à petit, la bête féroce avait noué avec lui un singulier dialogue. Au début, elle se cachait lorsqu'il jetait sur le sol le morceau de viande sanglante, puis elle restait là à quelques mètres et enfin s'approchait de plus en plus près, émettant une sorte de miaulement quand Aventino lui tendait sa nourriture à bout de main. N'était-il pas, se disait-il, en train d'accomplir le vœu d'Esaïe : créer le paradis sur terre, où la panthère couche avec le chevreau, où la vache et l'ours ont le même pâturage, où le veau et le lionceau engraissent ensemble, où le loup enfin habite avec l'agneau ? Une fois Aventino revenu dans sa chambre, le loup poussait de longs hurlements puis se jetait sur sa pitance. Au matin, ne restaient à son emplacement qu'un peu de neige couverte de sang et des empreintes qui se perdaient dans la campagne toute proche.

Mais le parfum du thé, le loup, et même les fortifications massives du château n'étaient qu'une muraille bien fragile face à la dureté de ces années. L'Histoire, comme le temps, revenait sans cesse, montrant sa souveraine puissance. Impossible, pour Aventino, d'y échapper. À Rome, les États du pape étaient entrés en rébellion. Depuis plus de vingt ans que le cardinal Jean-Ange Braschi avait accédé au trône de saint Pierre sous le nom de Pie VI, le moins qu'on puisse dire est qu'il n'avait guère brillé par son intelligence. Le *Papa bello*, comme on l'appelait, parce qu'il exhibait un port majestueux, n'était en fait qu'une tête vide rongée par la vanité. Il voulait être Léon X ou Jules II, et laisser des entreprises qui perpétuent son nom. Alors, il agrandit, embellit, érigea, tenta en vain d'assécher les Marais Pontins, mais surtout fit construire le somptueux palais Braschi qu'il offrit en cadeau de mariage à son neveu le duc Braschi Onesti, rustre stupide, dont l'épouse, princesse et duchesse, était non seulement sa maîtresse mais aussi sa propre fille illégitime.

Après la suspension d'armes signée avec les troupes françaises afin qu'elles ne menacent plus l'État romain, Jean-Ange Braschi se fit fort de ne pas en appliquer les clauses. Buonaparte, se prenant alors pour Marcellus qui avait emporté de Syracuse les plus belles statues et les plus beaux tableaux pour les faire servir d'abord à l'avènement de son triomphe, puis à la décoration de la ville, avait exigé qu'on lui remît vingt millions d'argent frais, cinq cents manuscrits rares et cent objets d'art. Ces exigences, héritées d'une histoire romaine dont les révolutionnaires avaient la tête farcie, réveillèrent les fières humeurs des sujets de l'Église qui à ce que prétendait le pape n'attendaient que cela pour se mesurer avec les soldats de la République. On décida donc de rompre l'armistice et de rédiger une déclaration de guerre. Rien ne fut oublié : on lança dans les rues des processions durant lesquelles congrégations et confréries portaient les signes visibles du deuil public, on marcha pieds nus, la corde au cou et les bras en croix, on se frappa la poitrine, et on exposa les reliques. Prédictions, confessions, miracles, rien ne fut laissé au hasard. Enfin on imposa des taxes extraordinaires et on refit des levées forcées. Quinze mille hommes furent ainsi mis sur le pied de guerre, prêts à jouer une des farces les plus grotesques qui soient, opposant une Église militante à un État séculier de l'espèce la plus virulente. Buonaparte culbuta l'armée épiscopale sur le Semio, puis à Faenza, entra dans Ancône, investit Lorette. Et accula Jean-Ange Braschi à la négociation. Le message de Buonaparte était on ne peut plus clair : « Il reste encore à votre Sainteté un espoir de sauver ses États en se livrant tout entière et promptement à des négociations pacifiques. »

Voilà où en étaient les choses lorsque le cardinal Antonelli, qui n'avait pas vu Aventino depuis le fameux dîner d'anniversaire du *casino* Santa Margherita, fit son entrée dans la cour d'honneur du château. Mandaté par le Saint-Siège pour venir régler plusieurs affaires d'exorcisme en Montferrat, il avait été appelé par le curé de Cortanze, parce qu'une certaine Serena Fraschini, fileuse de son métier, était accusée de pratiquer des « charmes d'amour ».

– Mon cher Aventino, comme le temps a passé depuis l'esturgeon de Gênes ! Je dois vite retrouver le père Luigi Rovere en votre chère *chiesa della Santissima Annunziata...* mais je tenais à venir vous saluer avant.

– Que d'horreurs, cher cardinal ! Quelle tristesse pour l'Italie !

– Et pour l'Église !

L'homme était toujours le même : cheveux ras, peau luisante, buste court, l'air toujours aussi rusé sous sa calotte rouge. Mais cette fois, il semblait défait.

– Tout est terminé, cher ami. La question romaine est réglée.

– C'est-à-dire ?

– Enfin, mon cher marquis, le présent de votre pays vous laisse si indifférent ? Excusez-moi, ajouta-t-il, en regardant le bras et la main gauches d'Aventino, je suis au courant, vous avez déjà donné beaucoup de votre sang pour...

– Quelle importance... Mais quoi, cher cardinal, parlez-moi de Rome...

– La « paix » a été signée à Tolentino. Le pape « reconnaît la République française ». Plus concrètement, il abandonne Avignon, Bologne, Ferrare, la Romagne, et accepte une garnison française à Ancône.

– Mais jusqu'où iront-ils ? maugréa Aventino.

– Ah, j'oubliais. Il faut aussi verser trente millions, « deux tiers en argent et un en pierres précieuses ! » Et, détail qui vous amusera, Buonaparte a intégré à son armée des volontaires italiens de la légion lombarde et des troupes levées dans la Cispadane, commandées par un Piémontais qui est en train de prendre du galon...

– Ippolito ?

– Lui-même ! En français Hippolyte de Stélone, général et chirurgien !

– Et dire que je suis resté en vie pour entendre cela ! Cet ami si fidèle !

– Ne vous plaignez pas trop, vous n'êtes pas comme moi obligé de servir un homme vaniteux, qui parle comme un charretier, a mauvais caractère et ignore tout du dogme ! C'est un vrai supplice, Aventino. Et il met ses armes et ses inscriptions partout : Rome est devenu Louqsor !

– Quel discours iconoclaste, cardinal !

– Mon « anticléricalisme » s'arrête là ! Ne pensez pas que je suis de ces gens qui proclament que nous devons nous réformer pour ne pas sombrer !

– Pourtant, pourtant... Reconnaissez que l'Italie, qui en un siècle a fait des progrès énormes dans les sciences, n'en a fait aucun en religion et en morale.

– Vous pensez donc comme les jacobins que la lutte aujourd'hui est un combat entre l'éducation et l'ignorance ?

– Je pense que la bourgeoisie est libérale et que la noblesse boude. Si nous ne changeons pas, le peuple nous abandonnera. Regardez en Romagne, les villes se sont hâtées d'apporter aux Français leurs clefs et leurs armes. Ni les prières, ni les menaces des prêtres n'ont pu y changer quoi que ce soit.

– Balivernes que tout cela ! L'Église ne doit pas céder !

– On dit que vos bonnes ouailles d'Ancône ont mis le feu au ghetto parce qu'ils accusaient les Juifs d'avoir voulu livrer la ville aux généraux français...

– C'est vrai, et ce sont les hussards qui ont sauvé cette canaille.

– Quelle canaille ?

– Les Juifs.

Jamais Antonelli n'avait professé de telles ignominies. Le bon vivant du *casino* apparaissait soudain pour ce qu'il était réellement.

C'étaient des gens comme lui qui permettaient aux idées de la Révolution de faire leur chemin en Italie. Roideur ecclésiastique d'un côté, anticléricalisme obtus de l'autre. Ces curés-là, comme disaient les gens du peuple, étaient des *birbanti*, des coquins, preuves vivantes qu'il fallait confisquer les biens des moines ! Les prêtres croisés défenseurs d'une foi catholique monolithique ne valaient pas mieux que ceux qui jetaient leur froc aux orties. C'était contre des ecclésiastiques comme Antonelli que circulaient aujourd'hui un Pater et un Credo patriotiques commençant par cette phrase : « Je crois à la République française et au général Bonaparte, son fils. » C'était contre cette Église sclérosée qu'on donnait dans les théâtres, des ballets où on voyait des cardinaux danser comme des histrions et le pape arborer le bonnet phrygien. Aventino était hors de lui :

– Votre religion n'est que de la superstition. C'est bien pour ça qu'on se met rarement à genoux dans vos églises. On n'y va que lorsqu'il y a des illuminations et de la musique, ou lorsqu'on y donne des opéras...

– Enfin, pourquoi...

– Je vous le dis, cardinal, votre religion n'est que de la superstition et du fanatisme. Le flambeau de votre foi n'éclaire pas, il brûle. Voilà pourquoi vous en êtes encore à venir exorciser une pauvre fille dans un village du Piémont !

– J'y vais d'ailleurs de ce pas, dit Antonelli en regardant prestement sa montre.

– Laissez cette pauvre Serena à sa quenouille, je vous en prie...

– Votre « pauvre Serena » est une sorcière qui caresse d'autres quenouilles que celles qui servent à filer le lin !

– Serena, une « servante du diable » !

– Le *parroco* don Luigi Rovere a bien fait appel à moi, non ? Vous savez aussi bien que moi que les femmes forniquent avec les forces obscures et les esprits !

– Stupidités ! Vous allez me parler à présent des prêtresses, des sibylles, des magiciennes druidiques !

– Mais le Diable existe ! Le Malin est partout ! Turin n'a pas été surnommée sans raison la « Cité du Démon » !

– Votre pratique de la religion n'est que la fausse monnaie du désespoir, et fait le lit de ceux qui s'ingénient à la rejeter. Dans la vraie religion tout est bon excepté le sermon, tout est bon excepté le prêtre ! C'est la recherche de la vie qui a fait la religion et non la crainte de la mort. Il n'est pas un seul homme qui n'ait besoin de Dieu pour vivre, mais vos pratiques n'en font que l'éloigner !

Le cardinal, hors de lui, se leva, marcha à reculons vers la sortie, et rappela à Aventino le discours de Jean-Ange Braschi, lors de sa venue à Turin en 1776, peu de temps après son élection :
– « Mais l'on sait que là où se trouve l'œuvre du Salut, là où l'on voit l'action du Saint-Esprit, là où sont les saints, survient aussi un autre qui, bien sûr, ne se présente jamais sous son propre nom : il tente d'en trouver d'autres – il ne s'appelle pas seulement le diable, il a aussi pour nom Père du mensonge ou Prince de ce monde. Ici, à Turin, l'histoire du Salut est vécue comme un défi, comme une provocation. »

« Père du mensonge », « Prince de ce monde », ne cessait de se répéter Aventino en pénétrant dans la nef de l'église de la *Santissima Annunziata*. Don Luigi Rovere avait revêtu ses habits sacerdotaux et était là à besogner Serena Fraschini, sous les hauts tuyaux de l'orgue de Giuseppe Savina et la niche en stuc peint de *San Biagio*. Un peu en retrait, Lucilio Antonelli, agenouillé, priait. Aventino avança de quelques mètres et put se glisser silencieusement derrière un pilier. La chapelle n'était éclairée que par deux cierges placés sur l'autel au pied duquel reposait un grand crucifix couché à terre. La jeune femme se trouvait maintenue à genoux devant l'autel, mélancolique et comme saisie. Le prêtre, après lui avoir demandé de baiser à plusieurs reprises la Sainte Croix, la tenait à présent attachée par le cou, comme il l'eût fait d'un mulet. Il lisait à haute voix force oraisons et exorcismes, exigeant du diable qu'il délaisse ce corps, qu'il le laisse en paix, qu'il parte retrouver les ténèbres d'où il venait. Puis il se tourna vers la jeune fille, lui demandant de répéter avec lui des injonctions et des prières. Après plusieurs minutes de ce traitement, il commença de la battre à grands coups de poing, de coups de pied, et finissant par lui cracher au visage, lui demanda de s'allonger sur le carrelage, en répétant des prières qu'il lui soufflait dans les oreilles, puis de murmurer combien elle sentait en elle les mouvements du malin, combien elle craignait Dieu, combien ces exorcismes agissaient contre Lui, le Prince des Ténèbres, le Malin. Après cela, Don Luigi Rovere cacha les deux cierges sous l'autel afin que les ténèbres se fassent et demanda à la jeune paysanne de se mettre entièrement nue. Elle obéit, mais instinctivement voulut cacher sa poitrine et son sexe. « Non ! » dit soudain Antonelli qui jaillit de sa prière comme un diable de sa boîte. C'est lui-même qui flagella jusqu'au sang les chairs pâles de la jeune femme glacée par la peur et le froid. Puis le prêtre s'avança vers l'autel, prit l'étui de verre contenant l'hostie de la main gauche, et de l'autre main, une bougie allumée la mèche renversée, de telle sorte qu'elle fonde et se consume. Pendant que la cire brûlante gouttait sur le corps de la jeune femme, il récita des oraisons et des paroles de menace contre le diable, d'une voix puissante et magistrale. Antonelli prit une seconde chandelle quand la première vint à défaillir puis une troisième, pendant que le prêtre remettait la custode où reposait le *Corpus Domini* à sa place. Après un court conciliabule, les deux ecclésiastiques se penchèrent sur la patiente, la bénirent et quittèrent l'église en la laissant nue sur les dalles glacées. Quand ils passèrent devant Aventino, sans le voir, ils avaient les yeux fermés et semblaient prier profondément. Tous deux avaient de légères traces de sang sur le visage. « Vous avez vu, monseigneur, confia Don Luigi Rovere au cardinal, le gros diable qui est sorti de son cul : des clous, des épingles et une touffe de poils... »

En se penchant sur Serena, Aventino constata qu'elle respirait à peine. Les traces de fouet faisaient sur son corps un horrible damier rouge et bleu. Il la rhabilla et voulut la prendre dans ses bras pour la sortir de l'église. Elle revint à elle et fit non de la tête. Ses yeux étaient très clairs, secs. Aventino y plongea les siens comme pour y trouver une réponse. Avait-elle vu des choses que personne avant elle n'avait vues ? Avait-elle eu réponse aux mystères ? Comment savoir ? Aventino ne voyait rien. Et ce vide était encore plus triste qu'on ne sait quelle ténèbre avec laquelle il aurait été soudain confronté. Il tenta une deuxième fois de la soulever. Elle réussit, cette fois, à articuler : « Je vous en supplie. Non. »

– Vous ne pouvez pas rester là, murmura Aventino.

– Si, il le faut, dit-elle dans un souffle.

– Tout ça ce sont des mascarades de curé. C'est affreux, ce qu'ils vous ont fait.

– Non. Laissez-moi. Laissez-moi.

Aventino se pencha pour caler la tête de Serena qui l'embrassa alors si violemment qu'il sentit comme une flamme puissante lui balayer tout le corps. Cette fois, il vit dans les yeux de la jeune fille son propre reflet et en quelques secondes tout le sang des guerres auxquelles il avait participé, tout ce sang très rouge, très épais. Aventino eut la tentation de quitter l'église en courant pour ne s'arrêter que devant les grilles du château. Ce qu'il venait d'entrevoir n'avait rien de commun avec tous les salamalecs d'Antonelli ou du curé exorciste, ni avec les processions de pénitents de la semaine sainte, qui vont pieds nus et couverts d'un sac, ni avec les pieuses flagellations prônées par les jésuites, ni avec l'étrange fustigation que certaines femmes pratiquent sur leurs fesses nues tandis que les hommes les exécutent sur leurs épaules. Dans les yeux de la jeune paysanne, une porte s'était ouverte. Et c'était comme si elle lui avait délivré un message sur lui-même, et sur ce qu'il cherchait à être. Puis tout s'était de nouveau refermé, dans le silence et les odeurs d'encens refroidi.

Aventino regarda Serena, retombée soudain dans une profonde faiblesse. Il ne pouvait pas la laisser là dans le froid de l'église. Il l'enveloppa comme il put dans son manteau et la porta jusqu'au château. Elle se laissa faire. Il n'avait que la place et la rue à traverser. On l'installa dans le salon rouge, au rez-de-chaussée. Elle ne s'était toujours pas réveillée et semblait comme apaisée.

Felicita fit part à Aventino de sa désapprobation :

– Tu n'aurais pas dû la ramener ici. On dit qu'elle est possédée, que le Diable...

– Écoute, Felicita, tu crois aux séances d'exorcisme de don Rovere ?

– Bien sûr, que j'y crois, dit Felicita en se signant. Quand ça réussit le Malin est craché par la bouche ou le cul : des clous, des épingles et une touffe de poils...

– Eh bien j'ai tout vu. Tout est sorti, dit-il, en prenant un air terrible. Alors maintenant, tu t'occupes d'elle. Tu panses ses blessures. Tu la nourris, et après tu vas te coucher. Ce que je vais faire de ce pas. Bonsoir, Felicita.

Toute cette scène avait fatigué Aventino, il se sentait usé et préférait se plonger dans la lecture d'un des livres que lui avait prêtés Percy : *Mémoire sur le thé*, d'un certain Fougeroux. Il en était au chapitre consacré à la composition chimique du thé et aux expériences du docteur Proust, lorsqu'un *biglietto da visita*, une carte de visite, finement ornée d'un tableautin présentant une scène licencieuse dans laquelle Mars et Vénus, surpris en adultère par Vulcain, mettaient leurs fesses à découvert pour recevoir la discipline, glissa du livre. Le premier étonnement passé, Aventino, après avoir tenté vainement de déchiffrer l'écriture, constata que le bristol n'était ni plus ni moins qu'une invitation à une représentation des *Cantatrices de village*, opéra *giocoso* en deux actes de Valentino Fioravanti, donné ce 22 mars 1797 au théâtre Carignan de Turin. Une place l'attendait dans une loge du troisième rang. L'idée lui semblait aussi saugrenue qu'attirante. Pourquoi ne se rendrait-il pas à Turin pour répondre à une invitation lancée par un fantôme qui semblait goûter les plaisirs de la chair ?

Alors qu'il ouvrait sa fenêtre pour observer le loup gris, il constata qu'il n'était pas venu à l'endroit habituel, et pourtant il était là, quelque part dans l'ombre. Aventino sentait sa présence, une présence amicale. Il s'habilla, descendit, une lanterne à la main, passa devant le salon où dormait la jeune exorcisée, et ouvrit la porte donnant sur la cour d'honneur. Soudain, il le vit, là, à quelques mètres de lui, couché comme un bon chien, juste sous les portes-fenêtres de la pièce où dormait Serena. Pour la première fois, le loup s'avança vers lui et vint lui lécher les mains. Aventino avait rarement vécu quelque chose d'aussi intense. L'animal était tout à la fois redoutable et soumis. Aventino aurait pu rester longtemps ainsi, dans cet étrange échange avec le loup. Mais l'animal parut soudain effrayé, recula de quelques mètres et disparut dans la nuit, non sans avoir montré ses crocs à la lune qui éclairait la cour comme en plein jour. À l'autre bout de la muraille, du côté de la forêt de cèdres qui couvrait la partie arrière du château, Aventino crut voir une silhouette qui courait au milieu des arbres. Alors que, remontant vers ses appartements, il repassait une nouvelle fois devant la pièce où reposait Serena, Aventino constata que la porte était ouverte. Le sofa était vide, et il s'en dégageait une forte odeur animale. Aventino avança sa lanterne. Des touffes de poils gris attestaient que le loup y avait sans doute séjourné. Le *lingam*, couvert de sang noir, reposait sur une commode voisine.

20

L A place Carignan retentissait du bruit des éclats de rire, des sabots des chevaux, des éperons des officiers piémontais et français, et du grincement des roues des carrosses. Il ne fallait manquer à aucun prix les « premières soirées » des théâtres, *prime sere*, certains allant même jusqu'à économiser toute l'année pour une loge en ce jour d'exception où la passion prenait le pas sur la vanité. Tout le Turin à la mode était là à battre le pavé. Les « Merveilleuses » foulaient de leurs cothurnes les dalles dessinées par le comte Alfieri, laissant aux traînes de leurs manteaux le soin insigne de les balayer. Quant aux messieurs, si les militaires arboraient avec superbe des uniformes croulant sous les médailles, la lutte entre « Inconcevables » et tenants de « l'habit dégagé » était à son acmé. En frac à revers, gilet court et droit, culotte de chamois et bottes hautes, témoignant d'une élégance toute anglaise, Aventino apparaissait comme un être hors de son temps, dont l'anglomanie involontaire pouvait être interprétée comme une véritable provocation.

Le théâtre Carignan, qui accueillait ballets et opéras, était assidûment fréquenté par des prêtres et des prélats auxquels des courtisanes célèbres prodiguaient force coups d'éventail. L'interdiction faite aux gens d'Église par Clément XIII d'entrer dans ces lieux ayant été levée faute d'avoir pu être appliquée, ceux-ci bénéficiaient désormais de billets spéciaux leur permettant d'accéder aux loges ou au parterre. Comme Aventino pouvait le constater, la salle était pleine de calottes rouges et de bas violets. Aussi ne fut-il qu'à peine surpris d'apercevoir les gesticulations amicales du cardinal Antonelli qui, accoudé à une loge du quatrième rang, lui faisait signe de le rejoindre. C'était donc lui l'auteur du *biglietto da visita* !

Aventino eut toutes les peines du monde pour arriver à destination. Pourquoi avoir choisi une loge si haute ? Il montait du parterre un bruit infernal, les gens se bousculaient, les couloirs étaient encombrés du va-et-vient des laquais approvisionnant les tables des maîtres disposées dans des loges qui, louées à l'année, étaient autant d'annexes des salons mondains. L'aménagement de la loge était aussi raffiné que le laissait supposer l'élégance du *biglietto*. Lustre étincelant, cloisons bleu foncé ornées de torches d'or groupées et entremêlées de larges feuilles d'acanthe, bas-reliefs d'argent, lourds rideaux de velours pourpre, enfin, qui, une fois fermés, soustrairaient les occupants aux regards de la salle. L'entrée d'Aventino fut salué par de vifs applaudissements :

– Enfin, dit Antonelli, nous vous attendions, cher ami.

Il y avait là six personnes, dont une femme, de dos, dans une robe de mousseline blanche transparente réchauffée par un châle de cachemire, et un homme, lui aussi de dos, qui regardaient la salle.

– J'ai reçu votre *biglietto*, cardinal, et...

– Mais cher ami, ce n'est pas moi qui vous ai invité.

– C'est moi, dit la femme en se retournant.

– Maria Galante !

– Et moi, Vincenzo, dit l'homme en serrant chaleureusement la main d'Aventino. Ajoutant : Et quelques amis venus occuper provisoirement la loge de Bernardina Allori, une proche du roi et des Français...

– Je ne comprends rien, dit Aventino.

– Nous voulions simplement te voir, c'est tout, dirent en chœur Vincenzo et Maria Galante.

– Aventino, ne cherchez pas à comprendre, approuva le cardinal. Nous sommes à l'opéra pour une *prima sera*. Qu'importe le reste. Vous croyez que je sais pourquoi je suis ici, moi ? Je ne connais même pas cette madame Bernardina Allori. Et pour tout vous dire, je m'en moque.

Il régnait dans la loge une atmosphère étrange. Aventino se sentait mal à l'aise. Le cardinal, Vincenzo et Maria Galante parlaient haut et fort, faisaient de grands gestes, et les deux autres invités, présentés comme deux amis gazetiers de Vincenzo, n'étaient pas non plus en reste. À observer les autres loges du théâtre, cette gaieté affichée n'avait rien d'exceptionnel. Chaque loge était une sorte de petit centre d'élégance, de frivolité et d'intrigues galantes. Les hommes courtisaient les dames, les dames faisaient admirer leurs toilettes et leurs bijoux, des soupers commençaient de circuler et des sorbets d'être servis. Au milieu des chandeliers, des girandoles, des miroirs, des parties de cartes et des rafraîchissements, c'était à qui se montrerait le plus. Au parterre, rempli de bancs comme une église, la populace tapait des pieds et mangeait du saucisson. Au poulailler, les roués, les dames de petite vertu et les adeptes des parties fines faisaient un chahut épouvantable. Aventino se demandait pourquoi il avait accepté cette invitation, d'autant plus que Maria Galante affectait à son égard une distance qu'il ne lui connaissait pas.

– Vous êtes bien sombre, marquis, claironna le cardinal. Remarquez, je vous comprends, voir la Faustina dans le rôle de Rosa ne présage rien de bon : elle chante à merveille, mais elle pue comme une truie !

– Ça n'empêche nullement ses admirateurs de la couvrir de tabatières et de médaillons ornés de pierres précieuses, rétorqua Maria Galante.

– Ces dames valent toujours mieux que ces chapons parfumés en culottes de velours noir, dit Vincenzo.

– Vous voulez parler des castrats ? demanda le cardinal.

– De qui d'autre ? ironisa Vincenzo. Il faut être Goethe et venir d'Allemagne pour trouver ces Zaïre barbus séduisants !

– Vous savez ce qu'a fait répondre le pape à un castrat qui le suppliait de l'autoriser à prendre femme ? *Che si castri meglio !*, dit le cardinal qui ne pouvait s'arrêter de rire. Qu'on le châtre mieux !

– Merci donc aux Français, dit Aventino, qui nous permettent enfin de voir des femmes sur une scène ; et même à Rome, à ce qu'il paraît...

– Laissez les Français où ils sont, Aventino, lança le cardinal vaguement agacé.

– En effet, cardinal, laissons-les franchir le Tagliamento, le col de Tarvis, et entrer dans Vienne.

– Mais cher ami, qu'ils y entrent. Ce sera leur mort. L'armée d'Italie est menaçante à cinquante lieues de Vienne. À Vienne même elle ne fera plus peur à personne. Elle ne sera plus qu'une bande de soudards égarés à cinq cents lieues de chez eux, avec dans le dos que des provinces en pleine insurrection !

Les deux autres invités, en redingote et pantalon, la raie au milieu de la tête, arborant un éternel sourire de coiffeur avec lequel ils devaient poursuivre les femmes, dirent, montrant le parterre :

– Quand on parle du loup...

Plusieurs officiers français, entourés d'une garde très conséquente, traversaient le théâtre pour se rendre dans les premiers rangs des loges tandis qu'une soldatesque bruyante prenait sur les bancs les places d'honnêtes gens qui avaient pourtant tous payé leurs billets. Aventino surprit, entre Maria Galante, Vincenzo et les deux autres, un air de connivence qu'il ne comprit pas, et dont il était, tout comme le cardinal, exclu. Le spectacle allait commencer.

Comme toujours, personne ne semblait prêter attention aux péripéties qui se déroulaient sur la scène, tout juste s'agissait-il d'affecter distraitement un semblant d'intérêt pour telle ou telle aria quand les conversations tombaient. Les malheurs de Rosa et de Giannetta, deux paysannes qui, ayant décidé de devenir chanteuses, se retrouvent en proie aux rivalités et à la jalousie, ne soulevaient guère d'enthousiasme. À peine le grand lustre central avait-il été remonté au plafond – plongeant la salle dans une obscurité totale, et obligeant les mélomanes désireux de suivre l'opéra livret en main à s'éclairer de chandelles individuelles soufflées par leurs voisins –, qu'un brouhaha épouvantable transforma le théâtre en salle de réunion. Au théâtre, on ne semblait écouter que les airs et le ballet. À l'opéra, c'est comme si l'on n'avait rien écouté du tout. C'était à qui s'invectiverait et échangerait des saluts avec le plus d'ostentation possible. On agitait des mouchoirs, des chapeaux, voire même des manteaux au bout d'une canne. Alors que sur scène Don Bucefalo demandait à son voisin de lui prêter un clavecin pour la maison de Rosa, Aventino observait avec sa lorgnette que le spectacle se jouait du poulailler au parterre. De toute cette foule qui mangeait, buvait et ne dédaignait pas d'effectuer sur place les opérations naturelles qui s'ensuivaient, montaient des éclats de voix, des rires stridents, des exclamations de toutes sortes, des éternuements, des toux forcées. Il y avait visiblement deux factions qui se battaient à coups de carillon, d'applaudissements et de vers jetés ou hurlés à la louange des chanteuses. Ceux qui aimaient Rosa détestaient Giannetta, et vice versa. Bravos et huées se mêlaient dans un tintamarre assourdissant. Les admirateurs de Rosa, pour prévenir les manifestations contraires, l'applaudissaient pendant qu'elle chantait, de telle manière que plus personne n'entendait un mot de son aria. Ceux qui étaient plus sensibles aux charmes de Giannetta tapaient des pieds frénétiquement à chacune de ses apparitions, lançaient de sonores vivats qui se poursuivaient bien après qu'elle fut sortie de scène, tant et si bien qu'ils empiétaient largement sur le récitatif qui suivait !

La fin du premier acte fut marqué par un curieux incident. Alors que Rosa accepte de loger chez elle Don Bucefalo et qu'elle doit entamer le plus bel air de la partition, la Faustina se mit à le chanter faux. Valentino Fioravanti, fou de rage, jaillit de son pupitre d'orchestre et harangua le public :

– Cette aria n'est pas la mienne. Cette truie ne sait pas la chanter. Chante-la, toi la Gabrielli !

La Gabrielli s'exécuta sous les applaudissements nourris de ses partisans et les ululements de ses adversaires.

– Mesdames et messieurs, répliqua la Faustina, en regardant la Gabrielli avec mépris, je n'ai pas voulu chanter cet air comme il aurait dû l'être pour vous montrer comment je peux, maintenant, le chanter mieux qu'elle !

Son chant, très pur, s'éleva dans un silence d'autant plus extraordinaire qu'il venait après le tumulte. Il fit crouler la salle sous les applaudissements, comme si les deux camps s'étaient soudain réconciliés, préparant déjà la fin du spectacle où ils attendraient la Faustina à la sortie du théâtre pour la porter en triomphe dans les rues de la ville et jouer une sérénade sous ses fenêtres. Tandis que la bacchanale reprenait, Aventino surprit Maria Galante et ses compères en train de parler à voix basse. Le cardinal, bien en vue sur le devant de la loge, et accoudé au parapet, ne s'apercevait de rien, trop content de plastronner. Le faux incident entre les deux cantatrices avait été comme un premier signal. Un second sema un désordre indescriptible dans le théâtre. Soi-disant fous de rage du succès obtenu par une Faustina qu'ils avaient eux-mêmes applaudie, les admirateurs de la Gabrielli lâchèrent deux chiens dans les travées alors que la Faustina entamait une aria dans laquelle elle révélait à son cher Carlino que seul comptait l'amour. Le temps qu'on rattrape les deux chiens furieux qui emplissaient le théâtre de leurs aboiements, la Faustina, prétextant que cette poursuite l'avait totalement déconcentrée, refusa de chanter la scène finale qui s'acheva cependant dans l'allégresse générale, tandis que Don Marco, en voyant les policiers, chante : « Retournez chez vous, messieurs de la police, retournez chez vous, messieurs les étrangers. »

L'allusion était on ne peut plus évidente. Certains messieurs du parterre se mirent alors à frapper tant qu'ils purent sur les bancs avec leurs bâtons. C'était un signal convenu avec leurs correspondants de la cinquième loge. Vincenzo, les deux hommes et Maria Galante jetèrent alors sur le parterre des centaines de petits papiers blancs qui n'étaient pas destinés aux interprètes des *Cantatrices de village* mais qui fustigeaient la présence française en Italie. Chacun s'élançait à mi-corps des loges pour attraper les billets, les gens du parterre se baissaient puis tout le monde eut le nez en l'air. Quelle ivresse ! Quelle folie ! On ralluma les candélabres et les bougeoirs. L'énorme lustre ressortit du plafond. Il régnait dans le théâtre une atmosphère de panique. Les malheureux qui avaient continué de jouer aux échecs dans leurs loges virent leurs échiquiers voler en éclats, les cartes allèrent rejoindre les libelles qui descendaient des cintres, du poulailler, des loges et recouvraient progressivement le théâtre et les spectateurs d'une nuée de papillons blancs.

L'incident, hélas, ne se termina pas d'aimable manière. S'il arrivait parfois que certains acteurs et chanteurs dussent quitter la scène sous une avalanche de projectiles divers, la mêlée, cette fois, fut générale. Très vite la troupe envahit le théâtre, et un cordon de sécurité dans lequel figuraient des soldats français et piémontais fut mis en place autour du bâtiment qui se transforma vite en souricière. Il y eut des blessés, des morts, même. Certains réussirent à s'enfuir, d'autres furent repris dans les rues aux alentours du théâtre, et un grand nombre jetés en prison – ce fut le cas d'Aventino.

Cela faisait trois jours maintenant, depuis qu'il avait perdu Maria Galante et Vincenzo entre les colonnes de l'avant-scène, qu'Aventino attendait là, seul dans sa cellule, arrêté, certes, mais plutôt bien traité. Il pensait à Serena l'exorcisée, au loup gris, à cette curieuse invitation à l'opéra dont il ne comprenait toujours pas le sens. Pourquoi Maria Galante avait-elle tenu à l'inviter à cette première représentation, qui risquait d'être la seule et unique, de *Cantatrice villane* ? Une seule explication lui vint à l'esprit : pour le rendre témoin de son engagement politique, de son acte de résistance. Maria Galante agissait, là où lui ne faisait que se plaindre ; et il éprouva pour elle une vive admiration. Il se sentait fatigué, inutile. Que faisait-il dans ce cachot, lui le héros des hauteurs d'Aviglio, le combattant héroïque de Mantoue, le descendant d'une si illustre famille qui aurait pu, comme son arrière-grand-père, être nommé vice-roi de Sardaigne ? Un bruit de pas dans le couloir, suivi du grincement de la clef dans la serrure, le sortit de sa torpeur.

– Roberto Ercole Roero Di Cortanze, lança le garde d'une voix inutilement solennelle.

Le vieux marquis pénétra dans la cellule, refusa de s'asseoir sur le siège que lui tendait le gardien et lui demanda de se retirer. Il n'embrassa pas son fils. Roberto Ercole n'avait jamais touché son fils de sa vie, ce n'était pas aujourd'hui qu'il allait commencer. « Geste inutile, indécent, réservé aux femmes et aux invertis. » Il prononça des paroles cassantes et définitives :

– Monsieur, je ne sais pas ce qui vous conduit à agir de la sorte, mais c'est infantile et déshonorant. Heureusement que votre mère n'est plus de ce monde. Elle n'aura pas eu, au moins, à supporter un tel affront.

– Père, vous devriez comprendre que...

– Rien, monsieur. Rien. On vous a utilisé, comme un enfant, vous et ce pauvre cardinal Antonelli dont les mœurs dépravées le perdront.

– Utilisé ?

– Comment, vous ne savez pas que la courtisane et sa clique sont aussi redoutables que les Barbets ou les Vaudois ? Des brigands, voilà ce qu'ils sont, qui attaquent les convois de soldats français, qui posent des engins explosifs, égorgent des policiers, volent les caravanes d'objets d'art destinées aux musées français, et rendent encore plus compliqués les accords fragiles passés avec Buonaparte. Le cardinal et vous dans la loge, ils pouvaient accomplir tranquillement leur forfait !

– C'est ridicule !

– Et de plus, ils ont réussi à s'enfuir. Monsieur mon fils est en prison et ces scélérats sont en liberté. Écoutez, une alliance est en train de se signer entre la France et le Piémont. dix mille Piémontais, parmi les meilleurs de l'infanterie de montagne, vont rejoindre Buonaparte. Vous pourriez vous racheter en faisant partie de cette glorieuse phalange. Votre ami Ippolito sera un de leurs chefs.

– Vous plaisantez, père ! Non merci !

– « Non merci ! non merci ! », mais enfin qu'avez-vous fait de votre vie ? Vous avez vingt-neuf ans, l'âge de Buonaparte.

– Quel exemple ! Il est en train de mettre l'Italie à feu et à sang ! Si la France n'avait pas fait main basse sur la Corse, il serait anglais votre Buonaparte !

– L'heure n'est plus ni à la rébellion ni aux sarcasmes. Une grande République amie de la France est en train d'être créée en Italie du Nord.

– La Cispadane n'est là que pour prendre le Piémont à revers et surveiller la Basse-Autriche, vous le savez aussi bien que moi. Je ne collaborerai jamais avec l'ennemi !

Roberto Ercole perdit soudain patience. Il en avait assez de ce fils réfractaire, si éloigné de celui qu'il aurait aimé avoir. Ses derniers mots, il les lui adressa, comme malgré lui, en le tutoyant, avec une certaine émotion mêlée de mépris :

– Aventino, je vais te faire sortir de prison. Mais ne me couvre pas davantage de honte : rentre à Cortanze, fais-toi oublier du roi, des Français et de moi.

– Vous oubliez les Autrichiens...

– C'est ça, fais-toi oublier aussi des Autrichiens.

« Et de moi-même, pensa Aventino, que je me fasse oublier de moi-même. »

21

L'AGITATION inhabituelle qui régnait dans le village de Cortanze, plusieurs fermes désertées, la colonne de fumée qui montait dans le ciel derrière le bois de cèdres, les grilles grandes ouvertes, tout concourait à créer un climat inquiétant que ne vint pas apaiser la présence de plusieurs métayers rassemblés en colloque au pied de l'escalier d'honneur du château. Aventino, qui avait involontairement accéléré l'allure de son cheval, s'arrêta dans un nuage de poussière. Le jardinier, qui faisait parfois office de valet, attendait sous la véranda de l'entrée. C'est lui qui conduisit Aventino au chevet de Felicita. Il la trouva dans son appartement, à l'écart des communs et des logements destinés aux serviteurs. Percée de larges fenêtres, cette pièce haute et vaste, avait vue sur le potager. Felicita était assise dans un fauteuil, les épaules recouvertes d'un châle, une couverture sur les jambes. Elle buvait une mixture recommandée par le médecin qui se tenait à ses côtés. Partisan de Rasori, ce dernier lui avait prescrit à la fois des stimulants et des sédatifs afin de rétablir une physiologie dérangée par l'épreuve qu'elle venait de subir, ainsi qu'une drogue pour suer parce qu'elle s'était refroidie.

Aventino s'accroupit et mit tendrement ses mains dans les siennes. Ses craintes, tout au long de son retour, n'avaient donc été que trop fondées.

– Les Français, murmura Felicita, les Français ont tout cassé.

– Mais aucun Piémontais, monsieur le Marquis, aucun, fit remarquer le jardinier. Rien que des soldats français.

– Et Charles-Emmanuel qui est encore aller signer un traité avec eux à Bologne. Comment peut-on être aussi veule, dit le médecin.

– Je n'ai rien pu faire, dit Felicita. J'ai couru de droite et de gauche, mais ça n'a servi à rien. Que pouvait une vieille femme contre des brutes armées ?

– C'est terminé, le mal est derrière nous, maintenant, dit le médecin. Ne vous en faites pas, ajouta-t-il à l'adresse d'Aventino. Elle s'en remettra. Ses jours ne sont pas en danger. Elle est solide. Qu'elle se repose, surtout.

Mais Felicita ne voulut rien entendre. Elle parla des rideaux de damas et de mousseline changés en ceintures et en cravates, des tapisseries taillées pour faire des vêtements, du feu allumé avec les livres de la bibliothèque qui avaient servi à faire cuire la soupe des soldats – scènes terribles qui jamais ne sortiraient de sa mémoire. Puis, elle évoqua enfin le vol des tableaux de la galerie de portraits qu'elle avait pourtant cachés dans un des lieux les plus secrets du château, à tel point qu'elle se demandait si Aventino n'avait pas parlé de cette ruse à quelqu'une de ses connaissances...

Aventino ne répondit pas. Il fallait que Felicita s'apaise. Ils reparleraient de tous ces événements plus tard.

– Mais non, Aventino, pas plus tard, maintenant ! Je dois tout raconter ! Ils ont même poursuivi un pauvre chien à coups de pierres jusque dans tes appartements...

– Tout cela est fini, Felicita. Il faut oublier, dit Aventino.

– Et la mort du curé, la mort du curé ! Il faut l'oublier, geignit Felicita, à bout de voix.

Aventino se tourna vers le médecin et le jardinier.

– C'est horrible ! dit le jardinier.

Felicita reprit la parole :

– Don Luigi était sorti de la chapelle avec l'hostie pour un mourant. C'est là qu'ils l'ont arrêté. « Les prêtres sont les auteurs de tout le mal, ce sont des voleurs, des assassins ! », qu'ils criaient tous. « Le foyer de la conspiration est à Rome. Il faut tuer le serpent dans l'œuf ! » C'est ce qu'ils ont fait, sur place, contre le mur du château, celui qui l'été est couvert de roses. Fusillé, Don Luigi, assassiné, *col santissimo nella mano* ! Avec l'hostie dans la main !

Felicita était à bout. Aventino lui caressa le visage et demanda qu'une des bonnes vienne la veiller.

– Felicita, nous allons te laisser, à présent. Mais je suis là, tout ira bien, dit Aventino en invitant le jardinier et le médecin à quitter la pièce avec lui et à le suivre dans la salle d'armes.

Tous les témoins du drame étaient réunis dans la grande salle voûtée du rez-de-chaussée, là où Aventino, enfant, avait reçu, en compagnie d'Ippolito, ses premières leçons d'escrime d'un maître bordelais, Louis Molinié, qui les gratifiait de rares louanges lorsqu'ils réussissaient leur contre-appel et leur écharpe, et n'hésitait pas à les frapper sur les doigts avec le plat de l'épée quand il les trouvait trop *dilettanti*. Tout le monde parlait en même temps. Celui-là évoquait sa ferme mise à sac. De retour des champs il avait retrouvé ses tonneaux percés, ses charrettes brisées, sa pauvre vaisselle en morceaux, ses sacs de farine éventrés : « Ces salauds avaient fait ripaille chez moi. Il y avait du vin partout, des quartiers de viande saignants qu'ils n'ont même pas eu le temps de faire cuire ! » Cet autre disait comment il avait vu, dans le clair-obscur de la nuit qui tombait, son bétail égorgé, laissé sur place, dépecé par des chiens errants et des rats. Mais ce n'était pas tout, les soldats s'en étaient pris aux femmes et aux fillettes, les violant sur place quand ils ne les emportaient pas avec eux. « Serena Fraschini en a tué deux avant de mourir, dit un métayer. On raconte qu'elle leur a arraché les yeux avec ses dents. » L'église de la *Santissima Annunziata* avait été évidemment entièrement dévastée. Les Français, prenant la modeste chapelle pour le Vatican, avaient emporté les meubles, l'argenterie, les ornements sacrés, les crucifix, les chasubles, les fauteuils, les ciboires, et, déçus de ne pas trouver dans la petite cassette reposant à la droite du lit, dans la chambre du curé, les diamants qu'ils y voyaient déjà, s'étaient consolés en mangeant les biscuits que lui avaient offerts ses ouailles.

Aventino passa toute la matinée à écouter les récits des uns et des autres, puis fit une visite complète du château qui avait subi de nombreux outrages. Les difficultés éprouvées par la jeune et furieuse République française pouvant se résumer en un mot : l'argent, la grande aristocratie se vit donc petit à petit délestée de sommes considérables, ses terres furent confisquées, ses biens dispersés. Fallait-il voir là une relation directe avec les événements du théâtre Carignan et sa propre arrestation ? Toujours est-il que la vieille demeure familiale avait été en son absence entièrement pillée. Des cuisines à l'office en passant par les chambres, les salons, les bureaux, les cabinets et autres pièces secrètes, on eût dit qu'un bataillon de furies y avait bivouaqué. À mesure qu'avançait l'inventaire, Aventino était partagé entre la colère, un sentiment d'anéantissement et le rire. Qu'allaient donc faire les fiers généraux français, dont on chantait les louanges sur tous les champs de bataille, à longueur d'affiches, de discours et de proclamations, d'un ensemble de petits chenêts, poêle et pincettes garnies en laiton, d'un porte-pot de chambre en noyer fait à pied de chèvre, de baquets avec deux cercles de fer, d'un mortier de marbre pour la pâtisserie, d'une tapisserie en lampas, d'une étuve de terre cuite ronde garnie de pieds en laiton, de glands en soie pour les rideaux ? Un des cabinets du rez-de-chaussée possédait une sonnette à ressort : elle aussi manquait !

À côté de cette liste hétéroclite, d'autres objets plus intimes, d'autres meubles précieux ou auxquels Aventino était sentimentalement attachés, avaient disparu. Il se refusa d'en dresser la liste. Il n'osait entrer dans la bibliothèque, qui, loin de contenir les quarante mille volumes de la bibliothèque du pape, ou les trente-cinq mille splendeurs de la bibliothèque Ambrosienne, se voulait la gardienne de la mémoire familiale, des livres qu'on se passait de père en fils, comme ces chartes rassemblées avec soin et dont certaines, remontant jusqu'au VIIe siècle, étaient conservées étendues de leur long dans des layettes pour qu'elles ne se déchirent pas. Les Français, qui avaient vendu un quart de la bibliothèque vaticane à des commerçants napolitains, dépouillé de tous leurs ornements et objets de valeur les églises italiennes ou appartenant à des nations alliées, comme l'Espagne, n'allaient certes pas respecter un austère château de briques rouges du Montferrat !

Mais une question insistante taraudait Aventino : à qui avait-il bien pu raconter que sa chère Felicita avait cru bon de cacher les tableaux de la galerie de portraits, non point dans les caves du château mais dans une petite pièce secrète perdue sous les combles ? La nuit, il fit un horrible cauchemar. Il se trouvait au centre d'une masse confuse d'hommes de toutes nations et de toutes langues qui affluait vers des ponts si étroits que la course vers eux se terminait par un horrible pêle-mêle. Il y avait là beaucoup de blessés et de malades que les plus valides précipitaient dans la rivière qui charriait d'énormes glaçons. Une neige épaisse tombait en rafales. À plusieurs reprises les ponts se rompirent sous leur fardeau, et il s'écoula beaucoup de temps avant que les pontonniers, fatigués et affamés, ne réussissent à les rétablir. Aventino s'enfonçait lentement dans l'eau glacée lorsqu'un loup, venu d'on ne sait où, plongea au milieu des cavaliers qui tentaient vainement de traverser le fleuve à la nage avec leurs chevaux. La terrible sensation de l'eau glacée enserrant sa poitrine réveilla Aventino. Comment avait-il pu oublier son ami ! Le loup gris ! Le loup de Mantoue ! Un doute affreux s'empara de lui. Il dévala les escaliers et les corridors, au risque de se casser le cou. Bien qu'il fît très noir dans les pièces qu'il traversait, il gagna sans peine la galerie de portraits qu'il avait volontairement omis de visiter. À quoi bon puisque tout avait été volé ! Lorsqu'il ouvrit la porte, une telle puanteur s'exhala de la pièce qu'il en eut le cœur soulevé. Trébuchant sur les volets arrachés, les meubles brisés, il avança à tâtons jusqu'à un chandelier. Il devait l'allumer absolument parce que l'obscurité dans laquelle était plongée cette partie de la galerie contenait maintenant quelque chose de terrible. Il crut entendre un son épouvantable, mais il comprit que ce feulement étrange qui tenait à la fois du hurlement de bête fauve, de la plainte d'un enfant, et des râles poussés par Maria Fraschini, n'était que le son de sa propre peur. La lumière de la bougie vacilla. Le loup gris gisait éventré sur le sol, tenant entre ses pattes le petit tableau, *A.R. versant du thé à deux dames amies.*

Les jours qui suivirent le drame, la petite communauté de Cortanze, regroupée autour d'Aventino, tenta de relever la tête. On redistribua des bêtes à ceux qui n'en avaient plus, on répartit les sacs de farine qui avaient échappé au massacre. Intendants, métayers, vignerons, cultivateurs, personnel du château, notaire, chacun donna de soi, sans compter, souvent jusqu'à l'épuisement. Felicita se remettait lentement de ces affreuses journées, un nouveau curé vint remplacer Don Luigi qui aurait désormais sa plaque commémorative puisqu'il était mort en martyr. Le printemps renaissait et avec lui le gage d'une vie nouvelle. Aventino était partout à la fois, dans les vignes et les champs de maïs, avec les paysans et dans l'étude du notaire, les bureaux du représentant du roi et les locaux de la police régionale. Déblayées, nettoyées, remises en état, les pièces de la vieille bâtisse renouaient avec la vie et la campagne environnante qui pénétrait par les fenêtres ouvertes : parfums de terres humides et d'humus forestier les jours de pluie, chants d'oiseaux, odeurs des feuilles, fragrances des fleurs et du bois qu'on brûle, brises nocturnes et fraîches. Coupé du monde et recroquevillé sur le château et ses terres, Aventino mûrissait. Ces épreuves lui donnaient la force qui lui avait parfois manqué. Le soir, harassé, il retrouvait les livres de Percy qui avaient miraculeusement échappé à l'autodafé et avec eux un désir étrange qu'il n'avait jamais éprouvé jusqu'alors : celui des voyages. Ile de Java, Ile de Tanegashima, Chine, Russie : tous ces noms étaient liés à l'histoire du thé qui pénétrait en lui comme un opium. Un livre, tout particulièrement, lui donnait du monde une autre vision, celui du Vénitien Giambattista Ramusio. Secrétaire du Conseil des Dix, celui-ci racontait dans *Navigatione e Viaggi* sa rencontre avec le Persan Hadji Mohammed, qui lui avait vanté les qualités du thé, mais surtout lui avait fait comprendre que la terre est un univers infini que l'homme doit parcourir pour exister et grandir. Le Piémont, soudain, ne lui suffisait plus, le poids de son antique et exigeante famille devenait trop lourd, et la présence française était étouffante.

Barnaba, qui avait avec quelques autres savants refusé de prêter serment à la République cisalpine, avait perdu sa place de directeur de l'observatoire de Brera, et s'était retiré dans le campanile du village de Cortanze où il avait repris ses expériences. Les dernières avaient une odeur de soufre. Galvaniser un poisson dont la tête a été coupée, et le voir sauter à une certaine hauteur, en frétillant et en frappant de sa queue la table sur laquelle il a été placé, passe encore. Rendre la vie, pour quelques minutes seulement, à une linotte qui avait déjà toutes les apparences de la mort, ou restituer le mouvement et son chant monotone à une cigale qu'on vient de tuer, peut encore ne pas trop éveiller de soupçons. Mais expérimenter le galvanisme sur le corps d'un pendu, voilà de quoi alerter les plus hautes instances ecclésiastiques. Barnaba, pourtant, était enthousiaste. Il l'avait vu s'agiter convulsivement, ce pendu, de telle sorte qu'il demeurait persuadé qu'on eût pu, avec des précautions accrues, rappeler ce supplicié à la vie, quoique son corps fût resté pendant une heure à la potence ! « C'est certain, le galvanisme peut être employé avec succès contre l'asphyxie ! » Lorsque Barnaba pénétra dans le bureau d'Aventino, celui-ci était plongé avec délices dans le *Traité de l'abus du Tabac et du Thé*, de Simon Paulli.

– Écoute ça, Barnaba : « *On dit que les Hollandais mettent du thé dans leur bière pour la rendre plus propre à enivrer, à moins que ce ne soit du piment royal ou du fenouil !* »

Barnaba, d'ordinaire plutôt gai, affichait une mine rogue et austère.

– Que se passe-t-il ?

Barnaba s'assit. On aurait dit qu'il venait de recevoir une poutre sur le crâne ou qu'un de ses engins lui avait explosé au visage :

– Tu sais que sous prétexte de liberté, Buonaparte avait envoyé des émissaires prêcher l'insurrection dans la terre ferme vénitienne... Bergame, Bresce, Crème s'étaient mis en état de rébellion.

– Ç'a été un échec, répondit Aventino, l'air absent.

– Oui, ç'a été un échec. Les gens en avaient assez des manœuvres des révolutionnaires, des vexations, des campagnes dévastées, du pape et des cardinaux tournés en ridicule, de l'église Notre-Dame-de-Lorette pillée. Signori, le directeur du musée lapidaire qui est passé m'apporter les documents que je lui avais demandés vient de m'apprendre une nouvelle épouvantable...

Aventino reposa son livre, et écouta son ami avec beaucoup d'attention.

– Quoi ? Que se passe-t-il de si grave ?

– Buonaparte vient d'entrer dans Venise !

– Quoi ?

– L'armée française est entrée sans combat dans Venise ! Elle y bivouaque ! Tu sais ce que ça veut dire ? Retiens bien cette date : 16 mai 1797. De mémoire d'homme, jamais aucun soldat conquérant n'avait posé le pied sur la place Saint-Marc. Tu verras, la prochaine ville à tomber ce sera Gênes...

– Un Vénitien qui se soucie du sort de Gênes !

– Un Vénitien qui a cherché refuge chez un Piémontais... La future Italie, en somme.

– « Future Italie ! Future Italie ! » Pour l'instant, c'est Buonaparte qui a les mains libres pour la remodeler à son idée, la future Italie...

– « J'ai 80 000 hommes, j'irai briser vos plombs, je serai un second Attila pour Venise ! », ça promet !

Aventino était songeur.

– La fin de Venise va provoquer une guerre terrible entre la France et l'Autriche.

– Si la France la gagne, elle s'installe en Italie. Si elle la perd, c'est l'Autriche qui gagnera l'hégémonie sur l'Italie.

– Nous ne sommes plus rien, dans ce pays. Et il faudrait pouvoir lutter contre deux occupants à la fois ! L'Autriche d'un côté, la France de l'autre.

– Quel malheur ! Quelle tristesse ! répéta plusieurs fois Barnaba.

– Tu sais, plus rien dans ce pays ne me passionne. Plus rien de ce qui concerne l'Italie ne m'intéresse, dit Aventino en haussant les épaules et en se replongeant dans sa lecture : « *En cette année 1633, le voyageur hollandais Oléarius avait vu cette habitude chez des Persans qui se procuraient cette denrée rare, appelée* Chaa, *par l'intermédiaire des Tartares d'Usbeck...* »

22

Mai était traditionnellement pour Percy un mois consacré à la préparation d'expéditions nouvelles, aux projets, aux tractations, à la recherche de nouveaux débouchés commerciaux. Aussi passait-il toujours ce mois de la Vierge dans son hôtel particulier antiquisant, dont la moindre des exubérances était ses quatre terrasses suspendues, couvertes d'arbustes et d'orangers descendant jusqu'à une corniche de rochers géants. Aventino décida brusquement de lui rendre visite. L'homme qui lui ouvrit la porte était vêtu d'une robe de velours crème, et d'un turban de soie blanche qui lui donnait un air de maharajah.

– J'adore me déguiser, lança-t-il joyeusement. Dans l'intimité, j'entends... La route de Cortanze à Gênes n'a pas été trop dangereuse ? Avec tous ces bandits, ces Français, ces tracasseries administratives...

– Non, pas trop, mais je suis très heureux d'être enfin ici.

– Et moi, donc. Vous n'étiez jamais venu dans mon antre. Comment est-ce possible, dit Percy Gentile, visiblement dans son élément. Je vous fais visiter ?

À mesure qu'il découvrait l'univers de Percy Gentile, Aventino allait de surprise en surprise. Au fond, on ne connaît jamais véritablement ses amis, pensa-t-il ; ce qui se cachait derrière son accoutrement de maharajah, le trafic d'opium, les bons mots lancés au *casino* Santa Margherita. Percy lui parut moins laid que les fois précédentes, moins repoussant, dégageant même un certain charme noir. Aventino découvrait dans l'agencement des pièces et leur décoration, certes une profusion étouffante mais aussi une grande subtilité. Il y avait là une série de dessins et de gravures qui ornaient les murs, tous liés de près ou de loin aux salons et aux jardins de thé. Percy Gentile possédait une collection impression-

nante de boîtes à thé en argent, de tasses, de pots, de jattes, ainsi
que des théières, en porcelaine, en cuivre rouge, et en terre blanche, dont une qu'il considérait comme sa pièce maîtresse :
– Non, pas ce grès salé en forme de chou entouré d'un serpent,
une Staffordshire. Non, non, celle-ci, plus à gauche.

Percy avait pris dans ses mains avec une infinie délicatesse, lui le
flibustier qui n'hésitait pas à manier le poignard et le pistolet, une
théière jaune de forme quadrangulaire évasée, et semblait comme
transporté dans un autre monde.
– Regardez cette décoration à l'engobe. « Les trois amis de
l'hiver » : le pin, le bambou et le prunus en fleur, évidemment. Et
la prise du couvercle, magnifique, non ? Un citron digité. Devinez
son nom ?

Aventino ne sut que dire.
– « La main de Bouddha »... Un grès de Yixing d'exportation
pour le marché européen... 1700-1725. Quelle merveille. Quelle
paix !

Et cette poterie Wedgwood ! Et ce bol à thé de l'époque T'ang !
Et cette aigue-marine façonnée en rosette ! Et cette *Roupie* d'or et
d'argent, cette *Pagode*, ce *Fanon*, ce *Doudou* ! Percy ne s'arrêtait plus :
– Le *Doudou* est une monnaie en cuivre. Il en faux vingt de ceux
de Pondichéry pour faire un fanon ou six sols. D'un côté il porte
une fleur de lis, et de l'autre on lit *Poudoutchéry* en caractères
tamouls, regardez...

À la fin de cette singulière « visite guidée », Percy ne put s'empêcher de susurrer, ravi, à l'oreille d'Aventino :
– Cette théière « pourpre de cassius » a appartenu au marquis de
Savine... Dire que nous sommes là à tripoter des théières, et
qu'autour de nous, le monde s'écroule...

Revenu à son point de départ, Percy se tut quelques instants puis,
après avoir demandé à Aventino si ses propos ne le « rasaient » pas,
l'invita à prendre le thé dans le salon.
– Je vais le préparer moi-même, bien sûr. Ma cuisinière serait
capable de le mélanger à du lin pour en faire un cataplasme !

Percy Gentile redevint sérieux :
– Voici les trois choses les plus déplorables au monde, cher ami...
D'après Li Zhilai, mais j'y souscris entièrement : « Une belle jeunesse gâtée par une fausse éducation, de beaux tableaux dégradés
par l'admiration du vulgaire, de l'excellent thé gaspillé par une
manipulation imparfaite. » Voilà donc du *Hyson Skin*, du thé vert
de Chine.

Installé dans son fauteuil, Aventino observait les gestes précis,
presque cérémonieux, de l'étrange maharajah, qui ponctuait ses

mouvements d'un répétitif « jadis, le monde avait de tout autres façons ». Il expliquait pourquoi l'eau devait « sourire », c'est-à-dire être frémissante. Ses bulles alors ressemblaient à des yeux de poisson, ou à des perles de cristal qui glissent dans une fontaine, ou à des vagues jaillissantes. Il parla du choix de la théière, en terre cuite, de préférence, afin que le dépôt tannique formé au cours des années exalte les saveurs des infusions. Il dit que la théière avait une mémoire et un être harmonique. Il dit aussi que le choix d'une bonne eau était primordiale, que celle-ci devait jaillir de la montagne sur des rochers sans mousse ni végétation, qu'il était inutile de remuer le thé, et que les gouttes versées par inadvertance sur la nappe ne signifiaient nullement que le geste était malheureux, bien au contraire : « Ces gouttes sont la part de la terre, la part qui lui revient. »

Il régnait dans la maison un silence presque total, à peine troublé par le bruit des tasses frôlant les soucoupes, ou celui des gorgées de thé aspirées doucement, presque religieusement. Aventino était comme envoûté :

– Le thé est un monde à lui seul, n'est-ce pas ?

– Oui, et la qualité de ce monde dépend de tant de choses : de son arôme, de sa couleur, de sa consistance, de ses parfums, de sa tenue, de sa vitalité. Il est composé de notes et de saveurs.

– Le thé est donc une philosophie ?

– On peut dire cela, oui. Il faut être capable de rester dans sa tasse, à sentir le monde et à se sentir soi-même aller à sa rencontre, de longues minutes ; il faut être particulièrement attentif à la sensation de l'infusion dans la bouche, à sa circulation dans le corps.

– La philosophie du thé, si elle existe...

– Elle existe, mon cher, elle existe...

– Peut nous aider à exprimer l'homme, comme l'éthique ou la religion ?

– C'est une hygiène. Et puisque la question est à l'ordre du jour en ce mois de « floréal », on peut dire que la philosophie du thé fait de tous ses adeptes des aristocrates du goût. Ne sommes-nous pas en pleine démocratie ?

– Laissons l'aristocratie de côté, voulez-vous, elle est aujourd'hui bien mal en point.

Percy sourit, et invita Aventino à se lever. Tous deux se dirigèrent vers la bibliothèque. Une mappemonde y trônait, au centre d'une véritable maison de livres. Il la fit tourner lentement.

– Le thé est un voyage en lui-même, et pour accomplir ce voyage il faut commencer par aller ici, dit-il en montrant les Indes.

Aventino tourna autour de la mappemonde.

– Touchez, touchez. Là réside déjà une partie du voyage. En posant vos mains sur le cuir de la mappemonde, vous entamez votre périple... votre quête.

– Qui vous dit que je veux aller aux Indes orientales ? Vous voulez déjà me vendre une cabine sur un bateau !

– Vous êtes venu ici dans le seul but de boire du thé avec moi ?

– Je ne sais pas très bien pourquoi je suis venu, en vérité.

– Venez voir ceci, insista Percy, en déployant une gravure représentant le monde parcouru par des hommes à pied, à cheval, et des bateaux toutes voiles dehors. Lisez...

– « *Carte des Indes orientales*, par Johannes van Keulen et Pieter Goos. 1686 », lut Aventino, obéissant.

– Ne me dites pas qu'elle n'est plus à jour. Je le sais bien. Mais quelle importance ? Que sont un peu plus de cent ans dans l'histoire de l'humanité ? Voilà, il faut aller ici. En Assam.

C'était la première fois qu'Aventino entendait ce nom : « Assam ». Il le retourna plusieurs fois dans sa bouche, comme il aurait pu le faire d'un mets inconnu, d'un vin rare : « Assam ».

– Chez nous, un jour et une nuit donnent vingt-quatre heures. Là-bas, ce qu'on nomme *gary* vaut vingt-quatre minutes. Il faut donc deux *gary* et demi pour faire une heure. Cette portion de temps se mesure avec un sablier ou un petit vase de cuivre très mince, percé au fond, et mis dans un autre vase plein d'eau... Le temps là-bas n'est pas le même qu'ici... Nos jacobins devraient s'y rendre en phalange pour y apprendre la tolérance et tenir ainsi toute connaissance pour relative.

Aventino ne pouvait quitter des yeux la carte des Indes, dont il ne savait si elle rendait compte d'une réalité ou si elle n'était que l'œuvre de l'imagination.

– J'ai croisé, il y a quelques années, un botaniste anglais, Joseph Banks. Il a établi auprès de la direction de l'*East India Company* un rapport très précis dans lequel il préconisait le prélèvement de plants de théiers pour les acclimater dans la région bordant l'Himalaya. Cela fait dix ans que son mémoire est resté lettre morte.

– Vous voulez prendre sa place ?

– Non. Ce qu'il voulait, c'était acclimater des théiers chinois en terre indoue en y ramenant graines, techniques de culture et main-d'œuvre. J'ai de bonnes raisons de penser que cette opération est inutile. Il existe aux Indes des théiers sauvages. Il suffit de les localiser. Mon père, autrefois, en avait déjà eu l'intuition.

– En Assam ?

– Exactement. Autour du point 29° N et 98° E dans la proximité
du fleuve Irrawady. Là où se rencontrent l'Assam, la Birmanie, la
Chine et le Tibet. Très exactement dans la région de Sadiya.

Aventino regarda Percy, et lui demanda, avec une pointe d'ironie :

– Votre but est philosophique ou mercantile ?

– Les deux, car ces deux aspects de la vie sont indissociables. Il
y a beaucoup de *coffee-houses*, de *Kaffee Häusern*, de *koffiehuis*, de
cabarets à café, de *botteghe da caffè*, de par le monde, et peu ou pas
de *botteghe da te*... Pourquoi ne pas essayer d'en créer ici, en Italie ?
La guerre finie, le luxe et la frivolité reprendront leurs droits. Le
thé peut créer de nouveaux besoins, de nouvelles manières ; il peut
être pour les riches une occasion de montrer leur magnificence...

– Une telle entreprise, ambitieuse, exige beaucoup d'argent...

– Vous connaissez sans doute la maxime de La Rochefoucauld :
« Dans les grandes affaires on doit moins s'appliquer à faire naître
les occasions qu'à profiter de celles qui se présentent. » Le monde
nous appartient, cher marquis...

– Vous voudriez que je sois votre associé ?

– Il y a parmi les esclaves de Gênes, un comte piémontais
condamné à finir ses jours aux galères pour fausse monnaie. Il a
obtenu la permission de vivre à terre et, pour faire de l'argent, il a
embauché ses autres compagnons d'infortune à qui il fait tricoter
des bas qu'il met à la vente. Il est toujours vêtu à la turque et est
en passe d'amasser une fortune colossale. Il est prêt à m'aider.

– C'est un coquin !

– C'est un Piémontais ! Ce qui pour un Génois est bien pire. Mais
j'accepterais de jouer ce coup-là avec deux Piémontais !

– Mais enfin, que voulez-vous exactement entreprendre ?

– Trouver les théiers en Assam, en faire la culture, les acclimater
en Italie et ouvrir des *Botteghe da te.*

– Faire pousser du thé en Italie ?

– Et pourquoi pas ? La pomme de terre, originaire du Pérou,
n'est pas le seul végétal que nous ayons emprunté à des contrées
lointaines. Le blé et l'asperge viennent d'Asie ; le seigle de Sibérie ;
le riz et le melon d'Afrique. Le chou, l'oignon et le persil d'Égypte ;
le chou-fleur de l'île de Chypre ; l'artichaut de Sicile. Je pourrais
encore allonger la liste. Nous devons la pêche à la Perse, l'abricot
à l'Arménie, la figue à la Mésopotamie, la cerise au Pont-Euxin, la
prune à la Syrie, la châtaigne à la Lydie... Un théier pousse depuis
1782 au Jardin des Plantes de Paris, et s'y trouve très bien.

– Au fond, vous êtes en train de m'expliquer qu'il est possible, mais plus encore « sage » de chercher à augmenter nos ressources.

– Parfaitement ! En ajoutant la culture d'autres végétaux utiles à ceux que nous possédons déjà, et en acclimatant quelques races d'animaux dont le travail, la chair ou la toison nous seraient précieux. Le thé est une véritable aventure humaine. Comme le vin, il a ses récoltes, ses crus, ses ventes aux enchères, ses millésimes, ses goûteurs. Il n'y a que l'Italie pour trouver que le thé est une boisson pour les femmes, les invertis et les mondains !

Aventino semblait soucieux. La main sur la carte des Indes orientales il reposa sa question :

– Mais pourquoi moi ? Qu'irait faire un aristocrate piémontais descendant des croisés dans cette aventure ?

– Il ferait merveille, justement, parce que vos ancêtres étaient des conquérants et que vous sortez de plusieurs années de guerre.

– Qu'est-ce que la guerre vient faire ici ?

– C'est qu'il s'agit là aussi d'une guerre, mais d'une guerre économique. D'un côté l'Angleterre, de l'autre les États-Unis, sans oublier la Chine, le Portugal, la Hollande. Personne ne s'attend à nous voir arriver. L'*East India Company* affrète d'énormes bâtiments de mille tonneaux. Nous, nous choisirons des petits bateaux, plus rapides, plus faciles à manœuvrer. De plus, le marché italien du thé est entièrement tributaire de la France et de l'Angleterre.

– Il est encore très loin de celui du café.

– Oui, mais c'est provisoire. Le sucre, le cacao, le tabac, le café vont décliner, j'en suis sûr. Il faut faire passer le thé du statut de drogue à celui d'une denrée rare, luxueuse, puis à celui d'un produit d'usage quotidien. Le goût évolue très vite. J'en suis certain : il n'est aucun autre produit exotique qui pèsera d'un plus grand poids dans la balance du commerce et de la civilisation modernes... Maintenant, regardez, ajouta Percy Gentile, en sortant une nouvelle carte.

Son doigt suivait les méandres du Brahmapoutra, qui, comme tous les fleuves sacrés des Indes, prend naissance dans cette région himalayenne, pour aboutir aux bouches du Gange.

– Sept cents kilomètres de la mer à l'Assam, une région qui dans sa partie supérieure n'a encore jamais été ni reconnue ni explorée par des Européens.

– Qu'y trouverons-nous ? demanda Aventino, sans se rendre compte que ce « nous » résonnait déjà comme une sorte d'accord.

– Des crues énormes, qui transforment les plaines en véritable Méditerranée d'où émergent seuls les villages et les chaussées. Des montagnes dont l'intérieur n'a jamais été exploré. Des lacs de vingt kilomètres de largeur. Des fleuves traversés de vagues de six mètres de haut qui les remontent à la vitesse d'un cheval au galop. Des peuplades qui n'ont jamais vu d'Européens. Des « Indous » dont nous avons tellement à apprendre.

– Et des noms, dit soudain Aventino, le nez sur la carte, des noms qui brillent comme des pierres mystérieuses, des musiques : Dhoubri, Garro, Hadjou, Goahati, Sihsagar, Sadrya, Khamti, Simé...

– C'est enivrant, n'est-ce pas ?

– Un jour, sur un champ de bataille, il m'est venu une soif si ardente que j'ai bu dans les fossés et les ornières. Il me semble que c'est un peu la même chose aujourd'hui.

– Un besoin nouveau, irrésistible d'aller aux Indes ?

– N'allons pas trop vite en besogne. Une soif...

– Regardez, dit Percy Gentile en montrant à Aventino l'aube qui se levait sur la mer. Nous avons parlé toute la nuit...

Le Golfe de Gênes scintillait devant eux, comme une immense nappe de lait. Peu à peu, la lumière se fit, et toutes les teintes de l'aurore brillèrent en larges zones sur les flots. Il y en eut d'un rose si vif, si étincelant que les yeux d'Aventino, fatigués par l'insomnie, ne purent en supporter l'éclat.

– Il est temps pour moi de rentrer à Cortanze.

– Pour réfléchir, j'espère ?

– Oui, certainement pour réfléchir, répondit Aventino qui repartait pour Turin avec de nouveaux livres et plusieurs boîtes de thé, dont une en particulier, contenant de l'*Imperial Monkey-Picked Tea*...

– Cueilli sur des théiers sauvages de la province de Yunnan. Réservé à l'empereur et à sa cour. On en produit moins de deux cents livres par saison...

Au moment de saluer son ami, Aventino arrêta son regard sur un tableau qu'il n'avait pas remarqué lors de son arrivée. Percy s'aperçut de son trouble :

– *Judith et Holopherne*, anonyme du XVIe siècle, précisa le Génois.

– Il faisait partie de la collection du vicomte Di Viano-Pollone, n'est-ce pas ?

– Oui. Celle qui a été volée par les Français, et que nous avons récupérée entre Millessimo et Cairo... Renato est mort durant l'attaque. Tout a pris feu. Seule cette toile a pu être sauvée. Je crois qu'il serait heureux de la savoir ici, qu'en pensez-vous ?

23

VERS la fin mai, comme il fallait s'y attendre, Gênes fit explosion. Mais cette pseudo-révolution fut une révolution à contresens : les « révolutionnaires », encouragés en sous-main par Buonaparte, s'insurgèrent contre l'oligarchie au nom des droits du peuple ; le peuple soutint l'oligarchie, l'aida à réprimer la révolution jacobine et fit un beau massacre de Français. Le 27 mai, un ultimatum était envoyé au Doge, le prévenant que la troupe s'était mise en mouvement. Dix jours plus tard, une convention secrète signée à Mombello mettait fin à la vieille République de Gênes qui reconnaissait que « la souveraineté réside dans la réunion de tous les citoyens ». L'ancien gouvernement fut déchu, on créa un gouvernement provisoire et on rédigea une constitution à la hâte, qui n'était rien d'autre qu'une sœur jumelle de la Constitution française de l'an III. Elle instituait un directoire, deux conseils, et des autorités inférieures. Les vingt-deux membres de la commission suprême étaient nommés par Buonaparte et chargés d'organiser un nouvel État dans lequel le Doge n'aurait plus qu'un rôle honorifique. Entre-temps, les exaltés s'étaient livrés à leurs extravagances habituelles : ils avaient brûlé en place publique, le Livre d'or de la ville, les robes du Doge et son trône, ainsi que les armoiries de nombre d'aristocrates, ils avaient mis au pillage plusieurs palais, planté des arbres coiffés du bonnet phrygien et, oubliant que Gênes lui était redevable de sa liberté, abattu la statue d'André Doria, sous prétexte qu'il était un noble. Dans les districts voisins, l'intolérance et les craintes plus ou moins fondées produisirent un mécontentement général : le Bisagno et la Pocevra se soulevèrent. Une nouvelle fois l'armée intervint, le sol de Gênes fut rougi par le sang de la guerre civile, et un calme, plein de ressentiments, s'installa.

Felicita, en partie remise du saccage du château, pouvait de nouveau s'occuper de son cher Aventino, et converser avec lui comme elle aimait tant le faire.

– Je vais te dire, petit marquis, ceux qui n'ont pas vécu avant la révolution ne savent pas ce que c'est que la douceur de vivre !

– Et comment, ma chère Felicita. Je n'ai pas trente ans et j'ai l'impression d'être un vieillard.

– Tous ces jacobins ont cru mordre au fruit de l'arbre défendu pour le meilleur et pour le pire, et maintenant, il leur est impossible de revenir en arrière.

– La vie se prend trop au sérieux, elle devient sentencieuse, ennuyeuse. Le XIXe siècle a déjà commencé, et je ne suis pas sûr qu'il m'intéresse...

– Je le savais bien, toutes ces dernières années on a eu trop de champignons ! *Anada da bulé anada da tribulé*, « année à champignons, année à soucis »...

L'existence devenait rébarbative et inutile. D'un côté, ce siècle nouveau qui s'annonçait, et de l'autre, ce printemps si beau qui s'installait et qu'on ne savait même pas goûter ! Éloigné à jamais de son père, témoin impuissant de la distance qui semblait se creuser entre Maria Galante et lui, sans véritable rôle au sein de l'entourage direct du roi dont il aurait dû tout naturellement faire partie, Aventino ne savait que faire de sa jeune vie. Il se disait qu'il ne pouvait passer le reste de ses jours mélancoliques à rêvasser sur une société disparue et à se donner brièvement le sentiment d'exister en troussant dans un champ une paysanne robuste ou une servante délurée dans l'arrière-cour d'une auberge. Le voyage aux Indes n'était-il pas une folie de plus en cette fin de siècle si propre à la déraison ? Felicita refusait obstinément de toucher à la boîte d'*Imperial Monkey-Picked*, sous prétexte que des singes dressés en avaient fait la cueillette et qu'elle voyait en cela quelque diablerie... Aventino se préparait alors lui-même son thé en essayant de suivre scrupuleusement les préceptes de son ami. Diablerie ou non, ces infusions répétées le transportaient dans une autre dimension humaine, comme si son esprit se dilatait, comme si son âme s'envolait soudain au-dessus des contingences vulgaires de ce siècle. De quel côté était la déraison ? Du côté de la jeune exorcisée dont les yeux étaient si vides, et si prompts à se remplir des visions des autres ? Du côté du tableau de la galerie de portraits, dont Aventino voyait les éléments et les personnages bouger, évoluer, muer comme la couleuvre ou le geai ? Ou du côté de ces Français dont le projet, disait-on, était d'engager les Cispadans et les Transpadans à se fondre en une seule République *cisalpine*, et de créer ainsi une « République sœur » ? L'Italie envahie par la fureur française n'était plus qu'accès d'épilepsie révolutionnaire, turbulences, émeutes, fermentation menaçante. La Vénétie, la Lombardie, les États pontificaux, le royaume de Naples, jusqu'au Piémont n'étaient plus que des morceaux d'un pays plus vaste en proie à une dissolution générale. En ces soirées de printemps, Aventino entendait des choristes chanter en plein vent dans les rues de Cortanze. La plupart étaient des amateurs pourvus d'une certaine éducation développée par la fréquentation des théâtres. Ces modestes accords et ces petites mélodies auraient pu paraître, à toute oreille exercée, comme parfaitement intolérables, disharmonieuses. Mais c'était tout le contraire. Cette musique-là n'était pas seulement du bruit, elle montrait quelque chose. Elle aidait à camoufler la solitude de l'homme, du moins celle d'Aventino. Derrière ces voix, il y avait des vies, des vraies. On y entendait battre des cœurs. Oui, cette musique-là creusait le ciel, et venait à la rencontre de la terre. Face aux effusions optimistes des révolutionnaires, ces chants des rues donnaient simplement une voix au silence comme le vase donne une forme au vide.

Aventino sombrait doucement dans un état qu'il n'arrivait ni ne cherchait plus à comprendre. Un jour, il voulut s'échapper – il n'y avait pas d'autre mot pour définir son geste – du château et de son histoire. Il se disait qu'un voyage à quelques lieues à peine de Cortanze serait peut-être comme une tentative pour essayer de se retrouver lui-même, mais ailleurs. Il emporta avec lui sa fiole d'opium et deux livres : *Anciennes relations de la Chine et des Indes*, de Renaudot ; et *Mémoire historique et journal de voyage à Assam*, de Jean-Baptiste Chevalier. Cherchait-il, par ce moyen, à se rapprocher des méandres du Brahmapoutra, fleuve-pieuvre ramifié en une multitude de bras ? Il se retrouva dans une petite auberge, entre Colcavagno et Rinco : *Casa Giuditta*, du nom de la patronne.

Arrivé chez la gargotière en fin de journée, Aventino y trouva une nombreuse compagnie d'hommes et de femmes, tous entassés pêle-mêle dans une pièce longue et étroite, enfumée par la proximité de la cuisine et la grande quantité de tabac qui s'y consommait. On ne voyait pas à deux mètres. La Giuditta était une grande femme au corps épais et aux mains fortes. À la voir ainsi, mal vêtue, sale, mal peignée, on aurait pu dire sans trop se tromper qu'elle devait être une ancienne « pierreuse » : une de ces filles à soldats arrivées à la suite d'un régiment et abandonnées par leur amant. Mais aux yeux d'Aventino, elle possédait trois appas qui pouvaient la rendre irrésistible : une poitrine généreuse, un large bassin de Vénus Genitrix, et une voix troublante. Sur un ton de voix grave, elle demanda à Aventino ce que le jeune monsieur voulait. « Manger et dormir », répondit Aventino.

– C'est possible. Asseyez-vous, je vais vous servir. Nous verrons pour la chambre plus tard, dit-elle sans rien ajouter.

Aventino alla se placer dans un coin de la pièce, le plus loin possible de l'aimable société qui en remplissait au moins les trois quarts. La Giuditta revint au bout de quelques minutes, et posa sur la table une bouteille de vin, un plat contenant un morceau de viande et du chou, une tranche de pain et un morceau de fromage. Le repas terminé, Aventino paya au comptoir. Tous les clients étaient partis depuis longtemps et la pièce n'était plus aussi enfumée. La femme, qui avait eu le temps de nettoyer sommairement l'endroit, prit une chandelle, précéda Aventino et, lui remettant la bougie en lui montrant une porte pourvue d'une imposte vitrée, lui dit : « C'est là. » Elle avait dans les yeux une tendresse qui fit penser à Aventino que son âme aurait pu, en un autre siècle peut-être, y trouver des amusements.

La chambre faisait environ quinze pieds carrés. Elle comprenait un lit recouvert d'un drap et d'une couverture, une chaise, une table sur laquelle reposaient un broc et une cuvette. La porte fermait par un crochet si médiocre qu'Aventino ne prit même pas la peine de l'utiliser. De toute façon, il ne risquait pas grand-chose. Sa douleur au bras et à la main s'était réveillée en fin de journée. Fatigué, il prit une dose d'opium, s'allongea sur le lit, ôta ses souliers et s'endormit presque immédiatement, tout habillé. Le bout de chandelle, qui tirait à sa fin, finit par s'éteindre. À peine fut-il plongé dans un profond sommeil que Morphée lui envoya la Giuditta entièrement nue, qui lui prodiguait les plus tendres baisers et s'épuisait dans les attouchements les plus lascifs qui soient. La besogne sembla durer toute la nuit. Après un tel travail, Aventino, pâmé, nageait dans une mer de délices. Il lui semblait avoir effectué tous les tableaux, répondu à tous les désirs, inventorié toutes les singularités exigées par cette femme ne refusant aucune posture et les pratiquant toutes avec une allégresse et un aplomb qu'il n'avait rencontrés chez aucune autre auparavant. Le matin venu, Aventino eut du mal à admettre que tout cela n'avait été qu'un rêve, dû, sans doute, à une extrême fatigue et à une trop forte dose d'opium. Se retournant pour voir le jour qui pointait derrière la fenêtre, il sentit contre lui une masse inerte, massive. La Giuditta était là, immense forme blanche renversée sur le lit, sans forces, dormant le rire aux lèvres, jambes ouvertes laissant voir un con entièrement rasé. Alors qu'Aventino s'apprêtait à recouvrir la jeune femme avec la couverture et à descendre dans la salle du rez-de-chaussée, celle-ci se réveilla. Il fit semblant de dormir. La Giuditta se leva sans bruit, et se glissa hors de la chambre. Il resta une semaine à l'auberge, partageant son temps entre ses lectures, ses doses d'opium et quelques promenades dans la campagne environnante. Chaque soir, la même scène se répétait. Le jour, la Giuditta et Aventino s'ignoraient, et la nuit leurs deux corps se retrouvaient pour une cérémonie aussi étrange que secrète. Pendant ce temps, l'Italie se couvrait de « Champs de Mars » lors d'absurdes cavalcades accompagnées de grondements de canons et de sonneries de trompettes.

Un matin, alors qu'il faisait déjà une chaleur ardente, il fut brusquement tiré de son sommeil par une vision funeste. La Giuditta était à ses côtés, allongée sur le ventre, les jupes relevées découvrant ses fesses blanches. S'il n'était sorti aussi brusquement de son sommeil, Aventino eût sans doute fait un tout autre usage de ce tableau des plus suggestifs. Mais le scorpion noir qui avançait d'une fesse à l'autre puis remontait vers le cou à travers les étoffes froissées, pour redescendre ensuite sur le plancher de la chambre, était un messager lui enjoignant de quitter l'auberge. Aventino n'avait pas une seconde à perdre. La Giuditta dormait profondément. Il déposa un baiser sur le bras qui pendait hors du lit, écrasa le scorpion du talon, prit son sac et se mit en route pour Turin.

À mi-pente des collines, il voyait des paysans et des soldats se reposant à l'ombre des feuilles larges et sombres des cognassiers. L'arbre aux fruits jaunes lui rappela qu'un jour, il avait pris Maria Galante par la taille, et qu'ils avaient tourné tous les deux faisant mine de danser ; qu'ils avaient tant tourné et tourné qu'ils avaient manqué se retrouver par terre, tellement ils se tenaient serrés, tellement ils s'étreignaient. C'était un dimanche, près de Cortadone, dans une autre vie. Le scorpion ne lui avait pas parlé de Maria Galante, non, mais de son père, Roberto Tommaso Roero Di Cortanze, qui était en train de mourir, ou qui était peut-être déjà mort. Le scorpion, messager de la mort, était formel : la cérémonie funéraire du vieux marquis avait lieu en ce moment à la Chapelle du Saint-Suaire. Aventino franchit le Pô sur un de ces petits ponts volants qu'il avait toujours connus, regardant les anneaux qui coulaient tout le long de la corde fortement tendue, contre laquelle la barge glissait lentement. Dans une demi-heure il serait sous l'étoile à jour de l'extravagante coupole dessinée par le père Guarini.

Turin était en fête. Le scorpion se serait-il trompé ? Turin devenait au fil des jours une ville française, pour laquelle des notaires
de la Révolution rédigeaient des actes qui constataient la prise de
souveraineté par le peuple. Et ces actes s'accompagnaient de discours emphatiques, de bruits de fanfares, de fronts ceints de lauriers, de mascarades, de Fêtes de la fédération, de répétitives arle-
quinades de la liberté. Pensez donc, cela faisait si longtemps que
le peuple piémontais, muselé, attendait que des soudards français
lui apprennent la liberté ! Alors, on élevait des autels de la Patrie.
Les fêtes multiples étaient toujours présidées par des bustes enru-
bannés de Caton, de Mucius Scaevola et de Brutus. Les rues de la
ville grouillaient d'une foule braillarde. Près de la Chapelle du
Saint-Suaire, Aventino croisa des adolescents à moitié dévêtus aux
épaules desquels on avait fixé des ailes en carton. Une femme,
entièrement nue, représentant la Vérité, surgissait des cendres de
la Superstition. Des jeunes filles, toutes de blanc vêtues, l'entouraient, tendant des guirlandes de verdure, et des figurants, en costumes romains, prenaient des poses héroïques.

Au fond, cette Italie « francisée » qui faisait la fête, n'était rien
d'autre qu'une réplique du palais de Mombello, dans lequel Buonaparte vivait dans un luxe oriental et un faste de satrape. Ces journées
étaient la copie exacte de celles décrites par Thucydide, au chapitre 84 de son *Histoire de la guerre du Péloponnèse*. Et ces orgies idiotes
se perpétraient dans toute l'Italie. Juillet était le mois des fêtes. Fêtes
de la Saint-Jean, à Gênes, détournées au profit des autorités françaises qui affublaient les chevaux dorés de Marc-Aurèle de cocardes
tricolores ; fêtes de la République Cisalpine où le célèbre Lazaret,
débaptisé, s'appelle désormais « Champ de la Fédération » ; fêtes à
Turin... Pour arriver au pied de la Chapelle, Aventino dut traverser
une cohue de chapeaux, d'ombrelles, d'éventails, de mouchoirs frénétiquement agités. On criait, on hurlait. Les carillons sonnaient, les
canons tonnaient. Des milliers de drapeaux tricolores flottaient.
Héros d'une poignée de Piémontais palabreurs, Buonaparte avait
réussi à faire transformer pour un jour la capitale du royaume de
Piémont-Sardaigne en annexe des Tuileries. Les deux escaliers
menant à la Chapelle du Saint-Suaire étaient gardés par des soldats.

– On ne passe pas, aboya un capitaine des gardes à l'air menaçant.
– Et pourquoi ? demanda Aventino.
– Tu ne sais pas lire les armoiries ?
Aventino leva la tête. Au sommet des lourdes tentures noires qui
enceignaient les portes de la Chapelle, se dressait un écu couleur

sang, orné de trois roues argentées, timbré d'un casque à sept grilles, soutenu à dextre et à sénestre par deux hercules appuyés sur une massue, et laissant apparaître en son sommet un phylactère avec une devise.

– Ça ne te dit rien, *À Bon Rendere*? Roberto Tommaso Roero Di Cortanze vient de mourir.

– C'est mon père, dit Aventino, dans un souffle.

Le capitaine des gardes était plus que sceptique. L'homme qu'il avait devant lui était sale, mal rasé, habillé à la diable.

– Tu es général aussi, je suppose ?

Aventino ne dit rien. Le garde ajouta, en ricanant :

– Ne le dis à personne, mais moi, je suis Napoleone Buonaparte.

Aventino préféra garder le silence. Perdu, il redescendit l'escalier et décida de se faufiler par une porte de côté qui ne serait peut-être pas gardée. Enfant, il avait si souvent accompagné son père qui n'acceptait d'être confessé que par l'évêque de Turin ! L'austérité du lieu l'avait toujours effrayé. À commencer par la relique du saint suaire dans sa châsse d'argent, mise sous verre, et dressée sur le grand autel de marbre noir. Aventino avait réussi à entrer, mais il n'irait pas plus loin. Comme lorsqu'il était petit, et qu'il se cachait, passant des heures à observer le pavé de marbre bleuâtre, dans lequel sont incrustées des étoiles en bronze doré. Des soldats fermaient les couloirs et les travées. Contrairement au goût de l'époque mais conformément à celui du défunt, la décoration funèbre était des plus modestes. Le vieux marquis, qui avait décidé de quitter ce monde en juillet parce qu'il détestait l'hiver et la consistance molle de la neige qui lui rappelait trop celle de la mort, avait toujours refusé le *castrum doloris* des tombeaux de son temps et de toute cette pompe funèbre héritée selon lui des excès de la Contre-Réforme.

Caché derrière la base de bronze doré d'une colonne de marbre noir, Aventino suivait la fin de l'office des morts. Le fils se cachait pour assister à la messe célébrée à la mémoire de son père. C'était bien à l'image des rapports qu'ils avaient entretenus toute leur vie. Mais cette mort avait quelque chose d'incongru. Quelque chose qui n'aurait pas dû arriver, pas de la sorte. Pas en ce dimanche de juillet où le maïs est déjà haut dans les champs et où les vignes sont si chargées qu'il faut les attacher une seconde fois. Pestiféré à l'enterrement de son propre père, Aventino pensait à tout ce que les deux hommes auraient pu se dire, auraient dû avoir le courage de se dire. Tout aurait pu être si simple, si différent. Mais Roberto Tommaso gardait tout pour lui. Il n'avait même pas été capable de sauver sa femme lorsque, dans le va-et-vient ininterrompu des pas, des cuvettes de fer et des linges, elle lui avait offert un fils. Tandis que les femmes de chambre épongeaient le sang qui avait goutté à travers le matelas jusque sur le sol de la chambre bleue du château, il n'avait su garder cette jeune femme, qu'on disait si joyeuse, pour la donner comme mère à son fils. Depuis, la chambre était restée muette, et avec elle les murs couverts de papier à grands ramages bleus, et le vase avec ses roses séchées à demi effeuillées.

Aventino observait les membres présents de l'illustre famille. Les occasions de les voir tous réunis étaient si rares, ces marquis poudrés, ces mondaines au visage couvert de fard, ces frères et sœurs ennemis, ces rejetons braillards, suffisants et imbus de leur naissance, ces pro-Français et ces pro-Autrichiens, capables de tout pour acheter et vendre leurs titres, croulant sous les médailles, les décorations, les honneurs, les trahisons, la dissimulation, les compromis. Pensez donc, plus de dix siècles d'existence ! Lors de son court séjour en prison après l'incident au théâtre Carignan, son cousin, le comte Carlo Andrea Roero Di Cortanze avait même eu l'élégante idée de faire passer dans *La Gazette de Turin* un texte signé de sa main dans lequel il assurait n'avoir aucun lien familial avec un certain Aventino Roero Di Cortanze, emprisonné à Turin pour incitation au désordre public. Quelle charmante famille, dont le seul membre, sans aucun doute, à posséder un caractère honnête, le plus désintéressé aussi, ayant pour seul souci le bien public et les intérêts et de l'État et de la famille de Savoie, était l'homme qui venait de mourir. N'ayant pu le faire de son vivant, Aventino se disait qu'il devrait désormais, pour communiquer avec lui, trouver des moyens qui lui permettraient de traverser les frontières de la vie et de la mort... Comme tous les membres de sa famille, Roberto Tommaso serait inhumé dans la plus stricte intimité au cimetière de Cortanze. C'était la coutume, immuable. Aucun membre de la famille ne serait présent. Seul un capucin réciterait une prière. Aventino aurait tout le temps pour retrouver le fantôme de son père, à Cortanze, et évoquer avec lui le présent et l'avenir. Il sortit de la Chapelle, sans se retourner, enfourcha son cheval, et prit la direction de la porte de Turin qui le mettrait sur la route de la Roera.

24

L ES semaines suivantes, Aventino les passa à faire des allers et
retours entre Turin et Cortanze afin de régler les questions
de succession. C'était le plein été et cette mort austère et froide,
présente dans les papiers à signer, les lettres à déplier, les documents
à classer, créait un curieux contraste qu'il n'était guère aisé d'accepter. Les hivers à Cortanze se montrent rudes à cause des vents glacés
et des brouillards, mais les étés, en revanche, y sont particulièrement chauds. C'était le cas en ce moment. La Roera n'était qu'une
succession de jardins, de prés, de promenades, véritables trésors de
verdure que les ondées rendaient délicieux. Après les subites chutes
d'eau dues à la fonte des neiges, la terre se parait d'une grâce
nouvelle, les fleurs abondaient et chaque chemin, encombré d'au-
bépines, de cytises, de lilas, ombragé de marronniers et de tilleuls
séculaires, offrait aux promeneurs le charme de ses multiples plantations et de ses enivrants parfums. Et les jours passaient, dans la
chaleur et la luxuriance.

Un matin, Barnaba, toujours dans son campanile, et Vincenzo,
qui avait momentanément daigné quitter Castellero, vinrent trouver
Aventino. La tristesse de leur ami était si visible qu'ils décidèrent
de tenter d'y remédier, mais en vain. Très vite, comme attiré par
une force irrésistible, Aventino délaissa les plaisanteries graveleuses,
les projets fous, les expériences insensées, pour retomber dans son
irréductible ennui. Et cela d'autant plus vite que tout dans la réalité
quotidienne de son temps l'y ramenait. Ainsi, un pamphlet circulait
en Piémont, *Les Piémontais en Grèce*, publié sous le pseudonyme de
Nappalesione Brutoparte, et qui fustigeait la présence française.
Cernide, qui ne cessait de monter dans la hiérarchie des postes
utilisés dans le dispositif français par des Italiens qui avaient vendu
leur âme au diable, avait laissé entendre que l'auteur s'appelait en

réalité Vincenzo Di Carello et habitait Castellero quand il ne fréquentait pas un bordel génois du nom de *casino* Santa Margherita.

– On ne peut plus rien faire contre eux, Vincenzo, disait Aventino. Ils sont partout. Ils sont en train de tout diriger, de tout détourner.

– Mais il faut se battre ! répliqua Vincenzo. Je me moque des dénonciations de Cernide. Tous ces gens, nous les retrouverons un jour.

– Ça prendra du temps.

– Peut-être, mais les Français ne resteront pas éternellement en Italie.

– Certes, mais quand les Français seront partis, les Autrichiens reviendront.

– Je croyais que tu étais prêt à te battre pour une Italie nouvelle, Aventino.

– Évidemment ! Mais lorsque mes armes intérieures seront fourbies. Pas avant.

La tristesse d'Aventino était présente dans tous ses propos. Vincenzo, le poète iconoclaste, tenta de le faire rire :

– Tu sais que nous avons des nouvelles de Lucia.

– La pute de Cernide ?

– Ils sont tous les deux en train de se pavaner à Milan.

– Elle n'est plus chez la Grassini ?

– Non, quelle horreur ! Elle joue la grande dame entre Milan et Gênes... Enfin si on veut... Lors de la dernière fête de la République Cisalpine..

Aventino éclata de rire :

– Mon Dieu, la *Cisalpina*, la *maladrine*, la *slandrina*, la *cilappina*...

– ... Elle est apparue sur un char recouvert d'or, attelé de quatre superbes chevaux, dans la plus païenne nudité !

– Mais coiffée d'un bonnet phrygien, ajouta Barnaba. Elle tenait dans sa main droite un drapeau républicain et foulait aux pieds les morceaux brisés d'une couronne.

– À ses côtés, deux groupes de femmes chantaient la *Carmagnole* et faisaient voler au vent une bannière où l'on pouvait lire : « OUVREZ LES YEUX ET VOUS AUREZ LA LIBERTÉ. »

– Mais bien sûr ! lança Aventino. Allez, messieurs, l'Italie a eu son apogée dans les siècles passés, buvons à sa mort ! dit-il, tout en s'apprêtant à préparer un des thés mystérieux offerts par Percy.

– La France se garde le présent, quoi qu'on en dise, dit Barnaba. Mais l'avenir ?

– Comme dit ce cher Fratta, lança Vincenzo : « Laissons l'avenir aux Slaves, voire aux mamelouks, s'ils s'en contentent. Quant à moi, je considère cet avenir-là comme éternellement remis au lendemain. »

Les deux amis, emportés par la discussion, ne s'étaient pas aperçus qu'Aventino leur préparait une tasse de son breuvage favori.

– Ah ! non ! Pas de l'urine de mulet ! dit Vincenzo.

– À l'aide ! Il veut nous empoisonner ! hurla Barnaba.

Aventino devint sérieux :

– Messieurs, mon avenir, je ne le laisserai jamais aux mamelouks, mais plutôt à ceci sans doute, dit-il en portant à hauteur de son visage une tasse en porcelaine bleue, frappée du blason familial, et pleine d'un liquide aux reflets bruns et dorés : de l'*Imperial Monkey-Picked.*

– J'en étais sûr, dit Vincenzo, Percy t'a complètement envoûté avec son médicament pour pharmacien.

– Parmi les produits végétaux « des autres parties du monde », reçus par les peuples européens, le thé finira par occuper le premier rang. Je vous le dis, il possède des propriétés alimentaires, hygiéniques, médicinales, et...

Barnaba se moqua gentiment de son ami :

– Un vrai franc-maçon ! On dirait que tu prêches pour je ne sais quelle secte des « Défenseurs de l'herbe divine »...

– Ce sera une force économique énorme. Je ne voulais pas l'admettre, mais c'est un fait, je suis forcé de le reconnaître.

La discussion se poursuivit, malgré les hauts cris poussés par les uns et les autres. Mais qui connaissait le petit groupe savait qu'il était soudé par les épreuves et les souvenirs du *casino* Santa Margherita. Tous trois étaient malheureusement d'accord sur un point essentiel : le temps où les extravagances semblaient naturelles avait bel et bien disparu. Ces amis de toujours n'avaient plus ni le temps ni l'envie de tuer sous eux plusieurs montures à seule fin de passer une heure à la promenade à la mode ou dans une loge de l'opéra ; de se retrouver à l'heure des glaces, au moment le plus chaud de l'après-midi sur la *piazza della Statuto* à Turin ; ou sur les bastions de la Porte Orientale, à l'heure de l'*Ave Maria*, à Milan. Le temps de la frivolité et des plaisirs avait disparu, tout comme certains jeux de hasard susceptibles de porter atteinte à l'ordre des récentes Républiques. Une nouvelle génération d'Italiens montait lentement dans le sillage des Français. Des jeunes gens qui n'hésitaient pas à voler sur le métrage et sur la monnaie, aux riches, aux pauvres, à l'État, aux Français, à tout le monde. Une Italie cynique, calculatrice, se mêlait à une Italie nouvelle qui avait un arrière-goût d'opérette, dans laquelle le nombre des sans-travail et des indigents augmentait inexorablement. Clubs, journaux, exercices déclamatoires, persécutions, fêtes civiques spectaculaires : l'heure était aux extrémismes et avec eux à tous les malheurs. Certains Italiens en venaient à regretter les Habsbourg, ce qui n'était pas peu dire ! Mais les effets les plus déplorables venaient de l'occupation française qui s'installait et lançait ses tentacules comme une pieuvre géante : soldatesque grossière, civils traités avec mépris, outrances commises par les commissaires civils. Les traités d'« alliance » signés avec les Républiques et les pays alliés comme le Piémont ressemblaient fort à une nouvelle définition de l'asservissement : engagement de combattre aux côtés de la France, même si la guerre en question ne concernait en rien les intérêts italiens, subside annuel destiné à l'armée française d'occupation, lever d'une armée nationale sur ses propres deniers. Comment exister dans cet étau qui se resserrait chaque jour davantage ? La marge de manœuvre était si faible qu'Aventino songeait plus que jamais à sortir du jeu, à faire un pas de côté quitte à prendre un bateau qui le conduirait à l'autre bout du monde.

Quand la dépouille de son père fut revenue au cimetière de Cortanze, il alla se recueillir sur sa tombe. C'était une belle journée d'été, les ifs inclinaient doucement leur mâture, un petit vent léger arrivait sur le village par le couloir de la plaine, et partout, le silence. Aventino en était maintenant persuadé : il lui fallait partir, quitter le château quelques mois, quelques années peut-être, et s'en aller chercher la sagesse du thé.

Les jours passèrent. Avec l'automne revint le temps des vignes vendangées et des feuilles déjà rougies. Les bœufs et les mulets avançaient à pas lents sur les chemins et les routes. Le raisin emplissait les charrettes jusqu'au bord. Aventino passait ses journées à visiter ses terres et ses fermes, à parler avec les paysans et les métayers. Quand il partirait, il regarderait une dernière fois la neige étincelante sur les montagnes serrées les unes contre les autres, dans le lointain, et les nuages qui les touchent parfois, de telle sorte qu'on ne sait plus très bien où finit la terre et où commence le ciel.

Quelle étrange existence que la sienne désormais, dans cette façon d'être suspendu quelque part entre l'Italie, qui l'avait jusqu'alors entièrement constitué et dont il n'attendait plus rien, et l'idée de ces Indes dont il espérait tant. Felicita, voyant sa détresse, était même allée jusqu'à engager une soubrette coquette comme une courtisane, facile comme une fille de ferme, rousse, jolie, qui mentait à merveille, avait un goût inné pour l'intrigue amoureuse, et qu'il ignora à tel point qu'elle fit courir le bruit que monsieur était un inverti. À quoi bon ? Aventino sombrait dans l'opium. Entre ses errances sur les routes du Montferrat qui ne lui avaient jamais paru si belles avec leurs ombres violentes descendant des collines, et ses nuits de cauchemars durant lesquelles Français et Autrichiens dépeçaient l'Italie, il avait des moments de lucidité qui lui causaient une douleur atroce. Il voyait alors, très nettement, dans la pleine lumière de l'automne, l'Italie pillée par les barbares, le zèle intempestif déployé par les réformateurs, le fanatisme qui envahissait tout, les incendiaires, les meurtriers.

L'ancien couvent désaffecté attenant au château avait été choisi comme dépôt pour les œuvres d'art, sculptures et peintures, volées en Piémont. Les tableaux de ses ancêtres y étaient sans doute entreposés, entassés parmi d'autres avec leurs cadres, empilés sans protection, et il ne pouvait rien faire. Madame Buonaparte s'était rendue dans le couvent, d'où on avait extrait pour elle un somptueux collier de camées, et là non plus il n'avait rien pu faire. Le Comité central de la Police du Montferrat était composé de trois Italiens vendus aux Français, et il s'était tu. Il se trouvait même des poètes vantant en piémontais l'heureuse présence française : « *Vous qui gémissiez sur les maux dont la guerre/ Avait, dans sa fureur, couvert toute la terre,/ N'ayez plus de soucis : un oracle flatteur/ Vous annonce, à jamais, le calme et le bonheur.* »

Un jour qu'il somnolait dans la bibliothèque du château, il entendit frapper à sa porte. C'était Barnaba, la mine décomposée. Il avait abandonné, comme chaque fin de semaine, ses expériences dans le campanile pour rejoindre Aventino qui réunissait, autour d'une traditionnelle partie de piquet, de trente-et-quatre ou de tombola, ses métayers et ses intendants.

– Tu ne vas pas me croire, Aventino... Je n'en crois pas mes oreilles, je n'arrive pas..., enfin, c'est ridicule...

– Mais parle, Barnaba, c'est le gaz de tes montgolfières qui t'embrume la cervelle ?

– La paix vient d'être signée à Campo Formio.

– Quoi, ce village minuscule du Frioul !

– Oui, monsieur, dans ce trou du cul du monde, entre Udine et Passeriano. Et à la lumière des chandelles, paraît-il...

– Entre qui et qui ?

– La France et l'Autriche. Les Français abandonnent à l'Autriche Venise, les États du Levant et de terre ferme jusqu'à l'Adige. L'Autriche garde les Pays-Bas autrichiens et remet les régions de la Lombardie vénitienne à la Cisalpine.

Aventino passa lentement ses mains sur les bras du fauteuil de cuir dans lequel il était prostré, et qui était celui où il avait tant de fois surpris son père en train de dormir après une nuit de travail. Il soupira.

– On sait quel sens le Corse donne au mot paix ! Tu sais qu'il est en train d'occuper toutes les places fortes du Piémont. Il est même question d'incorporer une partie de l'armée piémontaise à la française. Ça a commencé avec les demi-brigades suisses.

– Je sais, dit Barnaba, on raconte qu'Ippolito a pris le commandement des cinq régiments suisses jadis au service du roi de Sardaigne et aujourd'hui sous les ordres de Joubert.

– Ne me parle pas d'Ippolito, dit Aventino, toujours perdu dans les bras du fauteuil de cuir. Je me demande quand tout cela va s'arrêter. Ces coups de poignard, ces trahisons.

Sans doute était-ce là le fond du problème. Certes, il y avait les violences arbitraires perpétrées par les Français qui attaquaient sans vergogne la papauté, dépouillaient l'Église, abolissaient le monachisme, armaient les Italiens les uns contre les autres, les faisant périr par milliers dans de vaines querelles de prétendues aristocratie ou démocratie, et qui en voulant libérer l'Italie ne faisaient en somme que la laïciser. Mais le plus grave, pour Aventino, c'étaient les amis qui vous trahissaient, qu'on ne voyait plus, une vie entière d'autrefois qui avait disparu et qui était remplacée par du vide et du sang. Il en était sûr, Campo Formio n'était pas le début de la paix, mais le commencement d'une immense guerre générale.

Aventino passa la nuit dans son fauteuil. Quand il se réveilla, il entendit, montant de la cour du château, un grand brouhaha, des rires et des chants. On criait, on dansait. On était le 17 novembre 1797. Napoleone Buonaparte, entré en Piémont le 3 avril 1796, venait de quitter l'Italie.

25

– Il faut tout reprendre du début, si on veut vraiment comprendre ce qui se passe aujourd'hui, disait Aventino au cardinal Antonelli et à Barnaba, assis face à lui dans la voiture qui les conduisait à Turin.

Le cardinal Antonelli alluma un demi-cigare, avec lenteur et volupté :

– Évidemment. En premier lieu, la mort de Duphot, à Rome, en décembre.

– Les Français ont raconté qu'il avait voulu s'interposer entre des « démocrates » venus manifester pour les soutenir et les dragons du pape, avança Barnaba.

– J'étais à Rome. Je sais exactement ce qui s'est passé, dit le cardinal. Cette bande d'excités, cocarde tricolore au fusil, appelait à l'émeute. Duphot avait pris la tête du cortège et hurlait : « Vive la liberté ! Courage ! Je suis votre général ! » C'était une sédition, messieurs. Les rebelles chargeaient leurs armes sous la porte Settimania. Le caporal des gardes, craignant d'être désarmé, a fait décharger ses fusils. Une balle a atteint le général français, c'est tout.

– Le reste n'est que mensonge, fit remarquer Barnaba.

– Le Directoire n'attendait que cette occasion pour déclarer la guerre au pape, répliqua Antonelli. Les Français ont toujours agi ainsi. Ils fabriquent des révoltes en sous-main puis les répriment ; subornent le peuple, l'entraînent dans des promesses de prospérité et de gloire, et le laissent choir quand ils n'ont plus besoin de lui. Berthier n'a eu aucun mal à s'emparer de Rome. Et une fois sur place, il a menacé de la peine de mort tous ceux qui exportaient de Rome les denrées alimentaires susceptibles de nourrir ses troupes !

– Tout de même, fit remarquer Barnaba, signer la paix aussi vite !
– Victor-Amédée a été plus rapide, reconnut Aventino avec ironie.
– Je ne te le fais pas dire, marquis ! Mais le pape la voulait, cette paix, les circonstances l'exigeaient ! Le Vatican n'allait tout de même pas continuer de lutter contre une armée à coups de lamentations et de psalmodies lancées vers le ciel par des pénitents en cagoules, des prêtres et des chœurs de vierges !

Aventino se pencha à la fenêtre. La voiture enfilait maintenant une très belle chaussée qui menait à Chieri. La brume qui les avait accompagnés depuis leur départ de Cortanze ne s'était pas encore dissipée. Les lanternes de la voiture étaient allumées et les grelots des chevaux tintaient pour annoncer sa venue. Aventino rentra la tête dans la cabine.

– Duphot ou pas, la suite a été conforme à ce que les Français avaient imaginé : massacres et meurtres isolés suivis immédiatement de répressions brutales et sanguinaires. Sans oublier la naïveté du pape qui a cru que les Français fuyaient par la Porta del Popolo pendant que les troupes napolitaines entraient dans Rome par la Porte de Latran. Le drame, il est là. À la première riposte du général Rey les Napolitains se sont sauvés comme des lapins.

Mettez un Romain, un Vénitien et un Piémontais dans une berline en route vers Turin et demandez-leur de parler des Napolitains. L'effet est immédiat. Un observateur situé sur le bord du chemin aurait pu alors voir passer ce curieux équipage à l'intérieur duquel un cardinal, un savant juif et un aristocrate rebelle chantaient à tue-tête :

> « *Suivi de ses soldats,*
> *Le bon roi don Ferdinand*
> *À quitté ses rivages*
> *Pour faire le bravache*
> *Dans les faubourgs de Rome.*
> *Mais las, en quelques jours,*
> *Il est venu, et il a vu,*
> *Il est venu et il a fui.* »

La chanson terminée, chacun retomba dans un silence plein de tristesse. Ces derniers mois, l'Italie était allée à sa ruine. Chaque jour un gouvernement tombait. Chaque jour le jacobinisme gagnait du terrain. Et ce lent pourrissement se manifestait avant tout dans la vie quotidienne. Riches ou pauvres, il fallait accueillir les vainqueurs, leur offrir ses lits les plus douillets, ses chambres les plus confortables, ses demeures les plus vastes. Une fois installés, tous, du simple soldat au général, accompagnés de leurs « madames citoyennes » ou de leurs favorites drapées comme des statues, exigeaient de la lumière, des domestiques, un buffet, une bonne table, de l'argenterie. Quant aux spoliations et aux vexations diverses, elles se poursuivaient. Et cela pour la plus grande gloire de la France. Quand monsieur Talleyrand affirmait que c'était « rendre service à l'art que de transporter en France des objets que souvent l'incurie des paroisses ou des musées italiens laisse détériorer un peu plus à chaque jour qui passe », monsieur de Pommereuil ajoutait : « Jamais plus nobles trophées n'ornèrent les triomphes d'aucun vainqueur, mais peut-être aussi aucun n'en mérita de pareils à ceux qui sont dus à la brave armée d'Italie et à son incomparable général. » Amen.

Partout, la famine s'installait. Le rationnement du pain avait été institué et l'on repoussait à la baïonnette les bandes de femmes en haillons qui erraient dans les rues en criant : « *Pane, pane !* » Tout était bon pour les spéculateurs, les profiteurs, les détrousseurs de cadavres. Comme il était alors facile pour certains de gagner de l'argent en désorganisant le système monétaire avec des billets à vue, des assignats et des billets de banque dont la valeur réelle fluctuait sans cesse. Des banquiers véreux et des pourvoyeurs mettaient l'État en coupe réglée et l'amenaient au bord du précipice. Toutes les combines, toutes les opérations frauduleuses étaient possibles. On vit même un ingénieur proposer de piller les cercueils des morts illustres, au nom de l'« égalisation rétrospective », parce qu'il avait besoin de plomb pour développer sa fabrique d'acide sulfurique ! Mais il y avait pire encore, les champs n'étaient plus cultivés, le bétail non réquisitionné était abandonné et mourait de faim, les impôts n'étaient plus collectés. Lentement, les nouvelles Républiques, pourvues de constitutions à la française, devenaient des États sans droit. Les routes étaient sillonnées par des bandes d'insurgés et de voleurs. Des prêtres-guerriers, des brigands, des paysans-guérilleros, des bandes meurtrières commençaient d'envahir le pays... Pour tous, l'événement capital de cette fin de siècle avait un nom : le retour de Satan.

– Je vois une menace fondamentale, dit le cardinal. La mort du pape. Ce serait la ruine de la religion catholique et de tout le système politique de l'Italie.

– Il y en a une seconde, ajouta Aventino. Que l'Autriche s'entende avec la France et lui offre le Piémont.

– Il n'y a décidément rien de bon chez ces maudits Français, dit Barnaba. Même quand ils affranchissent les Juifs de toute sujétion humiliante, c'est pur calcul de leur part : ils pensent que nous allons troquer nos kippas contre leurs bonnets phrygiens.

La voiture ralentit. Le chemin boueux et semé de nids-de-poule se fit soudain plus lisse, la cadence des chevaux plus régulière. On entrait dans Turin.

– Eh bien, messieurs, dit le cardinal, je ne sais pas pourquoi nous avons accepté d'aller écouter Vincenzo réciter ses poèmes antifrançais, mais, pauvres de nous, nous voici arrivés.

Contrairement à ce que Lucilio Antonelli laissait entendre, il ne s'agissait pas d'une lecture de poèmes mais d'un concours lancé par l'Administration générale du Piémont, destiné à répondre à la question suivante : « Quel est le régime qui convient le mieux à l'Italie ? » Les séances avaient lieu dans la serre privée de l'abbé Crivelli, au pied de la Citadelle. Il fallait passer sous un porche, au fronton duquel était inscrite une phrase latine qui en disait long sur le maître des lieux : *Hic oculi, hinc manus.* Puis on pénétrait dans un grand parc circulaire, entouré d'un mur orné d'une balustrade et ouvert par six arcades qui donnaient dans cinq petits jardins en plein air et une serre à l'entrée de laquelle dormait une pièce d'eau pour les plantes aquatiques. Là, au milieu des ananas, des plants de café et de cacao, des anones et des premières cannes à sucre, une assemblée fournie composée de savants, de médecins, de grands seigneurs, de beaux esprits, de mécontents, tous plus prétentieux et avides les uns que les autres, écoutait dans un silence relatif les vers, les mémoires, les rédactions, les arguments, plus ou moins convaincants ou alambiqués des uns et des autres. Nul doute, à l'écoute de ces proses imbues d'elles-mêmes, que les littérateurs français auraient eu beau jeu d'affirmer que l'Italie recevait l'impulsion plus qu'elle ne la donnait, et que dans le « système universel de la littérature » ses poètes et ses philosophes n'en étaient même pas de « brillants satellites ». Cesarotti, Parini, Monti, Alfieri étaient absents, remplacés par des littérateurs serviles, déjà au service de la France, tous tacticiens, tous prônant l'alliance avec le Directoire, tous prêts à mettre leur plume au service du plus fort.

Vincenzo attendait son tour. Il paraissait anxieux et sombre. Quand il vit ses amis, son visage s'éclaira soudain. Il n'était plus seul ! Le cardinal Antonelli fit remarquer à ses deux acolytes que la salle devait contenir en égale proportion des Piémontais vendus à la France et des espions chargés de les surveiller. Les deux présidents de séance, l'un piémontais et l'autre français, donnèrent enfin la parole à Vincenzo Di Carello. L'homme était de nouveau sûr de lui, provocateur, conscient de posséder de beaux talents d'orateur. Il se jeta dans sa démonstration comme on se lance dans une course qu'on sait sans retour.

– Quel est le régime qui convient le mieux à l'Italie ? République ou Royaume, peu importe, même si je pencherais plutôt pour la seconde proposition...

Dès ces premiers mots, un concert de cris et de réprobations résonna sous les serres splendides de l'abbé Crivelli.

– C'est une honte !

– Quelle provocation !

– Réactionnaire !

Vincenzo ne se laissa pas désarçonner. Il reprit sa respiration, serra fermement les feuilles qu'il tenait à deux mains. Les deux présidents de séance demandèrent le silence, « au nom de la démocratie » :

– Messieurs, chacun doit pouvoir s'exprimer, même si, j'en conviens, certains propos peuvent sembler irrecevables dans notre Europe nouvelle.

– Ce qu'il faut avant tout, reprit Vincenzo, c'est réunir toute la péninsule dans une nation unitaire. Je ne suis pas le seul à défendre ce projet... Matteo Gaddi, Melchior Gioia, Fontana, Frugoni Lobero...

Le brouhaha recommença de plus belle :

– Inadmissible !

– Utopiste !

– Faire de l'Italie une nation une et indivisible ? Vous rêvez !

– Messieurs, poursuivit Vincenzo, je lis à des signes certains dans l'obscur incunable de la destinée italienne que dans quelques années, *nel breve periodo di pochi anni,* ce qui n'est pas encore l'Italie, le sera. Une nation italienne qui portera ses frontières et étendra son domaine par toute cette glorieuse péninsule...

– Mais non, monsieur ! Jamais !

– Faites-le taire, c'est provocation pure !

– Il devrait être en prison ! Séditieux !

– Émigré !

– ... Et étendra son domaine, je le répète, par toute cette glorieuse péninsule qui fut un temps l'arbitre et la maîtresse du monde.

Dans le tumulte, quelques applaudissements se firent entendre. Voyant que les uns et les autres commençaient de s'échauffer, les présidents de séance préférèrent recourir très vite au vote final. Leur choix, de toute façon, était arrêté depuis longtemps. Amedeo Angelucco, défenseur d'un groupement de Républiques sœurs toutes inféodées à la France, remporta le concours. Les discussions animées se poursuivirent jusque sur le trottoir :

– On n'allait tout de même pas donner le prix à l'auteur des *Piémontais en Grèce* !

– Ils sont incorrigibles ! Allez, dehors, plus de curés !

– Les aristos, les aristos : qu'ils bouffent leurs chapeaux !

– L'unité de l'Italie ? Pourquoi pas nommer Charles-Emmanuel Doge de Gênes !

Vincenzo, lui, en était convaincu : il fallait entreprendre une campagne ardente en faveur de l'unification. Antonelli ne disait pas autre chose : « Je hais les Tudesques pour tout le mal qu'ils ont fait à l'Italie. » Barnaba était d'accord : « Dante, Pétrarque, Machiavel le disaient déjà : il faut que les manteaux blancs disparaissent, et que les cavaliers frileux repassent les monts ! » « Il faut que l'Italie adore la Madone-de-la-Colère, puisque la Madone-des-Neiges n'a pas été capable de la sauver », ajouta Aventino. Puis il rappela la manière dont les Turinois déblayent la neige des rues, en hiver. Dans le quartier le plus haut de la ville existe un ruisseau. Par un ingénieux système de barrages, on en a fait un lac qu'on remplit en jetant de la neige dedans. Quand il est plein, on distribue l'eau par toute la ville, selon les pentes et les rues. Chacun devant sa porte pousse la neige dans les rigoles. Au fur et à mesure de la fonte, le ruisseau grossit, prend de la puissance. Il devient torrent qui se jette dans le Pô : « En moins de deux Turin est nettoyé. Appliquons cette méthode à toute l'Italie. Dehors les manteaux blancs, dehors les cocardes tricolores ! »

– Mais voilà, exactement ! dit Vincenzo qui se mit à chanter : « *Liberté, fraternité, égalité/ Les Français en voiture et nous à pied...* »

Le cardinal Antonelli lui fit signe de se taire, non point tant par peur du scandale que parce que arrivait vers eux un curieux cortège. Sortaient de la Citadelle plusieurs voitures, sur lesquelles s'exhibaient des vivandières habillées comme des dames de la cour, des officiers en redingote noire coiffés de grandes perruques à bandeaux bruns, et à l'arrière desquelles se tenaient des laquais portant la livrée en usage à la cour de Charles-Emmanuel. Arrivés à la hauteur d'Aventino et de ses amis, les membres de la curieuse mascarade leur adressèrent des gestes obscènes et des insultes. Les femmes retroussaient leurs robes et leur montraient leurs fesses, certains paillards leur urinaient dessus, les traitant de « vieux marquis poudrés », de « curés de merde », de « chiens », de « rats pourris ». Quelques soldats piémontais subirent le même sort. Puis ce fut au tour de courriers et de hussards d'intégrer le carnaval. Les premiers se frayèrent un chemin à coups de fouet, et les seconds avec le plat de leur sabre. Bientôt toute la promenade fut en émoi. Des bagarres et des combats éclatèrent. Cette mascarade n'avait qu'un but : se moquer des coutumes du Piémont et rendre furieuse la populace. Ici et là de graves affrontements commençaient d'avoir lieu entre les troupes piémontaises et françaises. Lentement le désordre enfla et s'empara de Turin. Des jacobins piémontais et des soldats déserteurs s'étaient refugiés dans la Citadelle en hurlant des chants révolutionnaires et en lançant des invectives à l'adresse de Charles-Emmanuel. En face, des fidèles du « roi-Marmotte », ripostaient par des : « *Viva il Ré !* » et « *Abbasso la libertà !* » À l'instant où le groupe d'amis décidait de se disperser afin de se donner rendez-vous plus tard, dans une autre partie de la ville, la troupe chargea, suivie d'une meute d'espions et de policiers qui procédaient à de nombreuses arrestations. Aventino fut appréhendé alors qu'il se cachait sous un porche. Cernide était parmi eux, cocarde tricolore bien visible sur sa redingote noire :

– Désolé, Aventino...

Aventino, après un silence, parla :

– Désolé de quoi ?

– Je vais devoir t'arrêter.

– Ah oui, et pour quel motif ?

– Sédition. Cris hostiles à l'encontre des troupes françaises.

– Je n'ai rien fait ! Je me promenais avec des amis, qui furent aussi les tiens...

– Tout est absurde aujourd'hui. Le Piémont voulait effeuiller le Milanais comme un artichaut, et c'est le Piémont qui se fait manger.

– Tu es italien, Lodovico, avant d'être français, il me semble...

– Je suis milanais, pauvre, pour la liberté et l'égalité.

– Des mots, que tout cela !

– Méfie-toi, citoyen Roero, ton père n'est plus là pour te sortir de prison...

Aventino avança d'un pas, comme pour frapper Cernide.

– Tu veux frapper un agent mandaté par le Directoire ? Écoute, Aventino, tu me fais pitié. File, retourne chez toi, retourne dans ton donjon qui ne sera plus longtemps à toi. Ou il reviendra au peuple, ou des huissiers viendront te mettre dehors parce que tu n'auras plus d'argent pour payer tes dettes.

C'était cette dernière scène, surtout, et les derniers mots de Cernide qui revenaient souvent à la mémoire d'Aventino. Depuis les incidents de Turin, l'année avait passé si vite. Sans événement majeur si ce n'était toujours cette furieuse dégradation de l'Italie en général et du Piémont en particulier. Le 24 novembre, les troupes napolitaines avaient franchi la frontière romaine. Joubert, général des forces françaises à Milan, avait exigé du roi de Piémont-Sardaigne qu'il lui ouvre l'arsenal de Turin, lui livre neuf mille hommes et quarante canons. Charles-Emmanuel ne lui avait accordé que les canons. Ce qui avait été interprété comme une attitude de franche hostilité à l'égard de la France. Dans sa retraite du Montferrat, Aventino comprit ce qui se passait : le glaive était tombé, les dernières heures du roi étaient comptées.

L'hiver approchait et la pluie tombait à torrents, les routes étaient impraticables. Aventino était plus que jamais terré dans le château de Cortanze, protection fragile contre un monstre qui le cernait de toutes parts. Il n'avait plus beaucoup de nouvelles ni de l'extérieur ni de ses amis, excepté, de temps à autre, des missives de Percy. Son projet avançait, devenait chaque jour plus concret. Il avait presque trouvé un capitaine. Le vicomte de Combelle, ancien officier de marine français qui avait refusé de se mettre au service du Directoire et avait déjà navigué dans les parages des côtes de Koromandal, commandait un bateau, dont il fallait refaire le doublage en cuivre, « ce qui prendrait un peu de temps parce qu'il y avait beaucoup de bâtiments en radoub ». La seule incertitude était liée à la date du départ : elle dépendait des événements militaires qui permettraient ou non de franchir les lignes de bateaux anglais qui bouchaient la sortie du golfe de Gênes. « Cher ami, terminait avec ironie Percy Gentile, tenez-vous prêt. Vos bagages munis de serrures à cinq gorges, vos porte-habits rigides, vos sacs mi-souples en cuir, vos paniers à pique-nique, votre nécessaire garni de brosses en ébène et de flacons en cristal, n'attendent que mon signal pour aller se perdre dans les jungles de l'Assam. » La dernière lettre, datée du 6 décembre 1798, et qu'était en train de relire Aventino, se terminait sur une confidence amusante : « Savez-vous qu'avant de jeter son dévolu sur l'Égypte, notre Corse avait hésité entre l'Irlande et les Indes. Le bougre a bien compris que la vraie rivale de la France, ce n'est pas la maison d'Autriche mais l'Angleterre, et que la route des Indes est essentielle pour le commerce. Eh bien, nous la gagnerons, cette route, et sans lui. Imaginez, cher *cittadino,* pour un peu, nous croisions cet histrion entre les bouquets de bambous et les vergers d'arbres fruitiers des bords du Brahmapoutra ! »

Alors que plongé dans le livre de Cuningham intitulé *Des diverses espèces de thé,* Aventino récapitulait les conditions idéales nécessaires à une bonne culture du thé – nuits fraîches, vents réguliers, températures précises, sol meuble, ni calcaire ni argileux, hygrométrie très particulière, nombre suffisant d'heures d'ensoleillement quotidien, etc. –, la terrible nouvelle arriva : après avoir donné l'ordre si besoin était de faire bombarder Turin, les Français avaient investi la ville, fait emprisonner les fonctionnaires royaux, et exigé du roi qu'il abdique et parte, lui et sa famille, pour la Sardaigne, cette étrange colonie à moitié barbare dont Roberto Tommaso avait tant souhaité que son fils devînt un jour le vice-roi.

Une tristesse écrasante s'empara d'Aventino. Malgré toutes les critiques qu'il avait pu formuler à l'égard du « roi-Marmotte », c'étaient des pans entiers de son histoire personnelle et familiale qui s'écroulaient. Il imaginait Turin, sa chère ville, devenue française. Ils s'y conduiraient comme partout, en pays conquis, entraînant avec eux la misère et le désordre. Dans le mois qui suivit l'entrée des Français à Turin, des contributions extraordinaires furent levées, les églises déménagées, les musées et les bibliothèques « prélevés » : comme l'annonça le Français La Révellière-Lepaux, le Piémont était un « pays neuf à exploiter ». Ce soir-là, Aventino prit une décision terrible. Il résolut de partir. Il attendrait la lettre de Percy Gentile qui lui demanderait de venir le rejoindre à Gênes. Au château, tout était prêt. Les ordres avaient été donnés, les résolutions prises, les délégations discutées. Même Felicita avait fini par accepter de jouer un rôle dans cette si mauvaise et si triste pièce.

Comme s'il avait su que c'était la dernière fois, il avait marché toute la matinée le long de la promenade plantée de chênes qui descend jusqu'à la petite chapelle du Rosaire marquant le croisement où, depuis Cortanze, les routes se dirigent vers Asti ou Turin. D'un côté des terrains humides couverts de fougères, attenants à des fonds boisés ; de l'autre un bocage de peupliers, puis les vignes, puis la plaine semée de blé. En revenant au château, il avait croisé un de ses métayers et son fils. Parmi les réquisitions les plus difficiles de l'occupant français, il y avait celle qui touchait les hommes devant s'engager dans l'armée d'Italie. C'était la seule chose tangible, pour cet homme, que la perte soudaine de son enfant qui n'avait que seize ans et tenait encore la main de son père, comme si cela pouvait le protéger de cet enrôlement dans les légions cisalpines. Le jeune soldat montra à Aventino son uniforme en pleurant :

– Je m'en moque de leurs boutons de cuivre neufs, je ne suis pas une pie !

– Aventino se pencha, et lut sur les boutons : « *Libertà e uguaglianza* ». Et sur ceux placés sur sa poitrine : « *Libertà italiana* ».

– On n'achète pas la liberté avec des boutons qui brillent, ajouta l'enfant.

Puis le silence gagna le petit groupe qui remontait vers le village. Juste à l'entrée une nouvelle affiche venait d'être apposée. Aventino la lut à haute voix :

– « *À défaut du versement intégral des contributions demandées, les officiers municipaux et vingt des plus riches particuliers du pays seront mis en état d'arrestation et envoyés en France, et leurs biens saisis et séquestrés au profit de la République française jusqu'au paiement complet de la somme restant à devoir.* »

– Qu'allons-nous devenir, monsieur le Marquis ? dit simplement le métayer.

Aventino ne répondit rien. Quand il vit le père et le fils s'éloigner dans les rues du village, il pensa qu'il les abandonnait tous, qu'il abandonnait son village. Mais, malgré la souffrance, il savait que c'était nécessaire. Il reviendrait des Indes plus fort ou au contraire y disparaîtrait à jamais.

Ce fut le pain qui vint d'abord à manquer, à tel point qu'on distribua des châtaignes et des figues sèches. Le froid était si vif et le bois si rare qu'Aventino autorisa les villageois à venir couper les arbres du parc. De nouvelles proclamations furent apposées, indiquant que « TOUTE VIOLENCE EXERCÉE SUR LES SOLDATS FRANÇAIS OU AU PRÉJUDICE DE LEURS PROPRIÉTÉS SERAIT PUNIE SUR-LE-CHAMP ». Le curé vit les portes de son église enfoncées, ses livres déchirés, ses pauvres tableaux percés à la baïonnette. Enfin, une fête fut annoncée, destinée à rappeler aux habitants de Cortanze que les Français étaient là depuis un mois déjà et qu'ils pouvaient s'en réjouir. C'est cet après-midi-là, en rentrant de sa promenade, qu'Aventino trouva la lettre de Percy Gentile. Felicita la lui apporta, les mains tremblantes, les yeux rougis : « Ne me dis rien, Aventino, je sais », bafouilla-t-elle. Le départ était fixé dans deux jours, au *Ponte Reale*, à bord du *Dio*.

Des bannières et des drapeaux décorent les rues et les places de Cortanze, mais Aventino se terre au château, il refuse de participer à la mascarade. Partout des généraux, des cuirassiers, des chasseurs, des lanciers, des guides, des dragons. Cette fête du peuple est en réalité une fête de l'armée. Il fait froid. Le ciel est d'un bleu foncé, presque gris. On chante des chants patriotiques. On s'enivre. En fin de journée un vent violent s'élève, jette dans les yeux des soldats et des danseuses des nuages de poussière épaisse mêlée de graviers. Soudain, un orage formidable fond sur la ville, la recouvre d'une telle obscurité qu'on pourrait penser que l'apocalypse est venue.

Cette nuit-là, Aventino ne dort pas, les chandeliers du château restent allumés. Les valets, les bonnes, les laquais vont et viennent, ferment et transportent les dernières valises. Au milieu des allées et venues, Felicita bougonne, car les Français ont débaptisé la petite rue des Trois-Bouchers, celle qui mène au cimetière et où, dit-on, deux courtisanes exercent leur métier. « L'appeler la rue de la Vertu ! C'est un comble ! Oh ! mon Dieu, où va se nicher la bêtise ! » Dans la nuit, la neige tombe. De sa fenêtre, Aventino regarde la place, qui sépare le château de l'église. Il pense à son loup gris, à sa présence fidèle et mystérieuse... Soudain, au petit matin, un fracas énorme. Des soldats sont en train de décapiter le noyer. Et quand la cime s'écroule, dans le fracas des feuilles, et se retrouve à terre, la pièce dans laquelle attend Aventino est soudain jetée en pleine lumière. Il n'avait jamais réfléchi à cela, que ce noyer lui enlevait de la lumière du jour. Une lumière qui au lieu de mettre ses démons en fuite, les retient, les cloue à jamais à cette vision. Toute sa vie, Aventino se souviendra du bruit du noyer qui s'affaisse dans la neige de la place de Cortanze, et de cette obscurité brusquement venue avec la lumière. La seule façon de chasser un peu de cette obscurité, c'est sans doute de quitter l'Italie et de partir pour les Indes à la recherche de cette pousse de thé qu'il ne trouvera peut-être jamais. Alors que tournent et retournent dans sa tête ces funestes pensées, les soldats dressent à la place du noyer une longue perche ornée en son sommet d'un bonnet phrygien. « C'est le perruquier Camanolli qui l'a fabriqué, souffle Felicita. Même à Cortanze, il y a des fous qui aiment les Français ! »

À présent, c'est l'heure de partir. Aventino n'a pas souhaité faire de longs adieux. Seule Felicita le serre dans ses bras, le reste de la maisonnée le salue gravement. La route vers Gênes sera difficile. Une fois dans la berline, il pense au départ du roi, à ce qu'on lui a rapporté de ce départ... Silencieux, il avait franchi la porte du palais donnant sur le parc, et était monté aux côtés de la reine, dans une voiture qui s'était ébranlée lourdement. Il neigeait aussi à gros flocons, et le ciel était très sombre. Les torches-tempête portées par les cavaliers français et piémontais de l'escorte, la trentaine de véhicules qui avançaient en un lent cortège, donnaient à ce départ l'aspect d'un convoi funèbre. Le roi n'avait pas osé emporter les joyaux de la couronne et les avait abandonnés sur une commode dans les appartements royaux, ainsi que toute l'argenterie et des doublons d'or en quantité... Voilà ce qu'on avait dit. Et qu'il neigeait à gros flocons. Comme aujourd'hui...

Aventino revient à lui, et regarde par la fenêtre de la berline qui s'éloigne déjà. Il est tombé toute cette nuit beaucoup de neige. Les arbres et les haies plient sous son poids. Tout est ouaté, silencieux. On ne voit plus les sentiers, les chemins, plus une seule route destinée aux hommes. Aventino ne se retourne pas pour regarder le château. Dans le lointain, les Alpes hérissent leur muraille blanche. Cortanze, le château, la campagne alentour, le fond de son être, tout n'est plus qu'une immense solitude qui le suit tout au long de la route, jusque dans Gênes, et sur le bateau. Il ne voit rien du *Ponte Reale*. Il ne perçoit rien du vacarme du port, des formalités. Il n'entend même pas Percy lui parler. Il se tient sur le pont et contemple Gênes, et les eaux du port, s'y mirant comme pour s'y abîmer. Quelque chose s'est déchiré en lui. Il ne sait pas encore quoi. Il ne s'aperçoit même pas vraiment du départ du bateau. Perdu dans la contemplation du grand bassin noir et luisant, il flotte dans un monde nouveau fait d'agrès et de cordages, de falots qui tremblent, d'odeurs inconnues, de cris. Une eau pâteuse se soulève et s'abaisse. Brouillard ardoisé. Nuées moites qui pendent et s'égouttent. Sur les flots des crêtes blanches. Il éprouve la sensation bizarre de ne pas bouger, de ne pas partir. Pourquoi pense-t-il au tableau de la galerie de portraits ? La couleur et le visage de la jeune fille de gauche ont presque repris leur splendeur initiale. Est-ce prodige ou folie ? Le bateau est encore à quai. Aventino est toujours à Gênes, et il fredonne : « *Dame de Lombardie, Épousez-moi, épousez-moi* », puis sombre dans le silence. Pourquoi, tout ce temps sans revoir Maria Galante ? Et pourquoi part-il ? Et pourquoi se tait-il ? Parce qu'il n'a plus rien à dire aux hommes de cette fin de siècle.

Deuxième partie

26

I L *Dio*, contraction génoise pour *il dito*, le doigt, en hommage caché au pouce de Vénus et non à l'index de Dieu, était une frégate jaugeant mille tonneaux. Sa batterie haute armée de pièces de 18, et sa basse portant du 36, en faisaient un navire aussi puissant que redoutable, monté de quarante-six pièces de canon. Construit en bois du Brésil, avec tous ses barreaux d'acajou, il ressemblait tout à la fois à un gros transporteur de la Compagnie des Indes orientales, à un vaisseau de guerre du roi, et à un navire corsaire. Véritable ville flottante, il emportait avec lui un équipage d'une centaine d'hommes, ainsi qu'une vingtaine de passagers, parmi lesquels des jeunes gentilshommes officiers de marine, des ouvriers pour le roi de Ceylan, des fonctionnaires, des négociants et employés de commerce, un capucin, et les membres d'une troupe d'artistes lyriques allant chercher fortune à Pondichéry. Ajoutons à cette liste des garçons de service, nègres, Malais et Chinois, tous sous les ordres du chef cuisinier et du maître d'hôtel. Quant aux Arabes, recrutés à Aden, ils devaient accomplir les tâches les plus pénibles car eux seuls pouvaient résister aux effrayantes chaleurs de l'océan Indien. Ils avaient avec eux leur cheik, qui écoutaient leurs doléances, répondait de l'ordre général, et auquel ils abandonnaient une partie notable de leur salaire.

Accoudé au bastingage, Aventino revoyait, comme dans un rêve, le départ du navire. Il se souvenait de cette foule pressée pénétrant sans relâche dans les vastes flancs du monstre de bois et de toile. Certains membres d'équipage et plusieurs passagers étaient venus avec leur famille et leurs amis. Un va-et-vient incessant de malles et de colis avait longtemps dansé devant ses yeux. On parlait de la Chine, des Indes, du Japon, de l'Afrique. Et quand l'ordre avait été donné aux proches et au personnel du port de quitter le bateau, le reflux de ceux pressés de redescendre avait croisé le flux des derniers arrivants. Bientôt, un tintement de cloche avait prévenu les retardataires de regagner le quai. La passerelle avait été relevée, et lentement la frégate avait glissé le long du *Molo Vecchio*, où se trouvait massée la foule des curieux, des parents et des amis agitant leurs mouchoirs et échangeant avec les passagers les derniers adieux.

Alors Aventino, qu'aucun ami, aucun parent n'était venu saluer sur le quai, avait soudain songé à son isolement plus qu'à sa solitude. Comme Thémistocle, il eût alors souhaité qu'existât un art qui enseignât à oublier, c'est-à-dire à vivre mieux avec ses souvenirs, peut-être à leur pardonner. Aventino était comme ceux qui, quittant le port, fixent encore la terre du regard et ont l'impression que le navire reste immobile et que c'est la rive qui s'éloigne. En vérité, le port, comme la vie, avec son temps et ses plaisirs, demeurait en l'état. Les choses, à Gênes, à Turin, allaient continuer sans lui : c'était lui qui les quittait.Vincenzo Di Carello, dans un petit recueil de *Pensées*, soutenait que l'homme, fuyant sur la nef de la mortalité, s'en va vers cette mer tempétueuse qui engloutit et dévore toute chose. « Il nous est à jamais refusé de revenir à terre, écrit-il, et, toujours battus des vents contraires, nous finissons par briser notre vaisseau sur quelque écueil. » Cette mer, sombre comme une forêt, n'était peut-être rien d'autre qu'un Styx à traverser pour rejoindre sa propre mort, et pour comprendre, au terme du voyage, que cette finitude de la vie ne procédait pas seulement du temps mais de soi-même.

Le bateau semblait immobile. L'amphithéâtre de montagnes autour de la ville était encore là. Et le chapelet de villages, égrené sur la côte, sur les plages, entre le vert de la montagne et le bleu de la mer, brillait par intermittence. La brise contraignait le navire à louvoyer. Tantôt l'inclinant, à grands coups de souffle brusque, tantôt le lançant en avant comme un cheval qui s'emporte. Mais le tout dans un étrange surplace qui donnait le tournis. Quand le vent cessait, la frégate reprenait sa route calme et tranquille, rejetant de chaque côté de la proue deux bourrelets d'écume comme la bave d'un monstre marin. Aventino voyait Gênes s'éloigner, et puis parfois, soudain, se rapprocher. Était-ce lui qui refusait de partir, ou le navire qui n'y parvenait pas ?

Tout à coup, le son d'une voix connue frappa son oreille, le jetant hors de sa rêverie. C'était Percy Gentile, l'initiateur, le tentateur, celui à qui il devait d'avoir tout quitté et d'être là, accoudé au bastingage.

– Je voudrais vous présenter Henri de Combelle, capitaine du
Dio...

Aventino se retourna. Lui faisait face un homme de haute stature
à l'expression un peu hautaine. Français né à Lorient, il avait toujours vécu dans le bruit des charpentiers, le tintamarre des calfats,
l'affluence des étrangers, le mouvement des chaloupes en rade,
bref dans une ivresse de mer qui l'avait tout droit mené à la carrière
de capitaine dans la marine royale. Contrairement à nombre des
habitants de Lorient, appartenant corps et âme à la Compagnie des
Indes orientales et ne vivant que dans l'illusion de la fortune, Henri
de Combelle n'avait que faire des tracasseries de comptoirs, des
trésors de pacotille et des combinaisons des créanciers, car à ses
yeux les luttes autour des intérêts divisaient plus les hommes
qu'elles ne les rapprochaient. Les îles de France et de Bourbon,
Pondichéry et ses dépendances n'étaient à ses yeux que des points
sur une carte qu'il fallait rallier dans le moins de temps et avec le
moins d'ennuis possible. Seule comptait la mer, parce que, disait-il,
« elle donne de la folie dans l'âme ». Comme ses illustres prédécesseurs, Court de La Bruyère, Abraham Dusquesne, Du Chaffault,
Salaberry de Benneville, et tant d'autres, il était encore en activité
à soixante-dix ans passés ! Embarqué dès l'âge de douze ans pour
son premier voyage aux Indes, sur ordre de sa mère, une veuve
d'armateur malouin, il n'avait depuis cessé de naviguer. Sans la
Révolution, il aurait sans doute pu finir chef de l'escadre française,
c'est du moins ce que laissait entendre Percy. Amateur de foie de
volailles, traditionnellement le « morceau du chef » à la table du
commandant ; de vin de Madère et de Cos d'Estournel ; doué d'une
activité sexuelle hors du commun qui le faisait tester en faveur
d'enfants posthumes, le valeureux capitaine ne voulait rien d'autre,
« au seuil du tombeau », que de « donner un dernier coup de collier
contre les ennemis du roi ».

– Henri de Combelle, dit le marin d'une voix forte, je suis fier et
heureux de vous compter parmi nous.

Aventino lui donna une poignée de main chaleureuse.

– Vous trouvez sans doute que le navire n'avance guère.

– C'est une illusion, je suppose, répliqua Aventino, c'est moi plutôt qui ne souhaite pas qu'il quitte la Méditerranée...

– Non, non, vous avez raison. Un jour, en rade de Saint-Nazaire,
j'ai fait lever l'ancre trois fois, et trois fois j'ai été obligé de la faire
mouiller. Les vents, cher monsieur, les vents, tout est de leur faute.
Un jour favorables, un autre défavorables. À certains moments, ils
sont aussi versatiles qu'une jolie femme !

– C'est le cas aujourd'hui ?

– Parbleu ! Vous n'avez pas vu ? À peine dans le golfe de Gênes, ils passent au sud-est. Je me dirige vers ouest-nord-ouest. Nouveau changement : ils sautent au sud-ouest, puis au nord-ouest. Puis une grande brise, puis le calme plat...

– Et maintenant ?

– Nous n'allez pas me croire, jeune homme. J'ai fait appeler le pilote côtier sur le gaillard d'arrière. Il a jeté une pièce en l'air et je lui ai demandé de choisir une des faces. Notre homme a choisi la figure. La pièce est retombée sur le pont : figure ! Je suis reparti au sud-est.

– Nous allons rejoindre Charles-Emmanuel en Sardaigne ? demanda Aventino avec ironie.

Le vieux marin répondit avec le plus grand sérieux, montrant à Aventino plusieurs voiles, là-bas, au sud, et là-bas, au nord :

– Jusqu'à Gibraltar, nous allons devoir sortir, non seulement au milieu des vents contraires qui peuvent retarder singulièrement notre arrivée au détroit, mais aussi parmi des voiles ennemies. La marine du Directoire est entre les mains de jean-foutre, mais ses batteries sont de bonne qualité ! Des frégates françaises pourraient très bien se mettre à notre suite, nous observer plusieurs jours, se rapprocher et finir par nous canonner...

Les vents continuèrent de se refuser aux voiles de la frégate, et deux jours durant elle dut louvoyer devant la baie. Le troisième jour, alors qu'il était question de mouiller de nouveau, et qu'on songeait déjà à amener les voiles, le sirocco se leva, mais au lieu de tourmenter le bateau et de contrecarrer sa route, il le poussa vers la mer ligurienne. La navigation dans la Méditerranée est très difficile en hiver, et les contrariétés apportées par les vents se poursuivirent durant toute une partie du voyage. *Il Dio* essuya plusieurs grains violents suivis d'une tempête furieuse. Les mousses durent grimper sur les antennes pour plier les voiles tandis que les matelots préparaient les ancres. Sur la mer, les flots s'accumulaient et mugissaient. Aventino n'avait jamais rien connu de tel. Tantôt des vagues énormes portaient la frégate vers le ciel, tantôt elles la précipitaient dans des abîmes profonds, d'où elle ne ressortait que pour monter sur des flots encore plus énormes. Pendant près de cinq heures, un concert effrayant se fit entendre : sifflement du vent, bruit des antennes, cordages et mâts oscillant prêts à se fracasser, murmure sourd des ondes agitées, cris des matelots, bouleversement de la marchandise – balles de coton, rames de soie, sucre, rhum, café, indigo, pacotilles – joints à l'horrible grincement qui se faisait entendre dans toutes les parties du vaisseau violemment agité.

Mais, aux yeux des marins aguerris, cette tempête n'avait rien que de très ordinaire. Il se trouva même un hunetier poète pour déclamer des vers burlesques :

> « *Tantôt sur des vagues chenues,*
> *On s'élevait près des nues.*
> *On aurait pu, sans accident,*
> *Prendre la lune avec les dents.*
> *Un trop curieux bâtiment,*
> *Plongeait pour voir commodément*
> *Ce qui se passait dans l'empire*
> *Du dieu du liquide élément.* »

Si le vent se maintenait de la sorte, la frégate devait en toute logique toucher aux îles du Cap-Vert d'ici deux à trois semaines. Partie le 15 janvier, elle y serait donc aux alentours de la mi-février. La grande inconnue, c'était la présence des bâtiments ennemis ou des corsaires qui profitaient de la guerre pour délester les bateaux de leurs cargaisons de denrées coloniales, d'armements, de vins, et parfois même pour capturer des navires négriers en provenance de la côte d'Angola.

Malgré la tempête, le capitaine convia Percy, Aventino et plusieurs autres passagers « de marque » à partager son dîner.

L'appartement du capitaine, appelé « grand-chambre », en souvenir du « Règlement », édicté par Choiseul en 1765, était fort exigu. Sis sur le gaillard d'arrière, il servait à la fois de salle du conseil, de bureau, de chambre, et de salle à manger pour l'état-major, trois fois par jour. Son aménagement intérieur relevait d'une grande précarité, à peine rehaussé de quelques peintures. Il comprenait une couchette à tiroirs pour ranger les effets personnels, des bancs, des armoires, des caissons munis de tiroirs pour y ranger les instruments de marine de cuivre et d'acajou, et une table pour les dîners du midi et les soupers du soir. C'est autour de cette dernière que Henri de Combelle avait réuni Percy, Aventino, Bernardo Kuypers, aspirant de 1ʳᵉ classe et son protégé, Carlo Ordoni son quartier-maître, enfin, un capucin qui était en prière depuis le départ de Gênes quand il ne soignait pas son asthme, et qui arriverait en cours de repas. S'apercevant qu'Aventino, qui pénétrait pour la première fois dans le logement du capitaine, le trouvait fort incommode, Henri de Combelle dit en levant son verre à la docte assemblée :

– Sachez, cher ami, que je suis bien logé par rapport à mes officiers ! Leurs couchettes ne sont séparées les unes des autres que par de simples cloisons de toile coulissant sur des tringles de cuivre !

– Et nous avons même une cuisine en fer ! dit Bernardo Kuypers.

– Ce qui est tout à fait exceptionnel, renchérit le capitaine. Un bateau ne peut pas se surcharger inutilement. Pour le reste, nous disposons de six mois de vivres, de combustible – charbon de terre et bois –, et de quatre mois d'eau très complets.

– C'est pour cette raison que nous devons mouiller sur une des îles du Cap-Vert, précisa le jeune aspirant.

– Et toutes ces caisses ? demanda Aventino en observant un tas de boîtes métalliques qui obstruait un bon dixième de la pièce.

– C'est une tolérance, dit Henri de Combelle : des marchandises que mes officiers pacotilleurs vendront sur place. Une coutume...

– C'est votre première traversée ? demanda Carlo Ordoni en se tournant vers Aventino.

– Oui, en effet.

– Et alors ?

– Alors ? J'observe. Pour le néophyte que je suis, c'est plein d'enseignements. Je n'ai pas encore été terrassé par le mal de mer.

– Et comment trouvez-vous la vie à bord ?

– Beaucoup d'amitié. Des vertus essentielles. De l'effort. Nos politiciens devraient peut-être s'en inspirer.

La conversation roula sur d'autres sujets, puis on revint très vite au seul et unique centre d'intérêt des marins présents autour de la table : leur métier. On parla donc manœuvre, construction navale, gréement, arrimage. Tous aimaient leur profession et l'accomplissaient avec zèle ; des anciens officiers aux maîtres d'équipage, des pilotes aux canonniers, des charpentiers aux voiliers en passant par les calfats. Le dîner était fort agréable. Chacun parlait de ses rencontres, de ses aventures, de ses accidents, on but à la santé des uns et des autres.

– La vie semble bien monotone à la mer, et surtout lors d'une longue traversée, comme la nôtre, dit Aventino. Vous ne vous ennuyez jamais ?

– Non, sourit Bernardo Kuypers. Les uns jouent pour passer le temps, d'autres s'occupent à des bagatelles. Beaucoup savent se distraire agréablement ou s'employer utilement.

– J'ai passé huit ans dans les prisons anglaises à Pondichéry, dit Carlo Ordoni, je peux vous assurer que je préfère de loin cette frégate.

– Vous n'êtes jamais allé aux Indes ? demanda le capitaine à Aventino.

– Non, ça sera la première fois.

– Vous en avez une connaissance livresque, au moins ? ajouta le capitaine. Vous avez lu les bons auteurs : Sonnerat, Poivre, Le Gentil ?

– Pas ceux-là mais d'autres, qui me donnent chacun « leur » vérité sur les Indes. La question est de savoir quelle sera la mienne, ajouta-t-il, pensif.

– Je vais vous dire quelque chose, avança Henri de Combelle, les Indes ont toujours été considérées comme une des contrées du globe les plus riches et les plus heureusement situées.

Aventino songea à l'Italie :

– Vous voulez dire qu'elles ont excité l'avidité des conquérants et l'intérêt des peuples...

– Exactement, répondit Percy. Les Portugais, les Hollandais, les Français, les Anglais, les Danois, tous y ont fondé des comptoirs, et petit à petit la cupidité, l'ambition, la jalousie ont fait éclater entre eux des dissensions meurtrières. Et pourtant, les Indes, vous verrez, c'est bien autre chose. Quand on en revient, on n'est plus le même.

Henri de Combelle qui semblait tout à la fois passionné par la discussion et très attentif aux rumeurs de la mer et aux craquements de son bateau ajouta :

– Je ne sais pas si les guerres dans les Indes se sont propagées en Europe mais ce que je sais, c'est que le fléau des guerres d'Europe est en train de les gagner.

– Il va falloir se faufiler entre les Français et les Anglais qui ont fait des Indes une arène pour leurs combats sanglants, dit Aventino. Voilà pour nous, une difficulté supplémentaire.

– Et qui nous éloigne du thé, dit le capitaine, en se levant pour accueillir le capucin.

Un grand homme maigre entra dans la pièce. Aventino et Percy se levèrent ensemble. Ils n'en croyaient pas leurs yeux :

– Kristan von Enghelhard !

– Aventino ! Percy ! s'exclama l'homme en leur donnant de chaleureuses poignées de main !

Kristan von Enghelhard, baron autrichien émigré, avait délaissé la diplomatie au profit de l'engagement anonyme auprès des pauvres et des sinistrés, à la suite de l'incendie dans le ghetto de Gênes. Frappé par l'immense générosité des capucins qui avaient eu la responsabilité des pompes à incendie, il avait décidé d'intégrer leurs œuvres d'assistance, et de ne plus se promener désormais que nanti de son parapluie rouge et d'un grand panier de victuailles pour rendre de menus services aux petits ménages. Sans pour autant parler de conversion, il disait avoir « triomphé de Satan en faisant vœu de pauvreté ». Paradoxalement, la Révolution française et les pillages successifs opérés par les troupes du Directoire en Italie l'avaient aidé à franchir le pas :

– Non pas que je sois partisan de la servitude et ennemi entier des Lumières, mais je suis convaincu que les lumières ne doivent se répandre que par des moyens légitimes et sains, jamais par la ruine d'une société, ni en levant l'étendard de la guerre civile.

Devant Aventino et Percy, bouche bée, von Enghelhard, qu'ils avaient connu fourrageant entre les cuisses de la Grassini ou poursuivant de ses ardeurs la grasse Lucia, métamorphosé en frère Kristan, expliquait qu'il vivait au plus près du peuple, que sa vie consistait désormais à courir les rues pieds nus et le sac sur le dos, à vivre d'aumônes de pain et de vin, et à récolter quelque argent pour alimenter l'ordre. Pour cela, il s'était fait arracheur de dents, suivait les enterrements un cierge en main, ou posait pour les peintres qui lui trouvaient « une tête d'anachorète ». Il se rendait aux Indes pour y retrouver les membres de sa confrérie qui avait une mission à Goahati, ville au confluent du Bengaless et de l'Assam. Les lois révolutionnaires de 1790 contre les religieux ayant tari la source de leur recrutement, nombre de couvents de capucins ou de franciscains français étaient passés aux mains des Espagnols et des Italiens. Le peuple, pour qui les jésuites, avec leur science étrangère et leur savante politique, semblaient trop éloignés de lui, leur préférait à présent la proximité des capucins prêts à venir à tout instant visiter la plus humble des chaumières. Tel était le sens des paroles tenues par frère Kristan qui se rendait aux Indes dans un but bien précis. Il ne se livrerait ni à la prédication ni à l'étude de la religion, mais tenterait de développer des pharmacies populaires afin d'y distribuer gratuitement des remèdes aux malades en cherchant notamment les applications de l'opium si décrié en Europe.

Son trajet vers Dieu tenait en peu de mots :

– J'ai longtemps cru que notre Dieu était un vieillard gâteux et qu'il nous avait oubliés comme des bâtards trop nombreux. Quelle erreur ! Le destin de l'homme relève d'une autre loi qui nous échappe. Notre vie est un rêve immense, à nous de le parcourir en toute quiétude, sereinement.

Aventino observait ces hommes qui seraient, des mois durant, ses compagnons de voyage. Chacun, à sa manière, avait une connaissance particulière des Indes. À peine était-il sorti du golfe de Gênes que les Indes étaient déjà là, si proches, qu'il pouvait presque les toucher. Lentement, ce voyage qui n'était peut-être au départ qu'une fuite, prenait sens. C'est ce à quoi il était en train de penser lorsqu'un matelot entra dans la grand-chambre :

– La vigie annonce plusieurs voiles au nord-nord-est, capitaine !

En quelques minutes, tout le monde se retrouva sur le pont. Tous, les marins comme les passagers, pensaient la même chose : « C'était trop beau ! La tempête s'était apaisée. La nuit s'était passée tranquillement, sans alerte, et voilà maintenant en plein après-midi toutes les vigies qui se mettent à beugler, navires au vent, navires au vent ! » C'était une escadre de six bateaux, au vent à nous, parfaitement en ligne, dans le meilleur ordre, et qui se dirigeaient vers la frégate... Comme ils ne présentaient que l'avant, les vigies du *Dio* ne pouvaient former aucune conjecture pour savoir, ne serait-ce que d'après leur construction, si les navires étaient français ou anglais. Une anxiété affreuse commençait de gagner les membres d'équipage et les passagers :

– C'est peut-être un Espagnol ?

– En tout cas, ce n'est pas un Américain, dit un marin, ce n'est pas l'époque des chargements de potasse et de coton...

– Avec la tempête on a dû palanquer les canons au sabord, on ne va pas pouvoir se servir de la batterie basse si le besoin s'en fait sentir !

– Ils ne sont guère qu'à trois portées de canon, on va se faire éventrer !

Lorgnette à la main, le capitaine décida de monter sur le pont et de parler à son équipage. En souvenir, sans doute, de l'époque révolue où, se battant seul contre onze vaisseaux anglais, il n'avait cédé qu'au bout de neuf heures de combat acharné. Des sifflets ordonnèrent le silence qui gagna petit à petit le navire :

– Mes amis, nous ne savons pas si les vaisseaux qui sont devant nous sont amis ou ennemis. S'ils sont amis, c'est un jour de bonheur. S'ils sont ennemis, il nous faudra essayer de franchir leur barrage ou bien vendre cher l'honneur de s'emparer de notre pavillon.

Aussitôt, les cris de « vive le capitaine ! » retentirent sur tout le vaisseau. Aventino, frère Kristan et Percy se regardèrent, inquiets. Ils étaient tombés sur un fou qui pensait toujours se battre au nom du roi, pour on ne savait quelle gloire ou idéal ! Chacun se précipita à son poste. En un instant la batterie haute fut mise en état de propreté et prête à servir. Le maître canonnier avait déjà la mèche entre les dents !

Par on ne sait quel hasard maritime, cinq des six navires s'éloignèrent comme par enchantement, à moins qu'ils n'aient été dans l'impossibilité d'avancer vers la frégate. Seul le sixième se rapprochait inexorablement, prolongeant *Il Dio* à tribord, depuis le bossoir jusqu'à la hanche, à demi-portée de pistolet. Si à cette distance, le capitaine avait lâché toute sa bordée, le navire hostile eût été coulé bas immédiatement. Mais Henri de Combelle n'en donna pas l'ordre. Peut-être était-il moins agressif que ne l'avaient cru Aventino et ses amis, et plus conscient de la possibilité d'une issue heureuse et sans combat de cette rencontre en mer Méditerranée. *Il Dio* était à présent à hauteur de Cartagena et à moins de quarante-cinq milles de Gibraltar. Le capitaine, sous la pression des passagers, décida de héler le navire et de lui demander de quelle nation il était :

– Hollandais ! Hollandais ! lui indiqua-t-on.

Le commandant hésita une seconde. Comprenant dans le même temps qu'un vaisseau hollandais dans ces parages était une chose absurde.

– Capitaine, regardez ! lança le jeune Bernardo Kuypers, alors que le bateau était sur la hanche du *Dio*.

Le navire arborait pavillon français et, tout en dépassant la frégate qui ne put riposter qu'avec les trois ou quatre petites pièces de canon les plus à l'arrière, envoya immédiatement sa bordée. Tandis que le navire français revenait au vent pour s'établir à l'arrière du *Dio* à une portée de mousquet, et mettre en panne, la frégate tenta de prendre la fuite. Les cinq autres navires étaient loin et la position de la frégate était par trop extraordinaire pour recevoir le combat. Le capitaine était formel :

– Imaginez un cavalier qui serait sur un cheval sans bride, auquel on a coupé les jarrets, et qui n'a pas la possibilité d'en descendre pour se garantir d'un autre cavalier qui l'attaque avec tous ses avantages !

– Vu de la sorte, c'est terrifiant, dit Aventino. On ne peut absolument pas bouger...

– C'est exactement ça : on est comme un rocher au milieu de la mer.

La lune était dans son premier quartier. Une nouvelle bordée fut fatale au *Dio*. En quelques secondes le vaisseau fut transformé en une vaste désolation. Le pont faisait pitié, tant il était encombré par les cordages et les poulies qui étaient tombés. La batterie en était remplie. On ne pouvait pas s'y retourner et le sol était jonché de blessés. Les Français ayant chargé leurs pièces de valets soufrés, le feu avait pris dans trois endroits du navire, et une épaisse fumée étouffait toutes les bougies des fanaux. Bientôt l'obscurité se mêla au feu. On entendait partout des cris de détresse. La lune disparut totalement et un énorme nuage noir cacha la vue du bateau adverse. Il fut obligé de suspendre son feu, ce qui sauva sans doute le *Dio* du désastre, d'autant plus qu'un vent favorable s'était levé.

C'est au petit matin que l'étendue véritable du malheur fut enfin visible. Il y avait de nombreux blessés, tant parmi les membres d'équipage que les passagers. On releva deux morts, qui furent immergés comme le veut la tradition : Carlo Ordoni, le quartier-maître, qui avait reçu une tige de 18 lignes sur la tête, et le jeune Bernardo Kuypers qui avait été mortellement blessé par un éclat d'obus. Le bâtiment aussi avait beaucoup souffert. Plusieurs voies d'eau s'étaient déclarées, que les pompes avaient beaucoup de peine à comprimer. Un des mâts était brisé, une partie de la voilure et des cordages avait subi de très importants dommages, et les matériaux nécessaires pour les remplacer manquaient. Il fallut même jeter à la mer les cadavres des bœufs et des cabris, embarqués à Gênes pour nourrir l'équipage. Cependant, les quarante-cinq milles qui restaient à couvrir pour atteindre Gibraltar furent avalés assez rapidement. Madère fut dépassé, tout comme les îles Canaries. Moins d'une semaine après le fatal combat en Méditerranée, le *Dio* entrait dans le port de Boa Vista, une des îles du Cap-Vert. Elle était dotée d'un gouverneur général et d'un évêque portugais, de chanoines tous indigènes, de bœufs, de moutons, de fruits, et de grandes quantités de poules pintades. La frégate répara ses avaries. On chargea en abondance de l'eau, des oranges, des citrons, des ananas et des figues bananes ainsi que quelques animaux pour leur lait et leur viande. On donna aux souffreteux force café. Et l'on repartit en direction d'Ascension et de Sainte-Hélène. Le 20 mars 1799, à la sortie du port de Boa Vista, un navire portugais coupa grossièrement la route du *Dio*. Son capitaine monta à bord de la frégate et offrit à Henri de Combelle, en même temps que ses excuses, des bouteilles de champagne et du vin d'Alicante pour soigner les diarrhées, *muitas vezes em mar alto...*

Dans le cours d'une si longue traversée, tout prend un caractère particulier, excessif, voire irrationnel. Aventino, qui fut convié à cette étrange marque de courtoisie maritime, ne put s'empêcher de revoir le petit visage écrasé et couvert de sang du jeune Bernardo Kuypers. Chacun naît donc avec un chemin tracé, comme s'il le portait gravé dans la paume de la main. Tenter de le modifier est inutile ; et son destin, Aventino ne le perçoit qu'à l'instant où il le suit. Quand il chasse sa mélancolie. Quand il se rapproche de ces Indes orientales, avec la sensation presque inconfortable que le sang qui circule dans ses veines le fait cicatriser peut-être trop vite... Et la profonde nostalgie qu'il éprouve alors n'a que peu à voir avec le passé. Ce qu'il ressent, c'est une nostalgie du futur. La nostalgie des jours de fête, quand tout vagabondait de l'avant, et que demain était encore à sa place. Deux jours avant sa fin tragique, Bernardo, affectant la pose du vieux loup de mer, avait proclamé : « Si les souvenirs existaient, je serais déjà mort depuis longtemps... »

27

LE capitaine avait cru que les vents allaient renverser l'ordre de
la nature et, soufflant en sa défaveur, contraindre *Il Dio* d'aller
chercher vers le Brésil, les vents d'ouest qui le porteraient au Cap,
l'éloignant d'autant plus de l'île de Sainte-Hélène. Heureusement
il n'en fut rien. À mesure que le bateau se rapprochait de l'Équateur, les jours augmentaient sensiblement. Allongés sur les vastes
fauteuils de rotin rangés le long des sabords, les passagers devisaient
aimablement. La mer était assez haute, mais régulière et parcourue
de poissons volants. Le roulis était si bénin, le tangage si peu sensible, que presque personne n'en était incommodé. On jouait,
comme s'il s'était agi d'un salon à terre, au palet, au whist, au
trictrac, et cela jusqu'à l'extinction des feux.

– En deux jours, passer de 3°10' à 3°50', en cette région de grains
et d'alizés, on ne peut guère demander mieux, dit le capitaine.

Aventino ouvrait de grands yeux, sans comprendre.

– C'est du chinois, n'est-ce pas ?

– Je dois en convenir, répliqua Aventino. Mais j'ai déjà compris
que le navire fait pavillon blanc pour signifier qu'il ne nourrit
aucune intention hostile, que le souffleux est un cétacé... ce n'est
déjà pas si mal.

Chacun rit de bon cœur. Le capitaine, fier de sa supériorité,
donna une explication :

– D'ordinaire, les vents dans ce pays, sont sud-ouest. Nous allons
au sud-est. En évitant d'aller chercher les vents d'ouest au Brésil,
nous pouvons doubler le cap de Bonne-Espérance, en passant par
l'île de l'Ascension et par l'île de Sainte-Hélène. On gagne un mois.

– Je ne sais pas si j'ai compris, dit Aventino en souriant.

– Alors parlons d'autre chose, suggéra le capitaine.

– Des femmes, dit Percy.

– Excellent sujet, dit le chanteur lyrique qui, pour une fois, avait réussi à s'immiscer dans le petit groupe formé par de Combelle, Percy, Aventino et frère Kristan. Faute d'en avoir à nous mettre sous la dent, tâchons de nous en souvenir !

– À moins que frère Kristan ne préfère disserter des avantages de l'esprit métaphysique qui seul conduit à la vérité, et de l'esprit analytique qui seul la trouve, fit remarquer le marin.

Frère Kristan fit de grands gestes avec les manches de sa soutane marquant son profond désaccord avec cette suggestion :

– Ou sur le système de la liaison des idées, si fécond en vérités importantes ? Locke et Condillac sont restés à quai. Oublions-les, suggéra-t-il.

A mesure que le jour baissait, chacun évoqua un souvenir, rapporta une anecdote. Frère Kristan raconta, non sans un certain transport de joie, comment, bien avant son sacerdoce, une dame vénitienne, qui ne pouvait avoir d'enfant de son mari, passa trois nuits avec lui, dans un lieu tenu secret, avant de le congédier « non sans l'avoir gratifié d'une bourse contenant cinquante guinées d'or ». Le chanteur lyrique évoqua cette jeune Française, rencontrée à la station du pic du Simplon, au milieu d'une nuit froide et des bourrasques de neige qui l'empêchaient de la voir, et dont la seule chose qu'il lui fut donné de connaître était sa voix :

– Une voix fort douce, à travers les ténèbres et les vents, et qui me confia qu'elle attendait des rubans de Paris !

Le capitaine se souvint, non sans émotion, de cette jeune personne « dans un galant déshabillé », laquelle, dépitée qu'il ne la remarquât pas, finit par lui lancer : « *Lascia le donne, e studia la matematica !* » Quant à Percy, il proposa à ses amis une devinette :

– Pourquoi dit-on, à Pise, que la femme est le plus méchant animal qui soit, et cela un an encore après sa mort ?

Personne, évidemment, ne connaissait la réponse. Toute cette assemblée d'hommes riait d'un bon rire satisfait.

– Lorsque les Pisans haïssent quelqu'un, ils le battent avec un sac rempli des os d'une femme morte dans l'année. La personne ainsi battue par cette « morte » tombe dans une étrange consomption, de sorte qu'elle décède rapidement !

Une nuit profonde et un brouillard épais avaient lentement envahi le pont du bateau. Alors que la troupe hilare se retournait vers la chaise où se trouvait Aventino, afin qu'il raconte lui aussi son histoire de femme, on s'aperçut que le quatrième larron avait disparu.

Saisi d'un malaise étrange, Aventino avait préféré regagner sa chambre. Ces anecdotes autour de la femme l'avaient gêné, presque blessé. Il se mit à penser avec tristesse à Maria Galante. Qu'était-elle devenue ? Où était-elle ? Pourquoi n'avait-il pas cherché à la revoir après leur séjour rue de l'Industrie, à Milan, ou après la représentation de l'opéra de Fioravanti à Turin ? Il songea au tableau, à *A.R. servant le thé à deux dames amies.* La réserve de la femme de droite, l'élégance de celle de gauche qui ressemble tant à Maria Galante, et qui possède des traits « indous ». Cette nuit-là, il fit un cauchemar.

Il est dans une pièce obscure. Une jeune femme est là, étendue, c'est une Indoue. Immobile, presque raide, elle a toute l'apparence de la mort. Ses cheveux noirs sont défaits. Son visage bronzé semble exsangue sans que cela lui enlève, toutefois, une expression de pure beauté, bien au contraire. Un colibri est posé sur son ventre. Pour la voir, il doit ouvrir le rideau de mousseline de la moustiquaire, ce qui lui donne à penser qu'il ne s'agit pas d'une vision enfantée par son cerveau mais de la réalité. Quand il se lève pour soulever la moustiquaire, la femme a disparu. Il fait quelques pas, examine le mur poudreux de l'alcôve. Il n'y trouve que de la poussière et un scorpion éclairé par la lampe. Il sent comme une présence, invisible, et en éprouve une sensation très physique : il n'est pas seul. C'est ce qui le réveille. Il fait totalement nuit. Il ne ressent pas de terreur mais une inquiétude désagréable. La lampe qu'il avait laissée allumée est sur le point de s'éteindre. Il n'y a presque plus d'huile et bientôt les ténèbres s'installent. Des cancrelats font un bruit étrange. Il soulève de nouveau la moustiquaire. Une femme se tient là, qui ressemble vaguement aux deux femmes du tableau. Lorsqu'il s'approche d'elle pour la toucher, elle disparaît. Le livre qu'il était en train de lire est ouvert. Ce qui le trouble. Il referme toujours les pages d'un livre, de peur que la nuit non seulement les mots s'en aillent, mais aussi ce qu'ils ont à dire aux humains. Parfois il pense : le livre, c'est la maison des mots. Il lit la page restée ouverte : « Les Indous appellent *Akasha* la mémoire cosmique. Dans certains lieux, sous certaines influences, cette mémoire peut être perçue par des sens humains. La mémoire cosmique contiendrait, en somme, tout le passé et tout le futur. Il suffit d'une forte émotion pour qu'elle devienne visible, d'une émotion qui la rappellerait dans le lieu où elle fut vécue, ou dans le lieu où elle est encore à vivre. Parfois apparaît un animal que la personne a pu invoquer avant de mourir ou qu'elle croisera un jour dans sa vie. » Lorsqu'il referma le livre et le remit à sa place, Aventino constata que le jour s'était levé et qu'un grand tumulte s'était emparé du bateau.

Par le hublot, il voyait une mer calme comme un étang, bien unie, sans une lame. L'eau était poissonneuse : des marsouins, des dorades, des requins, des albacores. Un marin au bras nerveux avait, semblait-il, harponné une énorme tortue et l'avait percée de part en part. On la servirait au dîner. Mais toute cette joie, tous ces cris ne célébraient pas la pêche ? Non. Après avoir langui quatre à cinq cents lieues, car les vents avaient de nouveau tourné, *Il Dio* avait, malgré tout, parcouru au moins un degré par jour, évitant ainsi que certains courants ne le rapportent le soir au lieu même où il était le matin. Arrivé sur le pont, Aventino croisa une petite troupe de marins armés de pincettes, de tenailles, de marmites et de chaudrons, avec à leur tête un tambour. Arrêtés autour d'une grande baille pleine d'eau, ils plongeaient consciencieusement des hommes consentants et à moitié dévêtus dans les baquets, et les inondaient d'eau fraîche. Percy s'avança vers Aventino et le prit par les épaules :

– La Ligne est franchie, marin d'eau douce ! Vous avez passé l'Équateur !

Aventino ne savait que dire. Percy lui présenta une mappemonde :

– Jurez sur la mappemonde d'observer le rite sacré si jamais vous repassez la Ligne !

– Je le jure, dit Aventino.

– Et pour que ça vous porte chance, jetez cette fois-ci dans le bassin une poignée d'argent.

N'ayant pas de pièces de monnaie dans ses poches, Aventino retourna dans sa cabine pour aller en chercher. Alors qu'il en ressortait, il entendit un bruit bizarre, comme un grattement. Il fit demi-tour. Un colibri se cognait aux quatre coins de la pièce, affolé. Il eut beaucoup de mal à le remettre en liberté.

Sur le pont, le capitaine lançait, solennel :

– La Ligne est présentement passée entre 357 et 358° de longitude à la française...

Aventino s'avança à dire qu'il avait vu un colibri dans sa cabine.

– Pourquoi pas des fous ou des margots ! lui répondit le commandant-capitaine. Cher ami, vous avez rêvé, nous sommes beaucoup trop loin et des îles et des littoraux...

Faute de vents favorables, Henri de Combelle, qui pensait pouvoir relâcher aux îles du Prince ou de Saint-Thomé, pour remplir ses soutes de cassonade, de rhum, de citrons et d'eau, poursuivit sa route. Il avait perdu un temps précieux et enviait les vaisseaux qu'il croisait, revenant de la Chine ou du Bengale. La chaleur devenait intense, et les provisions commençaient à diminuer. La morue était mauvaise, l'huile devenue puante, l'eau jaunie, les biscuits aigres, la langue de bœuf salée avariée. Il n'y avait presque plus de vin ni d'eau-de-vie, et si quelques poules donnaient encore des œufs, les agneaux étaient morts. Le temps passait, très lentement. Le Jeudi saint, on chanta les *Leçons de Ténèbres*, ce qui eut sur la mer une résonance particulière. Puis Pâques vint, avec un vif *Alléluia*, et des moutons gras. Comme disaient les marins aguerris, passagers et novices commençaient à « s'emmariner ».

Dans notre monde d'illusions, d'imagination fallacieuse, d'irrémissibles mensonges, l'homme se sauve par l'anxiété. N'est-ce pas l'inquiétude qui donne de l'attrait à la pensée humaine ? C'est ce que pensait Aventino qui avait l'impression de marcher continuellement sur son ombre pour se prouver à lui-même qu'il existait. Bientôt le bateau passa le cap de Bonne-Espérance, que Bartolomeu Dias avait si justement baptisé en 1488 *Cabo das Tormentas*. Mais de quelle nature étaient ces « tourments » : spirituels, métaphysiques, humains ? Aventino devait chaque jour lutter pour donner un sens à cet univers si rétréci malgré l'immensité de la mer. Les poules au goût âcre, enfermées dans leurs petites cages, avaient disparu, et certains soutenaient qu'il faudrait bientôt manger du rat. Tout n'était qu'incertitude et peur. Les pilotes eux-mêmes convenaient qu'il n'y avait rien de sûr dans la navigation : « Par là où tu péris, un autre peut être sauvé... »

Alors que le bateau aurait dû faire cinquante lieues par jour, il n'en faisait que vingt-cinq, sans compter les pirouettes et les chapelles qui le renvoyaient là d'où il venait. Et lorsque les vigies tiraient les lunettes pour reconnaître un vaisseau, il y avait toujours la crainte qu'il fût un ennemi et décidé d'envoyer le navire par le fond... De Combelle était furieux : « Le vent change quatre fois en un quart d'heure, et prend systématiquement le mauvais côté, nom de Dieu ! Le cap de Bonne-Espérance à peine franchi, nous allons retourner à Gênes, si cela continue ! » Il n'en fut rien. *Il Dio* salua de sept coups de canon la forteresse du Cap qui lui répondit d'autant, mais en délaissa les allées d'orangers et de citronniers, les potagers et les sources d'eau vive, pour remettre la voile avec un bon nord-ouest. Trois semaines plus tard, il atteignait l'isle de France. Il faisait un vent terrible. Des trombes d'eau balayaient le pont, envahissant jusqu'aux cabines et aux chambres. Des éclairs striaient le ciel et la mer tout entière était en furie. Le feu Saint-Elme tombait sur les mâts du navire, en boules de feu brillantes, laissant sur tout le pont une formidable odeur de soufre. Deux jours durant *Il Dio* dériva en direction des îles d'Amsterdam et de Saint-Paul... Ce n'est qu'avec la diminution du vent, mais dans une mer toujours forte, alors que du goémon, des cannes, des roseaux, et des frégates aux ailes immenses cernaient le navire, qu'il put gagner la rade.

À l'abri, Aventino se remémorait ce qu'il venait de vivre. Ces coups de mer effroyables qui couvraient la dunette, si puissants qu'ils choquaient le navire comme les béliers d'Agamemnon les murailles de Troie ! Beaucoup n'avaient pas voulu mettre pied à terre, comme si la peur qui était encore en eux les en avait dissuadés. Le bateau repartit un 15 juillet. Cela faisait plus de six mois qu'il était en mer. La chaleur était très forte. La mer changea de couleur, à mesure que la frégate s'éloignait de la côte, passant du vert clair au vert sombre. Puis, les oiseaux et les papillons disparurent, remplacés par des requins et une eau très noire presque pâteuse. Le voyage reprit. De temps en temps Percy évoquait avec Aventino cette terre inconnue qui allait les accueillir. La traversée les ayant rapprochés, les hommes, désormais, se tutoyaient : « La Révolution ne risque pas de pénétrer aux Indes, disait-il, il te sera difficile de trouver sur la surface du globe un peuple plus ennemi de l'égalité que les Indous : leurs intérêts les plus chers, la vie même, ne sont rien pour eux à côté des privilèges de leurs castes ! » Ou encore : « C'est un vrai capharnaüm ! Pour traiter avec les peuples des Indes, il faut savoir neuf langues qui ont des alphabets particuliers, sans parler des jargons ou des idiomes locaux. » Et Percy de citer le persan, l'*indoustan*, le *bengali*, le jargon de Balassor, le *talenga*, le *tamoul*, le *canarin*, le *toulou*, le *marate*, le *zend*, le *pehlvi*...

Les jours passaient, monotones. Le soir, on s'employait à l'astronomie, examinant les cartes d'Ignace-Gaston Pardies et de Jean de Fontaney, religieux géomètres et astronomes. Un jour, on dansait aux chansons, le lendemain au violon. Quelquefois les marins faisaient des concours de sauts périlleux, on pariait à qui serait le premier en haut du perroquet du grand hunier. On jouait aux échecs, au jeu des rois. Kristan parfois méditait et Aventino se plongeait dans ses livres sur le thé. Il devenait un curieux expert, un expert sans expérience. Ce qui faisait bien rire Percy. Ainsi était-il capable d'expliquer la différence entre le thé bouilli, le thé battu et le thé infusé qui étaient les trois manières possibles de préparer le thé. Chaque mode correspondant à un véritable bouleversement des mœurs et des mentalités. Mais à bien y réfléchir, Aventino se rendait confusément compte, qu'à ce stade de son voyage, l'important ce n'était pas le but qu'il s'était fixé, mais le voyage lui-même. Comme si, dans la caravane qui traverse le désert, l'oasis à atteindre n'étaient que quantité négligeable au regard de la route elle-même, de ses aléas et de ses contingences. L'homme n'est qu'un passage pour lui-même, un nomade immobile. Une nuit, on jeta à la mer un matelot qui avait eu un flux de sang.

Un matin, cent quatre-vingt-dixième jour de la traversée, un brouillard épais, qui garantissait les voyageurs des ardeurs du soleil, mais se révélait très malsain, empêcha le navire de prendre de la hauteur. On ne voyait rien ; l'horizon avait disparu. De plus, il fallait supporter un vent arrière, ce qui sous ces latitudes signifiait de très fâcheuses conséquences : la vitesse du navire annulait celle du vent. La mer était sombre, et laissait entendre un clapotis confus. Bientôt une pluie très froide tomba à seaux. Puis lui succéda un moment de violente chaleur sans soleil, et de nouveau un déluge si puissant que les hommes avaient du mal à se tenir sur le pont. Cependant, l'île de Ceylan, où les Anciens avaient placé le paradis terrestre, n'était plus très loin. Les vivres commençaient de nouveau à manquer, et bien qu'on fût en août on eût pu croire que le carême se poursuivait. Le peu de bœufs et de moutons qui avaient été embarqués à Boa Vista étaient morts par suite du mauvais temps. La seule viande fraîche qui restait était de malheureux dindons devenus squelettiques. Quant à la boisson, équipage et passagers en étaient réduits à trois verres par jour et par personne. Bientôt, il ne resta plus guère que de la morue salée, du sauret séché et du biscuit. Pour couronner le tout, le gouvernail céda sous la pression des vagues et des courants. On tenta une réparation provisoire avec des affûts de canon. Un certain Giuseppe, maître pilote à Gênes, commandant d'un navire marchand dans la Méditerranée, avait inventé ce supplétif après qu'il eut perdu le sien. Mais outre le peu de solidité de cette pièce indispensable, le gouvernail de Giuseppe nécessitait un très grand nombre d'hommes pour le mouvoir et occasionnait par son appareil un très grand embarras sur le pont. La navigation devint fragile, incertaine, le moindre grain un peu lourd pouvait être fatal au navire, même si l'on avait pris la précaution de carguer les voiles. Mais la providence, qui avait sans doute voulu éprouver une fois encore la vaillante frégate, fut soudain plus clémente. La mer commença à s'adoucir et le soleil à se montrer de nouveau. On ôta les manteaux, puis les vestes, et enfin les justau-corps. Mais *Il Dio* fut encore plusieurs jours sans voir la terre. Avant de contourner la côte orientale de Ceylan, parce que le chenal de Manaar n'est praticable qu'aux petits bâtiments indigènes, le bateau s'arrêterait à la pointe de Galle. Tout le monde estimait la terre à une petite distance, mais comme la côte sur laquelle le navire se dirigeait était fort basse, il fallait plus qu'une bonne vue pour l'apercevoir. Il y avait à bord du bateau un chien braque tout noir, qui servait de mascotte, et qui aurait fini rôti si la famine s'était installée pour de bon. Une fin d'après-midi, il aboya plus que de coutume et se tut tout soudain : on comprit que la terre était en vue.

Le hunier confirma ce que le braque noir annonçait depuis une heure. À travers une brume légère, apparut une ligne d'un vert sombre, ceinte d'un cordon blanchâtre. C'était la côte de l'île de Ceylan, avec ses bois touffus de cocotiers au pied desquels les vagues déferlaient sans cesse, se brisant avec fureur et rejaillissant en écume floconneuse. Bientôt une embarcation de forme bizarre vint à la rencontre du navire. C'était le bateau du pilote qui venait prendre le commandement du *Dio*, et devait se charger de l'amener sain et sauf au mouillage. À mesure qu'on se rapprochait de la côte, les occupants de la frégate s'aperçurent que ce qu'ils avaient pris pour une multitude de petits récifs étaient en réalité des barques de pêcheurs qui entourèrent bientôt la frégate. Elles étaient toutes munies d'un balancier formé d'une poutre arrondie qui flottait parallèlement à l'embarcation, et portaient un nom étrange : *cati-marons*. En cette saison de l'année, expliqua un des gardiens du port de la pointe de Galle, on pêche les huîtres à perles, les plus belles de l'univers et les plus recherchées, tout comme les coquillages les plus curieux et les plus rares. Les huîtres, vendues par centaines, sont achetées fermées à l'enchère, sans que l'acheteur ni le vendeur sachent si elles contiennent ou non des perles. Cette convocation de la chance, aussi fuyante que celle d'une loterie, parut à Aventino comme la métaphore de son voyage. Tel lot d'huîtres ne saurait valoir la millième partie de la somme qu'on l'a payé. Tel autre, au contraire, suffirait pour indemniser au centuple toutes les mises de toutes les enchères du monde...

Cette pêche étrange, ces tas d'huîtres, ces perles qu'on ne paie qu'avec des métaux précieux ou des lettres de change, repoussaient déjà très loin les rives d'une Italie dissimulée derrière un épais rideau de brume. Pourtant, une gazette italienne, parmi d'autres journaux hollandais et français, remise au capitaine en même temps qu'une liasse de papiers officiels et de formulaires des douanes, ramena Aventino à la réalité de l'Europe. Alors que la frégate avançait lentement vers son mouillage, au milieu des bateaux chargés d'huîtres qui rentraient au port, il s'assit dans un des fauteuils de rotin à l'arrière du bateau, et lut un long article, vieux de deux mois, qui parlait de l'Italie. On y indiquait que le sort de la péninsule restait indécis, que les Français s'étaient repliés derrière l'Adda, avaient évacué Milan, quitté la ville de Turin, que la République romaine serait promptement balayée, et que les armées russes et autrichiennes, ayant opéré leur jonction, écrasaient tout sur leur passage.

28

L'ENTRÉE dans la rade de Galle fut difficile car semée d'écueils, et la houle, bien que le temps fût au beau, y régnait sans cesse. Le pilote le répétait à chaque manœuvre : « Aucune embarcation, en cas de grosse mer, ne peut s'y maintenir avec sécurité. » Mais ce n'était pas cela qui retenait l'attention d'Aventino. Une vaste nature s'étalait autour du port, encadré de toutes parts de collines verdoyantes et de maisons blanches à demi cachées sous une épaisse ligne de cocotiers inclinés vers le rivage. La ville, construite sur un promontoire peu élevé, était enfermée par d'anciennes fortifications remontant à l'époque de la domination hollandaise. Les vieux remparts, battus par la mer et gazonnés, servaient de promenade aux habitants de la ville. *Il Dio* resta plusieurs semaines à quai. Il fallait replacer un nouveau gouvernail, vérifier les gréements et les voiles, calfater, radouber, réparer en mille petits points un bateau qui naviguait depuis plus de huit mois. Les premiers jours, Aventino ne put mettre pied à terre, comme si une force intérieure l'en eût empêché. Puis il se décida. Se promenant dans les rues étroites, bordées de maisons à un étage, ayant chacune sa véranda à piliers ; traversant les longs faubourgs, flânant dans les bazars indigènes et les marchés. Des monceaux de graines et de légumes aux formes inconnues et aux parfums étranges s'étalaient sous ses yeux. Il y avait là des bananes, des ananas, des oranges, fruits extraordinaires qu'il n'avait encore jamais vus. À côté du marché aux poissons, il observa des femmes couvertes de bijoux fabriquer des friandises au goût subtil, des fritures, des gâteaux. Puis il s'enhardit, il quitta la ville, s'engagea sur des routes percées à travers des forêts de cocotiers, d'aréquiers et de bananiers, dépassa les zones habitées par des hommes et des femmes aux dents rougies par le bétel, aux cheveux longs peignés et huilés avec soin, vêtus presque tous d'une jupe et d'une veste de cotonnade blanche. Au-delà des cases de bambou couvertes de nattes en feuilles de palmier, des chemins parcourus par des petits bœufs tatoués, des bonzes en longue robe jaune et des coolies n'ayant pour tout vêtement qu'un étroit *langouti*, Aventino finit par se perdre dans l'arrière-pays. Ces collines, ces bois, ces rivières l'attiraient fortement. Peut-être avait-il la tentation de s'y perdre vraiment. Il croisa cent variétés d'arbustes et de fleurs, mit en fuite un jeune caïman qui dormait au soleil sur les bords d'un cours d'eau, rencontra des singes agiles et un énorme lézard à la peau verdâtre, dont on lui assura qu'il se mangeait cuisiné avec des épices. L'île de Ceylan n'était pas encore les Indes orientales, mais le choc déjà était immense.

En compagnie de frère Kristan, dont la mission pharmaceutique se doublait d'une fonction missionnaire, il pénétra dans une pagode en ruine, consacrée au culte de Bouddha. Frère Kristan restait sceptique face à ces trois statues colossales peintes de couleurs vives, à toute cette quincaillerie d'idoles et de statuettes, et à ces fresques dont on eût pu croire qu'elles représentaient le paradis, l'enfer et d'autres scènes plus surprenantes encore... Sur l'une d'entre elles, un homme de profil, au bec d'oiseau, figurait une divinité terrible. Sur une autre, émergeait d'un grand luxe de flammes et de supplices un diable cornu qui roulait des yeux féroces et faisait griller un contingent d'humains presque nus. Frère Kristan ne voulait rien savoir de ces « cultes étrangers », rejetait en bloc ces diableries, se jetant dans la prière et multipliant les signes de croix. Aventino était fasciné. Et si les artistes cingalais qui avaient exécuté ces œuvres d'art avaient quelque chose à lui apprendre, à lui le Piémontais, descendant des croisés ? Frère Kristan aurait voulu briser ces idoles à coups de pierre. Aventino se souvint tout à coup des Français en Italie, des musées dévastés, des toiles éventrées, des statues brisées. Il en éprouva de la colère, et poussa frère Kristan dehors.

Le soir précédant le départ du *Dio*, un grand dîner fut donné en son honneur à l'hôtel *Cinnamon-Gardens*, au cœur d'une propriété où un vieux couple de Hollandais cultivait la cannelle, le giroflier, la muscade et quantité d'autres épices. Assis en bout de table, monsieur et madame Haaftenwall, larges de leurs personnes et riches de plus de cinquante mille roupies, invitèrent leurs hôtes à refaire le monde. Entre deux coupes de *zopi* et deux bouffées de tabac tirées d'une pipe en corne d'éléphant, les terribles Hollandais de Pointe-de-Galle jetèrent à leurs invités des phrases définitives sur la Révolution française, l'aristocratie, la Compagnie des Indes, le bouddhisme, les pilotes côtiers, les dents d'éléphant revendues à onze sols la livre, les moutons de Barbarie, les raves du Sénégal et le con des courtisanes de Haarlem. La soirée s'éternisa. Il y eut un bal, on joua à un curieux jeu de cartes appelé cassino. À aucun moment, les deux Cafres et les quatre Négrillons, postés de chaque côté du couple, ne cessèrent de leur verser à boire, de leur essuyer la bouche, de chasser les mouches et de les éventer. Alors qu'il raccompagnait ses invités, à travers sa propriété, Haaftenwall donna à Percy Gentile un conseil précieux :

– Les guides du delta du Gange ne valent rien. Vous en trouverez d'excellents à Pondichéry, dans la partie blanche de la ville, à l'est sur le bord de mer. Allez de ma part, près du canal, vous verrez une grande maison qui donne sur la place. Il n'y en a qu'une, vous ne pouvez pas vous tromper. Ragojee-Sambajee vous fournira un guide parmi les meilleurs, et de plus il vous offrira un nettoyage d'oreilles et vous fera *macer*.

– Qu'entendez-vous par là ? demanda Aventino.

– Vous le verrez bien... Mystères des Indes, murmura Haaftenwall.

Revenu dans sa cabine du *Dio*, Aventino se sentit fatigué et mal à l'aise. Il était resté toute la soirée dans les grandes salles de l'hôtel *Cinnamon-Gardens* pour observer jusqu'à quel point cette cour du bout du monde pouvait ou non lui rappeler celle de Turin. Avait-il passé tant de jours et de nuits, entre l'eau du ciel et l'eau de la terre, pour retrouver ce qu'il fuyait ? Aucune des personnes présentes à cette soirée n'avait paru gênée par tant de vanité, de bêtise et d'ignominie. Les Cingalais, leurs coutumes, leur religion, leur langue, rien n'avait grâce aux yeux de ces colons en rubans, perruques et souliers à talon rouge. Percy lui-même n'avait émis aucune critique ! Frère Kristan en avait appelé au christianisme tout en s'empiffrant de pulpe de latanier au sucre, quant à Henri de Combelle, il avait opposé à l'ignorance et à la mollesse de ce peuple la rigueur et la sévérité de la marine ! Aventino se coucha, morose. Demain, *Il Dio* mettrait le cap sur Pondichéry, dont la rade foraine était, disait-on, la meilleure de la côte de Koromandal.

En termes de marine, la barre est une suite de bancs de sable et quelquefois de rochers qui embarrassent l'entrée des rivières et des ports, et défendent l'abord des côtes. Certaines d'entre elles peuvent être franchies au moyen de bateaux particuliers empruntant les canaux laissés entre les bancs. La barre de Pondichéry est de cette espèce, et les embarcations construites pour la passer sont des bateaux à fond plat, cousus avec du fil en écorce de cocotier et calfatés avec de l'étoupe faite de la même écorce, appelés *chelingues*.

C'est sur l'un d'eux qu'Aventino aborda la ville de Pondichéry, pressé avec les autres passagers dans la cabine située à l'arrière du bateau tandis que les rameurs s'efforçaient de présenter la poupe de la barque toujours perpendiculairement à la lame qui déferlait sur eux. Le temps était aussi beau que possible et, la triple ligne d'écume franchie, la *chelingue* déposa sa cargaison sur la plage. Percy et Aventino montèrent dans une sorte de cabriolet à trois roues, muni d'une galerie et de rideaux les abritant du soleil, qui les emmena vers la maison du pourvoyeur de guides. Percy dirigeait la voiture à l'aide d'une poignée mobile tandis que trois Indous, faisant office de chevaux, la poussaient par-derrière. Les rues de cette partie de la ville étant larges et bien percées, le *pousse-pousse*, tel était le nom de l'engin, avançait à la vitesse d'un cheval. Les maisons, rapprochées les unes des autres, étaient presque toutes entourées d'un petit jardin bien entretenu. C'était l'heure de la sieste. Il faisait une chaleur torride et la ville était absolument déserte. En moins d'une demi-heure, Percy et Aventino se retrouvèrent devant la maison de Ragojee-Sambajee. Le maître des lieux, mystérieusement prévenu de leur venue, leur ouvrit la porte. C'était un grand homme maigre, très noir de peau, portant du front à la naissance du nez d'étranges raies transversales de couleur jaune.

– Je vous attendais, veuillez me suivre, dit-il dans un italien parfait.

Percy et Aventino se retrouvèrent dans une grande pièce où régnait une fraîcheur qui contrastait heureusement avec la chaleur extérieure. Il y avait là plusieurs banquettes encombrées de coussins. Ragojee-Sambajee invita ses hôtes à s'y allonger. Trois femmes arrivèrent, vêtues d'une petite veste courte, qui leur serrait la poitrine et les épaules, tout en laissant les bras nus et la taille découverte ; un pagne de couleur vive les couvrait des hanches aux genoux. Leur démarche avait quelque chose de noble et de distant. Elles étaient littéralement chargées de bijoux. Leurs orteils étaient couverts de bagues. Plusieurs larges anneaux de métal ornaient leurs chevilles. Leurs bras et leur cou étaient parés de bracelets, de verroterie et de colliers. Le bord de leurs oreilles était garni d'une multitude d'anneaux formant comme une frange. Des épingles richement ouvragées étaient fixées dans leur chevelure. Enfin, outre un bouton orné de perles, vissé à la narine, elles portaient, suspendu à la cloison du nez, un mince anneau d'or. Après avoir invité les trois hommes à se mettre en chemise, elles disposèrent les coussins selon un ordre précis : un sous la tête, un sous chaque coude, un sous chaque poignet, pareillement sous les genoux et les talons.

– Ces oreillers contribuent à tempérer la chaleur, fit remarquer

Ragojee-Sambajee, tout en faisant signe aux jeunes femmes de commencer.

Percy et Aventino échangèrent un regard, se souvenant des mystérieuses paroles de Haaftenwall... Lentement, les femmes entreprirent de leur pétrir les membres l'un après l'autre, comme on l'eût fait d'une pâte ; leur tirant les extrémités assez pour faire craquer toutes les jointures des poignets, des genoux et des doigts. Sensation étrange, et presque voluptueuse.

– Messieurs, dit Ragojee-Sambajee, *macer* facilite la circulation des fluides que la trop grande chaleur a tendance à faire croupir. Cela rend les muscles plus souples, plus agiles, et libère l'esprit.

Tout en se demandant combien de temps ils resteraient ainsi, Percy et Aventino se laissaient lentement gagner par ce qu'il fallait bien appeler une certaine volupté qui n'était pas loin de l'ivresse. Ils se faisaient maintenant *macer* depuis une vingtaine de minutes. Leur hôte les observait :

– Quelle sensation délicieuse, n'est-ce pas, messieurs... Le *maçage* fait parfois éprouver une telle langueur qu'on va jusqu'à se pâmer et s'évanouir... Mais ne voyez là aucune immodestie ou indécence, cela n'est point dans nos mœurs, ajouta-t-il en congédiant les trois jeunes filles qui s'éclipsèrent avec autant de discrétion qu'elles étaient apparues. Enfin, un petit homme noir, ayant pour tout costume une pièce de mousseline roulée autour de la ceinture, et dont il avait ramené l'extrémité entre les jambes, de manière à en former une sorte d'étroit caleçon, s'approcha des trois hommes et leur nettoya successivement les oreilles, finissant son opération en introduisant dans le conduit un petit morceau d'acier, qu'il fit vibrer d'une légère chiquenaude. La vibration ainsi occasionnée procura à nos deux Italiens un frémissement intense.

– Bien, dit Ragojee-Sambajee, j'espère que ces soins vous auront procuré une agréable détente. Maintenant nous allons pouvoir parler.

Percy et Aventino échangèrent un regard.

– Donc, vous cherchez un guide ?

– Oui, répondit Percy.

– Dans quel but ?

– Parcourir l'Assam.

– L'Assam ? Une grande partie de ces régions reste inexplorée, dangereuse, inhospitalière... Vous voulez en rapporter des carnets de voyages ?

– Non, dit Percy.

– De l'opium, alors ? Voilà qui excite beaucoup les Chinois, les Français, les Anglais...

Percy Gentile hésitait à parler du thé. Devait-il garder son secret ? Le grand homme maigre assis en face de lui, tout en tirant sur le tuyau de sa pipe à eau, sourit et dit :

– L'arbre à thé. Vous cherchez l'arbre à thé...

– Comment...

– Comment je suis au courant ? On sait tout à Pondichéry, monsieur Percy Gentile. Écoutez, je vais vous fournir un guide. Et pas n'importe lequel, mon très cher cousin, Moodajee. Il connaît toutes les langues de Calcutta à Simé, en passant par les confins du Khamti.

– Vous trouvez notre entreprise extravagante ? dit Aventino.

– Certainement pas, messieurs. Le rêve appartient à la réalité. L'arbre à thé existe peut-être en Assam, et peut-être ne le trouverez-vous pas... Peut-être pousse-t-il ailleurs. Au fond de votre cœur, pourquoi pas...

Alors qu'il repartait vers *Il Dio*, en compagnie de leur guide, Aventino ne cessait de penser aux derniers mots de Ragojee-Sambajee, aussi mystérieux que son visage. Il était plus de cinq heures, le soleil venait de disparaître à l'horizon derrière les alignements de tamarins, et la ville avait secoué sa torpeur. Les rues et les quais étaient pleins de monde, et la musique des cipayes se faisait entendre. Les quarante milles séparant Pondichéry de Madras, dernière escale avant le delta du Gange, furent moins difficiles à parcourir que prévu. Certes, des grains s'abattirent de temps en temps sur le pont, contraignant les passagers à chercher refuge dans leur cabine. Mais, malgré le roulis et le tangage, le navire avançait très rapidement. Moodajee, qui avait étudié l'italien avec des jésuites, se rapprochait lentement de ceux qu'il allait guider. Sans agressivité et avec beaucoup de respect, il leur démontrait de fait qu'il était le maître et que sans lui ils seraient vite perdus. Il s'amusait à leur parler de la *mort-de-chien*, cette maladie terrible et plus dangereuse que le flux de sang, qui peut faire mourir son homme en moins de trente heures ; des moustiques qui vous obligent de passer la nuit à batailler ; des fourmis à l'ardeur étonnante ; ou de certaines couleuvres comme la *capèle*, si familière et aimant à ce point la chaleur humaine qu'elle vient se fourrer dans votre lit dès qu'elle en trouve l'occasion...

Un soir, sur le gaillard d'arrière, Moodajee fit une expérience étrange : il promit de faire bouillir la lune. Tout le monde se rassembla autour d'une marmite remplie d'eau en pleine ébullition. C'était la pleine lune. Au bout d'un moment, l'astre solitaire se refléta dans la marmite. Alors, Moodajee se mit à converser avec son reflet. Beaucoup étaient sceptiques, accusant Moodajee d'être « pris de folie au-dessus de sa bassine ». Le capitaine mit un terme à ces moqueries. Il avait embarqué, tant à Pointe-de-Galle qu'à Pondichéry, plusieurs Indous qui le suivraient jusqu'à Calcutta et avec lesquels des négociations commerciales étaient en cours. Accepter que des Européens se moquent de leur compatriote sans réagir ne pouvait être que nuisible à ses tractations mercantiles... Au bout d'un certain temps, et comme il ne se passait rien, le pont fut déserté, sous l'impulsion notamment de frère Kristan qui venait aux Indes pour « convertir des impies et non pour assister à leurs sataneries » ! Aventino fut le seul à ne pas partir, fasciné par cette lune, prisonnière de l'eau qui bouillonnait. Il eût voulu y plonger les mains pour la toucher.

– Non, dit Moodajee, cela peut rendre fou... J'ai eu un cheval qui avait jeté son sabot dans une marmite où se reflétait la lune. Depuis, il ferre en trottant et me mord les mollets dès que je le force à franchir des fossés.

Aventino retira sa main, pensant à saint Matthieu qui, dans son Évangile, demande pitié au Seigneur pour son « fils lunatique »...

– Regarde, dit soudain Moodajee.

Dans le rond de la lune, Aventino vit un homme mort coiffé d'un fez, la tête déjà décomposée, tristement penchée sur sa poitrine.

– Renzo Gentile, dit Moodajee, le père de Percy Gentile.

Aventino ne savait que dire. Derrière lui, il sentit la présence de Percy qui, étant revenu, fonça sur Moodajee, en le traitant de charlatan. Mais l'homme resta si calme qu'il découragea son agresseur. Tous trois revinrent à la marmite. Dans le cercle de la lune reflétée, l'homme au fez tenait maintenant une plume et écrivait sur un cahier placé devant lui.

– C'est un mort qui écrit, dit simplement Moodajee. Votre père a bien navigué sur le Brahmapoutra, non ?

– Oui, réussit à articuler Percy.

– Il écrit ce qu'il sait, ajouta Moodajee.

– Et que sait-il ? demanda Percy, sombre.

– Regardez, dit Moodajee, en montrant le cahier.

Percy et Aventino avaient beau scruter le reflet de la lune dans la marmite, ils ne voyaient rien.

– Il a écrit *Camelia sesanqua* et deux autres noms : Dhoubri, Sadiya.

– *Camelia sesanqua*, c'est le nom latin du thé, dit Percy. Quant à Dhoubri et Sadiya, ce sont deux villes...

Moodajee fit un geste au-dessus de la marmite. La lune disparut dans le même temps :

– Deux villes situées sur le Brahmapoutra et distantes de mille kilomètres, en plein cœur de l'Assam.

Le capitaine avait prévenu passagers et hommes d'équipage que le mouillage en rade de Madras serait de courte durée. Il ne fallait pas trop s'attarder. Le voyage, qui dans l'ensemble, et jusqu'à ce jour, ne s'était pas trop mal déroulé, aurait finalement une durée qui se rapprocherait d'une année. Le premier contact avec Madras fut assez violent. Il fallut mouiller à trois kilomètres au large, et atteindre le rivage dans des bateaux de pêche appelés *massoulas* et escortés de plusieurs *catimarons*. Mais surtout il fallut faire face aux bandes de corbeaux – surnommés ici « philosophes » – et d'éperviers qui survolaient en très grand nombre, en faisant un bruit assourdissant, les abords de la ville, allant jusqu'à pénétrer dans les maisons pour enlever des morceaux de nourriture, et s'en prenant aux passagers débarquant des bateaux. Toujours accompagnés de leur guide, Percy et Aventino s'enfoncèrent dans la ville. Moodajee les pria de se laisser conduire par lui. Après avoir dépassé le fort de Saint-George, séparé de Madras par une immense esplanade autour de laquelle s'étendaient divers quartiers qui étaient autant de cités distinctes, il s'engagea dans les larges avenues plantées d'arbres, bordées de constructions monumentales encombrées de colonnes grecques et toutes habitées par des Européens. Puis, il traversa la ville noire, pleine de boutiques portugaises et de magasins ; le grand village mahométan, avec ses mosquées, ses maisons basses et ses palmiers ; et se retrouva enfin dans la ville indoue, avec ses rues étroites se coupant à angle droit, ses huttes de boue entassées les unes sur les autres, ses bazars, mais aussi ses maisons où des femmes attendaient des hommes non seulement pour les *macer* mais pour leur procurer aussi d'autres plaisirs.

– Le reflet de la lune c'était pour toi, Percy, dit Moodajee, et la femme pour Aventino.

– Quelle femme ?

– Tu verras, sois patient...

– Je veux aussi une femme, répliqua Percy.

– Tu en auras une, mais celle d'Aventino a des choses à lui dire.

Les trois hommes passèrent devant une pagode. Sur les gradins de pierre, une foule d'hommes et de femmes faisaient leurs ablutions.

– Nous ne sommes plus très loin, dit Moodajee.

Percy était inquiet. Il croyait connaître les Indes mais s'apercevait qu'il n'en était rien, qu'il n'en savait peut-être guère plus qu'Aventino. Il se retournait sans cesse. Des mendiants, petits et difformes, les suivaient depuis qu'ils avaient croisé cet énorme éléphant sacré portant sur son front un grand V blanc coupé d'un trait rouge vertical. Moodajee s'était contenté de dire : « L'emblème des adorateurs de Vishnou », et avait poursuivi son chemin. Mais cette fois, c'était autre chose ; ces hommes à l'air menaçant, qui les suivaient comme des ombres maléfiques, commençaient de l'inquiéter. Moodajee s'aperçut de leur manège :

– N'ayez aucune crainte, ce sont des Pisachas.

– Des quoi ? demanda Percy.

– Des Pisachas, mais ils sont inoffensifs.

– Et qu'est-ce qu'un « Pisacha » ? demanda Aventino.

– Les âmes inférieures des morts. Des morts déchus. Ils mangent des charognes et des immondices.

– Des morts... ? réussit à articuler Aventino.

– Oui, répondit Moodajee. On ne peut pas empêcher cela, que voulez-vous. Dans mes vies précédentes...

Percy et Aventino s'arrêtèrent, regardant intensément Moodajee, comme pour pénétrer au fond de son être, se demandant s'il était bien de chair et d'os. Les mendiants ralentirent leur poursuite, restant à distance respectueuse des trois hommes.

– Si vous préférez, je n'ai pas assez aidé mes semblables. Je n'ai pas assez mis en contact les vivants avec les morts. Grâce à vous je peux enfin accomplir cette tâche. C'est indispensable à mon progrès, dans mes vies futures.

– Que viennent faire les Pisachas ? dit Aventino.

– Les morts sont toujours suivis par des Pisachas qui voudraient bien les entraîner dans leur déchéance. Mais si l'on reste vigilant, c'est peine perdue.

Percy et Aventino éprouvaient tous deux une sensation inconfortable. Ils se sentaient à la fois protégés par Moodajee et vulnérables, pris au piège de ce voyage qui prenait soudain une autre dimension, plus effrayante, plus inattendue. Désormais, ni l'un ni l'autre ne pouvait reculer. La seule issue, c'était la frégate. Mais comment et quand y retourner ? Lorsque le vent soufflait à l'est, comme aujourd'hui, la lame qui commençait à se briser, à trois cents mètres du rivage, créait une barrière infranchissable...

– Voilà, nous sommes arrivés, dit Moodajee, montrant une petite maison peinte de toutes les couleurs et devant laquelle plusieurs femmes se paraient mutuellement.

Moodajee passa le premier le seuil de la porte, parla en tamoul à une femme d'une très grande distinction, et avant de s'éclipser confia à Percy et Aventino qu'il les retrouverait dans deux heures.

Chacun suivit une jeune fille qui les mena, après un labyrinthe de couloirs, de patios, d'escaliers, de salles de danse et de musique, dans une chambre remplie de petits miroirs et de tentures, envahie de tapis, et de vases débordants de fleurs, dans un coin de laquelle reposait une petite cage où s'ébattaient des colibris.

Aventino se souvenait d'avoir lu que les femmes tamoules n'avaient pas le droit de porter de corset, que cette prérogative appartenait aux femmes des Talenga, femmes d'une haute caste qu'on trouve à Masulipatam. Mais les filles publiques faisaient exception. La jeune fille qui dansait devant lui avait visiblement la liberté de s'habiller à sa fantaisie et n'était pas méprisée dans les Indes comme elle l'aurait été en Europe. Se donner au premier venu pour de l'argent n'était pas indigne et n'empêchait pas de danser devant les idoles. La jeune fille ondulait et Aventino était comme envoûté. Son corset en fine mousseline transparente, dont les manchettes n'atteignaient pas le coude, descendait juste ce qu'il faut pour enfermer ses deux seins. De la poitrine jusqu'aux hanches, enveloppées dans un pagne qui descendait jusqu'aux chevilles, elle avait le corps découvert. Mais le plus troublant était le voile de soie ample, dont elle s'enveloppait dans la danse, le transformant tantôt en jupe, tantôt en châle, tantôt l'utilisant pour cacher son visage. Puis, dans la seconde suivante, elle dévoilait son dos, ses épaules, ses bras, parfois la gorge en son entier, avant d'en refaire un ou deux tours autour du corps, jupe ou pagne éphémère, que venait souligner la ceinture de soie brodée d'or et d'argent qui lui ceignait les hanches. Ses cheveux, sans poudre ni pommade, étaient tressés par-derrière en une longue natte qu'elle laissait descendre jusqu'aux reins. Elle était couverte de bijoux. Oreilles, front, narine, cou, bras, chevilles, pieds n'étaient plus qu'un immense scintillement d'anneaux d'or, de perles, de chaînes, de pierres précieuses. La danse terminée, elle offrit à Aventino le grand collier de fleurs parfumées qui descendait jusqu'à sa poitrine et embaumait toute la pièce.

En Italie, Aventino n'aurait pas attendu la fin de la danse pour se jeter amoureusement sur la jeune femme. Mais ici, il était question d'autre chose. La sensualité de la danse l'avait comme vidé de tout désir érotique. Il était comblé et satisfait. Après la danse, la jeune femme se proposa de lui raconter une histoire. Mais en quelle langue ? Il ne chercha pas à la comprendre. Ce n'était ni de l'italien ni du tamoul, et pourtant, il lui semblait qu'il comprenait tout ce qu'elle lui disait.

– Il est chez certains tigres un sens du mal que j'ai cru remarquer une fois dans certains hommes, tu devras t'en méfier...

La jeune femme lui raconta qu'elle avait été témoin d'une scène étrange. Un jour une ménagerie s'était installée près de l'église catholique du quartier de Black-Town. Les tigres, d'ordinaire paisibles, se jetaient cette fois en fureur sur les barreaux de leur cage. La nuit, ils creusèrent même le sol avec leurs pattes. Si on les avait laissés faire, ils auraient fini par creuser un tunnel, par s'échapper et semer la panique dans la ville. Puis le feu prit dans la ménagerie. On réussit à l'éteindre et on déplaça les cages. On apprit qu'elles avaient été montées à l'endroit exact où des années auparavant on avait exécuté les condamnés à mort. On changea définitivement la ménagerie de place et tout rentra dans l'ordre.

– Vois-tu, une certaine innocence de leur âme ne put supporter l'atmosphère maléfique du lieu. Méfie-toi du feu, des tigres, des hommes qui deviennent des tigres dans certaines circonstances.

Aventino s'avança vers la jeune femme pour la toucher, pour approcher cette force qu'il sentait en elle. Elle se refusa et recula de quelques pas :

– Qu'es-tu venu chercher ici ?

Aventino, troublé, ne répondit pas.

– La fleur de thé, sans doute. Mais aussi derrière elle, une femme, cette femme, je la connais, elle est d'Assam et aussi du pays d'où tu viens. D'ici et de là-bas. Toutes les femmes sont sœurs, mais les hommes ne le savent pas. Ils n'en voient jamais qu'une.

Cette nuit-là, la mer rejeta du sable, et il y eut des éclairs, présage d'une mer dangereuse pour le lendemain. La chaloupe eut beaucoup de mal à regagner la frégate, et l'on apprit que plusieurs embarcations s'étaient définitivement perdues. *Il Dio* reprit sa route. Alors que le delta du Gange n'était plus qu'à quelques milles, une grande frayeur s'empara des marins. Un verre du fanal s'était cassé et des matelots avaient cru bon de boucher le trou avec de l'étoupe, ce qui avait immédiatement mis le feu qui s'était porté aux voiles, lesquelles étaient tombées sur les cuisines. Personne ne trouvait les seaux de cuir pour éteindre les flammes et les cuisines étaient malencontreusement juste au-dessus de la soute aux poudres. Heureusement, frère Kristan eut le réflexe de se saisir de plusieurs matelas qu'il trempa dans l'eau, demandant aux marins de faire de même. S'appliquant sur la poitrine les paillasses mouillées, les hommes se jetèrent sur le foyer qui fut ainsi très vite étouffé.

Curieusement, après l'incident, le vent tomba brusquement. Le bateau faisait moins de trois lieues par jour. Les pilotes étaient partagés. Les uns voulaient mouiller et attendre le vent ; les autres préféraient continuer, prétendant que mouiller dans un pays inconnu était par trop dangereux. Cela faisait maintenant plus de quinze jours qu'ils ne voyaient pas terre. Aventino passait de longues heures sur le pont. Les cornes de brume, les feux orange et les bancs de brouillard rendaient le paysage des plus énigmatiques. On disait du fleuve Gange qu'il apportait avec lui la fertilité, qu'il facilitait le commerce et les communications, qu'il répandait sur les habitants de ses rives tant de bienfaits que ceux-ci avaient pour lui la plus profonde vénération. Voilà pourquoi « le bonheur suprême pour les Indous, en cette vie, avait raconté Percy à Aventino, est de se baigner dans le fleuve et d'en boire les eaux. Elles purifient le corps et l'âme »...

Mais, à mesure que l'énorme delta prenait corps, Aventino avait du fleuve une tout autre vision. Dans ce large labyrinthe découpé au milieu d'îles et d'îlots par tant de rivières et de coulées se ramifiant à l'infini, dans cette forêt qu'on disait rouge, *Il Dio*, vaisseau fantôme, commençait de dériver. Accoudés aux balustrades, tous observaient ce pays qui se matérialisait, ces dunes de sable, ces forêts épaisses, ces broussailles infestées de bêtes féroces, ces zones recouvertes de palmiers nains. Ici l'eau douce et l'eau de mer se mêlent, ici règnent en maîtresses la fièvre du Bengale et la fièvre des jungles. Ici, en septembre, quand les marais commencent à baisser et laissent à découvert des plages vaseuses, le choléra s'installe. C'est là que plusieurs siècles auparavant, il était né, avait gagné l'Hindoustan, puis le monde entier. Voilà, *Il Dio* s'enfonce dans ces terres inhospitalières, comme dans une pâte épaisse. On dit que le mascaret, dont le rouleau s'élève à deux mètres au-dessus de la rivière, remonte le fleuve avec une vitesse de huit mètres par seconde. Le capitaine ne dit que la vérité :

– C'est un véritable danger pour les petites embarcations, et une catastrophe pour les navires ayant un gros tirant d'eau, chargés d'hommes et de marchandises. Combien de navires se sont retrouvés engloutis dans les sables qui gardent les estuaires de la Damoudah et de la Roupnarayan.

Aventino pense : « Le fleuve Hougli sera notre tombeau. Que notre frégate touche les bancs de sable, et le courant qui tourbillonne en cet endroit les soulèvera autour de la carène, et le navire s'enfoncera peu à peu. »

– En moins d'une demi-heure, on a vu des bâteaux à trois mâts s'engloutir jusqu'aux vergues, confirme de Combelle.

Une brume épaisse s'élève. L'homme en faction en haut du mât ne voit rien alentour. Il fait froid et la brume pénètre d'une manière plus fâcheuse que si c'eût été de la pluie. Les cordiaux ne réchauffent plus personne et ne peuvent éloigner la peur. Le guide rappelle l'histoire de ces chaloupes englouties dans la vase sans que jamais personne n'ait pu leur porter secours. La rade de Balassor est sans doute dépassée depuis longtemps. C'est là que mouillent tous les navires européens qui fréquentent le Bengale. C'est une petite ville médiocre, mais lorsqu'on y touche on sait qu'on est sauvé des sables et des tempêtes. Aventino a du mal à croire que ce pays, dans lequel il entre avec un tel sentiment de découragement, puisse être un jour pour lui la source de ce qu'il a tant espéré : des idées et des jouissances nouvelles. Une pensée le hante, qu'il formule : « Tous les chemins de l'ombre conduisent à cette certitude atroce : il m'arrive aujourd'hui ce dont j'avais le plus peur.» Soudain il repense à la jeune danseuse et à ce qu'elle lui a dit, « toutes les femmes sont sœurs, mais les hommes ne le savent pas. Ils n'en voient jamais qu'une ». Il revoit les deux amies sur la toile, et Maria Galante. C'est la première fois, en somme, qu'il repense à l'Italie avec une telle tristesse. La recherche de la fleur de thé, soudain, lui semble une tromperie. Il s'enfonce en enfer, dans les sables du delta. Il rentre en lui-même. Il en est sûr, à présent, ce voyage est un bien singulier carnaval, l'essentiel n'est pas d'y porter un masque mais d'y ôter son propre visage.

29

ES papillons, des tourterelles, des oiseaux inconnus au plumage brillant envahirent le pont et les voilures du navire.

« Terre ! Terre ! » cria l'homme de vigie. Perché comme un aigle dans sa hune, il déversait sur la cohue d'en bas ces mots magiques : « Terre ! Terre ! », qui tombaient en pluie sur le pont où s'entassaient les matelots. Aujourd'hui, 6 janvier 1800, alors que le XVIIIᵉ siècle, en Europe du moins, s'était jeté dans le XIXᵉ, et que le jour venait à peine de poindre, vigies et gabiers furent les premiers à apercevoir les feux rouges des pontons placés à l'entrée des bouches du Hougli. Tous ceux qui étaient appuyés au bastingage découvraient avec stupéfaction une mer jaune obstruée par des bancs de sable mouvant. Le Hougli, formé par la réunion des deux bras occidentaux du Gange, à hauteur de Chandernagor, est le grand fleuve terrible et sacré que devait emprunter la frégate *Il Dio* pour rejoindre Dhoubri, où le maharajah de Sourapatnam devait accueillir Percy Gentile, fils de son vieil ami le marchand génois Renzo Gentile. Le fleuve, large à cet endroit de dix kilomètres, et dont le cours était d'une extrême lenteur, roulait des eaux sales et clapotantes. Les côtes marécageuses de l'île de Sangor étaient infestées de tigres. À la saison des pluies, des fièvres pernicieuses s'y installaient. Moodajee, tout à coup, montra du doigt un grand mât qui émergeait des flots :

– Le *Private*, un navire anglais naufragé en 86..., dit-il, ajoutant :

... et il y en a des dizaines d'autres...

Le fleuve se rétrécit bientôt pour ne plus conserver qu'une largeur de trois kilomètres ! De chaque côté, des cases, parmi des palmiers ; une terre plate ; des champs couverts de canne à sucre et de riz ; de grandes barques chargées de fourrages sillonnant le fleuve : on aurait dit des meules. Le navire jeta l'ancre à Diamond-

Harbour : il fallait faire viser les papiers de bord, et prendre un nouveau pilote, Ali Bakch, membre de la caste des marchands d'huile. La navigation, de la bouche du Gange à Hougli-Point, n'était pas la même que celle qui va de Calcutta à Dhoubri. Le long du fleuve qui est une mer, les villes défilaient lentement : Fort Mornington, Falta, Atchipour, Ouloubaria, Fort Gloucester, Badj-Badj. Après une large boucle vers l'est, là où le Sarsouti et l'Adi Ganga viennent enfler les eaux du Hougli, le pilote et le guide annoncèrent Calcutta, la ville du gouverneur général anglais, la cité aux cent mille habitants, le comptoir prospère qui exporte vers le reste du monde l'indigo, le jute, les cotonnades, les soieries et l'opium...

La frégate, dirigée avec précision, trouait une eau épaisse. Le vent et la mer avaient presque entièrement disparu, à tel point que les roulis et les tangages violents éprouvés par le navire depuis vingt-quatre heures avaient cessé tout à fait. Le fond de vase étant de treize brasses, le capitaine décida, sur les conseils du pilote, d'y mouiller la frégate, qui se trouva ainsi à l'abri tout comme dans le meilleur port. Mais les rives du Hougli, tout du moins à cet endroit, étaient épouvantables, et n'incitaient pas à descendre à terre pour jouir du plaisir de la promenade. Aussi, Aventino, qui regardait au loin sur la berge les bouquets de palmiers à sucre, d'aréquiers, de cocotiers et de bambous, les hameaux dispersés, les rizières découpées par les canaux, pensait : « Tous ces mois passés en mer pour cette prison. »

La nuit n'était pas encore tombée. Tout était calme. Les passagers et les membres d'équipage étaient harassés. Tout à coup, Aventino entendit un bruit derrière lui. Il sentit comme une présence. Il se retourna. C'était Moodajee. L'homme était seul. Marmonnant dans sa langue, il regarda l'Italien :

– Vous ne comprenez rien à ce que je raconte, n'est-ce pas ?

– Non, en effet.

– J'ai longtemps vécu sur la côte de Malabar. Il y avait plein de bois d'orangers, de sandaux blancs et rouges, des citronniers dont le parfum se mélangeait à celui de la fleur du pendame. Ici, tout est infertile, hostile, malveillant...

– Je sais peu de chose sur vous, lança Aventino.

– Qu'importe, répondit Moodajee, je ne vous connais pas non plus, nous sommes à égalité.

Aventino l'observait comme il ne l'avait jamais fait auparavant. Il était petit, sec, les cheveux grisonnant aux tempes, et d'humeur taciturne. Sa main droite était toute recroquevillée.

– Ma main vous intrigue, n'est-ce pas ?

– Oui. J'ai toujours pensé que les blessures infléchissaient nos vies dans un sens ou un autre.

– Méfiez-vous des estropiés, disent les sages. Le corps influence l'esprit.

– Et l'esprit le corps ?

– Bien sûr. Le Karma marque certains hommes afin que les purs puissent les reconnaître au premier coup d'œil et ne soient pas trompés par eux. N'avez-vous pas vous aussi une blessure, à la main et à l'épaule gauches ?

– Un souvenir de la guerre en Italie. Et vous ? D'où vous vient la vôtre ?

Moodajee ne répondit pas immédiatement. Il fallait aller chercher loin, remonter dans sa vie. C'était un « porteur » de basse caste, et un *chikâri* expérimenté. Il avait fait partie de ces bandes d'hommes qu'on emploie pour les grandes chasses, comme rabatteurs de gibiers. Il pouvait mieux que nul autre pister le daim noir ou le *tchital*, ce petit cerf rapide, et combattre le crocodile. Mais on faisait surtout appel à lui à l'occasion des grandes chasses au tigre organisées par le vice-roi des Indes ou certains maharajahs.

– C'est au cours de l'une d'entre elles que vous avez perdu l'usage de votre main ?

– Exactement. À la grande chasse de printemps du maharajah de Sourapatnam.

– Celui qui doit nous accueillir ? demanda Aventino, surpris.

– Oui. Mais peu importe, le temps a eu tout loisir d'aller, de venir et de se retourner cent fois ! Donc, cher monsieur, un tigre m'a écharpé. Ma main a été si meurtrie que, même cicatrisée, elle est restée recroquevillée sur elle-même avec les doigts tournés en dedans.

– Vous ne chassez plus ?

– Et vous, vous ne vous batterez plus ?

Aventino ne répondit pas.

– Maintenant, j'entretiens des rapports avec les Prétas, ajouta Moodajee.

– Les Prétas ?

– Des créatures misérables et désemparées de l'au-delà qui se nourrissent des exhalaisons émanant des ordures et des miasmes des marécages.

Aventino regardait le guide avec scepticisme et étonnement :

– Et je dialogue avec les crocodiles, ajouta-t-il. Je n'ai trouvé que ce moyen pour rester encore en vie dignement...

L'homme se tut quelques instants, puis ajouta :

– Qu'êtes-vous venu chercher ici, cher monsieur ?

— Moi-même, sans doute..., répondit Aventino.

— Alors, commencez par vaincre le *Seigneur des Eaux*.

— Le « *Seigneur des Eaux* » ?

— Oui, dit Moodajee : le crocodile.

— Vaincre le crocodile ? En aurai-je seulement l'occasion ? songea à haute voix Aventino.

— Évidemment. Dès maintenant, si vous voulez, dit Moodajee. Les rives en sont pleines et le jour ne tombera pas avant deux longues heures !

Le sous-bois craqua comme si une bête énorme était en train de l'écraser. « Pourquoi avoir accepté de relever ce défi ? », se répétait Aventino alors que la barque touchait la rive. Des centaines d'oiseaux s'élancèrent brusquement vers le ciel. Les bosquets s'agitèrent, des bambous se plièrent et se rompirent. On ne voyait rien qu'une étendue verte gorgée d'eau. Tout à coup, un crocodile jaillit devant les deux hommes en poussant un beuglement de bœuf. Aventino, les nerfs à vif, leva son fusil.

— N'y touchez pas maintenant, dit Moodajee, calmement. C'est « mon » crocodile. Vous ne risquez rien.

Aventino abaissa le canon de son arme et assista à une scène stupéfiante. Le crocodile, à quelques mètres de la barque, se mit à nager sur le dos, puis sur le ventre, puis de nouveau sur le dos. C'était une danse étrange, dans un grand clapotis d'eau sale, de remous et d'écume. Sur la berge un chien squelettique humait l'air.

— La vie a peu de prix, chez nous, fit remarquer Moodajee.

Aventino fit signe qu'il ne comprenait pas.

— Vous allez voir.

Alors qu'un nuage de papillons blancs voletait au-dessus de l'eau, il y eut un grand bruit suivi d'un hurlement déchirant. Le crocodile venait de jaillir de l'eau et avait saisi l'arrière-train du chien qu'il tenait ensanglanté dans sa gueule.

— C'est un vieux mâle solitaire et affamé, dit Moodajee, alors que le gros reptile pataugeait maladroitement sur ses courtes pattes en regagnant l'eau du fleuve, et commençait de se diriger vers la barque.

Aventino reprit son fusil.

— Attendez, c'est maintenant que l'épreuve commence, dit Moodajee en plongeant doucement dans l'eau boueuse du fleuve. Il tenait dans sa main droite un bâton court et très pointu aux deux extrémités.

Aventino était pétrifié par la peur. Une lutte terrible s'engagea entre l'homme et le crocodile. L'eau bouillonnait des formidables coups de queue de l'animal. Moodajee nageait, glissant autour du reptile avec l'agilité d'un poisson. Il se tenait au plus près du crocodile, l'enlaçant presque, de telle sorte que ni les coups de queue, ni les terribles mâchoires ne pouvaient l'atteindre, et donnait des petits coups de bâton sur la cuirasse luisante de l'animal qui tournoyait maladroitement, tel un chien qui essaie d'attraper sa queue. À plusieurs reprises, les deux adversaires disparurent sous la surface de l'eau. Pendant de longues secondes Aventino retint son souffle, le doigt sur la détente, mais dans l'impossibilité de tirer sans risquer de toucher son compagnon. Soudain, Aventino vit l'eau se teinter de rouge. L'homme et le crocodile étaient toujours sous l'eau, mais lorsque Moodajee remonta, nageant près du monstre, Aventino comprit que c'était le crocodile qui était touché. Moodajee refusa de fuir comme Aventino le suppliait de le faire. Au contraire, il nagea résolument vers la gueule béante qui se précipitait vers lui. Aventino vit alors la main droite de Moodajee, celle qui tenait le bâton, disparaître au milieu des dents redoutables, jusqu'au coude. Aventino ferma les yeux, puis dans le même temps, plongea pour tenter de sauver le guide : le bras était toujours dans la gueule du fauve. À mesure qu'il avançait vers les deux combattants, Aventino dut se rendre à l'évidence : les mâchoires terribles ne s'étaient pas refermées ! Moodajee avait enfoncé le bâton dans la gueule du crocodile !

– Remontez dans la barque, et prenez le fusil ! ordonna Moodajee.

Aventino s'exécuta. L'eau bouillonnait des coups de queue du monstre qui était comme impuissant. Plus il mordait le bâton, plus il se l'enfonçait dans le palais. Moodajee, dont la main plongeait entre les mâchoires de l'animal, le conduisit lentement vers la barque. Aventino visa pour achever le reptile d'un coup de fusil, puis abaissa son arme. À ses côtés, Moodajee restait silencieux. Le crocodile commençait à perdre beaucoup de sang.

– Il faut l'achever, dit Moodajee. Il le faut.

Aventino n'arrivait pas à tirer, comme si la proximité du combat l'avait rapproché du crocodile. Il comprenait qu'il ne venait pas d'assister à un combat entre deux adversaires mais à une lutte entre deux amis.

– Allez-y, dit Moodajee. Il m'a demandé de le tuer. Il se sentait trop vieux, inutile. Le bâton dans la gueule, ce sont des semaines de souffrance. Il faut l'achever.

Aventino visa la gueule béante et tira. Le crocodile donna plusieurs violents coups de queue puis s'enfonça dans l'eau, emporté par le courant vers le milieu du fleuve. Moodajee souriait à Aventino, l'Italien deux fois courageux, qui venait de vivre sa véritable première confrontation avec les Indes. Le combat contre le monstre n'était que la première marche en direction du thé, et une épreuve réussie. La violence de cette lutte n'était peut-être pas si éloignée de la douceur du thé. Les feuilles du théier ne sont-elles pas les témoignages de l'histoire sanglante et cruelle des hommes ?

Le capitaine le répétait à qui voulait l'entendre : « Il n'était pas venu aux Indes pour faire du tourisme ! » Aussi, sa frégate, de plus en plus légère à mesure qu'elle se délestait des produits licites ou illicites, qu'elle déposait ou échangeait à chacune de ses rares escales, ne mouillerait pas dans la rade de Calcutta. Le chemin vers Dhoubri était encore long, et il faudrait se contenter de voir les rives de loin. Les Indes étaient pour l'instant cette litanie de villages à demi cachés dans la verdure, ces forts dressés aux endroits stratégiques, ces tours de signaux, ces phares et ces bouées. Et puis quoi, Calcutta, cette cité moitié boue, moitié palais, n'avait-elle pas été surnommée par les marins et les étrangers, Golgotha, par allusion à l'effrayante mortalité de la ville, entourée de toutes parts de marais, et qui se trouvait en maints endroits au-dessous du niveau des inondations fluviales ? « Messieurs, concluait le capitaine, nous avons d'autres mulets à bastonner ! »

Il fallut alors se contenter des récits plus ou moins réels des uns et des autres. Les uns évoquaient le jardin botanique, faisant face au palais du roi détrôné et qui s'enorgueillissait de posséder un baobab sénégalais dont la circonférence dépasse quinze mètres. Les autres vantaient ses filatures de coton et ses fonderies de canons, voire son musée renfermant une collection complète des roches et fossiles de l'Hindoustan ! On disait : Calcutta, c'est une immense sensation de lumière ; c'est une manière étrange d'habiter sa maison et de se vêtir ; c'est le labyrinthe des rues ; le mélange des nations, des Turcs et des Grecs, des Syriens et des Arabes, des Persans et des Juifs, des Abyssins et des Tartares. Calcutta, c'est la ville de la déesse Khali, au visage noir, qui tire la langue ; la ville des équipages de toutes espèces, des carrosses, des whiskies, des phaétons... En somme chacun voyait cette ville de sa fenêtre, contribuant à en faire un immense puzzle de passions, d'incohérences et de savoirs.

La lente pénétration dans le fleuve interminable, mélange d'eaux croupies et de courants furieux, de surfaces désolées et de végétations luxuriantes, se poursuivit. À l'heure du crépuscule, l'océan d'eau jaunâtre devenait une encre insondable. Aux premières heures du jour, alors qu'on imaginait que tout allait enfin changer, les mêmes masses immenses de terre arrachées faisaient de nouveau leur apparition, emportées vers la mer. Il fallait continuer, continuer sur le fleuve. Cependant, alors que le navire s'éloignait de Calcutta, longeant les *ghat* descendant le long du Hougli, et dont les marches inférieures baignant dans le fleuve sont couvertes d'Indous se livrant silencieusement à leurs ablutions, un événement survint qui bouleversa nombre de passagers. Tandis que la frégate naviguait à moins d'une encablure de la rive, au nord du pont de bateaux qui réunit Calcutta à Haourah, le long quai de Nimtolah apparut. Une épaisse fumée noire s'échappait de plusieurs bûchers dressés sur le bord du fleuve, élevant dans le ciel des nuages nauséabonds.

– Le brûlement des morts, dit simplement Moodajee.

Percy, qui connaissait parfaitement cette tradition indoue consistant à incinérer ses morts à ciel ouvert puis à disperser leurs cendres au fil de l'eau, n'en avait jamais parlé à Aventino. Il commenta la scène :

– On étend le cadavre sur un bûcher. Quelques gouttes d'eau sont jetées sur ses yeux. On empile des morceaux de bois sur le corps. On y met le feu. À la fin, il ne reste plus que des cendres et des os carbonisés.

Frère Kristan était horrifié. Dans quel pays venait-il prêcher ? Peut-être aurait-il mieux valu qu'il rejoigne les missionnaires capucins établis en Afrique noire chez les Nègres ou aux Amériques chez les cannibales ! Aventino regardait Moodajee dans les yeux. L'Italie lui semblait si loin. Si loin les batailles dans les Alpes piémontaises, si lointaines ses vignes de vin d'Asti. Aventino ne pouvait détacher ses yeux du bûcher et de ce à quoi il venait d'assister dans le cercle tremblé de sa lorgnette : une jeune femme se précipitant dans la flamme ardente pour rejoindre le cadavre de son enfant enveloppé dans un drap blanc. Au moment où elle s'était jetée dans le brasier, les villageois avaient poussé des cris effroyables et la musique funèbre avait redoublé de vigueur, non pas tant dans le dessein d'honorer un tel sacrifice, que pour empêcher les cris de la mère d'être entendus. Le bateau dérivait lentement, et Aventino eut le temps de voir le bûcher se réduire peu à peu en cendres. Chacun, par respect, était venu rendre ses devoirs au bûcher et s'était efforcé d'emporter un charbon. « Pour le conserver comme une relique », avait expliqué Moodajee, dans un murmure.

30

LES jours passaient. Mars approchait, et avec lui le début de la longue période de la mousson. Ce fut bientôt une évidence : les vêtements apportés par chacun n'étaient pas appropriés au climat des Indes. À Dhoubri, il faudrait trouver un tailleur qui en confectionnerait de plus adaptés. La toile, pas plus que le drap, ne convenait ici. « Des tissus de coton, dit Moodajee, ou mieux encore, de la flanelle légère. » Vu du bateau, Chandernagor offrait un spectacle très proche de celui de Calcutta : longues files de coolies circulant au milieu des marchandises et des chariots traînés par des bœufs ; grandes barques surmontées de cabanes en bambou et dans lesquelles s'entassaient de nombreuses familles ; *ghat* où hommes et femmes se lavaient avec soin, et plongeaient plusieurs fois la tête sous l'eau ; et de nouveau des bûchers, tant de bûchers qui s'élevaient.

Il Dio mouilla en face de l'Hôtel du Gouvernement, le temps que la troupe d'artistes lyriques rejoigne la ville où ils comptaient chanter les grands airs du répertoire italien. Puis, le chemin se poursuivit. Le bateau avançait maintenant dans une zone de canaux et de marécages, de petits étangs et de rizières. Il y avait beaucoup de bananiers et des cocotiers. Parfois se découpaient sur les berges les ombres d'éléphants puissants, chargés de lourdes sacoches en osier. Parfois, à l'ombre de figuiers géants, hommes, femmes et troupe de chameaux, faisaient la sieste paisiblement. Les incidents étaient rares, désormais, comme si la frégate avait adopté un rythme très lent, hors du temps. C'était tout juste si l'on s'émouvait de l'humidité inquiétante qui avait gagné le faux-pont, gênant les malades. La frégate faisait de l'eau. En temps « normal », cela eût retenu toute l'attention du capitaine. Mais ici, sur le fleuve Hougli qui n'était pas encore le puissant Brahmapoutra, il se contenta de maugréer : « Je ne peux pas allumer des feux, la fumée va gêner les malades. Comment parfumer ? Je n'ai plus ni manganèse, ni acide sulfurique... Tant pis, je jetterai du vinaigre sur du fer rouge et je ferai brûler de la poudre. » Un soir, non loin de Siradjgandj, un marin qui manœuvrait une pièce de chasse eut la jambe prise entre l'affût du canon et la bitte du gaillard d'avant. Il fallut l'amputer. Le chirurgien s'acquitta de sa terrible tâche dans la langueur générale et une sorte d'indifférence.

Le fleuve était infini. Il coulait plat et jaune. Il coulait sous le ciel bleu. Devant les yeux des voyageurs flottaient des images, des pensées, en provenance de leur âme dilatée. Aventino se remémorait ses lectures. Ptolémée racontait qu'au début de l'ère chrétienne des navires de guerre faisaient voile jusqu'à Bhagalpur. Hiuan-tsang, grand pèlerin bouddhiste du VIIe siècle, mentionnait l'immense dévotion envers le fleuve descendu du ciel : la sainte Ganga. Aventino était en train de comprendre : il allait se perdre dans le fleuve, il allait devenir le fleuve, et rentrer dans le temps. Il s'éloignait progressivement de Percy, venu ici pour faire du commerce ; et de frère Kristan qui voulait christianiser des Indous qui n'avaient que faire de son encens et de ses images pieuses. Aventino se rapprochait de Moodajee. C'était lui le messager. Il le savait, c'était lui qui allait lui ouvrir les portes des Indes :

– Ceux qui se baignent dans le Gange se trouvent purifiés de tous leurs péchés. Ceux qui boivent de son eau voient s'évanouir les malheurs qui les menaçaient.

– Et ceux qui s'y noient ? demanda Aventino, en plaisantant.

– Ils renaissent parmi les dieux !

Les hautes eaux du fleuve se refermaient, aube après aube. Tout ce qui vivait sur le fleuve était attentif à subir sa loi. Aventino regardait les embarcations, les vols d'oiseaux au bec rouge, les îles innombrables, plates comme des galettes. Le soir, au coucher du soleil, quand le bateau était au mouillage, on entendait les bateliers qui engageaient de longues conversations avec d'autres barques passant au large. Il leur fallait crier. La langue était sonore. C'était une incantation inconnue, où les derniers mots de chaque phrase chantaient et traînaient. L'écho de ces conversations courait longtemps sur l'eau, puis disparaissait.

– Ici, l'homme ne laisse jamais sa trace, dit Moodajee. À chaque nouveau passage, il doit s'efforcer de retrouver le cours difficile de son existence entre les îles de sable changeantes.

Ce que préférait Aventino, c'étaient ces arrêts, en pleine nuit, au milieu du fleuve. Le ciel était souvent voilé par les nuages. Une tristesse morne planait alors sur l'eau. Le gouvernail était bloqué, l'ancre jetée. Tout semblait insolite, dans cette halte. L'endroit, le silence. On parlait même de brigands qui sillonnaient le fleuve et arraisonnaient les navires, aussi dangereux que les tigres qui font irruption sur les embarcations qui n'ont pas été laissées à bonne distance de la rive. Mais Aventino aimait ce silence du temps et de l'eau. Tout le monde dormait. Moodajee, enroulé dans son *tchâdour*, regardait le fleuve, à la lueur de la lampe à pétrole, comme s'il avait dialogué avec lui. Les heures s'écoulaient sur un rythme nouveau, et les pensées se fondaient dans l'unité.

Un matin, alors que la frégate passait au travers d'un rassemblement d'embarcations arrêtées dans la brume qui s'étalait sur le fleuve, Moodajee et Ali Bakch montrèrent au capitaine un vaste ensemble de quais.

– Nous allons pouvoir accoster, capitaine, dit Ali Bakch.

La voix profonde des conques marines retentissait d'une jonque à l'autre.

– Le courant est très lent, et il n'y a pas de vent, dit Henri de Combelle.

– À cet endroit, le lit est incertain, il change chaque année de cours, fit remarquer Ali Bakch.

Dans le prolongement de son bras tendu, apparaissait un village perdu dans les cocotiers, avec, le dominant, les dômes et les tourelles d'un palais. Dans le ciel, d'énormes charognards tournaient. Ils jetaient de larges ombres mouvantes, tantôt sur l'eau, tantôt sur la terre, tantôt sur les ponts du bateau, avant de se perdre dans l'infini bleu du ciel. Aventino leva la tête : un aigle planait au-dessus du navire, silencieux, solennel.

– Nous sommes sur les terres du maharajah de Sourapatnam, dit Moodajee.

– Tout ici appartient au raja, précisa Ali Bakch.

– L'appontement que nous allons utiliser est donc le sien ? demanda le capitaine, en regardant vers la berge, vaste zone couverte de bambouseraies.

– Oui, dit Ali Bakch. Pour vous, un autre voyage commence, n'est-ce pas ?

– Au moins pour trois d'entre nous, dit Percy, en regardant frère Kristan et Aventino.

Parmi des marchands d'étoffes, des porteurs de corbeilles, des vendeurs de petits jouets en fil de fer et en bambou, des jongleurs, des prestidigitateurs, une délégation d'hommes en *dhoti* attendait les voyageurs. Au milieu de cette garde vêtue de mousseline blanche, le maharajah trônait, majestueux. C'était un beau vieillard aux cheveux blancs. Il n'avait pas vu d'Européens depuis si longtemps... Percy le baisa au front, suivant l'usage, et lui offrit les présents qu'il avait apportés d'Italie sur les conseils de monsieur de Saint-Lubin :

– Veuillez, Votre Grandeur, accepter ce fusil, afin que le feu consume vos ennemis ; cette épée d'Alessandria, pour que le fer les extermine ; cette *Vierge à l'enfant*, symbole de l'humanité du Christ ; cette pendule de Vinci, incrustée de figures allégoriques sur le passage du temps ; ces écuelles de vermeil ciselé ; ces majoliques florentines et ces faïences de Faenza ; ces deux caisses de fleurs artificielles, enfin, inaltérables comme notre amitié.

Croyant l'honorer, le maharajah, le remercia en anglais. S'apercevant de son erreur, il dit en souriant :

– Je croyais que l'anglais était une langue universelle.

– Pas encore, ventrebleu ! pas encore ! bougonna le capitaine.

On eut donc recours aux services de Moodajee.

– Depuis combien de temps naviguez-vous ?

– Plus d'un an, maintenant, dit-il.

Le maharajah fit un large sourire. Les hommes qui l'accompagnaient riaient et hochaient la tête.

– C'est très long, fit-il remarquer... Et c'est très court aussi.

Percy avait du mal à cacher son émotion :

– Mon père m'a beaucoup parlé de vous...

– Votre père... Vous lui ressemblez beaucoup. J'ai même cru un instant que c'était lui qui revenait nous voir ! Il est resté en Italie ?

– Il est mort, Votre Grandeur.

– Vous m'en voyez désolé... La mort est une des étapes de la vie.

Autour du maharajah régnait une grande agitation. Il fallait se rendre au palais, transporter les bagages, les malles, échanger cadeaux et civilités. À mesure que chacun gagnait les véhicules, Aventino pensa qu'il voyait sans doute la frégate pour la dernière fois, et que la vision de ces mâts européens sur les bords de Dhoubri avait quelque chose de bien singulier. Les trois voyageurs firent leurs adieux au capitaine Henri de Combelle et à son équipage qui ne repartiraient que dans une semaine. Il n'avait pas été prévu que le maharajah invite les gens de mer chez lui... On s'embrassa, on se congratula. Il y avait beaucoup d'émotion, mais aussi de retenue. La promiscuité fabriquée par ce long voyage n'avait donc été que très relative. Chacun avait voyagé pour soi, sur sa route propre, et chacun repartait de son côté, poursuivant sa voie unique.

La route de sable céda bientôt la place à un chemin de terre poussiéreuse qui déboucha sur une vaste palmeraie puis sur une voie pavée ouvrant sur le palais du maharajah. Pour y parvenir, il fallait franchir trois larges terrasses s'élevant l'une au-dessus de l'autre, et pourvues d'une quantité de fontaines, de jets d'eau et de cascades se déversant dans des bassins de marbre blanc. Le palais lui-même émergeait d'un ensemble de colonnades ouvragées, de pavillons peints à fresque, de kiosques élégants ornés de balustrades. Arrivées devant un immense portique en dentelles de marbre, les voitures furent accueilllies par des domestiques en *longhi* et des femmes en *sari* chatoyants. Une des femmes portait un bébé dans ses bras. Elle l'apporta au maharajah, s'inclina devant lui jusqu'à terre et lui toucha les pieds de ses mains qu'elle porta ensuite à son front. Elle fit exécuter ce même geste à l'enfant.

– C'est mon dernier fils, dit le vieil homme, avec fierté. Je voulais qu'il soit là pour vous accueillir.

Une jeune servante s'avança alors vers les hôtes du maharajah et leur offrit des couronnes de fleurs blanches très parfumées qui ressemblaient à du jasmin.

– Des *beli*, symbole de bienvenue, murmura Moodajee.

– Soyez les bienvenus chez moi, et souvenez-vous de moi, dit avec beaucoup de solennité le maharajah, qui ajouta : Des domestiques vont vous conduire dans vos appartements. Vous pourrez vous y reposer, effectuer des ablutions, puis je vous convierai à un repas. Nous pourrons alors parler tout à notre aise.

La chambre d'Aventino était immense et très claire, et donnait sur une autre pièce, aussi vaste que vide, qui conduisait à un cabinet de toilette garni de tous les meubles indispensables et communiquant avec l'extérieur de façon que le domestique préposé à ce service particulier puisse y pénétrer à toute heure sans passer par l'appartement du maître. Une grande quantité de vases de terre poreuse à panse rebondie étaient rangés le long d'un petit compartiment pavé de dalles multicolores. Ils contenaient une eau miraculeusement fraîche. Le thermomètre avoisinait les 30°. Aventino alla dans la pièce de bains et s'y mit entièrement nu puis, debout, se versa sur le corps le liquide bienfaisant qui s'écoula au-dehors par un conduit ménagé sous la muraille. C'est dans cette tenue qu'il quitta le cabinet de toilette, retraversa la grande pièce attenante à sa chambre et pénétra dans cette dernière. Une jeune femme était là, qui poussa un cri lorsqu'elle le vit et s'enfuit dans le jardin. Aventino, d'abord amusé, devint soucieux. Ce n'était pas le fait qu'une domestique l'ait vu nu qui le chagrinait mais autre chose qu'il n'arrivait pas à définir. Il avait beau chercher, tout en s'habillant, il ne trouvait pas. Il finit par s'asseoir. Il commençait de céder à la fatigue lorsque son attention fut attirée par un petit morceau de papier placé, bien en évidence, à côté d'une représentation dressée du fameux *lingam*, emblème de fécondité dont Percy lui avait fait cadeau en Italie. Une étrange inscription à l'encre noire en occupait tout le centre qui tenait à la fois d'un dessin tremblé et d'une écriture incohérente. Aventino se sentit irrésistiblement attiré par l'inscription, la scruta comme s'il voulait entrer en elle, s'introduire dans ses secrètes circonvolutions. Cette trace mystérieuse agissait un peu comme l'opium que lui avait donné Percy pour lui éviter ses douleurs au bras et à la main. Trois petits coups, frappés à sa porte, le ramenèrent à la réalité : le repas était servi. On l'attendait, ainsi que les autres.

Après avoir traversé un épais jardin où poussaient rosiers, orangers et manguiers, Aventino se retrouva sur une vaste esplanade occupée par un bassin rempli d'une eau limpide, et dans lequel croissaient des nénuphars et des lotus. Le bordait une balustrade de porphyre rose percée de losanges. Un domestique lui indiqua un pavillon derrière une haie de tamarins, où avait lieu le repas donné en l'honneur des étrangers. À l'extérieur, un homme, de haute taille et d'allure noble, était en train de jouer de la vina. Il ne restait à Aventino que quelques mètres à faire avant de pousser une petite grille en fer forgé et de pénétrer dans le pavillon. Moodajee fit irruption à ses côtés :

– Attendons que l'air de vina soit fini...

L'endroit était fort agréable, entouré d'une large terrasse prolongée par un balcon en bois ouvragé. Le repas, présidé par le maharajah, fut frugal – poulet rôti, *curry* aux œufs, et bananes –, cérémonieux, et servi à l'anglaise. Tous les invités présents, ou presque, étaient habillés de blanc, des pieds à la tête. Ce n'est que lorsque les hommes se levèrent pour aller fumer un cigare et boire du cognac, sous une vaste galerie percée d'arcades, que l'atmosphère se détentit. Dans un salon voisin, les dames, si réservées durant le dîner, chantaient et riaient aux éclats. Puis le silence se fit. Deux jeunes filles portant un pantalon de mousseline rouge soutenu par une ceinture d'or et recouvert d'une jupe de soie, s'avancèrent. Un corsage étroit leur serrait la poitrine, recouvert d'une longue écharpe. Leurs bras et leur cou étaient chargés de bijoux. Elles portaient à la cheville des anneaux d'argent garnis de grelots, et à leurs pieds nus des bagues scintillantes. Pour les accompagner un orchestre composé essentiellement de trois instruments :

le *mangassaran*, une sorte de hautbois, le *tal*, proche des cymbales, et le *matalan*, petit tambourin au son léger.

Le maharajah se rapprocha de Percy et d'Aventino.

– Elles savent tout faire : danser devant les images des dieux, chanter des hymnes sacrés, exécuter des danses militaires et manier les armes. Aucune n'a plus de dix-sept ans. Les bayadères, messieurs, sont les servantes des dieux.

Deux heures durant, les bayadères entonnèrent des chants monotones sur un diapason aigu, se livrant à de petits piétinements cadencés, glissant de droite et de gauche en des gestes lascifs, et frappant en mesure sur un petit tambourin tandis que les grelots attachés à leurs pieds rendaient un son argentin. Il y avait beaucoup de grâce dans tout cela, dans la répétition presque enfantine des gestes, dans les molles inflexions de leurs corps, dans la variété de leurs attitudes, l'expression délicieuse de leurs yeux à demi fermés, leur jeune beauté.

Percy ricanait, estimant que forcer des jeunes filles à ne se nourrir que de végétaux, et les astreindre quotidiennement à des prières et à des ablutions, relevait de la sottise, et se demandant même s'il n'aurait pas mieux valu mettre ces bayadères dans le lit des hommes afin de leur apprendre ce qu'était la vraie vie. Aventino ne savait que dire. Honteux qu'un Européen vaniteux réagisse ainsi. Un sourire échangé avec le maharajah le rassura. Que lui importait une telle réaction, semblait dire son regard, les Indes étaient un pays si vaste, si riche, un continent. Quel poids, la sottise de ce petit homme pouvait-elle avoir face à une telle vastitude ? Il était bien comme ces Anglais qui pensaient s'installer aux Indes pour *l'éternité* ! Un grand et prodigieux vocable pour une si négligeable aventure humaine...

– J'ai une surprise pour vous, messieurs, dit le maharajah, en claquant des mains.

En moins d'une minute, les bayadères avaient quitté la place, la plupart des invités étaient partis, et l'on avait disposé dans la vaste pièce une série de paravents décorés qui, une fois réunis les uns aux autres, faisaient comme un petit salon plus intime. N'étaient plus désormais présents, aux côtés du raja, que Percy, Aventino et Moodajee.

– Vous n'êtes donc venus chercher ici ni du vin de palme, ni le secret de la fabrication du sucre, ni celui de la glace, dit le maharajah.

– Non, mon très cher ami, dit Percy.

– C'est votre père qui vous a parlé de l'arbre à thé ?

– Oui, en effet, il y a de cela plusieurs années déjà.

– Vous croyez vraiment qu'il y a du thé aux Indes ? Vous nous prenez pour des Anglais ? Je vous propose une expérience, dit-il en tapant une nouvelle fois dans ses mains.

Une jeune fille pénétra dans le petit salon formé par les paravents et déposa un plateau sur lequel reposaient six petites tasses laquées et deux théières : une noire et une bleue. Pendant que le maharajah donnait certaines explications, Aventino ne pouvait détacher ses yeux de la jeune servante. Il en était sûr, plus il la regardait, plus il reconnaissait en elle la jeune femme qui l'avait surpris nu dans sa chambre...

– Souffrez, messieurs, que je vous présente ma fille, dit enfin le maharajah, non mécontent de son effet. Voyez-vous, nous pouvons nous amuser à singer les Anglais, et faire servir le thé par la plus jeune demoiselle de la maison !

Percy et Aventino se levèrent pour saluer la jeune personne. Il émanait d'elle une beauté singulière, par certains traits « européenne »... Elle versa le thé contenu dans la théière bleue puis se tint, toujours debout, en retrait. Le maharajah prit son étroite tasse laquée dans sa main droite, prononça à voix basse une sorte d'invocation, puis, trempant la pointe de son index trois fois dans la tasse, versa plusieurs gouttes du breuvage sur le plancher, en signe d'offrande. Percy, Aventino et Moodajee suivirent son exemple.

– Du *Bohea*, dit Percy. Du canton de Fo-Kien.

– Du thé de Chine ? s'exclama Aventino.

– Hé oui, cher ami, ajouta le maharajah, du thé de Chine !

La jeune fille s'avança de nouveau, se pencha et versa dans les tasses le thé contenu dans la théière noire. Elle frôla Aventino. Elle portait un parfum enivrant qui se mêlait à celui de sa propre peau.

Percy porta le bol à ses lèvres et fit la grimace.

– Qu'est-ce que c'est ? s'exclama-t-il, surpris.

Le maharajah sourit :

– Du thé, mon cher ami, du thé ! Tel qu'on le boit dans nos régions. Un mélange d'eau, de farine, de beurre, de sel et de *Bohea*... Est-ce cela que vous cherchez, Percy ?

Percy resta silencieux.

– Allez faire boire de ce breuvage à nos gouverneurs anglais en leur disant que c'est du thé ! ironisa le maharajah. Les thés du Tibet, du Bhûtân, du Ladakh n'ont rien à voir avec le *tea* britannique !

Percy était décontenancé et Moodajee avait beaucoup de mal à transmettre toute la subtilité du dialogue qui s'établissait alors, et qui pour beaucoup passait par les regards, les gestes, les tasses levées et posées, les déplacements des théières. Un étrange jeu d'échecs se mettait en place, parallèlement à ce qui semblait se nouer entre la jeune femme et Aventino, ou à ce que ce dernier voulait bien imaginer.

– Mon père m'avait laissé entendre qu'aux confins du Brahmapoutra...

– Je sais, dit le maharajah. Très loin, après Goabati, Tezpour, Sibsagar, Sadiya, Simé... L'Aschem...

La jeune fille fit un pas en arrière, comme si son père venait de prononcer une parole sacrée ou maudite.

– Voyez la réaction de ma chère fille, messieurs. L'Aschem ou l'Assam, comme disent certains étrangers, est une région terrible. L'Himalaya, le Brahmapoutra, les tigres... Certaines tribus, là-bas, fabriqueraient un breuvage étrange à partir de feuilles d'arbres qui poussent dans la jungle. On parle du Singhpo, d'autres de Lakhinpour, dans le Haut-Assam. Ces régions sont absolument vierges, inexplorées, et peuplées par des hommes mangeurs d'hommes. Même les Anglais n'ont pas osé y aller ! Je vais vous dire : les Indous ne boivent pas de thé, excepté ceux qui veulent se faire passer pour des Anglais !

– Alors, que faire ? demanda Percy.

– Nous ne venons pas de passer un an en mer pour repartir, dit Aventino qui n'avait presque rien dit jusqu'alors.

– Cela vous semble une raison suffisante pour rester ?

– Oui, une raison qui n'a rien à voir avec le commerce.

– Ce n'est sans doute pas l'avis de votre ami, monsieur Aventino.

– En effet, dit Percy.

Le maharajah sourit :

– Je vous aiderai. Dans la mesure de mes moyens, bien évidemment. Porteurs, guides, éléphants, nourriture... Mais ce serait vous mentir que de vous cacher les périls réels, très réels, d'une telle expédition.

Percy et Aventino se regardèrent, comme pour jauger chacun leur courage, à mesure que le maharajah leur faisait de l'Assam un portrait des plus effrayants. Il y avait d'abord le Brahmapoutra, fleuve terrible, encombré de bancs de sable qui gênent la navigation et d'îles longues de plusieurs kilomètres. Des bouches du Gange à Dhoubri, ils n'avaient jusqu'alors et en comparaison effectué qu'une douce promenade d'agrément ! En Assam, le Bramahpoutra se joignait à des dizaines de rivières armées chacune de milliers de petits cours d'eau qui étaient autant de faux bras et de tentacules. Dans les marécages aux herbes hautes se cachaient des rhinocéros, des crocodiles, des buffles sauvages. L'Assam, c'était aussi des montagnes qui enfermaient les plaines comme dans des étaux. Et ces plaines, qui couvraient les deux tiers du territoire, étaient le domaine des tribus.

– Un monde très secret, conclut le maharajah. Imaginez une grande étendue de couleur turquoise, où le soleil ne pénètre jamais, tant la forêt est épaisse.

– On dit qu'elle renferme toutes les richesses de la terre : huile de pétrole, charbon, fer, cuivre, or..., lança Percy Gentile.

– Vous verrez bien. Les fauves, les milliers d'éléphants sauvages, les myriades d'insectes vous répondront peut-être.

– Vous parliez des tribus qui peuplent l'Assam ? avança Aventino.

– Au sud-ouest, dans les Garo-Hills, comme disent les Anglais, vous allez rencontrer les coupeurs de têtes atchik. Plus loin, les Khasi, adorateurs du Serpent-Dieu. À l'est, aux confins birmans, c'est le territoire des Naga chasseurs de têtes. Plus au nord, au pied de l'immense Himalaya, d'autres peuplades plus rudes, plus cruel-les : les Abor, les Mishmi, les Apa-Tani, les Dafla, les Aka, les Miri... et toutes celles qu'il reste encore à découvrir. Ce sont les descendants directs des peuples mongoloïdes. Si vous ne trouvez pas l'arbre à thé vous croiserez au moins l'aube de notre humanité.

Les trois invités du maharajah restèrent silencieux. Leur hôte leur vint en aide :

– Je serai en juin, avant la mousson, à Dibrougarh pour assister aux chasses au tigre qui se pratiquent sur mes camps de capture d'éléphants sauvages.

– Peut-être pourrons-nous nous retrouver là-bas, suggéra Percy.

– C'est une bonne idée. Hasardeuse, mais bonne, dit le maharajah, ajoutant : Mais auparavant je propose que nous allions tous nous coucher. Nous avons tout notre temps... Votre « quête » ne fait que commencer.

Au moment de rejoindre leurs chambres, Percy confia à Aventino une pensée qui le bouleversa :

– Tu ne trouves pas que la fille du raja ressemble à celle de ton tableau ?

– Quel tableau ?

– Celui qui est resté au château, à Cortanze. Celle de gauche, celle qui ressemble à Maria Galante.

– Absurde, tout cela est absurde, rétorqua Aventino agacé, tout en froissant dans sa poche le petit papier sur lequel était tracée la mystérieuse inscription.

Aventino eut beaucoup de mal à trouver le sommeil. Devant le *Lingam* avaient été déposés des fleurs jaunes, des grains de riz et du beurre fondu. Il décida de sortir sur la terrasse. Du jardin lui parvenait un chant qui semblait nostalgique. Moodajee, qui occupait la chambre voisine de la sienne, retrouva Aventino.

– Quelle nuit merveilleuse, dit le guide.

– Vous entendez ? murmura Aventino.

– Bien sûr. C'est une *waouiya*, un chant assamais.

– Vous comprenez ce qu'il signifie ?

L'air était saturé du parfum fade des fleurs séchées et de l'arôme puissant des bâtonnets d'encens.

– Oui. Il dit : « *Tu entends, c'est la nuit/ Qui chante au fond/ Des campagnes rafraîchies/ Par le* dhakhina/ *Les plus belles histoires d'amour/ Des gens de Gauripur.* »

Aventino avait toujours dans sa poche le petit papier froissé. Il le montra à Moodajee.

– J'ai trouvé ça dans ma chambre.

Moodajee parut surpris et sourit :

– C'est le titre du chant que nous écoutons en ce moment : *Cache-cache.*

– Qui chante ?

– La fille du maharajah...

31

D HOUBRI était déjà loin, et avec elle, non seulement le calme du palais du maharajah mais aussi tout ce qui faisait le charme de cette petite ville tapageuse : les étalages où abondaient les fruits, les piments des montagnes, les épices de curry en poudres multicolores ; les rôtisseurs ; les bouilleurs de lait caillé ; les fabricants de *nân* ; les vendeurs de tabac empilé en feuilles rousses ; les chaudronniers ; les chapeliers ; les vendeurs d'étoffes fraîchement teintes et dégageant une odeur âcre. À l'aube, le petit convoi avait franchi le Brahmapoutra sur une barge, alors que brillaient encore les feux des jonques illuminées se reflétant dans ses eaux. Chacun donnait à ce voyage un sens particulier. Percy accomplissait sa grande œuvre commerciale, Moodajee se rejouissait de montrer son pays, sous un jour nouveau, aux voyageurs venus d'Europe, Aventino partait à la recherche de lui-même, frère Kristan voulait rejoindre les capucins de Goahati afin de les aider à christianiser les infidèles.

Une fois le fleuve franchi, la route qu'ils avaient longtemps suivie et qui devait mener à Phulbari, ombragée de figuiers et de tamarins, avait fini par disparaître. Pourtant, ils ne pouvaient s'être trompés. Ils avaient suivi scrupuleusement l'itinéraire fixé par le raja : à l'opposé de Koutch-Behar et de l'autre côté de Goalpara. Ils décidèrent de s'asseoir près d'un petit temple. Dans l'air s'étirait une douce odeur de musc et d'essence de thuya. Un office devait avoir lieu dans le bâtiment. Ils entendaient des psalmodies et un lointain accompagnement de cymbales qui se mêlaient aux pépiements des merles, des perroquets verts et des geais turquoise. Par une porte entrouverte, on pouvait apercevoir des statuettes d'or, le trident rouge de Shiva, et Krishna, le dieu de l'Amour.

– Vous vous souvenez des paroles du raja ? demanda Percy.

– Il en a prononcé beaucoup, dit Moodajee.

– « *Assam, terre de sorcellerie* », lit-on dans les chroniques musulmanes du XIIe siècle.

– À peine sommes-nous en route, que nous voilà déjà perdus ! On comprend pourquoi ce pays a été le seul à avoir arrêté les cavaliers de l'Islam, les lieutenants afghans de Mohamed de Ghor, tous ces envahisseurs fanatiques, dit frère Kristan.

– Ils ont fini enlisés dans les sables du Brahmapoutra, ajouta Percy. C'est sans doute ce qui nous attend !

Devant eux, la ligne bleue des monts Garro s'étendait, précise comme une *veduta*.

– Où es-tu, Brunetto Latini, qui pensais que l'Asie s'arrêtait à l'Indus et à l'île d'Obropaine ! dit Aventino.

– Mais au-delà, vers l'est, ce n'était que déserts d'anthropophages, lança, ironique, Moodajee.

– Vous avez, vous aussi, lu Brunetto Latini ? lança Percy Gentile, méprisant.

– N'oubliez pas, cher ami, que je parle et lis l'italien grâce à vos bons pères jésuites.

Frère Kristan leva les yeux au ciel :

– Ah, ceux-là, quelle détestation ! Quelle horrible engeance pour la foi !

– Et je ne suis pas le seul à avoir suivi l'enseignement des jésuites, ajouta Moodajee, la *rajkumari*, elle-même...

– Qui ? demanda frère Kristan.

– La *rajkumari*, la fille du maharajah...

– Elle parle l'italien ? s'exclama Aventino.

– Évidemment, répondit Moodajee. Comme vous et moi.

Percy ne se sentait que moyennement concerné par cette conversation :

– Je ne pensais tout de même pas que nous nous perdrions aussi vite.

– Nous ne sommes pas perdus, fit remarquer Moodajee. Nous cherchons. Et comment voulez-vous trouver sans chercher ?

– Je vous en prie, ne sommes-nous pas libres de...

Moodajee ne le laissa pas terminer sa phrase :

– Nous nous croyons libres, par aveuglement, par vanité aussi, comme le bateau croit qu'il se dirige lui-même, ignorant le vent dans ses voiles.

– Tout cela est ridicule.

– Non, cher ami, ce n'est pas si ridicule : c'est peut-être vous qui pensez en cercle !

Le convoi reprit. Il s'enfonça dans une épaisse jungle de bambous. La montée vers Tura avait commencé. Au-delà de la piste de terre rouge, disloquée par les derniers éboulements de terrain, s'ouvrait un immense panorama de cirques montagneux et d'étendues sauvages. À la tombée de la nuit, le village de Rongchugiri était atteint. Un marché finissait de s'y tenir. On y vendait des fruits, de la pâte d'indigo, des peaux de chiens rouges et de chats sauvages, des civettes, et des feuilles qui ressemblaient à celles des théiers. Percy voulut en savoir plus, mais n'obtint aucun renseignement précis. Certains soutenaient que les feuilles étaient apportées par des marchands ambulants venant de derrière les montagnes, d'autres que des arbres existaient bien, les chants traditionnels en parlaient, mais nul ne savait où ils poussaient. Avec la nuit, une brume bleue descendit sur le village. Après un repas léger, chacun sombra dans un profond sommeil. Pour ce premier soir hors du monde, Aventino songea à la dernière vision qu'il avait eue de la *rajkumari* : dans les jardins du palais, elle avait levé son bras d'un geste lent et gracieux, faisant légèrement glisser le châle qui lui recouvrait les épaules. Il avait aimé ce geste qu'il avait interprété comme un signe d'adieu adressé au voyageur italien qui avait été l'hôte éphémère de son père.

Ils avaient établi leur campement, comme Moodajee leur avait suggéré, en dehors du village. Les Garro qui n'hésitaient pas à descendre des montagnes pour couper la tête des habitants des plaines, n'attaquaient jamais leur proie de nuit à moins que celle-ci n'ait rompu les régles d'hospitalité en venant s'installer à l'intérieur de l'enceinte du village sans y avoir été conviée. Le campement était situé à égale distance de la barrière de bambou encerclant le village et de la jungle. Tout au long du jour, les quatre marcheurs avaient eu l'impression qu'aucune trace de vie n'était visible dans la forêt vierge. Mais cette nuit, le bruit était épouvantable. Les singes, les oiseaux de nuit, les crapauds géants, les crocodiles traversaient la forêt en tout sens. Quant aux fauves qui hurlaient depuis le crépuscule, ils continueraient jusqu'à l'aube ; et bien que l'on sût qu'ils songeaient rarement à attaquer l'homme, un tour de garde avait été organisé.

Alors que tous dormaient, abrutis par la fatigue et la puissante odeur d'humus et de sandal, c'est Moodajee qui donna l'alerte. L'après-midi, déjà, il avait aperçu ces énormes percées dans la jungle, et vu tous ces gros tas brun foncé, laissés au milieu du chemin, alors il avait pensé : « Il y a des éléphants sauvages ici. » Mais cette fois, c'était tout autre chose que des suppositions ou des indices :

une haute muraille sombre se dressait à une centaine de mètres du campement, juste à l'orée de la jungle. Un énorme éléphant faisait face, en levant la trompe et en barrissant.

– On ne sait jamais ce qu'un mâle en colère peut faire, souffla Moodajee. S'il charge, le village ne nous sera d'aucun secours.

– Et de l'autre côté, il y a le ravin, ajouta Percy, en montrant le profond trou de verdure.

Il y eut de nombreux craquements. Une femelle venait de se faufiler derrière le mâle, tout en poussant un petit devant elle, en s'aidant de sa trompe. Deux autres éléphants se détachèrent de la masse noire que formait le troupeau qui se mit tout à coup en marche, fonçant sur les quatre hommes, oreilles battantes et piétinant furieusement le sol en soulevant un énorme nuage de poussière jaune. Aventino qui se retournait, affolé, en direction du village garro, constata que personne n'était sorti, indifférent au drame qui se jouait au-dehors de ses murs.

– Personne ne bouge, dans le village, redit Aventino.

Moodajee se retourna à son tour.

– Tant mieux, c'est qu'on a rien à craindre. Si les Garro ne bougent pas, c'est que...

Il n'eut pas le temps de finir sa phrase. Un bruit épouvantable de branches et de bambous fracassés explosa dans la jungle. Le troupeau, évitant le campement, avait finalement préféré s'engager dans l'épaisseur touffue qui couvrait une large pente sur la gauche. La sombre muraille, soudain, avait disparu, et le ciel scintillait de nouveau au-dessus des frondaisons. Petit à petit, le bruit affreux décrût. Des barrissements dans le lointain confirmèrent le départ des éléphants.

Le lendemain matin, les quatre voyageurs prirent congé des Garro, et la marche reprit. Les mulets supportaient mal de trébucher au travers du taillis, au milieu des plantes couvertes d'épines et d'un véritable tissu de lianes. Très vite, il fallut se mettre en file indienne, et ouvrir un passage à grands coups de coutelas. De longues lianes vertes se balançaient au milieu du corridor, suspendues aux arbres, dont certaines venaient gifler les visages. Moodajee menait la colonne. Il en était certain : derrière la muraille de banians, de tamariniers et de bambous, devait se trouver une rivière, et derrière cette rivière apparaîtrait enfin le grand Himalaya, chaîne redoutable et invincible. Aventino tenta l'expérience suivante : avancer en suivant les autres et en fermant les yeux, pour éviter que les lianes ne le blessent. À peine avait-il commencé qu'un événement singulier se produisit. Des arbres l'entouraient à présent de tous côtés et leurs branches oscillaient étrangement, bariolées, moitié jaunes, moitié vertes, formant comme un rideau qui sifflait. Moodajee, qui avait emprunté une voie parallèle, se précipita sur Aventino le couteau à la main, donnant de grands coups dans ces lianes qui étaient, en réalité, des serpents prêts à venir s'enrouler autour d'Aventino.

Frère Kristan n'avait pas tort : ils étaient en enfer. Ils étaient en train de payer pour leurs péchés et peut-être même pour tous les péchés du monde ! Mais l'enfer n'est jamais très loin du paradis. Au bout de plusieurs heures de marche exténuante, ils sortirent de la jungle, traversèrent une petite rivière et, comme leur avait dit Moodajee, découvrirent un extraordinaire panorama sur les montagnes de l'Himalaya. Moodajee fit un large mouvement de la main droite :

– Regardez...

Un rayon de soleil couchant teinta d'un rose vif l'éclat des neiges éternelles. Mais ils s'aperçurent vite que tout, dans l'Himalaya, était mobile et changeant. Les nuances délicates soudain furent remplacées par des reflets blafards. Des flots de brouillard, poussés par la brise des sommets, surgissaient en nappes. Les cimes se mirent à planer dans le ciel. On aurait pu les croire détachées de leur base, coupées du monde. De nouveau, il fallut pénétrer dans la jungle et monter encore. Les hommes et les bêtes commençaient d'être à bout. Personne ne savait plus ni dans quelle direction aller ni s'ils marchaient depuis deux jours ou trois mois, et pas davantage s'ils étaient en 1800, en 1803 ou en 1796. Personne ne savait plus dans quel sens allait le temps, et si la vie avançait ou reculait. Aventino pensa à une phrase sincère que lui avait confiée Moodajee : « L'heure est peut-être venue de s'identifier avec l'âme des animaux. »

Un jour, pourtant, les quatre voyageurs, devenus pâles comme des cadavres, car rares étaient les rayons du soleil qui pénétraient dans ces vertes catacombes, aperçurent une sorte de guérite aérienne, bâtie au sommet d'un échafaudage dominant d'autres cabanes. Puis bientôt, ils butèrent contre une haute muraille, faite de pointes de bambous acérées placées en chicanes et de palissades de bois lancéolées. L'ensemble était impressionnant. « Un village Garro », confirma Moodajee. À l'entrée, s'élevaient les restes d'un énorme bûcher qui dégageait une odeur âcre, de graisses et de résines brûlées, mêlée aux relents plus aigres de l'alcool. Tout autour se dressaient des poteaux barbouillés de traces rouges et brunes. Alors que les membres de la petite troupe s'interrogeaient, un groupe de plusieurs hommes vint à leur rencontre. Ils étaient de taille moyenne, presque noirs de peau, avaient le nez plat et retroussé, les yeux légèrement obliques, les pommettes saillantes, et les lèvres fortes. Percy leur trouvait le type mongol, et Moodajee fit remarquer qu'ils n'avaient que peu de barbe et qu'ils s'épilaient soigneusement le menton afin de l'avoir complètement glabre. La plupart étaient presque nus, certains vêtus de pagnes et de couvertures, mais tous portaient de nombreux colliers, des pendants d'oreilles et des bracelets. Trois d'entre eux arboraient une sorte de diadème, composé de plaques de cuivre.

– Cela signifie que ces hommes ont tué beaucoup d'ennemis, dit Moodajee.

Tout comme ses autres compagnons, Aventino n'était guère rassuré. Moodajee leur avait parlé de ces floches de coton et de soie attachées à des bambous qui flottent au vent et représentent les esprits. Il leur avait parlé de ces espèces de cages en bambou ornées de figures grotesques et contenant les cendres des morts... Floches et cages étaient à présent bien réelles, bien visibles, disposées dans tout le village. Moodajee tenta d'adoucir ce tableau effrayant :

– Il n'y a que les Anglais pour en faire des brutes sanguinaires ! Ils sont en vérité d'une droiture parfaite, très prévenants et très hospitaliers.

– Et le bûcher ? demanda Aventino à Moodajee.

– Un bûcher funéraire.

– Et les poteaux ?

Moodajee s'éclaircit la gorge, et parla d'un trait :

– Pour honorer la mémoire d'un mort, on envoie un guerrier capturer un Bengali dans la plaine. On le sacrifie devant le bûcher, et on barbouille les poteaux avec son sang.

32

Le village comportait deux à trois cents cases : une habitation leur fut immédiatement offerte. Longue d'environ deux cents pieds, et construite en bois de *sâl*, elle comportait une petite entrée où étaient entassés les mortiers à riz, les vans et les fagots de bois pour le feu. Après avoir escaladé une petite échelle, ils se retrouvèrent dans une vaste pièce où ils pourraient vivre et dormir. C'était un honneur qui leur était fait, car traditionnellement cette partie de la case était réservée aux esprits, et des sacrifices y étaient offerts aux dieux... Discrets, dans un premier temps, les Garro voulurent savoir ce que les étrangers venaient faire dans leur contrée. Leur langue chantante les rattachait aux Metch du Teraï et à d'autres peuplades de souche tibétaine. Une fois de plus, Moodajee sut trouver les mots, et créer le contact entre les uns et les autres. Il finit par évoquer l'arbre à thé. Les Garro se concertèrent avec force gestes. Cette fois les femmes étaient présentes. La plus vieille d'entre elles semblait la plus respectée :

– C'est elle qui a transmis son nom à presque toutes les générations du village, rapporta Moodajee. Elle leur a enseigné les Lois, les épopées, les strophes sacrées, les chants rituels.

Elle fit asseoir Percy et Aventino à côté d'elle. Frère Kristan était perplexe. « Depuis quand une femme est-elle chef de famille ? », pensa-t-il.

– Il n'y a pas d'arbre à thé ici, dit la vieille femme.

Un silence s'installa. Aventino, prudent, demanda toutefois à Moodajee d'insister.

La vieille femme éclata de rire, comme tous les Garro assis autour d'elle.

– Loin, derrière la ligne du fleuve et la ligne du ciel. Mais il y a tellement d'autres arbres. Pourquoi voulez-vous cet arbre-là ?

La même question posée à Turin ou à Gênes aurait trouvé une réponse immédiate. On aurait parlé du commerce, des modes, de la vente du cacao et du café, de l'opium, du papier-monnaie, des investissements. Mais ici, toutes ces réalités européennes semblaient si incongrues. La vieille femme reposa la question :

– Pourquoi l'arbre à thé ? Il n'y a pas de thé ici, alors à quoi bon le chercher ? Vous faites partie de ces hommes qui veulent la terre à eux, et les fleurs, et les arbres...

Percy n'était guère convaincu par la réponse de la femme, et Aventino se sentait mal à l'aise. Il se trouvait donc sur une terre singulière où les frontières et les murs n'existaient pas... Où la propriété n'existait pas... « C'est le produit de la terre qui appartient à l'homme et non la terre elle-même », disait la vieille femme. Et si nous portions la feuille de thé en nous-même ? Et si le théier déployait ses branches dans l'âme de celui qui le cherche ?

Une fumée épaisse le tira de ses doutes. Tous se mirent à tousser excepté les Garro. Le repas était servi. Un repas de fête pour accueillir les hôtes. La maison Garro ne comportant pas de cheminée, la fumée s'échappait par où elle pouvait. Elle avait la vertu d'éloigner les moustiques et les mouches de sable mais celle aussi de faire pleurer les Italiens. Les mets favoris des Garro circulaient. Excepté le lait qui les dégoûtait, fruits, légumes – patates douces, racines de gingembre, piments rouges –, mais surtout viandes, en grande quantité, étaient proposés. Les Garro, qui ne considéraient pas comme un crime de manger de la chair de vache, n'en ayant plus à leur disposition, firent passer des plats à base de rats, de serpents, et de chiens engraissés. À la fin du repas des pipes à eau confectionnées dans un long bambou circulèrent. Puis vinrent les chants au moment de la séparation. La nuit en était pleine. Mélodies simples, cent fois répétées. Aventino sombrait malgré lui dans le sommeil. Il avait vidé coup sur coup deux bambous pleins d'alcool de millet, et se laissait porter par les voix des chanteurs, les roulements de tam-tam, les modulations des flûtes, le crépitement des calebasses remplies de gravier. Percy et frère Kristan voulaient sortir. La fumée les gênait trop. Ils pestaient : « Ils n'ont même pas trouvé un moyen pour manger sans se faire enfumer ! »

Aventino eut une sorte de révélation. Ce n'était pas si grave au fond que depuis des milliers d'années ces hommes et ces femmes s'enfument en faisant cuire leurs viandes et leurs légumes. L'important, lorsque les Garro préparaient le repas, c'était que tous les membres du groupe qui avaient récolté les aliments, et ainsi participé à la cuisson, fussent présents. Ainsi, chaque membre de ce groupe avait droit à quelque chose. Quelle révolution ! Tellement plus vraie que celle qui était en train de mettre l'Europe à feu et à sang. Une Europe si lointaine, si distante qu'Aventino se demandait s'il ne l'avait pas tout simplement rêvée, lui qui était confronté ici à un autre déroulement du temps.

Immobilisé dans le village, le groupe ne parvenait pas à comprendre s'il était prisonnier des Garro ou s'il acceptait volontairement cet enfermement. Et les jours passaient dans cette attente silencieuse. Les palissades protégeant le village de l'incursion d'éventuels ennemis et surtout des tigres, capables de s'emparer d'un mouton ou d'un bœuf, voire d'un enfant laissé sans surveillance, dressaient leurs pointes acérées contre ceux qui voudraient y entrer et contre ceux qui espéraient en sortir. Contrairement à ce que pouvait dire le capucin, ce peuple était aussi profondément religieux et respectueux des traditions. Ainsi ses habitudes quotidiennes étaient-elles étroitement mêlées aux croyances spirituelles. Tous les gestes quotidiens étaient accomplis avec élégance et grandeur, qu'il s'agisse de ceux de la vie domestique ou de ceux consacrés au culte des dieux.

– Mais enfin, qu'est-ce que c'est que cet animisme imbécile ? soutenait Kristan.

Aventino tâchait d'expliquer ce qu'il croyait comprendre :

– C'est la crainte du monde, sa puissance. Cette nature-là, l'homme ne la vaincra jamais !

– Et les progrès techniques ? disait Percy.

– Et le christianisme ? ajoutait Kristan.

– Je suis convaincu que nos systèmes philosophiques et religieux n'apporteront rien à ces gens, soutenait Aventino. Nous n'avons même pas su guérir l'incertitude de nos âmes...

– Mais enfin, ils ont besoin de Dieu, ils ont besoin de nous ! C'est pour ça que je suis ici ! dit Kristan.

– C'est nous qui avons à apprendre d'eux, je le crains. Mais personne ne voudra jamais les entendre, ni à Turin, ni à Gênes, ni nulle part ailleurs, admit Aventino.

– En attendant, je ne sais pas combien de temps nous allons rester coincés ici, dit Percy, mais ça ne peut plus durer.

Moodajee était de cet avis :

– La mousson arrive, et si nous ne bougeons pas, nous ne pourrons rien faire avant six mois.

– Le couvent de Goahati est loin d'ici ? demanda Kristan.

– Si seulement je savais où nous sommes, soupira Moodajee. Quelque part entre les monts Garro, les monts Khasi, et le Brahmapoutra... Quel que soit le chemin emprunté nous devrons parcourir entre 300 et 350 lieues.

– Alors partons immédiatement, suggéra Percy.

– Non, c'est une mauvaise idée, dit Moodajee. Ils n'ont pas encore tué le tigre qui rôde autour du village et les cérémonies de crémation ne sont pas terminées.

– Mais après, le pourrons-nous ? demanda Kristan.

– Oui. Mais il nous faudra respecter les rites de départ, répondit Moodajee.

Cette fois, cela ne faisait plus aucun doute, le tigre avait été tué. Les quatre voyageurs, assis sur le rebord de la case, regardaient les hommes revenir de la chasse avec la dépouille de l'animal. La bête était splendide et mesurait huit pieds quatre pouces. Un homme racontait, pour le village :

– Trois tigres sont sortis de la jungle, l'un à la suite de l'autre. Mais deux ont pris peur. Nous avons poursuivi celui-ci, la mère. Deux heures dans la jungle. La chasse a été longue et éreintante. La tigresse a montré beaucoup de finesse, ne faisant jamais face aux armes. Mes coups ont eu raison de son rugissement, et de son effort instinctif pour vivre encore et retrouver ses petits.

Les hommes et les femmes, assemblés en cercle autour de la tigresse, ne disaient rien. Le chasseur fit quelques pas en direction d'Aventino et lui demanda de s'approcher. Puis il mit sa main sur le fauve et le caressa, signifiant par là à Aventino qu'il devait faire de même. Aventino ne pouvait refuser l'honneur qu'on lui faisait. Il se baissa. La tigresse dégageait une forte odeur d'urine et de sang, ainsi qu'un parfum plein de sauvagerie, comparable à rien de connu. La main d'Aventino tremblait. Lorsqu'elle entra en contact avec l'épaisse fourrure, ce fut comme si un dialogue s'établissait entre l'animal mort et l'Italien venu de l'au-delà des mers. Aventino avait envie de dire qu'il admirait cette bête fauve sans réserve. Le chasseur fit venir Moodajee et lui demanda de traduire ses pensées à Aventino :

– Le chasseur dit qu'il pense la même chose que toi, rapporta Moodajee.

Aventino était troublé. Les deux mains enfoncées dans la fourrure profonde.

– Il te dit aussi qu'il te donnera un morceau de clavicule.

– Un morceau de clavicule ? Pourquoi ?

– C'est une amulette contre les mauvais esprits de la maladie. Mais ne la perds jamais, sinon elle se retournera contre toi.

Aventino remercia le chasseur, et lui fit dire qu'il regrettait presque que la tigresse fût morte. Comprenait-il cela ? Oui, il le comprenait, mais il conseillait aussi à Aventino de ne pas trop avoir de regrets : « C'est une mangeuse d'hommes... »

Lorsque le cercle se fut dispersé et que les villageois vaquaient déjà à leurs occupations, le chasseur revint. La tigresse avait été emportée et l'on commençait de la dépecer. Selon de vieilles superstitions, certains hommes avaient le pouvoir de se transformer en tigres : Aventino, disait le chasseur, était de ceux-là. Moodajee servit de nouveau d'intermédiaire :

– Il y a chez nous deux espèces d'hommes-tigres. Les *matchamarous* et les *matchadous*. Les premiers sont des démons, des esprits mauvais. Et les seconds, des êtres humains qui peuvent assumer la forme d'un tigre ou celle d'un homme, selon les circonstances...

Aventino était troublé :

– Et j'appartiens à quelle espèce ?

– À la seconde, dit l'homme, si telle est ta volonté profonde. Tu pourras à partir de maintenant te promener le jour sous la forme humaine, et la nuit, sous la forme d'un tigre.

– Mais je ne suis tout de même pas un *matchadou* mangeur d'hommes ? s'écria Aventino.

Le chasseur laissa un temps d'arrêt avant de répondre :

– Tu peux le devenir. Mais attention, dans ce cas-là on peut te tuer. Alors, pour ton âme qui est dans le tigre, les chasseurs offrent un gros sacrifice : un buffle au moins, et deux jarres d'alcool.

À partir de ce jour, Moodajee ne regarda plus Aventino de la même façon. Un mélange de crainte et de respect à son égard s'était emparé de lui. Tous deux décidèrent de ne pas parler de tout cela aux deux autres. Ce serait leur lourd et terrible secret. Quant à Aventino, il se sentait un autre homme. Peut-être était-il en train de faire un mauvais rêve. Un vent violent se leva dans un ciel rouge sang. L'horizon et la silhouette des montagnes se découpaient durement sur l'incendie fantastique qui embrasait le ciel.

Une semaine passa, au terme de laquelle la cérémonie funéraire, initiée avec le bûcher et les poteaux ensanglantés rencontrés au moment de pénétrer dans le campement, était en train de s'achever. C'était la nuit. On sonnait de la corne de buffle. Des tambours battaient faiblement. Dans le corps humain, disaient les Garro, vivait un esprit qui, libéré de son enveloppe mortelle, devait se frayer un chemin vers la demeure éternelle des esprits. Mais ce lieu restait imprécis, aussi mille soins devaient accompagner le mort pendant son long trajet. « Autrefois, dit Moodajee, un défunt riche se faisait accompagner d'un esclave. Aujourd'hui, on se contente d'un poulet ou d'un porc... » Kristan en avait assez de ces superstitions absurdes, de ces rites sanglants, de ces suicidés qui revenaient sur terre sous la forme d'un insecte, de ces noyés qui devenaient poisson, de ces assassins qui ne retournaient parmi les vivants que lorsque dans la famille de la victime sept générations s'étaient écoulées. Voilà, la période de deuil était finie. Les chants étaient terminés, les lamentations s'étaient tues, les hommes déguisés en tigre et en léopard ne dansaient plus, tout comme celui déguisé en *mankram*, scorpion qui personnifie les péchés, et qui faisait tant rire Percy qui se souvenait des affreuses bestioles de la petite chambre à Milan. La caravane allait donc pouvoir reprendre sa route à travers la jungle. L'odeur écœurante de la chair brûlée s'était depuis longtemps dissipée, ne persistait qu'une odeur de moisi et de pourriture végétale ; les marécages et leur humidité n'étaient pas loin. Il faudrait les éviter lors du départ du village. On avait déjà échangé des cadeaux. La caravane était prête à repartir, les sacoches des mulets pleines de lances sculptées, de couvertures faites d'écorce d'arbre et peintes aux couleurs du clan, de têtes de toucans, de racines diverses, de miel sauvage, et, suprême hommage des Garro à leurs hôtes, une racine de *taa*, symbole de respect. Il fallut encore passer une nuit avec eux, pleine de questions, de frayeurs, d'incertitudes. C'est durant cette dernière nuit que Percy mit son funeste projet à exécution : voler des *kima* !

– C'est impossible, dit Modajee.

– Je ne vois pas pourquoi, répondit Percy.

– Les Garro ont une grande vénération pour les ancêtres, et ils craignent tout particulièrement le retour des morts.

– Pas moi, dit Percy.

– Vous avez tort. Pendant la période qui suit immédiatement la crémation, et nous sommes encore dedans même si les cérémonies sont terminées, ils leur rendent des hommages périodiques afin qu'ils s'abstiennent de venir troubler ceux qui sont restés ici-bas.

– Je ne vois pas le rapport avec les *kima*.

– Il y en a un. Le bois dans lequel est sculpté cette figure de deuil vient du bûcher sur lequel le mort a reposé. En les déterrant vous vous attirerez la vengeance du mort et de tout le village. De plus, les *kima* sont gardées jour et nuit.

– J'ai trouvé un village abandonné, non loin d'ici, où il y a des *kima* en quantité.

– Tu ne pourras pas quitter notre case, fit remarquer Kristan.

– J'attendrai la nuit que tout le monde dorme.

Quelques heures plus tard, Aventino entendit du bruit dans la case. Tout était prêt pour le départ du lendemain. Percy allait tout gâcher, et de plus, il risquait la vie des autres voyageurs du groupe. Percy décida de rejoindre le village abandonné. Aventino ne pouvait se résoudre à le laisser partir seul :

– Je pars avec toi.

Après s'être glissés sans encombre hors du camp, les deux hommes se retrouvèrent sur des sentiers où clignotaient des lucioles. L'emplacement de l'ancien village apparut au milieu d'une clairière. Les *kima* étaient là, dressées près des reste des cases. Percy sortit un outil de la sacoche qu'il avait apportée avec lui, et se mit à creuser. Chaque coup donné dans le sol pour tenter de déterrer la sculpture résonnait dans l'enclos. Au loin un chien sauvage hurlait, un chien rouge féroce comme il en existait tant dans la région.

– Que nous arrivera-t-il si nous sommes vus ? demanda Aventino.

– Une mort certaine ! On ne dérange pas les âmes des ancêtres impunément.

– Allons-nous-en, Percy. Je te croyais plus sage. Nous touchons presque au but.

– Tant pis ! C'est trop tentant, murmura Percy en tenant dans sa main une *kima*.

L'extrémité supérieure de la sculpture était taillée en forme de visage. Le corps orné d'étoffes et tatoué des signes de l'au-delà.

Alors que Percy s'acharnait déjà sur une deuxième *kima*, des bruits parvinrent jusqu'à la clairière. Percy leva la tête et montra à Aventino un curieux équipage. Moodajee et frère Kristan avançaient vers eux d'un pas précipité en tenant par la bride chacun deux mulets.

– Nous avons dû laisser les autres mulets au campement. Fuyons pendant qu'il est encore temps ! Les Garro ne vont pas tarder à nous poursuivre !

Frère Kristan était furieux :

– Percy, te rends-tu seulement compte dans quelle situation tu nous mets avec tes satanées idoles ?

Le jour n'est pas encore levé. Le convoi avance en file indienne dans une fin de nuit sans étoiles, mais encore toute luisante de lucioles. La jungle est épaisse. Personne ne parle, la gorge serrée par la peur. Alors qu'Aventino, en tête du cortège, s'apprête à atteindre une ligne de crête sur laquelle il pourrait se faire une idée de leur situation, un gémissement étouffé se fait entendre. Les trois hommes se retournent et aperçoivent Percy qui se tortille au sol, dans le clair-obscur du chemin. Il jette par terre la *kima* qu'il avait glissée dans sa veste et se déshabille en jurant. Horreur ! Le bois sculpté est couvert de fourmis rouges.

– Pas question de l'abandonner ! hurle-t-il en tapant le bois sur le sol de toutes ses forces, afin d'en faire tomber les insectes.

Le bruit est affreux et doit se répercuter à des lieues à la ronde. Percy se jette sur les épaules une des couvertures en écorce macérée que les Garro lui ont offertes. Moodajee le regarde sans compassion, il sait que la mort s'est installée en lui, que le Garro défunt se vengera.

– Je sais bien ce que vous pensez ! Vous pensez que je ne rentrerai pas en Italie, c'est ça, dit Percy. Eh bien vous vous trompez, et je mettrai ce morceau de bois en bonne place dans ma maison de Gênes !

La maison de Gênes ! Aventino songe qu'elle est bien loin, peut-être à jamais disparue, cette étrange grotte où Percy a fini de le convaincre de venir avec lui aux Indes. Que font-ils aujourd'hui, dans cette jungle profonde, poursuivis par des Garro féroces, des torches de résine à la main, et une meute de chiens sauvages, dans une région infestée de tigres et de pièges à tigres, et de hordes d'éléphants sauvages ? Du haut de la colline, une vision étrange attend les fuyards : sous eux s'étend une mer verte, sombre et profonde, recouverte par endroits de plaques de brouillard. Dans le sentier qui y descend, ils pensent ne jamais pouvoir en sortir. Le taillis leur arrive à la ceinture. Les arbres noirs les bousculent de tous les côtés. Ce ne sont qu'ombres menaçantes, cris effrayants de bêtes inconnues. Ils ont l'impression de patauger dans l'obscurité comme dans un lac. Le visage déchiré par les coups de sabre des branches couvertes d'épines, les mains enlacées par des racines gluantes ils pénètrent dans une région sans nom. À la jungle succèdent de maigres forêts, des zones couvertes de broussailles, de larges vallées, des collines boisées, des plaines monotones, de nouveau des jungles. C'est miracle que la fièvre ne se soit pas emparée d'eux. Le peu de force qu'il leur reste leur ouvre les yeux sur l'inutilité de leur entreprise, et sa vanité.

Un matin, les premières gouttes de pluie se mettent à tomber. La région dans laquelle ils se trouvent, celle des monts Garro et des monts Khasi, est celle où les météorologistes ont observé la tranchée annuelle d'eau de pluie la plus considérable. Elle est de seize mètres en moyenne. C'est-à-dire que dans ces contrées, il tombe parfois plus d'eau en douze mois que dans le Piémont pendant cinquante années ! Les montagnes de l'Assam, qui reçoivent le choc de ces pluies battantes depuis des millions d'années, sont profondément découpées par des ravins et des éboulis. Nulle part, les rochers ne portent de marques plus évidentes du constant travail d'érosion accompli par les intempéries. Moodajee sait que l'époque des grandes crues va venir. Dans certains villages, on a construit des terrasses artificielles s'élevant au-dessus du niveau de la crue, qui peut atteindre jusqu'à treize mètres. Des villes et des villages disparaissent parfois ; des champs, des routes sont engloutis, et des régions entières. La terre devient alors une mer impraticable. Des bateaux s'y hasardent, et les *bombifrons*, ces gros crocodiles qui ne se rencontrent qu'en amont des portes de l'Himalaya, en font leur territoire de chasse.

La pluie qui commence à couler du ciel rappelle à Aventino l'eau du Piémont qui, pendant la guerre, engloutissait les munitions, emportait la paille pour les chevaux, charriait des corps et des animaux. Mais c'était il y a si longtemps. Dans une autre vie, une autre région de la vie. Celle où, à la belle étoile, il observait les chênes de la Roera, sous lesquels, enfants, lui et ses petits camarades craignaient de séjourner : « Ne t'arrête jamais la nuit sous un chêne, lui disait Felicita, c'est là que les sorcières se rassemblent. Et le diable aussi, qui danse avec elles, sous la forme d'un chat, d'un âne ou d'un cheval... »

33

Ils tournèrent en rond, sans relâche, comme des forçats. Après avoir pataugé plusieurs jours dans des étendues d'eaux croupies, sur lesquelles se balançait une végétation de plantes rugueuses formant comme des petites îles, ils arrivèrent enfin à proximité des rizières qu'ils avaient entrevues plusieurs jours auparavant. Ils n'avaient pas été rejoints par les Garro, et le spectacle qu'ils avaient sous les yeux était le gage d'une issue favorable. Dans les landes de terre ferme à moitié inondée, se dressaient ici et là des poteaux. Sur chacun d'eux reposait un vautour solitaire et méditatif, enveloppé par le profond silence des eaux.

Percy exultait :

– Eh bien, la *kima* ne m'a pas mangé ! Vous voyez, Moodajee !

– Ni les vautours, ventrebleu ! Superstitions, diableries que tout cela ! ajouta frère Kristan.

Moodajee ne répondit rien, perdu dans l'observation de la rizière et des vautours qui semblaient la garder.

– Tu regardes les vautours, Moodajee ? lança frère Kristan. Tu vas encore nous raconter je ne sais quelle horreur à leur sujet, sans doute, alors tais-toi.

– Pense à Rome, Moodajee, hurla Percy en éclatant d'un rire énorme.

– À Rome ? Pourquoi à Rome ?

– À cause de Romulus et Rémus, Moodajee. L'un est sur le Palatin, l'autre sur l'Aventin, et ce sont les vautours qui leur indiquent où construire la ville sainte !

– Alors, interrogez les vautours pour savoir s'il faut construire une seconde Rome sur les bords du Brahmapoutra !

Aventino riait sous cape. S'ils n'avaient eu tellement besoin de lui, Percy et Kristan auraient sans doute chassé leur guide insolent

ou pour le moins lui auraient donné du bâton. Alors qu'ils reprenaient leur route, Aventino sentit, calée contre sa poitrine, la clavicule de la tigresse. La voix du Garro résonnait encore à ses oreilles : « Ne la perds jamais, sinon elle se retournera contre toi. »
Moodajee, insondable, ouvrait la marche. Il savait, lui, que la *kima*
pouvait indifféremment toucher l'un des quatre hommes. La
menace de mort, provoquée par l'un, pouvait passer à un autre. La
mort glisse, avance, peu lui importe qui elle frappe. Il lui faut
chaque jour son contingent d'êtres vivants rappelés pour connaître
une autre aventure que celle de l'existence terrestre. Ces vautours
bengalis se moquaient bien de Rome et de sa louve ! Ils observaient
ces hommes, hésitant à choisir l'un d'eux. Il fallait faire vite, dans
moins d'un mois, dans quelques jours peut-être, l'un d'entre eux
aurait quitté cette terre, sous sa forme humaine.

Les Indes, du plus loin que remontaient les textes sacrés, étaient
présentées comme une terre de chaos et de cataclysmes mais aussi
d'une fertilité miraculeuse. Il suffisait de voir les bas-reliefs des
temples de Buwaneswara ou de Khajurâho. Cette terre, même culti-
vée avec négligence, donnait deux, voire trois récoltes par an. Au
cœur de cette exubérance : le riz, nécessaire et indispensable. Moodajee connaissait toutes les étapes, tous les rites, toutes les légendes
liés au riz. Il aimait le geste des hommes et des femmes qui jetaient
à pleines mains les grains de riz sur la terre où il allait germer.
Pendant qu'il se développait et devenait vert, on lui préparait une
autre demeure, plus vaste, où il serait plus à l'aise. On inondait un
champ. On l'entourait d'un petit rempart de boue. Quand le terrain
était bien imprégné d'eau, on y entrait pieds et jambes nus. Moodajee se souvenait lorsque enfant on lui avait permis, pour la première fois, de pétrir la terre. L'opération terminée, le riz était trans-
planté de la première demeure dans la seconde, brin à brin.
Commençait alors le cycle de l'eau et du soleil, jusqu'à ce que le
grain soit formé dans l'épi. Puis l'attente, le champ qui se dessé-
chait, le riz qui jaunissait, la faucille qui le coupait.

Mais la rizière qui s'étalait maintenant sous leurs yeux n'avait
guère à voir avec cette image idyllique. Il pleuvait. Les contours des
êtres et des choses disparaissaient. C'était tout juste si les membres
de la petite colonne ne se perdaient pas. Tout semblait amalgamé,
les bruits comme les odeurs. La rizière et le Brahmapoutra n'étaient
peut-être qu'un mirage... Percy, qui avait pris la tête du convoi, fit
soudain signe. Il fallait s'arrêter. Là, au bord de cette cascade, une
scène étrange. Au milieu de la rivière, on voyait à travers les lianes
et les feuilles de la forêt qui ne les dissimulaient qu'à peine, un
groupe d'hommes sur de petites barques avec des chèvres. L'une

après l'autre, les pauvres bêtes étaient conduites devant un officiant qui tenait une épée et leur tranchait la tête d'un coup net. Alors, plusieurs crocodiles se précipitaient et engloutissaient la tête tranchée en quelques secondes, dans un grand bouillonnement d'eau rouge.

Silencieux, les quatre voyageurs regardaient la scène, médusés. Moodajee prit la parole :

– Quand le museau de la chèvre tombe vers le nord ou l'ouest, c'est mauvais signe. Quand il tombe vers le sud ou l'est, les augures sont excellents.

Les sacrificateurs entonnèrent un chant profond.

– Le grand prêtre vient d'immoler des chèvres à la déesse de la rivière. Ils vont partir. Le chant terminé, ils vont partir.

– Mais enfin, où sommes-nous ? demanda Percy. La rizière, le Brahmapoutra : nous n'avons tout de même pas rêvé !

– Et pourquoi pas, répliqua Moodajee. Parfois, des choses se laissent voir qui n'existent pas.

– Nous ne sommes tout de même pas revenus sur nos pas ! dit Aventino.

– Non, mais au lieu de descendre vers Goahati nous sommes peut-être remontés vers Saïlhat.

– C'est-à-dire ?

– C'est-à-dire que nous serions sur les terres des Khasi, les adorateurs du Serpent-Dieu...

Soudain, le visage de Moodajee se ferma. Un doigt sur les lèvres, il fit signe aux autres de se taire et de ne pas bouger. Autour d'eux un groupe d'une vingtaine de Khasi, habillés de haillons, les oreilles démesurément agrandies par des bouchons d'ivoire et de minces disques de bois, les regardaient en silence. Hommes et femmes étaient grands, forts. Ils avaient les mollets extrêmement développés et les dents rouges, très rouges, ce qui effraya frère Kristan.

– C'est parce qu'ils mâchent des feuilles de bétel, dit Moodajee.

Frère Kristan ne pouvait détacher ses yeux de ces diables aux dents écarlates et des tatouages qui leur couvraient le corps. Celui qui semblait être le chef parlementa avec Moodajee. Il invitait les voyageurs à les suivre dans leur village. Ils étaient leurs hôtes. Ils montèrent à travers une colline déboisée sur laquelle soufflait un vent froid. À mesure qu'ils prenaient de la hauteur, se dégageait un vaste panorama de cimes érodées, coupées de ravins profonds. La marche devenait pénible. Par endroits, entre deux plis de collines, fleurissaient des bois de rhododendrons géants, des forêts de pins, de chênes, et de noyers. Moodajee, à présent, savait : ils se trouvaient au cœur des bois sacrés des Khasi, là où se cachaient les secrets des clans. Parfois de vastes portions de la forêt avaient disparu, comme effacées par un effondrement terrible. Chaque année, à la saison des pluies, à cause du déboisement excessif, des morceaux entiers des montagnes glissaient dans la vallée. Car depuis des siècles, les Khasi avaient eu besoin de bois de chauffage pour la fonte du minerai de fer dont leur sous-sol regorgeait. Voilà pourquoi les Garro, leurs ennemis héréditaires, les appelaient « ceux qui vivent en haut et détiennent le feu du ciel avec lequel ils font le fer ».

Soudain, les brumes opalescentes qui camouflaient une partie du paysage disparurent, cédant la place à une vaste zone de cultures. Le village se trouvait juste derrière. Avant d'y arriver, il fallut traverser un champ de pierres tombales, les unes posées à plat sur des piliers, les autres érigées et portant à leur cime un large disque. Les Khasi, bien qu'adorateurs du Serpent-Dieu, étaient moins cruels que les Garro. Braves et courageux, ils se montraient justes et équitables. Ainsi, dans leur guerre contre les Anglais n'avaient-ils jamais utilisé contre eux les flèches empoisonnées qu'ils employaient contre les bêtes fauves.

Les moments que le petit groupe passa avec eux furent assez agréables, jusqu'au jour où frère Kristan voulut expliquer aux membres de l'aristocratie locale qu'il ne fallait pas recouvrir les cadavres de miel. Ceux-ci lui expliquèrent qu'avec la saison des pluies qui se préparait, la combustion des corps se faisant très difficilement, c'était le seul moyen de les conserver jusqu'à la saison sèche, mais il s'emporta et ne voulut rien entendre. Un matin, il s'aperçut qu'on lui avait coupé pendant la nuit une touffe de cheveux. Il crut à une plaisanterie, mais Moodajee devint très sombre. Lui, qui d'ordinaire faisait preuve d'un calme exemplaire, devint soudain fébrile et inquiet. Les Khasi leur ayant indiqué très exactement où se trouvait le chemin de Goahati, ainsi que l'emplacement du monastère occupé par les capucins, il valait mieux, selon lui, envisager de partir sans tarder.

– Au point où nous en sommes ! dit frère Kristan. Je ne vois pas ce qui vous effraie tant, Moodajee. Que peut-il bien nous arriver d'autre ! Ces gens enduisent leurs morts de miel, adorent la « déesse variole » et embrassent ceux qui en sont atteints, les femmes mécontentes répudient leur mari en jetant en l'air des coquillages, et leurs « prêtres » lisent l'avenir dans des coquilles d'œuf !

– C'est le *thlen*, frère Kristan, le *thlen*. Il faut partir !

– Et alors ? Il va falloir que vous m'expliquiez les choses mieux que ça si vous voulez que je me remette en route !

– Il y a bien longtemps, on a voulu couper le serpent *thlen* en deux. Une moitié est revenue à ceux de la plaine, et l'autre à ceux des montagnes. Les premiers ont tout mangé, les seconds en ont laissé des morceaux qui hantent et infestent désormais la région.

– Je ne vois pas ce que mes cheveux viennent faire dans cette histoire ?

– Le *thlen* a régulièrement besoin de sang frais. Si son exigence n'est pas satisfaite, il se met en colère et déchaîne la maladie, les catastrophes ou la famine. Vous avez été désigné comme victime. Les cheveux, les ongles, c'est la première offrande.

– Il y en a une seconde ?

– Du sang. Qu'on extrait par les narines, et qu'on fait couler à l'aide d'un petit bambou.

– C'est tout ?

– En général, lorsqu'on s'aperçoit de ces opérations, il est déjà trop tard. On tombe gravement malade ou bien la peur vous tue plus sûrement qu'un poignard...

– Mais, regardez-moi, Moodajee, je suis encore bien vivant !

– Si la victime choisie n'a pas été assassinée, mais seulement « prévenue », il est dit que le *thlen* a avalé son image. Et la personne expire, où qu'elle se trouve, par la volonté du serpent. C'est de la magie par interposition.

– De la magie, c'est le mot ! Et un homme de Dieu n'a rien à craindre de la magie !

– De quel Dieu parlez-vous, frère Kristan ? Vous pensez sincèrement qu'il n'en existe qu'un ?

Alors que frère Kristan s'emportait contre Moodajee, et tentait de le convaincre, la porte s'ouvrit brusquement. Une jeune fille pénétra dans la maison, l'air hagard. Elle s'exprimait avec rapidité et confusion. Moodajee dut attendre qu'elle soit partie pour faire part aux autres de la teneur du message :

– Le village est habité par un *nong-sho-noh*, dont tout le monde soupçonnait l'identité.

– Un *nong-sho-noh* ? demanda Aventino.

– Un assassin, envoûté par le *thlen*. Elle a eu un côté de son châle coupé dans la nuit.

– Je ne suis pas seul alors à être persécuté, dit frère Kristan, goguenard.

– La présence d'étrangers ne peut être tolérée lorsqu'une telle menace plane sur un village. Il nous faut partir immédiatement. Nous n'avons plus le choix.

– Et si nous décidions de rester ? demanda frère Kristan.

– Nous serions tous massacrés.

La nuit était profonde et les ravins sinistres. Parfois, on avait l'impression que des voix chuchotaient dans le vent ou qu'émergeaient des paquets de brume des ombres humaines maléfiques. Pendant des lieues et des lieues, pas une seule âme qui vive, mais des forêts de pins si denses qu'elles conduisaient les voyageurs au bord de l'étouffement. Bientôt une pluie froide commença à tomber. Du sommet d'une colline, à travers les vapeurs qui en montaient sans cesse, jaillit un tapis de rizières, et ici et là, ce qui pouvait apparaître comme des maisons, voire des flèches salésiennes. Le vent redoubla. Le jappement des chacals envahit la nuit. Une nouvelle descente s'amorçait dans les ténèbres, et avec elle un nouvel envahissement de la pensée par la géographie. C'était comme si ces hommes n'avaient plus ni corps ni âme. Ils étaient devenus la nuit elle-même.

– Regardez !

C'est Frère Kristan qui, le premier, aperçut le Brahmapoutra dont les eaux pénétraient par des dizaines de milliers d'artères, jusqu'aux coins les plus retirés d'une terre qui ressemblait à une éponge. Cela ne faisait maintenant plus aucun doute, dans quelques jours, ils auraient rejoint le couvent des capucins. Les quatre hommes éprouvèrent une joie très vive. C'était la première fois depuis la formation de leur groupe qu'ils se sentaient aussi unis. La descente s'amorça à travers une épaisse couche de nuages qui montaient des gouffres. À présent, le sol était rouge vif. Le paysage avait quelque chose d'irréel. Des bambous géants tapissaient les pentes de collines peu élevées, d'une dentelle vert pâle. Devant eux d'épaisses troupes de canards sauvages et de sarcelles prenaient leur envol. Les quatre hommes s'enfonçaient dans des berges vaseuses, encombrées de lotus et de pariétaires. Ils cherchèrent une bande de terre sûre et s'y arrêtèrent. Après avoir dressé le camp pour la nuit, ils mangèrent et burent l'alcool qu'ils avaient gardé pour les grands jours. Un vent léger se leva, plissant les reflets violacés du lac. Le ciel devint rouge, et les joncs de la rive faisaient comme une muraille protectrice. Cette vallée lacustre, faite de rizières et de marais, était leur salut. Ils dormirent presque paisiblement jusqu'au matin.

– Frère Kristan, murmurait Moodajee, frère Kristan, levez-vous.

– Kristan, réveille-toi, disait Aventino, en le secouant doucement par l'épaule.

Le capucin était allongé sur le sol, dans une sorte de somnolence étrange, incapable de se lever.

– On dirait qu'on m'a battu, articula-t-il enfin. Tout danse devant mes yeux, tout est trouble.

– Les mouches de sable ? demanda Percy en regardant Moodajee.

– Le paludisme ? hasarda Aventino.

Les trois hommes se regardèrent, inquiets. C'était incompréhensible. L'homme avait été, tous ces derniers jours, celui qui avait marché avec le plus d'enthousiasme, allant même jusqu'à entraîner les autres.

– Le *thlen*, dit enfin Moodajee, à voix basse.

– C'est absurde ! répliqua Percy. Pas ici ! Pas maintenant !

– Je ne vais tout de même pas mourir ici ! marmonnait frère Kristan.

– Qui te parle de mourir, imbécile, dit Percy.

– Dans deux heures, tu prendras la tête de notre caravane, ironisa Aventino.

Les deux hommes ne purent cependant s'empêcher de penser à celui qui avait été un temps Kristan von Enghelhard, ce baron autrichien, ancien ministre plénipotentiaire à Paris, allongé maintenant dans la boue de l'Assam. Quelle étrange destinée que la sienne. Après les incendies de la Révolution, après l'asthme et la découverte de saint François d'Assise, maintenant, cette souffrance sur les rives du Brahmapoutra !

– Pourquoi, Seigneur ? disait-il faiblement, tenant d'une main son crucifix et de l'autre le livre de la Règle, les pressant contre sa poitrine.

Percy essaya de le mettre en position assise. En vain. L'homme était devenu d'une raideur terrible. Il n'y avait rien à faire. La mort semblait s'être déjà emparée de lui.

– J'aurais tellement voulu devenir un saint homme. Zélé dans mon sacerdoce, charitable pour mes Frères, austère envers moi-même...

– Je t'en prie, Kristan, dit Percy, oublie ta sainteté ! Nous nous contenterons de te savoir en vie et bien portant !

– C'est absurde, cette mort qui..., dit Aventino.

– ...arrive sans prévenir, poursuivit Moodajee. N'est-ce pas toujours ainsi pour tous les hommes ? Au moment où l'on s'y attend le moins ?

– Pourquoi maintenant ? Pourquoi ?

– Il n'a même pas pu accomplir ce pour quoi il était venu ici, dit Aventino.

– Qu'en savez-vous ? demanda Moodajee. Qui sait ce qui est accompli et ce qui ne l'est pas ? Pourquoi chercher des explications à tout ?

Frère Kristan était en train de réciter, dans un souffle : « *Magnificat anima mea...* » Sa prière terminée, il eut la force d'ajouter :

– Mes amis, je vous demande ceci : déposez-moi nu sur la terre pour y mourir à l'imitation de saint François.

Percy et Aventino lui tinrent les mains. Des larmes leur coulaient sur les joues. Frère Kristan s'éteignit dans leurs bras. Ils le déshabillèrent, comme il l'avait souhaité, constatant qu'il portait sous son habit de bure une haire de crin de cheval qui devait le faire souffrir horriblement. Les Parsis de Bombay n'enterrent pas leurs morts, se souvint d'avoir lu Aventino, ils ne les brûlent pas non plus, mais les exposent au sommet de tours de silence, interdites au public. Ainsi les morts sont-ils laissés en pâture aux oiseaux de proie. Longtemps, alors qu'ils s'éloignaient du corps de frère Kristan, les trois hommes purent voir l'emplacement exact où ils l'avaient laissé. À la verticale du cadavre, de grands vautours maigres, les ailes étendues, comme immobiles, planaient dans le ciel.

Les jours qui suivirent, les prémices de la mousson commencèrent de déverser sur l'Assam des océans d'eau. Et Goahati pourtant à portée de main parut soudain s'éloigner. Aventino ne cessait de penser à Kristan, à cette mort si subite et à son corps dépecé par les vautours. La recherche de l'arbre à thé n'était-elle pas une illusion de plus ? Un matin, de façon aussi inexplicable que l'avait été la disparition du capucin, le petit groupe se disloqua. Il pleuvait beaucoup, et la brume noyait tout. Il ne restait plus que deux mulets sur les huit partis de Dhoubri, et il avait fallu petit à petit abandonner ustensiles et pacotilles, pour ne plus garder que l'indispensable : armes, nourritures, vêtements. Percy était allé de son côté à la recherche de quelque animal sauvage pour le repas, Moodajee pensait trouver un point d'eau douce en poursuivant le chemin plus avant, quant à Aventino il était parti ramasser du bois sec pour faire un feu. Le point de ralliement était le mulet attaché à un arbre. Lorsque, moins d'une heure plus tard, la tornade s'abattit sur la vallée, chacun chercha à se mettre à l'abri, tant il était impossible de rester à découvert. Les bourrasques et les trombes d'eau ne cessèrent qu'au bout de deux jours. Quand Aventino, mort de faim et de fatigue, tenta de retrouver le mulet et le petit campement, il tourna et retourna en vain, ne reconnaissant rien des lieux qu'il avait investis deux jours auparavant. Le vent et la pluie avaient changé les contours mêmes du paysage. Aventino se retrouva seul, sans guide, sans savoir où aller.

Autour de lui, la terre dansait, molle, vacillante, un peu comme lorsqu'il prenait de l'opium, dans son ancienne vie. Il entendait très distinctement des voix qui disaient : « Les Khasi n'ont jamais été des chasseurs de têtes », « n'oublions pas le coq, dont la tête est tranchée, et fichée toute remuante sur la pointe de la lance », « quand on tue un tigre, on lui coupe la tête, on la porte dans le bois sacré, et on la pose sur une pierre plate ». Tout à coup, il sentit qu'on le soulevait de terre, et qu'on le transportait. Il se retrouva dans un village. Des jeunes filles l'entouraient. Elles étaient douces avec lui, mais se moquaient de lui, de son nez et de ses yeux d'étranger, de ses cheveux si différents, et surtout de sa couleur de peau, si blanche, comme celle d'un mort.

Il revenait lentement à lui. On l'assit, on le nourrit, on l'habilla. Il devait assister à la danse sacrée des vierges. Celles-ci dansaient à petits pas, les bras le long du corps, regardant le sol. Autour d'elles, deux hommes dansaient qui ressemblaient à Percy et à Moodajee, ce qui ne pouvait être. Ils sautaient, faisaient des cabrioles, agitaient des chasse-mouches et un chiffon rouge destiné à éloigner les influences maléfiques. Il y avait des musiciens qui frappaient sur des tam-tams, et des joueurs de flûtes et de cymbales. Mais tout ce bruit devint vite insupportable. Il avait mal à la tête, mal dans ses membres, mal au-dedans de lui. On lui proposa du carry de poulet, du poisson séché, des pâtisseries diverses, de l'alcool de millet, des boissons fermentées. Il ne pouvait pas manger, malgré la faim, ni boire malgré la soif. Parfois, il entendait dans sa tête comme des cloches qui sonnaient à toute volée. Les jeunes filles étaient des vierges à marier, des galants vantaient leur beauté, elles s'étaient parées de colliers d'ambre, de « perles d'eau », de couronnes d'argent et de fleurs, et elles choisiraient elles-mêmes leur amoureux. Mais malgré toute cette beauté, Aventino n'en pouvait plus. Il était comme mort, réellement mort. Dans le bruit de la fête, il voyait le Sîmorgh, cet oiseau merveilleux des légendes chinoises, qui laisse tomber à terre une de ses plumes étincelantes. Tous les autres oiseaux décident de le retrouver et de la lui rendre, à lui, l'oiseau de vie qui niche dans l'arbre de la Science. Tous savent que son palais, entouré de hautes murailles, est au sommet de la montagne circulaire qui ceint l'univers. Mais comment y parvenir ? Beaucoup ont peur. Ils partent néanmoins, survolent sept fleuves, sept mers, sept collines, sept montagnes. Beaucoup désertent, d'autres meurent. La traversée est longue, périlleuse. Quelques-uns, fortifiés par leur voyage, touchent enfin au but. Devant eux se dressent les hautes falaises de la montagne du Sîmorgh, puis le château. Alors quelque chose se passe. Contemplant le palais du Sîmorgh, ils n'y voient que le reflet des nuages, celui de leur voyage et leur propre reflet. Car le palais du Sîmorgh est vide et ne contient pas l'arbre de la Science. Cherchant le Sîmorgh, ils s'aperçoivent qu'ils ne cherchent qu'eux-mêmes. Qu'ils sont eux-mêmes l'oiseau merveilleux, et que le Sîmorgh est chacun d'eux. Aventino sait pourquoi à présent il est venu jusqu'ici, même si cette réponse a pour nom la mort, une mort acceptable, survenue parmi des jeunes vierges qui dansent. Elles dansent, sans se rendre compte que l'homme qui les regarde, cet Italien de Turin, qui pour elles ne signifie rien, est en train d'écouter la réponse qui est faite à toutes ses questions, seul, abandonné dans l'Assam. Et qui serre contre sa poitrine, à défaut d'une feuille de thé, une clavicule de tigre.

34

AVENTINO n'aurait jamais imaginé que la mort pût être ainsi : une immense galerie, large et haute, dont les murs sont ornés de tout un peuple de squelettes habillés d'une façon bizarre et grotesque. Les uns sont suspendus en l'air, les autres sont couchés, tous rongés par d'affreuses végétations et des milliers de souris. Quelle horreur, tout de même, que ces jeunes filles grimaçant comme des vieilles, que ces enfants déformés dans leur petit costume de fête, que ces vieillards hideux enveloppés dans leur robe de chambre. Ils sont là, avec leurs yeux vidés, leurs rires silencieux, dormant d'un sommeil terrifiant et comique. La mort, c'était donc cela ? Ces hommes et ces femmes serrés les uns contre les autres, burlesques, pourris, rongés ? Et tous ces visages noircis, ces fronts décharnés, ces pauvres pieds secs, ces membres qui sont comme des racines ? Toute cette épouvante humaine tordue par la douleur ? Allongé dans son cercueil, Aventino contemplait les voûtes au-dessus de lui, se demandant ce qu'il faisait ici, dans ces catacombes sentant si fort la chair en décomposition. Enfant, il avait souvent répété à son père que si la mort venait le surprendre, qu'il n'oublie pas de mettre dans son catafalque une scie afin qu'il puisse en attaquer le bois et une pelle pour évacuer la terre, et ainsi remonter à la surface, parmi les vivants. Mais aujourd'hui, il savait que cette scie et cette pelle ne lui seraient d'aucune utilité. Bientôt, il entendit comme une discussion :

– Un jour, il boit un peu trop, dit une voix d'homme, se laisse enfermer dans le cimetière, et se réveille en pleine nuit au milieu des morts ! Il appelle, hurle, frappe, personne ne lui répond. On le retrouve au matin, cramponné si fort aux grilles d'entrée, qu'on a dû s'y mettre à quatre pour l'en détacher. Notre homme était devenu fou...

– Depuis ce jour, vous avez suspendu une grosse cloche près de la porte, dit une autre voix.

– Exactement, pour éviter qu'une telle chose se reproduise...

– Palerme ne vous manque pas ?

Le vieil homme en robe brune hésita quelques instants :

– Le cimetière des capucins, surtout... J'avais fini par m'y habituer.

Aventino regarda autour de lui. Il était dans une pièce assez grande avec au mur une tapisserie, dont le sujet, austère, était tiré de l'Histoire sacrée, et plus loin, dans ce qui semblait être une antichambre, deux tableaux de grandes dimensions, l'un représentant une Descente de croix et l'autre un Jugement dernier. Aventino se redressa sur ses coudes.

– Tiens, notre homme se réveille.

Le vieil homme et un plus jeune, tous deux en robe brune, se rapprochèrent de lui.

– Nous parlions trop fort, sans doute.

– Je suis confus.

Aventino regarda les deux visages qui se penchaient au-dessus de lui : ils n'avaient rien des momies effroyables qu'il avait tout d'abord vues. L'odeur de mort qui l'avait pris au nez et l'avait écœuré avait disparu. Un tendre parfum de jasmin la remplaçait.

– Vous allez mieux ?

Aventino ouvrit grands les yeux, sentit ses mains et ses jambes, ses épaules, les muscles de son visage. On l'avait lavé et habillé de linge frais.

– Vous avez eu de la chance. On vous a trouvé près des rizières à quelques lieues du couvent.

– Le couvent ?

– Vous êtes au couvent des capucins de Goahati.

– Frère Kristan...

– Nous savons, hélas. Nous attendions sa venue. Il devait nous aider à implanter de nouveaux dispensaires pour lutter contre la « Mort de chien », la « Basse », la vérole. Maladies endémiques. De février à avril, elles font des ravages affreux.

– Nous avons dû... Les vautours...

– Ne vous inquiétez pas. C'est au bout de bien longues peines qu'il a trouvé la voie qui l'a amené à estimer la Vie.

– Mais il est mort.

– Il a trouvé sa voie.

– Il n'a même pas atteint Goahati !

– Qu'importe : il était sur le chemin. Mieux vaut une foi en devenir qu'un néant silencieux.

– Et les autres ? demanda Aventino. Nous étions trois.

– Ils sont vivants, n'ayez crainte.

– Ils sont ici ? Ils ne sont pas blessés ?

– Dieu, dans sa grande miséricorde, nous a mis sur votre chemin. Vos amis sont ici avec nous.

– Nous avons même pu récupérer le mulet ! dit le moine le plus jeune, qui jusqu'alors s'était tu. Je me présente : frère Lucio.

– Et moi, padre Romano, dit le plus vieux, ajoutant : Vous vous sentez capable de vous lever ?

– Oui, dit Aventino. Aventino Roero Di Cortanze, c'est mon nom. Enfin, le nom de la personne que j'étais avant de quitter l'Italie.

– Nous savons, dit padre Romano.

– Mais... comment...

– En Assam, tout se sait. Vous avez remonté le Brahmapoutra jusqu'à Doubhri. Vous vous êtes enfoncés dans la jungle des monts Garro, des monts Khasi. Il y a peu d'Italiens qui se promènent en Assam à dos de mulets... Vous avez faim ?

– Terriblement.

– Vous sentez-vous la force de vous déplacer jusqu'au réfectoire ? demanda frère Lucio. C'est l'heure du repas.

– Oui, je crois.

La cellule d'Aventino donnait, au rez-de-chaussée, sur une cour intérieure. Alors qu'il la quittait à petits pas, il s'arrêta, saisi par la peur. Un tigre était enchaîné près de sa porte.

– Il a été capturé jeune, dit padre Romano, tranquillement, il se montre assez amical vis-à-vis des hommes, mais gagne toujours ses combats contre les boas.

Aventino et les deux capucins contournèrent un potager planté de lignes de choux et de légumes d'un vert acide, et s'engouffrèrent sous une enfilade d'arcades basses et de piliers courts qui donnaient au lieu l'aspect d'un préau de prison plus que d'un promenoir pour la méditation. Au-dessus de la porte du réfectoire, une effroyable peinture à l'huile montrait un cadavre en putréfaction. Avec ses fenêtres à vitrages maillés de plomb, le réfectoire faisait l'effet d'une maladrerie ou d'un hôpital de fous. Tout était sévère, gris, froid, et faisait ressortir la triviale misère du lieu. Padre Romano comprit ce qu'éprouvait Aventino :

– Nous ne sommes pas dans une des merveilles du Moyen Age ou de la Renaissance. L'Assam est une région pauvre.

– Vous sauvez des vies, n'est-ce pas l'essentiel, murmura Aventino.

Le réfectoire était immense. Une trentaine de personnes y

dînaient. Aventino s'assit. On lui servit en silence ce qui semblait constituer l'ordinaire des moines : une soupe, dans une écuelle d'étain fort ; une portion de pois arrangée au beurre ; un poisson frit ; et deux oignons blancs de bonne grosseur avec une sauce safranée ; le dessert fut un morceau de fromage ; et comme les autres religieux, il eut à disposition une bouteille de vin ordinaire. Cela faisait des mois qu'il n'avait pas mangé de la sorte. Il en eut presque la nausée. À la fin du repas, frère Lucio et padre Romano eurent une discussion qui ne fit que lui confirmer la diversité des préoccupations humaines. Après ce long voyage maritime et ces marches dans les montagnes et les plaines des bouches du Gange, Aventino avait presque oublié l'Italie. Frère Lucio et padre Romano, présents à Goahati depuis plusieurs années sans doute, éprouvaient pour leur terre natale une évidente nostalgie. Le premier était de Parme, le second de Bologne.

– Je vous assure, frère Lucio, les meilleurs saucissons de Bologne sont composés de chair d'ânon.

– J'ai entendu dire que certains leur préféraient la chair de sanglier, voire de cochon domestique.

– Je vous l'accorde. Certains vont même jusqu'à soutenir qu'il faut mélanger en portions égales de la chair de cochon, de bœuf et de veau. C'est une hérésie... Et le mot n'est pas assez fort ! Mais le secret...

– Il y a un secret ?

– Bien entendu ! La macération ! Vinaigre, sel, poivre, girofle, le tout dans un vaisseau de feuilles de laurier...

– Mon Dieu, padre Romano. Je me contenterais même d'une contrefaçon fabriquée à Parme !

– Et moi d'un fromage de Parme fabriqué à Bologne...

Tout deux éclatèrent de rire. Il fallait décidément se trouver au plus profond de l'Assam pour qu'un Bolognais reconnaisse la moindre qualité à un saucisson fabriqué en contrebande à Parme, et qu'un Parmesan accepte qu'on confectionne à Bologne du fromage de Parme... En un autre temps, en un autre lieu, Aventino se serait immiscé dans la conversation. Il aurait demandé des nouvelles de Percy et de Moodajee, mais il n'en trouva pas la force – le repas l'avait presque hébété. On le raccompagna dans sa cellule, il repassa devant le tigre enchaîné et s'endormit en songeant à frère Kristan. Peu de temps avant sa mort, alors que les méandres du Brahmapoutra se dessinaient dans le lointain, ils avaient eu une longue conversation sur le désert, celui qu'ils avaient parcouru pour venir jusqu'ici et ceux qu'il leur resterait à traverser, et qu'on rencontrait au cœur même de la jungle la plus épaisse... « Où est le désert ? », s'était demandé Aventino. Frère Kristan avait longtemps hésité, puis avait dit : « Là où tu es. »

– Là où je suis ? avait répété Aventino.

– Tu es là où est le désert.

– Tu veux dire que l'homme est dans le désert et que le désert est dans l'homme ?

– Je veux dire qu'il y a dans l'homme *fini* des déserts qui sont *infinis.*

Dans les jours qui suivirent, Aventino finit de se rétablir. Il en fut de même pour Percy et Moodajee qui le retrouvèrent le lendemain au réfectoire. Tous trois venaient d'échapper à la mort, et les accolades qu'ils se donnèrent alors les lièrent à jamais. Petit à petit, ils apprirent à connaître chacun des membres de la communauté de capucins qui vivaient à Goahati. Certains d'entre eux venaient de Lassa d'où ils s'étaient fait chasser parce qu'ils avaient voulu s'insinuer dans les affaires du gouvernement, au lieu de s'en tenir aux fonctions de leur ministère – du moins était-ce le prétexte que leur avaient donné les autorités tibétaines. D'autres avaient fui Pondichéry quand les Anglais s'étaient emparés de la ville et que leur couvent avait fait partie du nombre des édifices fermés. Et si frère Lucio, dont la mine paisible et débonnaire contrastait avec son encolure de taureau, était entré au service des capucins à l'âge de vingt ans environ, parce qu'il avait, semble-t-il, reçu du ciel un don spécial pour assister et consoler les infirmes, padre Romano, lui, avait eu une vie plus compliquée et plus riche. Il n'avait pas toujours été ce gros moine aux pieds nus et à la robe rapiécée. La nature l'ayant pourvu de la plus magnifique voix de ténor qui ait jamais résonné sous la haute nef d'une église, le directeur de la Scala l'avait même supplié de venir chanter à Milan. Mais padre Romano avait pris peur. C'était le diable qui le tentait. « Il vous suffirait de jeter votre froc aux orties pour devenir un artiste richissime, adulé par l'Europe entière ! », avait dit l'impresario en lui offrant une prise de tabac qu'il avait d'ailleurs acceptée. C'était son seul péché. Il resta à Bologne, et chantait une fois par an à la messe de Noël. Puis cela même lui sembla trop frivole. Il partit à Palerme où il devint père gardien au fameux couvent situé tout près des châteaux sarrasins de Ziza et de Cuba. Là, dans l'immense caveau souterrain taillé en croix, et éclairé par des ouvertures pratiquées dans la voûte, il garda des années durant ces caricatures morbides afin d'oublier qu'il avait éprouvé un jour la tentation trop humaine de l'or et de la gloire. C'est lui qui avait glissé dans la main droite du cadavre desséché le plus proche de la porte de sortie un long bâton sculpté. « J'en ai fait un concierge, il empêche les autres de sortir ! disait-il en riant, avant d'ajouter : Certains rient de la mort, moi je ris des morts, c'est un progrès, non ? » Mais cela n'avait pas suffi à calmer son trop vaste désir d'ascèse et de dévouement, alors il était venu ici, à Goahati.

C'était le soir. Percy, Aventino, et frère Lucio étaient assis sur un des bancs du cloître, en face de padre Romano. Au milieu de l'embonpoint qui envahissait son visage, seuls clignotaient ses petits yeux fins et expressifs.

– Je ne pouvais pas continuer de me parjurer, et de renoncer à mon salut éternel, conclut-il en tapotant sa tabatière ornée d'un portrait du Saint-Père.

– Mais pourquoi avoir choisi les Indes ? demanda Aventino.

– À cause de la Révolution française.

Percy fronça les sourcils.

– Vous ne comprenez pas ce que je veux dire ? dit padre Romano.

– Non, répondit Percy.

– C'est pourtant simple. Qu'est devenu à présent l'apostolat de l'Église meurtrie ? Doit-elle céder la place au rationalisme naissant ? Savez-vous qu'aujourd'hui, il n'y a plus de religieux catholiques ni au Japon, ni à Madagascar, ni en Afrique australe ? Plus aucun en Australie, en Océanie, aux Indes néerlandaises. Nous sommes à l'aube du XIXᵉ siècle, et il y a moins d'un millier de missionnaires épars dans le monde des infidèles.

– C'est pour cela que frère Kristan avait décidé de venir nous rejoindre, ajouta frère Lucio. Il ne doit pas y avoir de contrée si reculée et si barbare où ne parviennent la divine lumière de Dieu et sa vérité révélée.

– C'est une sorte de nouvelle croisade, dit padre Romano. Rendez-vous compte. D'un côté les Indous mouzoulmans, qui représentent trente millions de fidèles ; de l'autre, quatre-vingt-dix millions d'Indous. Cent vingt millions de païens ! Nous avons tout à entreprendre.

Doucement, entre frère Lucio et padre Romano, le ton devenait plus incisif. Percy et Aventino étaient exclus de la conversation.

– Mais que peut le missionnaire en face de cette religion où le matérialisme se mêle à la connaissance spirituelle, véritable chaos formé par les apports des races venues successivement dans l'Inde ? demanda frère Lucio.

– L'Indou veut demeurer en sa religion par orgueil de sa race, et c'est déjà péché.

– Il n'admettra jamais que lui, d'esprit si religieux, puisse recevoir des lumières spirituelles des étrangers venus d'Occident.

– Je vous rappelle que le protestantisme est en train de gagner du terrain, nous devons agir vite !

– Oui, mais les anglicans créent partout des écoles. Et nous, nous ne faisons rien. Je vais vous dire : « Tant vaut l'école, tant vaut la mission ! »

– Non, je me suis trompé, le mot n'est pas assez fort : ce n'est pas une nouvelle croisade que nous devons mener, précisa padre Romano, c'est une guerre, une véritable guerre ! Nous ne sommes pas ici simplement pour convertir des colons. Missionnaires *ad infideles* : nous devrons aussi nous attaquer aux superstitions des païens, nous devrons détruire leurs idoles, afin de créer de nouvelles chrétientés !

– Les brahmanes n'ont pas d'instruction, voilà le véritable drame !

– Les brahmanes abusent de la crédulité des simples et violent les lois humaine et divine les plus essentielles.

– Celle qui veut qu'on aime la créature afin de l'élever et de l'éclairer.

– Et que fait le brahmane ? Il laisse au peuple ses croyances absurdes et ses superstitions étouffantes.

À mesure qu'il entendait les deux capucins parler et s'échauffer, Aventino voyait s'éloigner les valeurs qui avaient été celles de son enfance et de sa famille. Il ne comprenait plus le monde qu'il avait connu ; ce qui autrefois avait un sens et aujourd'hui n'en avait plus. Il pensa : « Convertis à la religion chrétienne, les Indous vont s'en tenir à des manifestations extérieures qui n'affecteront nullement le monde tout-puissant de leurs génies et de leurs dieux. » Et dit tout haut :

– Je suis persuadé que « notre » religion ne leur apportera rien au point de vue spirituel...

Aventino se retrouva seul face aux deux capucins et à Percy qui, bien que non pratiquant, ne pouvait admettre cette idée. Elle remettait en cause un certain ordre du monde venu d'Occident.

– Tu vas finir par te nourrir exclusivement de feuilles de *bétel*, lança Percy, ironique.

– Vivez un peu en Assam, dit padre Romano, mettez votre titre de marquis à l'épreuve des Indes, et nous en reparlerons...

– Vous n'avez encore rien vu de ce pays, ajouta frère Lucio. Vous n'en connaissez pas les souffrances profondes.

– Un jour, j'étais à Vérone. Il y a longtemps..., dit padre Romano. J'assistais à une comédie. Tout à coup une cloche de la ville se mit à sonner l'*angelus*... Tous les acteurs sortirent de scène pour aller prier en coulisses, excepté une actrice qui dans son rôle venait de mourir sur scène. Elle s'est relevée et a prié sur place, les genoux tournés vers l'Orient. On chanta l'*Ave Maria*. Puis tout reprit son cours. Y compris la morte qui redevint morte. Imaginez un observateur qui n'aurait que cette vision de notre foi. Il en tirerait des conclusions hasardeuses. Vous ne faites rien d'autre, mon cher monsieur. Vous restez en surface, dans le spectacle des choses... Ne vous laissez pas séduire par des manifestations dont vous ne possédez ni les clés ni les mystères...

Les trois voyageurs étaient convenus de ne rester guère plus d'une semaine à Goahati. Toujours la peur de la mousson. Des régions entières allaient être complètement recouvertes d'eau. Il fallait gagner Dibrougarh au plus vite. La veille de leur départ, ils allèrent tous se coucher plus tôt que d'ordinaire, après avoir dîné d'une soupe grasse et d'une volaille. Au moment de regagner sa cellule, Aventino repassa devant la cage où se trouvait le tigre enchaîné. On y avait glissé un boa. C'était effrayant. Les deux animaux allaient s'entre-tuer toute la nuit. Aventino s'approcha de la cage. Le boa avait fait deux ou trois cercles avec l'extrémité de son corps, et se tenait dressé au-dessus de ces cercles, prêt à bondir. De son côté, le tigre, ramassé sur ses pattes, jeté dans la nécessité du combat, regardait fixement le boa. Aventino crut percevoir ce qui était en train de se passer : la lutte entre deux fascinations. Les deux animaux avaient choisi la même arme : le regard. Ils utilisaient une force identique : l'immobilité de leur corps. Si la fatigue et le départ du lendemain matin ne l'avaient pas contraint à abandonner son observation, Aventino serait resté toute la nuit à suivre cette bataille magnétique. Quand il entra dans sa chambre, il constata qu'une odeur étrange y régnait : animale et humaine. Il faisait lourd. Il y avait dans la pièce comme une présence presque palpable. En se glissant dans son lit, il imagina le tigre et le boa dans leur cage, en proie à leur fascination mortelle. Tout était silencieux. Alors qu'il allait souffler la bougie restée allumée sur sa table de chevet, il sentit un morceau de papier contre sa main. Il avança les doigts, s'empara d'une feuille pliée plusieurs fois et la rapprocha de la lumière. Le papier, l'écriture, l'encre ressemblaient en tout point à ceux qu'il avait trouvés dans sa chambre à Dhoubri. Saisi d'une peur inexplicable, Aventino sortit de sa cellule, passa devant la cage du boa et du tigre, traversa le jardin et alla frapper chez Moodajee.

– Regarde, dit Aventino, en mettant les deux papiers l'un à côté de l'autre.

– Même papier, même encre, même écriture, admit Moodajee.

– Qu'est-ce que ça veut dire, Moodajee ?

– Je ne sais pas, monsieur.

– Comment tu ne sais pas ?

– Je ne sais pas ce que sont ces deux papiers, monsieur.

– Mais le sens, Moodajee, le sens de ce qui est écrit ?

Moodajee se concentra quelques minutes sur le texte puis dit :

– Il y a un titre : « Invasion ». Et des vers :

> « *L'étranger, l'étranger,*
> *Ne lui donne jamais asile.*
> *Il se lève la nuit,*
> *Et s'enfuit.* »

– Mais quel est le sens de tout ça, Moodajee ?

– Je ne sais pas, monsieur. C'est écrit en assamais, c'est tout ce que je peux dire...

Aventino ne dormit pas de la nuit. Il eut beau regarder les morceaux de papier dans tous les sens, les sentir, les lisser pour les défroisser, les observer en transparence à la lumière de la bougie, rien. L'aube venue, il les glissa soigneusement dans un petit carnet. Il fit ses ultimes bagages, regarda une dernière fois sa cellule dans laquelle flottait cette étrange odeur humaine et animale. Dans leur cage, le tigre et le boa se regardaient toujours aussi fixement, pétrifiés dans ce combat sans fin. Il frissonna. Si tout allait bien, ils seraient dans moins de dix jours à Dibrougarh. Les capucins leur avaient conseillé de suivre le cours du Brahmapoutra et pour certaines portions de ne pas hésiter à emprunter un bateau. Frère Lucio et padre Romano, ainsi que plusieurs membres de la communauté, firent quelques lieues avec eux, pour les mettre sur la bonne route. Les embrassades furent sincères. Il n'y eut plus alors, à cet instant, des religieux missionnaires et des voyageurs perplexes, mais des Italiens en terre étrangère unis par la même fraternité :

– Nous nous retrouverons peut-être à Dibrougarh, dit padre Romano.

– Dans combien de temps ? demanda Percy.

– Après la saison des pluies. D'ici là nous aurons beaucoup de malades à soigner ici, ajouta frère Romano.

– Saluez le maharajah de Sourapatnam de notre part, dit le padre Romano.

– Vous le connaissez ? demanda Aventino, surpris.

Frère Lucio et padre Romano se regardèrent en souriant :

– Évidemment, répondit padre Romano. Il était à Goahati avec toute sa suite dix jours avant votre venue. Il doit être à Dibrougarh à présent, sur ses territoires de chasse.

– Sa famille et lui ont même dormi deux jours au couvent, ajouta frère Lucio. Ce fut un honneur pour nous...

35

APRÈS quatorze jours de navigation sur le Brahmapoutra et de marche le long de ses rives, Aventino et ses deux compagnons arrivèrent enfin à Dibrougarh. L'agitation y était telle qu'il ne faisait aucun doute que le maharajah et sa suite avaient investi le palais. Il n'y avait guère, chez ses sujets, de gestes accomplis ou de paroles prononcées qui ne le fussent pour sa protection ou son plaisir. Ce n'était pas une ville qui était tout entière à son service mais une région qui trouvait son accomplissement dans une totale dévotion à son maître. Ces jours de juin étaient à la chasse ; et pas n'importe laquelle, car les Indes regorgent de chasses et de sacrifices. Tortues, alligators, poissons, buffles, taureaux, boucs, sangliers, rhinocéros, antilopes, iguanes, cerfs, tigres, éléphants – quand il ne s'agit pas d'êtres humains –, donnent leur sang et se laissent immoler en grande liesse. Mais il est une chasse qui les surclasse toutes, la plus audacieuse, la plus admirable : celle de l'oiseau de proie qu'on nomme le faucon bâj.

À peine avaient-ils pénétré dans les zones de chasse du maharajah que des hommes en armes avaient contraint Aventino et ses amis à les suivre. Prévenu, le maharajah était venu en personne s'excuser auprès d'eux de la fermeté employée par ses hommes. Mais n'était-elle pas aussi un gage de l'efficacité d'une protection sous laquelle ils étaient désormais placés ? Tous trois devenaient ses hôtes, et c'est en cette qualité qu'ils allaient assister aux exploits du dieu volant bâj. Ils avaient lieu sur un plan d'eau couvert d'une quantité d'oies sauvages, de sarcelles et de canards. Des hommes à cheval venaient de lâcher sur le lac une douzaine de faucons. À peine avaient-ils pris leur envol que les oiseaux du lac cherchèrent à fuir, effrayés. La chasse était cruelle et superbe. Les proies noircissaient le ciel au-dessus du lac, allant et venant en bandes désordonnées, tantôt piquant à ras de l'eau, tantôt s'élevant en grandes nappes dansantes. Cachant le soleil, jaillissant des nuages, mais toujours à distance respectable de l'eau – ce qui causait leur perte. Voyant l'incessant et pathétique manège des oiseaux, les faucons prenaient soudain de la hauteur, allaient se perdre au fond du ciel, pour n'être plus que des petits points noirs visibles des seuls chasseurs les plus aguerris. Puis, les rapaces réapparaissaient. Bientôt, on distinguait parfaitement les becs, les serres, les grandes ailes avec lesquelles ils renversaient leurs proies par des coups redoublés. Les canards, les oies sauvages, les sarcelles, d'autres oiseaux pris dans le grand tourbillon meurtrier, tombaient effrayés de tout côté comme grêle. Alors, une flottille de petites embarcations avançait vers les oiseaux tombés dans le lac, et leurs occupants n'avaient plus qu'à les ramasser. Il fallait à peine deux heures pour apporter aux pieds du maharajah les milliers d'oiseaux que la peur avait saisis.

L'obéissance des faucons était extraordinaire. Une fois le ciel vidé de ses oiseaux, la chasse terminée et le tableau approuvé par le maharajah, celui-ci fit un geste de la main. Chaque chasseur pouvait rappeler son faucon. Sans erreur aucune le bâj fondait alors sur la voix qui lui correspondait et sur le poing qui était sa demeure.

– Et maintenant, dit le maharajah, voici le plus beau moment de la chasse.

Aventino, Percy et Moodajee assistèrent, médusés, à une scène qui en toute autre circonstance eût pu paraître insoutenable. Il fallait récompenser chaque faucon. On prit un oiseau encore vivant. On l'ouvrit par le milieu. Le bâj se jeta dessus férocement, et se désaltéra de son sang qui éclaboussait les hommes debout, en cercle, attentifs et silencieux.

– Ces oiseaux sont très rares, dit le maharajah. On n'en trouve que sur les hautes montagnes. Pris au nid, dressés, ils valent jusqu'à deux mille écus. Mais en vérité, leur valeur est, pour nous, inestimable...

Alors que le maharajah et sa suite regagnaient le palais, le maître des lieux montra à Aventino un parc immense entouré de palissades. Il y avait là, précisa-t-il, tous les animaux connus dans toute l'étendue du royaume, et par paires, un mâle et sa femelle. « Une étrange Arche de Noé, pensa Aventino, qui ajouta pour lui-même : Et je ferai pleuvoir sur la terre pendant quarante jours et quarante nuits et j'effacerai de la surface du sol tous les êtres que j'ai faits. » Le visage du maharajah devint soudain sérieux. Toute la troupe s'immobilisa.

– Tous les trois ans, au temps des sacrifices, ces animaux sont immolés devant l'autel de la divinité, dit le maharajah à l'adresse de ses hôtes italiens.

La marche reprit. Moodajee s'approcha d'Aventino :

– Il a oublié de préciser qu'on ne se contente pas d'égorger des animaux : on y joint souvent un homme et une femme.

Le maharajah fit un autre arrêt, immédiatement copié par toute la suite qui s'immobilisa comme un seul homme. Moodajee, qui avait pourtant parlé à voix basse, comprit immédiatement que le maharajah avait entendu ses propos.

– Et les familles se pressent pour fournir des victimes ! dit le maharajah. C'est comme une bénédiction du ciel pour ces gens. Comme l'action la plus vertueuse qu'ils puissent accomplir, la plus méritoire.

Moodajee ne savait comment réagir. Le maharajah se tourna vers lui :

– Ne dites rien. Vous êtes de la côte de Koromandal. Vous ne pouvez pas comprendre. Mais n'effrayez pas inutilement nos amis. Je donne, ce soir, une fête en votre honneur, ajouta-t-il en s'adressant aux deux Italiens. J'espère que vous viendrez ?

– Bien entendu, dit Percy.

– Avec grand plaisir, ajouta Aventino.

– Et vous ? demanda le maharajah, en s'adressant à Moodajee.

– Si je suis invité, prince...

– Pourquoi ne le seriez-vous pas ? Vous devez guider ces hommes, tout au long de la quête qui est la leur, sur la route de l'arbre à thé, leur traduire les langages des Khamti, des Singp'o, des Kakyen, des Khasia, des Bodo, des Dhimal... Et j'en passe. Chacun sait que l'arbre à thé est partout et nulle part...

Soudain, le maharajah s'interrompit. Alors que la troupe, massée sur la place faisant face au palais, commençait de se disperser, une silhouette féminine apparut à l'une des terrasses. Elle était vêtue du *rihâ* assamais, sorte de longue bande d'étoffe enroulée sur l'épaule à la manière du sari.

– À ce soir, messieurs, lança le maharajah, en s'engouffrant sous la dentelle d'arcades qui menait à ses appartements.

Avant ce voyage, Aventino avait beaucoup entendu parler du luxe déployé par les seigneurs des Indes, sans trop savoir ce que cela signifiait. Il était désormais fixé. Plus qu'à Dhoubri, le luxe du maharajah était ici porté assez haut. Le dîner avait lieu sur les terrasses. Une noria de domestiques et de fusiliers ne cessait de passer et de repasser, tous magnifiquement vêtus et couverts de bijoux. Malgré la nuit noire, il faisait jour comme au plein midi, car des centaines de flambeaux en forme de demi-soleils éclairaient les ténèbres. Selon l'usage, du *tanni*, sorte d'eau parfumée, avait été répandu sur l'estrade où devait se tenir le repas, et le sol était recouvert d'épais tapis. Une profusion de mets étaient servis dans des plats d'étain et de cuivre étamé. Devant chaque convive étaient placées une dizaine de petites assiettes. Chacun avait son pain, des soucoupes contenant du sel, du poivre, des fruits et légumes confits au vinaigre, du gingembre et d'autres épices inconnues. Nul ne pouvait commencer avant que le maharajah n'en ait donné l'ordre. Moodajee fit signe à Aventino et à Percy d'attendre. Comme chaque invité, ils avaient à leur disposition un « écuyer tranchant » qui, armé des ustensiles nécessaires, allait s'occuper de la distribution des plats.

– Chaque convive doit avoir la même quantité de plats, précisa-t-il.

– Il n'y a ni cuillers ni fourchettes, fit remarquer Aventino.

– On mange avec ses doigts de la main droite. Le pouce sert à pousser les aliments dans la bouche.

Même en Italie, Percy et Aventino n'avaient participé à un tel repas. Il était évident que le maharajah les mettait à l'épreuve. Manger de la main gauche était inconcevable. Les convives pétrissaient avec grande dextérité différents ragoûts qu'ils mêlaient à des boulettes de riz, les jetant ensuite dans leur bouche et les avalant sans les mâcher. Tout cela était très élégant et maîtrisé, et laissait Percy et Aventino perplexes et honteux de leur maladresse. Après les concerts d'instruments et les danses des bayadères, on présenta à chacun du caillé aigre et on leur versa du petit-lait. Percy et Aventino n'avaient pas ouvert la bouche durant le repas, excepté pour manger. À la fin, tout le monde se leva et se retrouva dans le jardin où les serviteurs, leur présentant de grands bassins d'argent, les invitèrent à se laver la bouche, les mains et les pieds. Quand les quelques personnes choisies par le maharajah regagnèrent les terrasses, on avait nettoyé l'endroit et répandu de nouveau du *tanni*. Assis sur des tapis couverts d'une toile blanche, le Maître invita ses convives à mâcher du bétel et à fumer tranquillement le houka.

Aventino mourait de poser une question au maharajah, mais ne savait comment s'y prendre. Celui-ci le devança :

– Cher ami, vous êtes en train de vous dire, je suppose, qu'il n'y avait que des hommes à ce repas...

– Je tiens d'abord à remercier Votre Altesse pour cette extraordinaire soirée à laquelle vous nous avez fait l'honneur de nous convier. Les raffinements dont j'ai été le témoin ébloui dépassent de très loin ceux des cours d'Italie, croyez-le bien. Mais en effet, concernant les femmes...Comment avez-vous deviné ?

– Mais je lis dans vos pensées, cher ami...

Aventino se tut. Des images défilaient devant ses yeux : le tigre et le boa dans leur cage, Kristan dévoré par les vautours, les colibris, les scorpions, les papiers pliés...

– Oui, il n'y avait pas de femme, en effet, surenchérit Percy.

– Aucune femme de quelque rang qu'elle soit ne mange avec des hommes, même son mari. Mais votre ami pense peut-être à une femme en particulier.

Aventino ne répondit pas.

– Parlons de tout cela autour d'une partie d'échecs, voulez-vous ?

– Pourquoi pas..., répondit Aventino.

– Vous en connaissez l'origine ?

– Non, je l'avoue.

– Alors, écoutez. Un jeune prince, puissant mais corrompu par les flatteurs, oublia que l'amour de ses sujets était le seul appui du trône. Un brahme entreprit de faire ouvrir les yeux au jeune monarque par un moyen détourné. Puisqu'il ne voulait écouter personne, il inventa un jeu dans lequel le roi, la plus importante de toutes les pièces, ne peut ni attaquer, ni se défendre, sans le secours de ses sujets. En lui expliquant les règles de son jeu, il lui fit comprendre des vérités importantes qu'il avait jusqu'alors négligées.

La partie commença. Le maharajah fut immédiatement surpris par les défenses et les attaques du jeune Italien.

– D'où tenez-vous votre science, monsieur ?

– De mon père, courtisan zélé et fin diplomate, dit Aventino. Il savait mieux que personne qu'il est facile d'abuser des meilleures intentions des souverains, s'ils ne se tiennent pas continuellement en garde contre ceux qui les entourent.

Désorienté au départ par certaines pièces, car ici les fous étaient remplacés par des chars, les tours crénelées par des éléphants, la reine par le *mantry*, sorte de ministre d'État qui a aussi en charge les armées, Aventino se souvenait des longues parties dans la bibliothèque du château de Cortanze, et se remémorait certaines des extraordinaires ruses paternelles. Le maharajah sentait lentement la partie lui échapper. Dans une sorte de bienheureuse inconscience, Aventino poursuivait ses attaques. Après plus de deux heures de jeu, le maharajah tomba dans le piège tendu par Aventino et lui prit un char. « Comment un joueur d'échecs de son talent peut-il se mettre à faire des bévues de novice ? » glissa Moodajee à l'oreille de Percy. Les spectateurs présents ne comprenaient pas les raisons d'un tel égarement. À quelle stratégie pouvait bien se référer l'Italien ? Le coup suivant Aventino mit le roi en échec. « Après celui-ci, c'est son char puis son éléphant qui tomberont » pensa-t-il.

– Échec et mat, dit Aventino après avoir coincé le roi adverse en A2, avec ses éléphants et son *mantry*.

Il régnait sur la terrasse un silence épais. Moodajee était inquiet, mais le maharajah sourit. Il avait trouvé un adversaire à sa mesure.

– Posez-moi la question qui vous brûle les lèvres, dit-il. J'y répondrai.

Aventino et le maharajah savaient que l'unique enjeu de la partie était cette question. Aventino hésita puis se précipita comme on se jette sur un chemin de braises :

– Votre Altesse, la *rajkumari* est-elle à Dibrougarh ?

– Oui, elle s'y trouve.

– Et... pourquoi ?

– Vous n'avez droit qu'à une seule question, cher monsieur.

– Puis-je vous en poser, tout de même, une seconde ?

– S'il ne s'agit pas de ma fille, oui.

– Quelle aurait été votre question, si j'avais perdu ?

– Vous m'autorisez donc à la poser ?

– J'y tiens.

Le maharajah sourit, et, se penchant doucement vers Aventino, lui tenant le bras, murmura :

– Qu'êtes-vous *réellement* venu chercher ici, cher monsieur ?

Aventino regarda le maharajah droit dans les yeux :

– À présent, je ne sais plus.

Dans les jours qui suivirent, Aventino et Percy ne virent personne. Ils ne savaient même pas avec certitude si les membres de la famille du maharajah étaient toujours à Dibrougarh. Le palais était immense et il était impossible de comprendre la signification des perpétuelles allées et venues qui l'agitaient. Cette possible absence n'était en rien liée à la partie d'échecs perdue. Le personnel était habitué à ces disparitions fréquentes qui maintenaient chacun en éveil. On ne savait jamais exactement où se trouvaient le prince et les siens, ni ce qu'il faisait ou ne faisait pas. En général, il réapparaissait aux moments les plus inattendus. Si Aventino et Percy avaient peu accès aux secrets du palais de Dibrougarh, Moodajee, en revanche, glanait chaque jour de précieux renseignements quant au but initial de leur voyage et aux conditions dans lesquelles il pourrait continuer. Cela faisait maintenant plus d'une semaine qu'ils étaient ici, et Moodajee était en mesure de leur faire un point très précis de la situation. La chambre occupée par Aventino étant la plus grande, ils s'y étaient tous donné rendez-vous. Chacun avait pris un bain, s'était fait frotter les épaules, la poitrine et le ventre avec de la poudre de bois de Sandal, et buvait lentement un breuvage douceâtre tenant du sorbet fondu et de la limonade.

– La possession du Bengale, depuis 1765, assure à l'Angleterre l'exploitation exclusive de l'opium, dit Moodajee.

– Non, pas à l'Angleterre, à l'*East India*, dit Percy.

– Oui, vous avez raison... Et elle s'en sert comme monnaie d'échange avec les peuples qui vont de l'est du Gange à la Chine.

– Ce qui signifie ? dit Aventino.

– Que les Anglais en introduisent tous les ans une quantité considérable malgré les lois qui en interdisent l'entrée.

– Cela arrangerait plutôt nos affaires, fit remarquer Percy.

– *Nos* affaires ? Quelles affaires ? Nous sommes ici pour trouver l'arbre à thé, pas pour faire du commerce de l'opium...

– Écoute, Aventino, nous n'obtiendrons rien sans opium. Jusqu'à aujourd'hui, le plus gros producteur était le Bengale. C'est en train de changer. Patna, Bénarès, Malwa s'adonnent à la culture du pavot. Il y est de qualité supérieure, meilleur marché, et alimente la contrebande.

Aventino ne semblait pas comprendre ce que tentait de lui expliquer Percy.

– Où veux-tu en venir ?

– À ceci : commerce du thé et importation de l'opium vont de pair et connaissent la même prospérité. Les Anglais échangent l'opium contre du thé. Mais il y a une façon de contrecarrer la puissance commerciale de la Chine : implanter la culture du thé dans les Indes.

Moodajee crut qu'il s'agissait d'une plaisanterie.

– Et pourquoi pas arrêter le cours du Brahmapoutra !

– C'est une guerre économique. Les soieries, les cotonnades, l'indigo... Tout ça, c'est terminé. Les Anglais sont en train de faire venir aux Indes des semences de théiers de Chine, pour en faire la culture.

– Des théiers chinois aux Indes ? dit Moodajee.

– On parle du Bhûtân, du Bihar. On envisage même de faire venir des travailleurs chinois pour la préparation du thé !

– Mais alors, notre projet ? dit Aventino.

– Justement. Il ne s'agit que de tentatives isolées. Beaucoup de plants de thé ont péri avant d'atteindre les Indes. De plus, il y a trop d'intérêts en jeu, et aucune des parties n'arrive à se mettre d'accord. Mais nous devons être sûrs d'une chose : dans l'esprit de ceux qui préparent ces projets, il s'agit avant tout de déposséder les Chinois du contrôle exclusif du commerce du thé.

Aventino reposa sa question :

– Et notre projet, dans toute cette affaire, que devient-il ?

Percy sourit et se cala bien au fond de son fauteuil :

– Personne ne semble savoir que l'arbre à thé existe déjà ici. On essaie d'acclimater des plants venus de Chine, alors que des théiers, sans doute différents, existent ici. Il faut les trouver, c'est tout !

– Rien n'est moins sûr, avança Moodajee.

– Et mon père le savait, lui aussi... Il faut aller plus vite que les Anglais.

– Trouver l'arbre à thé et l'acclimater en Italie, dit Aventino, enthousiaste.

– Des plants ont été localisés au Népal. Des essais de culture ont été pratiqués au Brésil, ajouta Percy. Tout est possible.

Moodajee regarda les deux Italiens. Avait-il à faire à deux fous ou à deux visionnaires qui sans le savoir étaient en train d'annoncer de grands bouleversements, ou même, qui sait, la destruction des Indes ? Scandales financiers et trafics divers étaient déjà monnaie courante. L'importation aux Indes des cotonnades de Manchester avait ruiné des milliers de tisserands. Le commerce du thé aux mains des Européens ne ferait que précipiter les choses, de la même façon qu'il était en train de détruire la Chine. Quant à l'opium, jadis réservé aux vagabonds et aux gens sans aveu, son goût s'était lentement répandu parmi les membres et les descendants de familles respectables, les lettrés et les fonctionnaires du gouvernement, puis chez les éléments de la grande et de la petite bourgeoisie. Moodajee, qui commençait à avoir nombre d'exemples de cette décadence sous les yeux, ne le savait que trop : en passant ses nuits dans la jouissance des désirs sensuels et impurs provoqués par l'opium, on venait à en oublier totalement ses devoirs et ses occupations. Les Indes, comme la Chine, mouraient peu à peu de cette maladie importée par les Européens... Percy coupa court à ses réflexions intérieures :

– Que pensez-vous de tout cela, Moodajee ?

– Que l'avenir est bien sombre, ne put-il s'empêcher de répondre.

– Vous voulez nous abandonner ? Vous n'êtes plus à nos côtés, c'est cela ?

– Non. Je ne suis pas sûr que vos projets soient de bon augure pour nous, les Indous. Vous montrerez-vous plus sages, plus généreux que les Anglais ? L'ombre de cet arbre à thé nous sera-t-elle bienfaisante ? Je n'en sais rien, mais je reste à vos côtés. Nous sommes près du but. Je m'en voudrais de vous abandonner maintenant.

À peine avait-il fini sa phrase qu'une puissante et envoûtante musique retentit sur la place d'armes du palais. Le maharajah revenait sur ses terres. Un messager pénétra dans le même temps dans les appartements d'Aventino : le maître invitait ses amis à lui rendre visite dans deux heures.

36

LA pièce avait glissé dans une étrange immobilité. Chacun semblait à sa place. Chaque objet ne pouvait être ailleurs que là
où il reposait. Chaque bruit, chaque parfum occupait l'espace qui
était le sien, irréversible. Au centre, en pleine lumière, le maharajah
souriait. À ses côtés : sa fille, à tel point immobile qu'on eût pu la
croire en cire si l'on n'avait remarqué la vivacité de ses yeux, sans
cesse en mouvement, allant de l'un à l'autre des convives. Elle était
étrangement habillée à l'européenne, comme la femme du tableau
qui dormait dans la galerie de portraits du château de Cortanze ;
du moins est-ce ainsi que la voyait Aventino. Bientôt une conversation agréable s'engagea tandis que des serviteurs présentaient des
friandises et des boissons brûlantes ou glacées. Le maharajah avait
rapporté de son séjour à Londres, où il avait étudié la philosophie,
un certain doute relatif aux choses divines. Il continuait à honorer
Shiva le transformateur, il croyait aux transmigrations des âmes
selon leurs bonnes ou leurs mauvaises actions, mais il habitait sa
croyance comme on habite une maison sur un sol mouvant. Et il
faisait admirer son collier de soixante-quatre grains de tubasi, non
comme un basilic sacré mais comme un objet qui l'aiderait à
s'approcher des mystères de la vie et de la mort, et à lire parfois
dans les pensées.

– On affuble toujours les autres des vêtements qu'on voudrait les
voir porter, n'est-ce pas, cher monsieur ? dit-il à l'adresse d'Aventino
qui répondit par un simple sourire.

Dans les livres sur la cérémonie du thé telle qu'elle est pratiquée
au Japon, Aventino avait souvenir qu'on y parlait en abondance de
l'harmonie, du respect, de la pureté et de la sérénité. Bien que l'on
ne fût pas dans un des pavillons de thé de la villa impériale de
Katsuma à Kyoto, et que les boissons servies ne fussent pas du thé,

Aventino éprouvait un peu de cette perfection-là. Dans les paroles échangées entre le maharajah et ses hôtes, il lui semblait que régnait une réelle harmonie. Chacun semblait agir selon un accord tacite, et l'hôte et les invités. On reparla de la partie d'échecs, de l'Himalaya, des grands fleuves, du sang donné aux faucons, du temps, des dieux. Lentement cependant, Aventino eut l'impression de perdre pied, ce qui n'était pas un sentiment désagréable, au contraire. Les voix qui se répondaient, y compris la sienne, s'étaient progressivement éloignées de son entendement. Il devenait spectateur de ses propres paroles, tout happé qu'il était par la contemplation de la *rajkumari*. Elle ne disait rien, bougeait à peine mais, dans la secrète harmonie qui présidait à cette rencontre, il sentait un lien délicat en train de se tendre entre eux deux. Soudain, elle fit un geste inouï dont seul Aventino eut connaissance. Alors que les coupes à moitié pleines des convives reposaient devant eux, chacune sur une soucoupe bleu et or, elle fit lentement pivoter la coupe d'Aventino de manière à ce que l'endroit exact où il avait bu vienne se placer devant elle. Aventino regarda les lèvres de la jeune fille boire à l'endroit précis où il avait posé les siennes. Puis elle reposa délicatement la coupe, et plongea ses yeux dans ceux d'Aventino. Les conversations reprirent, comme si de rien n'était. Aventino pensa qu'il pouvait boire dans la coupe de la jeune femme et répéter ce qu'elle venait de faire. Il était sur le point de s'emparer de la soucoupe lorsqu'un serviteur, se précipitant pour l'aider, le bouscula par mégarde, répandant le contenu du précieux liquide sur le sol. Aux marques de surprise de Moodajee, de Percy et du maharajah, répondit une impassibilité absolue de la *rajkumari* qui ne manifesta rien ni dans le regard, ni dans les gestes, ni dans la voix. Aventino se sentit frustré, privé d'une volupté si douce à imaginer que cela le fit terriblement souffrir. On chassa le serviteur. Le sol fut rapidement nettoyé. Et la conversation reprit. À la fin, tout le monde se sépara et le maharajah invita ses hôtes à participer le lendemain à une chasse à l'éléphant sauvage.

Aventino ne savait pas ce qui l'avait poussé à venir ainsi, en pleine nuit, se perdre dans le jardin botanique du maharajah. Une fois dépassée la belle allée de *ficus elastica*, il s'était retrouvé dans un environnement de feuilles luisantes et de racines sombres enroulées comme des serpents, gardant l'entrée de la serre principale telle une troupe de guerriers farouches. Il lui aurait été impossible d'énumérer les raretés magnifiques qui se trouvaient ici réunies. Il reconnut le talipot, avec son tronc semblable à une colonne et qui se termine à plus de trente mètres du sol par un immense chapiteau de feuilles en éventail ; l'*oreodoxa regia*, orginaire du Brésil ; le *ravenala Madagascariensis* ; l'*amherstia nobilis*, et ses grosses grappes écarlates. Toute espèce d'ordonnance compassée avait été écartée de ce jardin d'Éden. L'oranger, le citronnier, le grenadier y côtoyaient l'abricotier du Kashmire, les ananas à couronne et les lilas de Perse. Il y avait des *karkèmes* tout couverts de mouches phosphoriques, des bambous géants des Philippines, et perdus, parmi toute cette luxuriance, des tulipes, des œillets et vingt espèces d'anémones et de rosiers. Dans l'air, voletaient des colibris. C'était enivrant, pittoresque et très énigmatique. Alors qu'il enjambait un minuscule cours d'eau, il aperçut tout à coup, à moins de dix pas de lui, en contrebas, deux gros serpents longs de quatre mètres au moins. Ils paraissaient jouer ensemble, étroitement enlacés. Un instant, il crut qu'il était venu dans ce jardin pour rencontrer la peur, cette forme complémentaire et inversée du courage. Il les observa longuement puis involontairement fit un mouvement qui attira leur attention. Ils commencèrent alors de ramper dans sa direction, délaissant la touffe de roseaux qui les cachait. Plusieurs fois, ils s'arrêtèrent, dressant leur tête au-dessus des herbes, puis reprirent leur route vers Aventino qui n'osait bouger.

– N'ayez aucune crainte, ils ne mangent que des rats, dit soudain une voix.

Aventino se retourna. Il ne vit personne. Pourtant, il n'avait pas rêvé. On lui avait bien parlé, et en italien ! Les tiges de gigantesques bambous, serrées les unes contre les autres, formaient devant lui un faisceau impénétrable. Une forme humaine en sortit pourtant. D'abord une main, puis un bras, puis un visage et un corps en son entier habillé d'une tunique de soie écarlate : la *rajkumari* ! Brune, svelte ; les cheveux noirs et lisses, tirés en arrière ; les pieds nus.

– C'est pour cela qu'on appelle ces serpents des *mangeurs de rats*. Ils sont inoffensifs.

Aventino voulut faire quelques pas en direction de la jeune fille qui l'en dissuada d'un simple geste de la main. Elle possédait un charme très mystérieux, et qui agissait comme un aimant. C'est elle qui parla. Des jésuites lui avaient appris l'italien. Elle savait lire et écrire l'hindi et l'assamais. Elle aimait se blanchir les dents, se teindre la langue et les gencives de la couleur du sang frais en mâchant de la noix d'arec. Aventino comprenait lentement que derrière ce sourire aimable et engageant couvaient les feux latents d'une sauvagerie héréditaire. Oui, elle était capable de cruautés et de brutalités impitoyables, de méchancetés préméditées et de toutes les sécheresses du cœur. Elle haïssait les bigoteries religieuses et politiques, et les serviteurs qui commettent des fautes. Elle était jeune mais possédait déjà une grande force de caractère. Oui, elle avait été mise au contact des Européens, d'où son vernis de manières occidentales qui plaisaient tant à son père mais qu'elle méprisait. Elle ne voulait rien savoir au sujet d'Aventino. Elle connaissait déjà tout de lui.

– Les poèmes, c'est vous ? hasarda-t-il pourtant.

Elle fit « non » de la main.

– Pourquoi la coupe, cet après-midi ? demanda-t-il encore.

Elle lui dit qu'elle ne savait pas de quoi il voulait parler. Aventino, perplexe, changea de sujet.

– Pensez-vous que l'arbre à thé acceptera de nous laisser le trouver ? Parfois, je me dis que nous ne le trouverons jamais, qu'il n'existe pas...

– Il existe... Près de Lakhinpour, dans les terres alluviales du Soubansiri... Des arbres sauvages de six mètres de haut y poussent... Et jusqu'à vingt mètres dans les montagnes des Naga... Le Chinois sait.

– Le Chinois ?

– Dans la maison, à côté de celle du banquier guzerate, sur la place du marché, ici, à Dibrougarh. Il fait le commerce des perles, du corail et de l'argent.

– Quel est le rapport avec le théier ? si vous me permettez cette question.

– Il vous expliquera.

– Pourquoi me révéler un tel secret ?

– Ce qui est secret pour les uns ne l'est pas nécessairement pour les autres.

Aventino sentait qu'il touchait au but, mais que le chemin pour y parvenir était encore fragile, que le moindre souffle d'air pouvait à jamais le dévier de sa trajectoire. Un geste déplacé, une parole inutile, un regard trop insistant...

– C'est vous qui m'avez entraîné dans ce jardin botanique ?

Elle haussa les épaules.

– Comment vous appelez-vous ? demanda encore Aventino.

– Vous connaissez déjà mon nom, je crois.

– Malheureusement, non. Mais vous, vous connaissez le mien.

– Vous aussi, soyez-en sûr.

– Mais, Rajkumari, ce n'est pas votre nom.

– « Pays incomparable » est mon nom.

– C'est ce que veut dire Assam ?

– Oui. Donc, je m'appelle Assam.

– Allons-nous pouvoir nous revoir ?

313

Elle fit « non » de la tête. D'ailleurs elle devait le quitter. Elle avait cependant une requête :

– N'allez pas à la chasse, demain. La forêt est pleine de poisons. Ses habitants se trompent parfois eux-mêmes. Il leur arrive de couper une branche d'un arbre inconnu pour l'utiliser comme broche. Ils cuisent leur viande, la mangent, et meurent sur-le-champ.

L'aube était rose. Les éléphants venaient de passer la rivière dans laquelle on avait soigneusement frotté leur peau avec de grosses touffes d'herbe tendre. Des volées de canards brahmanes passaient à l'horizon. Percy, Moodajee et Aventino montant l'éléphante Devi-Singh, faisaient partie du groupe de secours de dix éléphants porteurs de dix hommes armés de longues piques et de fusils destinés à effrayer, s'il y avait lieu, les éléphants sauvages. Devant, les éléphants dressés pour la chasse et la capture, auxquels se mêlaient des petits éléphants sauvages nouvellement pris, poursuivaient la horde.

Le matin, alors qu'il se préparait, Aventino avait trouvé au pied de son lit un petit papier plié. Même encre, même écriture. Une nouvelle fois, Moodajee avait traduit : « *Un corsage bien ajusté,/ aux oreilles des* keru/ *Je ne puis demeurer/ comment resterai-je une année entière ?* » Qui pouvait en être l'auteur ? Si la *rajkumari* écrivait ces poèmes, elle qui parlait un italien parfait, pourquoi les rédigeait-elle en assamais ?

– Ici, ici !

Aventino ne voyait rien.

Le fandi pointa sa pique en direction d'un vaste triangle de savane qui s'ouvrait à la sortie de la forêt :

– Derrière les troupeaux de buffles !

Une trentaine de bêtes de tous âges paissaient paisiblement, des mâles énormes, des vétérans solides, des femelles entourées de leurs petits. À une centaine de mètres de là, plusieurs éléphants de capture se faufilaient entre les branches. Agenouillé sur la croupe, le mahout conduisait. À ses côtés le fandi, lasso enroulé en tas sur ses cuisses, l'extrémité du nœud coulant jetée sur son épaule.

– Il faut approcher la horde contre le vent, expliqua Moodajee. Ils deviennent très nerveux et méfiants quand ils sentent l'odeur de l'homme.

Le spectacle était étonnant. La mahout venait, très lentement, se placer derrière le flanc droit de l'animal qu'il avait choisi de capturer. Pachyderme énorme contre éléphanteau, « pas moins de cinq ans, pas plus de quinze ».

– Pourquoi si jeune ? demanda Percy.

– Si l'animal est trop puissant, il peut attaquer la bête domestiquée, et c'est toute la horde qui se retournera contre les chasseurs.

Tout semblait bien se passer. Le fandi avait réussi à lancer la corde de telle sorte que la boucle du lasso couronne la tête du jeune éléphant.

– Voilà, dit Moodajee. La partie de la boucle où se trouve le nœud coulant repose sur le cou et l'autre glisse sur le front et la trompe.

En bougeant, le jeune éléphant avait fait tomber la corde sur son poitrail. Le fandi resserra la boucle autour du cou de l'animal, ramena à lui toute la longueur de la corde et finit par l'attacher très court à la ceinture de sa monture pour que l'éléphant capturé ne puisse ni charger ni fuir. La capture s'était passée dans un étrange silence, sans heurt, sans le moindre geste brusque ou insolite qui aurait déclenché une furieuse débandade. C'était donc si simple ?

Tout à coup un énorme barrissement jaillit du troupeau. Le petit éléphant qui se sentait pris appelait ses congénères. En général, les hommes juchés sur les éléphants ou à pied poussent d'immenses clameurs afin de faire fuir la horde dans la forêt. Mais cette fois, les éléphants sauvages ne furent nullement effrayés par le tapage qui venait d'éclater dans leur dos. Bien au contraire. Les trompes levées, humant l'air, les oreilles rabattues en avant, ils s'avançaient, menaçants, vers la petite troupe domestiquée. La mère de l'éléphanteau avait fait demi-tour pour venir au secours de son petit, un premier mâle l'avait suivie, puis un second, et enfin tout le troupeau qui se mit à charger. Il était trop tard pour reculer. Devi-Singh, l'éléphante sur laquelle étaient juchés Aventino, Percy et Moodajee, ne pouvait rien faire. Sa seule chance résidait dans le fait que les mâles de la horde s'acharnent sur le groupe d'éléphants chasseurs à la tête duquel se trouvait le maharajah. Bravant les coups de *dao* que lui portait le fandi, la mère de l'éléphanteau réussit à couper le lasso qui le retenait prisonnier. Fou de rage, un des mâles du troupeau bouscula l'éléphant de capture, l'éventra et le piétina ainsi que ses occupants. La panique s'empara de toute la chasse. Le maharajah donna l'ordre de la retraite. Il valait mieux laisser les éléphants sauvages accomplir ce qu'ils devaient accomplir. Longtemps, sur le chemin du retour, on entendit les barrissements enragés de l'éléphant mâle qui s'acharnait sur les cadavres du pachyderme et des hommes qui l'avaient monté. Longtemps, dans le soir qui descendait, Aventino eut devant lui l'image atroce du mahout et du fandi, glissant de leur monture, les yeux révulsés, avant de disparaître sous les énormes pattes du monstre. Lors d'une halte, le maharajah s'approcha d'Aventino. Il avait l'air bouleversé. Aventino pensa qu'il songeait à la mort horrible de ses deux chasseurs. Il n'en était rien :

– Mon cher ami, et dire que j'ai failli vous proposer de monter cet éléphant afin que vous profitiez mieux du spectacle. Mon cher ami, mon très cher ami...

À quelques lieues de Dibrougarh, sur tout un côté de l'horizon, des vapeurs cuivrées s'empilaient en tours. Elles descendaient lentement vers la terre, s'épaississant, recouvrant toute une moitié du ciel, et laissant l'autre moitié entièrement bleue. D'un côté, les ténèbres, qui commençaient d'envelopper les montagnes et la vallée. De l'autre, avec une netteté merveilleuse, le Brahmapoutra qui surgit, pareil à une immense plaque d'acier, et la ville de Dibrougarh qui brille d'un éclat surnaturel. Les éléphants, nerveux, soulèvent des nuées de poussière. Le tonnerre commence à gronder. Les nuages se heurtent aux escarpements montagneux et la tempête tout à coup se déchaîne. Les éclairs se succèdent sans interruption. Le long des promontoires rocheux, des nuages défilent comme des vaisseaux de guerre passant au pied d'une forteresse. En doublant le cap, chaque nuage envoie son éclair et sa foudre. On dirait que le ciel est en guerre avec les montagnes, avec les plaines, avec les hommes. Puis l'averse commence, la pluie s'abat en torrents. Il est inutile de se protéger. Le troupeau d'éléphants chasseurs patauge dans des routes devenues des fleuves. Il fait nuit noire, soleil noir, ténèbre épaisse. Puis soudain une déchirure tranche comme pâte l'épaisseur des nuées. La clarté revient peu à peu. La nature s'illumine de nouveau sous le soleil couchant. De toutes ces masses écroulées du ciel, ne restent plus que de légers brouillards remontant les vallées, ou s'effrangeant aux sommets des arbres.

– La mousson, dit Moodajee. Entre la première et la seconde semaines de juin, suivant les années, s'amassent les premiers nuages de tempête, avant-coureurs de la mousson. C'est chaque année la même chose, depuis des millénaires. De juin à septembre, les moussons rythment les allées et venues des tribus de l'intérieur, les mouvements du commerce des côtes de la Péninsule, alimentent les fleuves, font croître les forêts et prospérer les cultures.

– La mousson, crie le maharajah, du haut de son éléphant. Indra fend la nue pour délivrer les troupeaux du ciel et verser la richesse et l'abondance à ses adorateurs. Les textes sacrés le disent : « La pluie nous vient des dieux ; elle nous donne les plantes, desquelles dépend le bien-être des hommes. »

37

Cette histoire de trafiquant chinois ne leur plaisait guère. Et si c'était un piège tendu par la fille du maharajah ? « Mais dans quel but ? se répétait Aventino, et pour quelle raison ? » Percy, lui, était sceptique. Certes, il était venu en Assam pour y trouver l'arbre à thé, mais les conditions de la découverte ne faisaient-elles pas partie de la découverte elle-même, et celles-ci leur semblaient bien étranges ? Quant à Moodajee, il n'aimait pas les Chinois :

— Leur désir du gain est si excessif, qu'aucune nation commerçante ne peut se confier à eux !

— Je ne croirai à l'arbre à thé que lorsque je pourrai en caresser les feuilles, dit Aventino.

— C'est bien, reconnut Moodajee, ironique. La sagesse des Indes vous gagne : entrevoir le but n'est pas l'avoir atteint.

Après avoir traversé la place, où chaque année se tenaient en janvier les grandes fêtes bouddhiques de la saison sèche, ils pénétrèrent dans une cour. Au fond, un escalier obscur menait à une porte basse. Un serviteur albinos, au teint blafard, les fit entrer dans une petite pièce ouvrant sur le toit en terrasse de la maison. Deux de ses murs étaient garnis de divans bas. Il n'y avait là d'autre mobilier qu'une lampe et quelques piles de livres. Le serviteur sortit. Au bout de plusieurs minutes ils entendirent quelqu'un marcher au-dessus de leurs têtes, allant et venant en faisant craquer le parquet, puis des pas, très lents, qui faisaient trembler le petit escalier de bois. La porte s'ouvrit sur un vieil homme, à la tête chauve, à la longue barbe blanche et à la contenance grave. Ses épaules semblaient ployer sous le poids des ans. L'homme, un vieux Chinois, s'assit avec précaution sur un des divans. Il s'adressa à Moodajee : « Soyez les bienvenus. » Puis, il pria ses hôtes de s'approcher, et de prendre place, à côté de lui. Il leur saisit ensuite successivement les mains, et les tint serrées dans les siennes. Moodajee pensait qu'il était temps de faire les présentations et d'exposer le motif de leur visite. Le Chinois ne lui en laissa pas le loisir :

– Je vous attendais, dit-il.

Percy et Aventino manifestèrent un réel étonnement.

– Les nouvelles vont vite à Dibrougarh. Tout ce qui se passe dans le palais du maharajah est connu de la ville. Tout ce qui a lieu dans la ville est raconté dans les couloirs du palais.

Aventino pensa à la *rajkumari* disparaissant derrière la ligne verte des bambous de la serre. À son parfum, à la tunique écarlate qui dessinait son corps, à ses cheveux noirs. Avait-elle parlé au Chinois ?

– Je me demandais quand vous alliez venir me voir. Une puissance supérieure vous a inspiré ce voyage, n'est-ce pas ? Ce n'est pas sans dessein, l'avenir vous l'apprendra, dit-il en s'adressant presque exclusivement à Aventino.

Percy objecta maladroitement qu'il était venu chercher l'arbre à thé.

– Sait-on jamais ce qui se cache derrière ce qu'on cherche ? dit l'homme. Sait-on réellement ce qui existe et ce qui n'existe pas ? Marco Polo, le Génois, ne relate-t-il pas qu'il a rencontré en Tartarie des magiciens capables d'écrire au crayon sans contact avec cet objet ?

– Vous écrivez sans crayon ? demanda Percy, ironique.

– Non, je ne suis pas magicien non plus, mais je connais Gênes.

Percy et Aventino se regardèrent, médusés :

– Gênes ? dit Percy.

– Mais nous ne sommes pas ici pour parler de l'Italie, n'est-ce pas ? Plutôt de cette contrée, si étrange...

– Pas plus étrange que la Chine, ne put s'empêcher de dire Moodajee.

Le vieux Chinois sourit :

– Tout de même, ne trouve-t-on pas ici des yogis qui entrent en relation avec l'âme des corbeaux, des femmes qui aident des tigresses à accoucher dans la jungle et qui retrouvent au petit matin devant leur porte une antilope fraîchement tuée ! J'ai même connu un homme qui, ayant enfermé un crapaud dans un bocal, mourut en voulant affronter le regard désespéré de l'animal prisonnier...

– Nous ne sommes pas venus pour parler des...

– « Des crapauds », monsieur Percy Gentile. Je sais. Ne soyez pas impatient...

– On nous a appris que des théiers...

– Pousseraient en Assam...

– C'est exact. Bonne intuition. Juste information. Et vous n'êtes pas les seuls à avoir envisagé cette hypothèse. Les Anglais aussi. Mais rassurez-vous. C'est oublié, enfoui à jamais. La véritable origine du thé, c'est la Chine. Les Anglais ont voulu voler nos théiers : en vain. À présent, ils veulent créer un autre marché pour briser le monopole chinois cultivant des théiers chinois aux Indes. Je fais partie de ces Chinois emmenés dans leurs bagages par les Anglais, il y a dix ans.... Les plants n'ont pas supporté le voyage, ceux qui ont été sauvés ont pourri sur pied, quant aux hommes de Londres, on ne les a jamais retrouvés...

– Donc, tout est arrêté..., murmura Percy.

– Vous ne m'avez pas compris, cher monsieur : rien n'est jamais « arrêté ». Les Anglais vont revenir. Ils finiront par expliquer au monde que le théier est né en Assam, et qu'il a été, par la suite, introduit en Chine.

– Pourquoi ?

– Quand ils auront découvert le thé d'Assam, et que cela sera utile à leur propagande, « Le thé vient des Indes, proclameront-ils, et nous le cultivons ! »

– Quel peut être notre rôle dans cette affaire ? demanda Percy.

– Le thé des Indes n'existe pas réellement. Seules quelques tribus, coincées entre le Brahmapoutra, les contreforts de l'Himalaya et les régions inexplorées autour de Simé, en mâchent les feuilles. Je peux vous révéler où se cachent les théiers, mais à deux conditions. Que vous gardiez le secret, et que vous nous aidiez à lutter contre les Anglais.

À partir de cet instant Percy et Aventino comprirent que leurs destins étaient opposés. Bien évidemment, ils poursuivraient ensemble cette aventure mais désormais chacun dans une perspective différente.

– J'attends votre réponse, messieurs, dit le vieux Chinois.

– C'est d'accord, répondit Aventino.

– Mais sans aucun doute, ajouta Percy.

– Et vous, monsieur Moodajee ; cela vous concerne, vous aussi ...

Moodajee hésita. Défilèrent devant lui les images des conflits avec la Chine, de la présence anglaise, des guerres franco-britanniques, des commerçants hollandais, de toute cette occupation étrangère hostile. Que seront les Indes dans cent ans ?

– Je garderai le secret pour mon peuple.

– Votre peuple, si divers de Simé à Trivandram, de Mandavi à Manipour, le connaît déjà. Il est en lui.

Les deux hommes esquissèrent un sourire, et ce qui passa de l'un à l'autre exclut les deux Italiens.

La suite de l'entretien fut très cordiale, comme si les mensonges qui l'étayaient avaient été soigneusement dissimulés par chacun des participants. La discussion devint une sorte de joute oratoire plutôt agréable. Le Chinois et Percy, qui possédaient l'un et l'autre une connaissance réelle de la culture du thé, entamèrent une sorte de lutte botanique. Le Chinois rappela que l'engouement des Européens pour le thé noir était né d'une erreur, et cela l'amusait beaucoup :

– Lors d'un des premiers transports maritimes de thé de Chine vers l'Europe, les caisses, placées sous la ligne de flottaison, ont fermenté. Vos compatriotes ont consommé du thé pourri, persuadé qu'il n'y avait rien là de plus raffiné !

Les deux hommes donnaient aussi leur avis sur les différentes phases de traitement du thé : le *flétrissage*, qui peut durer vingt-quatre heures ; le *roulage*, qui libère les « huiles et les sucs » de la feuille ; la *fermentation*, qui peut en « brûler » ou en « frustrer » l'arôme ; l'*oxydation*, qui donne au thé toutes les nuances du noir au fauve ; la *dessiccation*, dans laquelle la feuille de thé doit se jouer de son humidité ; le *tamisage*, où les feuilles prennent des chemins divers : entières, brisées ou broyées...

– Il est une règle fondamentale, soutint Percy : les feuilles de thé doivent être mises en caisse moins de trente-six heures après leur cueillette.

Mille sujets furent abordés, tant techniques que poétiques ou spirituels. On parla de la double ceinture de haies et de fossés qui doit entourer les jardins de thé, des arbres plantés en allées parfaitement régulières ; de la multitude de gens chargés de veiller sur les arbres, les préservant de la poussière, de la boue, des insectes, et tant que faire se peut, des intempéries. « Les pluies, les vents et les giboulées qui succèdent à l'équinoxe de printemps, donnent aux feuilles un bouquet très suave, soutenait Percy – Oui, mais la cueillette, cher ami, exclut la pluie. Il faut une belle matinée de soleil, quand les feuilles sont scintillantes des perles de la rosée », murmura le Chinois. Enfin, et surtout, on parla des trois époques propres à la cueillette des feuilles de thé. Le Chinois préférait la première, longue, minutieuse, exigeant une habileté diabolique. Percy lui opposait la seconde où le tri, entre les feuilles arrivées à maturité et celles qui n'y sont pas encore parvenues, constitue un étrange enjeu philosophique entre la grandeur, l'âge et la bonté. Tous deux s'accordaient cependant sur un point : la troisième et dernière récolte, celle où les feuilles sont très abondantes et complètement épanouies, donnait un thé trop commun réservé aux ignares...

Moodajee et Aventino étaient éblouis. Écouter ces deux hommes, si différents, parler ensemble de leur amour du thé, avait quelque chose d'apaisant. Aristote avait raison : tout comme les choses se différencient par leur ressemblance, conduisant parfois les êtres humains à se séparer pour ce qu'ils aiment, il arrive tout autant que les hommes parviennent à se rapprocher pour ce qu'ils détestent.

Mais, au-delà de la philosophie, les deux hommes savaient, sans vouloir aborder directement le sujet, que le thé avait joué et jouerait encore un rôle très important dans l'histoire politique, économique et commerciale du monde. En très peu de temps, l'*East India Company* avait doté l'Angleterre d'un territoire vingt fois plus vaste et dix fois plus peuplé que le sien. Ce qui n'était à l'origine qu'une simple association de marchands était en train de devenir aussi important qu'un État. Et, l'*East India*, cette étrange nation, sans territoire ni drapeau, qui ne défendait que des intérêts mercantiles et privés, pompait sans vergogne toutes les richesses d'un continent. Les Indes, ce n'était pas seulement des feuilles de thé mais aussi des produits agricoles, des mines d'or et de diamants, des hommes et des femmes. Les marchands de thé étaient sur le point de devenir les maîtres de l'Angleterre. Grâce à eux elle développait sa marine marchande, affermissait sa domination dans l'Hindoustan, s'ouvrait de fantastiques débouchés en Chine. La petite feuille exotique allait peut-être acculer un pays entier à la ruine. Mais cet après-midi de juillet 1800, dans la petite maison du chinois à Dibrougarh, personne n'avait envie de parler de cette catastrophe que chacun savait pourtant imminente. La feuille de thé, c'était du rêve devenu réalité et l'arbre à thé l'Arbre de la Connaissance. Cependant, alors qu'ils se séparaient, le Chinois, après leur avoir rappelé qu'ils pourraient compter sur son aide, donna aux trois hommes un conseil qui les fit revenir à une réalité plus prosaïque :

– Emportez avec vous de l'opium. Les tribus ne vous conduiront jamais aux théiers sans un paiement en opium...

Un bac délabré les avait fait passer de l'autre côté du grand fleuve. Lakhinpour n'était qu'à quelques jours de marche. Il faisait un temps splendide. Le soleil brillait sur les flots. À fleur d'eau, jouaient d'énormes poissons : inconnus, monstrueux. Percy, le marin, en avait lui maintes fois rencontrés, mais en mer. Ici, devenus poissons d'eau douce, ils portaient le mystérieux nom de *souffleurs* ! Aventino n'avait pas revu celle qui se faisait appeler « Pays incomparable », et peut-être ne serait-elle plus là lorsqu'il reviendrait de son invraisemblable voyage au pays des théiers. Ils avaient d'abord traversé une large plaine, où des maisons de bois étaient construites sur pilotis pour faire face aux eaux de la mousson qui pouvaient monter d'un mètre en une heure. Puis ils avaient pénétré dans une forêt aux grands arbres lourds. Là, ils avaient vu passer des bandes d'éléphants, des rhinocéros unicornes et un tigre qui n'avait fait qu'une bouchée d'un paon multicolore. Décidés à aller jusqu'au bout de leur folie, les trois hommes avançaient, respirant d'un seul souffle. Quelle que soit l'issue de cette marche, ils auraient participé ensemble à une expédition qui les changerait à jamais. Ils franchirent une multitude de petits cours d'eau sur des ponts de fortune. La jungle était immense. Parfois, sans comprendre comment cela était possible, ils retombaient sur le Brahmapoutra. On disait qu'avec la terre qui avait tremblé, et les eaux incessantes tombées du ciel, le grand fleuve avait plusieurs fois changé de place, fini par former de nouveaux îlots habités par des milliers de pélicans, et qu'en certains endroits son lit s'était si fortement rehaussé que la navigation n'y était plus possible. Parfois un lac s'étalait devant leurs yeux, qu'il fallait contourner : c'était le fleuve qui était sorti de son lit et qui avait noyé toute la campagne sur une étendue de cinq à six milles.

Deux jours avaient passé depuis leur départ. Ces arbres à thé étaient maintenant à portée de main. Tous trois le sentaient. Alors, les matinées où le ciel était plus propice, ils se faufilaient dans les rizières et les rivières, se risquaient à couper par les marais. Mais lorsque la nuit venait aucune trace des villages qu'ils espéraient rencontrer n'était visible. Parfois, ils se perdaient dans le lit sec et caillouteux d'une rivière. Parfois, ils croyaient mourir en traversant un torrent furieux qui coupait en deux une immense zone forestière, tandis qu'un vol de malards s'élevait des bancs de sable. Mais aucun signe encore de ces hommes, les Dafla et les Apa-Tani, qu'ils finiraient par rencontrer, qui leur indiqueraient peut-être l'emplacement de l'arbre à thé, et qui n'avaient jamais, eux, traversé le Brahmapoutra. Leur habitat était au nord, très au nord. Certains connaissaient l'opium, d'autres l'ignoraient. De là où les trois hommes se trouvaient, les murailles de l'Himalaya se dressaient. 5 000 mètres, 8 000 mètres, 10 000 mètres ? Qui le savait ? Personne ne les avait franchies. Même Moodajee n'était jamais venu aussi près de ces royaumes neigeux. On rapportait que les crevasses des glaciers y sont de véritables vallées, que des parois de glace bleue de plusieurs centaines de mètres d'épaisseur les traversent. Pitons de toutes formes, dômes, brèches profondes, bataillons solennels de fantômes. Lentement, péniblement, les trois hommes montaient, montaient toujours.

Chaque fin d'après-midi, la forêt vierge se retrouvait de nouveau noyée parmi les brouillards errants, et une armée d'arbres fantomatiques, drapés en de longues mousses d'un vert livide, escortait les trois voyageurs. Des pensées délirantes s'emparaient alors d'Aventino et de ses deux acolytes. Et si le Chinois les avait envoyés se perdre au bout du monde ? Et si la fille du maharajah n'était qu'une magicienne qui avait voulu se venger de ces Européens infatués qui avaient cru pouvoir toucher du doigt le mystère des théiers ? Cette nuit-là, il y eut une effroyable tempête de grêle :

– Les tempêtes de grêle sont l'œuvre des démons et des magiciens, dit Moodajee. Les premiers s'en servent pour contrarier la marche des pèlerins trop tièdes ; les seconds pour défendre l'abord de leurs retraites contre les importuns.

Chaque journée nouvelle était unique, riche de sensations multiples, d'expériences, apportait son lot de surprises, de frayeurs, de beauté. Un matin, alors qu'ils marchaient entourés d'un grand désert minéral, un oiseau coiffé d'une aigrette d'or se mit solennellement à chanter. Depuis leur départ, le paysage, la faune, la flore avaient évolué de façon saisissante. À présent, la montagne, une épaule livrée au déluge et l'autre au désert, s'imposait et dominait tout. À la limite des neiges éternelles, là où ne poussaient plus que mousses et lichens, là où de rares arbustes étaient plaqués au sol par le gel et le vent, tous sentaient que l'épreuve finale arrivait.

– Vous avez vu, dit Moodajee, il n'y a plus ni abeilles ni papillons. Si nous montions encore, nous ne trouverions plus que des araignées, ultime manifestation de l'être, et qui se mangent entre elles...

Les trois hommes durent passer en frémissant sur un petit pont suspendu, fait de rotins entrelacés, et qui comptait à peine trois pieds de large. Ses deux extrémités étaient attachées sur les bords du précipice à des arbres et à des rochers. Les trois hommes décidèrent de passer l'un après l'autre. Aventino passa en dernier. Il se sentait osciller comme une corde lâche, et lorsqu'il regardait en contrebas, tout au fond des précipices, où jamais l'homme ne semblait être descendu, il apercevait des centaines d'arbres, tombés les uns sur les autres, les uns morts et à demi pourris de vieillesse, d'autres plus jeunes, couverts de pousses renaissantes. Mais ce qui l'intriguait par-dessus tout, c'était ces troncs qui semblaient comme brûlés par la foudre. Moodajee donna son explication :

– Ici, en Haut-Assam, on dit que le feu prend de lui-même, quand il juge que les arbres sont devenus trop vieux et secs.

Le petit pont franchi, les trois hommes entamèrent l'ascension d'un sentier assez escarpé et abrupt. Bien qu'il fût envahi de buissons épineux et d'herbes hautes, il était évident que l'homme y avait laissé ses traces. De là-haut, ils avaient une vue extraordinaire sur les sommets. Alors qu'il recommençait de se plaindre de ne voir toujours personne à l'horizon, et de n'avoir aucune idée précise de l'endroit où il se trouvait, Percy fit signe aux deux autres de se taire. Au bout du chemin, un groupe de plusieurs hommes abattait des arbustes avec de longs couteaux.

– Des Apa-Tani, dit Moodajee. On les appelle les *coupeurs de mains...*

À force de passer au travers de zones couvertes de ronces, Percy et Aventino avaient les jambes en sang. Un vent frais d'altitude leur fouettait le visage.

– Que fait-on ? demanda Aventino.

– Rien. Ce sont eux qui vont décider, répondit Moodajee.

Un des Apa-Tani sortit du groupe, laissa son outil fiché dans le sol et s'avança. Ses cheveux étaient ramenés en chignon, sa tête couverte d'une calotte de rotin tressé, et il était torse nu. Il parlait avec beaucoup de volubilité, s'accompagnant de gestes. Moodajee traduisait au fur et à mesure :

– Il dit que plusieurs villages ont été emportés par les pluies de ces derniers mois, et que leur région risque d'être coupée par les eaux pendant longtemps. Il dit aussi que nous devons le suivre jusqu'au village, qu'il va offrir un poulet en sacrifice pour nous, mais que nous ne devons pas entrer dans le village.

Les trois hommes, épuisés, dormaient dans la case qui leur avait été attribuée. La nuit était déjà bien avancée lorsqu'ils furent réveillés par un bruit épouvantable. À la lueur de torches qui dégageaient une épaisse fumée noire, ils distinguèrent deux hommes qui se battaient avec une violence inouïe. Malgré le sang qui coulait sur leurs vêtements et leur visage, rien ne semblait vouloir les arrêter. Moodajee reconnut un Apa-Tani et un Dafla.

– Deux ennemis héréditaires. Les premiers occupent la montagne et les seconds la plaine. Les Dafla ont l'habitude de capturer les Apa-Tani et de demander une rançon en échange de la libération du prisonnier. Le Dafla a dû se perdre dans la montagne... Et il y a toujours une famille à venger.

– Ils sont en train de s'entre-tuer ! dit Percy.

– Si le Dafla meurt, son corps sera porté à la frontière des terres où vivent ceux de sa race.

– Et si c'est l'Apa-Tani ? demanda Aventino.

– Le Dafla sera étripé par le village et son corps découpé en morceaux.

Aventino fut pris d'une soudaine envie de vomir, tandis que les deux hommes, maintenant presque entièrement nus, se donnaient de violents coups d'épée. Plusieurs bœufs des jungles, magnifiques mithans blancs aux longues cornes enroulées, regardaient la scène couchés paisiblement. Le combat dura jusqu'au matin. Alors que l'aube filtrait à travers la brume, plusieurs Apa-Tani emportèrent un cadavre mutilé au plus profond de la forêt.

– Le Dafla, se contenta de faire remarquer Moodajee.

Dans leur prison de bambous, les trois hommes commençaient de s'impatienter. Moodajee se demandait si cette quête, qui n'était pas la sienne, ne finirait pas par lui être fatale. Quant à Percy et à Aventino, la proximité du but les rendait fébriles. Combien de temps devraient-ils rester ainsi à assister à des scènes aussi macabres ? Était-ce l'effet du hasard, ou au contraire de son absence, si l'on admet que le moindre papillon voletant à Turin déplace une brise légère dont l'onde se répercute jusqu'en Assam ? Des femmes au visage tatoué, des pièces de bois noirci passées dans chacune de leurs narines, les lobes d'oreilles allongés par des bambous polis, les cheveux tirés et relevés en chignon, s'avançaient maintenant vers leur campement. Le combat était terminé, le poulet avait été sacrifié, les étrangers pouvaient parlementer avec le village.

Moodajee expliqua que les deux étrangers cherchaient un arbre, un arbre à thé. On décrivit les feuilles, larges, charnues ; la forme de l'arbre, sa hauteur, sa couleur vert foncé. Les Ata-Pani hochaient la tête. Moodajee traduisait les propos des uns et des autres. On était à peu près d'accord sur la largeur des feuilles, leurs couleurs, les pousses plus ou moins claires. Mais les Ata-Pani évoquaient de grands arbres, parlaient d'immenses forêts, dont certaines couvraient des territoires entiers étagés de sept cents à deux mille mètres d'altitude. Les trois hommes se souvenaient des paroles du Chinois : les descriptions faites par les Ata-Pani étaient les mêmes que celles qui évoquaient les terres du Yunnan et du Sechuan, réservoirs à thé de la Chine...

Un homme se leva et revint avec un petit paquet noir, une sorte de brique sombre, très dure et friable. Il en mâcha les coins et fit signe aux trois étrangers de faire de même.

– L'arbre à thé, dit le chef Ata-Pani.

– Le thé n'est donc pas consommé en infusion mais mâché, constata Percy, songeur. Peut-on voir l'arbre à thé ? ajouta-t-il.

– Oui, répondit l'Ata-Pani. Il faut attendre un peu, mais vous le verrez.

Le rituel se renouvela plusieurs jours durant. Le chef Ata-Pani venait mâcher du thé avec ses hôtes puis repartait dans sa case. Le matin du quatrième jour, le chef du village revint, mais cette fois sans pâte de thé à mâcher. Il se tourna vers Moodajee et eut un long entretien avec lui. Les renseignements fournis par le Chinois étaient justes :

– Il veut de l'opium, dit Moodajee.

Percy hocha la tête et fit signe qu'il en avait pour lui et son village.

La transaction terminée l'homme se leva et montra du doigt une montagne. Moodajee traduisit :

– Il faut passer cette première montagne, traverser la vallée, sur les flancs de la seconde montagne se trouve une forêt d'arbres à thé.

38

L E choc émotionnel vint des hauteurs. Ils avaient marché trois
jours sous une pluie tombant droit. Derrière une fragile barrière de brume, alors qu'ils montaient le long d'un petit sentier à
flanc de montagne, une forêt de troncs élancés apparut. Vers le
bas : tous les verts possibles de la création dévalaient vers le limon
du fleuve. Vers le haut : une muraille de feuilles d'un vert sombre
qui bougeait au gré du vent. Percy se souvenait des jardins de thé
évoqués par son père, de leur régularité sereine qui lui faisait penser
à un parc à la française. Rien de tel aujourd'hui. De grands arbres,
dont certains devaient atteindre plus de vingt mètres de haut !
L'Ata-Pani qui les guidait leur montra les feuilles : larges, charnues,
d'un vert foncé. Les fleurs dégageaient une odeur délicieuse, et le
parfum, soutenait Percy, était très différent de celui des autres
plants de thé connus. On aurait dit une plantation abandonnée,
qui aurait nécessité un travail colossal de taille, d'élagage, d'arra-
chage... Percy, Aventino et Moodajee ne pouvaient détacher leurs
yeux de ce spectacle étonnant. Chacun était dans son échange
unique, tant rêvé, tant espéré, avec la feuille de thé. Aventino se
sentait soudain seul. Comme s'il n'y avait personne d'autre que lui
dans cette forêt d'arbres à thé à perte de vue. Il avait lu tant de
livres sur le thé, et qui ne lui avaient rien dit de la véritable réalité
du thé... On y parlait des griffures provoquées par les taillis serrés,
des vêtements colorés des cueilleuses, de la terre rouge visible entre
chaque plant, des bosquets taillés aux ciseaux, de la régularité géométrique des jardins. Mais non, rien n'était comme cela. Il n'y avait
rien de régulier, de construit, de mathématique. Tout n'était que
folie, déraison, profondeur sous d'autres profondeurs, erreurs,
luxuriance. Un fouillis où l'homme n'avait pas sa place, qui décen-
trait des valeurs qui jusqu'alors avaient été les siennes. Cette forêt

n'ouvrait pas au monde sans Dieu qui croyait être celui qu'il habitait depuis des années, mais à un univers infini dans lequel Dieu était partout et l'homme remis à sa juste place. Aventino eut brusquement conscience qu'il pouvait ici penser l'univers, et le pensant, admettre que cette pensée le dépassait, ou plutôt, que l'impensable était partie intégrante de l'homme puisqu'il était la marque irréfutable de l'existence de Dieu. Quelle étrange chose que cela : voici un homme venu d'Italie, sans Dieu, et qui le trouve là où il était certain de ne pas pouvoir le rencontrer. Aventino était maintenant tout entier dans la feuille de thé, perdu dans ses nervures, son odeur, ses couleurs. Autour, il n'y avait que le soleil, la chaleur et le silence.

Percy, les bras levés, jetait sur l'immensité de la forêt un flot de mots inaudibles. Moodajee, recroquevillé sur lui-même, au pied d'un arbre, donnait l'impression de prier. Aventino pleurait. Seul l'Ata-Pani restait impassible, ne regardant qu'à peine ces trois hommes au comportement étrange. Il pensait au retour. Les arbres à thé n'allaient pas disparaître, il pourrait venir les retrouver quand il le désirerait, comme les pères de ses pères l'avaient fait et comme le feraient ses propres enfants. Alors, l'Ata-Pani réfléchissait à la route du retour. Il savait que, la mousson avançant, il serait de plus en plus difficile de rejoindre le village. Moodajee, qui s'était ressaisi, eut beaucoup de mal à lui faire comprendre que ses deux amis voulaient emporter avec eux des branches de thé et des feuilles afin de les examiner. Ils les avaient vues, les avaient même touchées, pourquoi alors vouloir en emporter ?

Moodajee expliqua à Percy et à Aventino, l'un et l'autre revenus à des sentiments moins exaltés, que l'Apa-Tani voulait encore de l'opium, et qu'il avait d'autres renseignements à leur donner s'ils se montraient généreux.

– Quel genre de renseignements ? demanda Percy.

– Sur d'autres forêts, traduisit Moodajee.

– Pourquoi fait-il cela ?

– Parce que les renseignements ne concernent pas le territoire des Apa-Tani.

Percy sortit de sa poche des boulettes d'opium et les donna à l'Ata-Pani qui les glissa dans un petit sac qu'il portait à la ceinture. L'homme parla, expliquant qu'il y avait d'autres forêts d'arbres à thé dans la région de Sadiya, près de la frontière birmane, « là-bas on boit une infusion de feuilles séchées » ; et dans les collines de Singpo, au nord-est, « là-bas, on fait fermenter les feuilles ».

– Et partout, beaucoup d'arbres, beaucoup de forêts très denses, beaucoup de jungles de hautes herbes, ajouta l'Apa-Tani, qui redemanda de l'opium, « pour ramener les feuilles de thé au campement »...

Percy accepta le marché. Une semaine plus tard, le petit groupe était de retour au village, chacun portant sa part du précieux chargement.

Cela faisait plusieurs jours que Percy ne trouvait plus le sommeil. La découverte du thé sauvage faisait naître chez lui quantité de réflexions sur la culture possible du thé, la commercialisation des feuilles, les erreurs passées qu'il ne faudrait plus commettre, les développements ultérieurs, mais surtout la confirmation d'une vieille intuition. Assis, comme lui, sur une natte, Aventino et Moodajee écoutaient :

– La distinction de Linné entre *thea bohea* et *thea viridis* ne tient plus, messieurs, c'est une révolution ! Et une vraie, celle-là !

– C'est-à-dire ? demanda Aventino.

– Les feuilles de thé vert et les feuilles de thé noir proviennent de la même variété.

– Et alors ? dit Moodajee.

– Mais c'est fondamental ! La différence entre le thé vert et le thé noir ne vient pas de l'arbre, mais du mode de fabrication du thé, et de rien d'autre.

– Ce n'est qu'une bataille entre botanistes, dit Moodajee.

– Mais pas du tout, c'est de l'économie. Les Anglais veulent faire venir des théiers de Chine pour les acclimater ici, or les théiers qui poussent aux Indes sont les mêmes que ceux qui se développent en Chine. Je le répète : la couleur verte ou noire du thé provient du traitement qu'on applique à la feuille, et non de la variété !

– Qu'allez-vous faire de votre « découverte » ? demanda Moodajee.

– La monnayer ! Je suis un commerçant, un aventurier du commerce.

À mesure que Percy développait ses idées, Aventino ne pouvait que constater tristement tout ce qui les séparait. Certes l'aventure d'une acclimatation possible du thé en Italie le séduisait, même si son Piémont natal lui semblait soudain très lointain, mais il ne pouvait se résoudre à ne voir dans cette feuille miraculeuse qu'une aventure commerciale, aussi exaltante soit-elle. Percy parlait d'hectares de terre, de technique de cueillette, de fabrication, d'acheminement, de recrutement de coolies, de main-d'œuvre, de bourse du thé, de marché financier. Aventino, lui, voyait dans sa découverte le point de départ d'une aventure spirituelle, doublée d'une aventure humaine qui étaient en train de bouleverser sa vie. Plus il pénétrait dans l'intimité des Indous, plus il se disait que le témoignage qu'il pourrait en rapporter, comme de rares voyageurs l'avaient fait avant lui, en révélerait plus sur les idées qu'on se faisait alors en Europe des Indes que sur la réalité indoue elle-même. En un mot, il se jugeait sévèrement, et les péroraisons de Percy le faisaient rougir :

– Lors de notre arrivée à Dibrougarh, nous nous sommes fait traiter de *franguis* ? Qu'est-ce que ça voulait dire ? demanda Aventino.

– Beaucoup de choses, dit Moodajee, l'air gêné.

– Mais parle, dis-le-moi !

– Pour les Indous, tous les Européens sont des *franguis*.

– C'est une insulte, intervint Percy. La plus violente qu'un Indou puisse faire à un autre Indou. Pas vrai, Moodajee ?

Moodajee finit par en donner le sens :

– Un *frangui*, c'est un homme sans naissance, parce qu'il n'est lié par les lois d'aucune caste. Un homme sans politesse, parce qu'il ne pratique rien de ce qui constitue chez nous le bel usage et la propreté.

– Et quels sont ici le bel usage et la propreté ? demanda Aventino.

– Le bain fréquent, la manière de manger, l'application du sandal...

– Et mille autres choses encore, ajouta Percy.

– Un Européen est un homme sans délicatesse, parce qu'il mange du bœuf et boit du vin. Un Brahme se laissera mourir de faim plutôt que d'accepter de la nourriture offerte ou préparée par un Européen.

Se souvenant de ses conversations avec les capucins, Aventino avança l'idée suivante : aucun Indou ne semblait, d'après eux, avoir embrassé le christianisme par conviction et pour des motifs désintéressés. Percy réagit immédiatement :

– Certains néophytes ont même apostasié et sont retombés dans le paganisme, quand ils ont découvert que la religion chrétienne ne leur avait pas appporté les avantages matériels qu'ils avaient recherchés en l'adoptant.

– N'est-ce pas plutôt que la religion catholique n'avait rien à apporter aux Indous ? hasarda Aventino.

Moodajee était absent d'une discussion qui devenait une joute entre deux Italiens :

– On ne peut tout de même pas comparer la religion avec une secte païenne !

– Nous avons notre Dieu, les Indous ont les leurs.

– Une confrérie satanique oui, instituée pour consacrer le libertinage des mœurs et imprimer un sceau religieux aux excès les plus infâmes !

– Mais enfin, de quoi parles-tu, Percy ? Je croyais que tu aimais les Indes, que tu étais sensible à...

– Tous ces hommes et ces femmes qui courent le pays en étalant des nudités scandaleuses, et qui portent au cou le *lingam* !

– Tu m'en as offert un en Italie ! dit Aventino, stupéfait.

– Ça n'a rien à voir. En Italie, il devient un objet d'art. Ici, il est un objet d'adoration qui encourage les turpitudes !

Moodajee, qui s'était tu, prit la parole :

– Pensez-vous, monsieur Percy Gentile, que votre Dieu, qui dites-vous a créé toutes choses, ait plus souillé ses mains en formant cette partie de votre corps qui vous fait tant horreur, qu'en plantant deux yeux dans votre tête ?

Aventino éclata de rire. Un instant, on crut que Percy allait frapper l'Indou insolent, mais il n'en fut rien. Percy ravala sa fureur et sourit. L'Indou s'était révélé durant tous ces mois un auxiliaire indispensable, il ne pouvait s'en séparer. « Allons, messieurs, dit-il, en leur tapant sur l'épaule, nous avons d'autres choses à faire que de nous chamailler. Les forêts d'arbres à thé nous attendent. Autant dire un travail de titan ! »

– La mousson est maintenant bien installée, dit Moodajee, je suggère, si vous le permettez, de retourner à Dibrougarh. Les routes sont déjà presque toutes impraticables et une partie de la région risque d'être submergée par les eaux.

Le chemin du retour vers Dibrougarh fut encore plus difficile que prévu. Avant d'atteindre le Brahmapoutra, il fallait retraverser une zone de jungle qui, depuis leur premier passage, semblait avoir doublé de volume – illusion sans doute due à la fatigue et aux conditions climatiques désastreuses. Elle se présentait tantôt sous la forme d'un dôme de verdure, fait d'une ramification inextricable de bambous géants s'entremêlant en leurs sommets, tantôt en une forêt d'arbres reliés les uns aux autres par des lianes entrelacées formant comme des ponts aériens capricieux et inquiétants. Les trois hommes n'avaient guère le temps de se reposer. L'eau gorgeant le sol rendait leur marche difficile. Il fallait, cependant, atteindre le Brahmapoutra avant que celui-ci ne fût devenu infranchissable. La jungle, à mesure qu'elle se rapprochait du fleuve, devenait un réseau de plus en plus dense de ronces, de lianes noueuses, de bosquets de rotangs épineux, de terribles feuilles de *daman* qui brûlent la peau, et de grappes poilues de *banderkeka* qui infligent dès qu'on les touche un violent urticaire.

Le Brahmapoutra fut franchi, *in extremis*. Dévalant les montagnes, le fleuve-dieu charriait d'énormes troncs d'arbres, des morceaux entiers de maisons arrachées à leurs bases, des charognes et des cadavres boursouflés qui venaient cogner contre la barge, comme de vilains messagers tournoyant sur eux-mêmes puis repartant à toute vitesse, plongeant et replongeant dans les eaux boueuses. C'était tout le cœur de l'Assam qui dégorgeait vers les bouches du Gange et viendrait emplir la mer du Bengale. À partir de ce moment, toute la région resterait isolée du monde des mois durant, sous des mètres d'eau et de sable. Dibrougarh heureusement n'était plus très loin. Alors qu'il s'enfonçait dans une nouvelle zone de végétation, Aventino songeait au chant très doux fredonné par une femme quelque part dans une case le jour de leur départ de Lakhinpour, et à l'odeur délicieuse exhalée par les frangipaniers du village. Mais ce calme était bien loin.

De nouveau, voici les centaines de petites sangsues qui se collent au corps, auxquelles on ne peut faire lâcher prise qu'en les saupoudrant de tabac. Voici les nids de fourmis rouges qui se balancent aux branches, comme d'énormes sacs ; les affreux petits moucherons qui pénètrent dans les oreilles et dans les narines ; les taons voraces qui sucent le sang des voyageurs ; et le jour qui descend, annoncé par l'appel du tigre qui n'est pas bien loin et rôde autour du camp. Enfin, voici la nuit, la dernière avant Dibrougarh, durant laquelle d'étranges lueurs apparaissent à travers les branches qui ne sont pas les feux d'un village, mais d'énormes bûches de bois pourrissant dont les ferments en décomposition créent une satanique phosphorescence. Aventino ne dort pas, tout comme Moodajee et Percy. Ils savent qu'une partie importante de leur voyage vient d'être couverte. La pleine lune brille à l'orée de la forêt. Les oiseaux bleu et or qui les avaient accompagnés une partie de la journée comme des traits de lumière, sont perchés dans les arbres et se taisent. Une rivière coule. Elle n'était pas là lors de leur passage à l'aller, c'est la mousson qui l'a entièrement créée. Là-bas, sur la rive opposée, scintillent de petites lumières tremblotantes : Dibrougarh. Ils y seront demain. Après qu'ils auront emprunté la route qui conduit jusqu'au palais du maharajah, véritable allée bordée d'agaves gigantesques, de bambous épineux et d'acacias couverts de longues grappes de fleurs jaunes. Serrées précieusement dans leurs bagages : des branches, des feuilles, des graines de théiers.

– Que ces messieurs me comprennent bien, le maharajah et sa suite sont repartis à Dhoubri, ne cessait de répéter le vieil homme, très circonspect, et avec beaucoup de civilité.

Les trois voyageurs n'osaient imaginer les conséquences possibles de ce départ. Mais le vieux serviteur leur évita une trop longue attente :

– Le maître a dit que vous pouviez rester. Jusqu'à son retour. Vous êtes ses hôtes.

– Quand reviendra-t-il ? demanda Moodajee, au nom des deux autres.

Le vieux serviteur parut surpris, presque froissé :

– On ne sait jamais quand le maître revient. Dans un mois ? Dans un an ? Le maître décide.

– Nous avons trois mois devant nous, dit Percy. La mousson prend fin en septembre...

Moodajee demanda au vieil homme si le maharajah comptait revenir pour la fin de la mousson, dans trois mois.

Le vieux serviteur sourit et donna sa réponse après un bref silence :

– C'est que nous sommes déjà en septembre.

Les trois se regardèrent, persuadés que le vieux serviteur leur jouait un tour à sa façon, quand celui-ci ajouta :

– Vous êtes partis, il y a déjà plusieurs mois. Dans la jungle, le temps n'est pas le même...

Ce n'est qu'après s'être entièrement lavé, après avoir revêtu des vêtements propres et s'être restauré qu'Aventino prit réellement conscience qu'il était revenu dans ses appartements au palais du maharajah. Le souvenir de la *rajkumari* était partout. Il faisait nuit, et Aventino s'apprêtait maintenant à dormir. Dans la chambre sans lumière, il sentait la présence de cette femme qu'il avait à peine vue et dont il n'avait fait qu'effleurer les mains. Il lui sembla que quelque chose lui parlait. Ou quelqu'un. Mais avec d'étranges paroles, des mots muets. Il vit très nettement le mouvement d'une main qui trace des lettres, et se précipita sur une petite table basse placée non loin de son lit. Pourquoi ne l'avait-il pas vu plus tôt ? Par quel curieux hasard avait-il pu passer tout ce temps dans sa chambre, depuis son retour, sans apercevoir ce linge léger posé sur la table basse ? Il le souleva avec précaution : à droite, un petit papier plié ; à gauche, une missive froissée, abîmée, scellée par un cachet de cire rouge, sur lequel était gravé un oranger, emblème du *casino* Santa Margherita... Il se sentit défaillir...

La lettre d'Italie lui semblait presque incongrue dans cette cham-

bre de Dibrougarh, qu'il ne l'ouvrit pas tout de suite et prit soigneusement entre ses doigts le petit papier plié. Il s'attendait à
trouver un nouveau texte en assamais. Mais cette fois, le poème
était écrit en italien : « *Pourquoi avoir amassé/ pourquoi avoir amassé/
Tes beaux vêtements pourriront/ et l'herbe poussera.* »

Aventino ne cessait de lire et de relire ces mots énigmatiques.
Sentant le papier entre ses doigts, c'était comme s'il sentait la
beauté du corps de la *rajkumari*, parce que cela ne faisait plus aucun
doute, c'était bien elle qui, cette fois, avait écrit ces vers. Touchant
le grain, c'était comme s'il caressait ses mains et sa bouche. L'odeur
même du papier lui suggérait des gestes amoureux, un vêtement
de soie incarnat qui glisse le long d'un corps, et révèle une jeune
femme entièrement nue. Dans le noir de la chambre, Aventino
commença d'aimer cette femme, avec beaucoup de lenteur et la
certitude que le temps était fait de la matière même de l'amour.
Un peu avant l'aube, il eut même la sensation que la *rajkumari*
remettait son vêtement de soie rouge, et repartait sur la pointe des
pieds en direction de la terrasse, ne lui laissant sur la bouche que
le goût d'un corps dont sa langue avait connu le moindre repli, car
tel avait été le désir de la jeune femme.

La lumière du matin filtrait à travers les voiles de mousseline. La
lettre avec son cachet de cire représentant un oranger était à la
même place. Aventino la prit et l'ouvrit. Nul besoin d'en voir la signature pour comprendre, l'écriture suffisait : c'était celle de Maria
Galante ! La lettre était datée d'avril 1800. Jamais, y était-il écrit, l'Italie et le Piémont n'avaient été si malheureux et n'avaient présenté un
aspect aussi triste. Le pays tout entier était la proie de la famine, de
l'anarchie et d'une administration incapable. La rébellion était plus
vive que jamais. Les fours étaient arrêtés et les enfants mouraient de
faim. Les Français avaient perdu beaucoup de terrain, mais les soldats
autrichiens et russes qui les avaient remplacés ne valaient guère
mieux. On leur avait pourtant lancé tant de fleurs à pleines mains, on
avait dressé tant d'arcs de triomphe et d'arbres de la Liberté ! Ceux-là
mêmes qui avaient servi la soupe aux Français et ciré leurs bottes
hurlaient aujourd'hui : *Viva la religione ! Viva l'Imperatore !* et massa-
craient tout ce qui avait ressemblé de près ou de loin à un jacobin...

Si la grande nouvelle était que les Français, balayés, quittaient l'Italie, il en était une autre, plus triste et tout aussi importante. Des
poches de résistance jacobines existaient encore. Les Autrichiens
ayant refoulé les Français sur la *Riviera di Levante*, ceux-ci, pris entre
les vaisseaux anglais et les troupes du baron de Mélas, s'étaient fait
enfermer dans Gênes avec Masséna à leur tête... Dans cette lettre,
chaque mot, chaque phrase était pour Aventino une souffrance : « *Le*

plus dur, c'est la famine. On a fini par fabriquer un mauvais pain avec des amandes, de la paille hachée, de la graine de lin, du son et du cacao. On dirait de la tourbe imbibée d'huile. Les chiens eux-mêmes n'en veulent pas. Après la viande de mulet, bien maigre, on en vient maintenant à dévorer les chiens, les chats et les rats. On mange de la soupe faite avec de l'herbe. À l'heure qu'il est, mon Aventino, je me prépare à parcourir les rues de la ville avec d'autres femmes, munies de clochettes : nous allons essayer de trouver de la nourriture pour les vieillards et les enfants, et s'il le faut, nous irons jusqu'à l'émeute. Mais c'est grand malheur, et les soldats français sont plus disposés à retrousser nos jupes qu'à nous donner de quoi manger. »

Aventino était abasourdi. Quelle apparition spectrale que celle de cette Italie... Et cette lettre qui laissait clairement entendre que si la ville de Gênes tombait aux mains des Autrichiens et des Russes, ceux-ci pourraient revenir en Piémont et fermer les débouchés des Alpes. Les derniers mots de la lettre étaient terribles : « *Mon Aventino, je t'écris cette lettre sur une mauvaise table d'auberge, au bruit de la cuisine, avec l'encre boueuse qu'on m'a apportée dans un vieux pot de pommade. Je pense si souvent à nos verres d'asti et de vermouth bus à la terrasse des cafés de ton cher Turin... Je ne sais pas quel sera le sort de Gênes et de ses habitants. Nous n'avons plus rien à manger. D'ailleurs, tu ne me reconnaîtrais plus. Je n'ai plus de poitrine, je n'ai plus de fesses, et je flotte comme squelette dans des vêtements trop larges. Aventino, je me sens mourir et je ne voulais pas partir vers je ne sais quelle triste destination sans te dire combien je t'avais aimé, et combien tu me manques. Ta Maria Galante.* »

Aventino reposa la lettre en tremblant. Il n'en parlerait pas à Percy. Il voulait être seul avec lui-même et le souvenir de cette Italie d'avant. Peu importait comment cette lettre lui était parvenue. Par les capucins, le réseau des comptoirs, les marins génois... Après tout, les papiers pliés lui arrivaient eux aussi de façon mystérieuse. La quête du thé lui avait appris à accorder moins d'importance aux explications logiques de la raison, et aux démonstrations. Peu importait la souffrance sans nom que lui procurait brusquement le souvenir de Turin. Il y avait si longtemps que les édifices de briques, les larges rues, les portiques élevés et les grandes perspectives de sa chère ville n'étaient pas venus se matérialiser devant ses yeux remplis de jungles et de mousson. Cette douleur même, parce qu'elle faisait revivre pour lui un peu de son pays, était à elle seule une bénédiction. Dans l'aube naissante, le papier déplié et les feuillets de la lettre faisaient comme un étrange édifice, un petit théâtre, plein d'ombres et de lignes de fuite. Plus il l'observait et plus il pensait que ces formes, qui en contenaient tant d'autres, dessinaient comme un spectacle : celui de sa vie, inexplicable, douloureux et léger, plein de figures imprévisibles, empire du hasard, de reflets et d'une incompréhensible quiétude.

39

L ORSQU'UN théier vient d'être taillé et que de nouvelles feuilles se forment, celles-ci ne sont pas des feuilles banales, les Anglais les appellent des *janumleaves*. Elles se transforment en montant le long de la tige en feuilles de plus en plus grandes et dentées, jusqu'à des feuilles de dimensions constantes. Après la formation d'un certain nombre de ces feuilles, le théier se « repose » : le bourgeon final devient *banjhi* – dormant. Puis le bourgeon terminal se gonfle à nouveau. Il redevient actif. Des *janumleaves* réapparaissent, puis des feuilles intermédiaires, puis des feuilles normales. Et à nouveau une période de repos, puis de nouveau une phase active. Ainsi en est-il de la vie du théier jusqu'à la cueillette, au printemps précoce, avant le lever du soleil, avec l'extrémité des ongles, afin que la transpiration des doigts n'en souille pas le parfum...

Le Chinois dit :

– *Xiao ya*, petit bourgeon ; *zhong ya*, bourgeon moyen avec une feuille ; *zi ya*, bourgeon violet ; *bai he*, un bourgeon et deux grosses feuilles ; *wu dai*, grosses feuilles avec tiges. Voilà la répartition des feuilles.

– Nous n'en sommes pas encore là, fit remarquer Percy, songeur. Les feuilles ne sont bonnes à cueillir que la troisième année.

– Époque où elles sont abondantes et dans toute leur beauté, ajouta le Chinois.

Ces incessantes discussions autour du thé, les quatre hommes les avaient eues très vite après le retour de Lakhinpour. Aussi étaient-ils repartis dans la jungle. La tâche était énorme. Les vallées où pourraient s'épanouir les futures plantations réunissaient toutes les conditions d'une très préjudiciable insalubrité. À basse altitude, les sols étaient inondables. Sous les pluies de mousson et les températures élevées, les marécages abritaient des moustiques porteurs de l'étrange « poison inconnu ». Il y aurait aussi un grave problème de vivres. Les maigres rizières existantes ne représentaient qu'une goutte d'eau dans un océan de friches livrées à une jungle dont les hautes herbes poussaient avec une rapidité inquiétante. Quant à la forêt environnante, elle constituait un obstacle infranchissable pour les éléphants qui auraient pu seconder le travail des hommes. Tout autre que Percy aurait renoncé. Comment faire face à la dysenterie et aux fièvres qui allaient décimer ses troupes ? Comment compenser une nourriture insuffisante conjuguée à l'utilisation d'eaux saumâtres pour la boisson ? Comment donner de l'entrain à des hommes et des femmes abîmés par l'opium et qui devraient rester de longues heures debout, les bras levés, car les plants d'Assam, plus grands que ceux de Chine, mesuraient six pieds de haut ? Comment exploiter une plantation, au départ sauvage, si peu homogène, et dont les plants sont dispersés dans la jungle, séparés par d'immenses lots de terres en friche ? Sans parler de la « cloque blanche »...

– La « cloque blanche » ? demanda Aventino.

Percy prit une pose professorale :

– La « cloque blanche », *Exobasidium vexans,* est au thé ce que l'*Hemeleia Vastatrix* est aux plantations de caféiers Arabica ! Une catastrophe !

Aventino fit la grimace.

– Ce n'est pas la seule maladie possible, mon cher ami ! dit Percy. Connaissez-vous les pourridiés qui s'attaquent aux racines ; les chenilles urticantes, les aphidés, les coccides, les acridiens qui envahissent les feuilles ; les psychides, termites, larves mineuses, vers blancs, fourmis, nématodes, et autres acariens qui s'en prennent aux branches ?

– Non, répondit Aventino, je n'ai rien appris de tout cela au service du roi...

– Je m'en doutais. Perdez un marquis piémontais en pleine jungle assamaise et voilà ce que ça donne !

Tous partirent à rire d'un rire énorme, car tous comprenaient qu'ils étaient embarqués ensemble sur cet immense et improbable navire.

La première gageure, après avoir repéré les sites les mieux placés, et avoir négocié leur achat au meilleur prix, était le défrichage. Au-delà de 2 000 mètres semblait être une altitude trop élevée. Entre 1 700 et 1 800 mètres, sans doute l'altitude idéale, car les gelées y étaient moins dures... Il fallait donc rapidement préparer les plants indigènes, effectuer un bêchage profond de la terre pour détruire les mauvaises herbes et l'aérer. Il fallait ensuite enlever les bois morts, régulariser le sol pour employer au mieux des outils agricoles dont certains seraient fabriqués sur place. Percy voyait plus loin encore. Il faudrait construire des routes pour faciliter le passage des éléphants et ouvrir une voie vers Jorhaut, la capitale du Haut-Assam. Il faudrait acheter un bateau pour relier Dibrougarh à Calcutta par le Brahmapoutra, construire une soierie pour fabriquer des caisses et des sacs d'emballage pour le thé ; mettre en culture un vaste champ d'herbe dont une partie serait mise en chaume pour faire des toitures et l'autre procurerait du fourrage pour les vaches et les chevaux ; et pourquoi pas, créer une société, dont le premier dividende serait versé dans moins de cinq ans. « Mon objectif ? dit Percy : commencer la culture de 100 hectares de terre et, quatre ans plus tard, produire 12 tonnes de thé sur 40 hectares. »

En attendant, une première cueillette pouvait avoir lieu, faite à partir des théiers sauvages. Bien que la pleine saison de production fût visiblement en Assam entre juillet et septembre, il n'était pas trop risqué d'en faire une en cette fin du mois de mars. Certes, Percy et le Chinois savaient pertinemment que les caractéristiques commerciales du thé dépendaient beaucoup de la qualité de la récolte, mais ce premier travail concret permettrait à la petite entreprise de se mettre en place. « Ce sera une première *flush*, dit Percy : deux feuilles et un bourgeon. Avant d'aller voir les *tea-tasters* et de proposer notre grand projet « de la plantation à la théière », commençons par la récolte ! »

Contrairement aux légendes qui couraient ici ou là, et à ce qu'Aventino avait pu entendre raconter, la cueillette du thé se révéla d'une extrême simplicité et d'une grande beauté. Les cueilleurs et les cueilleuses pinçaient les feuilles rapidement, travaillant des deux mains. Lorsqu'ils en avaient une pleine poignée, ils levaient le bras et jetaient leur petit butin dans une hotte conçue spécialement par le Chinois. Aventino ne se lassait pas de regarder ce mouvement, gracieux et vif. Parfois, il lui arrivait de penser à la *rajkumari*, l'imaginant accomplissant les gestes des cueilleuses. Cette vision l'enchantait, l'apaisait presque. Mais il fallait beaucoup de temps pour remplir une hotte de cette neige légère. Les tendres pousses de la *first flush* étaient clairsemées, délicates, et contrastaient étrangement avec la puissance de ces grands théiers sauvages qui n'avaient pas encore été domestiqués.

Parfois, le Chinois venait le rejoindre dans sa contemplation et parlait doucement. Et cela faisait à ses oreilles comme un étrange poème, une musique. Il disait que dans cette cueillette « fine », il ne fallait pincer que le bourgeon terminal plus deux feuilles, et que l'essentiel était de ne cueillir qu'à partir de la petite feuille, là, voyez-vous, cette feuille minuscule dont la forme rappelle celle d'un poisson, *fish-leaf*, disent les Anglais. Il disait que la cueillette moyenne concernait des feuilles plus longues, plus dures, « mais qui se flétriront d'une manière moins harmonieuse ». Il disait aussi que la cueillette grossière, la dernière, n'hésitait pas à s'emparer de plus de deux feuilles, alors le flétrissage serait difficile, et le roulage mauvais, et le thé pour finir encombré de brindilles. « Voyez-vous, monsieur Aventino, le thé est une métaphore du monde, de sa légèreté et de sa grossièreté. Voilà pourquoi en Europe on ne connaît pas le thé. On en fait une tisane que l'on prend les jours de rhume ou de grand froid. On le mélange avec du lait, on y jette une tranche de citron. Comment vous expliquer ? Lorsque la cueilleuse a rempli son panier de feuilles fraîches il suffit d'un geste malhabile, de trop de lenteur, d'un porte-à-faux, pour que le thé ne soit plus le thé. Les jeunes pousses récoltées ne peuvent rester longtemps au soleil. Il ne faut pas trop les tasser, il ne faut pas trop les briser, il ne faut pas trop les déchirer. Je vais vous dire : la plupart du temps le thé qui arrive en Europe est un thé déjà mort. » Oui, les paroles du Chinois faisaient aux oreilles d'Aventino une musique envoûtante ; et si Percy était bien le promoteur du projet, le Chinois en était le grand prêtre. Celui qui connaissait les bons gestes, les paroles indispensables, la vraie mystique.

À peine récoltée, la feuille de thé s'oxyde, aussi est-il nécessaire d'en commencer le traitement immédiatement après sa cueillette. Percy prévoyait d'installer les bâtisses de la fabrication dans la plus grande proximité avec les jardins, envisageant même de maintenir tout son personnel plusieurs jours en éveil. Tout devait se faire sur place et rapidement. C'est ce qui fut fait lors de cette première récolte de thé sauvage. Ainsi, s'il était prévu qu'Aventino et le Chinois retournent à Dibrougarh pour y poursuivre des expériences de plants et de semis, ils ne repartiraient pas de Lakhinpour sans plusieurs caisses de thé. En moins de quatre jours, toutes les opérations nécessaires à la fabrication d'un thé digne de ce nom avaient été effectuées. Les feuilles avaient été étendues en fines couches dans de grands paniers plats et ronds en bambou, que l'on remuait régulièrement avant que d'être foulées puis malaxées, amalgamées en boules de la grosseur d'une orange, soigneusement recouvertes d'une toile humide, enfin séchées sur des fours de briques chauffés au charbon. Dès le flétrissage les arômes du thé avaient commencé à envahir l'atmosphère de manière entêtante, et la fumée dégagée lors du séchage avait imprégné les vêtements durablement. Ces odeurs tenaces, Aventino et le Chinois les avaient emportées avec eux dans dix caisses hermétiquement fermées et conduites à Dibrougarh à dos d'hommes, dans lesquelles, tassé avec les mains, puis avec les pieds chaussés de bas propres, le thé avait été enfermé.

Ce matin d'avril 1801, le Chinois fumait le tabac sans pipe, à l'indoue. Les feuilles, roulées les unes sur les autres, formaient une sorte de saucisse de la grosseur d'un doigt, et de la longueur d'environ six pouces. L'extrémité la plus petite était introduite dans la bouche, et la plus grosse allumée. C'est ce qu'on appelait aux Indes, le *chourouttou*, que l'on pourrait traduire par « chiroute » ou « cigare-saucisse ». Aventino détestait cette manière de prendre le tabac en fumée : le feu se trouvait si près des lèvres qu'on avait la sensation d'avoir un charbon ardent dans la bouche ! C'était leur grand sujet de désaccord, le seul sans doute. Car depuis leur retour à Doubrigarh, les deux hommes ne se quittaient plus. Percy leur avait confié une mission importante dont ils s'acquittaient avec conscience et dextérité : domestiquer les théiers sauvages.

En général, la plantation des théiers se fait sur un terrain préparé pendant la saison des pluies. Mais en Assam, ces dernières étaient trop abondantes, on en avait conclu qu'il était préférable de planter durant l'hiver. L'opération serait longue et minutieuse. On avait rapporté de la forêt des sacs remplis d'une terre rouge finement tamisée, « une terre vierge provenant d'un sol vierge », dans lesquels avaient été placées de tendres boutures. Le Chinois avait coupé de longues tiges de bambous en lamelles régulières, lesquelles, tressées ensemble et assemblées, formeraient un toit protégeant les jeunes pousses d'abord du soleil puis des pluies. Aventino se prit lentement au jeu du Chinois. C'était comme une partie d'échecs ou une séance de méditation. D'abord, il y avait l'espace entre les feuilles des boutures et la claie : il permettrait à l'air de circuler, à l'eau de caresser les feuilles sans les briser, au soleil d'apporter de la vigueur sans brûler. Le taux d'humidité de l'air, précis et adéquat, favoriserait une croissance idéale. Puis viendrait, après la mousson, l'époque du soleil. Il faudrait ouvrir doucement les claies, quelques minutes par jour, puis une heure, puis plusieurs, pour arriver enfin aux huit heures d'ensoleillement réglementaires. Une seule erreur, une vulgarité, une absence, et la pousse périrait comme un désir qui faiblit et s'évanouit. Mais si toutes les règles étaient scrupuleusement respectées le jeune théier vivrait, bien à l'abri, dans son havre de paix, aimé avec justesse. « Ce qu'il faut, voyez-vous, dit le

Chinois, c'est que la racine ne se développe pas en "ombrelle", au ras du sol, c'est sa tendance naturelle. Que survienne un temps de sécheresse, et la racine meurt. »

Voilà, c'était pour cela qu'Aventino était revenu à Dibrougarh. Pour faire que les théiers existent. Bientôt on parlerait des critères de sélection, de la couleur de la feuille, de la qualité des bourgeons, de la taille des arbustes, et d'une opération si chère au Chinois : le rabattage. « À vingt centimètres du sol. Tout se joue là, et dans le résidu de la taille qui doit rester sur le champ et servir de paillage... » Mais la pépinière ne faisait que commencer son existence. Il faudrait un an avant que de savoir si l'entreprise était viable. Percy avait eu une étrange intuition. Il avait dit : « Aujourd'hui, il n'y a que des tribus montagnardes qui consomment de l'Assam. Mais vous verrez, un jour le thé indou chassera le thé chinois du marché anglais. Le thé deviendra la boisson nationale indienne... » Aventino n'aimait pas beaucoup cette perspective mercantile, ces prédictions un peu folles. Perdu dans la contemplation des boutures sur leur lit de terre rouge, il aurait souhaité sinon que le temps s'arrête du moins qu'il ralentisse. Il aurait voulu être tout entier dans la feuille verte en forme de poisson, et attendre.

Ainsi, les jours passèrent, dans le travail et la contemplation. Le palais était vide et chaque matin des nappes de brume recouvraient les jardins. Puis un doux printemps survint. La terre était d'un beau brun roux, et l'eau faisait partout des flaques comme de l'argent fondu. Aventino ne songeait que très rarement à l'Italie, même s'il lui prenait parfois l'envie de relire la lettre de Maria Galante. Mais il ne savait dans quel endroit de son cœur la ranger. En Italie, il avait longtemps été le gardien d'un vrai musée de mèches de cheveux, de fleurs séchées, de colifichets, de bagues cassées, de lettres, jusqu'à des vêtements plus ou moins intimes ayant appartenu à des maîtresses, des amies, souvenirs tendres ou douloureux, mais qui étaient à ses yeux dignes d'être conservés. Ce musée n'avait fait que s'enrichir au cours de sa vie, et il le conservait avec « le culte de l'antiquaire pour son médaillier », telle était du moins l'expression ironique que son ancien ami Ippolito avait souvent employée pour le qualifier. Mais ce musée était resté à Cortanze, comme un morceau d'une vie qui n'était plus la sienne. Alors où mettre la lettre de Maria Galante ?

Il aurait eu, pour toute autre personne que lui-même, la plus grande difficulté à l'expliquer. Il avait parfois la sensation de se replier sur lui-même et dans le même temps de se dilater, de s'ouvrir comme jamais auparavant. Comme si son monde intérieur sortait de sa personne et s'épanouissait à l'extérieur. Le Chinois lui avait raconté qu'au Japon, le thé donnait lieu à une véritable cérémonie. On y accomplissait des gestes rituels, on y donnait des coups de gong, on y faisait brûler de l'encens. Rien n'était laissé au hasard. Qu'on croise les bras, qu'on s'incline, qu'on offre les bols de thé de telle ou telle façon, tout relevait d'un ordre immuable. Certes, il pouvait y avoir des variantes dans la manière de servir les pâtisseries, dans la façon de proposer un thé fouetté plutôt qu'infusé, mais tout, dans cette cérémonie, disait l'ordre du monde. Aventino était sans doute venu aux Indes pour trouver sa place dans cet ordre-là.

Un matin, allongé sur son lit, il eut une vision. Il était assis au pied d'un arbre et, la tête baissée, les yeux clos, regardait en lui-même. Il y vit un paysage d'une splendeur émouvante où poussaient des banians centenaires et des flamboyants en fleur. Il y avait des rivières et, juché sur une petite colline, un temple. Deux jeunes femmes en sortirent, jumelles et entièrement nues. L'une tenait dans sa main un scorpion et l'autre un colibri. C'était une vision intérieure et pourtant elle semblait bien réelle. Pourquoi aurait-elle dû être irréelle parce qu'elle se déroulait dans son âme ? Si la rencontre avec tout ce qui nous entourait nous menait au divin, il devait y avoir une voie intérieure qui y conduisait. Il revint à lui, couvert de sueur, ses draps trempés, un goût de sang dans la bouche. Un parfum étrange embaumait sa chambre. Il avait la sensation de tenir son sexe dressé dans ses mains et dans le même temps que d'autres mains ouvraient les siennes et y déposaient quelque chose. Il faisait encore sombre. Il attendit que le jour soit complètement levé pour regarder son ventre. Un petit billet froissé y était déposé. Il l'observa longuement avant d'oser le prendre, s'en saisit, le déplia puis le lut. Même papier, même écriture, même encre, et comme pour le précédent, cette fois encore en italien : « *Où que tu ailles/ je serai ta compagne de route/ Je te ferai tantôt rire/ je veux vivre.* »

Il passa une journée dans l'attente étrange, comme un animal qui a l'intuition que quelque chose va advenir, qui hume du côté de la plaine, et essaie de reconnaître dans le vent les secrets qu'il sait parfois y lire. Le soir, alors qu'il allait s'endormir, il fut réveillé par le grand bruit d'un équipage qui pénétrait dans la cour du palais. Il pensa que c'était Percy et Moodajee qui revenaient de la plantation. L'agitation très particulière qui régna soudain dans les pièces et les couloirs du palais lui fit immédiatement comprendre que le maharajah et sa famille étaient de nouveau à Dibrougarh.

40

L E temple, qui avait la forme d'une croix grecque, ne faisait pas plus de cent pieds en longueur et en largeur. Le soleil qui baissait donnait au badigeonnage blanc qui le recouvrait une couleur rose pâle. Ses décorations intérieures n'avaient rien d'ostentatoire, à peine quelques pierres incrustées sans valeur, des éléphants sculptés, des ornements décoratifs brodés, tous recouverts de couleurs criardes, mais rien des richesses considérables et des dimensions immodestes des édifices religieux européens. Placé un peu en dehors de la ville, il semblait totalement abandonné. Il s'ouvrait sur la rue de tous les côtés, ce qui ne laissa pas de surprendre Aventino, et semblait n'avoir ni entrée ni sortie particulières. Le sol présentait une épouvantable apparence de négligé et de malpropreté. Jonché de fleurs jaunes à moitié flétries, il était envahi par les déjections des animaux qui y erraient librement. Quand Aventino y pénétra, deux vaches enguirlandées venaient d'en partir, d'un pas somnolent, flânant sans but aux alentours. Le serviteur qui l'avait conduit jusqu'ici avait été formel : certes, une certaine Bagdeva y avait été assassinée, « mais les brebis noires ne donnent que plus de prix aux brebis blanches ». Le temps avait passé, et le temple autrefois souillé était redevenu un lieu d'instruction et de ferveur. C'est à la nuit tombée que la *rajkumari*, qui avait décidé du lieu et de l'heure de ce rendez-vous secret, vint rejoindre Aventino. L'un et l'autre éprouvèrent un sentiment étrange, comme s'ils venaient de se quitter la veille ; comme si les heures et les mois qui les séparaient de leur dernière rencontre n'avaient pas compté. Ils ne se touchèrent pas. Ils se regardèrent, et la *rajkumari* fut la première à parler. Il faisait noir. Aventino ne distinguait que son ombre. Elle évoqua le prince Dharma, dont la vie légendaire était liée à celle du thé :

– Il avait fait le vœu de propager le bouddhisme en Chine, et de ne pas dormir neuf années durant. Malheureusement, au bout de trois ans, il s'endormit et rêva de femmes ! À son réveil, fou de rage, il s'arracha les paupières. À l'endroit exact où elles étaient tombées poussa un arbre dont les feuilles avaient la propriété de tenir l'esprit en éveil : c'était évidemment un théier. À la fin de sa vie, il perdit l'usage de ses jambes, et ce grand voyageur fut réduit à l'immobilité. Un jour, pris de lassitude, il mâcha distraitement les feuilles d'un arbre qui étaient à sa portée. Son ennui se dissipa immédiatement. Les feuilles qui avaient vaincu son ennui venaient d'un théier...

Aventino écouta avec beaucoup d'attention. S'agissait-il d'une parabole ? Que voulait lui dire la jeune femme ?

– Voyez-vous en moi un prince voyageur immobile ?

– Peut-être, dit-elle, en inclinant tendrement la tête. Vous avez trouvé l'arbre à thé, à ce qui se dit.

– Ce n'est pas un secret.

– Là n'est pas la question... Les Anglais sont partout, ils prennent les Indes pour leur jardin privé ! Ils ne vous laisseront pas faire, vous et vos amis...

– Le thé est une boisson si étrange, bénéfique au corps et à l'esprit, à la prière, à la méditation...

La jeune femme sourit :

– Les Anglais ont une vision moins poétique des choses. Ils ont des canons, des bateaux, une armée de marchands.

– Vous m'avez donné rendez-vous pour me parler des Anglais ?

La jeune femme hésita avant de répondre. Malgré l'obscurité, Aventino s'aperçut qu'elle rougissait légèrement :

– On pense, chez nous, que la vie peut être un *vide* où tout est possible.

Aventino ne comprenait pas ce que la jeune femme voulait lui dire. Elle poursuivit :

– Il faut savoir *se jeter dans le vide*, sans craindre de se perdre ou de se briser, ajouta-t-elle, faisant glisser au sol le châle qui lui couvrait la tête et les épaules.

– Les poèmes que vous..., commença Aventino.

– Laissez les poèmes où ils sont, coupa-t-elle doucement. Ce n'est pas moi qui les ai écrits.

Au silence qui suivit, Aventino sentit qu'elle voulait lui demander quelque chose, mais qu'il devait l'aider, que seule, elle n'y parviendrait pas. Mais qu'attendait-elle de lui ? C'est elle qui parla :

– Il ne s'agit ni de mots, ni de papier, ni d'encre... mais de corps.

– De corps ?

– Faisons un pacte. Toutes les fois que nous nous verrons ici, vous toucherez une partie de mon corps.

Aventino ressentit comme un vertige, et s'appuya contre le mur à côté de lui :

– Mais, dans quel but ?

– Il n'y a pas besoin de but.

– Et durant combien de temps ?

– Peu importe le temps. Deux jours, dix ans... Le temps qu'il faudra. Le temps que les dieux voudront nous octroyer.

– Et vous toucherez mon corps ?

– Non. Je veux être seulement touchée par vous.

– Qui décidera de la partie de votre corps qui sera touchée ?

– Moi, évidemment. En fonction de mes seuls désirs. De mes seuls besoins.

– Toucherai-je toutes les parties de votre corps ? demanda Aventino en faisant un pas vers la jeune femme.

Celle-ci hésita, et finit par répondre :

– Toutes, excepté le dos.

– Le dos ?

– Oui, à cause du feu.

Cette nuit-là, la jeune Indoue demanda à Aventino de lui caresser longuement les bras et les mains, d'y passer sa langue, de lui lécher les doigts. Elle disait qu'il était Vishnou et qu'elle était Lakshmî, et qu'à eux deux ils faisaient fondre les statues du temple de Khaju-râho. Avant que l'aube ne soit totalement épanouie, elle le pria de la laisser rejoindre le palais. Elle prendrait le chemin de gauche et lui celui de droite. Aventino la vit s'éloigner, accompagnée de ses serviteurs. Elle ne se retourna pas. Il s'aperçut alors qu'elle portait de nombreux ornements à tel point qu'on eût dit que des abeilles d'or s'étaient posées sur elle. Sa démarche, lente, était semblable au glissement du cygne sauvage. Il sembla à Aventino que ses mains et sa langue étaient à présent d'une autre texture, qu'elles étaient les siennes et qu'elles appartenaient dans le même temps à un autre homme. Lorsque, sorti du temple, il vit le ciel s'étendre sur la terre rouge de Dibrougarh, c'était comme si un homme s'allongeait sur une femme.

Les jours et les mois qui suivirent, Aventino les vécut en specta-teur de lui-même. Des rites nouveaux venaient de s'établir. Il y avait d'un côté, les préoccupations quotidiennes liées au développement de la plantation de thé, cette immense mer verte, et de l'autre, les rendez-vous nocturnes dans le temple. Plusieurs fois, Aventino dut retourner dans la jungle. Alors, il se levait tôt, voyait le ciel passer par toutes les teintes, du gris au vert et à l'or pur. Et il retournait vers le nord, après plusieurs jours de marche, vers les jardins de thé qui venaient mourir sur les premiers contreforts de la montagne. Souvent, il pensait que sa vie maintenant était double, partagée entre le corps de « Pays incomparable », qu'il découvrait lentement, du bout des doigts, du bout des lèvres, dont il goûtait la peau et sentait tous les parfums et toutes les odeurs ; et les sentiers innombrables de l'Assam qui pouvaient tout aussi bien le mener à des déserts arides qu'à une jungle grouillante et verte. Chaque jour était porteur d'un événement remarquable. Tantôt il voyait surgir près de lui l'éclair jade des yeux d'un léopard affamé, ou marchait sur un cobra, ou évitait de justesse un scorpion royal, monstre blanchâtre dont la piqûre est mortelle. Tantôt il traversait les voiles d'une brume tiède escaladant les vallées, supportait les flots de chaleur montée de la plaine et, rampant vers les hauteurs, tombait nez à nez, parce qu'il s'était perdu, avec la chute libre d'une falaise de rocs blanchis. Dans la plaine alanguie, appesantie de touffeur, le chœur nocturne des soupirs de la femme et des siens rivalisait avec celui de la nature matutinale, éclatante dans son énergie. Un matin, alors que la jeune fille, seins offerts à ses mains et à sa bouche, telle une suivante de la déesse Ganga, gémissait, son sari bleu descendu sur son ventre, des chauves-souris quittèrent le temple en battant bruyamment des ailes. Aventino fut surpris mais continua de prodiguer ses caresses. La jeune femme, sans que son désir en fût affecté, murmura à Aventino de poursuivre son travail :

– La chauve-souris est pour nous signe de longévité et de bonheur. Continue de m'en donner, mon ami, de ce bonheur fou, avec ta langue et tes doigts. Je t'en supplie.

Un après-midi, bien longtemps après que la troisième récolte eut lieu, alors que la mousson de juin avait cédé la place au soleil de septembre, puis aux premiers froids de novembre qui commencent d'endormir les théiers, survint un étrange événement. Lors de la fête des lampes, les Indous mettent chaque soir des lanternes de papier allumées devant les portes de leurs maisons ou au bout de longues perches plantées dans les rues. Principalement destinées à honorer le feu, elles durent plusieurs jours. Aventino et la *rajkumari* avaient convenu qu'il était trop dangereux de poursuivre leurs rendez-vous alors que les lanternes illuminaient toute la ville, et qu'il était préférable d'attendre qu'elles se fussent toutes éteintes pour retrouver à nouveau la route du temple. Le jour tant attendu était enfin arrivé. Ce matin-là, Aventino s'était levé très tôt. Les pentes gazonnées qui prolongeaient la terrasse devant sa chambre, couvertes de gelée blanche, scintillaient sous les rayons du soleil levant. « Cette fois, c'est bien l'hiver, se dit Aventino, ajoutant : mais pour moi, il ne sera ni long ni rigoureux. » Pour la première fois depuis longtemps, l'équipe de la plantation était au complet. Percy et Moodajee avaient rejoint le Chinois et Aventino à Dibrougarh. Lorsque le serviteur frappa à la porte de sa chambre, Aventino pensa qu'il ne pouvait s'agir que d'un envoyé de la *rajkumari* qui lui confirmait l'heure du rendez-vous. Il n'en fut rien. L'homme, encore plus impénétrable que les fois précédentes, se contenta de dire que la *rajkumari* était retournée à Dhoubri. La première réaction d'Aventino fut d'envisager un départ immédiat pour Dhoubri. Mais c'était pure folie, car la jeune femme qui avait toujours décidé du lieu et de l'heure des rendez-vous, comme de la localisation des caresses, n'accepterait jamais de sa part une telle audace. De plus, alors qu'il regardait la terrasse, Aventino constata que des gardes armés y avaient été placés. Il passa la journée à tenter de trouver une explication à ce départ précipité. Il n'en voyait aucune, et cela le mettait à la torture. En fin de journée, le même serviteur lui remit une lettre cachetée. Elle venait d'Italie. Aventino l'ouvrit. Datée du 12 septembre 1801, elle était signée Maria Galante, et écrite sous « *le coup de l'affreuse nouvelle* ».

Victorieuse au-dehors, la France avait fait la paix avec le continent, et signé une alliance avec le Nord et le Midi de l'Europe contre l'Angleterre. Le siège de Gênes terminé, la cour de Rome négociait à Paris l'arrangement des affaires religieuses, la cour de Naples traitait également de la paix, et puisque l'Autriche n'avait pas rétabli le roi de Sardaigne sur son trône, le Piémont restait à la disposition de la France. Voilà, le grand drame : le 11 septembre 1801, Buonaparte l'avait annexé ! Pire, les Cisalpins, appelés à Lyon, avaient reçu une constitution, se faisaient désormais appeler République italienne, et venaient de proclamer Buonaparte président pour dix ans ! Maria Galante ne savait plus que faire. À la fin du siège de Gênes, elle avait fini par soigner des malades au palais du doge transformé en hôpital. « *Sous les longues colonnades, les portes immenses et les marbres de couleur* », elle s'était occupée d'une partie des mille deux cents hommes et femmes, atteints de blessures ou de fièvres. « *J'ai vraiment cru voir la mort errant au milieu de ces pauvres gens, et frappant de tous côtés, au hasard, avec sa faux invisible*, écrivait-elle. Ajoutant : *Aventino, j'ai fermé en si peu de jours les yeux de tant de mourants, enfants, vieillards, femmes sans mari, fils sans père...* »

Aventino se sentit accablé. Fallait-il voir un lien de cause à effet

entre l'arrivée de cette lettre et le départ précipité de la *rajkumari* ?
Non, évidemment. Aventino commençait de trouver que son séjour
aux Indes transformait singulièrement son regard sur la vie. Il fallait
qu'il prenne garde : la raison perdait du terrain au profit de la
magie, de l'intuition, des concordances étranges, des liens secrets.
Et puis, c'était la première fois, depuis son départ d'Italie, qu'il
repensait avec autant d'intensité à Maria Galante. Il se souvenait
parfaitement comment ce météore était apparu dans sa vie, tout
soudain, et qu'il en avait eu la tête tournée. Avec son jolie petit
visage aux traits si réguliers, ses cheveux bien coiffés, sa tunique de
mousseline fort décolletée, ses bras et ses épaules nus. Elle lui était
immédiatement apparue dans toute sa jeunesse épanouie, presque
agressive et très radieuse. Tout de suite, il avait été sous le charme,
envoûté par son esprit qui ajoutait, sans appuyer, au jeu de sa phy-
sionomie tout entière. Et aujourd'hui, bien des années plus tard,
dans sa chambre du bout du monde, sur les rives du Brahmapoutra,
c'était comme si la même histoire se répétait. Il retombait amoureux
de la jeune femme. L'image de la *rajkumari* ne s'effaçait pas pour
autant, mais se superposait à elle. Cette fois-ci, Aventino ne pourrait
pas cacher la lettre d'Italie à Percy. Tout cela était si préoccupant
et si mystérieux... À commencer par ce *post-scriptum* qui était comme
un appel au secours : le retour des Français avait mis la jeune femme
dans une position difficile. Caterina Grassini, qui n'avait jamais
professé un amour immodéré pour les jacobins, avait fini par jeter
dehors la Lucia, qui s'en était plainte à son policier de Lodovico
Cernide. Les deux bannis étaient revenus une nuit à Gênes et
avaient hurlé sous les fenêtres du *casino* qu'ils se vengeraient et
« viendraient faire bouffer leur merde à la grosse Caterina et à ses
putes » !

41

– Pᴀᴜᴠʀᴇ Italie ! ne cessait de répéter Percy, tandis qu'Aventino lui relisait les passages de la lettre de Maria Galante consacrés au retour des Français.

Assis à l'entrée de la serre, à l'endroit exact où la *rajkumari* lui avait donné rendez-vous la première fois, Aventino, qui avait eu le temps de s'habituer au contenu de la lettre, était préoccupé par une autre question.

– Comment est-elle parvenue jusqu'ici ? C'est tout de même mystérieux, non ?

Percy haussa les épaules :

– Mais il n'y a là aucun mystère. Ce sont les Indes qui te tournent la tête !

– Alors quelle est ton explication ?

– C'est moi, dit Percy, satisfait.

– Comment c'est toi ?

– Maria Galante ne voulait pas te perdre de vue. Elle savait que nous allions aux Indes. Je lui ai indiqué la marche à suivre. Les bateaux, les comptoirs, les relais militaires et religieux.

– Alors, c'est toi ! Tu aurais quand même pu me le dire et m'épargner toutes ces heures à me demander...

– Il y a toujours une explication à tout, mon ami.

– C'est curieux, je pense de plus en plus le contraire. Je trouve qu'il y a de moins en moins d'explications, rationnelles, raisonnables... Plus j'avance dans la forêt de la vie, plus elle devient obscure.

– Tu bois trop de thé noir !

– Le thé est une merveille. Sans toi, je n'aurais jamais découvert cette richesse... Cette volupté de l'âme et du palais.

– Le thé, c'est surtout du commerce. N'oublie jamais ça. Le thé, c'est de l'argent, des hommes et du travail.

– C'est une philosophie, une quête...

– Une fois versé dans ta tasse, mais avant ? Avant, il y a une région, l'Assam, dépeuplée par les guerres internes et les invasions birmanes. Avant, il y a la jungle à défricher, des gens qui crèvent d'épidémies et de malaria, une main-d'œuvre qui ne veut travailler que sur des plantations proches des villages, et qui répugne à se déplacer.

– Tout de même, ces Indous...

– Tout de même, quoi ? Je les vois tous les jours, ces gens qui ne travaillent que lorsqu'ils sont poussés par des besoins précis : veille d'un mariage, dettes à honorer, buffles à acheter. Et qui, de plus, sont indolents et affaiblis par l'opium.

– Qui leur a fourni ? Sois honnête : qui leur a fourni ?

– Allez, ils ne nous ont pas attendus. On va finir par devoir introduire une race supérieure d'ouvriers qui ne travailleraient pas seulement pour eux-mêmes mais qui encourageraient leurs femmes et leurs enfants à faire de même, en cueillant et en classant les feuilles. C'est ce que pensent les Anglais.

– Et tu leur donnes raison, évidemment ?

– Bien sûr ! Une plantation, ce n'est ni une fumerie d'opium ni un salon de thé. Il va donc falloir, oui, importer une main-d'œuvre d'autres régions des Indes.

Aventino était atterré.

– Mais ce n'est pas possible, Percy. On ne peut pas déplacer des gens aussi facilement.

– Les Anglais ont bien fait venir des cultivateurs chinois...

– Nous n'avons pas le droit.

– Et qui récoltera notre thé ? Toi, moi, le Chinois, Moodajee ? Je me demande parfois si tu ne ferais pas mieux de retourner en Italie.

– Je n'en ai nullement l'intention.

– Évidemment, tu as trop à faire avec les jeunes pousses...

– Qu'est-ce que tu veux dire ?

– Ne te fâche pas. Tu crois que je ne suis pas au courant, peut-être... Elle est comment la fille du maharajah ? Elle est aussi *buona* qu'elle en a l'air ?

Aventino se leva, prêt à frapper son ami. Celui-ci l'arrêta. Les deux hommes étaient face à face.

– De toute façon, votre histoire est terminée, non ?

– Pourquoi ? demanda Aventino, inquiet. Encore un mystère ? Que sais-tu ?

– Écoute, répondit Percy, presque satisfait de lire la souffrance dans les yeux de son ami, il n'y a là aucun mystère. Le maharajah est reparti à Dhoubri pour marier sa fille.

Aventino, soudain très pâle, quitta Percy et s'enferma dans sa chambre.

Aventino tournait et retournait dans tous les sens le morceau de papier plié qu'il venait de trouver sur sa natte multicolore. Il ne comprenait plus rien. Pour la première fois, depuis leurs jeux nocturnes, le poème évoquait très clairement le corps : « *Les chrysanthèmes ont fleuri/ leur ombre glisse/ Tout au long du jour/ la nuit, mon corps s'enflamme.* » Mais, peut-être, en effet, la *rajkumari* n'était-elle pas l'auteur de ces mots, et il lui fallait alors dissocier ce qu'il vivait avec elle de ces mystérieuses missives... Aurait-il jamais, un jour, la solution de l'énigme ? Car enfin, quelqu'un était bien l'auteur de ces poèmes ? Quelqu'un avait bien écrit et plié avec soin ces petits papiers qui lui étaient destinés ?

Dans les jours qui suivirent, les premiers grêlons annonciateurs de la mousson tombèrent sur Dibrougarh. Ils faisaient sur les toits du palais un bruit de tambour, et si tous ses occupants en concevaient une vague inquiétude, Percy, Aventino, Moodajee et le Chinois se sentaient particulièrement concernés. Ils savaient qu'en quelques minutes, la grêle pouvait ravager tous ces mois de travail passés au service de la plantation. Personne ne pouvait leur dire quand commencerait et quand finirait un orage, s'il était général à toute la vallée ou localisé à la seule ville de Dibrougarh, et s'il tonnait au-dessus de Lakhinpour... Régulièrement, en cette saison, une dépression se formait des bouches du Gange aux régions inexplorées, terres des Loutze et des Michmi. Poussée par des vents d'une puissance extraordinaire, elle venait buter contre les flancs de l'Himalaya, déversait des fleuves d'eau sur les vallées et revenait, épuisée, sur la plaine qu'elle inondait à son tour. Angoissés, les quatre hommes étaient sortis regarder le ciel le calme revenu. Les gros nuages noirs repartaient vers Jorehaut. Les plantations étaient momentanément sauvées...

Cette frayeur quotidienne était désormais le lot de Percy et d'Aventino, créant entre eux et la terre d'Assam un lien particulier. Certes, les vignes de Cortanze avaient aussi donné, autrefois, à Aventino, de terribles frayeurs. Elles avaient échappé plusieurs fois au phylloxéra et à certaines grêles de printemps qui avaient ruiné bien des vignobles de la région d'Asti, mais jamais il n'avait éprouvé un tel sentiment d'impuissance. Toute cette entreprise était si friable, si fragile. Le théier, semé en pépinières, puis repiqué au bout de trois ans, ne produirait un thé digne de ce nom qu'au bout de huit ans. Les arbres sauvages trouvés dans les forêts d'Assam étaient pour la plupart vieux, fatigués, rabougris, trop grands, en lutte permanente avec les autres arbres qui les étouffaient. Et la tentation, pour des producteurs soucieux de développer rapidement et massivement des jardins, aurait été d'importer des thés chinois, qui se seraient adaptés très vite dans les zones non inondées, sur les vastes terrasses alluviales ou sur les petites collines de la rive nord du Brahmapoutra. Le Chinois avait d'ailleurs laissé entendre que plusieurs années auparavant des Anglais avaient envisagé l'acclimatation des plants de la province de Fou-Kien.

À plusieurs reprises, Aventino avait éprouvé la curieuse sensation d'être prisonnier d'une région qui lui échappait et de coutumes par trop éloignées des siennes. Dans le même temps, il se sentait comme libre de se mouvoir, dans sa curieuse prison, comme libre de penser autrement, avec plus de force et de liberté que jadis. Mais cette liberté était perturbante, inconfortable. Lui qui ne se plaisait au fond que dans la compagnie des femmes, était exclusivement entouré d'hommes et vivait dans une société où ne régnaient que virilité et recherche du pouvoir. Parmi tous ces hommes qui voulaient faire, paraître, prouver, que faisait-il, lui qui ne voulait qu'être ? Le thé était-il seulement une voie de traverse provisoire ou bien plus ? En se plongeant dans l'univers du thé, dans ses caractéristiques et ses fragilités, dans sa mystique, dans ses beautés et ses faiblesses, il continuait pour l'instant de tenir le cap de sa vie. La feuille de thé lui permettait d'accepter les orages de grêle, les vents furieux venus du Gange, les torrents destructeurs des moussons successives qui revenaient avec la régularité de l'horloge. Il vibrait même aux questions que lui posaient les théiers. Ces feuilles, si petites, donneraient-elles, comme il l'espérait, des liqueurs très aromatiques ? Ces pousses résisteraient-elles au froid ? Avait-il eu raison de tenter ces plantations en haute altitude ? Cette race à grande feuille, qu'il recherchait avec Percy, et qu'ils opposeraient aux théiers de race chinoise, donnerait-elle des liqueurs plus puissantes et à corps ? Ces arbustes, plus jeunes, moins hauts, taillés, résisteraient-ils aux fortes pluies ? Autant de questions en nombre infini qui resteraient peut-être sans réponse.

Le thé était devenu, au fil des saisons, une sorte de poésie et de musique. Les mots qui le définissaient avaient acquis un sens nouveau, plus élevé, plus lyrique, comme un opéra. « Propagation végétative », « arbre mère », *first flush,* « note verte », « note fruitée », « note de muscat », ne désignaient plus rien en particulier mais écrivaient une musique générale, une musique de mots ; et Aventino vivait dans cette musique. Comme dans toute musique, il y avait en elle un extraordinaire pouvoir d'attraction, une force qui vous envoûtait et vous immobilisait. Certaines sonorités, si puissantes, si suggestives, forcent soudain celui qui marche et qui les entend à s'arrêter. La magie propre à la musique exerce particulièrement sa domination, dit-on, sur les âmes sensibles et les animaux... Aventino se souvenait avoir lu dans des gazettes françaises que deux éléphants du Jardin des Plantes de Paris réagissaient différemment selon qu'on leur jouait des airs enthousiastes ou tristes. Ne disait-on pas que les poissons se rapprochaient de la rive où jouait un musicien, et que les vers à soie, qui mouraient en grand nombre quand éclatait le tonnerre, restaient en vie si l'éleveur leur jouait du violon pendant la durée de l'orage ? Aventino était comme ce tigre qui, dit-on, écoutait en extase, depuis la forêt, les concerts donnés au palais du maharajah, jusqu'au jour où, n'y tenant plus, il sauta par-dessus la muraille, traversa les jardins, et se précipita à travers les appartements jusqu'au salon, pour être plus près des musiciens ! Le thé était cette musique, et son pouvoir magique ne pouvait être mis en doute. Aventino en était prisonnier comme le sont les soldats rendus courageux par les fifres et les tambours qui les accompagnent au combat. Aventino savait qu'il lui faudrait donc un événement particulier, une brèche, une faille pour sortir de cette fascination que le thé exerçait sur lui.

Il survint de manière tout à fait inattendue. Aventino était seul dans sa chambre. Il allait reposer sa tasse de thé sur un plateau lorsque celle-ci glissa de la soucoupe. Voulant la rattraper, il la projeta vers le sol sur lequel elle vint se briser en une multitude de petits morceaux. Il contempla un instant les éclats de porcelaine qui jonchaient les carreaux de faïence. Ils dessinaient comme une carte nouvelle, un pays qu'il devrait désormais explorer. En épousant l'horizontalité du sol, la forme et la fonction de la tasse, certes, avaient changé, mais c'était plutôt sa vie à lui qui lui apparaissait sous un nouveau jour. La tasse devrait se plier à une autre vie. Elle n'était pas devenue inutile mais différente. Tout comme Aventino. Percy qui entrait à ce moment-là dit : « Tu casses la vaisselle du maharajah, maintenant ? » Aventino ne répondit pas. Il pensa : « la tasse est là, différente, mais toujours là, comme moi. » La mousson allait lentement s'installer. Cela faisait plus de trois ans qu'Aventino avait quitté l'Italie.

C'était le mois de mai, la saison où éclatent le rose clair et la tendre verdure des feuilles nouvelles. C'était un mois d'attentes. Lors de leurs nombreux voyages entre la jungle et la ville, Moodajee et Aventino parlaient beaucoup. Moodajee comprenait bien des choses de la vie d'Aventino, mais sans jamais rien laisser paraître.

Ainsi un jour lui parla-t-il de la douleur de la séparation qui ne peut être évitée que par un mouvement parallèle :

– Si deux coureurs veulent atteindre le même endroit au coucher du soleil afin de s'y reposer de concert, ils doivent avancer du même pas. Si l'un est lent et l'autre rapide, l'échec est au bout de leur course.

Aventino n'était pas sûr de comprendre ce que Moodajee voulait lui dire.

– La nuit tombe, inexorablement, précisa Moodajee, aucune prière ne peut retarder sa venue.

Aventino ne comprenait toujours pas.

– Les coureurs doivent se tenir par la main et accepter qu'il est des ombres où ils pourraient se perdre...

– Des ombres où les appels restent sans écho et où la solitude est éternelle ?

– Vous vous sentez très seul, n'est-ce pas ? demanda Moodajee.

– En vérité, oui, dit Aventino.

– Et pourtant vous vous êtes trouvé ?

– Oui, mais dans une grande solitude.

– Alors allez voir le *mouchi*, demandez-lui de peindre le portrait de la femme qui vous fait vous sentir si seul.

– Le *mouchi* ?

– Oui, le peintre du palais. Il copie, peint d'après modèle ou de mémoire.

Le lendemain, Aventino alla voir le *mouchi*. Celui-ci hésita. Pourtant Moodajee avait bien certifié à Aventino que cet artiste était capable de telles prouesses qu'il était ensuite impossible au propriétaire du tableau de trouver la moindre différence entre l'original et la copie, « même les experts s'y trompaient ». L'extraordinaire, c'était que le peintre était capable d'opérer le même prodige rien qu'en se concentrant sur une personne dont on lui demandait d'exécuter le portrait, sans même la voir. Aventino lui demanda un portrait de la femme « qui le rendait si heureux et si malheureux » et lui parla de Maria Galante. Cette fois-ci, cela semblait plus complexe que d'ordinaire, plus risqué. L'artiste demanda un délai d'un mois. À l'expiration du terme, Aventino revint. Le tableautin était terminé, et Aventino était à ce point troublé qu'il n'osait y toucher, encore moins le prendre, ou le rapporter dans sa chambre. Le tableau représentait Maria Galante, habillée à l'indoue et ressemblant étrangement à la *rajkumari*.

– À quoi t'attendais-tu ? dit Percy. Tu as demandé à cet homme de peindre la « femme qui te rendait heureux et malheureux ». C'est un peintre de cour. À ses yeux n'existe qu'une seule femme :

la fille du prince. Mais faire son portrait, c'était signer son arrêt de mort, alors il utilise ce qu'il a senti en toi de la femme italienne dont tu lui as parlé. Il t'a vendu deux femmes pour le prix d'une !

Percy parti, Aventino resta des heures à contempler l'étrange portrait, muet d'admiration et de crainte, n'osant même pas bouger de sa chambre. Il se sentit soudain si seul. Maria Galante était en Italie, autant dire à l'autre bout de la terre, survivant il ne savait comment et peut-être loin de Gênes. Quant à la *rajkumari*, elle vivait, déjà mariée sur d'autres rives du Brahmapoutra, et sans doute ne la reverrait-il jamais... Il eut la tentation de jeter le portrait ou de le brûler, enfin de s'en séparer pour toujours mais il n'en eut pas la force. Il finit par l'enfermer dans un tiroir. Puis, plongé de nouveau dans les obligations du thé, il l'oublia. Rythmée par les étapes successives des fêtes assamaises, l'année s'écoula. Elle était primordiale pour le développement de la plantation. Cette fois, toute l'attention avait été portée à la taille des théiers. Cette opération, délicate entre toutes, était garante d'un avenir sombre ou radieux. Une bonne taille maintenait le théier dans une phase de végétation optimale permanente et stimulait la rapidité de croissance des pousses du buisson. Mais elle activait aussi l'élimination des branches qui se gênaient en se frottant, éliminait celles qui étaient mortes, et permettait de maintenir la cueillette à une hauteur raisonnable, ce qui facilitait le travail des cueilleurs. Cette phase de mise en harmonie de la plante et de régénération était primordiale. C'est sur elle que portèrent tous les efforts de Percy et d'Aventino.

Jusqu'à présent, tout avait marché selon le plan fixé par Percy, qui n'avait pas hésité, devant le succès de son entreprise, à ouvrir une nouvelle plantation d'observation dans un site très hostile. Ce qui avait le mérite de laisser croire que sa mise en valeur serait impossible, et donc de la protéger des regards indiscrets. La seule zone d'ombre était liée au problème de la main-d'œuvre de plus en plus insuffisante. Percy, avec l'aide de petits profiteurs locaux peu scrupuleux, avait eu l'idée de faire venir des travailleurs du lointain Teraï, et de Kotch Behar. Obligés à d'interminables trajets dans des conditions désastreuses, les coolies ainsi recrutés étaient arrivés totalement épuisés. Certains même étaient morts en route.

– Avec une main-d'œuvre suffisante, on pourrait doubler la production ! rageait Percy.

– Mais des hommes sont morts ! fit amèrement remarquer Aventino.

– Tu ne veux pas comprendre ! La plantation fait trente hectares, et on travaille actuellement sur moins de dix !

– Nous ne sommes pas venus ici pour...

– Justement, je me demande pourquoi tu es venu ! Dans moins de quatre ans la plantation aura doublé de superficie, la spéculation va fondre sur l'Assam...

– Notre objectif n'est pas de...

– Notre objectif est d'assurer une prospérité à long terme par des résultats immédiats que nous n'obtiendrons jamais sans une main-d'œuvre nombreuse, hommes, femmes et enfants !

– Tu ne feras jamais travailler les morts !

– Si nous n'y prenons pas garde dès maintenant, nous serons mis à la porte par plus puissants que nous, qui ne feront pas la différence entre un plant de thé et un chou, mais qui auront cent fois plus de moyens que nous et mille fois moins de scrupules ! Ce ne sont pas quelques morts...

– Un mort est un mort, que cent caisses de thé ne ramèneront jamais à la vie ! J'ai bien peur que nous n'ayons mis le doigt dans un engrenage terrible et meurtrier, une ruée sauvage, une fièvre folle de spéculation sur des capitaux. J'ai honte, Percy !

– Il fallait y penser avant, monsieur le Marquis.

Cela faisait longtemps que Percy n'avait pas utilisé son titre pour se moquer d'Aventino. Moodajee et le Chinois, présents, restaient muets, ne voulant nullement intervenir dans une querelle opposant deux Européens venus se perdre aux Indes. Avant de quitter la case pour rejoindre les coolies qui étaient en train de déplacer le bois accumulé par les lourdes chutes de pluie, Percy se planta bien en face d'Aventino et lui dit :

– Tu peux toujours quitter le navire !

Puis, lui tournant le dos, il regarda la toise des précipitations d'eau. Après avoir demandé à Moodajee de venir le rejoindre, il lui lança :

– 1,40 mètre de moyenne annuelle pour l'instant, vivement la saison froide !

Cela faisait plus d'un mois, maintenant, que Percy et Aventino ne s'étaient pas parlé depuis leur violente dispute dans la jungle. Quant à la *rajkumari*, Aventino essayait d'y penser moins souvent. Les petits papiers pliés avaient, eux aussi, semblait-il disparu de son existence. Les lettres de Maria Galante rapportaient des événements si éloignés de sa réalité assamaise, et qui avaient eu lieu pour certains plus d'un an auparavant, qu'il avait beaucoup de mal à les mêler à sa vie quotidienne. Ne restait en somme que la petite nostalgie liée aux missives d'une femme lointaine tenue autrefois dans ses bras. La vie continuait donc, avec ce souci majeur : le désaccord entre lui et son compagnon ne pouvait persister plus longtemps. Leur survie et celle de la plantation en dépendaient. Un événement imprévu les rapprocha, les contraignant à se reparler.

L'avant-veille de ce matin de juillet, Aventino était passé par un autre chemin que celui qu'il empruntait d'habitude pour revenir de la zone de plantation dans laquelle quatre cents des seize mille théiers seraient marqués et deviendraient des arbres-mères. Non loin du banian qui marquait le dernier virage avant la route qui menait au palais du maharajah, il s'était retrouvé nez à nez avec un pendu. Il s'était approché, avait regardé le cadavre se balançant au bout de la corde, puis avait hâté le pas. Que pouvait-il faire ? Deux jours plus tard, par une espèce d'attirance morbide, il était repassé au même endroit. Le pendu y était toujours. Alors qu'il le dépassait, il avait entendu derrière lui une sorte de grognement, à la fois plaintif et menaçant, un son inarticulé qui pouvait tout autant provenir d'une gorge humaine que de la gueule d'un porc qu'on égorge. Il avait opté pour le porc, s'était retourné mais n'avait rien vu. Il s'était alors mis à marcher plus vite et avait éprouvé tout à coup une sensation étrange, comme si une main humide lui effleurait légèrement le cou. Il en avait éprouvé une telle répulsion qu'il s'était mis à courir. Percy, Moodajee et le Chinois étaient en train de réfléchir à la confection de corbeilles et d'emballages provisoires ainsi qu'à l'utilisation de bassines en fonte d'un diamètre plus important, et cette fois scellées sur un fourneau en maçonnerie, pour « échauffer » les feuilles de thé. Il semblait si pâle et si défait que Percy lui-même, oubliant leurs différends, lui demanda des explications. Aventino raconta son histoire. À mesure qu'il avançait dans son récit, Moodajee blêmissait. Un homme de la plantation, qui était récemment passé devant ce même pendu, avait été pris d'une fièvre subite. Saisi de vomissements, il était mort dans la nuit !

– C'est ça, dit Percy, vous allez nous faire croire que sa mort doit être attribuée aux pouvoirs maléfiques du pendu !

– Je le croirais volontiers, répondit Moodajee.

– Dans ce cas, je suis moi aussi passé sur le petit chemin près du banian et aucune main humide ne m'a touché le cou !

– Quand, exactement ? demanda Moodajee.

– Il y a deux jours, dit Percy.

– Le même jour que moi ? dit Aventino.

– Oui ! Et je suis toujours en vie !

– Quand l'homme est-il mort ? demanda Aventino.

– Il y a cinq jours, dit Moodajee.

– Alors, nous sommes tranquilles ! lança Percy.

Moodajee posa les larges feuilles de papier sur lesquelles étaient dessinés les plans des châssis à roulettes, sur lesquels seraient posées les nouvelles bassines de fonte, et des châssis de bambou à claire-voie pour placer les corbeilles.

– L'état de celui qui est mort commence par une période de sommeil dont la longueur varie. Ce pendu a commencé par dormir. Puis il s'est réveillé. C'est là qu'il est devenu redoutable, et que le caractère profond de sa nature a pu se manifester. Notre planteur en est mort.

– Et nous alors ? demanda Aventino.

– Vous êtes en sursis. Quand vous êtes passés, le « mort » était en train de somnoler ou particulièrement inattentif...

Percy se départit de sa superbe et manifesta de l'inquiétude :

– Croyez-vous qu'il y ait un réel danger, Moodajee ?

– Le danger est dans la crainte. Le plus grand danger de la magie est d'y croire.

– Il y a des jours où je regrette de ne pas être un paisible épicier génois, préoccupé uniquement par la qualité de son huile et l'état de ses réserves de sucre !

– Et qui laisse les pendus envoûtés aux autres, à ceux qui vont chercher fortune aux Indes, ajouta Aventino.

Moodajee était très sombre.

– Nous ne sommes pas morts ! dit Percy. Voilà, c'est fini. Vous dites vous-même qu'il ne faut pas y croire !

– Non, ce n'est pas « fini » dit Moodajee. C'est un présage. Ça ne va pas s'arrêter là. Il faut s'attendre au pire.

42

—C'EST un simple moucheron ! dit Percy.

— Aussi léger qu'un cil, ajouta le Chinois.

— Avec ses ailes argentées, il a l'air si innocent, fit remarquer Aventino.

Moodajee leur montrait les insectes posés sur les parois grillagées de la salle de réception du palais du maharajah. Il était très énervé :

— Ça fait des années que les Anglais occupent les Indes et y font ce que bon leur semble. Maintenant, ils vont nous expliquer d'où vient le kala-azar !

— Le kala-azar ? fit Aventino, interrogatif.

— Oui, le « mal noir », l'épidémie..., dit Moodajee. Ils prétendent que c'est à cause de ces moucherons !

— Les chirurgiens civils et militaires de l'*Indian Medical Service* sont des espions, c'est tout. Voilà presque trente ans qu'ils nous rôdent autour, du matin au soir, marmonna le Chinois.

— Pourquoi ? Le kala-azar n'existe pas ? demanda Percy.

Moodajee regarda le sol, puis releva la tête, l'air soucieux :

— Ça a commencé à Mohamedpour, à une cinquantaine de kilomètres de Jessore. Un peu avant que vous n'arriviez. Les gens sont morts les uns après les autres.

— Ils prennent un teint gris terreux, leur chair part en lambeaux, leurs veines abdominales font saillie sur leurs corps décharnés, dit le Chinois.

— On dirait d'énormes bambous bleus...

— Puis vient la dysenterie ou une pneumonie...

— En quelques jours, tout est fini !

— Quand le « mal noir » progresse, il peut envahir une région entière en moins d'un an.

– Et avant Mohamedpour, il n'y avait eu aucune alerte ? demanda Percy.

– En fait, dit Moodajee, tout a commencé à Dakka. Un bateau chargé d'une cargaison de riz est arrivé un jour. Cela faisait plus de six mois que les membres d'équipage souffraient d'une fièvre qui allait et venait. Les hommes étaient épuisés. Ils devaient pousser leur bateau avec des perches, le tirer avec des cordes sur le chemin de halage. Ils sont tous morts avant d'arriver.

– Le bateau s'est arrêté à Jageer, ajouta le Chinois. Au bout de deux ans, toute la population a disparu. Aujourd'hui la ville ne figure plus sur aucune carte de la région.

– Si le moucheron n'y est pour rien pourquoi s'inquiéter ? demanda Aventino.

Moodajee devint sombre :

– Vous vous souvenez du pendu. Il voulait nous prévenir d'un danger.

– Peut-être devriez-vous retourner dans votre pays pendant qu'il en est encore temps, dit le Chinois.

– Pas avant que nous ayons atteint notre but, dit Percy.

– Il a raison, ajouta Aventino qui comprit en disant cela combien l'amitié qui le liait à l'aventurier génois était forte malgré leurs différences. Je reste.

– La fille de Susheela est morte, dit Moodajee, insistant.

– Je ne connais pas la fille de Susheela, fit remarquer Percy.

– Elle avait six ans. Susheela travaille à la plantation. C'est elle qui a eu l'idée de doubler de papier les corbeilles à sécher le thé afin qu'elles conservent mieux la chaleur.

– Celle qui ne quitte jamais ses bijoux ?

– Oui, celle qui vient de Bhagalpour... La fillette a commencé par maigrir, sa peau a viré au gris, ses cheveux sont devenus cassants, son corps s'est couvert d'ulcérations sanguinolentes, son foie a doublé de volume. Une nuit, elle s'est mise à tousser et à suffoquer. Le matin elle était morte.

– Le petit corps sur une planche, recouvert de tissu et orné de soucis, c'était elle ? demanda Aventino.

– Oui, celui que nous avons croisé en revenant de la plantation. Le corps a été livré aux flammes hier sur la rive du Brahmapoutra.

– Bien, et maintenant ? demanda Percy. Kala-azar ou pas kala-azar, moucheron ou pas, que voulez-vous que nous fassions, nous n'allons tout de même pas laisser les théiers mourir sur place !

– Il n'y a pas que les théiers qui risquent de mourir sur place, monsieur Gentile, dit Modajee.

C'était l'époque de la troisième récolte. Dès les premiers jours de septembre, le soleil était revenu, les vents s'étaient rafraîchis, et la cueillette de la *third flush* pouvait avoir lieu. C'était la plus abondante, la moins prestigieuse et la plus difficile à contrôler. Mais depuis que la plantation existait, c'était la première qui permettrait de comparer les feuilles émanant des boutures, celles des arbres taillés et celles des théiers sauvages qu'on avait essayé de sauver. Pour la première fois aussi, des caisses pourraient être préparées et, pourquoi pas, expédiées en Europe. La question primordiale était donc dans l'immédiat celle de la récolte. Dans quelques semaines tout serait joué.

Tandis que les coolies et les cueilleurs s'affairaient, le « mal noir » se mit soudain à progresser rapidement. Les villages étaient attaqués les uns après les autres. Un signe terrible, qui ne trompait pas, avait vu le jour : à la fin de la saison des pluies, les villages proches de Bhagalpour, dans le Bengale, la ville de Shusheela, justement, venaient de connaître un peu plus de fièvres et de décès que d'habitude. La population, dans un premier temps, ne s'était pas alarmée. Mais lentement, d'autres foyers étaient apparus, à Maldh et à Bogra. Stoppée avec l'hiver, la maladie avait repris avec la mousson. Dans les villages touchés, rares étaient les familles dans lesquelles il restait une personne indemne pour s'occuper des malades, et le kala-azar, cette mystérieuse maladie, remontait lentement vers l'Assam. Les Anglais, si fiers de leur système judiciaire et de leur gouvernement, étaient en train de couvrir les Indes de routes et les fleuves de bateaux qui étaient autant de moyens efficaces pour favoriser la propagation des maladies infectieuses. C'était étrange de penser que les caisses de riz, de lentilles, de cotonnades, et les marmites de Manchester, permettaient, autant que les flaques d'eau des chemins nouveaux ouverts dans les jungles et les brousses, la propagation phénoménale du « mal noir ». Dans la région, les morts commençaient de se compter par dizaines. Et parfois, le long de la plantation, on ne savait plus si les fumées qui montaient vers le ciel provenaient des fours qui séchaient les feuilles de thé, ou des bûchers funéraires.

– Les rois et les hommes d'État ont la prétention de gouverner le monde, faisait remarquer Moodajee. Mais qu'ils regardent en eux, ils seront obligés de s'avouer qu'ils ne savent pas se gouverner eux-mêmes !

– Vous croyez vraiment à la puissance de mort du kala-azar ? dit Aventino.

– Elle est immense. Et ils ne pourront rien. Le vrai pouvoir est aux mains de l'homme qui a pénétré jusqu'aux replis profonds de son âme, et nous en sommes loin...

– Vous voulez dire qu'un savant qui a passé sa vie à amasser de la connaissance sera contraint de baisser honteusement la tête quand on lui demandera s'il a résolu le mystère de l'homme ?

– Évidemment. Aura-t-il seulement compris son propre mystère ?

– Vous pensez que Percy et moi sommes venus mourir ici, et que nous ne le savons même pas ?

– À quoi bon connaître ce qui se passe hors de nous si nous sommes dans l'ignorance de ce qui se passe en nous et de ce que nous sommes ?

– Vous ne répondez pas à ma question...

– Parce qu'il est des questions sans réponse.

Le lendemain, un événement survint, auquel personne ne s'attendait. Le kala-azar ayant franchi la muraille du Brahmapoutra à Dhoubri, le maharajah et sa suite avaient décidé de venir s'installer provisoirement à Dibrougarh.

Aventino avait ressorti le petit tableau de sa cachette et le regardait avec intensité. Quant aux petits papiers pliés, il ne cessait de les manipuler, de les caresser de ses doigts, d'en respirer le parfum ; il en connaissait les textes par cœur. Ce n'était même plus de la rêverie mais de l'envoûtement. Les mots étaient devenus des signes kabbalistiques, des indices visuels, des pistes à découvrir. Tout lui revint du corps de la *rajkumari* qu'il avait si avidement parcouru sans jamais en ouvrir la porte sacrée, car tel avait été leur pacte. Franchir ce seuil serait une ultime étape qu'il fallait constamment différer. Plusieurs semaines durant le maharajah et sa suite furent invisibles, tout comme furent invisibles la jeune mariée et son mari. Chaque matin, il pensait la voir se promener sur la terrasse. Chaque après-midi, il espérait l'apercevoir sortant de la serre. Chaque soir, il écoutait, dans les couloirs et les salles du palais, les moindres bruits susceptibles de lui évoquer sa présence, et de le rassurer. Alors, il aurait pu se murmurer en lui-même : « Elle est bien là. Je l'ai aperçue, j'ai entendu sa voix, j'ai reconnu ses pas légers sur le sol. » Mais rien. Le temps passait et pas la moindre trace, pas le moindre indice de sa présence pour l'aider à maintenir son espoir en vie.

Alors que cette attente, de plus en plus vaine, le rongeait chaque jour davantage, une dame de compagnie de la *rajkumari* frappa une nuit à sa porte. Elle semblait apeurée. Il fallait faire vite. Ne pas être vue. Elle risquait sa vie, lui aussi. Un rendez-vous lui était fixé, le lendemain soir, dans une sorte de pavillon de chasse situé à l'est de Dibrougarh. Un serviteur viendrait le chercher pour l'y conduire. L'endroit était plein de marécages et d'étangs fréquentés par quantité de serpents et de crocodiles. Aventino avait souvent entendu parler de ces terres visitées par les affluents épisodiques du Brahmapoutra. Dans cette vallée bordée de forêts et inondée périodiquement, les eaux, en se retirant, formaient sur de vastes étendues des nappes de vase où les crocodiles s'endormaient pour ne se réveiller qu'à la prochaine apparition des eaux. Une légende persistante circulait qui racontait que les maharajahs venant chasser dans la région avaient pour coutume d'y perdre leurs ennemis, leurs rivaux, ou simplement les gens de leur entourage qui avaient eu le tort de leur déplaire. Rien ne prouvait que la mystérieuse messagère était envoyée par la *rajkumari*. Aventino aurait pu parler de ses hésitations à ses amis. Mais sans doute l'auraient-ils dissuadé de se rendre à ce rendez-vous. Aussi n'en fit-il rien. Profitant de ce que ses acolytes devaient rejoindre la plantation, il décida d'attendre le serviteur jusqu'à l'heure dite et de le suivre. Le serviteur se présenta en fin d'après-midi. Il lui emboîta le pas. L'homme tenait à la main une bouteille transparente à l'intérieur de laquelle se tortillait un énorme scorpion, brillant d'un éclat brunâtre, visqueux.

– Pour quoi faire ? demanda Aventino en montrant la bouteille du doigt.

– Quand cette bouteille sera brisée, la nuit engloutira la *rajkumari*, répondit le serviteur comme avec ennui, ajoutant : Trois heures de marche nous attendent, il ne faut pas tarder.

Très vite, ils atteignirent la zone des marécages. L'homme, visiblement, connaissait son affaire, il n'hésitait jamais et avançait d'un bon pas. Aventino longea d'abord des lagunes où émergeaient par endroits des arbres morts et d'énormes racines arrachées par les inondations. Les branches, la terre et les rochers étaient recouverts d'une vase jaune qui conférait à toutes choses l'apparence d'une profonde désolation. Ici et là voletaient quelques martins-pêcheurs, dont le plumage, brillant comme de l'émail, semblait être le seul signe vivant de l'endroit. Soudain, Aventino s'aperçut que le sentier dans lequel il commençait de s'enfoncer était bordé des deux côtés par des eaux croupissantes et pestilentielles. Ce mince filet de terre incertaine était la seule zone stable de tout le marécage. Il devait être long d'une bonne lieue. L'homme se retourna, lui montrant dans le lointain, tout au bout du sentier, et suspendu sur les eaux : le pavillon de chasse...

Le soir tomba tout d'un coup. Alors que la fin de la journée s'étirait, on aurait pu croire que la nuit ne viendrait jamais. Bien qu'il fût en Assam depuis plusieurs années, Aventino ne s'était toujours pas fait à cette brusque descente du jour qui, littéralement, disparaissait, comme happé derrière l'horizon. Les cris des oiseaux de nuit se propagèrent tout soudain et des ombres tombèrent des montagnes, par grandes vagues, recouvrant tout. Une vie nouvelle s'éveillait de tous côtés. Jusqu'alors immobiles, les eaux bougèrent lentement. Les grandes nappes de plantes lacustres glissaient, coulaient, puis par places se fendaient, traversées par de silencieux remous aquatiques. Les boues ainsi crevassées étaient mystérieusement remuées. Le serviteur s'était rapproché d'Aventino. Tous deux prêtaient l'oreille. Des jaillissements de vase commencèrent de vaincre le silence. Tout se mit à bouger. On entendait comme des claquements de mâchoires, des souffles rauques. Par endroits, le limon se fendait avec la rapidité de l'éclair puis se refermait ; des masses puissantes émergeaient des eaux épaisses puis y retournaient. Une odeur épouvantable empuantissait l'atmosphère. « Crocodiles ! », dit le serviteur, tout en invitant Aventino à rejoindre la rive en courant.

Il faisait maintenant nuit noire. Le ciel, les marécages, les montagnes, tout était confondu, recouvert d'une épaisse couche d'encre. Le serviteur, plus petit, plus léger qu'Aventino, le distança rapidement. Aventino eut soudain une certitude... Pourquoi ne l'avait-il pas compris plus tôt ? Maintenant il ne pouvait plus faire marche arrière. Il était tombé dans un piège grossier tendu par le mari jaloux, un espion anglais, le maharajah, le Chinois, Percy, peut-être, qui sait ! Jamais plus il ne sortirait vivant de cet océan de crocodiles ! Sous ses pas, le sol se mit soudain en mouvement. Il avait l'impression de glisser sur des cuirasses d'écailles, de chevaucher un bourbier animé. Il voyait des pattes grotesques se dégager des limons, des museaux monstrueux émerger de la vase noire, des queues puissantes battre la pâte boueuse. Alors qu'il pensait vivre ses derniers instants, il vit la rive approcher, comme si elle s'avançait vers lui, et le serviteur revenir sur ses pas, le tirer par le bras, le hisser sur le sol ferme. Ce qu'il avait pris pour un sentier de terre n'était qu'un entassement d'animaux assoupis, monstres antédiluviens, qui, comme le lui confirma le serviteur, ont parfois l'habitude, lors des longues moussons, de s'endormir pour une saison, au milieu des marécages, reliant ainsi, grâce à une mystérieuse volonté géométrique, une rive à l'autre ! Les deux hommes virent alors une lanterne, qui jetait dans l'obscurité des rais de lumière. Plusieurs gardes en armes protégeaient l'entrée du pavillon de chasse. Le serviteur leur fit signe de laisser entrer Aventino. Il devait pénétrer seul dans le pavillon, traverser un long couloir éclairé de chaque côté par des lampes à huile. La *rajkumari* était dans la pièce du fond et l'attendait.

La surprise d'Aventino fut totale. Il pensait trouver la jeune femme allongée sur un sofa, assise sur une natte ou debout, dans une pièce lourdement décorée. Le long couloir s'ouvrait en réalité sur une serre encombrée des plantes et des arbres les plus extravagants, dégageant des parfums plus entêtants les uns que les autres. Au milieu passait une minuscule rivière, à l'eau transparente qui reflétait le vert profond de la forêt venue mourir au pied de la serre. Autour, sur une plate-forme de bambous finement tressés formant un plancher solide, étaient posés des plateaux de cuivre remplis de poissons cuisinés, de viandes, de légumes, d'épices, de sucreries à base de lait caillé sucré et parfumé. Aventino, désorienté, entendit un petit rire réprimé, un peu rauque, et aperçut enfin celle qu'il était venu retrouver. La *rajkumari* était dans l'eau d'un bassin, entièrement nue. Elle lui sembla plus grande que dans son souvenir, plus mystérieuse. Toute la surface de son corps, plein, lisse et très brun, réverbérait les lueurs des chandelles. Des centaines de prismes minuscules couvraient ses épaules. Sa poitrine avait l'agressivité ronde des seins d'Apsara. Ses yeux, rehaussés de khôl, le fixaient. Elle souriait. Étincelante, elle semblait l'appeler. En une seconde, Aventino se débarrassa de ses vêtements et la rejoignit. L'eau était étrangement tiède. Alors qu'ils s'enlaçaient, ils eurent l'impression de flotter, comme libérés de toute forme de pesanteur. Étrange animal aquatique aux membres multiples, ils évoluaient dans l'eau de manière inattendue, ne s'appuyant que sur la pointe d'un seul pied au fond de la rivière. Autour d'eux des poissons fuyaient, des lézards jouaient sur les nattes tressées, les rayons de la lune tombaient obliques sur la scène, et une brise légère poussait des fragrances dans les haies de bambous qui encerclaient la serre.

C'était un jeu étrange qui semblait vouloir se prolonger à l'infini. Ni l'un ni l'autre n'avait encore parlé. Ni l'un ni l'autre ne savait encore s'il le ferait. Il n'y avait dans ce jeu amoureux aucun projet, aucune concertation, aucune provocation. Les choses s'accomplissaient de leur propre mouvement. Nulle tension, nulle inquiétude, ni volonté de puissance, ni possession. L'homme ne prenait pas la femme, c'eût été un sacrilège. La femme n'attendait pas de l'être, c'eût été un échec de la volupté. Tout avait lieu dans un échange si naturel, si nouveau pour Aventino. Ces enlacements ne s'accomplissaient pas contre le temps mais avec lui, dans sa profondeur, dans sa contemplation. Et lorsque la *rajkumari* eut présenté à Aventino ses trois portes afin qu'il les ouvre, tous deux comprirent qu'ils venaient d'accomplir une montée vers la lumière.

Étendue sur le plancher de bambous à côté d'Aventino, la jeune femme ouvrit des yeux vert clair qu'elle avait tout ce temps tenus fermés. Aventino y vit une ombre noire qui passait comme un nuage. Il sentit qu'elle avait peur. Elle se mit à parler.

– Mourir n'est rien.

– Mais je n'ai pas envie de mourir. Qu'est-ce que cette mort vient faire ici ?

La jeune femme hésita longuement avant de répondre. Elle avait une voix rauque un peu monocorde :

– J'aurais dû mourir plus tôt.

Aventino la serra dans ses bras. Il sentait l'angoisse le saisir à la gorge. Il avait l'impression d'enlacer une morte. Ses lèvres, au début, sentirent les siennes, brûlantes, puis de plus en plus froides. Elle tremblait. Ses yeux d'émeraude fixaient, écarquillés, un point derrière sa tête. Instinctivement, Aventino recula. Il dut faire un effort surhumain pour se retourner. Qu'y avait-il donc de si effrayant derrière lui ? Il se releva. Il était nu. Personne. Les bruits de la nuit. L'eau qui coulait. Les arbres qui oscillaient. Les parfums entêtants de la serre. Une chaleur étouffante. Mais personne. La jeune femme s'était levée à son tour et vint se coller contre lui.

– Je me suis mariée pour que tu partes.

– Qu'est-ce que tu veux dire ?

– Tu restes ici pour moi, n'est-ce pas ? C'est du moins ce que croit mon père. J'ai fini par le croire aussi.

– Et le thé ?

– Le thé est un prétexte. Et une des causes du drame.

– Un drame ?

– Le maharajah travaille avec les Anglais. Au début, il avait besoin que toi et tes amis restiez. Tous vos faits et gestes sont scrupuleusement rapportés aux représentants des autorités britanniques. Maintenant, ils en savent assez. Ce qu'ils veulent, c'est cultiver du thé aux Indes à grande échelle. Ils avaient besoin de vos expérimentations, de preuves concrètes, vous leur en avez fourni.

– Et tu le savais ?

– Oui...

– Et si nous restons ?

– Vous serez éliminés. Personne autour de vous n'est sûr. Moodajee et le Chinois ont déjà travaillé pour les Anglais. Que font-ils avec vous. Je ne sais pas...

– Et qui est ton mari ?

– Un vieil homme, riche. Il est resté à Dhoubri.

– Pourquoi as-tu pris le risque de ce rendez-vous ?

– Il le fallait. J'y pense depuis des mois. Et je suis déjà morte. Mais déjà vivante ailleurs. Dans un autre corps, un autre pays. Rhabillons-nous. J'ai froid.

Tout en se rhabillant, Aventino pensait aux poèmes. Sans doute n'était-ce pas le moment d'en parler. Il était au comble du bonheur et tellement malheureux. Quel sens donner à ces caresses inouïes prodiguées et reçues au bout du monde, dans un étrange pavillon de chasse cerné par les eaux et les crocodiles ? Une idée folle germa soudain dans son esprit : et s'il retournait en Italie avec elle ? Après tout, un retour en Italie avait déjà été évoqué avec Percy. La première partie de leur projet avait réussi. La récolte terminée, ils pourraient revenir en Italie avec des pousses de théiers et plusieurs centaines de kilos de thé d'Assam. À présent que la jeune femme lui avait révélé les projets des Anglais, autant partir.

– Tu veux que je vienne avec toi dans ton pays, n'est-ce pas ? C'est à cela que tu es en train de penser ?

Aventino ne savait que dire. Il mit ses mains dans les siennes :

– Oui. Mais je sais que ce n'est pas possible.

– Si nous sommes encore en vie, ce sera possible.

De nouveau, un sentiment d'angoisse s'empara d'Aventino. Le regard de la jeune femme retrouva sa fixité, comme si elle était soudain témoin d'un spectacle inquiétant qu'Aventino ne pouvait pas voir.

– Mais pourquoi ne le serions-nous pas ?

– Que sait-on de notre vie ? De son déroulement, de ses bifurcations, de ses accélérations et de ses arrêts brutaux ?

– Mais tu seras prête à me suivre quand l'heure sera venue ? Quand les caisses seront fermées, le bateau retenu, l'équipage engagé, le lieu de départ trouvé ? Cela risque de prendre du temps.

– J'attendrai le temps qu'il faudra, mon adoré. Je vais retourner à Dhoubri. J'y attendrai ton message. Mais maintenant, il faut regagner le palais. Pars, mon père pense que je suis venue ici pour prier, et prends ça.

Aventino ouvrit la main. La *rajkumari* y déposa un coffret en ivoire contenant une boucle d'oreille : elle avait la forme d'une chaîne d'or enrichie de trois pierres précieuses de couleur verte. Aventino referma ses doigts sur le présent qui le brûla comme du feu. Il voulut parler. Mais la jeune femme, un doigt sur la bouche, lui fit signe de se taire. Les mots étaient inutiles.

Aventino voulut la serrer dans ses bras. Elle se refusa en souriant.

Il essaya une nouvelle fois. Elle accepta un baiser, long, presque carnassier. Ses lèvres étaient glacées.

– Pars, et ne te retourne pas. Nous nous retrouverons sur ton bateau.

Aventino respecta le désir de la jeune femme et partit à pas lents le long de l'immense couloir, sans se retourner. C'est elle qui courut derrière lui.

– Ne te retourne pas, lui cria-t-elle. Mais arrête-toi et écoute.

Aventino s'arrêta. Une force incroyable le retenait, lui interdisant tout mouvement.

– Surtout, ne participe à aucune chasse au tigre. À aucune, Aventino.

C'était la première fois que la jeune femme l'appelait par son prénom.

Alors qu'il allait sortir de la grande salle qui ouvrait sur l'extérieur, là où des gardes armés l'avaient accueilli, il ne vit plus rien de ce qui avait pu en constituer le décor, excepté la bouteille brisée sur le sol, dans les débris de laquelle reposait l'énorme scorpion. Il s'avança vers lui et l'écrasa vivement d'un coup de talon. Tout lui sembla soudain si vide, si triste, si sale, qu'il se demanda s'il ne venait pas de rêver. Le jour s'était levé et le serviteur qui l'avait accompagné l'attendait sur la grève, au pied de la pente qui descendait vers les marécages. Le sentier menant à l'autre rive était là, droit, visible, scintillant des reflets des premières heures de la matinée. Des martins-pêcheurs piaillaient dans le ciel. Le verre de thandai que lui tendit le serviteur, chiite de Lucknow, sentait si fort la cardamome et les clous de girofle qu'il dut se rendre à l'évidence. Le rêve de cette nuit relevait de la réalité la plus pure, la plus belle, la plus simple : celle que l'homme ne peut jamais, en aucun cas, expliquer.

43

DEPUIS son retour du pavillon de chasse, Aventino n'était plus le même. Sans cette nuit, il aurait continué de chercher la jeune femme en lui-même et dans tous les recoins du palais, et son absence l'eût sans doute conduit à une profonde mélancolie. Personne, évidemment, n'était au courant de ce rendez-vous au milieu des marécages et des crocodiles. Il n'avait pas voulu mettre Percy dans la confidence. Quant au maharajah, il avait pour le moins une attitude des plus ambiguës, ânonnant des réponses confuses à des questions qu'Aventino ne lui posait même pas. « Elle est partie en voyage », « elle se porte bien », « elle n'est pas très loin », « nous la reverrons bientôt », disait-il en parlant de sa fille, surpris du silence soudain d'Aventino, et presque du désintérêt qu'il semblait manifester pour tout. Quant aux jardins de thé, il les évoquait en termes étranges. « Votre entreprise est remarquable, et vouée au succès », ou : « Vous rendez-vous compte, vous allez finir par exciter la convoitise de l'*East India* ! » Aventino n'avait plus qu'une idée : rentrer en Italie avec la *rajkumari*. Encore fallait-il pour cela que Percy ait réglé les modalités de leur départ, et que nombre d'éléments sur lesquels il n'avait, lui, aucun pouvoir, fussent réunis. Une aide objective lui vint un soir, alors qu'en compagnie de Percy il livrait un combat aux milliers de petites arêtes qui farcissaient la grasse alose constituant le morceau de choix de leur dîner.

– Il va falloir partir, Aventino...

– Est-ce que la récolte de thé a au moins répondu à tes attentes ?

– Oui. Quoique j'aurais préféré attendre encore un an ou deux, mais...

– Tu considères que c'est un échec ?

– Tout ça a un goût d'inachevé, il faut bien l'avouer. Nous ne sommes pas très désirés. Je sens comme une sorte de menace, diffuse, bizarre. Pas toi ?

Aventino qui voulait garder secrète sa rencontre avec la *rajkumari* ne pouvait évoquer très clairement les renseignements qu'elle lui avait fournis :

– C'est vrai que je vois des Anglais partout... J'ai l'impression que le maharajah n'est plus le même homme... Quant au Chinois... Je ne sais pas... Je n'ai plus confiance en personne.

Percy sourit :

– Tu oublies Moodajee, dit-il en regardant Aventino droit dans les yeux. Ajoutant : Un peu trop épicé, le riz... Tu ne trouves pas ?

– Oui, un peu trop épicé.

– Je n'ai plus confiance en personne. Je préfère partir maintenant plutôt que de me retrouver trahi, ou même assassiné. Et puis, nous n'avons guère le choix.

– Qu'est-ce que tu veux dire ?

– Le « mal noir » gagne chaque jour du terrain. Les coolies et les cueilleuses tombent comme des mouches. Je ne voudrais pas mourir ici. Pas comme ça. Pas maintenant. Il faut rentrer.

– Ça demande une organisation énorme, Calcutta me semble si loin...

– Nous ne passerons pas par Calcutta. Écoute...

Percy commença alors le récit du retour. Il devrait avoir lieu en début d'année prochaine, fin janvier. Pourquoi ? Parce que sur terre, l'ardeur des vents de nord-ouest faiblissait et que les orages étaient moins redoutables. Sur mer, si l'on excepte une courte période d'avril à mai, le golfe du Bengale redevenait navigable.

– Et puis, il faut toujours faire confiance aux poèmes, n'est-ce pas ? dit Percy : « *Le coup de vent de la lune d'avril est passé, et la pluie, si abondante qu'on ne voit pas les objets à cent toises de distance de soi, s'est calmée.* »

– Alors quel sera notre chemin ? demanda Aventino.

– Nous traverserons la région orientale des Sanderbands. Ici, dit Percy, en ouvrant une carte, et en pointant son doigt sur les bords de la Meghna. On gagne du temps et on évite le passage du Brahmapoutra au Hougri.

– Ce n'est pas une zone de cyclones ?

– Tout le Bengale est une zone de cyclones ! Les bouches de la Kistnah, de la Godaveri, de la Maha Naddi, du Gange, du Brahmapoutra sont régulièrement dévastées. En octobre dernier, tu le sais aussi bien que moi, trois vagues de six mètres de haut ont tout rasé en quelques heures. Deux cent mille victimes, des troupeaux entiers réduits à néant, des villages rayés de la carte, et le choléra né de la putréfaction des cadavres pour achever le tableau. Mais nous n'avons pas le choix. Si nous attendons une nouvelle saison sèche, nous perdons un an.

– Et le thé ?

Percy replia soigneusement la carte. Bien qu'il fût un marchand, souvent peu scrupuleux, il fallait reconnaître qu'il devenait quelqu'un d'autre dès lors qu'il parlait du thé. Le thé le transformait, l'élevait, le rendait plus intelligent. Il existait selon lui plusieurs méthodes pour faire voyager le thé. C'était l'aspect le plus complexe du problème, car Percy ne voulait pas se contenter de rapporter des feuilles dans des caisses, il voulait aussi des graines, des plants, des arbrisseaux. « N'oublie pas notre rêve initial : *acclimater* le thé en Europe ! » La graine de thé devant arriver en Italie aussi fraîche et saine que possible, Percy avait imaginé deux procédés : le premier consistait à enduire les graines de cire après les avoir fait sécher au soleil, le second à les laisser dans leurs capsules puis à les enfermer dans des boîtes en fer-blanc hermétiquement closes. À l'arrivée, la graine devrait avoir conservé un tégument d'une belle couleur brun violet. Afin de mettre toutes les chances de leur côté, Percy envisagea aussi d'introduire des semences fraîches dans des petits pots remplis de terre légère et argileuse, additionnée d'un vitreau de fil d'archal, et qui lèveraient durant la traversée, où il ne faudrait les exposer ni à l'air ni à l'eau salée, et veiller à les arroser abondamment avec de l'eau douce. Sans oublier d'empêcher les rats de venir ronger les jeunes pousses. Les feuilles torréfiées demandaient un traitement particulier. Il fallait coûte que coûte éviter de les emballer dans des *canastes* de bambou où elles perdraient de leur fraîcheur et de leur arôme. Le recours à la « méthode chinoise » était indispensable. Chaque caisse serait vernissée, doublée de lames d'étain, de plomb, de feuilles sèches, et de papier peint, afin d'en clore tous les interstices et de la rendre imperméable à l'air extérieur. Enfin, Percy souhaitait que certaines caisses soient revêtues de nattes de bambou très serrées, et même recouvertes de peau, comme on le pratiquait pour les thés fins expédiés en Russie.

La magie du thé opérait à nouveau. Aventino écoutait, éperdu d'admiration. Tous ces gestes, ces précautions semblaient appartenir à une religion nouvelle, à une mystique.

– C'est un véritable cérémonial...

– Écoute... Le thé japonais est parfois moulu si fin que les couvercles des boîtes en laque ou en ivoire sont juste posés, de manière à ce que le thé n'explose pas en un nuage fluorescent au moment de l'ouverture, ce qui perturberait gravement le maître de thé !

Perdus dans la contemplation du thé, les deux hommes semblaient avoir oublié le principal. Ce fut Aventino qui sortit le premier de leur rêverie.

– Tu es sûr que tu n'oublies rien ?

– Si, sans doute, mais tu vas me le dire...

– Tu comptes retourner en Italie à dos d'éléphants ?

Percy sourit. Le monde du thé vibrait des exploits des grandes courses des *tea clippers*, vaisseaux légers qui étaient en train de battre tous les records de vitesse. Denrée exotique périssable, le thé si délicat ne pouvait résister longtemps aux attaques de l'humidité et de la chaleur. Les lourds et ventrus *indiamen*, imposés par la *tonnage law* avaient fait leur temps. Mais Percy était loin de pouvoir choisir entre l'un ou l'autre, il avait pris ce qui se présentait.

– J'ai tout prévu. Nous utiliserons des barges de contrebandiers payés en opium jusqu'à la Meghna, et nous embarquerons à Faridpour, répondit-il en redépliant la carte des bouches du Gange.

– Sur quel bateau ?

– J'aurais dû commencer par là ! Un vaisseau de ligne, un 56-canons commandé par un certain Jean-Nicolas Luneville « ancien officier général contraint de faire le métier de corsaire », c'est du moins comme ça qu'il se présente... Et aussi comme un observateur chargé par l'État français d'examiner « quelles forces il faudrait pour chasser les Anglais des Indes »...

– Nous n'avons aucune garantie !

– Aucune, cher marquis ! Jean-Nicolas Luneville transporte des barils d'eau-de-vie, des caisses de savon, du maïs, des fèves, du sucre, du rhum, du café, du cuivre, des draps, de la toilerie, de la quincaillerie et toutes sortes d'autres marchandises « de qualité supérieure », dont le chargement s'est fait à Santa Cruz de Tenerife, Dakar, Sainte-Hélène, Le Cap, Romeiros, Pondichéry...

– C'est-à-dire partout, donc nulle part !

– Quant à l'équipage, il est en cours de formation : Bengalis, nègres, Arabes, Français, déserteurs écossais de la rade de Savannah, Chinois...

– Rien que du beau monde qui va prendre un soin extrême de notre précieux chargement de thé.

– Tu as raison, je n'ai jamais vu un tel assemblage. Je ne sais si l'Arche de Noé s'en approchait, mais je ferai tendre mon hamac sous le gaillard, avec mes caisses de thé à proximité de mains et deux pistolets sur le ventre !

Durant leur discussion, Aventino n'avait cessé de penser à la *rajkumari*. Comment, quand, où viendrait-elle s'insérer dans ce départ ? Il n'osait encore en parler à Percy. Alors qu'ils s'apprêtaient à déguster un ramequin de *mishti doi*, confiserie au lait dont tous deux raffolaient, le maharajah en personne entra dans la pièce. Comme toujours en de telles circonstances, il apparut à la fois très discret, direct, très poli mais ne laissant aucun doute quant au rang que chacun devait observer : il était le maître, ils restaient ses obligés.

– Messieurs, veuillez excuser mon intrusion. Une lettre d'Italie pour vous, dit-il en se tournant vers Aventino. Je tenais à vous la remettre en main propre.

– C'est un honneur pour moi que vous l'ayez...

– « Apportée moi-même ». Mais tout l'honneur est pour moi, bien au contraire, ajouta-t-il en tournant les talons et en se dirigeant vers la sortie.

Aventino regardait la lettre avec émotion. C'était sans doute la dernière qu'il recevrait avant son retour à Gênes. Il s'apprêtait à l'ouvrir quand il se ravisa. Le maharajah était revenu sur ses pas et s'était arrêté sur le seuil de la porte. Avant de la refermer, il lança aux deux hommes :

– J'organise bientôt une chasse au tigre, dans les régions inexplorées du Haut Brahmapoutra, au-delà de Simé, après Roumah. On y trouve les tigres les plus féroces et les plus beaux naturellement. Votre présence me sera précieuse et agréable.

Ce n'était pas une invitation mais un ordre.

Il fallait faire face à beaucoup de questions, résoudre beaucoup de problèmes. Après la nuit du pavillon de chasse et la fuite envisagée de la *rujkamari*, après les nombreux préparatifs de leur départ, voilà maintenant qu'arrivait une lettre d'Italie et qu'une chasse au tigre était prévue à laquelle il leur serait impossible de se soustraire.

Aventino regardait la lettre sans oser en briser le sceau. Il la tendit à Percy.

– Qu'en penses-tu ?

Percy l'examina, la tourna et la retourna.

– Elle a été ouverte.

– C'est évident, n'est-ce pas ?

– Peu importe. Lis-la, dit-il en la rendant à Aventino.

Celui-ci la parcourut en silence puis la lut à haute voix. Elle était signée Massa, surnom que Maria Galante affectionnait tout particulièrement. Charles-Emmanuel IV, qui depuis décembre 1798 avait succédé à son père, mort de chagrin à la fin de 1796, n'avait conservé de tous ses États que la Sardaigne. Dans l'impossibilité de se résoudre à porter longtemps une couronne dépouillée de ses plus beaux fleurons, il venait d'abdiquer en faveur de son frère le duc d'Aoste, et s'était retiré à Rome pour tenter de trouver dans la retraite la paix dont il n'avait pu jouir sur le trône. « *En d'autres temps plus heureux, faisait remarquer Massa, les souverains de l'Europe n'eussent pas été indifférents au sort du roi de Sardaigne. Aujourd'hui, aucun de ces monarques n'était venu secourir ce prince issu d'une famille féconde en glorieux héros et qui, chassé de ses États du continent, n'avait pas voulu conserver un vain titre de roi.* » En cette fin d'année 1802, Buonaparte venait de décréter la fin définitive des six départements du Piémont désormais annexés au territoire français. L'Italie voyait sa frontière occidentale au pouvoir de la France, et sa frontière orientale à celui de l'Autriche. Revenus en Italie, les Français se gaussaient de mots. « Pourquoi les événements ont-ils suivi ce cours ? » pouvait-on lire dans les gazettes. La réponse, imbécile, donnait une idée de l'état d'esprit qui régnait alors en Italie : « Le *hasard* a créé la situation et le *génie* en a profité. »

Maria Galante terminait sa lettre par une série de considérations pessimistes. La situation de 1802 rappelait étrangement celle des années précédentes : armées dénuées de tout, pénurie du Trésor, vices de l'administration, vols répétés des fournisseurs, réquisitions, emprunts forcés. Le *casino* Santa Margherita avait de nouveaux maîtres. Lucia et Lodovico Cernide avaient mis la bonne Caterina Grassini à la porte et transformé la maison en bouge à Français, contraignant Maria Galante aux actes les plus vils, les plus obscènes, aux pires humiliations. Sa seule consolation venait de son espoir de revoir un jour Aventino et Percy, « *comme autrefois* » ; et de sa rencontre sur la place Madre di Dio avec le Signore Fragoroso, astrologue et apothicaire, qui promenait de ville en ville une cage d'acier dans laquelle il montrait à un public effrayé un vrai tigre du Bengale. Le signore Fragoroso expliquait que le Bengale était aux Indes, et qu'il fallait des mois pour s'y rendre en bateau. Il parlait de moussons, d'éléphants, de cyclones, de serpents, de dieux cruels. Et pendant qu'il parlait, Massa n'avait cessé de plonger ses yeux dans ceux du monstre qui allait et venait dans sa cage, la regardant fixement. Contre l'avis de tous elle s'était approchée de l'animal et avait longuement caressé sa robe ocre rougeâtre rayée de bandes verticales sombres, sans qu'il manifeste le moindre agacement. Bien au contraire, il avait fini par s'allonger de tout son long et par s'endormir. De mémoire de Fragoroso, c'était la première fois qu'il assistait à l'endormissement du fauve par une femme. Massa écrivait que le tigre lui avait parlé d'Aventino et qu'elle l'avait écouté, silencieuse, des larmes dans les yeux.

C'est à ces derniers mots qu'Aventino pensait, juché sur le dos de l'éléphant de tête, alors qu'il venait de quitter Dibrougarh un peu plus tard que prévu, si bien que les dates entre cette fameuse chasse au tigre et le départ pour l'Italie s'étaient soudain rapprochées. Dans moins d'un mois, le 21 janvier 1804, le *Cérès* devait appareiller pour retourner en Italie. Aventino avait eu le temps de faire parvenir à la *rajkumari* les renseignements nécessaires à sa fuite, tout en évitant soigneusement de lui parler de la chasse à laquelle il était en train de participer. À mesure qu'il se rapprochait des territoires hostiles, le cortège laissait sur les bas-côtés des chemins et des routes une grande population de casseurs de pierres accroupis sur leurs talons, de femmes portant sur la tête d'énormes fardeaux, de voyageurs isolés, marchant pieds nus dans la poussière, un long bambou à la main, et toutes sortes de véhicules, carrioles s'ébranlant avec des tintements de grelots, chars à bœufs, omnibus à deux étages. Puis les rencontres se raréfièrent. Sadiya, qui avait été jadis la capitale des conquérants ahom, n'était plus qu'un simple marché pour les montagnards alentour habillés de pantalons de laine grossière et d'épaisses robes ouatées. C'est dans cette plaine ultime, où le Brahmapoutra reçoit le renfort de trois affluents, qu'il fallut laisser les éléphants et continuer à pied.

Les hommes, silencieux, avançaient à la queue leu leu. Le maharajah ouvrait la marche et Aventino la fermait. Entre les deux, entourés par un essaim de coolies, de gardes et de courtisans, Moodajee, Percy et le Chinois. Tandis qu'il croisait des restes de temples shivaïtes avec leurs pierres sculptées recouvertes de broussailles, Aventino observait la colonne des chasseurs qui avançait péniblement devant lui. Il ne pouvait s'empêcher de penser que tous les acteurs d'un drame antique se trouvaient réunis dans l'immense solitude de cette forêt du Haut-Assam. Qui jouerait le rôle du traître et celui de la victime, celui du naïf et celui de l'intrigant ? Sur cet espace de plusieurs dizaines de kilomètres carrés, des amas de décombres, des forts détruits, des restes de palais et de temples témoignaient de la richesse de la civilisation assamaise. De place en place émergeaient des tombeaux : ceux des anciens rois d'Assam, ensevelis avec leurs idoles d'or et d'argent, la foule de leurs femmes et de leurs officiers qui s'étaient empoisonnés pour les suivre, et des animaux de toutes espèces immolés sur leur cercueil.

Au sortir de la forêt commença une longue ascension vers le col. C'est là que devaient se trouver les tigres. Le soleil avait été jusqu'alors si ardent que les marcheurs s'étaient dévêtus. À peine rentrés dans l'ombre de l'autre versant, un froid glacial les avait saisis et ils avaient dû très vite remettre leurs vêtements. Étirée sur plusieurs centaines de mètres, la colonne s'était brusquement arrêtée : les premiers attendaient les plus lents.

– Le Haut-Assam est une région où l'on rencontre toujours l'imprévu, dit le maharajah. Ici, la nature n'obéit pas aux lois que nous connaissons.

– Le contraste entre le soleil et l'ombre est effrayant, fit remarquer Percy.

Montrant du bout de sa canne la puissante nature, le maharajah dit :

– Un corps humain exposé en partie au soleil et en partie à l'ombre peut en même temps se couvrir de cloques et d'engelures. Être la proie du feu et de la glace.

Aventino constata que ses mains pelaient comme si on avait versé dessus de l'eau bouillante, ainsi que son visage, tandis que ses pieds commençaient de s'engourdir de froid. Mais il fallait continuer, s'apitoyer sur son sort eût été malséant. La chasse au tigre était une épreuve que le maharajah réservait à tous, mais à laquelle il participait pleinement. Tous, hôtes, courtisans, chasseurs, coolies, rabatteurs risqueraient leur vie.

Au bout d'un certain temps, quelque chose de lourd et d'obscur se répandit dans l'air. Une lueur verte s'étendit sur toute la vallée et le flanc des montagnes. Alors que, sortant d'un sentier, ils atteignaient une petite plate-forme, un orage terrible se déchaîna, un éclair bleuté illumina tout, révélant durant quelques secondes de hauts pics dentelés, des précipices abrupts, une forêt d'énormes rochers noirs jusque-là insoupçonnés. Puis la grêle se mit à tomber, drue, épouvantable, avant de cesser, aussi subitement qu'elle était venue, remplacée par d'énormes trombes d'eau, des cascades de pluie. Le sol, emporté par les eaux, se dérobait sous leurs pieds. La colonne dut stopper, dans le froid et la nuit. On attendit que la pluie cesse, que le roulement du tonnerre diminue, comme un immense troupeau d'éléphants qui s'éloignait peu à peu. Alors le silence se fit, l'obscurité s'ouvrit en deux et le soleil réapparut, par deux énormes trouées éblouissantes perçant les nuages. Le cortège était trempé, mais ne pouvait s'arrêter. La nuit allait tomber et il fallait gagner un refuge dans la montagne. Le guide fit signe qu'il y en avait un, derrière cette prairie parsemée de cèdres, là où brillait la dernière et faible lueur du soleil. On trouva le refuge et on y alluma un feu. On fit sécher les vêtements. On mangea. On étendit sur le sol des feuilles mortes en guise de matelas. Quand la nuit fut tombée et que chacun put sentir l'odeur des cèdres, le shikari, le poseur de pièges, fit une confidence que chaque marcheur répercuta à son voisin : « Le tigre est là, tout près, extraordinaire, très gros, très puissant, intelligent aussi. Il nous attend. » Chacun s'endormit comme il put en frissonnant un peu.

Quand l'aurore surgit, au milieu de la grisaille, d'impalpables particules dorées se mêlèrent aux nuages qui entouraient les pics, descendirent au flanc des montagnes, puis léchèrent les arbres et disparurent dans les vallées. La marche reprit, et l'on grimpait toujours. Plus de routes, presque plus de sentiers, des chemins à peine tracés. Les hommes franchissaient les obstacles en s'agrippant à quelques arbustes, à des broussailles, et lorsqu'ils regardaient sous eux, ils apercevaient d'énormes précipices prêts à les engloutir. Ils passèrent sur des petits ponts volants qui avaient tout au plus trois pieds de largeur, sautèrent d'un rocher à un autre, se traînèrent parfois à quatre pattes. Alors qu'ils traversaient un pays hideux, empli de bois sauvages, de rochers et d'un silence perpétuel qui en redoublait l'horreur, une neige furieuse se mit à tomber. Roumah, dernier village avant les régions inexplorées, était en vue. Ils l'atteignirent à la tombée de la nuit.

Un groupe de pèlerins et de trafiquants étaient réunis, sous un toit de chaume, autour d'un feu, en compagnie de quelques villageois. Ils parlaient divinités, intempéries, mais surtout achats et ventes. Il y avait là dans ce village perdu au bout du monde, au milieu de prairies pierreuses, de ravins escarpés, de falaises noires, un surprenant approvisionnement de soies chinoises, de châles tibétains, de bijoux du Turkestan, de fourrures de Sibérie, d'articles de mercerie et de cordonnerie, d'épices des Indes et de thés chinois. Ce feu, au milieu de ce paysage blanc et des pentes où brillaient des langues de glace, ressemblait à la dernière lueur de vie à laquelle se raccrocher. C'était donc dans cette contrée austère, cérémonieuse et secrète, que la vie d'Aventino et des hommes qui l'accompagnaient allait se jouer une nouvelle fois. Quand le groupe de chasseurs eut rejoint les marchands réunis autour du feu, le silence se fit. Puis les conversations reprirent. On percevait chez les villageois certains signes d'inquiétude. Les questions et les réponses fusèrent. Que venaient faire ici ce Chinois, ces Italiens, cet Indou de la côte de Koromandal ?

– La chasse, évidemment, dit un des villageois, vieux et ridé.

– La chasse au tigre, dit un autre, en prononçant très distinctement le mot « tigre », avec précaution et une frayeur manifeste.

Il y avait une quarantaine d'années, un énorme tigre mangeur d'hommes avait ravagé la région. Il revenait régulièrement. Plusieurs forestiers solitaires avaient trouvé la mort ; tous de la même façon.

– Le corps ouvert de haut en bas par un ongle énorme. Le ventre toujours vidé de ses organes, dit le premier villageois.

– On avait relevé près des forestiers des traces de pattes. On disait que c'étaient celles d'un ours ou d'un singe d'une espèce inconnue. On a fini par comprendre qu'il s'agissait d'un tigre géant, dit le second villageois.

– C'était il y a longtemps, dit un troisième villageois à Moodajee, qui traduisit.

Le villageois vieux et ridé sourit en regardant le maharajah :

– La bête avait ouvert le corps de ses victimes, d'un seul coup, pour se nourrir de leurs organes. Il n'y a rien de plus terrifiant qu'un corps intact, mais qui n'a plus que sa peau et sa colonne vertébrale...

– C'était il y a longtemps, dit Percy, imitant le villageois, comme pour se rassurer.

– Vous voyez ces voyageurs, dit le vieillard en montrant un groupe d'hommes et de femmes réunis autour d'une petite charrette tirée par un bœuf, ils viennent de Salouen. Un de leurs voisins a été tué et vidé de la même façon que les forestiers, il y a quarante ans...

– Une jeune fille qui était la beauté du village a été tuée avant le coucher du soleil, à cent mètres à peine de Roumah, dit le second villageois. Nous l'avons retrouvée, tuée et vidée.

– Ce n'est pas une réincarnation du tigre ancien, dit le vieillard. C'est le même tigre. Il y a des panthères noires qu'on ne voit jamais, leur qualité essentielle c'est qu'elles sont presque complètement invisibles et très timides... Mais notre tigre, le même que celui que j'ai vu dans ma jeunesse, a le goût du sang.

Le maharajah, qui jusqu'alors était resté silencieux, prit la parole. Il semblait s'adresser à tous, pourtant Aventino comprit que ses mots lui étaient destinés :

– Non pas le goût de la chair qui nourrit, mais celui de la délectation, de l'extase du sang.

– Certaines bêtes vivent dans cette extase qui est celle de la mort, ajouta le vieillard. Et leur « timidité » n'est qu'une sagesse consciente.

– Nous sommes venus pour tuer le tigre, dit le maharajah.

– Je l'ai compris, dit le vieillard. Pour ce tigre particulier, il faut un homme particulier. Une bête qui égorge neuf moutons d'un coup de dent et n'en emporte qu'un, est un animal hors du commun. Un fauve ordinaire ne perd jamais son temps en massacre inutile. L'homme qui tuera ce fauve se tuera un peu lui-même.

Après plusieurs jours passés à scruter les alentours de Roumah, le shikari tendeur de piège conclut qu'il fallait disséminer les hommes sur le sentier qui conduisait au col de Tezcoran. Après de nombreuses discussions sur la qualité des appâts, l'heure la plus favorable choisie pour tendre le piège, et l'abandon définitif d'une méthode qui avait pourtant fait ses preuves – installer dans un arbre près d'un point d'eau un chasseur qui guette le passage du fauve –, il fut décidé que chaque membre de la colonne tenterait sa chance. Le dernier choisi, celui dont la position serait la plus éloignée de Roumah, serait celui qui aurait le plus de chances de rencontrer le tigre géant. Aventino fut celui-ci. Hasard, décision tactique, volonté du maharajah, geste chevaleresque d'Aventino ? Sans doute était-ce tout cela à la fois. Toujours est-il qu'Aventino se retrouva, en compagnie du shikari, en pleine montagne, à plus d'un jour de marche de Roumah, dissimulé derrière des buissons très denses, à attendre la venue d'un hypothétique tigre géant. La neige recouvrait tout. Une mince lune verte venait de se lever et revêtait de mystère la muraille silencieuse de la forêt. Le shikari montra du doigt une zone plus claire que les autres et ils entendirent un frémissement de feuilles froissées. Un oiseau posé sur la branche d'un arbre arrêta de lisser ses plumes et s'envola. Aventino ne vit rien, mais sentit une présence. La neige se remit à tomber. En observant les flocons, Aventino, concentré, déplaça légèrement son attention vers la gauche de l'endroit où les feuilles avaient bougé, et le tigre apparut. Ou plutôt, deux yeux. Deux yeux verts, deux flammes immobiles. La sensation atroce de la peur lui gela les os...

Le tigre, gigantesque, était à une quarantaine de pas, juste devant lui. Il avançait doucement, regardant de droite et de gauche, avec beaucoup de circonspection. Les bêtes sauvages, dit-on, ont dès leur naissance la méfiance des pièges. Et celui-ci devait lui paraître grossier. Cette chèvre égorgée, baignant dans son sang, sentait par trop l'homme. Le tigre releva la tête, c'est alors que son regard croisa celui d'Aventino qui se sentit fasciné, immobilisé par le regard du fauve. Le tigre s'apprêtait à bondir, et l'arrière-train rabaissé, se rapprochait lentement. Sans émotion apparente, le shikari souleva son fusil et épaula. Aventino lut l'étonnement dans les yeux du tigre. Ce qui se passa alors n'a aucune explication « logique ». Tandis que le shikari ajustait son tir, Aventino tenta de s'interposer. En vain. La détonation déclencha une chute de neige. Le tigre se dressa, tourna deux fois sur lui-même, retomba sur le dos, puis après plusieurs soubresauts, s'immobilisa, les pattes raides.

Après quelques secondes, le shikari regarda son compagnon de chasse avec mépris et se précipita vers l'endroit où le tigre était tombé pour s'assurer de sa victoire. Aventino voulut le saisir par le bras. Tout laissait supposer que le tigre était bien mort, mais ne valait-il pas mieux attendre un peu ? L'homme ne comprit rien à ce que lui criait cet Italien fou qui avait failli anéantir le rêve de tout chasseur assamais : tuer le tigre géant. Il se dégagea violemment et se retourna vers Aventino en ricanant. Il n'était plus qu'à quelques mètres du tigre. Pour s'assurer qu'il était bien mort, il lui lança une pierre en pleine tête. Le tigre demeura parfaitement immobile. Après lui avoir touché la tête avec la crosse de son fusil, il fit signe à Aventino de venir.

Les deux hommes regardèrent le monstre, vautré de tout son long dans la neige. Il avait les yeux révulsés. Mais ils n'étaient ni vitreux ni voilés ; plutôt lumineux, surnaturels, presque vivants. Alors qu'Aventino allait faire remarquer ce prodige au shikari, le tigre se releva d'un coup et se jeta sur le poseur de pièges. En quelques secondes, le tigre avait totalement défiguré le pauvre homme et s'acharnait sur lui avec une violence inouïe. Aventino n'eut ni la force d'aller chercher son fusil, ni celle de fuir. Il assista, impuissant, au dépeçage de l'Indou dont la tête finit par être entièrement détachée du corps. Les régions inexplorées assamaises sont le repaire de créatures qui ont l'ivresse du sang. Le maharajah lui avait souvent répété cette évidence dont il avait cette nuit une preuve sanglante. Ces animaux ont une conscience infiniment supérieure à celle des autres animaux sauvages. À tel point qu'animés du désir de se venger de l'homme, ils peuvent pousser la simulation aussi loin que le ferait un acteur.

Profitant que le tigre, ivre de sang, tirait le corps déchiqueté dans la neige rougie, Aventino, se ressaisissant, retourna à l'endroit où il avait laissé son fusil. L'animal était blessé, il pouvait encore l'achever. Quand il revint sur les lieux du carnage, le fusil à la main, il ne restait plus que d'affreux morceaux du corps dépecé. Le tigre avait disparu. Poussé par une force mystérieuse, Aventino avança de quelques pas dans la forêt pour le suivre. Des empreintes apparaissaient sur le sentier, fraîches comme des pétales. Sous le quartier de lune, il aperçut l'animal qui s'était arrêté, et le regardait fixement. Le manège se produisit à plusieurs reprises. Le tigre ralentissait et Aventino ralentissait à son tour, puis l'animal accélérait son allure et son poursuivant augmentait la sienne. Un jeu étrange s'installait entre l'homme et le tigre. Un jeu de mort, car le tigre perdait son sang, et finirait par s'épuiser.

Plusieurs jours s'écoulèrent ainsi, Aventino suivant le tigre. Un pacte mystérieux se signait à mesure que les rivières, les ravins escarpés, les arêtes enneigées, les sentiers franchis unissaient les deux protagonistes. Un matin, Aventino fit tomber sa carabine dans une rivière à moitié gelée. Bien qu'elle baignât dans l'huile, il lui fut impossible de faire claquer la culasse. Il abandonna l'arme devenue inutile mais n'en arrêta pas pour autant la traque. Bientôt, il n'eut plus rien à manger et se mit même à terminer des restes d'animaux chassés par le tigre qui semblait lui laisser volontairement des morceaux de chairs sanglantes. Au fond, l'homme qui le suivait n'avait-il pas détourné la balle qui aurait dû le tuer ?

Lentement, Aventino comprenait les pratiques ancestrales des membres de certaines tribus assamaises qui n'aiment pas dénoncer le tigre parce qu'ils croient que l'esprit de l'animal revient se venger, ou qui pactisent avec lui en lui abandonnant volontairement une part de leur troupeau, ou un animal blessé, ou un animal vieillissant guetté par la mort. Voilà : un accord est donc signé avec le tigre car il y a dans le tigre une partie de l'homme et dans l'homme une partie du tigre. C'est cela qu'Aventino découvre à chacun de ses pas qui creusent la neige et le rapprochent du tigre hypothétique. Ici, dans la « vallée du tigre », où les plus gros mesurent jusqu'à quinze pieds et ne craignent ni les éléphants ni les rhinocéros, ni les buffles, Aventino se perd lentement. La neige tombe, tombe encore. Il n'a plus rien à manger. Il ne sait plus où il est. La forêt. Toujours la forêt. Et des taches de sang qu'il suit à la trace. Puis une brèche qui s'ouvre. Elle lui désigne l'endroit où le tigre s'est frayé un chemin. Aventino y pénètre pour y trouver une nouvelle forêt, encore plus dense, encore plus épaisse. Là, il voit le tigre qui lui fait face, blessé. Aventino est si près de lui qu'il pourrait presque le toucher. Le tigre le regarde fixement et lui raconte ce que les hommes font à ses frères depuis la nuit des temps. Les tigres dépecés par les hommes, qui leur enlèvent la peau, les griffes, les moustaches, les os fins du squelette, le cœur, la graisse, les parties sexuelles – plat fort apprécié par les hommes à la virilité défaillante. Et les dépouilles des tigres abandonnées à l'orée de la jungle, et les vautours qui attendent les premières lueurs du jour pour un festin royal. Aventino se tait. Il écoute le tigre blessé qui raconte. En Assam, les Naga se tatouent le corps de bandes noires, car, pensent-ils, après certaines incantations, ils se transformeront en tigres ! Chez les Boro, le cœur du tigre mort est posé sur une claie de bambou. Énorme, puissant, il représente l'esprit du tigre. Certains hommes, pauvres hommes, conservent le cœur du tigre cousu dans un sachet d'étoffe, avec des feuilles et des épices. Le tigre le sait, il le dit à mi-voix à Aventino, comme un drôle de secret, une histoire absurde : « Le sachet est mis en terre dans un coin de la jungle, un petit temple y est élevé, et durant des années on viendra l'entretenir. » Le tigre dit aussi combien il est déçu par les hommes qui n'ont pas compris que le bonheur réside dans l'équilibre entre le monde qui les entoure et celui qu'ils portent en eux. Pauvres hommes, qui savent si peu de chose...

Ce seront les derniers mots du tigre avant qu'il ne reprenne sa route, sans trêve. Le tigre et Aventino. Au-dessus des abîmes, au bord des falaises, au fond des précipices, le long des torrents, sur les ponts qui enjambent les ravins, entre les escarpements fragiles. Et tout autour, la neige, les nuages périssables, les fleurs d'écume flottante, les rivières de cristal, les sommets, toujours plus élevés, limpides comme des diamants. Puis l'homme et le tigre finirent par atteindre un sentier étroit qui montait en serpentant vers des régions ensoleillées au flanc de la montagne. Mais très loin, au-dessus d'eux. Au-dessous, au contraire, l'abîme s'enfonçait à pic sous un brouillard couleur d'abricot. Aventino crut voir la colonne du maharajah qui les suivait, minuscule, au fond de la vallée. C'est à cet instant précis, alors qu'il relâchait sa vigilance pour contempler l'abîme, que le tigre lui sauta dessus. Il sentit sur lui une masse extraordinaire, lourde, des griffes, une mâchoire puissante, une odeur d'urine. Puis plus rien que la neige et le sang, le froid de la glace et la chaleur du tigre.

Maintenant, c'est comme s'il dormait. Le visage enfoui dans la neige, sous le tigre qui ne bouge plus. Aventino tourne légèrement la tête, voit lentement son corps se tatouer de bandes noires. Il se transforme en tigre. Comme chez les Naga, il sait qu'il lui sera possible de reprendre un jour forme humaine, à condition qu'il remette à un ami sûr, avant que sa métamorphose ne soit complète, une étoffe tissée de larges bandes noires. Alors cet ami devra l'en recouvrir, lui le tigre, quand il se présentera pour reprendre sa forme humaine. Mais si pour une raison ou pour une autre, l'ami n'est pas sûr, la promesse n'est pas tenue, l'homme ne redeviendra jamais un homme. Il sera condamné à une vie de tigre, condamné à errer dans la forêt. Aventino est aujourd'hui seul sur le chemin de la mort, sans ami à qui remettre l'étoffe aux bandes noires, condamné comme un tigre, tué par un fusil, à errer pour toujours dans sa mort de tigre.

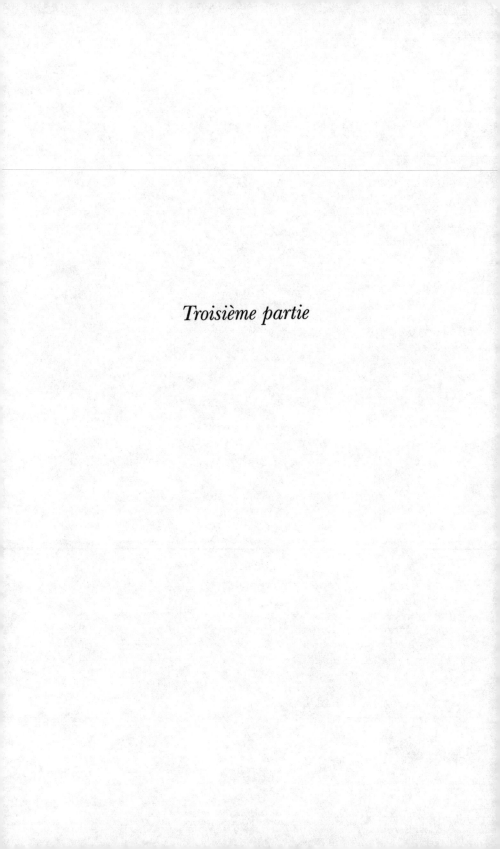

Troisième partie

44

L<small>E</small> temps restait très variable pour un mois de février, avec de brusques soubresauts, et le *Cérès* en était très éprouvé. Il faisait de l'eau par ses hauts et roulait tellement qu'il noyait ses canons des deux côtés. Il naviguait au beau milieu du golfe du Bengale, à hauteur des Iles Andaman, lorsque apparut un brick d'environ deux cents tonneaux. Bien que celui-ci battît pavillon américain, Jean-Nicolas Luneville, en flibustier avisé, voulut le « couler rapidement ». Le navire allait de Calcutta à Boston, sous licence anglaise, porter du riz, des farines et des soieries. Finalement le capitaine français se contenta d'un débarquement des vivres, et le laissa filer. Lors du transvasement, les marins du *Brooklyn* avaient lancé à l'équipage du *Cérès* des gazettes anglaises qui parlaient des événements en Europe. Alors que le *Cérès* poursuivait sa route vers Ceylan, Luneville, plusieurs de ses officiers, Percy et Aventino, engoncé dans une épaisse couverture et muet, lisaient et commentaient les nouvelles. Les deux principales concernaient l'Angleterre et un certain duc d'Enghien.

Alors que la paix d'Amiens devait semble-t-il assurer la tranquillité de l'Europe, la reprise des hostilités entre la France et la Grande-Bretagne, quatorze mois à peine après la signature du traité, avait fait s'évanouir toutes les espérances qu'on avait pu ici et là concevoir. Le Premier consul avait fait arrêter tous les sujets anglais qui se trouvaient sur les territoires des Républiques française et batave. Après avoir marché sur le Hanovre, les armées françaises prévoyaient d'opérer une descente en Angleterre ! « Face au tyran, disait la gazette, quatre cent mille citoyens de tous les rangs et de toutes les conditions sont spontanément venus s'offrir pour défendre leurs foyers. » Les nouvelles étaient vieilles de plusieurs mois.

Où en était-on aujourd'hui des préparatifs de défense d'un côté et d'attaque de l'autre ? Nul ne le savait.

Un deuxième événement était relaté. Tandis que certains royalistes louaient Buonaparte, après que celui-ci eut préparé le concordat, et n'hésitaient pas à lui accorder leur confiance, le Corse venait de commettre un acte ignoble. Les officiers regroupés autour de leur capitaine manifestaient leur dégoût.

– De quoi s'agit-il exactement ? demanda Percy.

– Buonaparte a profité d'une conspiration fomentée contre lui et déjouée par sa police pour se débarrasser d'un prince de la maison de Bourbon qu'il considérait comme un adversaire gênant.

– Le duc d'Enghien, petit-fils de l'illustre prince de Condé, précisa un officier. Il jouissait d'une belle réputation ! Doué de talents militaires, brave, humain, généreux...

– Adoré des siens et respecté de ses ennemis, ajouta le capitaine Luneville.

L'article du journal était sans appel. Les soldats français avaient pénétré dans le territoire neutre du pays de Bade où le prince avait trouvé refuge et l'avaient enlevé en pleine nuit. Conduit, dans un premier temps, à la citadelle de Strasbourg, il avait ensuite très rapidement été admis au Temple, puis transféré au château de Vincennes. Là, une commission militaire s'était empressée de le condamner à mort sur l'accusation vague d'avoir entretenu une correspondance avec des ennemis de la République, et d'avoir attenté à la sûreté extérieure et intérieure de l'État. Moins de douze heures après sa condamnation, il aurait été fusillé dans les douves du château.

Luneville lut la fin de l'article à haute voix :

– « Cet événement tragique excita l'indignation générale en Europe. L'empereur de Russie et le roi de Suède témoignèrent hautement du vif intérêt qu'ils prenaient au sort de ce prince infortuné ; la cour de Pétersbourg adressa à ce sujet de vives remontrances au ministre des Affaires étrangères de France. »

– Et les choses se sont arrêtées là ? demanda Percy.

– Oui, hélas, ces princes ne semblent pas avoir jugé à propos de provoquer une rupture avec le Premier consul, dit Luneville.

– L'événement a eu lieu le 21 mars 1804. Les choses ont peut-être évolué depuis... Qui sait ce que nous allons trouver en rentrant ? dit un officier, tout en s'accrochant au pont du vaisseau, lequel, pris en flanc par un furieux vent du nord, inclinait horriblement.

Telle était bien la question que se posait aussi Percy depuis que, redescendu des hauteurs de Roumah, il avait regagné Dibrougarh et plongé dans la Meghna, jusqu'à son estuaire remonté par un puissant mascaret. Qu'allait-il trouver en rentrant ? Oubliée la légende du « canon de Barisal » et de ses eaux se fracassant sur le rivage ? Oubliés les grands animaux marins égarés dans les fleuves, *platanistas* et autres « souffleurs » ? Oubliés les cadavres posés sur des planches et dérivant sur le fleuve, éclairés par des centaines de petites lucioles ? Oubliés les pèlerins et leurs fioles d'eau sacrée vendues quelques roupies ? Oubliées les Indes pour lesquelles ils étaient venus, lui et Aventino, et qu'ils devaient abandonner, tristes et déçus ? Oubliées, ces terres hostiles ? Tout cela parce qu'il se retrouvait en pleine mer, sur le bateau d'un flibustier, à parler du Corse maudit, d'un duc assassiné qu'il ne connaissait pas, et d'une Italie qu'il sentait se rapprocher de jour en jour ? Rien n'était moins sûr...

Assis dans son fauteuil, sur le pont, Aventino renaissait doucement à la vie. Sans Percy, revenu l'extraire de son cercueil de neige et l'arracher aux griffes d'un tigre géant qui, au-delà même de la mort, ne semblait pas avoir voulu l'abandonner, Aventino aurait sans doute fini dépecé par les bêtes féroces et les rapaces. Mais Percy l'avait retrouvé, sauvé, et avait tout pris en charge. Non seulement, il avait fait acheminer bagages et caisses de thé de Dibrougarh à Faridpour, mais il avait aussi réussi à organiser le départ sur ce navire qui quittait les eaux tumultueuses de la Meghna. Pour soulager les douleurs d'Aventino, il n'avait pas hésité à le bourrer de laudanum, ce vin d'opium récemment inventé par un Anglais du nom de Sydenham. Ce qui expliquait la torpeur qui s'était emparée d'Aventino depuis son retour des terres inexplorées, son mutisme et cette absence pesante qui confinait au crétinisme. Mais Percy était d'un optimisme à toute épreuve. Il n'avait pas accompli tous ces efforts pour rien. Son ami serait sauvé ! La plupart des pharmacopées recommandaient une dose journalière de cinq à six grammes. Au plus fort du traitement, Percy lui en faisait absorber quotidiennement entre dix et vingt, ce qui donne un idée du degré de tolérance auquel son ami était parvenu. À tous ceux qui le traitaient de fou ou de meurtrier, il opposait une réponse toute prête : « Il ne s'agit pas tant de le droguer que de soigner son corps et son âme. » Aventino était allé jusqu'au bout du chemin. Substance magique, quasi divine, la drogue lui avait permis non seulement de revenir parmi les vivants mais aussi de vaincre ses souffrances.

Alors que le capitaine et ses officiers avaient quitté le pont, emportant avec eux toutes ces discussions autour de l'Angleterre, de Buonaparte et du duc d'Enghien, Percy observait à l'aide de sa lunette les bateaux qui croisaient à distance respectable du *Cérès*. Soudain, il sentit qu'on le tirait par la manche. Il abaissa sa lunette, se retourna et vit Aventino qui le regardait, émergeant d'une brume épaisse et essayant de lui parler. C'étaient ses premiers mots depuis qu'il l'avait trouvé face contre terre baignant dans son sang et une neige crasseuse :

– Percy, où... que...

Percy se pencha vers lui et lui prit la main.

– Aventino, mon ami. Tu es vivant. Nous sommes sur un bateau... Le *Cérès*... Nous retournons en Italie.

Aventino ouvrait de grands yeux, sans comprendre, regardant autour de lui, effrayé et vulnérable. C'était en plein milieu de l'après-midi, Percy entreprit de raconter par le menu leur retour. À mesure qu'il avançait dans son récit, Aventino revenait à lui, hochant vigoureusement la tête. Il voulait tout savoir. Percy n'omit aucun détail. Il lui raconta les adieux étranges au maharajah, les dernières paroles du Chinois et de Moodajee – si distant après tant de proximité ? Il lui raconta le départ du palais et de la plantation qu'il avait tout simplement abandonnée, la mort dans l'âme. Il parla peu de sa tristesse, de sa déception, de tous ses rêves envolés, mais ces sentiments étaient si palpables qu'Aventino ne savait qui de ceux-ci ou de l'opium lui faisait devant les yeux un voile opaque. Percy lui raconta aussi le voyage jusqu'à la barge, les bagages et les caisses de thé empaquetées dans des couvertures ; la foule des indigènes chargés de tapis et de coussins ; les troupeaux affairés de femmes voilées ; les enfants, les vieillards ; puis la descente du fleuve au milieu d'un tohu-bohu infernal, au milieu des cris, des appels, des exclamations ; enfin, l'arrivée au port parmi les marchands de fritures, de fruits, de curiosités, de malles et d'articles de voyage, les distributeurs d'eau, les inspecteurs indigènes qui soupesaient, vérifiaient, réglementaient... Aventino se souvenait de certains moments de ce périple, et en avait totalement oublié d'autres :

– Il y avait un marché, non, n'est-ce pas ? articula-t-il.

– Oui, dit Percy. Des montagnes de pastèques, de dattes d'Arabie, de pamplemousses, de cocos.

– Et des animaux vivants, aussi, des animaux vivants, je me souviens...

– Oui. Des singes apprivoisés, des antilopes, des poulets, des perruches, des serins...

Avant que le *Cérès* ne finisse de remplir ses cales, tout un monde coloré avait envahi le pont. Il y avait là des barbiers assis sur leurs talons, des hommes habillés en femmes qui se contorsionnaient pour amuser les voyageurs, des saltimbanques, des danseurs, des marchands de bimbeloterie, des fakirs au corps nu enduit de graisse, des mendiants quémandant une poignée de riz et quelques fèves. Puis tout ce beau monde avait été rejeté sur le quai, sans ménagement. Le navire avait quitté le port. Aventino se souvenait, maintenant. Il revoyait très distinctement la mer bleue, les cocotiers oscillant sur le rivage dans le vent. Et après les îlots découpés du delta, le cordon d'écueils sombres qui s'était couvert d'écume argentée, les vagues qui se brisaient avec fracas sur le rivage, et le large enfin traversé de reflets glauques. Percy lui confirma ce qu'il croyait n'être qu'un rêve. Il était resté accoudé longuement sur le sabord à l'arrière du bateau, suivant du regard la ligne verte de la côte.

– À mesure que nous nous éloignions, elle était de moins en moins distincte. Lentement tout devenait confus, inaccessible. Les Indes nous quittaient. Et c'était comme si nous n'y avions jamais posé le pied.

Aventino se souvenait aussi de tous ceux, passagers et hommes d'équipage, qui avaient défilé devant lui pensant qu'il n'entendait ni ne voyait rien : des capucins, des marins naufragés à rapatrier, des soldats, des marchands, des hommes d'équipages de toutes races et de couleurs différentes, et d'un négociant français qui ne parlait que de ses quatre mille balles de soie entassées dans la cale, « d'une valeur inestimable, cher capitaine, inestimable ! ». Puis soudain, Aventino se dressa sur son fauteuil, retrouvant tout à coup son visage, son maintien et ses manières des jours précédant « l'accident » :

– Et les autres ?

– Quoi, les autres ?

– Moodajee ?

– Moodajee ?

– Oui, notre guide.

– Il est reparti à Pondichéry... Enfin, pas immédiatement. Il a poursuivi jusqu'à Calcutta... Pour travailler avec les Anglais.

– Et le Chinois ?

– Il n'a pas voulu quitter le maharajah... Enfin, rien n'est sûr. Tout est devenu très opaque dès lors que chacun avait compris que nous rentrerions en Italie.

Puis Aventino s'interrompit, comme si ce qu'il voulait demander exigeait un effort considérable. Des larmes lui montèrent aux yeux. Percy l'aida.

– La jeune femme ? Tu voudrais savoir ce qu'elle est devenue ?

– La fille du maharajah, oui, la *rajkumari*...

– Je ne sais pas, Aventino.

– Comment, tu ne sais pas ?

– Les renseignements sont contradictoires, les versions différen-tes...

Percy, qui jusqu'alors était resté debout sur le pont, s'assit dans un fauteuil près d'Aventino. Ce dernier lui confia tout, ou presque, de ce qui s'était passé entre la jeune femme et lui, et tout ce qu'il avait projeté : la fuite, le rendez-vous sur le bateau, son désir de l'emmener avec lui en Italie, son désir à elle... Percy paraissait gêné.

– Je le savais, Aventino... Et je crois que je n'étais pas le seul...

– Mais parle !

– Certains disent que le mari la garde séquestrée à Dhoubri, d'autres qu'elle n'a jamais quitté Dibrougarh et que son père lui-même l'a fait assassiner. Certains prétendent avoir assisté à son arrestation par les hommes du maharajah alors qu'elle s'apprêtait à monter à bord du *Cérès.*

Aventino devint livide :

– Mais toi, que penses-tu ?

– Franchement, je ne sais pas. J'ai entendu tout et n'importe quoi : que Moodajee l'avait perdue dans la jungle, que le Chinois l'avait conduite dans un bordel pour Européens, et même qu'elle s'était jetée de désespoir dans le Brahmapoutra !

– Tout cela est faux ! Je n'en crois pas un mot ! Je ne peux pas !

– Aventino, la *rajkumari* n'est pas sur le bateau. Tu comprends ?

– Elle n'est pas sur le bateau... Elle n'est pas sur le bateau...

– Ce qui est sûr, en tout cas, c'est que la chasse au tigre était destinée à te faire disparaître !

– Mon ami, comme nous sommes loin du calme et de la volupté de l'arbre à thé...

– *Camelia Sesanqua...* Il met de la folie dans l'âme, comme la mer, soupira Percy, en regardant le moutonnement blanc qui jaillissait de chaque côté du bateau.

De retour dans sa cabine, Aventino reprit une dose d'opium. Certes, cette médecine opacifiait un peu par instants son entende-ment et sa perception des choses, mais elle l'avait bel et bien aidé à sortir de son mal. « Quel imbécile a dit "éviter la douleur par des moyens artificiels est une chimère qu'il n'est plus possible de défen-dre aujourd'hui" ? » se demanda-t-il, en se regardant dans la glace. C'était la première fois depuis son départ de Dibrougarh qu'il se sentait aussi lucide. Avant que la dose d'opium n'agisse, il avait encore devant lui un long moment de lucidité. Il était un des rares passagers du *Cérès* à bénéficier d'une cabine, luxe qui avait dû coûter une petite fortune à Percy. Mais monsieur Jean-Nicolas Luneville ne reculait devant aucun moyen pour remplir ses poches, comme en témoignaient d'ailleurs les caisses d'opium entassées jusque dans les couloirs menant aux cabines. Pour soutenir ses activités à Canton, la très honorable *East India Company* avait imaginé de substituer à l'onéreux transport d'argent d'Europe en Asie une activité bancaire rattachée au commerce des Indes en Chine. Elle acceptait des navires flibustiers, et autres *country traders*, l'argent gagné sur les cargaisons de la drogue, et tirait en retour de ces fonds des traites sur Londres. L'argent reçu des Chinois par les contrebandiers de l'opium était donc investi dans la trésorerie de l'Honorable Compagnie pour servir aux achats de thé et de soie. Puisque l'opium n'était pas transporté sur ses navires, celle-ci ne se préoccupait pas de savoir où allait la drogue ni comment elle était acheminée, ou qui l'achetait...

Allongé sur sa couchette, Aventino essayait de se remémorer les détails de ce long séjour aux Indes et ce qu'il avait pu lui apporter. Ses goûts, jusqu'alors, l'avaient plutôt porté vers des formes de pensées et d'actions fermées, géométriques, régulières : il les opposait à l'éclatement désordonné de ce qui l'entourait. Et aujourd'hui ? Les choses s'étaient peut-être inversées. Peut-être cherchait-il davantage à rendre compte de la complexité du monde, mais sans renoncer à vouloir lui trouver une unité, ou un sens, ce qui aurait été jadis sa position, mais plutôt plusieurs sens qui s'entrecroisent. À présent, il avait l'impression d'accepter ses replis, ses versants obscurs, de s'éloigner de l'abstraction philosophique qui avait marqué la première partie de sa vie. Il savait que l'existence, loin d'être un système entièrement calculé et prévisible, n'était qu'un ensemble d'effets aussi nombreux qu'involontaires. Ainsi, la vérité était-elle plus proche d'une utopie pulvérisée, en suspension, corpusculaire, que d'une utopie solide, compacte et fine. C'est pour cela que la partie de chasse l'avait tant transformé. Comment le dire aux autres ? Comment dévoiler à Percy son secret inouï : il avait laissé dans les montagnes enneigées un morceau important de son être d'homme et s'était laissé envahir par une part essentielle venue du tigre ? Personne, hormis lui, ne le savait, mais dans la cabine vernissée du *Cérès* dormait une créature à la robe rayée de noir, moitié-homme et moitié-tigre. Et cette créature étrange, se souvenant de la moitié humaine qui l'habitait, ouvrit brusquement ses bagages et se mit à fouiller frénétiquement dans ses malles de vêtements et d'objets divers à la recherche de son passé immédiat, d'un indice, d'un souvenir. Et alors qu'il touchait le fond d'une valise, il sentit sous sa main comme un morceau de papier plié, ou plus exactement comme deux petits masses

dures entourées de papier. Il les sortit, se releva et les posa délicatement sur la couchette.

Les petits papiers contenaient des cornets en feuilles de bétel,
renfermant chacun une minuscule boule brune. Aventino sourit. Il
savait exactement de quoi il s'agissait. Il savait que ce mélange subtil
de feuilles de bétel, d'arec coupées très mince, de chaux, de cardamome, d'épiceries fines et de cachou, était un présent d'amour.
Aventino ferma les yeux et mâcha doucement la gomme de bétel.
Il savait que sa salive en était toute colorée, que ses lèvres prenaient
un ton rose vif, que son haleine devenait parfumée, et qu'un léger
effet euphorisant se produirait bientôt. Il déplia ensuite les petits
papiers. Chacun comportait un poème. Il les lut plusieurs fois à
voix basse tandis que défilaient devant ses yeux des images merveilleuses de la *rajkumari*. « *Je partirai, ô mon amour/ je prendrai la défroque
du mendiant/ Pour toi, je pourrai mourir/ je quitterai le pays d'Assam* »,
disait le premier. Et le second : « *Tu es venu chez nous/ au passage tu
as dit/ Ces mots chéris,/ un feu me dévorait tout entière.* » Quand ces
papiers avaient-ils été introduits dans ses malles, et par qui ? Une
frénésie irrépressible s'étant emparée de lui, il passa une partie de
l'après-midi à ouvrir ses bagages. Valises, malles, paquets, boîtes,
caisses, tout fut ouvert, presque éventré. Il ne trouva rien d'autre.

L'effet de l'opium et de la boule de bétel conjugué à son désir
inassouvi de toucher la *rajkumari*, le faisait trembler des pieds à la
tête, comme si un curieux démon s'était emparé de tout son être.
Il sentait monter en lui le tigre qu'il était devenu dans les neiges
de l'Assam. Il imaginait que rien ne lui résistait. Qu'il pénétrait
dans un village où les hommes, gagnés par la douceur sucrée des
pipes à eau dans lesquelles brûle un mélange de tabac et de has-
chich, le regardaient passer sans réagir, avachis sur des fauteuils ;
le laissant enlever buffles, sangliers, cerfs ; et faire un grand carnage
de sang ; comprenant que ce tigre, faisant preuve de qualités humaines telles que la ruse ou la vengeance, avait certainement connu
un état plus élevé, qu'il avait quitté malgré lui, parce qu'un jour,
lui aussi, il avait été un homme. Les habitants des villages avaient
donné à ce tigre étrange un nom qui leur ressemblait : le *Ling'rah*,
l'estropié. Les plus anciens assuraient qu'il avait dû être blessé au
cours d'un combat. Avec sa patte raide, qui était comme un bras,
et sa main, sans doute paralysée par la section de quelque nerf, il
errait dans la forêt. Entre la faim et la peur, la cruauté et l'ennui,
il semblait chercher quelque chose ou quelqu'un, chercher, toujours, sans jamais trouver, comme un tigre condamné à errer dans
une forêt qui n'est plus la sienne, ou comme un homme, dans une
jungle où il n'a plus lieu d'être.

45

Maintenant qu'il avait retrouvé ses esprits, Aventino passait des heures à errer sur le pont. La nuit, il aimait regarder la lune qui bouillonnait dans le sillage du navire. Au sud, vers l'horizon sans limites, le ciel se confondait avec l'eau. Au nord, presque noir, il chevauchait une mer sombre éclairée d'une vague lueur. Vers une heure du matin, la mer devenait blanche et gazeuse, presque pétillante. Les marins parlaient de « mer de lait ». Progressivement, le phénomène s'inversait : la mer laiteuse redevenait bleue puis verte. Ce vert profond était le signe qu'une nouvelle journée commençait. Ce rythme, en apparence immuable, était celui du retour vers l'Italie. Parfois, il était brisé par les choses secrètes venues des eaux : imprévisibles, épouvantables. Tous avaient alors ce sentiment terrible de ne pouvoir aller contre la mer – avec cette certitude étrange que naviguer était une des figures possibles de l'existence.

Un matin, c'était une vergue qui cassait par le milieu, envoyant cinq hommes se noyer dans la mer et cinq autres s'écraser sur le pont du navire. Une après-midi, c'était une voie d'eau qui pénétrait dans le vaisseau, si importante qu'on aurait dit le bruit d'une cataracte, au grand dam des calfats impuissants. Puis certains soirs, au contraire, le vent était si faible, que les voiles claquaient, inertes, comme des drapeaux inutiles jusqu'à ce que des tortues, dormant à fleur d'eau, et des lacyons, volant autour des mâts, annoncent une nouvelle tempête. Alors l'eau de pluie pénétrait dans la batterie par les joints du pont restés ouverts, se mêlant aux vagues qui embarquaient par les sabords à chaque coup de roulis. Et toute cette eau remontait dans l'entrepont, passait à travers les panneaux et les joints, obligeant hommes d'équipage et passagers à suspendre des toiles goudronnées au-dessus des lits pour les mettre à l'abri.

– Mon matelas est traversé depuis huit jours, se plaignait Aventino.

– Il est installé le long d'un bordage, on ne peut rien faire, disait le capitaine. L'eau pénètre par les côtés.

– J'ai fait allumer des feux dans le faux-pont pour essayer de le sécher un peu, assurait l'officier de quart.

– Ajoutez dix hommes pour jeter l'eau et entretenir les feux, de jour comme de nuit, ordonnait le capitaine.

– Ça ne nous empêche pas de filer à plus de treize nœuds, rappelait fièrement un mousse.

– Tu as raison, mon garçon, c'est le principal, assurait le flibustier qui ne pensait pas si bien dire...

Chaque jour, vaille que vaille, le *Cérès* avait le bonheur de compter soixante-quinze à quatre-vingts lieues de moins sur sa route. Et si ce n'était une ophtalmie, dont peu de personnes furent exemptées, qui les faisait horriblement souffrir – le chirurgien n'ayant d'autre solution pour diminuer l'inflammation des yeux que de pratiquer des saignées sur des veines qui se rouvraient au moindre effort –, le voyage se poursuivait sans trop d'avaries. Le cap de Bonne-Espérance fut bientôt franchi. Percy et Aventino avaient repris leurs longues conversations amicales autour de tasses de thé qu'ils buvaient en cachette. Personne ne devait savoir qu'ils transportaient avec eux des feuilles aux vertus merveilleuses qui déclareraient une guerre ouverte au cacao et au café. Le thé noir d'Assam était une boisson des plus délectables, et toutes les fois que dans la cabine de l'un ou de l'autre ils se retrouvaient ainsi, les heures passaient, délicieuses, et comme hors du temps. Autour du thé d'Assam, ils retrouvaient tous deux leur sérénité perdue. L'un oubliait l'argent, les marchandises, les échanges ; l'autre la perte de la *rajkumari* et le tigre qui nidait en lui.

– C'est étrange, dit Aventino, avant d'y aller j'imaginais les Indes comme un lieu secret, presque silencieux.

– Et tu les vois maintenant comme un pays qui exalte la parole ?

– Comme une caisse de résonance. Un endroit où on perçoit mieux tout ce qui est humain.

– Au fond, tu peux me le dire, maintenant, tu attendais quoi ?

– J'ai cru que j'allais au-devant d'une nouvelle géographie. Puis j'ai compris que j'en attendais quelque chose d'humain. J'ai rencontré là-bas des hommes et des femmes qui ont d'autres vérités que les nôtres. C'est ça qui m'a transformé.

– Tu es devenu quelqu'un d'autre ?

– J'ai su qui j'étais. J'avais trouvé un équilibre philosophique...,
spirituel... appelle ça comme tu veux.

– Et tu as le sentiment de l'avoir perdu ?

– À vrai dire, je ne sais pas. Nous plaçons nos religions, nos systèmes philosophiques et politiques au-dessus de tous les autres.
Quelle outrecuidance !

– Ce ne sont pas les plus achevés ?

– Je ne le crois plus. J'aimerais pouvoir continuer d'entendre ces
hommes et ces femmes. Ils ont tellement de choses à nous dire.

– Tu es à peine parti que tu veux revenir ?

– Peut-être... Je commençais à avoir des amis, des habitudes, des
sentiers.

– Tes habitudes ont failli nous coûter cher.

Aventino finit sa tasse de thé, soudain sombre.

– Excuse-moi, je ne voulais pas te blesser...

– Tu as sans doute raison, il était temps pour nous de repartir.
Mais je n'arrive pas à m'y faire. Il y a d'un côté l'expérience de
l'Assam et du thé, et de l'autre cette jeune femme. J'ai l'impression
qu'elle est toujours là, qu'elle...

– Qu'elle ?

– Qu'elle m'attend en Italie !

Des cris soudains venant du pont interrompirent les deux amis
dans leur discussion. Des cris terribles, furieux. La mer était grosse,
le vent contraire, et tout le bâtiment dégageait une odieuse odeur
d'huile chaude, qui allait et venait au rythme du roulis, mêlée à un
pénétrant parfum de poivre. Tantôt d'énormes vagues portaient le
bateau vers le ciel, tantôt elles le précipitaient dans les abîmes
profonds, d'où il rejaillissait pour monter sur des flots encore plus
énormes. Le sifflement du vent, le bruit des antennes, des cordages
et des mâts prêts à se fracasser, le murmure sourd des ondes, le
bouleversement de l'équipage joint à cette espèce de grincement
qui se faisait maintenant entendre dans toutes les parties du vaisseau, créaient une situation de panique et d'angoisse. Tous les
hublots et les sabords étant fermés pour éviter que les embruns
n'envahissent les cabines, les fragrances irritantes dégagées par la
cargaison de poivre se répandaient à l'intérieur. Pourtant, ces derniers temps, une sorte de calme relatif s'était installé sur le bateau.
Chacun avait trouvé ses repères, son espace, occupait son temps
comme il l'entendait. On jouait à l'écarté ou au craps, on dansait
et on chantait, le chirurgien donnait à ceux qui le désiraient des
cours d'amputation, on avait même organisé une loterie avec les

pièces d'argenterie saisies sur le *Brooklyn*. Mais cette fois, quelque chose de différent était en train de se passer. Un attroupement s'était formé autour du capitaine, qui grossissait à mesure que celui-ci égrenait sa triste litanie :

– J'ai tout vu dans ma putain de vie de marin, le scorbut, les intoxications au vert-de-gris, les fièvres chaudes, les fièvres putrides, les maladies inflammatoires, les maladies malignes, les vers blancs dans l'eau croupie, les farines gâtées, mais ça jamais, nom de Dieu, jamais !

– Que se passe-t-il ? demanda Percy.

Un matelot, effrayé, lui répondit en tremblant :

– On a retrouvé un Chinois mort de la diarrhée. Quand on l'a déshabillé, on a vu des milliers d'asticots sortir de dessous son cadavre !

– On a cru que c'était parce qu'il était aux fers. On ne lui donnait à manger que de la soupe de lard rance bouilli dans de l'eau de mer, des biscuits de son et un petit verre de schnaps tous les deux jours, dit un autre.

– Il était plein de poux, ajouta un mousse en faisant la grimace.

– Au début, il faisait tout sous lui. Je l'ai soigné, j'ai lavé son pantalon qui puait la rage et était rempli de vermine, et puis j'ai fini par le laisser crever !

– Messieurs, hurla le capitaine, silence ! La gravité de ce que j'ai à vous dire exige le silence absolu ! Messieurs !

Un silence effrayant s'abattit sur le pont du navire. On n'entendait plus ni le vent, ni les vagues, ni les gréements, comme si les choses de la mer avaient décidé elles aussi de se taire pour écouter Luneville :

– Monsieur le chirurgien est formel : nous avons la peste à bord !

Aventino et Percy se regardèrent intensément. Ils n'avaient tout de même pas échappé au kala-azar et fait tout ce trajet ensemble pour crever comme des mouches sur ce rafiot infâme ! Le *Cérès* venait de doubler les îles Canaries et s'apprêtait à passer le détroit de Gibraltar. Le capitaine fit hisser le pavillon jaune de la peste, dans un calme de mort, et conclut sa harangue par ses mots :

– Nous ne pourrons mouiller dans aucun port. Notre seule issue est d'atteindre Gênes et d'y attendre que Dieu prenne en main nos destinées.

Les semaines qui suivirent, la découverte de trois autres cas de peste vint progressivement installer sur le navire un climat d'horreur. À mesure que le mal prospérait, les vivants étaient soulagés de jeter les cadavres par-dessus bord, et souvent ils n'attendaient pas pour le faire que les malades aient expiré. On vit un jeune garçon de seize ans jeter son père à la mer dans une indifférence totale ; un officier vaillant, aux états de service prestigieux, contraindre un vieillard agonisant à avaler une mesure de trois coins de schnaps, afin qu'il trépasse. Les cales se remplissaient de malades qui se soulageaient les uns sur les autres, se piétinaient sans pouvoir se défendre, se chevauchaient à chaque violent coup de tangage. Ceux qui passaient des nœuds coulants autour des corps, avant de les hisser sur le pont d'où ils étaient jetés à la mer, ne semblaient jamais penser qu'un tel sort pourrait, d'un moment à l'autre, être le leur.

Percy et Aventino, sans ménager leur peine, n'en pensaient pas moins à l'avenir. Les côtes italiennes se rapprochaient, et chaque jour, ils descendaient vérifier l'état de leur cargaison, arrosant les pousses de théier, enlevant les feuilles mortes, examinant la cire qui entourait les graines, observant minutieusement les petits pots où séjournaient les semences, pulvérisant de l'eau douce, renouvelant les petits tas de mort-aux-rats, vérifiant l'étanchéité des boîtes recouvertes de nattes de bambou, de peau et de fer-blanc, sans oublier les cinq caisses contenant des plantes rares des Indes – canneliers, *calys* et *itchapalons* dont les seuls spécimens existants en Europe se trouvaient au Jardin des Plantes de Paris. Cela pouvait paraître futile mais ne l'était pas. Les arbres à thé maintenaient les deux hommes en vie, comme ils les avaient aidés autrefois à rêver. C'était leur manière à eux de résister à la peste qui était en train de prendre lentement le commandement du navire.

Bientôt, il n'y eut plus sur le *Cérès* que deux types d'êtres humains : les malades et les autres. Le bateau était comme une ville flottant à la dérive, parcourue par le chirurgien et ses aides qui « soignaient » les malades, par les « marqueurs » qui traçaient une croix blanche sur les portes des cabines des pestiférés, par les matelots transformés en chambrières improvisées. Oui, une ville infernale aux détours de laquelle on n'eût pas été surpris de croiser de lourds tombereaux portant les victimes de la nuit, des sergents de charité dans leur sinistre robe bleue marquée d'une croix blanche à l'une des manches, et des capucins en habit, de camelot gris tandis que dans le lointain tintait une clochette avertissant le monde de « s'écarter du chemin et d'adorer Notre-Seigneur ».

Le capitaine avait fait prendre des mesures de fortune pour tenter sinon d'enrayer l'épidémie du moins d'en localiser la diffusion à une partie du bateau. L'arrière étant réservé aux bien portants et tout l'avant aux malades et aux mourants. Ceux qui avaient des contacts avaient enfilé des sortes de gants afin de se préserver de la contagion. Le capucin, en ministre de Dieu, revêtu d'un surplis et d'une étole, avait fini par porter le saint Viatique aux mourants. Sur les conseils du chirurgien et afin de dissiper plus aisément l'air infesté qui circulait entre le malade qu'il confessait ou le mourant à qui il administrait l'extrême-onction, le prêtre capucin avait placé entre eux et lui un flambeau de cire allumé. Mais rien n'y fit, le mal empira. Les feux allumés, exhalant le brai, le goudron, le genièvre, la térébenthine, n'étaient qu'antidotes impuissants contre le poison subtil. Celui qui se dévouait, exhortant le mourant à essayer de vivre, mourait à son tour, immédiatement remplacé par un autre qui trépasserait lui aussi. Quand le chirurgien succomba, on ne le jeta pas à la mer. Tous étaient d'accord : le dévouement dont il avait fait preuve méritait une sépulture plus durable que celle des flots de la Méditerranée. On confectionna un cercueil de bois dans lequel on enferma son cadavre, et on y ajouta du sel pour empêcher la corruption. Le *Cérès* croisait maintenant au large des côtes d'Espagne.

Témoins de toutes les horreurs de la maladie, Percy et Aventino tenaient bon. Jamais ils n'auraient pu penser qu'en se dévouant à ce point pour les autres, ils travailleraient à leur propre bonheur et à leur propre joie. D'ailleurs, tous, hommes d'équipage et passagers, de religions et de races différentes, s'étaient rapprochés les uns des autres. Ils n'étaient plus que des hommes, égaux devant la mort. Tous l'attendaient et tous la redoutaient. De tous côtés montaient au ciel des prières et des supplications. Certes, le capucin catholique avait fini par décréter une sorte de procession générale durant laquelle de déchirants *À peste, libera nos Domine,* « Seigneur, délivrez-nous de la peste », s'étaient perdus dans les gréements ; certes, il avait exigé que chacun fît vœu d'entretenir une lampe toujours allumée devant une image de Marie, mais les prières étaient communes, adressées aux mêmes dieux sourds.

Début mars, le bateau passa au large de Bordighera. Était-ce la proximité de la terre italienne signifiant la fin du voyage, ou la marque d'un marin désespéré, tentant par ce geste de se prouver à lui-même qu'il était encore en vie, toujours est-il que, à l'image des « corbeaux » qui sous prétexte d'aller aérer les maisons des pestiférés en profitent pour commettre quelques larcins, un certain Nicolas Simon vola une bourse sur un cadavre. Il ne restait qu'une cinquantaine de personnes à bord du *Cérès*. Malgré l'omniprésence de la mort et la proximité du but, le capitaine jugea que la discipline devait être maintenue. Il ordonna de hisser le pavillon de justice, qu'on salua d'un coup de canon, et prononça à l'encontre du matelot un arrêt de correction. Reconnu coupable, celui-ci subit son jugement : soixante coups de corde donnés sur le dos à vif.

Alors qu'Aventino et Percy évoquaient l'absurdité d'une telle mesure disciplinaire, ce dernier fut pris d'une soudaine défaillance qui le fit s'évanouir. Lui vint ensuite une fièvre légère qui fut suivie d'une sueur assez copieuse provoquée par un des remèdes dont le chirurgien avait dressé la liste avant de mourir, et qu'on venait de lui administrer. Puis d'autres accès de fièvre se déclarèrent avec une violence extraordinaire. Deux jours plus tard, il fallut se rendre à l'évidence : la peste s'était emparée du corps de Percy Gentile. Des moments de profond abattement succédèrent à une immense faiblesse. Bientôt, le malade éprouva de plus en plus de mal à respirer. Allongé sur sa couchette, il semblait se résoudre à la mort avec une sérénité étrange. Comme si Aventino avait pris la place de son ami, dans sa lutte contre le mal, il le contraignait à absorber d'autres remèdes, à se laisser ciseler tout le bras et passer le rasoir jusqu'au plus profond de la chair, à recevoir l'émétique à la dose la plus forte. Rien n'y fit. Refusant avec véhémence le saint Viatique et l'extrême-onction, Percy préféra rester seul avec Aventino jusqu'au bout.

– Le thé, Aventino. Jure-moi de le ramener en Italie et de le faire pousser.

– C'est toi qui le feras pousser !

– Imbécile ! Regarde-moi, regarde la réalité en face. Je suis en train de crever, nom de Dieu ! Tu ne vaux pas mieux que le capucin avec ses sacrements !

Aventino regardait son ami, collé à son lit humide et souillé, des larmes dans les yeux. Il n'arrivait pas à comprendre ce qui rendait possible la cohabitation d'un discours aussi lucide et de ce corps en pleine décomposition, dégoulinant de sueur, noirci, suffoquant, aux chairs comme frappées par le feu, et qu'on finirait par tirer de sa cabine avec un crochet de boucherie pour éviter de le toucher.

– Tu couvriras l'Italie de jardins de thé, n'est-ce pas ?

– Je te le promets, je te le jure.

– Tu soignes les pousses tous les jours, n'est-ce pas ?

– Tous les jours, je descends dans la cale. C'est la seule chose vivante qui reste.

– Heureusement les rats ignorent les propriétés des feuilles de thé, ils préfèrent les cadavres ! dit Percy dont le sourire se crispa en un horrible rictus. Écoute, mon ami, approche-toi...

Aventino se pencha doucement. Percy dégageait une odeur épouvantable. Il montra des yeux le tiroir d'un petit meuble, juste à côté de sa couchette :

– Ouvre...

Aventino posa sa main sur le premier tiroir.

– Le troisième, dépêche-toi avant que la merde ne me sorte par la bouche !

Aventino ouvrit le troisième tiroir et en extirpa un petit sac de cuir qu'il s'apprêtait à ouvrir.

– Non, pas maintenant ! Attends d'être à terre. Dans une semaine, dans deux mois, dans dix ans... Tu sauras quand l'heure de l'ouvrir sera venue.

– Pourquoi ? Qu'est-ce...

– Tu m'emmerdes avec tes questions. Prends-le.

Percy se tordit soudain de douleur. Il resta un long moment silencieux. Puis il réussit à articuler :

– Je ne m'intéresse nullement à l'immortalité mais seulement au goût du thé.

Ce furent ses dernières paroles. Aventino le veilla longtemps, jusqu'à l'aube, serrant dans ses mains le petit sac de peau. Quand il sortit enfin de la cabine, le jour s'était levé. Juste devant le *Cérès* se dressaient les déchirures tragiques du mont Diamant, largement striées par un soleil éblouissant. Sous ses pieds, le bleu saphir de la mer où vient plonger la ville de Gênes, gardée par la haute tour carrée du phare de La Lanterne. Alors qu'il observait cette chandelle démesurée, si familière, le cadavre de Percy, enveloppé d'un drap blanc, s'enfonçait dans les eaux profondes de la *Riviera di Ponente*.

Aventino regardait devant lui sans voir. Luneville compta les survivants : moins de vingt ! Il se demandait même comment le bateau avait pu rejoindre les côtes italiennes avec un équipage qui s'amenuisant chaque jour avait rendu les manœuvres de plus en plus incertaines. Aventino se sentait dans une sorte de brouillard. Était-il seulement encore en vie ? Les autorités portuaires obligèrent les passagers du *Cérès* à une quarantaine de vingt et un jours. On donna le choix aux rescapés de la faire à bord ou au lazaret dans lequel on les prévint qu'ils ne trouveraient que les quatre murs. La plupart choisirent la felouque. Malgré la présence de la mort, malgré les fantômes ramenés de Faridpour, l'étroitesse des lieux, la vermine, et tout le reste, Aventino préféra, lui aussi, rester à bord. Il ne pouvait abandonner les pousses de théier et les caisses de thé d'Assam.

La quarantaine effectuée, le bateau put enfin faire voile vers le port de Gênes. Un bon petit vent de sud-ouest goudronné le poussa vers la rade. Du pont du *Cérès*, celle-ci paraissait comme une forêt, occupée par des centaines de bâtiments. Il semblait difficile de choisir un mouillage sans courir le risque d'éprouver et de causer des avaries. Luneville y parvint pourtant, avec l'aide du pilote côtier et de forçats réquisitionnés pour l'occasion. Avant de laisser les passagers descendre à quai, on avait fait vinaigrer, parfumer et demi-brûler tous les courriers adressés aux habitants et aux autorités de Gênes par les survivants du *Cérès* qui avaient dû, de leur côté, accepter certains rites imposés par les médecins italiens. Aventino, comme ses « commensaux » restés à bord, avait dû se frapper fortement du plat de la main sous les aisselles et aux aines, parties où se manifestent d'ordinaire les bubons caractéristiques de la peste, puis passer dans une salle où ils avaient été soumis à une fumigation et à une aspersion des plus infectes. Quant aux différents sacs, malles, et autres caisses privées, on y avait versé quelques gouttes d'un liquide blanchâtre qui ne puait pas trop et qui ressemblait vaguement à une teinture d'eau de Cologne. Tous les objets, sans exception, ayant été en contact avec les pestiférés, avaient été brûlés, et l'argent lavé dans de l'eau de chaux.

Tandis qu'avait lieu le transbordement, Aventino eut toutes les peines du monde à trouver une voiture qui voulût bien se charger de les transporter, lui et son chargement hétéroclite. Quand tout fut rassemblé sur le quai, soigneusement étiqueté, vérifié et aspergé de teinture, Aventino dut admettre qu'il ne ramenait des Indes que bien peu de choses. Quelques boîtes de fer-blanc contenant des graines, une dizaine de petits pots remplis de semences qui avaient germé, une vingtaine d'arbrisseaux rabougris ; maigre butin auquel il fallait ajouter des caisses revêtues de nattes de bambou et de peau dont il fallait espérer que le contenu de feuilles torréfiées ne fût pas endommagé. Tout le reste, à commencer par les plantes exotiques censées faire concurrence à celles du Jardin des Plantes de Paris, avait péri durant la traversée. Pour le remercier de son aide généreuse, et en souvenir de leurs souffrances partagées, Luneville avait offert à Aventino quelques bouteilles de vin de Porto et de Madère, et plusieurs boîtes de prunes confites de Coïmbre. Des bagages de Percy, rien n'avait pu être descendu à quai : tous les objets ayant appartenu aux pestiférés devaient être passés par le feu. Quant aux effets d'Aventino, ils tenaient dans trois grosses malles en rotin retenues par de grosses lanières de cuir que les rats avaient en partie rongées.

– Et on doit tout emporter ? demanda le petit homme rondouillard.

– Oui, si possible, répondit Aventino.

– Ça va prendre du temps et ça sera plus cher. Il va me falloir des gars, pour m'aider.

Aventino fouilla dans sa poche et en sortit une bourse contenant plusieurs pièces d'argent et de nickel. Cela faisait exactement cinq ans qu'il n'en avait pas tenu de semblables dans sa main.

– Si monsieur a de quoi, c'est différent, dit le cocher.

– Vous n'avez pas peur que je vous donne la peste ?

– Avec ce qui nous arrive, ça ne peut pas être pire !

– Et qu'est-ce qui vous arrive ?

– Comment, vous ne savez pas ?

– Non.

– Alors, tout cet équipage, c'est pas pour la cérémonie ?

– La cérémonie ?

– Vous arrivez de l'enfer ou quoi ?

– Plutôt du Paradis perdu...

L'homme regarda Aventino, soupçonneux.

– Enfin quoi, c'est le 17 mars 1805, aujourd'hui ! dit-il, tout en marchandant avec des hommes du port pour qu'ils l'aident à faire entrer tout le chargement dans sa voiture.

– Et alors ?

– Nous allons avoir un nouveau roi, parbleu ?

Aventino ne comprenait pas.

– « Nous » ? Vous n'êtes pourtant pas piémontais à ce que j'entends !

– Je suis de Gênes, foutredieu ! Vous, vous êtes piémontais ! Pas moi ! Il n'y a pas que la maison de Savoie, sur terre !

– De quel nouveau roi parlez-vous, alors ?

– De Buonaparte !

– Buonaparte ! dit Aventino, soudain blême.

– Oui, l'Empereur !

Aventino fut pris d'une irrésistible envie de rire :

– Alors, décidez-vous, il est empereur ou il est roi ?

– Les deux ! Empereur des Français et roi des Italiens ! Vous voyez bien que c'est pire que la peste ! Dans moins de huit heures, il s'enfoncera la Couronne de Fer sur la tête, à Milan. « Dieu me l'a donnée, malheur à qui la touche... »

– Comment ?

– C'est ce qu'il a prévu de dire, paraît-il !

– Buonaparte, roi d'Italie ! répéta plusieurs fois Aventino. Quelle farce !

– Je ne vous le fais pas dire ! Et c'est ce traître de Melzi, vice-président de ce qu'ils osent appeler la « République italienne », qui la lui a offerte...

Aventino était atterré. Suffisait-il de quelques paroles prononcées par un palefrenier ligure pour que disparaisse tout ce qu'il venait de vivre, et que l'histoire d'Italie qu'il avait fuie revienne tout soudain ?

– Monsieur ?

Aventino, perdu dans ses pensées, ne répondit pas.

Le cocher insista :

– Monsieur, vous dormez ?

Aventino revint à lui :

– Pardon ?

– Où allons-nous ?

Aventino hésita, tant la question était directe, trop forte, trop réelle.

– À Cortanze, au château de Cortanze.

– Entre Asti et Turin, c'est cela ?

– Oui.

Alors que la diligence s'engageait dans un dédale de rues tortueuses, passant devant un mélange de palais majestueux et de maisons délabrées, d'églises surchargées et de places couvertes d'orangers, Aventino ne voyait rien de la Gênes où il allait chercher autrefois tant de plaisirs. Plongé en lui-même, il avait la sensation qu'il venait de refermer un livre commencé qu'il ne terminerait jamais.

46

Les chevaux, courts mais forts et pleins de fougue, avaient si bien galopé, malgré la grosse machine, qu'en faisant six à sept milles à l'heure, ils étaient arrivés, en moins de deux jours, au pied de la colline menant à Cortanze. La traversée du Mezzano, qui posait souvent bien des problèmes, cette fois s'était déroulée sans embûches. Une équipe de six guides, les vêtements relevés à la taille et de longues perches à la main, avaient pris la voiture en charge et, lui faisant faire de nombreux détours, l'avaient amenée sur la rive opposée. Aventino venait de demander au cocher d'arrêter la voiture entre deux rangées d'arbres. C'était le milieu de l'après-midi, et le château émergeait, là-bas, massif, généreux, flanqué de ses deux tours. Aventino, qui avait survécu aux blessures des champs de bataille, au péril de la mer, à la jungle, aux bêtes féroces, à la peste, tremblait comme un enfant. Un petit vent léger faisait osciller les frondaisons et apportait jusqu'à lui les odeurs de la campagne. Il ne savait que faire de tout ce calme, et de toute cette sérénité : qu'allait-il retrouver ? Cela faisait plus de cinq années qu'il avait quitté ce château qui n'était pas un autre lui-même mais bien la part la plus tenace de ce qu'il était. Il ne put s'empêcher de murmurer, en piémontais, la langue de ses ancêtres : « *Me car e vèi castel d'Cortanze. Oh ! me car castel...* » Le cocher, qui flattait l'encolure trempée de ses chevaux, manifesta une certaine impatience :

– Pardon, monsieur, mais nous n'allons pas...

– Rester ici toute la vie ?

L'homme ne répondit rien, estimant sans doute qu'il ne devait pas avancer plus avant dans l'impertinence. Aventino poursuivit, ironique et presque désabusé :

– J'ai bien peur que si, mon ami.

La voiture monta avec peine les quelques lacets qui conduisaient à la place Vittorio Veneto, passa près de l'église et s'engagea sur la pente pavée qui menait à la grille du château. Celle-ci était ouverte. Aventino fit signe au cocher d'entrer. La voiture longea le mur de briques percées et tourna à gauche vers la cour dallée de marbre rose. L'ombre projetée par le vieux cèdre du Liban masquait en partie le puits qui avait perdu sa toiture en tôle ajourée. La voiture s'immobilisa. Aventino attendait dans la cabine, rencogné sur les sièges de cuir, n'osant descendre. Derrière les volets fermés, il entendit un brouhaha s'emparer de la cour. On s'agitait. On parlait. Très vite, alors qu'il posait le pied à terre, on le reconnut. Des cris fusèrent, des exclamations. Là encore en piémontais. « *I marchess ch'a ritôrno ar paiss.* » « *Sôr Marchess a tôrna.* » « *Aj sôu, andômmij n'côntra.* » « *Côrima, sôn lôr.* » On venait le voir de près tout d'abord, puis on osa le toucher, lui baiser les mains. Oui, monsieur le Marquis était de retour ! Monsieur le Marquis était revenu ! Il y avait si longtemps ! Il donna l'ordre de descendre ses valises, ses malles, et de les réunir dans la grande salle du rez-de-chaussée. Tandis que valets et laquais s'activaient, il paya le cocher, qui entre-temps avait adopté une attitude plus respectueuse, le remercia de la rapidité avec laquelle il l'avait mené à travers les campagnes et les collines du Montferrat, puis monta le grand escalier. En une seconde, il retrouva l'odeur de cire et de bois des couloirs et des pièces du château. Cette fois, il était bel et bien revenu !

– Où est Felicita ? demanda-t-il.

– Aux cuisines, lui répondit sans façons une jeune femme qu'il ne connaissait pas, occupée à nettoyer les vitres des portes-fenêtres ouvertes sur la campagne.

Malgré les réprimandes permanentes de son père, Aventino avait passé une partie de son enfance à suivre Felicita toutes les fois où elle descendait aux cuisines, et à l'écouter proférer ses si mystérieux *proverbi piemontesi.* Ces grandes tables couvertes de tas de fruits et de piles de légumes, cet alignement de casseroles de cuivre et de sombres cuisinières, lui rappelaient tellement de souvenirs : canards saignés, chapons vidés, grincement terrible du tourne-broche suant d'huile, âtre incendiaire alimenté de deux pieds de bois, tonneau mis en perce, fiasques de Refosco au goulot prestement brisé... Felicita était là, de dos, occupée à laisser tomber la polenta en pluie dans l'eau bouillante, et à la tourner dans un profond faitout rouge pour la faire devenir fine comme une crème. Elle fredonnait une vieille chanson piémontaise : *Santa Maria Maddalena in dal mar an burrasca,* « Sainte Marie-Madeleine sur la mer en tempête... »

– C'est pour moi ? demanda Aventino.

La vieille femme s'arrêta de chanter et se retourna. Cette voix, elle l'aurait reconnue entre toutes, malgré sa surdité grandissante. Et bien que l'homme qui se précipitait pour la serrer dans ses bras n'ait pas loin de quarante ans, il était toujours pour elle le petit Aventino qui courait avec la vélocité d'un chat dans les couloirs du château, dont la chevelure ressemblait au duvet d'un oiseau, et auprès duquel elle était restée des nuits entières à la lumière de la lampe à huile, quand la maladie collait sa petite tête de chiot couverte de sueur contre l'oreiller du lit.

– Aventino ! Mon petit homme ! Mon beau garçon ! Tu as encore grandi ! Et moi, je suis de plus en plus petite !

Elle voulait parler, parler encore, essayer une chanson, lancer un proverbe, comme jadis, mais la voix lui mourait dans la gorge, étouffée par trop d'émotion. Après un long silence, tandis qu'elle écoutait son cœur battre contre la poitrine d'Aventino, elle retrouva la force de parler.

– Non, la polenta n'est pas pour toi. J'ai autre chose...

– Je veux de la polenta, ça me rappellera mon enfance.

– Non, mon garçon, dit Felicita, qui avait retrouvé son entrain. Chaque jour depuis des années je prépare un repas qui sera celui de ton retour. Chaque jour, je le donne aux pauvres. Mais te voilà enfin. Remonte, qu'on te serve là-haut.

– Restons ici, dans les cuisines, tu veux, comme lorsque j'étais enfant.

– Très bien, mais avant on se lave la figure et les mains.

Aventino s'exécuta. C'était un jeu sérieux : celui de sa mémoire à qui il était en train de rendre visite. Assis en bout de table, il regardait Felicita aller d'une casserole à une autre, refusant l'aide de qui que ce soit. Ce serait elle et elle seule qui dresserait la table et finirait de préparer le dîner de son petit Aventino. Retrouvant ses réflexes d'antan, elle fredonna : « *Bel Galant u s'è sparti...* »

Le repas fut une merveille, et chaque plat rappelait à Aventino une foule de souvenirs, d'histoires, d'anecdotes. Aux gros oignons blancs farcis d'écorce de citron confite et de raisins de Corinthe, succédèrent une *minestra* de vermicelle couverte de cannelle battue, puis une pièce de bœuf braisé accompagnée d'une purée de céleri, enfin une large tranche de parmesan lourde comme une pierre transcendée par sa pointe d'odeur aromatique. Aventino avait mangé sans rien dire, savourant chaque bouchée, se laissant envahir par les sensations et les émotions. Felicita souriait, heureuse, enfin sereine. Le repas terminé, elle devint sombre et se recroquevilla, comme elle le faisait toujours quand quelque chose venait contrarier ce qu'elle pensait être le bon chemin de la vie.

– Tu ne m'en veux pas, Aventino ?

– Mais de quoi, grands dieux, je n'ai pas mangé ainsi depuis des siècles ! Et ici, à Cortanze, dans les cuisines, avec toi !

– Il n'y avait pas de vin !

– Je ne m'en étais même pas aperçu !

– *L'aqua a fa v'ni le rane 'n't'la pansa !*

– Tant que j'entendrai tes proverbes, tout ira bien, Felicita ! dit Aventino en riant. Mon Dieu c'est vrai : L'eau fait venir les grenouilles dans le ventre !

– Je n'ai pas envie de rire...

Felicita semblait toute chagrinée. Aventino lui prit tendrement les mains :

– Que se passe-t-il, ma chère petite mère ? Moi qui étais si heureux de te retrouver.

– Je n'ai pas une seule bouteille de vin à te servir parce que les Français ont tout pris ! Je suis une pauvre vieille qui ne comprend rien à la politique, mais ce qu'ils appellent le « royaume d'Italie », c'est un vrai désastre pour le Piémont ! Espoirs, rêves, illusions, ils nous ont tout pris ! Leur « Liberté », leur « Liberté », ils n'ont que ce mot à la bouche. Je ne la vois nulle part. Le désarroi, l'épouvante, les pillages, oui. Mais la Liberté non ! Avec eux, le peuple italien n'existe pas ! Ils ont même emmené ton ami Sperandio...

– Barnaba ?

– Oui. Dieu sait si je n'aimais pas ses machines diaboliques, mais de là à venir l'arrêter ! Avec toute une armée !

– Mais pourquoi ?

– C'est très compliqué. Je ne sais pas si j'ai tout compris...

– Essaye de te souvenir.

– Il y a un Français qui a écrit un *Traité de chimie* et qui est mort sur l'échafaud. Barnaba est tombé amoureux du livre. Il a fait des expériences et a même trouvé un gaz, « hilarant » je crois, grâce à lui...

– Pour faire rire ?

– Non, le pauvre. Il en a fait respirer à un cheval malade et la bête a semblé ne plus souffrir. Puis il en a respiré lui-même un jour qu'il avait mal aux dents... et il n'a plus eu mal non plus. Il en a parlé à un chirurgien à Turin qui travaillait avec les Français. Son invention les a intéressés. Ils sont venus le voir ici. Quand ils ont découvert le livre, ils l'ont confisqué et ont saccagé l'atelier.

– Celui qui est dans le campanile ?

– Oui. Il n'en reste plus rien, monte, tu verras.

– Et après ?

– Sperandio n'était plus lui-même, tu penses bien ! Il est devenu si triste... Il faisait de longues promenades, pêchait à la ligne. Il ne parlait plus que d'astrologie, et s'était même fabriqué de nouveaux instruments dont une longue lunette en carton ! Un jour, ils sont revenus le chercher, et cette fois, ils ont tout pris ; ses livres, ses cahiers, ses instruments.

– C'était quand ?

– En janvier 1802.

– Quelle précision !

– C'est facile. C'est quand Buonaparte est devenu Président de la République italienne... Mon petit, dis-moi, tu es revenu pour jeter tous ces Français dehors, n'est-ce pas ?

Aventino ne répondit pas. À peine venait-il de fouler le sol italien que tout ce qu'il avait quitté cinq ans auparavant revenait au-devant de la scène, plus fortement et plus dramatiquement encore : ces cinq années supplémentaires n'avaient fait qu'ajouter au saccage de l'Italie.

– Peut-être, petite mère, sans doute ; je dois d'abord m'efforcer de compr...

Elle ne le laissa pas finir sa phrase. Impatiente de lui fournir des preuves, et pour qu'il agisse au plus vite :

– Suis-moi, je vais te montrer quelque chose qui va t'aider à comprendre.

La chapelle privée dédiée à San Giuseppe, au rez-de-chaussée de la tour nord, et qui abritait depuis 1772 un orgue aux tuyaux d'étain et de zinc construit par le célèbre Giuseppe Savina, était un des lieux les plus sacrés du château. Non point tant parce que la *cappella* était habitée par la présence divine que parce qu'elle était à elle seule un condensé de toute l'histoire des Roero Di Cortanze. Baptêmes, mariages, confessions, enterrements, secrets d'État et mystères intimes y avaient été chuchotés, prononcés, chantés, pleurés, révélés. Chaque objet, chaque parure, chaque couleur, jusqu'aux toiles d'araignées qui réunissaient les couronnes de marquis placées aux quatre angles du plafond de la petite pièce, avait un sens qui semblait gravé là pour l'éternité. Quant aux fresques qui l'ornaient, elles racontaient les grandes heures des figures familiales qui avaient tant impressionné le jeune Aventino, parmi lesquelles : le chevalier Ghilion se battant sous les murs de Jérusalem, en 1099 ; Odone à la croisade de 1214 ; Raffaele sauvant la vie de Carlo V, en 1536.

– Regarde.

Aventino ne sut que dire, que faire. Laisser éclater sa tristesse ou jaillir sa colère ? Les tuyaux de l'orgue avaient été arrachés, comme tout ce qui pouvait avoir de près ou de loin l'apparence du métal.

– Avec l'étain, ils font des gamelles, et avec le zinc, des tuyaux, dit Felicita.

Mais ce n'était, hélas, qu'un avant-goût du désastre qu'Aventino avait maintenant sous les yeux. Les murs de la chapelle étaient recouverts de fresques ridicules : allégorie représentant les noces de Napoléon et de Marie-Louise, batailles de la Campagne d'Italie, entrée à Milan ! Le comble de la laideur revenait à deux fresques représentant la rencontre de Jacob et de Rachel et celle de Rachel et de Lia dans lesquelles le fils d'Isaac avait les traits de Buonaparte, et les filles de Laban, les visages de Joséphine et de Marie-Louise... Bien entendu, l'artiste avait donné à ses personnages le costume du jour : les femmes arboraient des toilettes à la mode de l'an V, et les hommes des uniformes de généraux.

– Mais qui ? Mais qui ? balbutiait Aventino.

– Un certain Andrea Oriano, répondit Felicita.

– Je ne le connais pas.

– Personne ne le connaît.

– Qu'importe, en effet.

– Un monsieur Lodovico Cernide était le chef de toute cette bande.

– Tu en es sûre ? Répète ce nom.

– Lodovico Cernide. Il est venu peu de temps après ton départ pour les Indes.

Aventino, sans cesser de regarder les fresques, s'assit sur un prie-dieu. Il n'en croyait ni ses yeux ni ses oreilles. Lodovico Cernide, cette crapule lombarde, qui après avoir aidé l'aigle autrichien à lacérer les drapeaux d'Italie, cirait maintenant les godillots du tyran français ! L'artiste, sous ses ordres, avait poussé si loin son esprit de flatterie que cela en devenait presque comique ! Devant les fresques souillées de sa petite chapelle, Aventino se fit le serment de ne jamais jurer obéissance aux nouvelles lois ni à Buonaparte, ce roi de théâtre.

– Demain, j'effacerai tout de mes propres mains, promit-il, rageur.

Felicita se rapprocha d'Aventino, à petits pas, fatiguée :

– Les Français sont partout. Ils viennent régulièrement à Cortanze. C'est risqué.

– Je m'en moque. Je les attendrai les armes à la main s'il le faut. Mais viens, allons nous coucher.

Aventino avait appréhendé cette première nuit au château. Mais sa chambre était là, identique à celle qu'il avait laissée avant son voyage. Aucune trace de poussière, aucune odeur de moisi, mais ce même parfum retrouvé des nuits piémontaises. La fenêtre était grande ouverte et il en venait un air tiède et moite rafraîchi par une petite pluie à peine perceptible. Entre le lit et la table attendaient des malles encore fermées, dont semblaient s'exhaler par instants, des odeurs de poivre et de mer. Aventino fit le tour du lit, en silence, comme s'il cherchait à se rassurer, alluma d'autres bougies supplémentaires, puis se glissa entre les draps. Contrairement à ce qu'il avait conjecturé, il s'endormit instantanément.

Pourquoi se réveille-t-on quand on dort ? Personne ne connaît le secret des rêves. La pluie avait cessé et toutes les bougies étaient éteintes. Il se leva, se pencha par la fenêtre : tout était silencieux. Il se recoucha. C'est alors qu'il éprouva une sorte de tressaillement. D'une façon confuse, il eut le sentiment qu'il y avait un être vivant allongé près de lui. Il n'osait ni se retourner ni bouger. Étrangement, il n'en conçut aucune terreur. Ce n'était pas l'angoisse qui le paralysait mais comme un intense besoin de se rendormir. Il sentit ses paupières se fermer et, dans le même temps, un baiser se poser sur ses lèvres. La sensation d'ivresse était si forte qu'il garda les paupières fermées et ne les rouvrit que bien plus tard : pour distinguer dans les ténèbres de la chambre l'ovale d'un visage humain dont il ne pouvait lire l'expression mais qui ne révélait ni désir charnel ni pudeur. Petit à petit, il parvint à rassembler des impressions éparses : un teint bronzé couleur d'étain, des dents très blanches, une chevelure lisse nouée sur la nuque. Le baiser créait une étrange communion entre les objets, l'espace et les êtres, et le visage venait des Indes, pays où les dieux se mêlent aux hommes et où les animaux ont parfois des têtes humaines.

Fut-ce la trop grande fatigue accumulée ces dernières semaines ou l'ivresse du baiser sans cesse recommencé qui contribua à sortir Aventino de ce songe étrange ? Ou encore le visage qui, se tournant légèrement vers la droite, laissa apparaître une boucle d'oreille ayant la forme d'une chaîne d'or enrichie de trois pierres précieuses de couleur verte ? Il eut le sentiment d'être de nouveau seul dans sa chambre. Il ouvrit les yeux. Le ciel nuageux diffusait une clarté bleutée. Aventino regarda longuement près de lui la trace d'une forme absente, dessinant une empreinte vaguement mélancolique sur les draps et la couverture. Il se leva d'un bond, ouvrit la malle sauvée du navire, et qui contenait la boîte en ivoire offerte par la *rajkumari*. Il en souleva délicatement le couvercle : la boucle d'oreille était là, petite chaîne d'or enrichie de trois pierres précieuses de couleur verte. Pourquoi n'y avait-il pas pensé plus tôt ? Pourquoi n'était-il pas, immédiatement après son retour, passé par la galerie de portraits ?

En robe de chambre et une chandelle à la main, Aventino redescendit au rez-de-chaussée. Instinctivement, malgré la pénombre et le silence oppressant, ses pieds s'engagèrent dans la série d'escaliers où il avait si souvent couru, enfant. Mais cette fois, il y employa un temps infini, si grand était son soin à composer ses mouvements, comme s'il avait craint de chuter au premier geste d'inattention. Il régnait dans les pièces qu'il traversait, malgré le dénuement, un grand désordre. Beaucoup de poussière, des toiles d'araignées, peu de meubles, un ou deux miroirs, des sièges dépareillés, pour tout dire : une certaine misère qui lui semblait inhabituelle. Arrivé dans la galerie, il alluma un chandelier. Sa première surprise lui vint de la pièce, longue et vide : il ne se souvenait plus que les toiles majeures avaient été emportées par les Français qui avaient dû les disperser dans on ne sait quelles villes de province à moins qu'elles n'aient succombé à la neige lors de leur passage des Alpes. La seconde surprise tenait à la taille du tableau : *A.R. servant le thé à deux dames amies* était une toile de dimensions bien plus modestes qu'il ne l'avait cru dans son souvenir...

Devant la toile, il imposa silence à son cœur, musela son émotion, afin de concentrer toute son attention. Avec le chandelier il éclairait successivement les différents détails de la scène. Toujours ce fond couleur d'incendie où se détachait un amoncellement d'objets et de bijoux parmi lesquels une petite sculpture en forme de sexe, une pipe d'opium, un colibri empaillé, une maquette de bateau. Toujours la théière en forme de poire, le chandelier sculpté sur lequel repose un scorpion. Toujours l'homme entouré de deux jeunes femmes, l'une réservée, l'autre moins, presque effrontée, se ressemblant comme deux sœurs, et portant chacune à l'oreille une boucle ayant la forme d'une chaîne d'or – c'est cela qu'Aventino est venu vérifier – enrichie de trois pierres précieuses de couleur verte.

Il passe et repasse le chandelier qui jette sa lumière jaune sur les parties éclairées aussitôt replongées dans la pénombre après son balayage. C'est étrange, le tableau, il s'en souvient, endommagé à tel point que le visage de la femme de gauche avait presque totalement disparu, est comme neuf ; comme si le temps l'avait cicatrisé, comme s'il avait effacé ses imperfections, corrigé l'altération des couleurs, lui avait redonné vie. C'est cette dernière expression qui le fait trembler : « redonné vie ». *A.R. servant le thé à deux dames amies* est un tableau « vivant ». Percy étant mort avec son secret,

411

jamais il ne saura quelle est la raison d'être de ce tableau qui lui venait de son père.

De la cire coule sur sa main. Aventino fait un écart, pose le chandelier sur le rebord d'une table. À ce moment précis il regarde le sol sur lequel glisse de la cire. Au bout de sa bottine, chaussée à la hâte, un morceau de papier plié. Aventino se penche, le ramasse. En le dépliant il croit défaillir. L'encre, l'écriture, le papier, tout lui rappelle les poèmes de la *rajkumari* ! Il rapproche le papier du halo de lumière : « *Ne pars pas là-bas/ Ne me souhaite aucun mal/ Si je suis loin de toi, je t'apparaîtrai/ la nuit, tu me verras.* » Cela n'a jamais été aussi clair, aussi incompréhensible. Dans la galerie, Aventino ne sait plus d'où il est : d'Italie ou des Indes. C'est comme s'il était d'ici et de nulle part, encore de là-bas. Lui qui s'est toujours cru condamné à échouer auprès des hommes, du fait de son impossibilité profonde à s'adapter à leur société, à leurs mensonges, à leur lâcheté, à tous leurs faux-semblants, il se sent plus que jamais à part et inapte aux choses de ce monde. Et si la vie d'homme-tigre le condamnait à rester perdu, seul et sans amour, englué dans les mystères du tableau de la galerie de portraits ? Il entend encore son père lui dire, dans cette même salle, il y a si longtemps : « Aventino, si tu veux réussir, même par des voies honorables, bannis toute modestie. Le monde ressemble aux femmes. Tu n'obtiendras rien de lui par les égards et la franchise. Deviens un guépard, un lion, un aigle ! » Moitié homme, moitié tigre : voilà, père, ce que je suis devenu.

Alors qu'il s'apprête à ranger le billet dans sa poche et à retourner dans sa chambre, un grand brouhaha fait irruption dans la galerie. Des valets armés de piques, des paysans haches levées, des hommes en armes, tous porteurs de chandeliers éclairés, avec à leur tête l'intendant Modesto Magone, célèbre *trifulau*, chercheur de truffes, pistolet d'arçon de maréchal des logis au poing, qui a cru bien faire et se confond en excuses : l'homme qu'ils viennent de ceinturer si vigoureusement n'est pas celui qu'ils croyaient :

– Monsieur le Marquis... Pardonnez-nous. Il y a tellement de soldats français partout... Je ne me souvenais plus que...

– Vous ne vous souveniez plus que quoi ?

– Que vous étiez revenu. Nous vivons dans la peur continuelle.

– Mes amis, vous avez bien fait. Cortanze a besoin d'être défendu, comme le Piémont, comme l'Italie. Je vous remercie. Rentrez chez vous, maintenant.

Dehors, les premières lueurs de l'aube viennent de dépasser les Langhe et apparaissent sur les collines du Montferrat.

Dans les jours qui suivirent, Aventino retrouva son cher Piémont, et en premier lieu, le village de Cortanze. Tout était bon pour alimenter sa douce nostalgie : la boue grise qui encrassait les devantures des maisons, les marteaux de portes dépeints qui avaient fini par user le boulon de fer sur lequel ils retombaient, les rues désertes la nuit venue, les enseignes qui claquaient au vent, celles du savetier, du fruitier, du meunier, de l'auberge La Pineta, via San Rocco, le cimetière dans le bois d'oliviers, jusqu'à la Vierge de l'église, raide, vaguement byzantine, dont la poitrine tombait comme celle d'une bête à lait. Après le village, Aventino se laissa reprendre par les coutumes, les dictons, et ces voix parlant ce que certains appelaient avec mépris le *dialetto cortanzese*. Puis vint le temps des marchés approvisionnés, malgré la présence française, le porc excellent, l'agneau délicat, le tendre mouton, les délicieux chapons de maïs, le bœuf fastueux. Avec l'automne revint la saison des perdrix grises et du sanglier des montagnes, des bécassines et des pigeons ramiers. Ah, les becfigues mangés à moitié crus dans un petit pain arrosé de beurre, et dont on a creusé la mie ! Ah, les ortolans mis en cage, et gavés jusqu'à ce qu'ils en meurent, dégustés comme des friandises ! Ah, les grives servies avec leurs entrailles au goût d'olive ! Un soir, il resta des heures à contempler les pièces de cuivre argentées et les pièces d'or de Sardaigne, à les soupeser, à en faire des petits tas, à s'en rappeler la valeur. « Un doublon de Savoie vaut vingt-quatre livres piémontaises ; le demi-doublon, en vaut douze... évidemment... La livre piémontaise vaut vingt sols, presque un shiling anglais... dix sols valent donc six pence sterling... » Chaque pièce était un peu de son histoire. L'une portait sur une face la tête du roi et sur l'autre, son nom, ses titres, ses armes. Celle-ci était frappée d'une simple croix, cette autre d'un nœud coulant surmonté d'une couronne... La monnaie, c'est la patrie et la patrie c'est le lieu où l'âme est enchaînée.

Mais ce à quoi Aventino occupa le plus clair de son temps, ce fut sans conteste sa redécouverte du château, si proche et si lointain, en lui et en dehors de lui, trop intime, trop douloureux, et sans ce père qui venait tout à coup à lui manquer. Par on ne sait quel miracle, les Français qui étaient venus piller le château, bien qu'ayant saccagé la bibliothèque paternelle, en avaient laissé les pièces les plus intéressantes, du moins aux yeux d'Aventino. C'est là, dans la petite salle feutrée, cachée dans l'oriel faisant face à la haute tour ronde crénelée, qu'il s'était replongé dans les pages du *Théâtre généalogique du royaume sarde*, dans lequel un long chapitre était consacré à sa famille. Que cherchait-il, dans ces vieux in-folio jaunis, exhalant une odeur de moisi et imprimés en caractères ronds et disgracieux ? Sa généalogie, une terre jaune où enfoncer ses bottes, la certitude d'être de quelque part, enfin, une somme de sentiments confus qu'il aurait tellement voulu pouvoir évoquer avec son père. Mais voilà, le vieux marquis était mort. Aventino, qui avait si longtemps et avec hargne professé que les bons pères n'existent pas, parce que le lien de paternité est pourri dès l'origine, se disait à présent que les pères devraient pouvoir vivre aussi longtemps que leurs enfants. Ainsi pourraient-ils de temps en temps leur donner la main, prendre leur peine, souffrir pour eux, être en somme ces grands explorateurs du monde « moderne » qui s'ouvrait mainte-nant devant lui.

Il fallut s'occuper des théiers, examiner les graines, dresser un état des plants et des pots. Il para au plus pressé, et fit dégager un coin de terrain pour planter ce qui pouvait encore l'être. Puis, il huma, narine dilatée et sourcil froncé, une série d'infusions faites à partir de boîtes de thé choisies au hasard afin d'en vérifier le degré de conservation. Dans certains cas, cela ne faisait aucun doute : la cueil-lette n'avait pas été sélectionnée avec assez de vigilance. Parmi les feuilles infusées, certaines étaient restées bien vertes, d'autres avaient pris un ton doré : ce mélange était préjudiciable. Pour beaucoup, il apparaissait que le temps de fermentation était largement dépassé. Enfin, une dessication trop poussée donnait à plusieurs lots un petit goût de brûlé caractéristique, presque caramélisé... Aventino pensa avec émotion à Percy. Il ne le voyait pas sur le *Cérès* emporté par la peste, mais dans les brumes de l'Assam. Qu'aurait-il dit ? Il aurait parlé de ce « dernier hiver pourri ». Il aurait singé les Anglais, en sussurant « *It's a beauty !* », après avoir dégusté l'infusion avec lenteur. Aventino fit un rapide calcul. Avant deux ans, son petit « jardin » ne donnerait rien. Il planterait quelques théiers dans une serre construite à cet effet. Et la commercialisation ? Il verrait plus tard. Il se versa une nouvelle tasse de thé : la liqueur était d'un beau brun doré. Il crut reconnaître un goût de rose d'une délicatesse extrême. Quand avaient été cueillies les feuilles contenues dans cette boîte ? Aux premiers jours d'octobre, sans doute. Quand le temps était rede-venu clair et frais, bien après que les montagnes et les vallons se furent couverts de fougères arborescentes et que l'eau se fut miracu-leusement emparée de la moindre parcelle de terrain. Aventino regarde le thé dans la tasse frappée des armes des Roero. Il pense : « Le thé ne se déguste qu'en prenant le temps. Le thé a le pouvoir unique de donner le temps. » Il pense aussi : « Là-bas, dans les jardins d'Assam, les théiers dorment encore sous une fine couche de neige. »

Mais au temps du thé s'opposait un autre temps, moins liturgique : celui des douleurs du présent. À mesure que les semaines passaient, Aventino comprenait que son Italie avait infiniment changé. Dans ce qu'il appelait le « temps heureux », il se souvenait avoir croisé un grand concours de gens fervents et entreprenants, du moins était-ce ainsi que le désirait sa mémoire. Il ne voyait plus aujourd'hui, où qu'il se tourne, que désolation et fureur. Sans parler de véritable disette, les gens se plaignaient partout de la misère. Il l'avait bien constaté en parcourant ses terres : ses métayers et ses paysans n'avaient presque plus rien à manger, et lui ne pouvait rien vendre pour leur venir en aide. Beaucoup de maisons étaient abandonnées et les terres délaissées. Certains étaient partis tenter leur chance à la ville, d'autres avaient rejoint les armées alors que quelques années auparavant ils avaient fui les levées massives d'hommes ; on en avait même trouvé quelques-uns pour émigrer dans d'autres pays comme la France ou l'Allemagne. Les divergences d'opinions avaient détruit les familles. On ne se mariait plus. On ne baptisait plus, et les cloches joyeuses n'étaient plus que de sinistres glas qui sonnaient pour les morts. Face à l'incertitude des lois et aux vicissitudes politiques, plus personne ne voulait s'engager. On se repliait sur soi. On ne faisait plus confiance à personne. Plus aucune procession, réunion, fêtes spontanées qui faisaient le levain des petites villes autour de Cortanze. Piea, Viale, Siglio, Montechiaro, Rinco, Cortazzone, Cortandone, dépositaires de traditions d'hospitalité et de gaieté, étaient devenues muettes, refermées sur elles-mêmes, murées autour de leur château, de leur forteresse, de leur tour. Plus rien ne semblait les émouvoir. Aventino, autrefois, en parlait avec les petites gens du Montferrat : des rivalités naissaient entre deux villages pour les beaux yeux d'une fille, pour l'élection d'un curé, la prééminence de tel droit, le passage de telle procession. Aujourd'hui, depuis que les Français étaient revenus, plus déterminés, plus puissants que jamais, et qu'ils avaient même trouvé des soutiens parmi les Piémontais, c'était comme si un siècle s'était écoulé. On avait aboli les anciennes juridictions féodales, et alors ? Les paysans n'avaient guère confiance en ces nouveaux venus et en ces nouvelles lois. Une nouvelle administration de la justice ? Une nouvelle magistrature ? À quoi pouvait-on s'attendre de la part de ces jacobins qui leur avaient causé tant de maux ? Les pauvres étaient encore plus pauvres et les traîtres au Piémont encore plus gras et riches.

– C'est pas parce que c'est vous, monsieur le Marquis, disait Modesto Magone, mais les croquants devenus maîtres ont plus de morgue encore que les anciens !

– Il n'y a plus de morale, surenchérissait Felicita, et comme ils ignorent tout des vertus et des coutumes chevaleresques, ils s'imaginent qu'ils doivent être obéis et respectés pour la seule raison qu'ils sont riches !

– La révolution nous a fait plus de mal que de bien, affirmait Pierino Riva, le vigneron.

– J'ai bien peur que nous ne voyions s'installer d'ici peu une aristocratie d'argent qui nous fera regretter l'ancienne, finissait par conclure Francesco Gagliardi, tout en creusant méticuleusement au pied d'un tremble solitaire, à la recherche d'une truffe blanche...

Le voyage aux Indes avait tellement bouleversé la conception même qu'Aventino pouvait avoir de la vie que les propos tenus par ses *concittadini* résonnaient en lui d'une singulière façon. Il n'avait pas attendu ces discussions pour l'admettre. D'ailleurs, son père n'avait cessé de le lui répéter, en faisant même un des principes fondamentaux qui avaient guidé son éducation : la naissance n'est rien si une vie belle et juste ne vient pas la soutenir. Une fois admis que les droits féodaux fondés sur les seuls mérites de l'arbre généalogique ne sont qu'illusion, force est de reconnaître la monstruosité d'un pouvoir qui ne se fonde sur aucun mérite et ne s'appuie que sur l'argent.

– L'autorité ne peut venir que du savoir et de la vertu, dit Aventino.

L'étendue des dégâts était incommensurable. « Voilà où nous en sommes et où en est le pays », répétait souvent Modesto Magone. Le château de Cortanze était là sur sa colline. Les murailles étaient toujours debout, les deux tours se dressaient encore au-dessus du feuillage des peupliers et des saules qui bordaient les fossés. Mais à y regarder de plus près, la situation n'était guère engageante. Tout autour ne s'étalait que désolation. Le va-et-vient d'invités dans la cour avait depuis longtemps disparu. Plus d'aboiements de chiens, plus de hennissements de chevaux, plus de hauts cris autour des parties de *tamburello*. L'herbe poussait dans les cours, certaines fenêtres n'avaient plus de volets, la pluie avait profondément entamé certains rebords et montants de briques, et plusieurs parties du toit ne résisteraient pas à la prochaine chute de neige. Aventino commença à voir venir des corbeaux qui, pensait-il, n'existaient que dans les pièces de théâtre ou dans les opéras : usuriers, créanciers, maîtres chanteurs. Ils parlaient de biens mis aux enchères, de récoltes séquestrées, de baux hypothéqués. Il n'avait cependant pas l'intention de céder au chantage. Après tout, il possédait plus de deux cent mille livres de rente, n'en dépensait qu'à peine le quart, et cette marionnette de Buonaparte finirait bien par être renversée un jour. Le temps où la noblesse piémontaise luttait à grand renfort de luxe et de magnificence ayant disparu, ses armes s'appelleraient désormais prudence et économie. Le château devait coûte que coûte continuer d'exister. Mais quel en serait le prix ?

La réponse lui fut donnée une nuit de fin d'été. Il prenait le frais dans la cour intérieure du château. Devant lui, le puits attendait toujours qu'on lui reconstruise une petite toiture de fer. Se penchant sur la margelle, il vit la lune se refléter dans l'eau, à moins que ce ne fût la lune secrète du puits qui se reflétait dans le ciel. Elle brillait d'une vive clarté. Un court instant, il eut la tentation folle de se jeter dans le puits – sentiment vite remplacé par un autre. Il se dit qu'avant les Indes, il éprouvait souvent le besoin de paraître un homme fait, plus mûr qu'il n'était en réalité, et à présent qu'il se sentait un homme fait, il aurait voulu retrouver un peu de la légèreté de sa jeunesse. Tout cela était absurde. Il se souvint d'un certain Oliver Goldsmith, auteur du *Vicaire de Wakefield*, qui avait supprimé sur son adresse son titre de docteur. Il venait d'avoir quarante ans, et cette marque de sérieux qui lui avait été si chère dans sa jeunesse lui était désormais devenue détestable. Aventino Roero Di Cortanze ferait désormais supprimer sur sa carte de visite son titre de marquis. Il le conserverait au fond de lui, pour lui seul. Il n'avait plus besoin, à présent, de cet écriteau que les sots ne manquent jamais d'exhiber, comme ce Corse qui s'était couronné roi d'Italie et qui commençait de distribuer, telles des friandises à ses généraux barbares, des titres de barons et de ducs.

Tout en continuant de contempler la lune tombée dans le puits, il plongea une main dans sa poche. Il y sentit la clavicule du tigre, cette amulette contre les mauvais esprits des maladies, contre la bêtise et la peur. C'était étrange. Il portait sur lui un morceau de tigre mangeur d'hommes et était lui-même un tigre, soutenaient les hommes de la jungle. Il n'avait rien oublié de l'Assam. Avait-il ou non été tué par le tigre ? On ne peut ramener dans le village le corps de l'homme tué par un tigre. On lui refuse les rites funéraires. Ses habits, ses ustensiles de cuisine, sa lance, son épée sont brûlés avec lui à l'endroit même où il a été retrouvé, et il n'a plus le droit de revenir parmi les vivants, ses frères. Une vieille légende assamaise dit qu'il est dangereux de « dénoncer » un tigre, car l'esprit du tigre mort vient ensuite se venger. À moins qu'on puisse s'emparer de sa peau et qu'on l'attache pendant sept lunes à la plate-forme d'une maison. Tigre ou homme, mort ou vivant, Aventino ne sait pas ce qu'il est devenu. Il a quitté l'Assam et son rêve de thé. Il est revenu à Cortanze pour jeter les Français hors du Piémont. Il doit poursuivre son étrange combat, ce pour quoi il existe. La lune, dans le puits, s'agrandit démesurément, et se confond avec toute la surface de l'eau. Elle se colore doucement, et devient rouge, rouge comme du sang.

47

SANS se refermer sur lui-même, Aventino hésitait à fréquenter le monde. Il ne sortait pas, et n'avait aucune vie sociale. Cela faisait plusieurs mois qu'il était revenu en Italie, et il n'avait toujours pas osé retourner à Turin. Les couches épaisses de lait de chaux, passées et repassées sur les fresques de la chapelle familiale, il put se consacrer entièrement et passionnément à son jardin de thé. Ainsi, après avoir longuement réfléchi sur les différences géologiques des terres autour de Cortanze, sur le climat, les sautes de température en fonction de la disposition du terrain, les influences atmosphériques, la qualité de l'exposition, se souvenant des bons conseils du Chinois, il choisit une zone de coteaux, dans le voisinage d'un petit cours d'eau, au sud-ouest du village. La terre n'y était ni jaune ni glaiseuse, sans la moindre trace de sable, et pierreuse à souhait. Puis il fit rassembler et fabriquer les instruments aratoires nécessaires à la préparation du terrain, charrue, herse, houe, etc. Enfin, il élabora un système d'arrosage et d'irrigation complexe fait d'aqueducs et de canaux destinés à sillonner le petit territoire en tous sens et à y distribuer de l'eau à volonté sur toutes ses parties. Aventino était sûr de lui. Il avait mis tous les atouts de son côté et choisi le meilleur terrain : plat, élevé, humide mais non trop boueux, de terre rouge, exposé franchement au midi et protégé. Aux paysans dubitatifs qui l'aidaient dans sa tâche, tout en pensant que le descendant de l'illustre famille n'avait peut-être plus toute sa raison, il répondait doctement :

– Le soleil exerce une action puissante sur les feuilles de l'arbuste.

– Mais est-elle bénéfique, monsieur le Marquis ? Le soleil d'ici est parfois d'airain !

– Dès qu'on abat les arbres qui ont servi à ombrager les jeunes plants, la feuille qui était d'un vert foncé devient jaunâtre...

– Vous voyez bien !

– Mais bougre de *bicchierino*, attends la suite ! Elle conserve cette couleur encore quelques mois puis redevient verte, d'un vert foncé, plus vigoureux encore.

Le paysan ne semblait pas vraiment convaincu :

– Vous verrez, insista Aventino, les branches deviendront encore plus touffues et les feuilles jailliront en nombre.

Le terrain choisi, il fallut le préparer soigneusement. L'été s'annonçant, et avec lui des jours de forte canicule, on travaillait plutôt le matin très tôt et en fin de journée. On ne laissa ni herbes, ni broussailles, ni végétaux parasites, on arracha les arbres, et on édifia des coupe-vent. Après avoir bien sarclé, et réhabilité le sol avec des engrais, on fit des trous à deux mètres environ les uns des autres, et dans chacun d'eux on jeta une petite dizaine de graines sans trop savoir celles qui avaient ou non véritablement résisté à l'interminable traversée à bord du « bateau de la peste », comme était désormais surnommé à Cortanze le *Cérès*. De toute façon, l'huile contenue dans les graines les rendant promptes à rancir, il en lèverait à peine un cinquième. Selon le *Journal d'Agriculture pratique et exotique*, les trous devaient être espacés de 0,65 mètre et avoir 10 centimètres de profondeur. Aventino préféra recourir à son expérience propre, et d'une certaine façon être fidèle à la mémoire de Percy, qui recommandait, lui, de jeter les graines dans des trous plus profonds et distants les uns des autres de deux bons mètres. Enfin, on ramassa toutes les déjections de brebis, de chevaux et de vaches du voisinage pour les transformer en un fumier mêlé à de la cendre. On jeta de généreuses poignées de ce mélange dans les trous qu'on finit de combler avec de la terre qu'on se garda bien de fouler. On transplanta, entre les futurs rangs de théiers, des arbres destinés à réduire l'intensité lumineuse tombant sur les arbustes : plantes ligneuses et légumineuses. Enfin on planta à chaque endroit ensemencé des petites baguettes afin que nul piéton ou animal n'y passe.

– Et maintenant ? demanda un des paysans.

– Maintenant quoi ? répliqua Aventino qui regardait ce champ inhabituel, ratissé, retourné, où ne semblaient pousser que de curieux bâtonnets formant sur plusieurs hectares un mystérieux dessin géométrique.

– Vos petites fleurs « d'environ deux centimètres de diamètre, avec un cœur jaune entouré de cinq pétales blancs », on les voit quand ?

– Elles ne seront bonnes à cueillir que dans trois ans...

L'homme hésitait entre le rire et la tristesse. Son pauvre marquis cultivait du vide pendant que l'Italie était ravagée par les Français !

– Au bout de sept ans, poursuivit Aventino, le théier a atteint la taille d'un homme. Comme il croît ensuite très lentement et qu'il porte peu de feuilles, on le recèpe jusqu'au tronc !

– Mais monsieur le Marquis, tout ça c'est de la folie ! ne put s'empêcher de s'écrier le paysan.

Aventino le regarda en souriant, soudain serein :

– Que fais-tu la nuit, Livio ?

– La nuit ? Je dors comme un mort. Le soir, je ferme les yeux, et le lendemain matin, je les rouvre dans la même position !

– Tu vois bien, Livio, chaque matin est une résurrection...

Du temps passa autour du jardin de thé. Chaque jour Aventino s'y rendait, souvent seul, se disant qu'il ne serait jamais aussi beau qu'aujourd'hui, c'est-à-dire dans son étrange « non-existence » : sans tronc, sans branche, sans feuille. Rien que de la terre ratissée, irriguée, d'un beau rouge sombre, trouée de petites baguettes. Le jardin de thé était vivant, mais dans son imagination. Il le voyait, ou plus exactement *savait* qu'il était là, devant lui : comme une évidence. Un jour, il prit peur. Il lui fallait de l'argent tout de suite. Mais il ne voulait pas voir les banquiers, bouger de Cortanze, discuter, s'expliquer. Il se décida, dans la précipitation, à vendre les matériaux de la partie la plus délabrée du château à un entrepreneur de Montemagno. Il voulut surveiller la démolition. Ce fut horrible. Il avait l'impression de suivre l'enterrement d'un ami. Il fit tout arrêter, ce qui accrédita, dans la région, la thèse de la folie qui commençait lentement de s'emparer du vingt-troisième marquis Di Cortanze. « D'abord, il y a eu ces extravagants "jardins de thé" où ne pousse que du vent, et voilà maintenant qu'après avoir enfin trouvé une entreprise pour acheter ses vieilles pierres, il fait arrêter le chantier et met les ouvriers à la porte ! »

Depuis son retour d'Assam, Aventino n'avait jamais daigné répondre aux missives empressées de Vincenzo Di Carello. Son ancien ami d'Asti, comme lui fils d'une vieille famille aristocratique piémontaise, et qui avait, du temps de sa jeunesse, écrit des pamphlets contre ces « cochons de Français », était maintenant passé du côté de l'ennemi en acceptant de jouer un rôle dans le gouvernement mis en place dans un Piémont, désormais découpé en six départements régis suivant les lois françaises. Après une nuit d'hésitation,

Aventino prit sa décision : il répondrait à l'invitation de Vincenzo, le priant de venir le voir à Turin.

Parti au soleil levant, Aventino vit s'ouvrir devant lui, à mesure qu'il se rapprochait de Turin, la vallée qu'il avait si souvent empruntée. Une nuée de souvenirs, aussi modestes que le tintement monotone des grelots des mulets de poste ou que le parfum des roses trémières, inondèrent son âme d'émotions et la remplirent de bonheur. Après avoir franchi un dernier rideau de collines couvertes de bouquets d'arbres, et aperçu les vers luisants et les lucioles, à travers les ombres de l'aube et le long des haies, Aventino ralentit l'allure. Son cheval hennit, se cabra, puis donna des coups de tête violents contre la bride qui commençait de le retenir avant de s'arrêter. L'homme et l'animal restèrent là, silencieux. Devant eux se dressaient les murs de Turin avec, au fond, une écharpe de montagnes blanches formant comme un cadre immuable placé par la main de Dieu.

Il rentra dans Turin par la Porte Victoire, là où le rempart en terrasse, défendu par des bastions et par un large fossé, avait longtemps accrédité l'idée que la ville était imprenable. Aventino mit pied à terre, franchit les postes de police grâce au laissez-passer fourni par Di Carello, éprouvant face aux barrages français la même aversion que celle qu'il ressentait à la vue des barrières jaunes rayées de noir qui annonçaient, il n'y avait pas si longtemps encore, les possessions autrichiennes. Il pénétra dans une ville plongée dans une torpeur épaisse. Turin était devenue une cité presque morte, une ancienne capitale où la vie semblait s'être interrompue. C'était surtout le bruit qui manquait. Rien ne venait rappeler les stridences des machines à vapeur sans feu qui filaient et dévidaient la soie, les cliquetis des métiers à tisser, le marteau des fabriquants de coffresforts, le rabot des menuisiers, jusqu'aux chants des ouvrières qui teignaient en bleu pastel les draps grossiers destinés aux troupes. Mais malgré tout, sa *vecchia città*, avec ses fabriques de vermouth et de vins d'Asti, était bien là. Elle avait résisté au passage d'Annibal, de Jules César, de Ponce Pilate, de Constantin, de Stilicon, de Charlemagne, de Lothaire, de Frédéric Barberousse, et de tant d'autres, pourquoi céderait-elle aux hordes commandées par Brune et Masséna ?

Aventino ne résista pas à l'envie de s'asseoir à la terrasse d'un café. Très vite, il retrouva les rues qui le menèrent au café *Ligure*. Jadis la vie de café réunissait les riches désœuvrés, les premiers fonctionnaires, les ministres, dans une même célébration. Le *Ligure* était fréquenté par la haute société, et pouvait se vanter d'être un véritable cabinet de lecture parce qu'il recevait quantité de journaux nationaux, mais surtout étrangers et dans tous les domaines politique, scientifique et littéraire. Aventino y était venu tant de fois avec son père... Mais qu'en était-il aujourd'hui ? Dans un premier temps, il observa ce qui se passait autour de lui. Il était devenu comme un étranger dans sa ville. Petit à petit, les bruits qu'il avait crus disparus, revinrent. Dans un coin, des paysans des Abruzzes donnaient un concert de cornemuses et de flûtes ; dans la rue passaient des vendeurs d'eau-de-vie, avec leur petit cri vif et singulier ; sur le trottoir, une jeune fille, la *poverina*, tête enveloppée dans son jupon relevé, ce qui la faisait ressembler à une Vierge, demandait l'aumône en gémissant ; un décrotteur se baissa, travaillant avidement à deux mains la pratique, sous une impassible statue de madone ; suivi d'un homme portant une pancarte indiquant l'heure d'une séance de guignol *Gianduja*... Derrière la vitre, des journaux italiens étaient bien visibles : *Termometro politico, Il Banditore della Verità, Il Flagello dell'Impostura e della Maldicenza, Il Repubblicano piemontese, Il Giornale de'Patrioti...*

– Tous entièrement dévoués à Buonaparte, précisa le serveur. Des feuilles ignobles !

– J'hésite entre un *crema doppia* et un *bicchierino*, dit Aventino.

Le serveur se considérait visiblement comme le plus malheureux des hommes d'être obligé de se déplacer pour apporter aux clients leur consommation.

– Ce n'est pas moi qui peux vous le dire...

– Un *bicchierino*, donc.

– Il faut payer d'abord. J'essuie la table, et je vous sers après.

Aventino s'exécuta. Le lieu avait beaucoup perdu de sa splendeur. Les murs étaient couverts de crasse. Les bustes et les marbres, jadis rutilants, étaient cassés quand ils n'avaient pas tout bonnement disparu de leur socle. Les grillages des fenêtres étaient percés, et des toiles d'araignée recouvraient jusqu'aux orangers plantés dans la cour intérieure. Toute cette grandeur empoussiérée mettait de l'amertume dans l'âme.

– À quoi bon nettoyer pour ces porcs ! On attendra qu'ils se soient étouffés avec leur cocarde tricolore pour remettre tout à neuf ! dit le garçon en posant la cafetière et la tasse.

– Merci, dit Aventino.

– C'est moi qui vous remercie, *bicchierin* ! dit le garçon.

Aventino regarda longuement la cafetière avec ses deux compartiments. « L'un contient du chocolat et l'autre du café au lait... » La première fois qu'il était venu ici avec son père, il était resté muet devant cet étrange ustensile. « Tu verras, goûte avant de dire que tu n'aimes pas ça. » Aventino n'avait su que faire. « Quel mulet !

Tu verses l'un puis l'autre, qui se mélangent dans la tasse. » Alors qu'il buvait, Aventino avait soudain compris. Cela avait été pour le jeune garçon qu'il était comme une révélation. « C'est pour ça que les Turinois sont appelés des *bicchierin*, parce qu'ils boivent du *bicchierino* ! » Et aujourd'hui, Aventino était de nouveau fier de l'être, turinois. Et qu'un garçon de café le traite de *bicchierin*, c'était comme une reconnaissance ! Il était turinois de Turin, et un jour, tous unis, les Turinois mettraient les Français dehors. C'était cela qu'avait voulu dire le garçon...

L'*Armeria reale*, Musée royal des armures, avait été dépouillée par les Français, qui avaient installé à sa place les bureaux des nouvelles autorités italiennes. Pour s'y rendre, il fallait traverser une petite place. Au moment de passer sous le portique d'entrée, Aventino se retourna. Le *Ligure* était à une centaine de mètres derrière lui. Aventino eut l'impression que le garçon crachait par terre et lui adressait un geste obscène.

— Tu as fini par venir, vieux rebelle !

L'ancien élève du collège des jésuites de Turin avait pris de l'embonpoint. Sans doute avait-il un peu trop forcé sur la mortadelle à la pistache, son péché mignon. Les lambris du pouvoir ne faisaient que renforcer une assurance qui chez lui était naturelle. Vincenzo Di Carello faisait partie de cette race d'hommes très particulière dont l'intelligence pourtant brillante ne réussit pas à leur fermer les portes de l'ignominie. Sans être des crapules, ils ne peuvent s'empêcher de se liquéfier dès lors qu'on les flatte ; de se rengorger dès qu'on leur octroie cette reconnaissance dont ils ont tant besoin. Promus à un destin hors du commun ils n'en demeurent pas moins les plus pathétiques des hommes. Aventino eut beaucoup de mal à répondre aux sollicitations chaleureuses de son ancien compagnon d'adolescence.

— Vincenzo, dis-moi, que fais-tu ici ?

— Et toi ?

— Tu m'as invité à venir te voir, non ?

— C'est vrai...

— Enfin, tous tes grands projets, tes grands combats, ta lutte pour l'unité italienne ? dit Aventino avec tristesse.

— Je n'ai rien renié, Aventino !

— Tu travailles avec les Français.

— Je préfère encore leur espèce de bonhomie et de tolérance, à l'épouvantable tyrannie et aux vexations continuelles dont usaient les Autrichiens à notre égard.

– Mais qu'est-ce que tu racontes !

– J'essaie de te parler du fond de mon âme, droite et juste !

Le ton monta très vite.

– Mais, tu es leur homme de main !

– Si tu es venu pour me dire ça, il vaut mieux que tu repartes tout de suite.

Aventino hésita à partir. S'il ne le faisait pas sur-le-champ, il ne le ferait plus.

– Viens t'asseoir, suggéra Vincenzo. Quand nous parvenons au but, nous croyons que le chemin a été le bon, après tout...

Aventino le regarda droit dans les yeux :

– Tu désertes une cause pour savoir ce qu'on éprouve à en servir une autre ?

– Laissons les causes de côté, veux-tu ? Crois-tu que mourir pour une cause fait que cette cause est juste ?

Aventino avait oublié combien Vincenzo était un redoutable bretteur, toujours prêt à argumenter, à ergoter, avec un plaisir infini, sur des mystères dont le bon sens nous enseigne qu'ils sont impénétrables à la raison ; en somme : à faire de la ratiocination un des beaux-arts... Que venait-il faire au Musée Royal des Armures ? Il n'avait pas répondu à la question de son ami. Alors Aventino se laissa porter par la discussion, oubliant presque qu'il était au cœur même de l'appareil d'occupation française en Piémont. Il parlait avec son vieil ami de tout et de rien. Mais il comprit vite que Vincenzo ne s'intéressait ni à ce qu'il était devenu, ni à ce qu'il avait vécu aux Indes. Seules le préoccupaient sa fonction présente, celle de plus proche collaborateur du général Menou, gouverneur de la place de Turin, et la véritable passion qu'il portait à son nouveau maître. « Un vieillard extraordinaire qui a épousé la fille d'un entrepreneur de bains du Caire. Quand il me l'a présentée, tu n'imagineras jamais : je n'ai rien vu ! Elle était enveloppée d'immenses vêtements blancs avec un grand voile de même couleur où il n'y avait que deux ouvertures derrière lesquelles on voyait deux très beaux yeux noirs... » Aventino pensa qu'il était peut-être temps, en effet, de dire à son ami pourquoi il était venu.

– J'ai répondu à ton invitation parce que je voudrais développer un grand projet autour de la culture du thé.

– Je sais.

Aventino parut surpris :

– Comment ?

– On sait tout, répondit immédiatement Vincenzo, qui se reprit. *Je* sais tout...

– Mais encore ?

– Ton projet de culture du thé en Italie, que je trouve, pour être honnête, un peu étrange, nous intéresse beaucoup. Notamment tout ce qui touche au développement de la consommation de thé dans la bonne société. Oui, tout ça nous intéresse beaucoup.

– « Nous » ?

– Es-tu vraiment en mesure de discuter ? finit par dire Vincenzo, perdant un peu de son calme. L'influence de la vieille aristocratie piémontaise ne va aller qu'en décroissant. Écoute, Aventino, que tu le veuilles ou non, avec ou sans les Français, et peut-être à cause d'eux, la société change.

– Et cette nouvelle société met en prison un savant, original, je te le concède, mais inoffensif, avec l'aide de toute une armée ?

– Mais de quoi parles-tu, enfin ?

– De Barnaba Sperandio...

– Ah oui, justement, parlons-en de celui-là. Figure-toi que...

Di Carello ne put terminer sa phrase. Guillaume de Lavalette, baron de Sainte-Croix, antiquaire, littérateur, membre de l'Institut et préfet du « département » du Pô, venait d'entrer dans le bureau du représentant italien nommé par le sénatus organique, sans frapper, ce qui prouvait à quelle hauteur il plaçait le respect qu'il nourrissait à son endroit.

– Ainsi donc, monsieur Roero Di Cortanze, vous jouez au grand-duc Léopold de Toscane ? Vous voulez vous aussi réunir dans vos jardins des espèces exotiques, voire inconnues.

– Le grand-duc possède une collection de vignes et de variétés de roseau végétal, ce n'est pas mon cas, répondit sèchement Aventino.

– Je plaisantais, veuillez m'excuser. Vos projets autour du thé nous intéressent vivement.

Le baron de Sainte-Croix était voûté, très pâle, avait peu de cheveux et tout blancs. À mesure que la discussion avançait, Aventino ne pouvait s'empêcher de se demander comment un corps si menu pouvait abriter une pensée aussi vive et retorse. Il y avait chez cet homme quelque chose de profondément indomptable, et de vil. Au fond, les deux hommes qui péroraient en face de lui faisaient une belle paire. Vincenzo avait raison, l'Italie de demain, tout comme l'Europe sans doute, serait dirigée par des hommes de cette trempe : intelligents, mercantiles, prêts à tous les compromis, à toutes les bassesses. Une génération piteuse, sans génie, qui pensait que le scrupule était une maladie honteuse et la morale l'épine dorsale des imbéciles.

– Je ne suis pas certain de réussir. L'arbre à thé est fragile, sa croissance délicate, dit Aventino qui de nouveau s'enflamma pour son projet, reparlant du soleil ardent sur les jeunes plants, des conditions indispensables à la bonne venue du théier, des feuilles qu'on cueille trois ou quatre fois l'an, du fumage des jardins, de la température idéale, « de 73° à 54,5° Fahrenheit, de l'été où elle ne doit pas monter au-dessus de 80°, et de l'hiver où le baromètre ne devrait pas descendre au-dessous de 54 à 56° ».

Aventino était malgré tout intarissable, enthousiaste. Ah, si Percy avait pu être là pour l'entendre, pour voir comment il défendait leur projet !

– Nous sommes prêts à vous soutenir, financièrement et philoso-phiquement, notez bien, dit le baron de Sainte-Croix pour mettre fin à cette soudaine logorrhée.

– Philosophiquement ?

– C'est une histoire exemplaire que la vôtre. Le Piémont nouveau peut nous suivre, vous suivre.

Aventino se taisait. Il se sentait pris au piège.

– Il y a autre chose, avança Vincenzo.

– Nous connaissons votre réticence à l'égard des Français. Votre patriotisme vous honore, fit remarquer le préfet.

– J'ai lutté contre vous.

– Jusqu'à Mantoue. Vous auriez pu après rejoindre les armées autrichiennes. Vous ne l'avez pas fait.

Aventino ne répondit rien. Les deux hommes semblaient tout connaître de lui, excepté ses convictions intimes, son désarroi ; ce qu'il considérait comme la plus grande de ses erreurs : son déses-poir.

– Tout ça, c'est du passé, un enfer dont les morts ne peuvent plus sortir : n'en parlons plus ! dit le préfet, en fixant Aventino droit dans les yeux.

– Lorsque l'annonce de la transformation du Piémont en six départements français m'est parvenue, je suis venu ici donner ma démission de l'Université. Quatre ou cinq de mes collègues, sur plus de deux cents, étaient en train de faire la même chose. Celui qui allait devenir mon ami, ajouta Vincenzo en montrant monsieur de Lavalette, m'a convaincu. Ce n'était pas servir mon pays. En me regardant dans une glace, j'allais me rire au nez. En servant la France je servais d'autant mieux l'Italie. Dieu m'a donné une conscience, elle est mienne, personne ne l'achètera.

– Quels sont les termes du marché ? coupa Aventino.

– Parlons plutôt d'une entente, dit le préfet. Je le répète, vous n'avez pas soutenu les Autrichiens lors de la première campagne d'Italie, nous le savons... Et nous avons besoin d'alliés.

– Je ne suis ni du parti de l'Autriche ni de celui de la France.

– Cela nous l'avons bien compris.

– Alors ?

– Nous soutenons votre projet, et vous vous ralliez à notre cause, sans ostentation mais avec fermeté. Vous appartenez à une vieille famille piémontaise. Un peuple a besoin de racines. Le changement doit être progressif, adapté à la société.

– Et si je refuse ?

– Nous vous faisons confiance, vous êtes un homme de bon sens. Réfléchissez, ne nous donnez pas une réponse trop rapide.

Aventino comprit qu'il était maintenant temps pour lui de sortir du bureau et de laisser les deux hommes ensemble. Il ne pourrait pas évoquer l'emprisonnement de Barnaba Sperandio. Ce n'était ni le lieu ni le moment. En lui serrant la main, Vincenzo lui murmura avec cynisme :

– Bion, le philosophe grec, disait qu'il est impossible de plaire au plus grand nombre sans se changer en pâtisserie ou en vin doux. Beau sujet de réflexion, non ?

En sortant du Musée Royal des Armures, Aventino regarda sa montre et constata que l'entretien avait été beaucoup plus rapide qu'il ne l'avait envisagé. L'après-midi était à peine entamé. Il avait une excellente monture, qui avait eu le temps de se reposer. Il décida de retourner à Cortanze. La lente soirée d'été déclinerait au rythme du galop de son cheval. Sans doute devrait-il parcourir les dernières lieues à la nuit tombée, mais peu lui importait. Il gardait en lui les moindres sentiers, les plus petits chemins de ce Montferrat qu'il retrouvait comme une vieille amante ou un plat de gnocchis au gorgonzola : toujours identique et recélant mille surprises. Cela lui rappellerait les folles chevauchées nocturnes à l'époque où Vincenzo, Ippolito et lui avaient juré de ne jamais se séparer, et de continuer, la vie entière, à parcourir les routes du Piémont ensemble.

48

AVENTINO descendit de son cheval, le mena à l'écurie et revint dans la cour d'honneur. Malgré l'heure tardive, deux pièces du rez-de-chaussée ainsi que la chambre de Felicita étaient fortement éclairées par de hauts chandeliers. Il s'engouffra sous le porche et pénétra dans la salle où trônait une grande cheminée. La fidèle servante l'attendait en haut de l'escalier, emmitouflée jusqu'aux oreilles dans un châle fané.

– Tu ne dors pas, vieille sorcière ?

– Tu ne devrais pas me parler comme ça, Aventino.

– Mais je plaisantais, dit-il en la prenant par la taille et en la soulevant de terre. Je t'aime tant, ma Felicita.

Une fois redéposée sur le sol de l'entrée, décoré des armes des Roero Di Cortanze, son chignon replacé et le châle remis sur ses épaules, Felicita parla à voix basse, montrant du doigt le grand salon bleu dont la porte était fermée.

– Il est là...

– Qui ? demanda Aventino.

– C'est affreux. Les Français vont venir. On ne peut pas le garder ici...

– Mais qui, Felicita ? redemanda Aventino, tout en se dirigeant vers la porte.

– Elle est fermée à clef.

– Fermée à clef ?

– Oui. Par mesure de précaution ! Je lui ai demandé de t'attendre ici, et de ne bouger qu'à mon signal, dit Felicita en glissant la clef dans la serrure.

De grosses bûches de sapin crépitaient dans la cheminée, dégageant une puissante odeur de sève brûlée. Dans un fauteuil, un homme était là, assoupi, deux pistolets à la ceinture et un troisième dans sa main droite posée sur ses genoux. Aventino toussa plusieurs fois. L'homme se dressa d'un bond. Chaussé de hautes bottes, l'arme à la main, encore hébété, il se précipita vers Aventino.

– Barnaba ?

– Aventino !

– Je te croyais en prison à Turin !

– Et toi aux Indes, jusqu'à ce que je comprenne que tu étais revenu. Felicita ne voulait rien me dire.

Felicita haussa les épaules.

Barnaba Sperandio avait le menton bleu d'une barbe de plusieurs jours et des vêtements élimés. Il était très amaigri.

– Quand t'a-t-on relâché ?

– On ne m'a pas relâché, tu veux rire ! Je me suis échappé ! Cela fait exactement six jours aujourd'hui.

– Tu as très bien fait, mon ami, dit Aventino en le serrant dans ses bras. Quel bonheur ! Quel bonheur que tu sois là. Je mangerais un bœuf, tu n'as pas faim ?

– Oh, que si !

– Alors une *pasta* de minuit !

– Des *spaghettini con aglio e peperoncino*, annonça Felicita, solennellement.

Moins de vingt minutes plus tard, les deux hommes étaient attablés devant une énorme assiette de pâtes. Chacun des gestes de Felicita dans la cuisine leur rappelait leur jeunesse : les pâtes jetées en pluie dans l'eau bouillante et retirées *al dente*, la petite poêle doucement remuée contenant l'huile d'olive, l'ail et les piments, la pincée de sel, le vert odorant du persil frais... Alors qu'elle apportait le grand plat où pâtes et sauce venaient d'être intimement mélangées avec de longues cuillères, et qu'elle posait cérémonieusement sur la table une bouteille de trebbiano, qu'elle avait obtenue on ne savait comment, Felicita ne put s'empêcher d'offrir avec le tout un de ses fameux dictons :

– *L'aj a l'è le spesiàri d'i paisan.* L'ail est l'apothicaire de l'homme de la campagne.

C'est de très mauvaise grâce qu'elle accepta d'aller se coucher. Mais la vieille gouvernante finissait toujours, de guerre lasse, par obéir aux injonctions de son vingt-troisième petit marquis.

– Que vas-tu faire, maintenant ? demanda Aventino.

– Lutter contre les Français.

– Tout seul ?

– Ici et là, des guerrillas se forment, notamment en Piémont, mais aussi au centre et dans le sud de l'Italie.

– Toi, luttant les armes à la main ?

– Et alors, l'épée n'est réservée qu'aux petits-fils de croisés ? Un Juif vénitien n'a droit qu'au chandelier à sept branches ? ironisa Barnaba, en s'étouffant presque de rire sur les quelques *spaghettini* lui restant dans la bouche.

– Ce n'est pas la question, dit Aventino avec sérieux. Le moment est mal choisi, c'est tout.

Barnaba repoussa les couverts et, utilisant les derniers *spaghettini*, fit sur la table une carte grossière de l'Italie et des pays limitrophes.

– Ici la France, la Suisse, le Grand-Duché de Bade, le Wurtemberg, un peu plus loin la Bavière, l'Autriche, la Styrie, la Carinthie. Les petits morceaux d'ail, ce sont la ligne des Alpes, Lépontiennes, Grisons, Rhétiques, Noriques, etc. Quelques villes : Turin, Fribourg, Innsbruck, Bolzano, Klagenfurt...

Aventino déposa à l'extrême droite de la « carte » un dernier morceau d'ail :

– Tu as oublié les Alpes Styriennes...

Barnaba regarda la table parsemée de morceaux de pâtes et d'ail. Il semblait très satisfait :

– Carte pour servir aux campagnes d'Italie menées par les patriotes piémontais.

– Je t'écoute.

– C'est très simple. François II...

– Encore l'Autriche !

– L'empêchement d'occuper temporairement le Piémont, la perte des provinces milanaises, les humiliations militaires essuyées entre Munich et Vienne, la brutalité des exigences imposées par Buonaparte à Lunéville, et j'en passe, François II, sous peine de devenir impopulaire, a été obligé de suivre le parti de la guerre.

– Trop hésitant, trop pusillanime ! Et puis l'Italie ne veut plus de l'Autriche.

– On va l'utiliser.

– Sommes-nous vraiment en mesure d'imposer ou de suggérer même quoi que ce soit ?

– D'après nos renseignements, les armées autrichiennes ont fini leur réorganisation. Une centaine de régiments... À leur tête, l'archiduc Charles.

– Et après ? demanda Aventino en changeant plusieurs bougies sur le chandelier.

Barnaba montra la carte et, traçant au-dessus des *spaghettini* des lignes imaginaires, indiqua les stratégies envisagées :

– Le prince Ferdinand envahit la Bavière et la Souabe. Le prince Jean sort du Tyrol et du Vorarlberg, et pénètre en Suisse : ici. Là, le comte Henri de Bellegarde attend et passe l'Adige au premier signal. Le reste des troupes entre en France par la Franche-Comté et la Bresse.

– Et d'où tiens-tu ces renseignements ? Ce boucher de Masséna t'a fait des confidences ?

– Nos espions sont partout. On sait tout ce qui se passe au camp français de Montichiari. Quand Buonaparte a visité Vérone, Pierre Cansone, le Piémontais, nous a tout raconté ; l'inspection du Vieux Château, les ordres donnés à Jourdan, les conférences faites aux officiers...

– Et qui le soldait ?

– L'Angleterre.

– Qui en profite pour nous espionner à son tour !

– Depuis des mois on dénombre les volontaires. Et dans l'Europe entière. À nos côtés, on trouve des royaux de France, des patriotes d'Allemagne, des Turcs, des Albanais, les Napolitains de Ferdinand. Les peuples sont fatigués de subir la domination française. C'est un grand mouvement, en relation permanente avec...

– Avec le parti allemand et les Anglais. De beaux coquins, oui, qui nous plumeront à la première occasion !

– Il n'y a pas d'autre solution que de se battre à leurs côtés. On ne se libérera pas tout seuls.

– C'est pour cette raison qu'un Vénitien comme toi lutte en Piémont ?

– Tu devrais être content, c'est peut-être le début de ta fameuse « unité italienne ».

– On en est encore loin, répondit Aventino, songeur.

– Je me bats en Piémont, *aussi* parce que j'y ai mon campanile !

– Les Français l'ont entièrement saccagé d'après ce que m'a dit Felicita. Tu vois, depuis que je suis rentré des Indes, je n'ai même pas eu le cœur d'y monter.

– C'est peut-être le moment, répondit Barnaba, tout en détruisant la carte d'Italie en *spaghettini*. Et il ajouta : On ne sait jamais, avec les espions !

Les deux hommes prirent chacun un chandelier. Quelques minutes plus tard, Barnaba poussait la porte du campanile. C'était une nuit sans nuages, avec un ciel clair et constellé d'étoiles, qui pénétrait par les petites fenêtres à vitraux. Il régnait dans la pièce un désordre épouvantable : meubles brisés, livres déchirés, instruments cassés. Barnaba avança avec précautions parmi les débris, se mit à genoux, déblaya à la main plusieurs mètres carrés et, après avoir enlevé quelques lattes du plancher, invita Aventino à s'approcher avec son chandelier :

– Regarde.

Il ne restait à cet endroit du plancher de charpente que les grosses poutres, la plupart des pièces secondaires avaient été sciées et le remplissage vidé. À la place, Aventino découvrit un amoncellement d'objets en apparence hétéroclites, de livres, de cahiers, de rouleaux de papier, de sacs d'emballage, de pelotes de fils, de cordes, de crochets, et surtout de sacs de taffetas bleu soigneusement serrés les uns contre les autres.

– Tu deviens antiquaire, receleur, drapier ?

Barnaba sourit :

– C'est ça que les Français cherchaient. C'est pour ça qu'ils m'ont arrêté. Ils voulaient mon aérostat.

– Je croyais que tu avais abandonné ces folies, dit Aventino en s'asseyant.

– Toi, c'est l'arbre à thé et la terre, moi c'est l'aérostat et le ciel.

Avec un enthousiasme assez similaire à celui qu'Aventino mettait à défendre ses jardins de thé, Barnaba reparla de ses expériences « aérostatiques ». Depuis Icare, en effet, le grand rêve de l'homme n'était-il pas de voler ! Barnaba était intarissable. Au IXe siècle, un médecin de Cordoue s'était élancé du sommet d'une colline vêtu d'un habit de soie recouvert de plumes. Un Italien de Pérouse, en 1496, avait effectué trois cents pas dans les airs, suspendu à une sorte d'aigle en bois. Quelques années plus tard, Paolo Guidotti s'était jeté de la tour la plus élevée de Lucques, muni d'ailes renforcées par une armature de fanons de baleine. Récemment, à Paris, un certain Lenormand s'était élancé d'un arbre du Jardin des Plantes, un parasol dans chaque main !

– Et l'abbé Desforges ! Sa « voiture volante », sorte de gondole agrémentée de nombreux « accessoires volatiles », jouissait d'une stabilité telle que « ni les grands vents ni les orages ne pourraient la briser ou la culbuter ». Il réunit la foule de ses souscripteurs dans un champ, s'enfonça sur le crâne un bonnet pointu, muni de verres « vis-à-vis des yeux » pour se protéger des rhumes de cerveau, monta à bord de son « cabriolet volant », battit des ailes, et que fit-il ?

– Il pria Dieu de lui venir en aide ?

– Non ! Il demeura cloué au sol ! Lui qui avait prévu de parcourir trente lieues en une heure...

Barnaba continua le jeu :

– Et le bénédictin anglais de passage à Monale, qui a tenté le saut de l'ange en battant des ailes !

– Côtes enfoncées, bassin fracturé, jambe cassée, je suppose...

– Il est mort, en mâchonnant, la bouche pleine de sang : « Je savais bien que j'aurais dû mettre des plumes d'aigle à la place de ce foutu plumage de poulet ! »

– C'est ton grand projet ? Une mort glorieuse dans les airs ?

– Écoute, et je suis très sérieux : il faut substituer « l'air inflammable » à l'air chaud, guider l'aérostat avec une hélice qui tournerait à l'aide d'une pompe à feu, renforcer la structure du « globe », et utiliser des enveloppes en taffetas imperméabilisées avec du caoutchouc. Tout est là, dans ces cahiers, dans ces livres.

Aventino ne disait rien, partagé entre l'admiration et le scepticisme. Barnaba poursuivit sa démonstration :

– Buonaparte, cet imbécile, a refusé le sous-marin et le bateau à vapeur de Fulton, et n'a pas cru possible d'envahir l'Angleterre avec cent montgolfières, comme le lui préconisait un de ses chefs de bataillon. Il a même congédié un aéronaute coupable à ses yeux d'avoir gâché son couronnement parce qu'il n'était pas parvenu à faire décoller l'énorme globe construit à sa gloire.

– Tu veux faire la guerre à Buonaparte avec tes ballons ?

– Si on parvenait à maîtriser correctement un aérostat, son utilisation serait infinie ! Missions d'observation, ravitaillement des villes assiégées, système de signaux, correspondance entre divers corps d'armée, levées de cartes et de plans topographiques, système de télégraphie optique. On pourrait même imaginer une armée de « pyronautes » montés dans des ballons et qui largueraient sur l'ennemi des projectiles incendiaires. En tout cas Vincenzo et son préfet y croient, eux. Ils sont même allés jusqu'à me proposer une charge de secrétaire d'État aux forces aériennes italiennes, si je ralliais leur cause !

– Et que compte faire monsieur le nouveau secrétaire d'État ?

– Remettre tous ces plans à leur place, refermer le plancher, en prévision du grand lâcher de ballon dans la cour du château le jour où les Français auront quitté l'Italie.

– Et en attendant ?

– Te convaincre de venir nous rejoindre.

– Je vais y réfléchir, mon ami, vite et sérieusement.

Comme l'avait annoncé Barnaba, la prise d'armes ralliant plusieurs nations autour de l'Autriche sous les bannières d'une Sainte Alliance, dans la continuité de celle déjà scellée en 1791 à Pilnitz, avait bien eu lieu. On ne pouvait cependant pas dire qu'elle avait tourné à l'avantage de celle-ci. Si les patriotes italiens avaient de bons espions, Buonaparte avait aussi les siens. Sinon, comment expliquer la présence soudaine, tout le long de la frontière italienne, d'une armée commandée par le général Masséna ? Il fallut quelques mois à peine aux Français pour mettre à mal les espoirs formés par la troisième coalition. Masséna culbuta l'archiduc Jean à Caldiero et le rejeta sur le Tagliamento. Gouvion-Saint-Cyr bloqua la ville de Venise, et Eugène tint tête à Ferdinand et aux Anglo-Russes. À ces victoires militaires auxquelles avaient malheureusement participé des dizaines de milliers de conscrits italiens enrôlés dans les armées impériales, s'ajoutèrent des événements purement diplomatiques et des traités qui achevèrent de livrer l'Italie à la France. Joseph Bonaparte, proclamé roi de Naples le 30 mars 1806, le royaume se trouva enfin rattaché au nouveau système politique de l'Italie et le pays entier, qui devait être libéré par le parti de l'Allemagne, ne fut plus régi que par une seule loi : le Code Napoléon. Les nouveaux maîtres du pays étaient des militaires anoblis par leur roi d'opérette ; certes audacieux et talentueux à la guerre, mais surtout cruels et voleurs, une fois revenus à la vie civile, et dont la principale ambition était d'avoir un jour une rue à leur nom alors qu'on aurait dû leur faire une place de choix dans le mausolée édifié à la gloire des brutes qui ont ensanglanté l'histoire de l'humanité. En tête de la horde : Masséna. Oui, la guérilla contre l'occupant français était plus que jamais nécessaire, et avait hélas ! de beaux jours devant elle.

Aventino, qui n'avait pas donné suite aux propositions du préfet de Lavalette concernant le développement de son jardin de thé, partageait son temps entre l'entretien de ses théiers et une aide de plus en plus conséquente à la guérilla piémontaise. Il y avait le point de vue logistique – les caves, le labyrinthe et les greniers du château constituaient des caches idéales –, mais aussi un vrai engagement personnel. Ainsi avait-il participé à de nombreuses actions comme l'attaque de magasins de subsistances où les troupes allaient régulièrement toucher leurs denrées, le vol des vêtements d'hiver transportés à travers la montagne à dos de mulets, l'arraisonnement d'une estafette de l'Empereur porteur d'un courrier important et qu'il fallut malheureusement égorger, ou même l'incendie d'un dépôt de fourrage situé à la sortie de Castellero, et au cours duquel plusieurs soldats, ayant barricadé les portes du hangar avec du fumier, y furent brûlés vifs.

Les actions se multipliaient, et il était de plus en plus dangereux d'y participer. Les portes des villes étaient systématiquement fermées la nuit. Les voyageurs et les paysans avaient ordre de passer à plus d'une lieue de tout campement militaire, des casernes et des magasins casematés. De vastes champs emblavés étaient totalement interdits. On ne pouvait plus traverser certaines villes, même en plein jour. Le moindre déplacement exigeait un passeport fourni par un officier français, lequel, muni d'une griffe, imprimait un visa à l'encre bleue.

Quant aux bacs, indispensables dans cette région sillonnée de cours d'eau, il était devenu presque impossible de les emprunter. On vit même un jour – ce qui semblait donner raison aux théories défendues par Barnaba – un ballon captif s'élever au-dessus de la ville d'Asti, à une hauteur d'environ cent cinquante mètres, dans lequel des officiers, rapportèrent les espions, se livraient à une inspection minutieuse de la campagne environnante.

Bien que l'espoir fût très mince de chasser les Français du Piémont, certains petits faits redonnaient du moral aux patriotes. Ainsi les troupes françaises étaient, semble-t-il, fatiguées de devoir marquer le pas. Leur moral était atteint et les généraux avaient toutes les peines du monde à leur faire oublier la guerre. À Asti, Turin, Alessandria, mais aussi dans des villes de moindre importance, les théâtres étaient pleins. Tous les soirs on organisait des concerts, on jouait des opéras bouffes, on donnait des bals. Certains n'hésitaient pas à proclamer, comme dans l'Alpo et à Vérone : « Puisque les Français ne songent qu'à s'amuser, il sera aisé de les surprendre en passant l'Adige devant Zevio. » Réflexion qui pouvait être étendue, pourquoi pas, à toute l'Italie.

À côté de cette frivolité apparente des armées d'occupation, la guérilla en général et Aventino en particulier s'enfonçaient dans un puits sans fond : celui du sang et de la vengeance. Des images de sa guerre ancienne, celles de la première campagne d'Italie, accompagnées de bruits atroces et d'épouvantables odeurs, lui revenaient, passant telles d'effrayantes comètes, devant ses yeux. « Mes camarades, ne perdez pas votre fer en tirant à la volée ; visez bas et tirez toujours à la mitraille et à la portée de pistolet sur les cavaliers. » Il se souvint de sapeurs déblayant des ponts, enlevant des barricades, comblant des tranchées à Mantoue ; d'une fusillade vers Aviglio, qui avait fait vider les étriers à trois hommes qui avaient fini écrasés sous des affûts de canons ; de la vision de maraudeurs à Loano qui allaient arracher aux morts leurs capotes pour s'abriter, et de celui qu'il avait lui-même sabré sur place alors qu'il l'avait surpris en train de dépouiller un blessé. Sensations passées et présentes se mêlaient. Les images devenaient de plus en plus sanglantes et horribles. Canonniers égorgés sur leurs pièces ; tranchées se remplissant d'hommes tués ; membres dispersés sur les champs de batailles ; cadavres en décomposition que se disputait une horde de chiens. Une nuit, il se réveilla, trempé de sueur, comme si d'innombrables glas avaient sonné dans tous les clochers du Montferrat. Une fin d'après-midi, alors qu'il était occupé à fourbir ses armes, au pied d'une des petites collines formant la Sierra d'Ivrea, il aperçut un brouillard épais et glacé flotter autour de lui. Il était le seul à le voir. Ses compagnons n'y prêtaient aucune attention. Un tigre géant en émergea, qui resta juste à la lisière, immobile, si près cependant qu'Aventino pouvait voir son poitrail se lever et s'abaisser au rythme de sa respiration. Le matin même, Aventino et plusieurs de ses camarades avaient attaqué un convoi de munitions. L'ordre était de ne laisser aucun survivant. Chacun finit son travail à l'arme blanche, au milieu des voitures brisées et des cadavres. Aventino, à présent, les yeux dans ceux du tigre, devait se rendre à l'évidence, le contact de la lame traversant la capote du soldat puis entrant dans sa chair lui avait procuré ce matin un plaisir tel qu'il comprit que le soldat avait été achevé non par Aventino Roero Di Cortanze mais par l'homme-tigre qui habitait en lui. Il ferma les yeux une seconde et s'aperçut qu'il pleurait. Quand il releva la tête, un fort vent d'est avait dispersé la masse épaisse du brouillard, et il était temps de gagner l'auberge de pêcheurs située à quelques lacets en amont sur les bords du lac de Viverone. Il avait été convenu que la petite troupe s'y restaurerait avant de se disperser.

Bien qu'il fît encore jour, une petite lanterne rouge se balançait au-dessus de la porte d'entrée. L'air qu'on respirait à l'intérieur était saturé d'ail, de friture et de tabac, les bancs et les tables étaient souillés de taches, les murs imprégnés d'une ignoble saleté. C'était le dernier degré de l'auberge italienne.

– Bienvenus au *Palazzo*, dit avec emphase le propriétaire, un petit homme à la mine triste de capucin ascétique, aussi graisseux et sordide que le mobilier de son bouge, qui parlait du nez comme un prédicateur, et dont les habits s'affaissaient comme une vieille soutane.

– De la graine de mouchard, glissa Aventino à l'oreille de Barnaba.

– Prenez place, prenez place. J'ai un excellent risotto, du vin de pays et du raisin, dit l'aubergiste en mouillant son crayon sur sa langue, comme s'il allait prendre une commande.

Le repas fut expédié, et la conversation roula sur les désastres de cette guerre interminable. Pas une famille piémontaise à qui la guerre n'eût épargné les misères, les souffrances, les pertes cruelles, parfois irréparables. Bien des enfants avaient perdu leur père ou leur mère quand ce n'étaient pas les deux. Bien des parents avaient perdu leurs fils. Combien de pauvres gens avaient été dépouillés par les pillages du mince pécule qu'ils avaient péniblement amassé. L'aubergiste, assis dans un coin de la pièce, avait tout entendu bien qu'on évitât de parler haut. Lui aussi avait à se plaindre, il avait vécu au début de la débâcle autrichienne un drame horrible. Sa pauvre femme, accusée d'espionnage pour le compte des Français, avait été placée par les Autrichiens au centre d'un cercle de paille auquel ils avaient mis le feu. Toutes les fois où la malheureuse essayait de se traîner hors du brasier, ils la recevaient à coups de fourche et la repoussaient au milieu du cercle.

– Quand ils ont vu les soldats français arriver, ces cochons d'Autrichiens ont détalé comme des lapins. C'étaient des Savoyards. Ils ont sorti Ada des flammes, mais c'était trop tard. Elle avait les cheveux, les doigts et le visage entièrement brûlés. Elle était morte, mon Ada. Depuis, je suis du côté de l'Empereur !

Barnaba paya et fit signe aux autres qu'il était temps de quitter l'auberge. Alors qu'ils sortaient, l'aubergiste marmonna quelque chose qui ressemblait à une insulte ou une parole désobligeante. Un des hommes s'avança vers lui, menaçant :

– Que dis-tu ?

Aventino s'interposa :

– Laisse, ça n'a aucune importance.

L'homme insista :

– Dis ce que tu as à dire !

– Que j'suis bien content qu'ils l'aient pendu ce faux colonel, ce faux duc.

– De qui parles-tu ? demanda Aventino.

– Je l'imagine, se balançant au bout d'une corde, entre les deux fontaines. Ah, je m'en souviendrai du 11 novembre 1806 ! Une date à marquer d'une pierre blanche !

– Mais de qui, bougre de...

Aventino arrêta la main de l'homme prêt à frapper l'aubergiste.

– Michele Pezza, pardi ! Fra Diavolo ! Ce bandit de grand chemin qui égorgeait les Français. Ces guérilleros, on devrait tous les pendre ! Vous n'êtes pas de mon avis, messeigneurs ?

Personne ne répondit. Qu'ils soient du Nord ou du Sud, les hommes qui se soulevaient contre les Français avaient pour eux droit au respect. L'aubergiste insistait :

– J'suis pas de Naples. J'devrais m'en foutre, eh bien non, ça m'plaît à moi cette mort !

– On se moque d'où tu es, laissa échapper Barnaba.

– J'vais quand même vous le dire ! J'suis d'Massa, d'Massa Ducale, d'Massa Carrara.

Alors qu'ils s'éloignaient du Palazzo, empêtrés jusqu'aux mollets dans les bruyères, écrasant sous leurs pieds des mottes de terre et de vieilles pointes de blé, les hommes de Barnaba n'avaient qu'un seul souci : pour les uns rentrer au plus vite chez eux, pour les autres trouver un lieu où dormir. Seul Aventino continuait d'entendre dans sa tête les dernières paroles de l'aubergiste : « Massa, Massa Ducale, Massa Carrara... » C'était comme un sifflement ininterrompu, un affreux bruitage, un essaim d'abeilles qui lui collaient aux tempes : « Massa, Massa Ducale, Massa Carrara. » Barnaba le prit par le bras :

– Qu'est-ce qui se passe ?

– Tu te souviens des derniers mots de l'aubergiste ?

– Lamentables. Mais le pauvre homme, le pauvre homme. Perdre sa femme dans ces conditions...

– Je ne te parle pas de ça.

– Alors de quoi ? De Fra Diavolo ? C'est terrible mais que veux-tu, on court tous le même risque. Ne te laisse pas abattre par cette mort. C'était quelqu'un de ta famille ? ajouta Barnaba, ironique.

– L'aubergiste, il est de Massa.

– De Massa ? répéta Barnaba sans comprendre.

– Massa, tu ne l'as jamais revue ?

– Massa ?

– Oui, Maria Galante ! La jeune femme du *casino* Santa Margherita ? On l'appelait « Massa » parce qu'elle était née à Massa. C'était son surnom. C'est ce crétin d'aubergiste qui m'y fait penser.

– Une jolie fille, si je me souviens bien...

– Tu ne sais rien à son sujet ?

– Non. Demande à l'aubergiste !

Aventino haussa les épaules :

– À quoi bon...

– Ça fait des années, mon ami, que je n'ai pas mis les pieds à Gênes. Et si tu veux mon avis, ce n'est pas le moment de s'y promener. Il y a des bordels ailleurs qu'en Ligurie. Oublie Massa.

– Je dois la retrouver !

– Aller à Gênes ? Tu es fou ! C'est trop risqué pour toi.

– Je m'en moque.

– Trop risqué pour toi, et pour nous tous. On est tous solidaires. Si tu es pris, c'est tout notre groupe qui est en danger.

– Je m'en moque. C'est trop fort. Il faut que je la revoie. Ça fait trop longtemps...

– Tout ça pour une catin !

Les deux amis étaient près d'en venir aux mains.

– Je dois y aller !

– Je ne te comprends pas, Aventino.

– Moi non plus, je ne me comprends plus, si ça peut te rassurer.

– Je vais te dire ce que tu as, dit Barnaba d'une voix étouffée par l'émotion mais ferme. Tu es en train de mourir pour un chagrin particulier, quand il n'est permis de mourir que de la douleur générale.

49

LE voyage de Cortanze à Gênes fut long et éprouvant. Aventino était d'une humeur massacrante. Plusieurs fois, il avait remis sa décision, non point tant à cause d'actions de guérilla auxquelles il avait dû participer, que parce qu'il craignait de trouver, au terme de cette traversée, quelque chose qui ressemblerait à de la déception. Le matin même de son départ, alors qu'il montait dans sa voiture dont il avait, par mesure de sécurité, fait effacer les armoiries, il hésitait encore. Il avait passé la nuit à Alessandria, et, après s'être longuement arrêté, dans les environs de Rivaloro, au sommet d'une petite colline couverte de vignes et d'oliviers, il était enfin entré dans Gênes, par le faubourg *delle Grazie*. La voiture traversa la ville en diagonale, et malgré les longs passages obscurs et les rues tortueuses conduisant à la *via* Ceba, le cocher trouva sans difficulté la place Madre di Dio. Aventino traversa le jardin planté d'orangers, et après s'être arrêté quelques instants au pied de l'escalier du *casino* Santa Margherita, en monta les marches dans une précipitation pleine d'émotion.

Le hall d'entrée n'avait guère changé, tout juste était-il un peu plus défraîchi. Le portier se tenait toujours au même endroit : posté derrière la grille. Mais alors qu'il portait jadis un jabot de dentelle et des bas de soie, une épée de parade au côté et une perruque poudrée, il affichait désormais un pantalon et un habit rouges surmontés d'une tignasse coupée à la Titus.

– Monsieur Aventino... Mais... Quelle surprise... Comment est-ce possible...

C'était comme si un fantôme venait de faire son apparition.

– Je vous croyais... On nous avait dit... Je vous croyais...

– Mort ?

– Oui, monsieur, mort ! Mangé par les Indous !

Aventino ne put s'empêcher de rire, tout en regardant autour de lui. Il régnait un silence inhabituel. Du moins dans son souvenir avait-il gardé l'image d'un lieu plutôt gai, bruyant même, agité d'allées et venues perpétuelles.

– La police a fait fermer l'établissement, murmura le portier.

Aventino ne pouvait parler, ne sachant par où commencer, ni quelle émotion repousser afin que les mots accumulés dans sa gorge en sortent et se mettent tranquillement en place pour former une phrase. Le portier parla à sa place, se plaignant de la situation, toujours à mi-voix, « de peur des murs qui ont des oreilles ». Tout d'abord, il y avait la misère : on ne mangeait plus à sa faim ! Et les commissaires politiques qui fourraient leur nez partout. Et les exactions des Français !

– La semaine dernière, il ont promené à travers la ville le cadavre à demi décomposé d'un « comploteur » pour aller le fusiller après sur la place *Carlo Felize* ! Le cordonnier Lapuani a été condamné à six ans de fers parce qu'il avait caché cinq livres de poudre dans un four à pain !

Et s'il n'y avait que ça ! Mais les Français bouleversaient tout. Ils réorganisaient la division intérieure de la ville, remaniaient les quartiers, changeaient les noms des rues, effaçaient ou enlevaient les images des madones, et rétablissaient l'état de siège au moindre soupçon d'incitation à la révolte.

– Il faudra bien un jour chasser tous ces vautours, disait le portier, lequel, philosophe, ajoutait : Même nos hommes politiques, jadis, ils ne parlaient que de vertu, à présent ils n'ont que le commerce et les finances à la bouche !

Mais ce qui semblait surtout révolter le portier c'était la « basse condition » dans laquelle était tombé le *casino*. Il n'était plus désormais fréquenté que par des militaires, des fonctionnaires, et des commerçants français. Quant aux filles, c'était pire encore. Il n'y avait plus que des pauvresses servant de mouches à la police, des prostituées de bas étage : raccrocheuses, boucaneuses, grisettes porteuses de maladies honteuses, errantes de banlieue, jusqu'à des pierreuses et même des marcheuses, échappées de l'hôpital et ridées sous le poids des vices...

– Monsieur Aventino, madame Caterina n'aurait jamais accepté ça.

Aventino sortit de son mutisme :

– Caterina n'est donc pas là ?

– Vous pensez bien, monsieur, sinon nous ne serions pas tombés si bas.

– Mais pourquoi ?

– C'est une longue histoire, monsieur, triste et malheureuse... La Scarpia et Cernide ont pris les choses en main, et ils sont au mieux avec les Français.

Aventino donna un violent coup de pied dans un guéridon qui traversa toute la pièce et alla s'écraser contre le mur.

– Je vous comprends, monsieur...

Puis, comme on se jette à l'eau, car il fallait bien qu'il la pose, cette question pour laquelle il avait entrepris ce voyage jusqu'à Gênes :

– Et Maria Galante, elle est toujours ici ? demanda Aventino tandis que défilait devant ses yeux la horde des soudards français qui avaient dû passer dans son lit.

– Qui, monsieur ?

– Maria Galante ! Massa ! Est-elle là, oui ou non ?

Pour la première fois, le portier perdit un peu de son calme, de ce marmottement qui n'était que le murmure d'une insupportable soumission.

– On ne sait pas, monsieur, répondit-il, la lèvre supérieure agitée d'un petit tremblement. On n'a jamais su ce... Elle a disparu un jour... Rien ne laissait supposer que... Et puis...

– Que veux-tu dire ? Parle !

– Je vous l'ai dit, je ne sais pas, monsieur. Madame Caterina pourra peut-être...

– Caterina ? Il fallait commencer par ça ! Tu sais où elle habite ?

– Au 3, place de l'église San Stefano.

Aventino eut un moment d'hésitation.

– Entre l'*aquasola* et le *manicomio* ?

– Oui, juste avant les remparts. C'est assez loin d'ici, monsieur.

Pour aller du *casino* à l'église San Stefano, il fallait passer par un enchevêtrement de rues et de places dont le tracé échappait à Aventino. De plus, ayant donné quartier libre à son voiturier, il ne pouvait compter sur son aide. C'était l'heure de l'*Ave Maria*, donc de la promenade traditionnelle, et tous les équipages étaient réquisitionnés. Il résolut de faire le trajet à pied. Lui qui jadis pouvait circuler dans cette ville les yeux fermés se perdit plusieurs fois, s'enfonçant du côté des bassins de carénage, revenant sur ses pas en direction de la cathédrale, se perdant encore du côté de la place Fontane Amorose. Sur les Cours, sur les bastions, dans toutes les avenues, quatre rangs de voitures étaient arrêtés, créant un embouteillage monstrueux. Coiffées de perruques blondes, chaussées de cothurnes à la romaine, sanglées dans des robes à la Diane et des tuniques à la Minerve dont les mousselines et les soies tombaient si près du corps qu'on eût pu les croire mouillées, les belles de jour affolaient les officiers français caracolant à leurs côtés. Les rues, les cafés, les boutiques regorgeaient de ces élégantes coiffées qui de chapeaux militaires, qui de bonnets de coton, couvertes de vêtements qui les « déshabillaient », offrant aux regards de leurs soupirants des épaules mutines et des décolletés ravissants. Bouche à demi ouverte, elles dégustaient entre deux rires des sorbets à petites lampées.

Aventino ne reconnaissait pas, dans ces citoyennes à demi vêtues, le corsage échancré sur la nuque et les cheveux coupés court « à la guillotine », les austères Génoises, accoutumées à une simplicité d'allure un peu rétrograde, qu'il avait laissées avant de partir aux Indes. Derrière toutes ces choses, qui n'étaient rien d'autre qu'une mode, déjà en retard sans doute par rapport aux caprices parisiens qu'elle cherchait à imiter, c'était une société entière qui changeait, basculant dans l'inélégance, le ridicule et le grotesque. Tous ces gens qui se voulaient en avance sur leur temps, avec leurs habits longs et étriqués, mesquins, débraillés, avec leurs tresses qui leur cachaient les oreilles, leurs souliers pointus, leurs cols volumineux, avec leur gros bâton tenu fermement en main et qui leur donnait l'allure de tueurs de chiens, ne faisaient rien d'autre que de singer l'accoutrement des soldats de Buonaparte et la mise imbécile des civils qui les accompagnaient. Et la mode ne s'arrêtait pas aux couturières et aux modistes. Pathétique Italie qui allait jusqu'à imiter les bizarreries de langage déjà ridicules sur les grands boulevards parisiens mais ineptes quand il s'agissait de les transposer au génois parlé sur la strada Balbi, la strada Nuova ou la strada Ribella ! La langue même devait se franciser ! Les femmes se coiffaient avec des *tignons*, recevaient leur amant en *desabiglié* ou en *manto a falbalà*, on dansait le *minué* et on envoyait ses missives sur du *papié* !

Dans cette Italie-là, qui aurait pu le faire rire si elle ne lui avait donné la nausée, la fourberie avait succédé à la loyauté et la vantardise à la modestie. En un sens, la fameuse « unité italienne », dont Aventino pensait qu'elle pourrait surgir un jour, était réalisée : dans la médiocrité de ces Piémontais, de ces Génois, de ces Romains, de ces Napolitains qui singeaient les Français. Mais Aventino savait qu'il existait une autre Italie, riche, idéaliste, combattante, qui écrivait des satires et des épîtres. Comme celles-ci, du Piémontais Edoardo Calvi, et qu'il affectionnait tout particulièrement : « *Bonnet sans tête, Arbres sans écorce, Liberté qui passe ? Non, quatre imbéciles qui font la fête !* » Ou encore : « *Quel temps fait-il, guignol ?/ Il fait un temps de voleur/ un temps de Français.* »

À mesure qu'il se rapprochait de l'église San Stefano, se frayant un chemin à travers cette foule odieuse, Aventino pensait avec ferveur à cette Italie qui refusait d'applaudir au passage de ces gourgandines et de ces officiers français auxquels certains aristocrates piémontais n'hésitaient pas à prêter leurs femmes. Les Français avaient beau faire repeindre aux trois couleurs les madones de la ville, et coiffer les statues du bonnet rouge, tout cela finirait un jour. On se battait en Piémont, on commençait de se soulever dans les Calabres et dans les gorges des Apennins, autour du Saint-Siège bruissait un début de révolte, et dans la plupart des grosses villes, la *charbonnerie*, entée sur les mystères de la franc-maçonnerie, ravivait un esprit politique de liberté nationale. Aventino aurait dû se sentir abattu par l'immensité de la tâche à accomplir, mais c'était tout le contraire. L'homme-tigre sentait monter en lui une révolte magnifique. Mais un tout autre combat l'attendait pour l'instant à présent. Il venait d'arriver au 3, place de l'église San Stefano.

La femme qui lui ouvrit n'avait plus rien à voir avec la Junon grasse et ronde, si pétillante, si avenante, et droite comme un chêne qui menait jadis avec une fermeté sans faille la maison de la place Madre di Dio. Caterina Grassini n'était plus qu'une vieille ratatinée, courbée, à la figure toute blanche comme un cadran d'horloge. C'était un spectre. Aventino eut un instant l'envie de s'enfuir. Mais il voulait savoir : il resta.

– Qui êtes-vous ? Que me voulez-vous ? demanda-t-elle d'une voix chevrotante, découvrant une bouche édentée.

– C'est moi, Aventino.

– Aventino ?

– Aventino Roero Di Cortanze. Caterina, c'est moi.

– Vous vous trompez, monsieur, je ne m'appelle pas Caterina, répondit-elle, tout en essayant fébrilement de refermer la porte.

Aventino glissa son pied le long du chambranle.

– Caterina, je t'ai reconnue.

La vieille femme opposa une nouvelle résistance, mais si faiblement, désabusée, et finit par tomber dans les bras d'Aventino. Elle éclata en sanglots. La pièce était minuscule, le mobilier réduit au strict nécessaire. Seuls un colibri dans une cage et une plante grasse dans un pot apportaient, comme par inadvertance, un peu de gaieté. Caterina Grassini s'affala dans un fauteuil. Aventino vint s'asseoir en face d'elle, et lui prit les deux mains. Elle en retira une pour sécher ses larmes.

– Je suis si contente, tu sais. Je t'ai reconnu immédiatement... Je ne voulais pas que tu me voies dans cet état. Quelle misère dégoûtante !

– Que s'est-il passé ?

Caterina ne répondit pas :

– Tu es revenu de ton grand voyage...

– Tu ne le savais pas ?

– Non. Comment veux-tu ? Raconte-moi...

Alors Aventino raconta tout : le thé, les tigres, les éléphants, la mousson, les fleuves, la jungle, le bateau, la peste, la mort de Percy. Omettant de parler de la *rajkumari*, comme si une voix intérieure lui avait déconseillé de le faire.

Caterina écouta, attentive, éblouie, si triste au récit de la mort de Percy, si heureuse qu'Aventino soit revenu, vivant, transformé :

– On dirait que tu es le même, et que tu es quelqu'un d'autre, mon Aventino.

Au fil des minutes, Caterina revenait à la vie, comme si le bonheur de le revoir, de lui parler, effaçait toute cette poussière qui la recouvrait et l'avait rendue si vieille, si inutile. Aventino pensa qu'il pouvait reposer sa question :

– Mais toi, Caterina, toi ?

– Ce n'est pas intéressant...

– Je suis passé au *casino*, aujourd'hui...

– Alors tu sais.

– J'ai vu, mais je ne sais rien.

– Écoute... Quand les Français sont revenus, Cernide s'est mis à fricoter avec eux, comme il l'avait fait avant 99. D'abord il a vendu et acheté des pièces de tissu. Avec la guerre, il y avait un tel gaspillage d'uniformes, tu ne peux pas savoir ! Ensuite, il est devenu « fournisseur de guerre ». Puis, il s'est mis en cheville avec les « Agents chargés de l'argenterie des églises ». Il était spécialisé dans le pillage des lieux saints. Tout y passait : mobilier, ornements sacrés, chasubles, ciboires, fauteuils, jusqu'aux carrosses des évêques ! Tu sais ce qu'on dit de lui ? Qu'il est devenu riche parce qu'il a vendu tous ceux qui l'avaient acheté ! À présent, il est puissant. Il m'a jetée à la rue pour offrir à Lucia ce dont elle avait toujours rêvé : le *casino* Santa Margherita.

– Le portier m'a dit que la police l'avait fermé.

– Provisoirement. Les Français en ont trop besoin. Ce n'est plus seulement un lieu de plaisirs mais aussi un foyer de renseignements pour tous les espions du nord de l'Italie. Lucia n'y vient plus parce que son petit jouet ne l'intéresse plus. C'est une grande dame, maintenant. Elle fait salon ! Elle paraît en public !

– Mais de quoi vis-tu ?

– Plus de mes charmes, mon chéri, ça c'est sûr ! L'ancienne « surintendante des plaisirs de la cour et de la ville » vit de la contrebande du sel et du tabac ! Je suis intarissable sur les terres nitreuses du Véronais ex-autrichien, et les mulets chargés de tabacs achetés à Mantoue !

Aventino ne put s'empêcher de sourire. Caterina, elle, éclata de rire. Le temps de ce rire, extraordinaire, lumineux, qui n'appartenait qu'à elle, il retrouva la séductrice dont la vie passée avait été si pleine d'extravagances et de caprices. Caterina se leva, se dirigea vers un buffet d'où elle sortit une unique bouteille de grappa, deux verres et une boîte en fer contenant quelques gâteaux secs. Tandis qu'elle versait à boire, elle redevint triste. La situation était si terrible, si alarmante. Tant de pauvres gens étaient accablés par toutes sortes de misères, à peine vêtus, souffrant comme elle de la faim et du froid.

– Et tous ces enfants, mon Aventino ! Quand les parents meurent, les petits sont conduits aux Enfants-Trouvés, dans l'immeuble de la piazza del Molo. Là, ils deviennent des *Enfants de la Patrie*. Et tu sais ce qu'on en fait, ensuite ?

– Non.

– À treize ans, ils entrent en apprentissage et dès qu'ils sont ouvriers, ils partent pour l'armée. Puis ils meurent sur on ne sait quel champ de bataille d'Europe !

Les heures s'égrénaient, lugubres, et Aventino dut finir par accepter la triste réalité. Caterina Grassini, brisée par les malheurs, perdait parfois la tête. Elle était capable dans la même phrase de tenir des propos drôles et subtils et de sombrer dans une bouillie incompréhensible, commençant un développement qu'elle laissait en suspens, sautant du coq à l'âne, tombant dans une excitation furieuse puis sombrant dans une torpeur bizarre. Elle avait déjà rappelé dix fois à Aventino qu'Appiani autrefois avait dû la supplier pour la peindre sous les traits de Diane entrant au bain. Puis, après un long silence elle s'était mise à pester contre tous ces « boiteux, ces bossus et autres infirmes » qui se promenaient dans les rues de Gênes, « pas étonnant, la conscription enlève les hommes les mieux faits à leur famille. Oui, mon chéri, ils nous laissent les sans-couilles, impropres au service et à l'amour ! ». Après s'en être prise à cette foutue Italie, « souveraine en tout temps et maîtresse de tous les arts divins », qui allait maintenant « mendier l'emprunt aux modes parisiennes », puis à ces modistes « qui manquent à ce point d'imagination et de talent qu'elles nous forcent à nous habiller avec les défroques du palais Royal », elle lâcha une vesse bruyante, et après avoir fini son verre de grappa, ajouta :

– Le pire, c'est les filles publiques, les *donne del mondo*. Ils leur font payer une amende qui va aux pauvres. Et si elles ne sont pas « citoyennes de la République », elles n'ont pas le droit d'aller à l'hôpital quand elles sont malades. Et alors, elles doivent s'exiler. C'est toujours la même chose, on se sert des femmes et après on les jette !

Aventino parlait depuis presque trois heures avec Caterina, et il n'avait toujours pas abordé le sujet qui lui tenait le plus à cœur : Maria Galante. La vieille femme avait d'ailleurs, elle aussi, été très discrète quant à cette jeune fille qu'elle considérait pourtant comme sa fille.

– Et Maria Galante...

– Elle était jolie, la Massa, hein ?

– Oui, elle est belle.

Caterina ne répondit pas immédiatement. Aventino ne savait pas si elle s'était endormie ou si elle était en train de réfléchir.

– Tu voudrais savoir où elle est ? demanda-t-elle sans le regarder.

– Oui.

– Je ne sais pas, mon ami. Je ne sais pas où ils l'ont mise, comme je n'ai jamais su d'où elle venait...

– Elle venait de Massa, d'où son surnom, n'est-ce pas ? Tu nous as toujours dit que c'était toi qui l'avais recueillie.

– Je ne dis pas le contraire. Mais c'est celui qui me l'a confiée, qui m'a dit qu'elle était née à Massa. Je ne sais même pas si c'était son père, ce ruffian !

– Ce ruffian ? Qui ?

– Ce ruffian de Renzo Gentile.

– Le père de Percy ?

– Évidemment, le père de Percy ! Ils portent le même nom ! Tu es idiot ou quoi ! Ça ne t'a pas réussi d'aller aux Indes. Remarque, à lui non plus !

Aventino fut pris d'une soudaine migraine. Il ne comprenait plus rien. Quel était le lien entre Renzo Gentile, Maria Galante et les Indes ?

– Qu'est-ce que Massa a à voir avec Renzo Gentile ?

– Je ne sais pas... Je ne sais plus...

– Enfin, Maria Galante, tu l'aimais comme ta fille ! Elle a bien dû te parler !

– Tout ce que je peux dire c'est qu'elle m'a été confiée par Renzo. Il l'a peut-être ramenée d'un de ses séjours aux Indes ? Qu'est-ce que j'en sais. Personne n'en sait rien. Maria Galante m'a dit un jour qu'elle était née à Massa, c'est tout.

– Pourquoi m'as-tu dit : « Je ne sais pas où ils l'ont mise » ?

Caterina s'était de nouveau assoupie. Cette fois, Aventino la secoua sans ménagement. Elle se ressaisit et, inondée de larmes, cria :

– Morte, ta Massa ! Elle est morte ! Je ne sais même pas s'ils l'ont enterrée.

Aventino eut soudain envie de tuer la vieille femme, la vieille folle, la vieille ivrogne. Le sol se dérobait sous ses pas.

– Mais qu'est-ce que tu racontes ?

– La vérité ! Elle est morte, mais je ne sais rien, marmonna Caterina qui pleura de plus belle. Mon *uccellino* est mort, et je ne sais rien.

– Quand ?

– En 1803 ou en 1804, je ne sais plus...

Aventino caressa les cheveux gris de Caterina.

– Fais un effort, essaie de te rappeler...Tu ne te souviens vraiment de rien ?

– Non. Mais Lucia, elle, le sait. Cernide, c'est moins sûr. Mais il te guidera jusqu'à elle. Va aux réceptions organisées par le prince Borghèse, ils ne peuvent pas ne pas en être... Ils bouffent du Français par tous leurs orifices !

– Jamais ! Depuis que Borghèse vit à Turin, je me suis juré de ne pas y retourner. J'attendrai son départ !

– C'est idiot. Cela m'étonne de toi, mon chéri.

– Les Français ont souhaité que les proches de Borghèse et de sa femme soient ceux-là mêmes qui formaient autrefois la cour du roi de Sardaigne.

– Ce sont de fins politiques...

– C'est ignoble. Ils sont tous allés à la soupe ! À plat ventre, la noblesse du Piémont ! Écoute... La dame d'honneur de Pauline Borghèse, c'est la marquise douairière de Cavour. Parmi ses douze dames de compagnie, que trouve-t-on ? Mesdames de la Turbie, de Farigliano, de Bernès, de Mathis, née Ghilini ; et six chambellans, et quatre écuyers, et un corps de pages. Tout ce monde appartient à l'aristocratie piémontaise. Je n'en fais plus partie. Du moins pas de celle-là !

– Pauline Borghèse vaut le déplacement, paraît-il...

– Peu m'importe.

– Tu sais ce qu'on dit d'elle ?

– Je m'en moque, Caterina !

– Canova, le sculpteur, l'a représentée, à ce qu'on rapporte, dans une tenue des plus suggestives. Un petit plaisantin a écrit sur les murs de Santa-Croce : *Questa volta Canova l'ha sbagliata, sculse l'Italia vestita ed é spogliata.* « Cette fois, Canova s'est trompé : il a sculpté l'Italie vêtue alors qu'elle est déshabillée. »

Caterina riait. Aventino n'arrivait pas à lui en vouloir. Pourquoi aurait-il interdit à la vieille femme de rire ? C'était sans doute la seule chose un peu douce qui lui restait dans sa vie.

– Aventino, va chez le prince Borghèse à Turin. Tu dois savoir, et je dois savoir pourquoi et comment est mort mon *uccellino*. Fais-le pour elle, pour moi.

Aventino fit « oui » de la tête, les os et le cœur brisés. Avant qu'il ne parte pour les Indes, Maria Galante et lui s'étaient fait une promesse : un jour, ils iraient se promener dans les rues de Massa, au pied du château, sur la petite place entourée d'orangers, ils iraient regarder la mer, et allumer un cierge dans la nef de la cathédrale. Mais la mort, cette effroyable absence de l'imagination, venait de tuer leur promesse.

50

Tᴇɴɪʀ entre ses doigts le fatidique carton rose, portant la mention *Laissez-passer chez Camille Borghèse*, relevait pour Aventino de la basse trahison, envers lui-même, et à l'égard de ses idéaux. Depuis que les provinces transalpines du Piémont et de Ligurie étaient devenues *Les provinces impériales d'au-delà des Alpes*, et que le prince Camille Borghèse en avait été nommé gouverneur général, Aventino avait refusé de revenir à Turin, cette « petite ville de province triste au climat malsain », comme l'appelait cette idiote de Pauline Borghèse. C'était un pacte qu'il avait passé avec lui-même mais qu'il venait de rompre parce que la douleur provoquée par l'annonce de la mort de Maria Galante était trop forte. Une deuxième mort, en somme...

Aventino n'avait rien à voir avec ces Piémontais, aristocrates ou non, qui, aux côtés du maire de Turin, le baron Negri, avaient accueilli avec solennité, au son du canon et des cloches, le couple maudit. Ce jour-là, les rues étaient pleines d'une foule avenante qui agitait des écharpes et des foulards, qui arborait des cocardes tricolores et des bonnets phrygiens. Sans doute les mêmes individus qui, avant le retour provisoire des Austro-Russes, avaient planté des arbres de la Liberté et chanté la *Carmagnole*, et après Marengo, avaient voté le rattachement du Piémont à la France. Aventino n'accepterait jamais que l'économie piémontaise soit mise au service de la machine de guerre française. Quant à la politique de grands travaux inaugurée par l'Empereur, elle n'était que poudre aux yeux. Et tous ces ânes bâtés qui applaudissaient à la construction « stratégique » des routes du Mont-Cenis et du Mont-Genèvre, et qui regardaient comme une merveille le futur pont jeté sur le Pô, la destruction des remparts qui entouraient la ville, et la transformation des bastions en larges avenues plantées d'arbres ! Même les vieilles rues et les anciennes places devaient se mettre à l'heure de Paris : Turin comptait désormais une *place Napoléon* et une *rue de Tilsit* !

Pire, les nouveaux maîtres s'installaient dans les chambres à coucher des ducs de Savoie. L'Empereur avait autorisé les Borghèse à utiliser le Palais Royal, le Palais Chablais, la villa Stupinigi construite par Juvara, ainsi que toutes les autres résidences des Savoie, allant jusqu'à leur permettre d'occuper la loge rouge de l'ancien roi de Sardaigne au Théâtre Royal. Mais Aventino résistait, il n'était pas comme ce Prosper Balbo, qui avait dans un premier temps suivi Charles-Emmanuel IV dans son exil, puis qui, revenu en Piémont, avait accepté la charge de recteur de l'Université de Turin. Voilà pourquoi, en ce triste été 1808 marqué dans toute la région par des épidémies de choléra et des tremblements de terre, Aventino, qui se voulait rebelle, se sentait si honteux en froissant du bout des doigts le bristol rose portant la mention *Laissez-passer chez Camille Borghèse.*

Les Français étaient partout. Le théâtre d'Angennes, rue d'Angennes, qu'il prendrait tout droit, avant de tourner sur la droite pour s'arrêter place Carignan, et qui ne recevait désormais que des troupes venues de Paris, donnait un opéra signé Esménard et Lesueur : *Le Triomphe de Trajan.* Et à tous les coins de rues, des femmes, suffoquant sous de longues pèlerines, dévoilaient leurs charmes, avec à leurs bras, des militaires, des bourgeois parvenus, et de faux barons. Réédifié sur le premier plan après l'incendie de 1787, le théâtre Carignan était encerclé par une foule gesticulante, des carrosses, certains fort dorés, d'autres arborant des cocardes tricolores, et beaucoup de soldats. On y donnait habituellement de grandes tragédies, des ballets et des opéras. Ce soir, on y jouait un opéra-bouffe des plus vulgaires : une réception d'apparat, donnée par le prince et la princesse Borghèse, en l'honneur de Buonaparte !

Un petit événement singulier faillit compromettre la participation d'Aventino à ce grand bal. Il avait plu. La chaussée était glissante, et ses porteurs le versèrent sur un trottoir plein de boue. Bien qu'il se tirât fort adroitement de cette petite affaire, il s'aperçut en entrant dans la salle que, dans sa chute, il avait couvert de boue ses bas blancs, large comme la main tout le long de la jambe. Il allait se cacher dans le coin le plus obscur de la salle pour essayer de se nettoyer un peu lorsque l'aboyeur lui arrachant presque le bristol rose des mains, lança son nom dans le brouhaha général : « Aventino Roero, marquis de Cortanze, comte de Calosso, seigneur de Crevacuore. » L'étiquette étant très stricte, il fallait passer par une suite de pièces de réception réservées à ce rite protocolaire. Et on ne passait pas de l'une à l'autre sans avoir été, au préalable, annoncé par une série de gentilshommes préposés à cet office. Italien, Aventino, ne risquait pas de voir son nom déformé. Il en était tout autrement des *Signori forestieri*, ce qui était, de toute évidence, le cas des Français. Ainsi, bien que le Piémont fût devenu un « département » français, un certain baron de Millequieu, arrivé juste avant Aventino, s'entendit successivement appeler : Montedieu, Mordieu, Tripieu, pour finir par un très mystérieux Forbunè ! Aventino fut donc annoncé, et introduit successivement dans chaque pièce, qui était comme un purgatoire, les bas crottés de boue et le cœur maculé de honte.

Au fond de la salle, trônait un fauteuil recouvert de velours rouge. On ne voyait que lui, avec son énorme « N » brodé d'or sur le dossier. Il était là, à la place d'honneur, à la vue de tous. Nul dieu de l'Olympe ne viendrait s'y asseoir, nul fermier général enrichi y poser son cul, non. Il demeurerait tout à fait vide, parce qu'il symbolisait la présence invisible de l'Empereur ! Le fauteuil vide était là pour impressionner les gouvernants et les courtisans, les représentants du pays occupé et ceux du pays occupant. Soudain le bruit enfla, alimenté par des murmures, des cris d'exaltation, des applaudissements, immédiatement suivis par un long silence respectueux : Pauline et Camille Borghèse venaient de faire leur entrée sous les lustres monumentaux de la grande salle de réception du palais Carignan. Les précédait, un certain Alfieri di Sostegno, maître des cérémonies puisqu'il y en avait un. Ce n'était un secret pour personne, celui que le fauteuil rouge désignait par du vide, l'Empereur lui-même, avec sa manie tatillonne du détail, avait établi l'étiquette de la cour de Turin. Et si dans un premier temps, il avait omis la présence d'un *directeur de la musique*, oubli vite réparé, il avait exigé que fût présent, à chaque cérémonie importante, un grand cérémoniaire, expert en vivats et en fanfares.

On avait tellement vanté les beautés de Pauline Borghèse née Buonaparte que chacune de ses apparitions déclenchait une émeute, des élans de passion, des tremblotements, et, murmurait-on, de honteuses érections qu'il fallait se hâter de dissimuler. Elle passa à quelques mètres d'Aventino dans une toilette de gala bleu ciel, brodée d'argent et terminée par une longue traîne recouverte de paillettes. Traits réguliers, grands yeux bleus inondés de lumière, cheveux frisés en tire-bouchons, d'énormes diamants dérobés dans un des Musées d'Italie pillés par les troupes impériales éclairaient sa gorge laiteuse, son cou et ses épaules nues. Aventino était atterré, non point à cause du passage de la dame, qui par certains côtés lui rappelait ses visites enfantines au Musée Égyptien et d'Antiquités, mais par ce qu'il pouvait observer autour de lui. On eût dit que tout le Piémont était là, que tout le Piémont venait déposer des libations aux pieds du prince et de la princesse. Aventino les connaissait tous, ces Piémontais désireux d'obtenir des charges, veillant à leurs petites affaires, venant solliciter des prêts, des délais de paiement, des avis, espérant vendre des crédits qu'ils n'avaient toujours pas, marchander des radiations, des restitutions, des paiements de créances sur l'État ; beaucoup d'entre eux ne devaient-ils pas développer leurs activités de propriétaires terriens et d'éleveurs si longtemps freinées par la guerre et le retour des Austro-Russes ?

Les Cavour, qui avaient subi les répercussions de la Révolution française, notamment l'abolition des droits féodaux, étaient, aux yeux d'Aventino, les plus méprisables. Le régime napoléonien, en les appelant à d'importantes fonctions, les avait sauvés du déshonneur et de la misère. Ils étaient tous là, traîtres satisfaits et béats, n'éprouvant plus aucune nostalgie pour la dynastie déchue de Savoie : Madame de Cavour ; la dame d'honneur de Pauline, et Victoire de Sellon, sa dame de compagnie ; Barthélémy, gouverneur du palais impérial à Turin ; Michel, élevé au rang de baron ; Philippine, à celui de comtesse. Ah, la belle noblesse impériale française, si imbue de ses titres bricolés de la veille ! Ah, les preux Piémontais, le gosier gavé de flatteries comme des oies du Gers :

– Nous devons tout à Napoléon !

– C'est un héros, le plus grand des hommes.

– Quelle chance d'être les témoins d'une si grande époque.

– Le jour de la fête de Pauline est cher à tous les vrais Piémontais !

Aventino continuait d'observer la salle, ce grand théâtre vivant, sans pour autant oublier la raison principale pour laquelle il était ici : connaître les circonstances de la mort de Maria Galante. Pauline Borghèse avait maintenant traversé toute la salle. Elle venait de s'asseoir sur le fauteuil placé un peu plus bas, à gauche du trône vide ; puis ce fut le tour du prince, de prendre place à la droite du même fauteuil vide. Les murmures avaient repris. D'un geste de la main, le maître des cérémonies les fit taire. Le silence s'établit à nouveau. La princesse se tourna vers l'orchestre qui entama une contredanse française, signal que le bal pouvait commencer.

À y regarder et à y écouter de plus près, les Piémontais du palais Carignan étaient encore plus méprisables qu'au premier abord. Assis dans leurs fauteuils rigides tendus de soie et de velours, rangés autour des tables de marbre comme autant de bibelots, adossés aux tabliers de cheminées décorés de vases de cristaux et de statuettes, ou simplement debout, plantés comme des vigies n'ayant à surveiller que leur propre inanité, il fallait les entendre critiquer à voix basse le représentant français ou le soldat, leur femme, leurs enfants, qu'ils iraient deux minutes plus tard couvrir d'éloges flatteurs.

– L'arrangement de sa chevelure est un scandale ! On dirait une coiffure de dragon.

– Et cette tunique ouverte du haut en bas sur le côté et qui découvre jambes et cuisses, ça en fait de belles gourgandines !

– Mais les coutumes aussi en prennent un coup, mon cher. Parler arrogant, regards provocateurs...

– On ne parle pas de son prochain de la sorte !

– Ils mangent de la viande le vendredi, parfaitement ! Ils s'éloignent des sacrements et appellent les autres des cagotes, des bigots ; c'en est trop.

– Madame est *Altesse impériale* ? Pourquoi pas un pot de chambre sur la tête des cariatides !

Tout ici était choquant, parce que tout était faux, insolent et vil. Ces hommes et ces femmes de l'ancien régime vite convertis au nouveau, ces parvenus révolutionnaires, ces faiseurs d'affaires enrichis sur le dos du Piémont avaient tout avili. Nuée de hauts et de bas serviteurs, ils étaient tout ce qu'Aventino exécrait : ils prenaient l'endurcisement du cœur pour de la fermeté de caractère, le cynisme pour de l'aisance, la grossièreté pour de la franchise, les flatteries pour de nécessaires hommages, la méchanceté pour de l'humour. Ils ne croyaient plus en rien ni en personne, affirmaient cracher sur la société et en profitaient plus que nul autre. Faux rebelles, faux révolutionnaires, ils ne dénonçaient que ce qui ne risquait pas d'entraver leur marche. Les moins instruits, les moins nés, les plus tarés, ils étaient parvenus aux plus hauts degrés de cette nouvelle noblesse, toute d'intrigues et d'argent, confondant la vie rageuse avec la rage de vivre.

Pauline Borghèse venait de lever la main. Au travers de sa robe, ses seins transparaissaient légèrement. Trop régulier peut-être, son visage avait quelque chose d'inexpressif. Elle poussa un soupir angélique et dit :

– Maestro, jouez une *monferrine*.

La salle se mit soudain à vibrer de longs applaudissements aussi excessifs qu'enthousiastes. La *monferrine* était une danse populaire piémontaise. Ici et là, des invités criaient : « Vive Camille Borghèse ! Vive la Princesse ! Vive l'Empereur ! » Il commençait de faire dans la salle une chaleur accablante. Derrière lui, Aventino entendit un homme faire une confidence à une très jolie femme, et qui lui eût valu, si on avait surpris ses propos, plusieurs années de mise aux fers :

– Voyez-vous, ma chère, on nous prend pour des truffes blanches. Ça me rappelle un certain général qui demanda à un peintre de le représenter en train d'effleurer de ses doigts les plaies d'un pestiféré de Jaffa, afin de le guérir. On prend les Piémontais pour des naïfs et des idiots...

– Mon ami, murmurait la belle, arrêtez, si l'on vous entendait ! Vous êtes fou !

Aventino se retourna. L'homme tenta de se cacher le visage. Mieux valait ne pas faire un esclandre un jour comme celui-ci. Il le reconnut : c'était Vincenzo Di Carello.

– Monsieur le chef de cabinet, dit Aventino en souriant.

– Monsieur le Marquis, on ne peut pas dire que vous preniez vos décisions à la légère, il vous faut un certain temps, pour réfléchir, répliqua Vincenzo, en faisant les présentations.

– Monsieur le Marquis Roero Di Cortanze, madame la baronne de Lavalette.

À la façon que Vincenzo avait de s'adresser à elle en lui tenant la main, au regard qu'elle semblait lui porter, Aventino comprit immédiatement que la relation qui liait monsieur le chef de cabinet à la femme du préfet relevait d'une autre forme que celle de l'amitié platonique.

– Vincenzo Di Carello m'a souvent parlé de vous.

Aventino montra une certaine surprise.

– Vous m'étonnez.

– Vos recherches sur l'arbre à thé l'intéressent beaucoup. Mon mari également d'ailleurs. Alors, où en êtes-vous, aujourd'hui ?

– Le thé représente un trésor d'expériences accumulées pendant des siècles par des paysans patients et ingénieux. Mes arbres à thé, eux, n'ont que quelques années d'acclimatation à l'Italie...

– J'ai longuement réfléchi, Aventino. Il faut dire que tu m'en as donné le temps. Le thé pourrait être un agent de relations sociales extraordinaire, créer une véritable sociabilité. Ton projet est très important. Il pourrait révolutionner la vie à l'extérieur de la maison et même à l'intérieur du foyer.

– Surtout si c'est la femme qui tient la théière, lança non sans humour la belle madame de Lavalette...

– Quand commence-t-on à travailler ensemble ? insista Vincenzo.

– Le thé peut se ratatiner comme les bottes d'un cavalier mongol, être raide comme les fanons d'un bœuf, onduler comme les tuiles d'une maison, ressembler à un champignon ou à des nuages...

– Êtes-vous toujours aussi énigmatique, monsieur le Marquis dit le préfet qui venait de rejoindre le petit groupe. Vous n'aimez pas beaucoup parler de votre jardin de thé, n'est-ce pas ?

– Tout est très complexe. « Le sentier est aussi bien dans la fourmi, l'herbe, les tuiles que dans les élytres », dit le Tao.

– Lao Tseu n'est pas né aux Indes, que je sache. Ne mélangez pas tout, voulez-vous. Et ne pensez pas que tous les préfets français sont des ignares...

– Loin de moi cette pensée, dit Aventino.

– Je crois que notre ami préfère parler de choses plus concrètes, dit Lavalette, comme l'occupation de Rome par notre armée, ou la réunion des provinces d'Ancône, d'Urbin et de Camerino au royaume d'Italie...

– Je ne suis pas catholique, mais reconnaissons que cela a fait forte impression, objecta Vincenzo. Le pape prisonnier dans le château Saint-Jean, les cardinaux enlevés et dispersés dans leurs diocèses : c'est autre chose que la tentative d'introduction d'une tisane indoue en Italie.

– Au moins aussi important que les Barbets du Pignerolais, de Maino della Spinetta, ou de certains révoltés du Piémont, dit Lavalette.

– Mais de qui parlez-vous, mon ami ? demanda la baronne.

– D'une chose très sérieuse. Plus grave encore que le thé ou le pape : du brigandage, de la guérilla. Nous n'en sommes pas encore comme en Espagne où femmes et enfants combattent au nom de Dieu, pour le roi, mais tout de même... Qu'en pensez-vous, monsieur Roero Di Cortanze ?

Les menuets avaient maintenant remplacé les danses folkloriques piémontaises. Des valets en livrée circulaient avec des plateaux chargés de victuailles, de bouteilles de vins, de friandises. Aventino prit une coupe d'asti. Il avait horriblement soif, et se sentait pris au piège. Il était venu ici sur les traces de Maria Galante et se retrouvait obligé de rendre des comptes au préfet. On évoqua les patrouilles constituées de Français et d'Italiens afin de rechercher plus efficacement les coupables. On parla de Sciaboloni, célèbre bandit des Abruzzes passé au service de Joseph Buonaparte ; des miracles réalisés par Masséna qui pillait, incendiait, fusillait, et réservait une mort honteuse aux hommes qu'il faisait prisonniers et qui ne portaient pas d'uniforme...

– Quelle mort honteuse ? demanda la baronne, en léchant son doigt qu'elle venait de tremper dans sa coupe d'Asti.

– La potence, ma chère, le gibet, se rengorgea Lavalette.

– Quel grand général, qui fait accrocher aux arbres les « bandits » qui attaquent les convois français, et fait entasser leurs femmes et leurs enfants dans une église avant d'y mettre le feu, comme à San Lorenzo…, fit remarquer Aventino.

– Quelle horreur ! dit madame la baronne.

– *Il Boia* n'est pas plus tendre, vous savez, rétorqua Lavalette.

– Je n'ai pas l'honneur de connaître ce monsieur…

– *Il Boia* : le Bourreau. Un ancien gardeur de porcs. Il opère dans la région de Cosenza. Encore un de ces *brigands*.

– Ou un de ces *patriotes*…, ne put s'empêcher de dire Aventino.

– Tout individu qui porte des armes et combat en ligne ou non est un *brigand,* fit remarquer Lavalette, péremptoire. Vous en connaissez beaucoup, vous, des « patriotes » qui font couper le nez, les oreilles, et les lèvres des gens qui tombent entre leurs mains, ou qui les enduisent de miel avant de les exposer nus au soleil ?

– Quels monstres ! lança la baronne, en se blottissant contre son mari.

– Écoutez, ma chère, la guerre n'est pas une chose de femme. Allez donc danser le *minué,* comme on dit, avec mon chef de cabinet.

Aventino trouva bien singulière cette façon de jeter sa femme dans les bras de son amant. À moins que chacun n'y trouve son compte ?

– Alors, monsieur le Marquis, vous marchez avec nous ?

Aventino ne savait que répondre. Fallait-il s'avancer sur le terrain du thé ou sur celui de la guérilla ? Que savait exactement cet homme redoutable ? Sans le vouloir et avec un bon mot, Lavalette empêcha Aventino d'en dire trop :

– Votre jardin de thé devient un département français, au fond…

– On peut voir ça comme ça… Quant à la récolte, je pense pouvoir en effectuer une bientôt.

– Voilà qui est justement répondu, monsieur le Marquis. Je vous enverrai bientôt hommes, argent et matériel. En attendant, je vous laisse vous amuser.

Alors qu'il regardait le préfet s'éloigner et se perdre bientôt dans la foule des invités, Aventino observa, à une dizaine de mètres, un homme au corps long et maigre, au visage cuivré, à l'air impitoyable, brutal, dégoulinant de haine. Aventino se rapprocha. L'homme venait d'assister à la représentation du *Triomphe de Trajan,* et se plaignait abondamment à qui voulait l'entendre :

– J'étais mal assis. Il y avait une foule à étouffer. Les décorations n'étaient ni finies ni tendues. Les violons étaient ivres, les rôles mal sus et les acteurs enrhumés. Les chœurs étaient abominables, quant au chanteur qui faisait Marcus Ulpius Trajanus, il faudrait le rouer de coups. Et dire que j'ai loué une loge jusqu'à l'hiver prochain !

– Je vous plains ! Qu'allez-vous faire, mon cher ? lui demanda son interlocuteur, un chauve à binocle.

– Je vais faire mettre tout le monde en prison ! L'entrepreneur, le décorateur, le chef d'orchestre, les chanteurs, et interdire qu'on livre des plumes à ce maudit Esménard, pour qu'il n'écrive plus de livrets !

L'homme avait les cheveux taillés en rond et non poudrés. Au milieu de cette affluence de femmes en robes, de généraux et de dignitaires clinquants, l'homme portait un frac brun, culottes et bas de soie noirs, des souliers attachés par des rubans, et tenait à la main un chapeau rond. Aventino en eut soudain le souffle coupé. La Grassini avait raison : Cernide était là. Jamais il ne l'aurait reconnu. Sa voix surtout avait changé. Hier forte et tonitruante, elle était à présent d'une douceur inquiétante, comme si la puissance, l'argent et le pouvoir avaient poussé l'homme à un calme venimeux.

– Si vous faites arrêter la pièce, c'est la banqueroute assurée, fit remarquer l'homme au binocle.

– Pour les abonnés, mais pas pour les ouvriers. Tant pis, que voulez-vous.

Aventino pouvait presque le toucher. Cernide s'arrêta de parler.

– Aventino, quelle surprise !

Aventino hésitait entre lui sauter à la gorge ou feindre le calme. Il savait qu'il devait aller jusqu'au bout de ce jeu s'il voulait obtenir des renseignements.

– C'en est une aussi pour moi...

– Tu es revenu depuis longtemps ?

– Quelques années qui me semblent comme des siècles.

– Et que fais-tu ?

– La culture du thé. J'essaie d'acclimater le thé en Italie. Avec l'aide du préfet.

– Lavalette ?

– Oui.

– Ah, c'est cela. J'avais cru te reconnaître, tout à l'heure. Tu étais en grande conversation avec lui, sa femme, aussi belle que volage, et notre cher Vincenzo qui a retourné sa veste. Je me disais, ce n'est pas possible, ce n'est pas notre Indou !

Le fait qu'Aventino connaisse le préfet impressionna vivement

Cernide, bien davantage que son retour des Indes, car il faisait partie de ces gens qui estiment que les relations sont la substance même de l'existence, alors qu'elles ne sont qu'un mal nécessaire.

– Tu es un proche du préfet...

– Disons qu'il soutient mon projet. « C'est un projet bon pour la France », m'a-t-il dit...

– Je ne savais pas que tu avais rallié notre cause.

Aventino ne répondit pas, attrapant au passage une coupe d'asti, sur un des plateaux qui circulaient parmi les invités :

– Mais toi, que deviens-tu ? Toujours dans la police, les secrets ?

– Dans le commerce, la politique plutôt. J'essaie de sentir le vent de l'histoire, répondit Cernide, tel un vaniteux tout gonflé de ses prétendues qualités.

– En gardant les mains propres ?

– Notre époque est une époque où toutes les mains sont les bienvenues, mon ami.

En entendant cette voix feutrée dire « mon ami », le sang d'Aventino se glaça. Un silence s'installa. Il fallait le combler.

– Le *casino* Santa Mar...

– Le *casino* Santa Margherita n'existe plus ! C'est de l'histoire ancienne.

Aventino ne dit rien de ce que lui avait confié Caterina.

– C'était le bon temps...

– Si on veut... Je préfère ma vie d'aujourd'hui.

Il y eut un nouveau silence. Cette fois c'est Cernide qui le combla.

– Viens nous voir, je suis sûr que cela ferait plaisir à Lucia.

– Lucia Sciarpa ?

– Bien sûr, nous vivons ensemble depuis un certain temps. Elle est baronne, tu sais... L'Empereur sait remercier ses fidèles serviteurs. Une ancienne femme galante anoblie. C'est beau cette société qui change, non ?

– En effet.

– Même le statut des Juifs a changé. Bonaparte les a libérés. Au lieu de se demander : quand les Juifs se convertiront-ils au christianisme, on ferait mieux de dire : quand les chrétiens se convertiront-ils à la tolérance ?

– Tu penses vraiment ce que tu dis ? Je ne sais pas si je me suis rallié à ta cause, mais te retrouver en champion de la tolérance : *bene, bravo* !

– Tu me connais, Aventino. Aujourd'hui, il faut penser comme ça. Demain ça sera autrement. Que m'importe le statut des Juifs en Italie. Sauf quand il s'agit de Barnaba Sperandio, évidemment.

– Barnaba Sperandio ?

– Tu ne te souviens pas, le fou avec ces aérostats ? Maintenant il égorge les soldats français et même des Piémontais.

– Je ne suis pas au courant.

– Mon pauvre Aventino, tu ne sais rien et pendant ce temps le siècle change de couleur. Demande à ton ami Lavalette de te mettre au parfum des réalités de ce monde : celui de l'Europe qui marche au pas de l'Empereur. Allez, je dois partir, viens nous voir, nous avons racheté le château de Calosso à...

– Le château de Calosso ?

– Oui, entre Coazzolo et Canelli.

Aventino eut l'impression que Cernide venait de le gifler. Certes, son titre de comte de Calosso comme celui de seigneur de Creva-cuore, n'était plus assorti de la possession du château lui corres-pondant, mais depuis 1203, le bel édifice médiéval faisait partie des possessions de sa famille. Son grand-père y avait joué, enfant. Quand la sœur de ce dernier s'était mariée avec le comte Gavigliani, la demeure avait changé de propriétaire. À leur mort, la sœur du comte en avait hérité, qui l'avait cédé par testament à sa tante Anna Sauli.

– Vous l'avez racheté ?

– À la veuve Sauli. La pauvre, elle n'avait plus d'argent pour l'entretenir. Viens nous voir là-bas, je te dis, ce sera un peu comme si tu revenais chez toi !

Alors qu'il sortait du palais Carignan, Aventino croisa Vincenzo qui était ravi à l'idée d'avoir rallié son « ami » à sa cause, mais plus encore peut-être d'en avoir fait le témoin de ses frasques. Il était en train de séduire la femme du préfet et c'était bien là une grande affaire, bien plus intéressante que tous les jardins de thé du Piémont et toutes ces histoires de bandits brûlés vifs ou pendus aux branches des arbres.

– Quelle charmante personne que cette jeune baronne, tu ne trouves pas ?

– Assurément, Vincenzo.

– Je dirais qu'elle a quelques légères imperfections mais qui sont grandement rachetées par l'ensemble adorable de toute sa per-sonne.

– Une apparition céleste, assurément ! Pauline, à côté, ne vaut rien.

– Tu veux mon avis ? Je ne donne pas six mois à madame Bor-ghèse pour fuir Turin et retourner à Aix-les-Bains !

– Tu crois ?

– Enfin, Aventino, tu as vu cette fête ridicule, avec leur trône vide et toutes ces illuminations ! Ne me dis pas qu'il était vraiment nécessaire de dépenser autant d'huile, à seule fin d'accommoder un chou-fleur !

Aventino resta longtemps seul, à regarder les gens quitter le Palais. La place était vide. Bien qu'il fût tard, il soufflait encore sur Turin un petit vent chaud. Aventino fut pris d'une bouffée soudaine de nostalgie, non pas de ce qu'il avait eu, mais de ce qu'il aurait pu avoir. Non pas du passé, ni même du futur mais du *possible*, de ce qui aurait pu advenir si Maria Galante n'était pas morte. Qui a dit que la mémoire était une plaisanterie ? La sienne était comme une malle capricieuse qui ne voulait pas fermer, et pleine de lettres. Lorsqu'il les relisait, il découvrait une chanson triste, remplie de l'illusion successive des jours qu'il aurait pu vivre. Il avait gardé dans sa poche le *Laissez-passer* rose. Il le déchira en dizaines de petits morceaux qu'il jeta dans le caniveau. La nuit, à Turin, de grandes vannes situées dans le haut de la ville libèrent des torrents d'eau qui se répandent le long des trottoirs et descendent jusqu'au Pô, emportant avec eux les détritus, les saletés, les épluchures. On dit aussi : les mauvaises pensées, les idées noires, les peurs. Bientôt, il se rendrait à Calosso, et saurait enfin la vérité sur la mort de Maria Galante.

51

CELA faisait plus de trois ans qu'Aventino était revenu des Indes. Les théiers étaient arrivés à maturité et la première récolte avait enfin pu avoir lieu. Plusieurs jours durant, il était venu lui-même pincer les bourgeons délicats sur les buissons, afin que ne surgissent que les feuilles les plus tendres, et que les plus anciennes n'aient pas le temps de durcir. Ainsi les huiles essentielles y seraient très concentrées, et le flétrissage harmonieux. Il avait longtemps regardé cette maigre mais magnifique récolte. Un anglophile un peu snob eût appelé cela la *first flush*. Mais Aventino n'avait jamais aimé les termes consacrés, même exacts. Il préférait nommer les choses avec des mots à lui, ainsi avait-il l'impression que ce monde qui n'appartenait à personne était un peu le sien. Les thés avaient des noms, certains de bien curieux, *Hyson Skin, Bing, Caper*, ou ce dernier, *Twankay*, qu'il aurait bien vu comme prénom à une veuve d'opérette. Il choisit pour le sien *Tre Ruote*, en référence aux trois roues d'argent du blason familial, et parce que cela ne rappelait en rien ni le thé ni les Indes. Il colla amoureusement les petites étiquettes jaunes lisérées de bleu, avec de la bonne colle de poisson, sur les dix boîtes de *Tre Ruote*, témoignage absolu de sa seule et unique récolte, et rangea le tout dans un endroit sec et à l'abri de la lumière.

Sa décision de cesser toute activité autour du thé, il l'avait prise en revenant de la réception donnée à Turin par les Borghèse. Rien que le souvenir, même fugace, de ces heures passées aux côtés du préfet, de Vincenzo et de Cernide, lui donnait la nausée. Il ne travaillerait jamais ni avec ni pour ces gens-là, et l'unique façon de sauver ses théiers, c'était de les faire disparaître : ils n'en existeraient que davantage dans son imagination. Aussi garda-t-il deux théiers qu'il dissimula parmi les autres arbustes de sa serre et fit-il déterrer tous les pieds qu'il avait choyés quotidiennement toutes ces années. Des bœufs puissants enfoncèrent dans la terre du coteau des socs de charrue qui la retournèrent avec vigueur. Et lorsque, à la nuit tombée, il contempla l'immense feu de bois de théiers qui noircissait le ciel de Cortanze, dégageant une affreuse odeur de graisses animales jetées sur le foyer pour en augmenter l'efficacité, il n'éprouva aucun regret. Il venait d'accomplir ce qu'il avait cru juste d'accomplir et pourrait maintenant se consacrer à cette autre tâche qui le hantait et le rendait exsangue de douleur : l'élucidation de la mort de Maria Galante.

Aventino partit à Calosso sur un coup de tête, sans prévenir personne. Son cheval sellé, ses deux pistolets d'officier dans sa sacoche, il galopa droit devant et se retrouva en peu de temps au point de passage du Tanaro, entre Asti et Vagliano, là où le fleuve peut être franchi sans l'aide d'un bac. Quelques lieues plus au sud, son cheval piaffait, au sens propre du terme, c'est-à-dire qu'il frappait la terre en levant et en abaissant alternativement chacun des pieds de devant, sans avancer, devant le portail Nord du château de Calosso. Aventino aurait pu le décrire les yeux fermés... Les voussoirs, très allongés, éveillaient l'idée d'une solidité à toute épreuve, et l'archivolte était profilée dans une assise à part. Cette porte évoquait la pureté, l'austérité sévère, quelque chose de romain, sans doute. En un mot : on ne saurait obtenir par des moyens plus simples une dignité plus imposante. Aventino leva la tête : sur la clef, figuraient les blasons des Roero et des Gavigliani. « Ce sont les seuls à avoir été oubliés par les jacobins ! », pensa-t-il en pénétrant dans la cour du château où régnait une activité fébrile. Dans sa précipitation, il n'avait pas envisagé que madame la baronne pouvait donner, précisément ce jour-là, une réception. Un homme prit soin de son cheval, pensant tout naturellement qu'il était invité à la fête, tout en lui indiquant qu'elle avait lieu dans la deuxième cour du château.

Là, en plein air, sous un immense dais de toile blanche rehaussé par endroits de motifs floraux rouge et or, trônait Lucia, alanguie sur un canapé, autour duquel une centaine de personnes étaient pour l'heure occupées à avaler force sorbets et verres d'eau glacée. Des souvenirs défilèrent devant ses yeux... L'époque était loin où, ne voulant pas avoir d'enfant, Lucia avait pris la précaution de « mettre au fond » une petite éponge qu'elle avait attachée au bout d'une faveur, et qu'on avait dû aller rechercher avec un fer à friser puis avec des pincettes, parce qu'un de ses amants avait montré trop d'ardeur ! Et plus lointain encore, ce temps où en échange de la totalité du produit de ses passes, Caterina lui devait le logement, la nourriture, les vêtements d'intérieur, le chauffage, l'éclairage et le blanchissage, tandis qu'elle perdait son nom, comme toute fille entrant dans une maison. Aujourd'hui, dans la cour d'honneur du château de Calosso, Lucia avait un nom, un titre, de l'argent et une imposante demeure qu'elle s'était empressée de noyer sous le faux luxe républicain et le mauvais goût. En un mot, elle avait retrouvé une dignité par des moyens qui ne l'étaient pas au milieu d'une histoire qui l'était encore moins.

« Le salon de la baronne compte parmi les mieux fréquentés de la région », glissa, à l'oreille d'Aventino, une jeune élégante habillée à la tartare et coiffée à l'américaine, tandis qu'il prenait place à côté d'elle. Un coup d'œil circulaire lui confirma le contraire. Malgré le tempérament de la maîtresse de maison, dont il avait malgré tout une petite idée, les conversations semblaient manquer totalement de désinvolture et d'animation, sans parler de simple intelligence ou de brio. Il régnait là comme une certaine gêne, beaucoup de mines étaient assombries, et planait une formidable niaiserie, assortie d'une platitude épouvantable. Quand ces gens remuaient les lèvres ils donnaient l'impression de vouloir mordre leur interlocuteur plutôt que de lui sourire ou d'entamer une discussion avec lui, et paraissaient encore plus empaillés que la classe féodale qu'ils s'enorgueillissaient d'avoir détruite. Cela ne valait guère mieux que ces interminables soirées à la cour de Turin, lorsque, celle-ci étant en deuil, personne n'osait parler ni se déplacer et que la formidable étiquette imposait qu'on terminât la soirée au *salut* ou au *stabat*.

La cour de Turin, qui avait singé la cour de France, singeait aujourd'hui l'étiquette impériale, elle-même réinterprétée ici dans un château du Montferrat, où le piémontais même, langue étrange et râpeuse, devenait dans la bouche de ces courtisans de province un vulgaire dialecte. Aventino aurait pu rire de cette médiocrité si elle ne l'avait pas rendu rageusement mélancolique. Au milieu de son poulailler, la « baronne » étrennait son titre avec une bêtise confondante. Elle avait inondé la vieille demeure médiévale de balustrades en bois d'acajou, de portes revêtues de panneaux peints, de médaillons en ivoire, de figures en stuc, d'un boudoir rempli de vitrines, d'une salle de bains ornée de bas-reliefs, d'une chambre à coucher garnie de bannières formant tapisserie à la façon des Arabes, et, en prolongeant la perspective, d'un jardin italo-anglais flanqué de statues et de vallonnements destinés à faire oublier la rigueur du labyrinthe de buis planté par le chevalier Rotari à son retour de croisade.

Aventino dut cependant reconnaître que sa première impression exigeait d'être corrigée : l'assistance n'était pas composée uniquement de notaires, d'apothicaires et d'obscurs individus sans influence. Il y avait là Félix Blangini, compositeur de romances et de « nocturnes », claveciniste virtuose à qui on devait un opéra intitulé *Nephtali*, qui avait connu un certain succès ; le docteur Jennerpugh, de nationalité improbable, qu'on eût pris pour un espion s'il n'était en train de démontrer avec brio que la picotte des vaches était un préservatif assuré contre la petite vérole ; le Réverend Père Aprussi, professeur de théologie, qui, malgré ses quatre-vingts ans, dansait la *Carmagnole*, et qui n'avait pas hésité à se couper la barbe et à la suspendre avec son froc à l'arbre de la Liberté, quand les idées nouvelles avaient envahi l'Italie... Mais il y avait surtout beaucoup de femmes, plus ou moins belles, toutes entichées de Milan, de Venise ou de Rome, débordantes de soieries, de dentelles, de passementeries, ruisselantes de colliers, de broches, de bracelets, d'épingles, et exhibant chacune plusieurs soupirants : l'un leur portait l'éventail, l'autre le face-à-main, un troisième était chargé de la tabatière et le quatrième du mouchoir.

Alors que commençaient de circuler entre les rangs des tranches de *salame* et de *prosciutto*, et qu'on buvait à tour de rôle dans le *fiasco* de chianti, parce qu'il fallait que le peuple, à travers cette nourriture simple, soit aussi présent, le comte de Moasca, venu en voisin, adressa à la baronne, pour faire une espèce d'action publique mais surtout pour l'honorer, une belle harangue en latin. Personne n'y comprit rien mais tout le monde applaudit. Et la Babel italienne reprit ses droits. Les Napolitains parlèrent napolitain, les Lombards le lombard, trois Ligures échangèrent des propos acides avec un cardinal romain, et les Piémontais, en nombre, crurent que la maison de Savoie était de retour et leur donnait de nouveau les pleins pouvoirs. Le niveau sonore de cette cacophonie était aussi haut qu'était bas son niveau intellectuel. On y parla de l'origine des fontaines, du flux et du reflux de la mer, de la manière dont l'âme frappe des objets corporels, de la communication entre les organes et le cerveau, de l'émanation de la lumière et des couleurs primitives, de la transparence des corps touchés par la grâce, des propriétés de certaines courbes géométriques, de la philosophie de Newton, des tragédies de Métastase, « le Racine de l'Italie », et des premiers vers du Siennois Bernardino Perfetti, composés alors qu'il n'avait que sept ans ! Au terme d'une bonne heure de discussions acharnées, Lucia fut nommée reine de cette journée qui ne faisait pourtant que commencer. Vêtue de satin blanc et drapée dans son manteau semé d'étoiles, elle reçut une couronne de laurier des mains du comte de Moasca sous les applaudissements de l'assistance. Le musicien joua au clavecin des pièces de Rameau, « comme

Rameau lui-même », soutint un Français présent, d'autres de sa propre composition, et chanta en s'accompagnant. Puis tout le monde se leva, pour se dégourdir les jambes et assouvir derrière les buissons et sous les volées d'escalier ses besoins naturels. Aventino n'avait guère eu le loisir de s'approcher de la reine de Calosso et de ternir sa joie en lui parlant de Maria Galante.

Quand tout le monde eut repris sa place, on choisit un nouveau sujet de conversation qui était cette méchante propension de tout à chacun à faire des sonnets et des tragédies. Des princes aux avocats en passant par les médecins et les cardinaux, tout le monde se piquait d'écrire. Il y en avait assez de ces épithalames et de ces élégies, de ces pièces galantes, rédigées même par des petits abbés et des militaires ! Hors du cercle savant du château de Calosso, toute manifestation écrite n'était que farces ineptes, bucoliques, rédigées en vers de mirlitons, idylles de pacotille. Sus aux faux Théocrite et aux faux Pindare, à tous ces faiseurs de sonnets qui se rassemblent pour se lire mutuellement leurs sottises. L'aréopage de Calosso laissait la parole aux mots vivants, quotidiens, aux ragots et autres qu'en-dira-t-on, forme nouvelle d'académie des lettres.

– Savez-vous ce qu'a répondu Pauline à une de ses amies très prude qui lui demandait, l'air effarouché, si elle avait dû se déshabiller pour poser devant Canova ? commença la baronne.

Les réponses fusèrent. Toutes fausses. La baronne était satisfaite :

– « Ma chère, la pièce était chauffée ! »

– Tout de même, la pomme de Pâris à la main, allongée nue jusqu'au bas des hanches, les seins provocants, sur un lit antique, il n'a pas dû s'ennuyer le sculpteur, lança une jeune femme qui parlait et riait fort, entraînant dans son sillage les exclamations admiratives du cénacle.

– Canova voulait la coller dans un fauteuil. Elle a prétexté qu'elle était malade. Vénus se repose des fatigues de l'amour..., gloussa le comte de Moasca.

– Bravo, bravo ! Une autre ! s'excita la baronne. Monsieur le chevau-léger, vous en avez certainement une militaire et bien coquine ?

– Eh bien, au bal du préfet Lavalette, Masséna qui admire beaucoup la beauté de madame la préfète lui aurait sussuré à l'oreille : « Votre mari est absent. Il serait bien agréable d'occuper provisoirement sa place. » Et la belle de lui répondre : « Cher général, vous me prenez pour une province ! »

– Merveilleux, beau militaire !

– Et maintenant, une devinette, lança une jeune femme aux grands yeux verts et aux gestes nonchalants. Que signifie : « Je me ruine en maris » ?

– Vaste question, ma chérie, dit la baronne. Le mien est à Naples pour une semaine, je ne suis plus concernée que par les amants !

– Vous brûlez, baronne : « Les divorces sont trop chers. Je n'aurai plus que des amants, ceux-ci, au moins, on peut les changer quand on veut, sans frais ! »

On rit. On applaudit. Aventino n'avait retenu de ce dernier bon mot que la réponse de Lucia et cette précision fondamentale, quant à l'absence prolongée de Cernide. Il aurait donc tout son temps pour obtenir les renseignements qu'il était venu chercher. Il but presque avec plaisir une rasade du mauvais chianti qu'une main anonyme venait de lui verser. C'était au tour du petit claveciniste de pérorer. Alors qu'il était déjà bien avancé dans le récit de cette douairière qui avait laissé par testament tous ses bijoux à la Madone del Parto que les bons moines s'étaient empressés de passer au cou, aux oreilles et aux bras de la vénérable statue, avant que des héritiers peu scrupuleux viennent les réclamer, la baronne eut ses vapeurs. On expliqua à Aventino de quoi il s'agissait. Si le dernier chic, pour une élégante, était de recevoir ses amis dans un boudoir aux fenêtres et aux portes hermétiquement fermées, vêtue d'une robe diaphane, étendue sur son lit, les cheveux épars, livide et prête à rendre le dernier soupir, une autre mode, celle des « vapeurs », battait également son plein. Une créature délicate, jolie, intelligente, et passablement dévergondée, comme madame la baronne, se devait, plusieurs fois par jour, de se donner des airs de mourante et d'« avoir ses vapeurs ». « Madame la baronne a ses vapeurs ! Madame la baronne a ses vapeurs ! » était le coup de clairon qui marquait la fin des festivités. Il fallait immédiatement tout suspendre, repartir chez soi à pas feutrés afin de commencer de rédiger la lettre scellée qu'on lui ferait parvenir dans les meilleurs délais, afin de prendre de ses nouvelles. Ne pouvaient s'attarder auprès de la mourante que les plus intimes. Aventino qui ignorait tout de ces usages resta donc. Les plus curieux imaginèrent qu'il s'agissait d'un nouvel amant, les plus naïfs d'un médecin qu'ils ne connaissaient pas, et les plus imbéciles d'un membre de la famille qui ne leur avait pas été présenté. Beaucoup imaginèrent qu'il ne pouvait s'agir que d'un espion à la solde du mari jaloux ou du gouverneur français en résidence à Asti, de telle sorte qu'Aventino se retrouva seul à donner des sels à la baronne qui finit par se réveiller.

– Monsieur, qui êtes-vous ? je me meurs.

Lucia avait un regard étrange surgissant du plus profond d'elle-même qui laissait supposer qu'elle avait presque renoncé à espérer encore. Les yeux d'une femme qui avait beaucoup souffert, qui ne parvenait pas à dominer le cœur lourd de l'existence, et dont les victoires avaient toutes été éphémères et horriblement difficiles. Des yeux inoubliables, en somme, et qui faillirent faire chavirer Aventino. Lucia, bien qu'au sortir de ses vapeurs, reprit très vite connaissance :

– Aventino Roero Di Cortanze... Je me doutais bien que tu finirais par venir un jour, dit-elle, ajoutant, regardant ses mains : J'ai toujours été irrésistiblement attirée par elles, si belles, si fines... C'est important, pour moi, les mains d'un homme. Je peux rompre à cause d'elles.

Aventino passa immédiatement à un autre sujet :

– Lodovico t'a parlé de notre rencontre, à Turin ?

– Lodovico est un balourd qui ne comprend rien. Dans ce monde qui regorge d'argent et de bénéfices, où les sinécures abondent, où les fortunes sont souvent proportionnelles à l'unique valeur militaire, il ne songe qu'à dépenser « républicainement » ses rentes.

À quel jeu pouvait bien jouer la fausse baronne, pour accabler à ce point son mari ? se demandait Aventino. Car enfin, lui retirerait-on ses parures frénétiques venues directement de chez Mme Germon de Paris, son chapeau de chez Leroi, ses diamants aussi gros que le *Doria* ou le *Régent,* et qui lorsqu'elle les portait tous à la fois l'empêchaient de rester plus de deux heures au bal tant leur poids était écrasant, qu'elle ne serait plus alors qu'une pauvre carcasse ne valant guère mieux que son époux.

– Tu es la femme d'un rustre de campagne, madame la baronne ?

– D'un couard des villes qui m'a tirée du bordel où je croupissais.

– Vous formez un beau couple...

– Quel mépris. Il est facile d'ironiser, citoyen marquis ! Je vais te dire ce que j'aime chez lui, c'est qu'il est capable d'apprécier tout autant la soupe *alla tedesca*, les viandes bouillies, et les gros légumes farineux de la cuisine autrichienne, que les plats sophistiqués et prétentieux de la table française.

– C'est ce qui s'appelle manger à tous les râteliers... Mais je ne suis pas venu parler avec toi de cuisine, Lucia.

– Et de quoi, alors ? répondit la jeune femme, en rougissant légèrement.

– Du *casino* Santa Margherita.

– Vous manquez de tact, monsieur le Marquis. Je ne veux plus entendre parler de ce bouge.

– Et moi, c'est tout le contraire, dit Aventino, soudain plein de haine. Que s'est-il passé avec Maria Galante ?

Oubliant l'état de faiblesse dans lequel devaient la maintenir ses « vapeurs », Lucia se leva d'un bond, comme le *Meneghin* milanais sautillant plein de verve sur les tréteaux dressés par les forains, traversa la cour, s'engouffra sous un porche à quatre colonnes, au-dessus duquel un groupe sculpté représentait Terpsichore couronnée par Apollon, traversa une salle à manger garnie de vasques jaillissantes, et tenta de s'enfermer dans un boudoir tout en glaces. Aventino, qui l'avait suivie, la plaqua contre le dossier du canapé sur lequel elle s'était perchée. Il la tenait fermement par les épaules.

– Mais tu es fou, Aventino !

– Qu'en avez-vous fait ! Qu'en avez-vous fait ! Réponds !

– Mais de qui parles-tu ?

– Comme si tu ne le savais pas ! De Maria Galante, évidemment !

– Nous n'avions plus besoin d'elle.

– Mais qu'est-ce que tu racontes !

– Elle était devenue dangereuse.

– Dangereuse ? Qu'est-ce que ça veut dire « dangereuse » ?

– Des histoires de messe noire, de fœtus avortés, de colombes sacrifiées... Je ne sais plus, moi !

– Elle égorgeait des enfants avant de les sacrifier, je suppose !

– Un jour, on l'a surprise dans sa chambre en train de boire dans un calice, avec un membre du « Club des Athées », un élixir à base de sperme et de sang menstruel. Tu n'as jamais entendu parler du « sperme des deux sexes » ? Voilà ce qu'elle faisait, ta Maria Galante. De la magie. Ça viendrait de Chine ou des Indes...

Aventino, effondré, relâcha son étreinte. Lucia en profita pour essayer de s'échapper. Aventino sentait venir en lui la folie sanguinaire de l'homme-tigre, la même qu'il avait éprouvée dans les opérations de guérilla contre les troupes françaises, à tel point qu'il arrivait qu'on vînt parfois l'empêcher de massacrer davantage encore le soldat sur lequel il était en train de s'acharner. Aventino était toujours habité par les jungles de l'Assam, la puissance du Brahmapoutra. Les muscles de ses jambes de nouveau étaient ceux du tigre géant des régions inexplorées de Simé. Il était l'homme condamné à une vie de tigre et qui errait dans la forêt de sa vie. Il se jeta sur Lucia.

– Mais, qu'est-ce que tu me racontes, sale pute !

– On a pensé qu'il fallait la mettre au *manicomio* ! Je te jure, ce n'est pas moi ! Les policiers voulaient fermer le *casino*. Même Cernide n'aurait rien pu faire !

– Chez les fous ! Maria Galante, chez les fous ? À Gênes ?

– Oui, derrière la promenade de l'Acqua Sola... Dans le service... des... vénériennes...

Lucia avait de plus en plus de mal à parler. À cheval sur elle, Aventino commençait de l'étrangler. Montait en lui une furieuse

jouissance. Il tuerait d'abord la femme puis attendrait Cernide pour terminer son travail d'homme-tigre. Il plongea ses yeux dans ceux de Lucia. Il pleurait de désespoir :
 — Mais alors, pourquoi l'avez-vous tuée ? Pourquoi ?
 — On... ne l'a pas... tuée... Aventino...
 — Mais enfin, elle est morte ! Maria Galante est morte !
 — Mais qui t'a dit qu'elle était morte ?
Aventino relâcha son étreinte :
 — Elle n'est pas morte ?
 — Elle est entrée au *manicomio*, fin 1803, début 1804. Elle y est sans doute encore..., suffoqua Lucia, allongée sur le tapis du boudoir, sa robe déchirée, meurtrie dans sa chair, le visage défait, mais maintenant au-delà de la frayeur. Elle savait qu'Aventino ne la tuerait plus.

Un profond silence régnait dans la pièce. Chacun se débattait avec ses pensées confuses, retrouvant lentement sa respiration, à l'écoute des battements de son cœur qui ralentissaient. Aventino regardait deux grands tableaux, qu'il n'avait pas remarqués lorsqu'il était entré dans le boudoir : le premier représentait Adam et Ève, grandeur nature, juvéniles et inquiets, sous l'arbre de la connaissance ; le second, une *Adoration des bergers*, aux pieds de l'enfant Jésus, lequel reposait sur le sein de sa mère. Puis Aventino se releva, tel un somnambule. Il quitta la pièce, sans se retourner, sans une parole, et, une fois dans la cour, héla le palefrenier pour qu'il lui amène son cheval. Le grand dais blanc claquait au vent. En repassant sous la clef décorée, où figuraient les blasons des Roero et des Gavigliani, il pensa que ses fantômes venaient à sa rencontre et qu'il faudrait maintenant vivre avec. Bientôt la nuit tomberait, moite, épaisse : il la traverserait, avec, dans la bouche, un goût de sang.

Il n'avait jamais chevauché à travers le Montferrat, la nuit, en proie à une telle folie sanguinaire. Il était comme une bête cherchant sa proie, prête à tuer, attentive au moindre bruissement des branches, inquiète quand elle voit des nuages voiler le clair de lune, effrayée quand le vent lui apporte l'odeur de l'homme et de sa présence. Après avoir retraversé le Tanaro et dépassé Asti, il eut vite la confirmation de son erreur : au lieu de galoper vers Settime, il se dirigeait vers Scurzolengo. C'est-à-dire à l'opposé. Il comprit très vite ce qui s'était passé. Depuis que les propriétaires de forêts étaient libres de les administrer et d'en disposer comme bon leur semblait, et puisque l'Italie était maintenant la France, ceux-ci s'étaient mis à abattre bois et futaies. Emblème du despotisme, la forêt avait été saccagée. Et puisque la marine et l'artillerie impériales avaient tant besoin de bois, on en avait pris là où il y en avait : en priorité dans les pays conquis. C'est un fait, pensa Aventino, ce terrible article VI de la loi du 4 septembre 1791, a fait plus de mal à nos forêts que tous les ouragans depuis que ses lointains ancêtres flamands étaient venus s'installer en Italie...

Maintenant, Aventino avait ralenti son cheval jusqu'à le mettre au pas. L'animal ruisselait et lâchait par les naseaux de longs jets de buée. Un événement étrange était en train de se passer. Aventino ne s'était pas perdu, il avait tout simplement traversé une forêt de châtaigniers qui n'existait plus. Il se retourna. Par quel miracle pouvait-il à ce point sentir l'odeur de miel répandue par les chatons jaunes des châtaigniers en pleine floraison ? Il éperonna son cheval et reprit sa course, passant devant un rideau de trembles, au port irrégulier, à la cime large, et qui devaient marquer jadis la lisière de la forêt.

Arrivé au château de Cortanze, il croisa le regard des valets restés là à l'attendre, et vit dans leurs yeux une lueur bizarre. Ce n'était pas de la crainte mais une frayeur véritable, comme s'ils venaient de croiser le diable. Qu'était-ce donc, en effet, que ce maître sata- nique qui cultivait des arbustes qui ne donnaient aucun fruit, qui les avait brûlés alors qu'on pouvait enfin envisager de fructueuses récoltes, et qui rentrait cette nuit comme une bête monstrueuse tout fumant, sentant le sang et le meurtre, gueule ouverte prêt à dévorer le temps ? Certains se souvenaient même d'une histoire de loup qui l'avait suivi jusque dans son château, avant qu'il ne s'embarque pour les Indes ; un loup presque humain avec lequel il allait parler la nuit et que les Français avaient tué...

Aventino passa la nuit à tenter d'assembler une marqueterie dont les pièces ne collaient pas entre elles. Il observa longuement le tableau de la galerie de portraits. Il trouvait que les deux femmes se ressemblaient de plus en plus. Chaque objet, chaque détail était à sa place excepté le colibri qui avait disparu et l'homme, au centre, celui qui servait le thé, qui ressemblait à une bête traquée. Aventino avait la nuit devant lui pour essayer de comprendre. Il ouvrit le coffret en ivoire : la boucle d'oreille dormait dans son écrin, iden- tique à celles du tableau, une petite chaîne d'or enrichie de trois pierres précieuses. Il relut, sans les comprendre, les poèmes de la *rajkumari*. Il parcourut les lettres de Maria Galante, et la dernière, signée Massa et datée de fin 1802, soit environ un an avant son internement au *manicomio* de Gênes. Sa décision était prise. Il irait trouver Barnaba et lui expliquerait pourquoi il souhaitait momentanément ne plus participer directement aux actions de la guérilla, qu'il continuerait cependant de soutenir. Si Maria Galante était toujours en vie, il se devait de la retrouver.

Aventino attendit l'aube, certain que quelque chose devait advenir, mais rien ne se passa. Au contraire, le tigre qui était en lui le rongeait avec une force accrue. S'il ne retrouvait pas Maria Galante, il tuerait Lucia et Cernide. En quelques secondes, il revit la journée passée au château de Calosso, mais une image l'obsédait, passant sans cesse devant les autres, obscurcissant sa vision : celle des deux tableaux dans le boudoir. Que venaient faire cet Adam et cette Ève, et ces bergers adorant l'enfant Jésus ? Soudain, il comprit, et n'en devint que plus furieux. L'hôtel particulier du vicomte Renato di Viano-Pollone, à Milan, au 18 du Corso di Porta Orientale ! C'est là qu'il les avait vus, quand Cernide et sa clique de savants français, agissant sur ordre de Vivant Denon, étaient venus dévaster la vieille demeure. Ces deux tableaux, Cernide les avait volés pour lui, après avoir appliqué sur les caisses d'emballage la méchante inscription : « Musée Napoléon ». Ah, oui, il les tuerait ces deux-là, et d'autres encore !

La nuit n'en finissait pas, et rien ne venait de la délivrance espérée. Il observa longuement les boîtes de thé qu'il gardait dans sa chambre. L'une avait fait le voyage d'Assam, l'autre était du *Tre Ruote*. Cela l'apaisa. Il les ouvrit, en huma le parfum, fit rouler les feuilles entre ses doigts. Alors qu'il les reposait sur un petit guéridon, il aperçut la boîte rouge dans laquelle il avait glissé le sac de cuir remis par Percy sur le *Cérès*, quelques heures avant sa mort. Il n'avait jamais eu le courage de l'ouvrir. Il respirait trop la peste et la mort, l'ami disparu. En l'ouvrant, on ne savait quels miasmes maléfiques pourraient en jaillir. Cette nuit, encore, il avait beau prendre la boîte dans ses mains et la poser sur ses genoux, il ne parvenait pas à en soulever le couvercle. *On* l'en l'empêchait. Soudain, il se mit à trembler, et dut faire un effort surhumain pour ouvrir la boîte, puis le sachet, qui ne contenait qu'un vulgaire morceau de tissu de couleur sombre, sale et effiloché ! Il eut envie de sourire, mais sentit qu'il faisait une pauvre grimace ; puis, lentement, lentement, qu'il changeait de peau, qu'il muait, non pas comme le faucon qui change de couleur, ou le reptile qui acquiert une peau nouvelle, mais comme un insecte énorme qui acquiert sa forme adulte par une série de métamorphoses incomplètes. Il était en Assam, dans l'Assam des tribus, au milieu des Naga. Il était en Assam, sous le tigre dans la neige. Il y avait là, devant lui, sur une claie de bambou, le cœur d'un tigre, énorme, car il doit alimenter une musculature extraordinaire. Au lieu de s'en emparer, il retourna le morceau d'étoffe. La face qu'il tenait dans sa paume était tissée de larges bandes noires. C'était l'ultime cadeau de Percy. Grâce à lui et en vertu des rites magiques sévissant dans tout l'Assam des tribus, il pouvait retrouver sa forme humaine. Le Tigre-Naga pourrait enfin redevenir un homme. Plus jamais il n'errerait dans la forêt, seul et oublié de tous, et l'équilibre serait enfin rétabli.

Le matin, il lui sembla qu'il était passé non pas dans une autre vie mais dans un autre cercle de celle-ci. Il était fourbu mais si calme, si déterminé à retrouver Maria Galante. Pour la première fois depuis longtemps, il engloutit un copieux petit déjeuner. Pain, confiture, fruits, miel, thé d'Assam : il revivait. Les fenêtres grandes ouvertes donnaient sur un matin d'été merveilleux. Plusieurs guêpes, jaunes et noires, voletaient autour de lui. Il les regardait sans bouger, non parce qu'il craignait de se faire piquer, mais parce qu'elles étaient pour lui comme un présage heureux. Felicita, qui venait d'entrer dans la pièce, ne manqua pas de le rappeler :

– *Anada da vespe, anada d'vin bùn.* « Année à guêpes, bon vin ».

52

L A façade grise et les murs du bâtiment, presque aveugles, se dressaient sur la rue comme ceux d'une véritable prison. Une grille condamnait l'entrée. Le quartier des femmes, sans fenêtres extérieures, prenait jour sur un cloître. Servant de cour intérieure pour le service, il était bordé sur l'un de ses côtés par une série de cachots, fermés par une porte blindée. Aventino ne connaissait de la maison d'aliénés que les quelques renseignements, plus ou moins véridiques, qu'il avait pu glaner ici et là. On lui avait rapporté que les cellules n'avaient pour tout mobilier qu'une couchette en bois scellée dans le mur, et un minuscule vasistas muni de barreaux qui laissait filtrer la lumière. Dans cette annexe, celles qu'on appelait les « vénériennes » travaillaient à des travaux de couture ou de broderie, dans une pièce mal éclairée et mal ventilée : la « salle de jour ». On disait aussi que la cour de récréation était exiguë, sinistre, entourée de hauts murs, et qu'elle ne recevait jamais le soleil ; qu'il existait des cachots souterrains ; qu'à la chapelle, les vénériennes étaient cantonnées dans une tribune ; qu'on entassait jusqu'à cent vingt malades dans des dortoirs prévus pour cinquante ; que lors de certaines périodes d'affluence, les pauvres femmes devant partager un lit à huit, il n'y avait d'autre solution alors que de se coucher à tour de rôle pendant une partie de la nuit ; enfin, que l'atmosphère du lieu était constamment empuantie par la présence toute proche de la souillarde et des fosses de l'hôpital. Ce qu'il découvrit fut bien pire encore.

Ce jour-là, il pleuvait. Après avoir passé la grille d'entrée, Aventino se retrouva dans une cour où il croisa des prisonnières malades qui arrivaient dans des carrioles accompagnées par des gardes armés. Il régnait dans l'enceinte de l'établissement une scandaleuse promiscuité. Des nourrices avec leurs enfants à la mamelle voisinaient avec des prostituées, des criminelles invétérées avec des fillettes syphilitiques, l'innocence côtoyait le crime, et la frontière entre l'hôpital et la prison semblait abolie. Aventino ne savait quelle porte pousser. Il en choisit une, au hasard. Elle donnait accès à une sorte de vestibule très sombre, aux murs noircis par le mercure, aux fenêtres clouées. On aurait dit un cachot, vaste, très haut de plafond ; au sol, des montagnes de linge puant étaient entassées. Il ressortit, monta un long escalier et poussa l'un des battants d'une double porte vitrée. Des médecins, du moins ce qu'il pensait être des médecins, étaient en grande conversation. Personne ne s'aperçut de sa présence. À moitié caché par la pénombre, il attendait sur le seuil, sans oser entrer.

– Mais mon cher Cullerier, en dehors de la contamination héréditaire ou par allaitement, la cause unique du mal est un « virus vérolique » qui agit comme un ferment acide à la suite d'un coït impur, c'est tout !

– Enfin Cézan, le mal vient du mélange des semences différentes dans un même « vase ». Donc, la corruption vient par la femme et sa responsabilité est majeure.

– Gonorrhée, grosse vérole, chancres, bubons, ne sont qu'une seule et même maladie vénérienne.

– Écoutez, Cézan, Monsieur de Pressigny Maison-Rouge, le colonel Sormany, sont bien des hommes, des pourritures ambulantes, certes, mais des hommes, et ce sont eux qui ont contaminé ces femmes !

– Non, ce sont eux qui ont été contaminés : parce qu'ils ne portaient pas de redingotes d'Angleterre.

– Elles sont en baudruche, vos redingotes d'Angleterre, elles ne servent à rien !

– Et que pensez-vous des expériences de Préval ?

– Un cuistre ! Aller s'unir à la fille soi-disant « la plus infectée » qu'il ait pu trouver pour démontrer l'effacité de son remède, c'est parfaitement ridicule.

– Il prétend qu'il suffit de tremper la partie du corps menacée dans son « eau fondante antivénérienne »...

– Eh bien, essayez, mon cher. L'hôpital est rempli de folles gangrenées qui ne demandent que ça.

– Et l'« eau préservatrice » du docteur Régent ? demanda un jeune homme qui n'avait pas encore parlé.

– Foutaise, répondit Cullerier. Je suis de la Faculté, et je ne peux pas admettre une chose pareille ! Les chocolats préservateurs, les gâteaux mercuriels, les emplâtres spécifiques, les caleçons antivénériens : char-la-ta-nisme !

Soudain, la discussion s'arrêta net. On venait de s'apercevoir de la présence d'Aventino :

– Vous cherchez quelqu'un ? demanda Cullerier.

– Une amie, malade, qui devrait être ici, répondit Aventino.

– Vous devez ressortir, traverser sur la droite une longue série de dortoirs. Au fond, à droite, vous trouverez un bureau, c'est là : le bureau des placements.

Voyant qu'Aventino manifestait une certaine inquiétude à l'idée de se perdre dans ce labyrinthe, le médecin lui donna des précisions supplémentaires. Les malades étaient réparties en plusieurs pavillons encastrés les uns dans les autres comme un jeu de construction, et qu'il devait traverser. Le premier était occupé par les filles soumises, le second par les insoumises et le troisième par les mineures. Il fallait connaître la « catégorie » à laquelle appartenait la personne qu'on venait voir. Et cela d'autant plus que les visites avaient lieu après les heures des repas, et dans un ordre bien précis. On pouvait rendre visite aux filles soumises après celui de six heures et demie du matin, aux insoumises, le soir à une heure et quart, et aux mineures après la soupe supplémentaire distribuée à quatre heures. Il était dix-sept heures, ce qui signifiait que les visites du jour étaient terminées. Enfin, qu'il ne s'inquiète pas, il n'aurait à traverser que des pavillons réservés à des femmes atteintes de « folie assez douce ».

Il régnait dans les bâtiments un calme qui surprit Aventino. Le médecin avait omis un détail qui avait son importance : les dortoirs étaient divisés en alvéoles par des cloisons ajourées qui permettaient aux sœurs de Saint-Joseph, venues de France, d'exercer une surveillance efficace. « C'est une véritable prison ! », pensa Aventino. Les malades avaient toutes revêtu le costume de l'infirmerie et un bonnet. La plupart étaient allongées sur leur lit, quelques-unes se promenaient à petits pas, d'autres étaient recroquevillées sur le sol carrelé, une seule était enchaînée à une grosse armoire fermée par des cadenas. Le passage d'Aventino avait dû créer un tel effet de surprise et d'enchantement qu'aucune ne bougeait. Curieusement, seul Aventino semblait manifester de l'inquiétude, plongeant dans les yeux de ces pauvres femmes dégradées par la souffrance et la maladie, à la recherche de Maria Galante. Car au fond, chacune d'elles avait un peu de cette femme qu'il s'était juré de retrouver. Il avait presque atteint la porte du dernier dortoir lorsqu'une jeune fille se jeta à ses genoux :

– Saint homme, déployez vos ailes ! Ne me quittez pas ! Allez prier sur le plus haut sommet des Alpes ! Mon enfant est malade ! Mon mari est absent depuis plusieurs années ! Guérissez-moi ! Je dois accomplir ma tâche !

Aventino voulut se baisser pour la relever, et lui apporter un peu de réconfort. Il semblait que personne ne se souciât ni de ses suppliques ni de sa douleur. À peine avait-il fait un pas vers elle, que deux hommes habillés de bleu, un bâton à la main, se précipitèrent sur elle, l'empoignèrent sans ménagement et la jetèrent violemment sur son lit. Ils ressemblaient à ces chasseurs de chiens qu'on croise dans les rues de Gênes, armés de longues perches terminées par une chaîne de fer à l'aide desquelles ils capturent les chiens errants de la ville.

– Messieurs, dit Aventino, cette femme...

– Quoi, cette femme ? Elles sont toutes enragées ! Vous voulez vous faire mordre ou attraper le « rhume ecclésiastique » ? dit le premier homme, un grand maigre à la mine patibulaire.

– Que faites-vous ici ? demanda son acolyte, un petit homme tout rond qui transpirait comme une outre.

– Je cherche le bureau des placements.

– En sortant du dortoir, vous traversez le palier et c'est deux fois à droite.

Alors qu'il quittait le dortoir, il entendit le plus grand des deux gardiens lancer à la jeune fille qui s'était jetée à ses genoux :

– Privée de soupe ! Et si ça ne suffit pas, le fouet !

Le bureau des placements était une pièce crasseuse, à peine éclairée, au mobilier des plus rudimentaires : une grande table, quelques chaises, des étagères branlantes pliant sous le poids de dossiers ventrus, et un râtelier copieusement fourni en armes, à portée de main du responsable. Aventino ne vit tout d'abord qu'un énorme crâne chauve penché sur un grand cahier, et une main trempant une plume dans un encrier, puis un visage marqué par la vérole, dont on ne remarquait que le regard : deux yeux de fouine dissimulés derrière des petites lunettes à monture d'acier.

– Que puis-je pour vous ?

– J'ai une amie très chère qui...

– Nom, prénom, âge...

– Maria Galante... Un peu plus de trente ans...

L'homme posa la plume sur le rebord de l'encrier.

– Et vous vous imaginez que ces renseignements sont suffisants ? Quand est-elle arrivée ici ?

– Fin 1803, début 1804.

– Que voulez-vous que je fasse ! dit l'homme en refermant son cahier.

– Je dois la retrouver.

– « Je dois la retrouver, je dois la retrouver »... Vous avez vu tous ces dossiers ? Des dizaines de milliers de noms. Ce n'est même pas classé. Beaucoup de ces filles sont mortes.

L'homme qui n'était pas un mauvais bougre n'avait aucun pouvoir, et ne pouvait pas faire grand-chose avec si peu d'éléments. Les filles qui arrivaient au *manicomio* n'étaient pas toutes « folles » même si elles finissaient par le devenir, expliqua-t-il. Il y avait là des épouses enfermées par la volonté de leur mari, des filles-mères, des prostituées malades, des blasphématrices, des voleuses, des mendiantes, des meurtrières, des filles accusées de libertinage et de vie débauchée par leurs propres parents qui n'hésitaient pas à déposer des placets, et même une comtesse, emprisonnée sur ordre du préfet de police, « parce qu'elle se donnait au premier venu ».

– C'est une lettre de cachet qui l'a conduite ici ?

– Je ne sais pas. Elle travaillait au *casino* Santa Margherita.

– À Gênes ?

– Oui, vous le connaissez ?

– Non. Avant, c'était trop cher. Après, il n'y avait plus que des Français !

– Je vous en supplie, il doit bien y avoir une solution...

– Avec les nouvelles lois, la prostituée ne peut plus réclamer « la jouissance des droits civils et matériels », et notamment de la liberté individuelle. Elle ne peut pas non plus poursuivre un policier qui aurait abusé d'elle.

– C'est honteux !

– Ne soyez pas naïf. La prostituée est une vénérienne virtuelle, une contaminatrice en puissance, et donc en état de perpétuel délit.

– Voilà, la vieille conjonction du mal et de la maladie est de retour...

– Vous savez comment on appelle notre hôpital ?

– Non.

– Le « tombeau de l'humanité ». C'est assez vrai. Les maladies vénériennes sont un fléau national. Cullerier, qui travaille ici, a raison : cette maladie est plus dangereuse que la peste.

Aventino avait pris une chaise, et faisait face à l'homme à tête de fouine qui compulsa une chemise bourrée de papiers, de lettres de cachet, de procès-verbaux...

– Marie-Galante, dites-vous... J'en ai plusieurs ici qui pourraient correspondre au signalement : trente ans, prostituées, arrivées en

1803-1804. Je peux vous en montrer une par semaine, pas plus. Et je dois vérifier si elles sont encore en vie...

La première femme avait subi des semaines prolongées de saignées, de purges, de bains et de frictions à la pommade mercurielle destinée à provoquer sudation et salivation. Elle avait perdue des dents, souffrait de stomatite, et on avait fini par lui séparer les gencives soudées avec un bistouri. La nouvelle méthode d'« extinction », caractérisée par l'adjonction de camphre, n'y avait rien fait. La période de diète n'avait rien arrangé. La Maria Galante que vit arriver un matin Aventino, était exténuée, maigre, et n'était heureusement pas la sienne. Une semaine plus tard, une seconde Maria Galante, reconnue pour ses talents de « marcheuse », avait échoué au *manicomio* après une cure chez un chirurgien-major de Gênes qui lui avait promis de guérir sa gonorrhée en lui faisant boire des tisanes et avaler des dragées. Le régime ayant échoué, la conduisant même au bord de la mort, elle avait égorgé le médecin. La troisième jeune femme avait été surprise en train de se faire « saigner au pied », c'est-à-dire de se faire avorter. C'est la police qui l'avait amenée au *manicomio*, six ans auparavant, et elle y était encore. La dernière était une jeune gazière qui avait pour habitude de s'attabler avec des cabaretiers et des limonadiers à « heure indue ». Prise dans une rafle, on l'avait accusée d'avoir volé un chaudron de cuivre à un marchand de vins qui faisait aussi office de ruffian. Condamnée sans preuve, c'est au *manicomio* qu'elle avait attrapé cette violente « galanterie » laquelle, mal soignée, la marquerait à vie. Le palais de la bouche lui étant tombé, elle l'avait remplacé par un affreux palais d'argent qui lui gênait la parole. Honteuse, elle ne voulait plus quitter le *manicomio* et souhaitait y mourir. Aucune de ces femmes n'était la Maria Galante recherchée par Aventino.
Aventino ne voulait pas lâcher prise. C'était devenu chez lui une curieuse obsession. Le responsable du bureau des placements lui avait proposé de passer plusieurs fois par mois, lui promettant de lui livrer les renseignements qu'il pouvait recueillir. L'année 1808 s'achemina ainsi lentement vers sa fin. Le 1er janvier 1809, Aventino était à Gênes. À ses oreilles tintait le bruit des réjouissances de la nouvelle année. Confiseurs, pâtissiers, magasins de luxe, tous s'étaient mis en frais. Devant les vitrines s'attroupaient les oisifs au gousset bien garni et les laissés-pour-compte de l'Italie française qui n'avaient d'autre plaisir que celui des yeux. Il neigeait par intermittence. Le ciel était gris et les rues pleines d'une neige fondue qui se transformait en une boue brune et glissante. Sa foi, qu'Aven-

tino pensait inébranlable, commençait de vaciller. Il ne voulait pas encore tout à fait le reconnaître, mais ses recherches étaient vaines et l'épuisaient. Dans les cafés, on ne parlait que bals et réceptions, bonbons et dragées, de cornets de friandises et de gelées de fruits ; les rues étaient sillonnées par des gens à pied ou en voiture, courant porter leurs cartes et leurs vœux. Les exclamations et les rires, qui s'envolaient de véhicules bondés de gens en toilette, contrastaient si vivement avec l'âme sombre d'Aventino que celui-ci avait fini par ne plus rien voir ni entendre de la gaieté ambiante. « Maria Galante, Maria Galante », ne cessait-il de répéter en arpentant la strada Nuova. Soudain, il s'arrêta devant l'une des grandes glaces du café *La Concordia*. Un orchestre jouait une musique tonitruante destinée à fêter à grands coups de cymbales le premier jour de l'année nouvelle. Aventino regarda son visage dans la glace, et ouvrit la bouche : « Maria Galante. Maria Galante. Massa. Massa. MASSA ! » L'imbécile, l'idiot, il venait enfin de comprendre ! Peu importait la neige glissante, la boue. Il trébucha plusieurs fois sur les pavés, faillit se faire renverser par un attelage. Mais tout cela n'avait aucune importance. Il courait vers la maison d'aliénés. C'était à l'autre bout de la ville, après l'église saint-Matthieu, après la place Carlo Felice. Il fallait remonter toute la strada Giulia, passer la porte ouverte dans la muraille à l'est de la ville, s'engouffrer dans la strada della Pace, et là, à une centaine de mètres, s'arrêter devant la grille du *manicomio*, pour reprendre son souffle, ses esprits. Pourquoi n'y avait-il pas pensé plus tôt ? Il y avait encore un espoir de retrouver Maria Galante, vivante : peut-être l'avait-on tout simplement enregistrée sous le nom de Massa ?

– Encore vous ? dit le responsable. Vous venez me souhaiter une bonne année ?

– Maria Galante, c'est..., dit Aventino, en attendant de reprendre son souffle.

– Je n'ai pas de Maria Galante pour l'instant...

– On l'avait surnommée Massa. Elle est peut-être inscrite sous ce nom...

L'homme s'assombrit :

– Massa... C'est Massa que vous cherchiez tout ce temps ? Une forte tête, je préfère vous prévenir. Massa est entrée ici à la suite d'une dénonciation. Prostitution, sorcellerie. Elle est là depuis, très exactement, le 21 janvier 1804. Elle est coriace. C'est une vraie folle, vous comprenez ? Une vraie folle.

Aventino avait les yeux remplis de larmes, la gorge nouée. Il était paralysé par la joie et la peur mêlées.

– Vous voulez vraiment la voir ?

Aventino regarda sa montre de gousset, celle avec la chimère gravée qui lui venait de son père, et constata qu'il était trop tard pour la voir aujourd'hui.

– Demain matin, à 6 heures 30 ?

– Maintenant, si vous voulez. Elle est dans un endroit un peu spécial, qui fait qu'on peut la voir à toute heure du jour ou de la nuit. Et puisque je suis là...

À mesure qu'ils avançaient dans un dédale de couloirs et de galeries, l'homme expliquait à Aventino ce qui se trouvait derrière tous ces murs. C'était un bien étrange musée que ce gardien faisait visiter à son hôte. Dans la première section, située sous les combles et mansardée, les cellules avaient pour seul mobilier une planche le long du mur qui servait de lit et de table, et une chaise boiteuse. Les portes, verrouillées, ne s'ouvraient qu'une fois par jour pour une promenade d'une heure dans une cour pavée. Il y avait aussi un cachot, et les femmes incarcérées ici n'avaient jamais de vin. On arriva ensuite dans un autre service, placé sous la surveillance d'un « gardien solide ». « C'est encore autre chose. Ici : ni préau, ni galerie, ni promenoir. Les draps, maculés d'onguents napolitains, ne sont renouvelés que tous les trois mois ; et la chambre de correction est directement attenante à la salle. » Aventino comprit que Maria Galante était dans la partie la plus austère et la plus dure de la prison-hôpital. La porte, blindée, était fermée par plusieurs verrous.

– Elles sont très dures, dit le gardien.

La pièce, de dix mètres sur dix, contenait une vingtaine de cages, chacune occupée par une femme habillée de tirelaine et en sabots. L'odeur était infecte.

– Elles ont du potage, de l'eau, du pain. Quand elles ont été sages, une paillasse, sinon elles dorment à même le sol, nues.

– Quelle horreur...

– Vous voudriez qu'on leur donne une soupe, des légumes, du pain et de l'eau à discrétion, du tabac, des liqueurs ; et qu'on aère la pièce tous les quarts d'heure !

Les femmes ne disaient rien. On aurait pu les croire muettes.

– En général, dès qu'on ouvre la porte, elles commencent à hurler ou à chanter : « *Quel fâcheux horoscope/ Pour nous filles de joie/ De voir qu'on nous escorte/ Au manicome tout droit.* »

Il faisait sombre, humide et froid. Aventino s'habituait lentement à l'obscurité. La seule source de lumière venait d'un minuscule œil-de-bœuf et de la porte laissée entrouverte.

– Massa a failli étrangler une vénérienne, c'est pour ça qu'elle est là.

– Je ne la vois pas, réussit à dire Aventino, le ventre noué.

– Elle est là, droit devant vous, au fond.

Aventino avança tout doucement. Massa dormait, comme une bête sauvage, recroquevillée sur elle-même. Il lui était difficile de voir son visage, mais il lui semblait qu'elle avait cent ans, qu'elle était devenue une vieille femme ridée. Sa robe était remontée au-dessus de ses cuisses. Aventino passa le bras à travers les barreaux et la descendit jusqu'à ses chevilles. Geste dérisoire et tendre. Hier enveloppée par un léger embonpoint qui faisait une partie de son charme, elle était à présent décharnée et osseuse. Aventino repassa une main à travers les barreaux, dégagea légèrement son visage entièrement recouvert par une masse de cheveux noirs, et, se penchant, l'embrassa doucement sur le front. Elle ouvrit les yeux. Aventino comprit alors que le désespoir et la solitude y avaient consumé jusqu'à son âme. Le baiser d'Aventino suivi du réveil de Maria Galante déclencha chez les autres des crises d'hystérie. Certaines se mirent à frapper le sol, d'autres donnaient de violents coups de pieds dans les barreaux de leur cage, toutes râlaient et hurlaient. Avenino et Maria Galante furent bientôt entourés d'une meute vociférante de femmes, accrochées à leurs barreaux, qui les couvraient d'insultes. Mais Aventino n'entendait rien. Il regardait Maria Galante, la touchait, essayant de lui parler. Visiblement, elle ne le reconnaissait plus. Cet homme penché au-dessus d'elle lui faisait peur. Elle enfonçait son visage dans sa chemise, reculait au fond de sa cage. Et lorsqu'elle se décida enfin à lui parler, ce fut pour lui dire qu'elle était une sorcière qui possédait une « hostie noire, sans dessin ni incisions et faite comme un triangle ». Ce furent ses seuls mots. Mais au dernier moment, juste avant que le gardien ne referme la porte, il y eut aussi un regard, plein de flamme et de langueur, qui redonna à Aventino l'espoir que ces retrouvailles lui avaient fait perdre.

À partir de cette date, Aventino revint régulièrement au *manicomio*, puis finit même par prendre un petit appartement à Gênes, pour rendre ses visites journalières. Il comprit très vite que l'argent pourrait alléger une partie des souffrances endurées par Maria Galante. Il donna des louis d'or au chirurgien, qui ne voulait être payé en aucune autre monnaie, pour la soigner « comme il le fallait ». Il fit parvenir une forte somme au gouvernement des dortoirs dès qu'elle eut regagné le sien et aux sœurs de Saint-Joseph pour leur ordre. Il paya un « frotteur » destiné à la frictionner, comme le prescrivait le médecin. Tout s'achetait : nourriture, couture, divertissements, prières. Tout, excepté la sortie de l'Enfer, qui était du ressort de la police et des autorités françaises. Il voulut lui écrire, acceptant que ses lettres soient ouvertes avant qu'on ne les lui donne. Elles lui revinrent toutes. Maria Galante ne voulait pas les lire. Un jour, c'était un vendredi, lors d'une de ces visites hebdomadaires qui avaient lieu entre midi et deux heures, sous la surveillance des sœurs, et dans le parloir grillé, Aventino eut la preuve que sa ténacité n'avait pas été vaine. Maria Galante parla. L'année avait presque passé dans le silence et la tristesse. Cent fois, Aventino avait failli abandonner. Mais aujourd'hui, alors que le printemps tombait en pluie sur Gênes, la résurrection n'avait jamais été aussi proche.

– Je suis quelqu'un d'autre.
– Que veux-tu dire ?
– Je ne suis plus Maria Galante.
– Tu as changé de nom, c'est ça ?

Maria Galante se rapprocha des grilles du parloir, comme pour chuchoter à Aventino un secret :

– Je m'appelle Massa, parce que je viens de Massa.
– La ville entre La Spezia et Pise ?
– Oui, mais c'est autre chose encore. Ne le dis à personne.
– C'est promis.
– J'ai su que je m'appelais Massa le jour où je suis venue ici.
– On t'a forcée à venir, n'est-ce pas ?
– Non, je suis née ici. Massa est née ici. Dans la nuit du 21 janvier 1804.
– C'est une date très précise.
– Cette nuit-là, j'ai fait un rêve terrible. Écoute, approche-toi... Je suis Maria Galante. Je veux partir et on m'en empêche. Je dois me rendre à un rendez-vous, et on ne veut pas que j'y aille. Je suis très malheureuse. Je marche sur un pont. Dessous coule un grand fleuve. Des hommes m'attrapent et me jettent dans le torrent boueux. Voilà. Quand je me suis réveillée, j'étais couverte de sang. On m'a jetée au cachot. J'ai dormi nue sur le carrelage. On m'a donné du pain et de l'eau. Mais, c'était bizarre, le rêve fini, j'étais heureuse. Quand ils m'ont enchaînée parce que je criais des mots dans une langue que ni eux ni moi ne comprenions, et qu'ils ont

pris peur, je me disais qu'ils enchaînaient Maria Galante, et qu'ils laissaient Massa s'échapper. C'est mon histoire, monsieur.

– Elle est belle, ton histoire, dit Aventino, en passant sa main à travers le grillage, de telle sorte qu'il put sentir les doigts de Maria Galante crispés comme des serres sur leur proie.

C'était leur premier contact charnel depuis la scène de la cage. Maria Galante retira doucement sa main, sourit et se leva. La sœur qui assistait à la visite ouvrit la porte qui conduisait aux dortoirs, une porte pleine et sombre qui se referma sur la jeune femme. Aventino ne quitta le dortoir qu'après avoir entendu le bruit de la clef dans la serrure et les pas de Maria Galante et ceux de la sœur définitivement perdus au fond du couloir.

Au fil des semaines et des mois, le dialogue se poursuivit, toujours en présence de la sœur, de part et d'autre du grillage qui séparait la pièce en deux. À mesure que la femme se rapprochait de lui, Aventino s'éloignait du monde extérieur. Sa vie entière n'était plus rythmée que par les horaires des visites, les exigences des gardiens, les caprices des médecins. Lentement, Maria Galante livrait ses pauvres secrets, sans jamais pourtant prononcer le nom d'Aventino, à tel point que ce dernier estima qu'une défection de la mémoire lui interdisait de le reconnaître. Elle lui dit tous les sévices qu'elle avait dû endurer, la mise au carcan, le rasage des cheveux, les brimades. Elle lui raconta comment médecins, chirurgiens et policiers les avaient, elle et ses consœurs, utilisées comme cobayes. Elle qui ne se souvenait pas du prénom d'Aventino, pouvait citer toutes les affreuses expériences gravées dans son corps, dans sa souffrance, et cela formait comme une langue étrange, aux sons âpres et terribles : « fumigations de Charbonnière, dragées de Keyser, rob antisyphilitique de Boyveau-Laffecteur, tisane caraïbe de Le Nègre de Mondragon, eau de salubrité de Guilbert de Préval, iodure de potassium de Pérez-Reverte ». Elle parla de la dureté du personnel, de la cruauté de la discipline : fustigations, confessions obligatoires, coups, retranchements de nourriture, mises aux malaises, ces petits réduits où on ne pouvait même pas se redresser. Parfois, elle avait refusé de se laisser soigner, elle avait participé à des « émeutes alimentaires », elle avait essayé de s'évader. « Certaines révoltes, certaines scènes d'hystérie collective devant le mercure, avaient laissé des morts, monsieur... C'est ça qu'on appelle la *plainte de l'hôpital* », expliqua le responsable du bureau des placements.

Fin juin, Aventino prit rendez-vous avec les chirurgiens et les médecins de l'hôpital pour envisager une sortie. Il essuya un refus sans appel. Massa restait une vénérienne dangereuse, totalement habitée par la folie et irrécupérable. La meilleure preuve n'était-elle pas cette impossibilité de reconnaître son ancien amant ? Et sa réaction lorsque Aventino lui avait montré les lettres qu'elle lui avait envoyées aux Indes : « Je n'ai jamais écrit à personne, vous voulez rire ! » Elle rejetait les mouchoirs et les serviettes qu'on venait enfin d'introduire dans l'hôpital, ne voulait entendre parler ni de bains ni de lavabos, et avait réduit en charpie son nouvel uniforme de bure grise. À la fin d'une visite elle fut prise d'un délire étrange, immédiatement utilisé par les médecins pour la mettre au secret. Elle voulait se marier avec Aventino, et que le cardinal Lucilio Antonelli dise la messe, « sous une décoration d'ossements, de bassins suspendus, de crânes ouverts ». Criant dans le parloir : « *Che bel morto ! Che bruto morto ! Penitenti ! Penitenti !* » Elle voulait avoir la tête « masquée sous une cagoule, porter des cierges et des bannières, et tirer un couteau sous l'*ombrellone*. » Aventino, qui devait retrouver Barnaba au *Caffè d'Italia*, afin de mettre sur pied un dépôt d'armes qui partirait du réseau de labyrinthes construits sous le château de Cortanze et dont certains boyaux surgissaient en rase campagne à plus de trois lieues de leur point de départ, finit par évoquer avec lui sa dernière visite au *manicomio*. Barnaba, la mort dans l'âme, lui conseilla de cesser ses visites :

– Tu n'y arriveras jamais. Ça fait des mois que tu la vois, presque chaque jour. Elle ne sortira plus de son monde. Tu vas finir par y plonger avec elle, et pendant ce temps l'Italie crève la bouche ouverte.

– Je ne peux pas et je ne veux pas la laisser.

– Le temps du *casino* est révolu. Ne cours plus derrière ton passé.

Aventino reparla du rêve de Maria Galante. De ce mariage sous une décoration faite d'ossements.

– Elle a dû entendre parler des funérailles du cardinal, c'est tout.

– Antonelli est mort ?

– Il y a plus de cinq ans, juste avant que tu ne reviennes.

– Je ne le savais pas.

– Il descendait le grand escalier à Saint-Pierre, un domestique portait l'*ombrellone*. Sous prétexte de présenter une supplique, un fanatique a tiré un couteau de sa poche, s'est précipité sur lui et l'a poignardé.

– Mais pour quelle raison ?

– Obscure. L'assassin a prétendu qu'il remplissait l'arrêt d'une société secrète. On l'a exécuté. Tout ça n'a aucun intérêt, tu sais. Je t'en supplie, ne retourne plus au *manicomio*.

Aventino ne voulait pas entendre raison. Dès que son droit de visite fut rétabli, il revint à l'hôpital. Le souvenir du cardinal Lucilio

Antonelli était peut-être le signe que la mémoire de Maria Galante se reconstruisait...

– Cette fois, cher monsieur, c'en est trop, argumentait le médecin-major, extraordinairement calme.

– Mais ce n'est pas si grave, avança Aventino, tenant à la main de belles pêches mûres qu'il avait apportées pour Maria Galante.

– Vous trouvez ! Elle a brisé une porte, enfoncé une fenêtre avec la barre de fer dont on se sert pour désobstruer le conduit des latrines, et s'est ensuite évadée jusqu'à la terrasse. Encore quelques mètres, et elle était dehors, en plein Gênes.

– Je ne peux vraiment pas la voir ?

– Non, monsieur. Et si vous voulez mon avis, cette interdiction risque de durer longtemps. Je ne vous comprends pas. Vous êtes marquis, fils d'une famille illustre... que faites-vous donc avec un déchet pareil ?

Aventino ne répondit pas, tourna les talons et repartit s'enfermer dans son appartement. La prédiction du médecin-major avait été suivie d'effets. Les gardiens et les membres du personnel, qu'il avait l'habitude de croiser depuis plusieurs mois, ne le laissaient plus pénétrer dans l'enceinte de l'établissement. Seul le responsable du bureau des placements lui donnait quelques informations qui n'étaient guère encourageantes. La cellule de Maria Galante n'était plus que cris et hurlements sauvages qui se répercutaient dans tout le pavillon et faisaient même trembler les vitres. Les moineaux, jadis très nombreux sur les rebords des fenêtres, avaient totalement disparu. Maria Galante passait le plus clair de son temps recroquevillée dans sa cellule, la main contre son cœur.

– Et aujourd'hui, quelles nouvelles ? demanda Aventino.

– Elle était debout sur sa paillasse, monsieur. Ses cheveux dressés sur son crâne. Les pupilles dilatées. Elle parlait d'une histoire de rideaux immobiles, d'un bateau qui allait partir et qu'elle devait retrouver, de son nom à l'envers comme son corps.

L'homme était sincèrement bouleversé. Car, disait-il, il s'y était fait à cette histoire, à ces retrouvailles du marquis et de la folle. Il aurait bien aimé que tout ça finisse bien, au fond. Enfin, il pensait, lui aussi, qu'il valait mieux qu'Aventino ne revienne plus jamais.

L'idée, Aventino l'avait eue en lisant *La Gazette de Turin*, et en écoutant les conversations dans les cafés et dans les rues. On ne parlait que de ça. Dans la nuit du 5 juillet, des archers et des galériens, auxquels des généraux et des soldats de l'Empereur n'avaient pas eu honte de s'associer, avaient escaladé les murs du palais pontifical, brisé les portes, traversé les galeries à la lueur des torches, et conduit le souverain pontife, à travers une haie de baïonnettes, à la voiture qui devait, avec la plus grande célérité, le conduire en France ! Quelle folie ! Les Français avaient enlevé le pape et lui avaient fait traverser la Toscane et le Piémont dans une voiture fermée jusqu'à Savone. Dernier prince indépendant de la péninsule, le pape venait d'être dépouillé de ses pouvoirs, ses soldats enrôlés dans l'armée française, et ses magistrats contraints de prêter serment de fidélité. En d'autres circonstances, Aventino eût analysé l'événement en termes de stratégie militaire et politique : Buonaparte, engagé dans une lutte à mort contre une quatrième coalition, ne pouvait plus ménager personne, à commencer par le Saint-Siège. Cet enlèvement, c'était le signe d'un durcissement de la guerre, la marque d'une faiblesse. Le tyran avait peur.

Aventino ne voulut retenir de l'événement que l'enlèvement. Voilà ce qu'il fallait faire : enlever Maria Galante ! Pour avoir parcouru des dizaines de fois les labyrinthes du *manicomio*, il savait très exactement comment agir pour aller la chercher. Il fallait éviter de passer par la porte centrale, emprunter un petit portail latéral toujours ouvert, suivre la galerie des filles soumises jusqu'au bout, passer sous la voûte et traverser la cour, où se trouvaient les prisons des femmes et l'hôpital des syphilitiques. La première porte sur la droite était celle du dortoir où dormait Maria Galante. Par chance, ce dortoir jouxtait une réserve de linge dont la fenêtre, non grillagée, et à la crémone démontée, donnait sur la rue. Il suffisait de placer une voiture dotée de bons chevaux sous celle-ci, pour se diriger ensuite vers la porta Pilla toute proche, et se perdre en rase campagne. Aventino parla à Barnaba de son projet d'enlèvement, mais ce dernier refusa de l'aider. Aventino, malgré sa déception, en comprit la raison principale. En cas d'échec, c'était tout leur réseau de guérilla qui serait mis en péril. Il n'y avait donc d'autre issue que d'agir seul.

Le 11 juillet 1809, à 7 heures 30 du matin, Aventino plaça la voiture sous la fenêtre de la lingerie, demanda à un jeune garçon, moyennant quelques pièces, de garder son équipage, et pénétra d'un pas résolu dans le *manicomio* par le portail latéral.

53

I
L faisait une chaleur accablante. Les feuilles des trembles, épuisées, étaient toutes repliées, et sous les treilles, les guêpes
s'acharnaient sur le premier raisin mûr. Aventino avait arrêté la
berline, toutes vitres baissées, sur le bord d'un champ planté de
noyers. Cortanze n'était plus qu'à une lieue, un peu plus à l'est, et
Aventino pouvait, de là où il se trouvait, admirer tout à loisir le
château, dressé sur sa colline. Il n'aurait jamais pu imaginer que
cela fût si simple. Il était sorti du *manicomio* le plus naturellement
du monde, ne rencontrant aucun obstacle pour arriver jusqu'à la
berline, ni aucune embûche, par la suite, sur le chemin. Les plaines,
les oliveraies, les rivières et les ruisseaux passés tantôt en bateau,
tantôt en voiture, les longs chemins poussiéreux n'avaient opposé
à son équipage aucune barrière majeure. Quant à Maria Galante,
elle s'était laissé emmener sans résistance, sa seule exigence étant
de pouvoir emporter avec elle ce qu'elle appelait son trésor, et qui
tenait dans une petite boîte métallique qu'elle avait miraculeusement pu sauver de son naufrage. Avant de reprendre les guides,
Aventino ouvrit la porte de la berline afin de s'assurer que la jeune
femme avait bien supporté le voyage. Elle avait disparu ! Ne restait
sur le siège que le long châle dans lequel il l'avait enveloppée afin
de dissimuler sa condition. Il fit le tour de la voiture, le cœur
battant. Elle ne pouvait être bien loin, mais le chemin qui menait
aux noyers suivait une petite faille de plusieurs mètres de profondeur, dans laquelle elle aurait pu glisser et se blesser. Il y descendit,
la fouilla de fond en comble ; en vain. À peine remonté sur la route,
il entendit une voix qui venait de derrière la berline, et qui chan-
tonnait.

— Maria Galante, c'est toi ? lâcha Aventino, essoufflé.

La jeune femme, assise dans l'herbe, s'était arrêtée de chanter.

– Mon nom est Massa, dit-elle en souriant, tenant dans ses mains sa « boîte à secrets ».

– Est-ce que tu vas bien ?

– Oui.

– Tu as vu le château, là-bas devant toi ? Tu te souviens ?

– C'est ton château, n'est-ce pas ?

– Le tien aussi, maintenant.

Soudain, Massa baissa la tête et éclata en sanglots. Quand elle la releva, les yeux pleins de larmes, elle ressemblait à une alouette affolée par le jeu des miroirs, si vulnérable.

– Je veux retourner au *manicomio*, dit-elle avec un filet de voix.

– D'accord, mais avant on se repose quelques jours à Cortanze. Tu veux bien ?

– Oui, je veux bien.

Les jours, puis les semaines, puis les mois passèrent à Cortanze, au rythme imprévisible fixé par Massa. Aventino l'avait installée dans une chambre proche de la sienne. Ses formes revenaient lentement, plus rondes, lentement elle se mit à montrer de l'intérêt pour la nourriture qu'on lui proposait, les vêtements, les bijoux, mais elle refusait toujours de sortir de l'enceinte du château, se promenant dans le parc, le bois, passant des heures sur la terrasse à regarder la campagne alentour, les feux de branchages allumés par des paysans, le vol des petits rapaces qui tournoyaient inlassablement au-dessus de leur proie. Elle adorait se promener dans les couloirs du château, en visiter chaque pièce, à l'exception d'une seule, la salle des portraits. Et lorsque Aventino lui en demandait la raison, il se heurtait à un mur de silence, lisant dans ses yeux une frayeur inexplicable. Une nuit, elle réveilla Aventino, poussant des cris affreux dans sa chambre. Elle avait déchiré sa chemise de nuit et s'était griffée jusqu'au sang. C'était la première fois qu'Aventino la revoyait entièrement nue. Il rabattit les draps et la couverture sur elle.

– Que passe-t-il, Massa ?

– Ils sont encore venus. Ils nous ont fait mettre toutes nues. Ils nous ont fouillées partout.

– Qui, Massa ? Qui ?

– Le directeur de la police, accompagné d'un lieutenant et de ses gardes ; et Cullevier, et Ezran, les deux médecins...

Blottie dans les bras d'Aventino, Massa lui raconta comment, une fois par mois, à un jour indéterminé, le chirurgien-major et ses sbires venaient faire une inspection sévère, examinant les vêtements des détenues sous toutes les coutures, dans la crainte qu'elles cachent quelque papier ou tout autre chose. Allant jusqu'à éventrer leur paillasse.

– À chaque fois, ça me donnait la fièvre.

Ce fut la seule fois où Massa fit une référence douloureuse et explicite à son séjour au *manicomio*. Mais tout cela était si lent qu'Aventino ne savait pas s'il fallait parler de guérison ou juste d'une certaine amélioration. Entre deux périodes de mutisme sévère, Massa lâchait des flots de paroles au milieu desquelles jaillissaient soudain des sentences ou des questionnements d'une lucidité presque inquiétante. « Il ne faut pas confondre avoir existé et avoir vécu. J'ai existé quarante ans, mais combien d'années ai-je vécu ? » Ou encore : « Ma vie ne m'a pas été donnée une fois pour toutes à ma naissance, et ne me sera pas retirée une fois pour toutes à ma mort. » Felicita, qui avait fini par accepter tant bien que mal une situation qu'elle avait jugée, dans un premier temps, aberrante, s'était finalement attachée à la jeune femme. Qu'importait au fond, qu'elle fût une ancienne prostituée et qu'elle ait perdu la raison, elle l'appelait sa *princesse* et lui trouvait même, par moments, des manières aristocratiques, ce qui pour elle était un gage d'excellence. Cela ne faisait aucun doute, l'air de Cortanze lui irait mieux que l'affreuse saleté qui stagnait sur Gênes : *À vive 'n campagna la sanità a i guadagna.* « Qui vit à la campagne, protège sa santé. »

Aventino qui crut longtemps devoir faire face à une descente de la police ou des soldats, avait fini par relâcher sa vigilance. Ni le directeur du *manicomio*, ni Cernide, ni le préfet n'avaient lancé à ses trousses leurs espions. À mesure que les saisons passaient, le temps reprenait sa logique propre, celle qui aurait dû toujours être la sienne. De nouveau, on vécut à Cortanze le va-et-vient ininterrompu des charrettes et des valets les nuits de moisson, le foin qui s'entassait sous les arcades, la récolte des truffes blanches, le gaulage des noix, les vendanges, les gestes des hommes en gilet de velours et qui regardent l'heure à leur montre oscillant au bout d'une chaîne, et ceux des femmes qui préparent les grands repas de fête. Avec l'hiver qui arrivait, Aventino se consacra même à un projet dont il ne savait s'il le mènerait à bien, la rédaction d'un livre de Mémoires ou de méditations dont le titre aussi énigmatique que provisoire était : *Ricordi dei viaggi al India, il te in Italia.* Chaque soir, il retrouvait son sous-main de cuir et son écritoire pleine de plumes neuves. Et tandis que la chandelle vacillait, jetant dans la chambre une armée d'ombres qui dansaient, il se laissait bercer par le crissement de la plume de corbeau sur le papier. Ses deux premiers chapitres, dont il n'avait alors que le titre, s'appelaient : « Le thé, une manière d'être au monde » ; « Le thé ou : la Voie de l'Immortalité ».

Quand le soir de Noël arriva, Massa émit le souhait d'aller à la messe. Pour se rendre à l'église de la Santissima Annunziata, il n'y avait littéralement que la rue à traverser. Il neigeait et tout le village était rassemblé. Cela faisait si longtemps qu'un membre de l'illustre famille n'avait pas assisté à une messe de minuit ! Aventino, Felicita et Massa prirent place sur la rangée de bancs frappés des armes des Roero Di Cortanze. Le premier étonnement passé, on avait presque oublié leur présence lorsque vint le moment de l'*Alléluia*. Massa, debout, se mit à chanter d'une voix si limpide et si forte, qu'on se demandait si elle n'allait pas se perdre comme un mirage dans les croisées d'ogive. Le chœur des jeunes filles se tut. L'abbé resta les mains ouvertes, immobiles autour du calice, et les enfants de chœur stupéfaits tournèrent la tête. L' organiste ayant subitement délaissé claviers et pédaliers ne faisait plus vibrer la galerie suspendue dans le vide. Il n'y avait plus que la lumière de Noël, et cette voix chaude, presque inhumaine, qui emplissait toute l'église, qui prenait toute la place, s'insinuant dans les moindres replis de la pierre et des corps. À tel point que certains pensèrent que Dieu ne pouvait habiter une voix si diabolique. Se tournant vers Massa, beaucoup de villageois, paysans pauvres, artisans, bourgeois, la regardèrent avec effroi. Personne n'avait entendu pareille voix, pas même le notaire, bien vu des autorités françaises de Turin, et qui se rendait souvent à l'Opéra. Massa, elle, n'avait aucune conscience du trouble qu'elle occasionnait dans l'assistance. Elle sentait une force terrible résonner dans son ventre, remonter le long de ses cuisses, gonfler ses seins, vibrer dans sa gorge. Jamais, elle n'avait chanté ainsi, et jamais elle n'aurait pu supposer qu'elle en était capable. « *Chantons joyeux Noël/ Au Fils de Dieu venu du ciel/ Chantons Alléluia, Alléluia.* »

Ce soir-là, Massa vint dormir avec Aventino. C'était la première fois depuis qu'elle habitait à Cortanze. Elle emporta sa boîte à secrets avec elle et, revêtue d'une chemise de nuit à dentelles, vint se glisser sous les draps. Ce qu'elle voulait, c'était dormir avec l'homme qui l'avait soustraite à l'enfer du *manicomio*. Aventino, sans qu'il l'eût prémédité, lui effleura la main. Massa s'écarta immédiatement, puis s'endormit. À côté d'elle, Aventino écoutait les bûches craquer dans la cheminée. Il resta longtemps les yeux ouverts à regarder les tressaillements de la chandelle, les ombres. Massa respirait doucement. Elle chantait presque. Aventino, pour la première fois depuis très longtemps, se sentit heureux, utile. Son sexe était dur. Il avait chaud. Il se releva sans faire de bruit, et alla se passer sur le visage un linge imbibé d'eau froide. En se regardant dans la glace, à la lueur d'une bougie, il trouva que ce quelque chose qui jusqu'alors n'avait pas mûri en lui, et qui empêchait son visage de s'épanouir, venait cette nuit de s'ouvrir. Il se trouva beau, et rejoignit Massa dans le lit. Il approcha son visage du sien : il sentait la lavande.

L'année 1810 s'annonçait sous de bons auspices. L'hiver se déroula comme il se doit sous la neige, la froidure et dans les projets à venir. Dès les premières rosées de printemps Aventino convia Massa à de longues promenades dans le Montferrat d'abord, puis plus loin dans le Piémont et jusqu'au Val d'Aoste. Un matin, ils partirent plusieurs jours, utilisant la berline, sans livrée, mais dont les coffres cette fois contenaient quelques bagages. Aventino voulait faire découvrir à Massa les lacs au bord desquels, adolescent, il avait si souvent rêvé. Il commença par le lac de Mergozzo, à dix kilomètres de Baveno, dont l'unique peuplement était un petit village de pêcheurs solitaire, situé sur la rive occidentale. Puis vint le lac de Viverone, au pied de la Sierra d'Ivrea, et celui de Candia, non loin de Chivasso. Ils terminèrent leur périple par les lacs jumeaux d'Avigliana, sur la route qui mène de Turin à Suse. Là, sur le versant d'une colline jaune et verte, gardée par l'église San Pietro, et dominée par les ruines d'un château médiéval, Aventino et Massa imaginèrent une vie future.

Ces promenades, heureuses et libres, n'avaient d'autre fonction que de prouver à Massa qu'elle était bien revenue à la vie, et qu'il fallait maintenant oublier ce méchant passé. À mesure que les neiges fondaient et que les jours s'allongeaient, ils se hasardaient le long des routes et des sentiers écartés, s'aventuraient le long de prairies en pente douce, traversaient des bois de peupliers, d'aulnes et de saules, passant à travers des champs où l'herbe poussait haute et drue. C'était comme si leur vie n'était plus devenue que cet entrelacs de branches feuillues, de buissons épineux, d'arbustes parfumés. La nature piémontaise leur offrait des retraites impénétrables, des couches moelleuses où tout n'était que chuchotis d'eau, feulements d'animaux. Dans ces moments de paresse, ils ne perdaient pas du temps mais en gagnaient sur la mort. Les méandres capricieux de cette nature si calme, si bienveillante, leur procuraient une sérénité nouvelle qui semblait pouvoir les protéger des courroux de leur temps et des tristes conseils de l'amertume.

Cet après-midi-là, ils avaient marché longtemps à travers champs, submergés par les herbes et les fleurs. Massa avait accroché sa robe aux touffes de ronces, et passé à travers les épis bruissants du seigle pâle. Le village de Montechiaro se dressait juste en face de Cortanze. Entre l'église et les murs de l'exploitation de vers à soie, on voyait les tours blanches du château. Aventino lui proposa d'y monter pour y jouir du panorama. Ils trouveraient une terrasse où se reposer tout en buvant un verre de vin blanc avec un morceau de fromage. Après avoir gravi le chemin pentu qui menait au village, Massa s'arrêta à l'ombre d'un mûrier. La marche l'avait épuisée, et ses vêtements étaient trop épais. Une douce odeur de sueur imprégnait ses jupons, et sa capote en tissu était en eau. Appuyée contre un mûrier, elle resta longtemps à observer la place du village. Une fête s'y déroulait. Il y avait là des danseurs et des danseuses, des musiciens qui jouaient une musique gaie, et beaucoup de rires. Massa regardait la place avec envie. Elle était si heureuse. Elle le dit à Aventino, en l'embrassant tendrement sur la joue :

– Aventino, je suis bien, tu sais.

C'était la première fois que Massa l'appelait Aventino. Il lui retourna son baiser :

– Moi aussi.

– Je commence à me souvenir des choses, tout doucement. Je suis déjà venue dans ton château, autrefois, nous sommes allés à Milan ensemble, je connais le latin, je...

Soudain, Massa s'arrêta de sourire et de parler. Le doigt tendu, elle montra quelque chose à Aventino. Sur la place, une vingtaine de nains, enfermés dans des sacs serrés sous le cou, se disputaient le prix d'une course en sautant à pieds joints comme des grenouilles. Leurs culbutes faisaient mourir de rire les gens rassemblés sur la place qui hurlaient, et trépignaient.

– Allons-nous-en, je t'en prie, c'est affreux.

Lorsque Aventino voulut partir et l'emmener, il constata que Massa ne pouvait pas bouger. Elle était raide et comme collée au sol, muette, agitée de petits tremblements. Il monta au village et loua une voiture pour rentrer à Cortanze. La nuit même, Massa fut prise d'une violente crise de démence qui annihila tous ces mois de patient bonheur regagné sur les souffrances d'autrefois. Aventino était effondré. Il ne savait quoi faire ni vers qui se tourner. Il dut enfermer Massa dans sa chambre après en avoir retiré tous les objets qui un à un y avaient été remis. Elle déchira les rideaux, arracha les tapisseries, brisa les vitres des fenêtres. Rapidement, tout le village fut mis au courant du drame, et les langues allèrent bon train :

– Des crises nerveuses qui la jettent à terre.

– Et elle bave, comme chien qui a la rage !

– Elle gesticule, elle vaticine.

– Je vais vous dire : si nous ne vivions pas au « siècle des Lumières », on pourrait parler de possession.

– Comment est-ce possible ? Alors que le genre humain est en
plein « âge de raison », cette pauvresse ne retombe même pas en
enfance : elle retourne à l'état de bête sauvage...

Chacun avait son mot à dire. Le curé vint proposer l'aide de Dieu,
l'apothicaire celle de la pharmacie, le docteur celle de la médecine,
un chercheur auteur d'un ouvrage sur les brouillards et les érup-
tions volcaniques celle de la science, et un jésuite de la *Civiltà
Cattolica* mettre en garde Aventino des périls présentés par les
magnétiseurs mesméristes, qui en dignes propagateurs du maître
autrichien ne faisaient rien d'autre que de diffuser en Italie les rites
démonologiques : « Turin est une ville de satanistes, mon fils ! » Les
autorités républicaines locales, prévenues par certains citoyens de
Cortanze qui voyaient là une façon efficace de lutter contre les
privilèges de l'aristocratie, envoyèrent un émissaire qui remit à
Aventino une missive dont le contenu était sans appel : ou bien une
dénommée Massa, accueillie en son château, retrouvait au plus vite
la raison ou bien la police viendrait la chercher pour la conduire
au *manicomio* de Gênes...

Aventino, en proie à la panique, repensa à la mise en garde du
jésuite. La maison de Savoie avait de tout temps favorisé le spiritisme, et au-delà de cette doctrine une certaine liberté d'association
et de presse. Pourquoi ? Tout simplement, parce que depuis longtemps engagé dans un conflit très dur avec l'Église catholique, le
gouvernement piémontais avait pris le parti de se montrer singulièrement tolérant à l'égard de toutes les alternatives au catholi-
cisme. Protestantisme missionnaire anglo-saxon, sectes en tout
genre, spiritisme, magnétisme étaient assimilés à des sciences de
progrès, lesquelles, comme toute science, avaient besoin de liberté
pour avancer. Cela faisait maintenant près de vingt ans que le docteur Anton Mesmer avait dû quitter la France. Car, bien que des
personnes de qualité comme Montesquieu, La Fayette, Noailles,
Choiseul-Gouffier, le bailli des Barres, pour ne parler que des Français, se soient fait initier aux mystères de la *Société de l'Harmonie*, les
furieuses attaques de la médecine officielle avaient eu raison du
richissime magnétiseur, qui croupissait désormais, à ce qu'on racontait, au fond d'un minuscule appartement, dans un des quartiers
les plus sordides de Berlin.

Anton Mesmer avait cependant de nombreux continuateurs un
peu partout en Europe, et parmi eux le docteur Filipo Ramella,
adepte du baquet, de la boussole, et des effets du *telesma* ou *archée*...
Il habitait à Turin, *piazza Savoia*, rebaptisée pour l'heure place

d'Austerlitz. Aventino partit lui-même le chercher afin qu'il guérît Massa, grâce au « magnétisme animal »...

Bien fait de sa personne, la voix lente et grave, le regard fixe et lumineux, Filipo Ramella portait un habit noir fait en frac, d'un drap assez râpé, avec des boutons de métal jaune et croisé, une culotte de peau de daim et des bas rouges roulés sur le genou, avec des guêtres par là-dessus, comme on les portait il y a cent ans. Ce costume de chasse n'était pas ce qu'on pouvait appeler une toilette brillante, mais il donnait curieusement à ce natif de Bolzano, au fort accent tudesque, un maintien des plus imposants. Tout au long du chemin qui les ramenait à Cortanze, les deux hommes poursuivirent une conversation initiée depuis leur départ de Turin, tandis que le secrétaire du médecin avait cédé à l'engourdissement voluptueux de la somnolence.

— Je n'ai pas tout à fait compris ce que signifie « magnétisme animal », fit remarquer Aventino.

— Il existe dans l'atmosphère un flux et un reflux, pareils à la marée et produits par la même cause.

— Vous voulez dire que le Soleil et la Lune exerceraient une action directe sur l'homme ?

— Sur toutes les parties constitutives des corps animés, particulièrement sur le système nerveux.

— Mais par quel miracle ?

— À l'aide d'un fluide particulièrement subtil qui pénètre partout ; c'est ce qu'on appelle le « magnétisme animal ». C'est la base du mesmérisme : harmoniser le magnétisme animal de chaque malade.

— Je ne vois toujours pas bien comment vous allez guérir Massa ?

— Je guéris la maladie en provoquant une crise analogue aux symptômes morbides.

— Bien, dit Aventino, soudain de nouveau très inquiet, et manifestant un très fort scepticisme.

Serré dans son habit noir, le docteur Filipo Ramella lança à Aventino un regard réprobateur :

— Pourquoi, cher monsieur, être venu me chercher si vous pensez que nos théories sont plus aptes à figurer dans le programme d'une loge maçonnique que de délivrer les hommes des maux qui les habitent ?

— Parce que vous êtes mon dernier espoir, et que la fin de l'espoir, pour nous tous, est le commencement de la mort.

54

FILIPO Ramella avait poussé tous les meubles, laissant au centre de la pièce un grand carré de plancher vide recouvert de tapis sur lesquels il avait placé deux chaises l'une en face de l'autre. Aventino était assis en retrait dans la petite alcôve, en compagnie du secrétaire du docteur qui jouait une musique très apaisante grâce à un petit instrument inconnu qu'il appelait *harmonika*.

À l'aide d'une boussole, Filipo Ramella vérifia que Massa se tenait bien au nord, tandis qu'il était, lui, assis en face d'elle, bien au sud. Les extrémités des pieds du médecin touchaient celles des pieds de Massa. Il imposa ensuite ses mains sur le sommet de la tête de sa patiente, puis sur le front, puis sur les clavicules, et descendit le long des bras. Parvenu à l'extrémité des pouces, il y fit avec les siens plusieurs « pulsations ». Massa, calmée, ne disait rien. Tandis que la musique de l'*harmonika* continuait de résonner dans la pièce, Filipo Ramella poursuivit son travail, passant ses mains sous les bras de la patiente, gagnant la colonne vertébrale, suivant les reins, les hanches, et descendant le long des cuisses jusqu'aux genoux. Pour finir, le magnétiseur effleura des doigts de sa main droite la gorge, la base du nez et la région du cœur.

Aventino observait la scène, attentif et inquiet. Massa fut prise de longs bâillements et de murmures. On avait l'impression qu'elle dialoguait avec quelqu'un qui était en elle, qu'elle mettait au jour des mystères très enfouis. Alors que Filipo Ramella expliquait à Aventino, à voix basse, qu'elle était en train de remonter du gouffre noir sans fond où elle était tombée, qu'elle devait, à cet instant précis, se sentir à la fois glace et feu, Massa fut prise d'une crise nerveuse d'une rare violence. Jamais Aventino ne l'avait vue ainsi. Il comprit pourquoi le médecin avait fait repousser tous les meubles. Massa crachait, hoquetait, s'étant levée, elle tournait sur elle-même, agitée d'énormes et longues convulsions. Pendant plus d'une heure, elle fut la proie de ces mouvements précipités, violents et désordonnés. Ses yeux écarquillés semblaient habités par l'effroi. Elle poussait des cris perçants, riait aux éclats, et finit par déchirer tous ses vêtements, se retrouvant nue sur le tapis, couverte de sueur et de bave, inconsciente. À ce moment, Filipo Ramella se leva, fit signe de l'allonger sur un sofa et de la recouvrir d'un drap léger. Massa finit par reprendre connaissance :

– Où suis-je ? Que m'est-il arrivé ? demanda-t-elle en regardant autour d'elle.

– Je suis le docteur Filipo Ramella. N'ayez aucune inquiétude. Je suis très satisfait de ce qui vient de se passer. Vous guérirez, madame.

Et en effet, si Massa dut, plusieurs fois encore, subir cet étrange traitement, force est de reconnaître qu'en un mois à peine, elle était guérie. C'est du moins ce que prétendit le magnétiseur lorsqu'il reçut d'Aventino le paiement demandé, et c'est ce que laissaient supposer les apparences. C'était comme une résurrection, la fin d'un mauvais rêve. Massa elle-même était redevenue très gaie, et « amoureuse », affirmait-elle en taquinant Aventino, bien qu'ils fissent toujours chambre à part, et que rien, dans leurs attitudes ou leurs préoccupations, ne pût laisser accroire qu'ils formaient un couple. Mais ce jeu rassurait Massa, et confirmait sans doute à ses yeux qu'elle était définitivement guérie.

Un début de vie en société reprit. Barnaba Sperandio vint même dîner au château. On se remémora les dîners et les réunions d'autrefois, mais Massa ne semblait guère vouloir y accorder d'importance, comme si cette époque était pour elle révolue. Elle finit même par planter là les deux compères, en les embrassant chacun sur les joues. Elle était fatiguée et monta se coucher. Aventino et Barnaba passèrent au salon où ils fumèrent des demi-cigares et burent force cafés en évoquant la situation. Si le bruit de la victoire de Wagram avait permis à l'Empereur des Français de briller d'un certain éclat en Italie, la naissance du « roi de Rome », un an plus tard, marquait, selon Barnaba, l'annonce de sa chute :

– Même les plus bonapartistes des Italiens vont oublier les soi-disant bienfaits de la présence française pour n'en retenir que les servitudes.

C'était là l'erreur fondamentale qui hérissait tout Italien. L'activité qui régnait d'un bout à l'autre de la péninsule n'était que de la poudre aux yeux. Et Buonaparte avait beau expliquer qu'il avait « purgé le centre de l'Italie des vices de l'administration et des prêtres », cela faisait rire tout le monde. Venise avait été déclaré port franc et armée de forts, Gênes avait été de nouveau fortifiée, et alors ? L'arc du Simplon élevé à Milan, le canal réunissant le lac de Côme à l'Adriatique, Naples doté d'un jardin botanique, Turin d'un pont de pierre enjambant le Pô, et Rome pourvu d'un organisme destiné à encourager les industriels et les agriculteurs, tout cela n'était que broutilles au regard de la conscription qui avait envoyé des dizaines de milliers d'Italiens sous les drapeaux. Quant à ce dernier acte, donner le titre de roi de Rome à un enfant, voilà qui était une belle iniquité. Aventino était d'accord avec Barnaba :

– Il n'y a qu'un seul roi de Rome : le souverain pontife !

– Le malaise grandit, Aventino, c'est le moment d'agir. Le mécontentement est général. Même Naples et la Sicile s'y mettent. Et nous sommes de moins en moins isolés, regarde.

Barnaba tendit à Aventino un petit opuscule dans lequel des textes d'Ugo Foscolo et de Hippolyte Pindemonte exaltaient l'indépendance nationale. Un dernier écrit, anonyme, attira son attention. Puissant, lumineux, il n'appelait à rien de moins qu'à la révolte contre les Français, et au-delà à une Italie libre.

– Ça ne te rappelle rien ? demanda Barnaba.

– C'est étrange, j'ai l'impression d'avoir déjà lu ça quelque part. Cette pensée. Cette façon de... Vincenzo ? On dirait un texte de Vincenzo !

– Exactement. J'ai eu la même impression...

– Mais il travaille à la préfecture !

– Ou bien c'est un malin qui prépare sa sortie, car il sait que le vent tourne. Ou c'est un ver qui s'est mis dans le fruit pour mieux le pourrir...

Puisque les choses semblaient aller mieux pour Massa, Aventino put envisager de participer de nouveau aux actions de la guérilla. Il fallait que la jeune femme s'habitue lentement à cette idée. Ce n'est que vers la fin de l'été qu'elle sembla enfin prête à accepter ces absences de quelques jours. Felicita s'occuperait d'elle, et il y avait parmi les domestiques qui servaient au château plusieurs femmes qui lui étaient entièrement dévouées. La veille du départ d'Aventino, elle vint le rejoindre dans son lit, toujours accompagnée de sa petite boîte métallique, et cette fois d'une liasse de papiers. Quelques jours auparavant, elle avait manifesté le désir de se remettre au clavecin.

– Tu me montreras un jour ce que tu caches dans ta boîte ? demanda Aventino pendant qu'elle s'asseyait en calant son dos avec deux gros oreillers.

– Peut-être, répondit-elle en minaudant. Avant, je peux te montrer mes poèmes.

– Tu écris des poèmes ?

– Tu noircis bien des pages et des pages sur le thé...

– Alors quels sont tes maîtres ? Cesarotti, Parini, Alfieri, Monti, Manzoni, Pellico ?

– Je n'ai pas envie de rire.

Aventino la prit tendrement dans ses bras.

– Excuse-moi, je ne voulais pas te blesser. Tu me les lis ?

– Non, c'est toi.

Aventino lut à haute voix :

– « *Où trouver la plante d'oubli ?/ J'en planterai derrière la maison./ Je veux songer à mon seigneur/ au point d'en fatiguer mon cœur.* » C'est très beau.

– Lis cet autre, lui dit Massa, en lui tendant une nouvelle feuille.

– « *J'ai formé en mon cœur un désir pour toi,/ j'ai rassemblé ma force dans mes reins,/ J'ai attaché à mes pieds les ailes du bourdon,/ et au Destin j'ai confié la conclusion.* » C'est magnifique, tu sais. Un autre, dit Aventino se prenant au jeu.

– Non, répondit Massa, soudain grave.

– Mais tu en as toute une liasse.

– Ils ne sont pas finis. Ils ne sont pas commencés.

– Allez, donne, dit Aventino.

Une courte lutte s'engagea, grave et légère à la fois. Massa finit par céder et donna, de mauvaise grâce, les feuillets à Aventino. Cela ne ressemblait à rien de connu. Aventino, qui avait été nourri de la poésie ronflante des Marinistes et des Arcades, et éprouvait quelques difficultés à entrer dans les mâles *terzine* de Dante, se trouvait en face d'une littérature qui échappait à toute catégorie. Il relut plusieurs fois les feuillets qu'il avait sous les yeux :

– « *Et tu es reparti,/ quelque chose./ que je n'ai pas pu entendre,/ mon amour.* » « *Dans le monde des hommes,/ mon homme,/ dans tes rêves/ le jour dans ton ombre.* » « *emmène-moi avec toi,/ Le long de la vie/ tantôt pleurer,/ dans ta jeunesse.* »

– Lis ceux-là, lui dit Massa, à haute voix, en lui tendant trois autres feuilles.

– « *J'irai en aval/ de l'amant/ ô mon amour,/ pour toujours.* » « *dans ton jardin,/ sur le mien./ mon désir se porte vers toi,/ et jaillit l'éclair.* » « *l'infâme étranger !/ Ah ! l'étranger...* »

Aventino ne put continuer. Il était bouleversé. Ces phrases n'avaient aucun sens. Il s'entendit dire en lui-même : « Ce sont les mots d'une folle. »

– Allez, continue, lui dit Massa, en lui récitant à l'oreille : « .../ *il fait un trou dans le mur,/ comme un voleur.* »

Aventino resta muet, les yeux plongés dans les feuilles de papier comme s'il allait y trouver une réponse à toutes les questions qui l'assaillaient.

– J'ai écrit le premier en prison, et le dernier dans ma chambre de folle, ici.

– Ils sont magnifiques, ces poèmes, très...

– Très rien du tout, Aventino. Tu penses qu'ils ont été écrits par une malade. Il n'y a qu'à voir ta tête !

– Mais non, Massa.

– Mais si... Je te propose un marché...

– Un marché ?

– Oui. Tu pars demain, comme prévu, pour accomplir ton voyage mystérieux, et quand tu reviens, je te montre ce qu'il y a dans ma boîte.

Aventino n'avait aucun moyen de prévenir Barnaba pour lui dire qu'un événement imprévu l'empêchait de participer à l'action de demain. Ne pas se rendre sur les lieux c'était exposer dangereusement la vie des quarante hommes à qui il devait servir de guide. Il se rendrait donc à Crescentino, où devait avoir lieu l'attaque. Il n'avait pas le choix. Massa s'endormit d'un coup contre lui, comme frappée par la foudre. Aventino fut plus long à trouver le sommeil mais, malgré le trouble extrême de ses pensées, il finit par fermer les paupières. À l'aube, il se leva sans faire de bruit, regarda longuement la masse de cheveux noirs qui débordaient en cascade de l'oreiller, et partit seller son cheval. Dans la nuit, une neige tenace avait tout recouvert.

Les troupes françaises avaient investi de vastes territoires autour de Crescentino, dans lesquels des forçats, des prisonniers politiques et des soldats ennemis devaient assurer le service des cultures, des plantations, des pêcheries et des coupes d'arbres. Avec l'hiver, ces activités tournaient au ralenti, et l'attaque du dépôt d'armes situé à l'extrémité nord de la ville ne devait pas présenter de difficultés majeures. Aventino et ses amis comptaient sur une faible résistance. Il en fut tout autrement. À peine étaient-ils arrivés dans les rues de Crescentino qu'un feu meurtrier partant des fenêtres, des clochers, des toits et des soupiraux, leur fit éprouver de telles pertes qu'ils furent obligés de battre en retraite, abandonnant sur place charrettes et chevaux. On les avait trahis ! La troupe cerna alors la place où ils s'étaient réfugiés, et en commença le siège. Ce fut un véritable massacre. Ayant réussi à se replier en dehors de la ville, et retranché dans un sillon de rocher avec quelques hommes, Aventino se battait comme il pouvait. À ses côtés, un homme, les cuisses rompues par un feu de salve, utilisa ses bras encore vaillants jusqu'à ce qu'une balle en plein visage le condamne au silence. En face d'eux, de l'autre côté du sillon, un guérillero réfugié dans une grange s'incendia lui-même avec sa dernière cartouche pour ne pas tomber vivant entre les mains des soldats. Profitant de la nuit tombée, Aventino se glissa hors de sa cachette et parvint à regagner la route qui allait de Turin à Santhia. Il dormit dans une auberge, y resta deux jours et se dirigea, avant le lever du jour, vers un relais qui pourrait le reconduire à Cortanze.

Avec sa lampe fumeuse, ses pesants murs de pierre, ses arcades salies, les profondeurs noirâtres de ses écuries, le relais lui apparut comme la demeure du veilleur des morts. Mais il n'avait d'autre solution que de s'embarquer, conduit par quatre chevaux étiques, dans ce voyage vers l'inconnu. Il venait d'échapper une fois de plus et sans comprendre ni pourquoi ni comment, à la mort. Il ne savait pas ce qu'il était advenu de ses autres camarades, et conjecturait que le moindre contrôle de police le conduirait droit à la prison ou pire, à la potence. Devant lui, au milieu des harnais, environné d'un infernal bruit de sabots et de ferraille, le postillon sautillait dans la clarté jaune de la fin de la nuit. La lumière de la lanterne tombait tout entière sur son dos recouvert d'une vieille cape déguenillée. Il ne cessait de se tortiller pour bâtonner ses rosses. Avec les premières lueurs de l'aube, apparut le Pô que la voiture franchit à Settimo. Les fumées matinales dissipées, apparurent dans le lointain les contreforts des Alpes, entièrement recouverts de neige. Tout était blanc et silencieux. La cape noire du postillon flottait au vent. Dans la cabine, Aventino était mort de froid mais vivant. Que voulait-il de plus ? Le postillon, les mâchoires contractées sur un sourire monstrueux et fixe, n'avait exigé aucune explication. Monsieur voulait être conduit à Cortanze, entre Asti et Turin ? Il le serait... Aventino avait payé le prix du trajet avant le départ : tout était en règle. Il faisait humide et froid. Engoncé dans sa capote, caché sous une pauvre couverture puante, Aventino glissa ses mains dans ses poches, en ramena un petit papier plié qu'il avait l'intention de réduire en confettis avant de le jeter par la fenêtre. Sans doute s'agissait-il du plan de l'attaque manquée. Pourquoi n'avait-il pas songé plus tôt à se débarrasser de cette preuve compromettante ? Il déplia le papier, et le lut plusieurs fois. Les chaos de la route et la mauvaise lumière ne facilitaient pas sa tâche. Il n'en crut pas ses yeux. Ce n'était pas possible. N'était-il pas lui aussi victime d'hallucinations, comme Massa ?

– « *Si, après avoir tant joué et chanté, mon amour,/ nous ne pouvons être unis,/ Je me noierai, mon amour, en sautant dans le fleuve Brahmapoutra,/ avec une grosse pierre au cou.* »

Cortanze n'était plus qu'à quelques lieues, mais les congères et les plaques de verglas ralentissaient la voiture. De temps en temps, le postillon hurlait après ses bêtes. Arrivé à Montafia, il prit la direction de Viale, tourna sur la gauche vers Piea, puis encore sur la gauche vers Cortanze. Aventino était fou d'inquiétude. Il n'avait pas été prévu qu'il laisse Massa aussi longtemps seule. La place Vittorio Venetto était silencieuse. Un paysan tenait au bout d'une corde deux bœufs qui tiraient un tronc d'arbre posé sur une carriole. Une vieille femme, habillée de noir et portant un seau, disparut au bout de la rue Tommaso Roero. Aventino sauta à terre, monta la rampe pavée bordée de garde-fous qui menait à la grille du château, et se retrouva quelques minutes plus tard dans le grand salon donnant sur l'escalier principal.

– Quel malheur, mon Aventino ! Quel malheur ! C'est affreux !
– Mais quoi, Felicita ? Parle !
– Elle t'a cru mort !
– Mais je suis vivant ! Je suis là !
– Oui, mais quel malheur tout de même ! Monsieur le curé est là.

La chambre de Massa était plongée dans la pénombre. Un prêtre était à son chevet, la main droite sur la tête de la jeune femme :

– *Per istam unctionem...* Que par cette onction et son immense bonté, le Seigneur vous pardonne toutes les fautes que vous avez pu faire par la vue... par l'ouïe... par l'odorat...

– Le sacrement des malades ! Mais pourquoi cette mascarade ?

Le prêtre et l'enfant de chœur se tournèrent vers Aventino, lui faisant signe de parler plus doucement. Un médecin finissait de se laver les mains dans une bassine d'eau. Il posa la serviette sur le dos d'une chaise, prit sa sacoche et demanda à Aventino de bien vouloir le suivre.

– Vous la verrez plus tard. Je dois vous parler.
– Elle a rechuté, c'est cela ?
– Elle a surtout pris deux grains de sublimé corrosif...
– Ce ne peut pas être un accident ?
– Je ne pense pas, monsieur le Marquis. Je lui ai administré un vin émétique, un remède héroïque. Je ne suis pas certain que cela suffise.

– Que puis-je faire ?

– Pas grand-chose. Priez, si vous êtes croyant.

– Prier pour ne pas obtenir de réponse...

– La prière est un échange dans lequel n'entre point la laideur d'un commerce.

– C'est vraiment sans espoir ?

– Elle n'en est qu'aux premiers symptômes. Surveillez-la de près. Si ses yeux ne sortent pas de ses orbites, c'est que les médicaments ont agi. Mais ne vous bercez pas d'illusions, la médecine reste assez impuissante face au bichlorure de mercure.

Aventino passa la nuit à veiller Massa. C'était un singulier combat, un de plus, avec un ennemi qu'il ne connaissait pas, bien plus terrible que les baïonnettes et les canons français, bien plus rusé que le tigre des Indes, bien plus invincible que la peste noire du *Cérès*. Entre deux râles, Massa fit comprendre à Aventino que la chaleur la tuait : il la dévêtit ; puis que le froid la faisait grelotter : il la frotta vigoureusement en la cachant sous les couvertures. Elle avait faim. Elle avait soif. Elle avait envie de vomir. Elle voulait uriner. Elle voulait déféquer. Elle voulait qu'il lui parle. Elle voulait qu'il se taise, qu'il lui parle de leur passé, qu'il évoque leur avenir, qu'il lui mente, qu'il dise la vérité, qu'il reste avec elle, qu'il s'en aille, qu'il la baise comme un animal, qu'il soit doux comme le miel, qu'il l'embrasse, qu'il lui dise qu'il l'aimait, que jamais il ne la laisserait, qu'il mourrait avec elle s'il le fallait. Mort de fatigue, Aventino n'avait d'autre ressource que de prier, d'arracher de lui-même une prière qu'il ne savait pas pouvoir trouver en lui ; une prière qui traversait le ciel, qui creusait des puits dans la terre, qui luttait avec les éléments, qui parlait directement à Dieu : « Dieu de bonté qui ne te refuses à personne, ne prends pas la vie de cette femme, elle qui a déjà tant souffert. Garde-la à mes côtés pour que je la chérisse. »

Massa à présent dormait. Il lui semblait que sa respiration était plus régulière, qu'elle ne transpirait plus. Si seulement elle pouvait être sur le chemin de la guérison ! Aventino devait se rendre à l'évidence, il ne croyait ni dans le mesmérisme ni dans le Dieu des prêtres catholiques. Le Dieu qu'il aurait aimé prier n'existait pas. Il fallait le créer. Un dieu à taille humaine, mais qui donnerait à l'homme de la divinité, qui n'aurait pas de vertus et serait simple. L'aube venait de se lever. Aventino pleurait doucement sur les mains de Massa réunies sur sa poitrine. Lentement, la jeune femme sortait de sa nuit obscure, s'ouvrait comme une fleur aiguillonnée par les premiers rayons du soleil, un pâle soleil d'hiver. Elle finit par ouvrir les yeux :

– Aventino, tu es là ?

– Oui, mon aimée, je suis là.

– J'ai voulu mourir.

– Je sais... À cause de moi. Je suis parti trop longtemps. Je m'en voudrai toute ma vie.

– Mais non, ce n'est pas uniquement ça. C'était devenu insupportable, cette peur permanente des rechutes, des crises.

– Mais tout est fini, à présent... Je suis de retour. Je suis près de toi... Que s'est-il passé ?

– Tout allait bien. Je me suis promenée dans les couloirs du château, comme je le fais souvent. Sans faire attention, je suis entrée dans la galerie de portraits.

– Il n'y a plus rien dans cette galerie, tout a été volé par Vivant Denon et ses acolytes.

– Non. Il restait un tableau : *A.R. servant le thé à deux dames amies.*

– Oui, en effet, c'est un cadeau de...

– Je ne veux pas savoir qui te l'a offert. Ne m'en veux pas, je l'ai jeté dans l'ancienne prison du château. Ne me demande pas pourquoi non plus. Mais il le fallait. Ni Dieu, ni Mesmer ne pouvait me guérir. Cela ne pouvait venir que de moi. Voilà, j'ai fait ce que je devais faire, tout est terminé maintenant.

Aventino ne parla ni du poème trouvé dans la poche de son pantalon, ni de la boîte métallique qu'elle devait ouvrir pour lui. Le soir même, ils firent l'amour comme deux jeunes mariés qui se découvrent pour la première fois. Plusieurs mois plus tard, Aventino donnait une fête au château pour fêter le retour de Massa à la vie. Les rues qui conduisaient à la vieille demeure des Roero étaient remplies de voitures. Le grand escalier et la salle des glaces avaient été décorés de guirlandes de fleurs artificielles, et dans les allées sablées, on avait aligné des orangers disposés en colonnades. Le parc et les jardins, éclairés par des lampes placées dans de grandes lanternes de verre suspendues en travers des allées et dans les bosquets, s'étaient transformés en une immense salle de bal. Miraculeusement, il faisait à quelques jours de Noël un temps merveilleux. On se serait cru au tout début de l'automne. La fête fut très réussie : il y avait des sauteurs et des saltimbanques, des gens courant la bague, des groupes jouant au volant, en tout plus de cent personnes – et parmi elles des repasseuses, des paysannes, des garçons de magasin, des ouvrières travaillant sur les terres de Cortanze – à qui on distribuait des limonades et des glaces et qui tentaient de danser une nouvelle valse à la mode importée d'Allemagne.

Le lendemain matin, alors que les débris de la fête jonchaient encore le sol, Aventino, fidèle à ses habitudes, avait fait seller son cheval écossais qui, comme tous les chevaux de ce pays, galopait en gravissant les hauteurs. Aventino adorait chevaucher ainsi de bon matin, s'écartant de la grande route pour passer par les sentiers les plus escarpés. Noël viendrait dans moins d'une semaine et les villages alentour préparaient les festivités avec effervescence. Dans l'un d'eux, il fut attiré par un attroupement des plus bruyants. Un certain Vittore Idria, qui parcourait le Piémont, et une « grande partie de la vaste Europe » en tentant de vendre un nouveau procédé de tissage des étoffes de soie, apportait une formidable nouvelle. Le 11 janvier 1812, tout le monde s'en souvenait, un décret impérial avait prescrit une levée extraordinaire sur le premier ban de la garde nationale. Sept classes avaient été rappelées, ce qui avait porté la désolation dans tant de familles italiennes. Parmi les treize régiments d'infanterie, les six de cavalerie, et les deux d'artillerie, uniquement composés d'Italiens, combien de leurs soldats étaient allés mourir sur les champs de bataille de l'Empire, et notamment en Russie ?

– Eh bien, cette fois, la grande débandade a commencé ! La Grande Armée a repassé la Berezina ! assurait le bonimenteur.

– La Bormida, mon Dieu, la Bormida, dit une petite vieille à moitié sourde. Les Français nous attaquent !

L'inventeur-messager poursuivit son discours au milieu des rires et des applaudissements :

– Rien ! Il ne reste rien, à ce qu'il paraît. Deux cent mille Français sont morts, la gueule dans la neige de Russie, et les tripes à l'air. C'est la fin de Buonaparte, je vous le dis !

55

L'AIR s'étant radouci, la neige qui était tombée dans la nuit s'était transformée en une boue sale que les villageois de Cortanze poussaient vers les caniveaux. Aventino, de la terrasse du château, observait la scène, quand un grand bruit de ferraille accompagné de prodigieux hennissements de peur et de claquements de fouet, retentit. Chacun, délaissant sa pelle, son râteau, sa brouette, tourna la tête en direction de l'endroit d'où venait le tapage : la ruelle qui menait à la place Vittorio Veneto. Un cabriolet monté sur deux roues, d'ordinaire très léger mais semblait-il alourdi par quantité de malles, de sacs et de ballots plus ou moins bien arrimés, patinait sur la route glissante et menaçait de verser dans le fossé. On se précipita. On calma le cheval. La voiture franchit la distance qui la séparait de la place escortée par un essaim de villageois qui la tiraient, la poussaient, et finirent par l'arrêter devant le portail de l'église. Un homme en descendit qui parlementa avec ceux qui l'avaient sauvé du désastre. À plusieurs reprises, Aventino vit ses concitoyens faire des gestes en direction du château, montrant la rampe pavée qui y conduisait. L'homme revint à la voiture, et discuta avec son passager. Puis la voiture s'ébranla et se mit en devoir de monter la rampe, toujours suivie par une meute de villageois qui la poussèrent jusqu'à la grille du château. Celle-ci était fermée. Aventino descendit.

Derrière la grille, le cheval, exténué, soufflait par les naseaux, donnant des petits coups de sabots sur les pavés. Le cocher s'approcha, maigre, l'air juvénile, vêtu d'une vieille vareuse de soldat et coiffé d'un grand chapeau fourré qui n'avait rien de militaire. Il parlait italien avec un accent français très prononcé.

– Je cherche Aventino Roero Di Cortanze.

– C'est moi, dit Aventino, la main droite enfoncée dans la poche de sa veste, et serrée sur son pistolet de poing.

– Je m'appelle Jean Gall, je suis alsacien, ajouta-t-il en se découvrant. Je suis l'ordonnance de monsieur...

Aventino pensa que le jeune homme ne devait pas avoir plus de dix-huit ans. Le voyageur, qui avait fini par descendre de la berline, s'avançait vers la grille du château. Il était grand, élancé, portait l'uniforme des officiers piémontais engagés dans les armées impériales, sa tête était couronnée d'une longue chevelure blonde qui descendait jusqu'à sur le col de sa pelisse d'ours. Il boitait.

– Aventino !

– Ippolito !

Les deux amis se jetèrent dans les bras l'un de l'autre, sans se soucier de la grille qui les séparait encore. Celle-ci enfin ouverte, ils s'étreignirent une nouvelle fois, très longuement. Tous deux pleuraient, sous les yeux de l'ordonnance visiblement heureux de la joie éprouvée par son officier.

– Je n'arrive pas à y croire, répétait Ippolito.

– Et moi, donc !

– Ce n'est pas possible...

– Vivants, tous les deux...

– Après toutes ces années...

Les deux hommes restaient là à se congratuler, à s'étreindre dans le froid. Ils auraient pu continuer ainsi des heures entières si l'ordonnance, au garde-à-vous, gelé dans sa vieille vareuse, n'avait fini, timidement, par dire :

– Messieurs, peut-être pourriez-vous rentrer à l'intérieur vous réchauffer...

– En effet, mon garçon, répondit Aventino, tu es plein de bon sens. Allons, ne restons pas là, rentrons.

Ippolito ne devait rejoindre Castellero que le lendemain. Aventino lui offrit bien volontiers l'hospitalité. Tandis que l'ordonnance déchargeait la berline et s'installait dans une des chambres qui jouxtaient les cuisines, Ippolito et Aventino pénétrèrent dans le salon bleu du rez-de-chaussée. Une belle flambée illuminait la cheminée d'une lumière vive et claire.

– Quelle merveille, dit Ippolito en s'approchant du manteau monumental orné des trois roues de l'écusson familial. Ça fait longtemps que je n'ai vu un chêne brûler de la sorte !

– Buvons à ton retour.

– Du vin alors, c'est toujours par là que je commence le récit de mes malheurs.

– On peut attendre, tu sais, répliqua Aventino en rapprochant son fauteuil du sien, ajoutant : Mon ami, mon ami, tu es sain et sauf !

Ippolito poussa un profond soupir.

– Je me suis laissé séduire par ces foutus *Franseis,* et me voilà aujourd'hui plus misérable qu'un valet et... boiteux à jamais.

L'Italie commençait à pleurer un grand nombre de ses enfants morts loin d'elle, et pour une cause qu'elle comprenait de moins en moins. Le prince Eugène et Murat avaient fini par conduire les légions italiennes à la suite de Napoléon dans la triste campagne de Russie, et le quatrième corps de la Grande Armée avait couvert de ses cadavres les champs de bataille de la Moskova et de Majlo-jaroslavetz. Des vingt-sept mille hommes partis d'Italie, n'en étaient revenus que trois cent trente-trois : Ippolito Di Stelone était l'un d'eux.

– Nous sommes plusieurs, sous les ordres de Joachim et d'Eugène, à être ici pour y recruter d'autres troupes. Mais c'est fini, je ne veux plus entendre parler de cette armée, de cet Empereur, de cette France. Quelle erreur monumentale j'ai commise ! Plus de dix ans de ma vie pour une erreur sanglante !

– L'erreur est la règle, mon ami, j'en suis de plus en plus convaincu. La vérité n'en est que l'accident. Tu n'as rien à te reprocher. Peut-on seulement dire que tu t'es trompé de camp ? Tu as été jusqu'au bout de ton rêve.

– Au-delà, Aventino, bien au-delà. Un rêve qui est mort en Russie.

La tête dans les mains, Ippolito de Stelone, colonel commandant la garde d'honneur du royaume d'Italie, commença de plonger dans l'évocation de l'affreuse campagne de Russie, prise entre la sauvagerie des Français et la férocité de Rostopchine. L'espace de quelques heures, le temps du récit qu'il fit à son ami, dans le calme hivernal du salon bleu, il revécut les incendies monstrueux, les milliers de morts, les drames individuels qui étaient autant de minuscules parcelles de cette gigantesque apocalypse. Et tous ces hommes, terribles hommes, tous affamés, tous en haillons qui violaient et pillaient. On s'entretuait pour quelques verres d'eau-de-vie, deux livres de jambon, un bol de pois. Les cosaques qui s'élançaient sur les convois, assassinant les malades, les blessés, les cantinières et leurs enfants, éventrant les chevaux. Les prisonniers mourant nus dans la neige. À Wilna, Ippolito avait bouché les trous dans le mur de l'hôpital avec des cadavres. À Bérisov, pataugeant dans la boue jusqu'au ventre, il avait aperçu des mourants devenir la proie des chiens et des corbeaux. À Witebsk, il avait retrouvé les corps de soldats tués quatre mois auparavant : ils avaient été broyés par les roues des canons et la puanteur était terrible.

Le visage émergeant de ses mains, Ippolito regarda Aventino droit dans les yeux, avec une dureté qu'il ne lui connaissait pas, lui disant, martelant chaque mot :

– J'ai soulevé la tête de plusieurs de ces cadavres pour voir si jadis ils avaient été des êtres humains. Et il n'y avait plus rien. Plus rien pour me dire : l'homme existe encore.

Puis Ippolito replongea son visage dans ses mains qui tremblaient. Il raconta comment, après tous ces torrents de morts écrasés, de corps brûlés, il pouvait voir périr ses « camarades d'infortune », de faim, de froid, massacrés sous ses yeux, abandonnés, sans plus ressentir à leur égard le moindre élan charitable. De tels sentiments avaient disparu de son cœur, et plus rien, plus rien au monde n'était susceptible ni de le surprendre ni de l'émouvoir.

– Voilà, ce fut tout cela, la Russie : de longues routes de neige interminables, la respiration qui gelait sur les lèvres, les baudets qui tombaient morts de froid sur le chemin... Te rends-tu compte, cent cinquante mille chevaux ont péri ! Plus de la moitié dans la marche vers Moscou, parce qu'ils avaient bouffé un fourrage trop vert et trop humide. L'autre moitié, dans l'enfer de la glace de la retraite, pour certains dépecés et dévorés vivants ! Quelle imposture !

– Sans l'imposture, la vérité n'est rien.

– Mais que veux-tu que je fasse de cette imposture qui triomphe de tout ?

– La vérité est toujours trop simple, trop pauvre pour contenter les hommes.

– Pourquoi l'homme a-t-il besoin qu'on lui promette, à ce point, plus et mieux que la vie ne pourra jamais lui donner ?

– Sans doute parce que les hommes ont besoin pour se divertir de l'ennui, et pour s'émouvoir d'une part d'illusion et d'erreur...

– Mais le prix à payer est exorbitant !

– La nature est la première à nous abuser. C'est par l'illusion et le mensonge qu'elle nous rend la vie sinon plus aimable du moins plus supportable.

– Mais, je te le répète, à quel prix ! Une vie brisée ! Une jambe que je traîne comme du bois mort ! Et que vais-je devenir ? Je n'ai même pas le courage de rentrer chez moi ! Détesté par les Italiens, rejeté par les Français, je serai jeté en prison par les Autrichiens quand ils reviendront, ce qui ne saurait tarder.

La discussion se poursuivit jusqu'à la nuit, bien après le souper, chacun évoquant son histoire, de la campagne de Russie aux rives

du Brahmapoutra. Alors qu'ils rejoignaient leurs chambres, Ippolito posa à Aventino une question qu'il pensait anodine – celle
qu'un ami véritable pose à son ami de toujours :

– Tu vis seul, à ce que je vois. Tu n'as pas trouvé l'âme sœur...

– Si, si, je l'ai trouvée. Plutôt je l'ai « prise »...

– Tu me la caches, je ne vois personne.

– Elle est à Piea, chez une amie. Elle organise une loterie destinée
à aider l'hôpital des fous de Turin.

– Tu es marié, alors ?

– Non.

– Je la connais ?

Aventino sourit :

– Oui.

– Une vierge bien sous tous rapports, aristocrate, jolie, bien ren-
tée...

– Pas du tout !

– Et je la connais vraiment ?

– C'est Massa.

– La Massa, du *casino* Santa Margharita ?

– Oui... Une histoire très longue, compliquée, incroyable. Je te
la raconterai plus tard. Surtout, ne lui parle jamais de Gênes...

Ippolito n'en croyait pas ses oreilles :

– Toi, avec l'Indoue !

– Pourquoi l'appelles-tu comme ça ? demanda Aventino, soudain
sombre.

– J'ai toujours pensé qu'elle venait de là-bas, d'au-delà des mers.
Je ne sais pas pourquoi. Caterina pensait la même chose... Tu ne
t'en souviens pas ?

– Non. Pour moi elle a toujours été Maria Galante, ou Massa, et
Massa ce n'est pas les Indes.

– Tu as raison, c'est une ville de marbre entre Avenza et Querceta...

Dans les semaines qui suivirent le retour d'Ippolito, les actions
de la guérilla devinrent de plus en plus fréquentes et demandèrent
un engagement total, certains groupes étant même soutenus financièrement et militairement, en sous-main, par l'Autriche. Ippolito
ayant vivement souhaité s'intégrer au groupe du Montferrat, Aventino organisa un souper au cours duquel la question de son intégration fut clairement posée. Cela constitua aussi une formidable
occasion pour les trois anciens camarades d'être de nouveau réunis.

Massa présida le repas avec élégance, entrain et caractère. Face
à ces trois hommes qu'elle avait connus en d'autres lieux et en

d'autres circonstances, elle apparut comme la grande dame qu'elle était en train de devenir. Elle n'éluda aucune question quant à son passé, et évoqua même les horreurs du *manicomio* de Gênes, avec une lucidité qui forçait le respect. Voilà pourquoi elle était aujourd'hui si active au sein du comité de soutien de l'hôpital des fous de Turin. Ayant connu ce malheur de si près, elle pouvait, maintenant qu'elle en était sortie, en parler avec toute la force de conviction nécessaire. La loterie de charité permettrait d'apporter à cet établissement une ressource qui lui était nécessaire. Elle en parla avec un enthousiasme communicatif :

– Tout le monde a voulu participer. Les femmes ont envoyé des broderies. Les artistes les plus distingués ont offert leurs œuvres. Il est venu des dons de Rome, de Milan, de Naples. Les marchands ont offert des objets de choix pris dans leurs magasins. Les manu-facturiers, des produits de leur industrie. Il y avait même parmi les lots une paire de bas tricotés par une pauvre femme...

Avant de quitter la table, car, au nom du pacte qui la liait à Aventino, elle avait toujours voulu être tenue à l'écart de ses activités « secrètes » afin de ne livrer aucun renseignement si elle tombait entre les mains des Français, elle remit à chacun un petit livre relié, dont le titre, *Trois Nouvelles piémontaises*, ne pourrait laisser ces patriotes indifférents.

– Nous ne voulions pas que les Lettres restassent étrangères à cette bonne œuvre. Pellico a donné une nouvelle ; Foscolo, un poème, où se retrouvent son âme et son talent ; et un troisième auteur, qui a préféré garder l'anonymat, un drame en un acte. Cette édition étant vendue au bénéfice du même établissement charita-ble, vos dons seront les bienvenus... Messieurs, je vous embrasse, et vous dis bonsoir. Et ne laissez pas la politique gâcher votre belle humeur !

Aventino la raccompagna jusqu'au pied de l'escalier qui condui-sait à l'étage. La regardant avec beaucoup d'intensité, il pensa à l'irrésistible séduction que dégageait de nouveau, après toutes ces épreuves, ce visage si harmonieux. La prenant dans ses bras, il lui dit :

– Je t'aime, Massa.

– Moi aussi, je t'aime.

Quand Aventino reprit sa place aux côtés de ses deux amis, la conversation était déjà bien engagée. C'était comme si le temps n'était jamais passé sur trois jeunes gens devenus des hommes mûrs marqués chacun de parcours si différents. L'intégration d'Ippolito n'ayant posé aucun problème, on pouvait dès maintenant aborder le vif du sujet. Barnaba prit la parole :

– Les plaintes contre la domination et l'administration françaises sont de plus en plus fréquentes. Le blocus continental impose des privations qui sont de plus en plus dures à supporter. Le sentiment de l'indépendance nationale, maintenant que la « gloire » française a connu la déroute, éclate en plein jour.

Aventino apporta de nouveaux éléments à l'argumentation développée par Barnaba :

– Au nord de l'Italie, les anciens républicains relèvent la tête. Au sud, ce sont les carbonari. L'aristocratie, les nobles non ralliés, les habitants des campagnes reprennent courage. L'ambassadeur anglais en Sicile, lord Bentrick, profite de toutes les occasions pour exalter les sentiments d'indépendance...

Ippolito posa une question :

– Peut-on avancer que dans cette lutte suprême les Italiens commencent à songer à une sorte d'unité nationale, une union sacrée contre l'oppresseur ?

– C'est exactement cela, de Stélone, dit Barnaba en avalant sa tasse de café.

– Non, je t'en supplie, pas de Stélone, ça ne me fait plus rire.

Barnaba sourit :

– Allez, marquis Di Steloni, c'était de l'humour juif.

Soudain, alors que les trois hommes riaient à gorge déployée, les roues d'une voiture se firent entendre dans la cour. Aventino avait pour habitude, lorsque certains membres de la guérilla se réunissaient chez lui, de ne jamais fermer la grille du château afin de ne pas éveiller les soupçons. De la porte-fenêtre du petit salon, on voyait parfaitement la cour du château, éclairée comme en plein jour, par d'énormes torches de résine. Le conducteur de la voiture, enveloppé de laine et couvert d'une bonne pelisse, sauta sur les pavés. Il était seul.

– La police, dit Barnaba.

– Ce n'est pas possible, personne n'était au courant de cette réunion, ajouta Aventino.

Ippolito, prenant ses deux amis par le bras, émit une hypothèse qui ne manqua pas de les surprendre :

– On dirait Vincenzo... Vincenzo Di Carello...

Les trois hommes étaient armés. Ils attendirent debout qu'on introduise le visiteur dans le salon.

– Messieurs, mes amis, mes très chers camarades, dit Vincenzo en les saluant.

Tous trois se regardèrent. Aventino prit la parole :

– Mais que fais-tu ici ? C'est le préfet qui t'envoie ? La police cerne le château ?

– J'ai quitté mes fonctions.

– Les rats fuient le navire, dit Aventino.

– Non. Je pensais pouvoir agir de l'intérieur. C'est impossible. Je signe des décrets infâmes. Je n'ai aucun pouvoir. Ma seule force est la force d'inertie.

– Qui nous dit que tu n'es pas envoyé par tes chefs ?

– J'aurai pu faire arrêter tout le monde depuis des mois. Tenez, dit Vincenzo, en donnant à chacun une liasse de documents serrés dans une chemise. Chacun a la sienne. Ils savent tout. Exemplaires uniques. Brûlez-moi tout ça.

– Tu comprendras qu'en ce qui te concerne, ça nous soit un peu difficile de..., dit Barnaba.

– Et Ippolito, il ne s'est pas engagé, lui ? Peut-être même qu'il a tué des Italiens... Moi, je n'ai tué personne. Et j'ai la police politique à mes trousses. Lisez *La Gazette de Turin*, dans les prochains jours, vous comprendrez... Depuis le début, je n'avais qu'une idée en tête : séparer l'Italie de la France.

– Tu crois que le retour des anciens souverains et de leur constitution sera la plus sûre garantie de stabilité ? dit Aventino.

– Absolument pas.

– Alors quoi ? Tu formes le projet de détacher l'Italie de la France, mais en gardant les souverains que la guerre lui a donnés et en se sauvant avec eux ? demanda Ippolito.

– Non plus. Eugène et Murat sont incapables de s'entendre. Et puis, au premier appel de leur Empereur, ils le suivront.

– Il a raison, dit Ippolito. Je les connais bien ces deux-là. D'ailleurs, je pense que les carbonari font fausse route en s'imaginant que Murat va les aider. Mais alors, quelle est ta solution, Vincenzo ?

– Je ne veux entendre parler ni des Autrichiens, ni des Français, ni des anciens princes, ni des nouveaux. Je veux une Italie qui se sauve par ses seules forces, et qui institue un gouvernement national.

– Nous ne sommes pas d'accord sur tout, mais ce dernier point, qui est de taille, nous rassemble, dit Aventino.

Lentement, la discussion, passionnée, glissa vers d'autres sujets, plus intimes. On parla du passé, de l'amitié. Tous avaient dépassé la quarantaine. Leur jeunesse s'était flétrie, et ils avaient fait l'expérience de la déception et de la douleur. On se moqua d'Aventino qui était né en 1769, « comme le tyran Buonaparte ». On demanda à Ippolito si les femmes russes étaient « bonnes ». Vincenzo raconta comment il était devenu l'amant de la femme du préfet, au nez et à la barbe de Lavalette ; et Barnaba reparla de son aérostat qu'il avait plus que jamais envie de lâcher dans les airs pour fêter le départ des Français. Oui, les quatre amis s'étaient retrouvés. Ils affirmaient former le noyau riche et fécond de l'Italie de demain. Mais au fond, même si le sort ne leur avait pas été contraire, ils connaissaient à présent le plus amer et le plus terrible de tous les maux : la fuite irrémédiable de leurs plus belles années.

Deux jours après cette soirée, parut dans *La Gazette de Turin* un article terrible contre Vincenzo Di Carello, dans lequel on lui reprochait d'être deux fois traître : à l'Italie, la terre qui l'avait vu naître, et à la France, le pays qui lui avait ouvert les bras. On en appelait au civisme de la population pour qu'elle collabore avec les autorités locales afin de retrouver et juger « ce scribouillard peureux qui rédige des pamphlets anonymes, dernière ressource des lâches ». Il était recherché par toutes les polices du royaume d'Italie, et risquait rien de moins que la peine de mort. On le cacha, on le protégea, et on finit par l'intégrer au groupe de guérilla du Montferrat. Il en devint le scribe spécialisé dans les pamphlets, les opuscules, les poèmes satiriques. Il luttait avec sa plume quand les autres utilisaient l'arme blanche, le fusil ou les explosifs. Puis il finit par participer à plusieurs actions comme celles perpétrées à l'occasion du carnaval d'Ivrea, du bal masqué donné par le prince Borghèse pour fêter le deuxième anniversaire du roi de Rome, et de la soirée offerte au directeur des postes de Paris lors de sa venue à Asti. La première consistait à introduire dans la poche des arlequins et des paillasses, des libelles féroces. La seconde à remplacer le quartier de pomme enfermé dans les « beignets berlinois », par des petites cartes frappées aux armes de la maison de Savoie. La dernière enfin, à faire parvenir au préfet de police une missive dans laquelle il était annoncé que plusieurs machineries explosives avaient été dissimulées dans et autour du lieu de réception, tant et si bien que la fête fut purement et simplement annulée...

L'ultime semaine de mars, le théâtre Carignan annonçait une pièce au titre si exotique pour un Piémontais, *Le Troubadour portugais*, qu'elle ne pouvait être qu'un succès. La première devait avoir lieu en présence des autorités militaires, gouvernementales, civiles et religieuses, piémontaises et françaises, ainsi que de l'auteur, un certain Albert Dupuy, qui, précisait le programme, « avait fait spécialement le trajet de Quimper à Turin, en empruntant le nouveau tunnel du Simplon ». Ce mélodrame en deux actes – joué dans sa version piémontaise, pour s'attirer les grâces du public ! – était une occasion rêvée pour continuer de harceler l'occupant français. L'idée était de se disperser dans les loges du troisième, et, le moment venu, d'inonder le parterre de feuilles satiriques avant de s'évaporer en fuyant par les couloirs. Un personnage isolé, Aventino en l'occurrence, jetterait sur la scène un papier que le comédien serait sommé de lire, dès lors que le spectacle fini la toile se serait baissée. Un événement imprévu, au lieu de compromettre le projet d'Aventino et de ses amis, ne lui donna que plus d'éclat. À la fin du premier acte, le troubadour, guitare à la main et couronne de fleurs sur la tête, clôtura la dernière scène par ces mots :

– « Belle amie, tâchons d'oublier ensemble, par nos soins et notre amitié, toutes ces années de malheur. Ayez confiance, bientôt le monstre sera vaincu, nous serons délivrés de ses crocs, et la paix reviendra. »

Le « monstre » était un certain Lutulento, fantôme hantant le château de Coimbra, et qui n'avait rien à voir avec l'Empereur des Français ! Le public en décida autrement. Un tonnerre d'applaudissements, de hurlements, de rugissements d'approbation éclata dans la salle. Bientôt, tout le monde se retrouva debout. Il fallut, en toute hâte, jeter les feuilles satiriques. Tandis que pleuvaient sur le parterre des milliers de petits papiers de couleur, le désordre prit des allures d'émeute. On demanda l'auteur en criant et en trépignant.

– L'auteur ! L'auteur !

– Bravo ! Bravo !

– Qu'on nous l'amène !

– Le « monstre », c'est le *Tyran*, le « monstre » c'est l'*Ogre de Corse* !

– Qu'on lui enfonce la guitare dans le cul !

– Qu'on lui coupe les couilles !

Le rideau, après quelques instants d'hésitation, avait fini par tomber. Dans le tumulte, le troubadour, mal placé, le reçut sur la tête. Essayant de se relever, et tout en ramassant sa couronne de fleurs, il se retrouva seul sur scène entre le rideau et le public. On l'applaudit. On le loua. Sur l'air de la *Carmagnole,* une partie du public se mit à chanter : « Bientôt le monstre sera vaincu, nous serons délivrés de ses crocs, et la paix reviendra... » Aventino choisit ce moment pour jeter son message aux pieds de l'artiste qui ne savait que faire. Tout à coup, le parterre et les galeries se mirent à crier : « Lisez ! Lisez ! » C'étaient des cris à faire trembler les murs. Le troubadour voulut quitter la scène, mais c'était impossible. « Lis ! Ne sois pas lâche ! Lis, au nom du Piémont ! » L'acteur hésita un moment, se baissa pour ramasser le papier, le déroula, et jeta un coup d'œil sur son contenu. Les cris redoublèrent. Des rangs réservés aux autorités françaises et piémontaises, une voix s'éleva, celle du préfet Lavalette qui somma l'acteur de lire. Mieux valait s'attirer les bonnes grâces du public. Le malheureux acteur s'exécuta. Il s'agissait de stances rimées en l'honneur du retour des Savoie. C'était la première fois qu'on osait prononcer le nom de Charles-Emmanuel en public. Les applaudissements furent généreux et les coups de sifflet rares. On redemanda avec fureur une autre lecture. Les nouveaux aplaudissements furent si forts qu'Aventino crut que la salle allait s'écrouler. Il choisit ce moment pour s'éclipser. Alors qu'il se dirigeait vers la sortie, il jeta un regard sur le grand aigle doré qui décorait l'avant-scène. Le tumulte était général. Des cris se faisaient entendre de toutes parts :

– À bas l'Aigle !

– À bas le tyran !

– La croix de Saint-Maurice !

Il retrouva Ippolito dans le hall du théâtre. Ce dernier avait conservé, en souvenir de son passé perdu et non comme une marque d'allégeance, une ceinture qui était ornée de l'aigle impériale. Deux jeunes filles, occupées à hurler et à applaudir, le dévisagèrent avec horreur :

– Monsieur, vous portez les armes de ce monstre infâme !

Ce qui en d'autres temps eût pu passer pour une frivolité vestimentaire prenait à présent, tant les tensions étaient vives, l'allure d'un crime.

L'incident survenu au théâtre Carignan fut considéré à Turin et dans les environs comme un événement majeur, le signe que l'Aigle impérial n'en avait plus que pour quelques mois à vivre. Ce que confirmèrent une série d'événements qui en moins de six mois changèrent sinon la face du monde du moins d'une partie notable de l'Europe et de l'Italie. Le 31 mars, les Alliés entrèrent à Paris par la route de Bondy. Le 6 avril, Napoléon 1er abdiqua, et par là même renonçait, pour lui et ses héritiers, aux trônes de France et d'Italie. Moins de deux semaines plus tard, il s'embarquait pour l'île d'Elbe, laissant la place libre à Louis XVIII qui retrouva bientôt sa capitale dont les fenêtres, disaient les gazettes, étaient ornées « de guirlandes, de devises, de fleurs de lys et de drapeaux blancs ». Mais les choses ne s'arrêtèrent pas là. La machine était en marche, bouleversant toutes les pièces de l'échiquier sur son passage. Les Alliés commencèrent d'envahir l'Italie par le nord et par l'est ; les Anglais attaquèrent sur la Méditerranée, et Joachim Murat lui-même sembla vouloir tourner ses armes contre Napoléon. Le royaume d'Italie était attaqué de toutes parts. Le 28 avril 1814, les Autrichiens entraient dans Milan.

La grande vague arrachant définitivement l'Italie à la France continua de déferler. Le 21 juin, Victor-Emmanuel, de retour à Turin, reprit possession du Piémont, et l'on murmurait déjà dans les couloirs du pouvoir qu'il comptait bientôt annoncer aux Génois qu'il les intégrerait à son royaume. Le 6 juillet, les habitants de Parme, Plaisance et Guastalla, apprirent que leur territoire était constitué en duché. Le 16 juillet, François IV rentra à Modène et à Reggio, sous la protection des baïonnettes autrichiennes. Le 17 septembre, ce fut au tour du grand-duc Ferdinand d'arriver en Toscane. Jusqu'au prince de Monaco qui reprit possession de sa principauté, tandis que la minuscule République de Saint-Marin réorganisait son indépendance. Quelques mois après la chute de l'Ogre corse, l'édifice qu'il avait mis quinze ans à construire, dans le sang et le drame, tombait comme un château de cartes. L'Italie, à l'exception des pays cédés à l'Autriche, redevenait un territoire composé d'États souverains.

En se promenant dans sa serre, tenant Massa par la main, Aventino tentait de mettre de l'ordre dans le flot de pensées contraires qui lui traversait l'esprit. Dans quelle Italie allaient-ils désormais vivre ? À peine de retour, le roi de Piémont, qui avait dit en plaisantant qu'il avait « dormi pendant quinze ans », avait très vite été surnommé le « roi-Marmotte ». Ses intentions étaient claires, il effacerait toute trace du régime napoléonien, sans aucun discernement, et rétablirait la situation du siècle précédent, aussi bien dans les hiérarchies que dans les règlements. Le prince rachitique et son obèse épouse se retrouvaient dans la même piété mystique et pessimiste. N'ayant aucun goût pour le pouvoir et traumatisés par la Révolution, à peine installés, ils étaient déjà en train de déconsidérer totalement une monarchie qui avec quelques aménagements aurait pu connaître encore de beaux jours. Las, réouvrant l'almanach royal de 1793, ils rétablirent l'administration, la justice, les lois, les emplois, les titres et les fonctions, en l'état ancien. Ils s'approprièrent la ville de Gênes et la privèrent de toute liberté, livrèrent l'éducation aux jésuites, instituèrent des oblats de la sainte Vierge et des prêtres séculiers qui faisaient vœu spécial d'obéissance au pontife. Enfin, ils imposèrent leur loi en Toscane, à Modène, à Parme, et fermèrent les écoles d'art de Florence...

Oui, dans quelle Italie vivre désormais ? Celle des ignobles personnages qui, comme Lodovico Cernide ou Borghèse, pour se concilier les vainqueurs, se rappelant ce qu'ils avaient fait dans leur jeunesse à l'entrée des Français, avaient déjà renié leur cocarde ? Celle de ces gens d'autrefois qui servaient d'escorte aux dynasties rogues, usés, imbus de leurs vieux préjugés, pressés de récupérer leurs privilèges, le cœur plein de fiel, et disposés à bouleverser l'Italie d'aujourd'hui pour rétablir celle qu'ils ne pouvaient oublier ? Et tous ces généraux, ces préfets, ces profiteurs, ces politicards véreux qui avaient perdu leur honneur et leur emploi, prêts à tout pour que tout s'embrase puisqu'on les mettait au rebut ? Et ce clergé, s'employant à replonger l'Italie dans les ténèbres de l'ignorance, de la superstition et du fanatisme, et refusant désormais de borner son ministère aux affaires spirituelles ; de se contenter de prêcher la religion du Christ, qui n'aurait dû être que tolérance et charité ?

Massa s'arrêta devant les théiers. Une source jaillissait d'un rocher tapissé de capillaires et de fougères parmi lesquelles glissaient des lézards.

– Tu as l'air si soucieux, mon Aventino...

– L'invasion des Français a été infâme. Le retour des Autrichiens est inique.

– C'est si grave ? Ils ne sont pas en Piémont.

– Ils vont s'immiscer partout dans les affaires du pays. Leur fameuse prison du Spielberg, qui signifie, quelle ironie, le « mont de la joie », est déjà remplie d'Italiens patriotes.

– Tu ne veux pas quitter l'Italie, comme l'a fait Ugo Foscolo ?

– Non, je reste. Je reste à Cortanze.

– Pour finir ton livre sur le thé ? lui demanda la jeune femme en riant.

– Pour toi, et pour lutter. Quant au livre...

Massa l'embrassa tendrement.

Aventino sourit. Les théiers avaient résisté à tout ce temps de malheurs. Taillés en buissons, ils avaient atteint une hauteur d'environ un mètre cinquante. Une hauteur idéale. Ils portaient une quantité de petites fleurs blanches. Certains livres prétendaient que le théier figurait parmi les espèces cultivées les plus anciennes, pas moins de quatre mille ans.

– C'est enivrant, non ? dit Aventino, en pinçant une feuille...

– Oh, tu sais, moi j'ai déjà l'impression d'avoir vécu tant de vies...

– Quand tu cueilles le thé, le suc des feuilles finit toujours, au fil des heures, par noircir le bout des doigts, marmonna-t-il, pensif.

56

Nı l'un ni l'autre n'aurait pu dire comment ils en étaient venus à parler de mariage. Toujours est-il qu'en cette matinée d'automne jaunissant Massa se sentait comme une promise fébrile. Assise dans le lit, à côté d'Aventino, elle gesticulait de joie, imaginant le château semblable à une ruche où couturières, modistes, chausseurs, brodeuses, joailliers se succéderaient tout au long de la journée. Elle riait, haut et fort, disant qu'elle n'arriverait jamais à se décider, qu'elle changerait constamment d'idée sur les modèles, les étoffes, les garnitures, les dentelles. Que mesdemoiselles les modistes ne sauraient plus à quelles saintes se vouer, et que les couturières n'arrêteraient pas de coudre et de découdre le tulle et les rubans. Et qui inviter ? Certainement pas celui-là qui croit avoir un profil grec et ne se laisse regarder que de profil ! Ni cette autre, qui marche de biais, comme un homard, quand elle entre dans un salon !

– Et il faudrait que je prenne des leçons de belles manières, pour parfaire mes révérences. Et où trouver un bon coiffeur ? Et quels bijoux porter ?

En disant cela, Massa faisait de grands gestes, ouvrant les bras comme pour une offrande. Brusquement, elle en fut toute déséquilibrée et tomba du lit, entraînant dans sa chute le coffret qu'Aventino avait rapporté des Indes. L'incident était bénin. Le coffret ne s'était pas cassé, tout juste s'était-il ouvert, et Massa, qui ne s'était fait aucun mal, riait. Mais alors qu'elle avançait la main pour refermer le coffret, elle devint pâle et se mit à trembler. Cette pâleur, ces tremblements rappelèrent soudain à Aventino de tristes souvenirs... On aurait dit que Massa avait vu le diable en personne. Recroquevillée dans un des coins de la chambre, elle pointait le doigt en direction du sol, là où le coffret avait répandu son contenu : une boucle d'oreille ayant la forme d'une chaîne d'or enrichie de trois pierres précieuses de couleur verte.

– Pourquoi m'as-tu volé ça ? demanda-t-elle durement.

Aventino ne sut que dire. Il ne comprenait plus rien à cette vie qui, il y a encore quelques instants, était synonyme de joie, de frivolité, de projets. Il s'avança vers Massa :

– Je ne t'ai rien pris, voyons.

– Menteur ! Tu fouilles dans mes affaires ? cria-t-elle en se jetant sauvagement sur Aventino qui eut toutes les peines du monde à la maîtriser.

– Mais qu'est-ce que tu racontes, j'ai rapporté cette boucle d'oreille des Indes !

– Non, tu ne l'as pas rapportée des Indes, tu me l'as prise.

– Et où te l'aurais-je volée ?

– Dans ma boîte à secrets.

– Dans ta boîte à secrets ?

– Oui, celle qui se trouve dans mon ancienne chambre...

– Eh bien, va la chercher. Je reste ici, dit Aventino en arrachant la boucle d'oreille des mains de Massa qui éclata en sanglots.

– C'est tout ce qui me reste, Aventino. Je n'ai rien d'autre. C'est tout ce que j'ai de mon passé. Tu comprends ce que ça veut dire ? Je n'ai jamais vu ni mon père, ni ma mère. Cette boucle d'oreille, c'est la seule chose qui me rattache à ma naissance, à mon « enfance ».

Aventino déplia lentement ses doigts, contempla un instant le bijou dans la paume de sa main et de l'autre se saisit de la boucle qu'il passa dans le lobe de l'oreille de Massa.

– Maintenant, va chercher ta boîte à secrets.

Massa mit très longtemps à revenir, à tel point qu'Aventino fut tenté plusieurs fois d'aller la chercher. Quand elle réapparut, la boucle avait disparu de son oreille. Massa avançait, les deux poings fermés et tendus devant elle, comme une petite fille qui veut signifier qu'elle a caché un objet dans une de ses deux mains et qu'il faut trouver laquelle. Mais lorsqu'elle ouvrit une main puis l'autre, ce fut pour montrer à Aventino que chacune serrait une boucle d'oreille. Les deux bijoux étaient parfaitement identiques, ayant la forme d'une chaîne d'or enrichie de trois pierres précieuses de couleur verte. Aventino les prit : ils s'encastraient parfaitement l'un dans l'autre, comme les deux pièces d'un *puzzle*, ce jeu anglais composé d'éléments qu'il faut assembler pour reconstituer un sujet – ou une vie.

Ni l'un ni l'autre ne parlèrent. Chacun plongé dans ses questions, dans ce mystère qui les liait et qu'ils n'avaient pas les moyens de comprendre. Massa pensait en silence que le hasard finit toujours par trouver ceux qui savent s'en servir. Aventino, qu'il n'existe pas ; que tout est épreuve, récompense, prévoyance, punition. Mais dans le cas précis de cette histoire il ne voyait pas de quelle épreuve, de quelle récompense, de quelle prévoyance, de quelle punition, il s'agissait. Ce fut pourtant lui qui rompit le silence.

– Le tableau, Massa...

– Quel tableau ?

– *A.R. servant le thé à deux dames amies,* tu te souviens, tu t'en es débarrassée un jour. Où l'as-tu caché ?

– Je ne sais plus. Je ne veux plus le voir.

– Essaie de te souvenir, je t'en supplie. C'est très important.

– Pour toi, peut-être...

– Pour nous deux !

Massa effleura les deux boucles d'oreilles du bout des doigts :

– Je ne sais plus ; je ne sais plus.

– Massa, il y avait deux femmes qui portaient...

– Je le sais, Aventino ! Je ne le sais que trop !

– Alors, dis-moi où tu l'as caché !

– Je l'ai jeté dans l'escalier qui mène à la vieille prison et aux labyrinthes.

– Allons-y.

– Non, vas-y seul. Je t'attends ici.

Une heure après, Aventino était de retour. Le tableau était bien là où Massa lui avait dit de chercher, mais rongé par les rats. Seuls le cadre doré et le châssis, aux clous duquel tenaient encore de minces lambeaux de toile, étaient restés intacts.

– Que cherchais-tu, Aventino ?

– Une preuve...

– Une preuve n'a jamais été une vérité.

– Enfin, je ne sais pas, une certitude...

– Une certitude n'a jamais été une preuve.

Ayant cessé d'être le théâtre de guerres sanglantes, le Piémont se rétablissait peu à peu de ses souffrances ; commerce et industrie tentaient d'y retrouver leur ancien cours. On essayait ici et là de reprendre la culture du riz, les productions de céréales et de four-rage, de faire progresser l'élevage des vers à soie, et, en favorisant l'installation de manufactures, de ne pas manquer la transformation industrielle en gestation. Mais ce n'étaient là que mouvements de surface. Certes, les bals charmants, où l'on se rendait en masque de caractère, avaient de nouveau lieu, on recommençait à huer toute musique qui avait plus de deux ans d'âge, et les querelles violentes ne semblaient plus opposer que les partisans et les adversaires de Beethoven, mais la réalité quotidienne était ailleurs. Les libertés dont les hommes avaient joui, entre la chute de Napoléon et la réinstallation des anciens gouvernants, s'étaient rapidement évanouies, comme si elles n'avaient jamais été, tant leur existence avait été brève. Quelques semaines à peine, pour que l'espoir s'installe puis s'évapore. Peu à peu, l'Autriche s'était réinstallée dans ses vieilles pantoufles, créant bien plus que des tracasseries administratives ou des malveillances policières. On aurait pu au moins espérer que l'empereur d'Autriche et les souverains restaurés accommoderaient les intérêts de leur domination à une société qui avait changé. Il n'en fut rien. L'empereur d'Autriche en personne donna l'exemple, en faisant annoncer par le maréchal Bellegarde que les provinces italiennes de l'Autriche formaient désormais un État « lombardo-vénitien ». De la Cour des comptes au ministère des Finances, en passant par le Sénat et les corps législatifs, toutes les institutions furent abolies. Il n'y eut plus ni armée, ni état-major, ni artillerie, ni fabriques d'armes, ni génie. L'armée italienne fut dissoute, ses officiers destitués ou mis à la retraite, et ses soldats, vêtus de l'habit blanc, furent distribués sous différents régiments. Le code autrichien fut promulgué pour les délits politiques, la censure contre la presse rétablie, la dénonciation ordonnée comme un devoir ; quant aux canons autrichiens braqués sur la grande place de Milan, leur mèche était allumée en permanence. En un mot le drapeau jaune et noir avait remplacé la cocarde tricolore. Beaucoup de patriotes s'exilèrent, et Vincenzo Di Carello envisageait sérieusement de recourir à cette malheureuse solution.

La majorité des gens, sans se plaindre outre mesure, refusait de se révolter contre la tyrannie oppressive de l'Autriche, préférant l'ignorer et s'employer avec sérieux à jouir de la vie. Tel n'était pas le cas d'Aventino, qui ne savait pas encore comment agir, mais à qui l'attitude de ses compatriotes donnait la nausée. Derrière les façades jaunes des maisons piémontaises paradaient ceux qui s'étaient enrichis avec les allées et venues des soldats de toutes nationalités, leur vendant au triple de leur prix du fourrage, des vins, des femmes, profitant de tous les désordres humains et administratifs, des prétentions revanchardes, de la méfiance, du gaspillage, des bouleversements irrationnels, de la délation, de la peur, allant jusqu'à brûler les registres paroissiaux quand cela était utile à l'accomplissement de leurs forfaits. Pour Aventino, la famille Cavour était, de ce point de vue, exemplaire. Michel, élevé par Napoléon au rang de baron, avait dès le retour du roi dans ses États prêté allégeance à ce dernier ; quant à Philippine, baronne elle aussi, elle avait rapidement fait comprendre à Pauline Bonaparte, traquée et sans défense, qu'elle ne pouvait rester à ses côtés à cause d'une maladie de cœur qui la faisait terriblement souffrir.

Face à une Italie convalescente, qui avait épuisé ses réserves d'enthousiasme, les maîtres de l'heure, dont c'eût été une erreur de trop rire, dispensaient faveurs et places. Certes, comme l'avait très bien écrit le Français de Castries dans *La Gazette de Turin*, « ces revenants portaient des tenues insolites, affectaient des manières surannées et professaient des conceptions politiques dépassées, mais possédaient aussi la puissance politique avec tous les risques que cela impliquait pour leurs adversaires ». Ippolito Di Steloni en fit malheureusement les frais, et à la suite d'un malheureux concours de circonstances. Le 1er mars 1815, un violent coup de tonnerre retentit dans le ciel de l'Europe. Mettant à profit les ombres d'une belle soirée et le calme d'une mer tranquille, Napoléon, embarqué sur un brick de guerre, avec quatre cents hommes, venait de mouiller dans le golfe Juan, sur la côte de Provence. L'Angleterre avait laissé échapper Napoléon ! Déclaré par ordonnance royale « traître et rebelle » pour s'être introduit les armes à la main dans le département du Var, il était en train de reconstituer une armée. Le fait d'avoir combattu aux côtés des Français, avec le grade de colonel, ce qui était le cas d'Ippolito, était considéré comme crime de haute trahison. Il ne risquait rien de moins que la peine de mort. Napoléon débarquant, on craignit qu'il n'allât le rejoindre. Ippolito Di Steloni fut arrêté à l'aube et conduit à la prison du Spielberg.

Dans les jours qui suivirent l'arrestation d'Ippolito, Vincenzo Di Carello finit par se décider, la mort dans l'âme, à quitter ce qu'il appelait l'Italie autrichienne, et s'installer en France, afin d'y écrire des *canzoni* frémissants de douleur et de colère. Aventino et Massa en furent très affectés. Leur petit groupe d'amis s'amenuisait au fil du temps. Lodovico Cernide, lui, caméléon aux incessants changements de couleur, venait de rejoindre le camp autrichien en entrant au service d'un certain Loferlienz, baron au teint pâle et à la paupière sanguine, mais surtout premier magistrat du tribunal d'exception de Milan. L'atmosphère devenait délétère, irrespirable. Aventino se sentait empêché de tous côtés, comme séquestré dans son propre château, tant par la situation politique que par ses états d'âme. Il se sentait inutile et tourmenté. De plus, la perte de la petite toile le touchait plus qu'il ne l'avait tout d'abord pensé, et d'une façon étrange. Il se sentait comme orphelin, et pourtant, délivré d'un poids.

Une nuit que Massa dormait profondément à ses côtés, il se releva, prit les vieux papiers pliés trouvés tout au long de son périple aux Indes, et sans faire de bruit, s'installa dans la pièce qui avait longtemps servi de chambre à la jeune femme. Il se dirigea vers un petit secrétaire, l'ouvrit et en extirpa une liasse de papiers sur lesquels Massa avait rédigé ses textes. Ils étaient tous rassemblés dans une chemise ocre sur laquelle était écrit, en lettres majuscules et à l'encre rouge : MASSA. Il alluma plusieurs bougies et commença à lire et à relire ces lignes énigmatiques. Les Indes lui revinrent par grandes rafales chaudes, qui l'enveloppaient, le submergeaient. La lecture de ces pages avait un goût d'opium. Il y plongeait comme il l'aurait fait dans un fleuve roulant ses eaux vers une destination inconnue, ivre de ce qu'il était en train de lire. Soudain, il éprouva une vive chaleur aux tempes, comme si sa tête allait exploser. Ce qu'il était en train de découvrir le stupéfiait. Il recula sa chaise. Relut plusieurs fois les feuilles de papier soigneusement placées sous ses yeux. Il en déplaça encore certaines. Cela ne faisait plus aucun doute : les poèmes mis côte à côte dans un certain ordre prenaient soudain un sens évident. Ainsi, celui-ci, premier papier trouvé aux Indes : « *L'étranger, l'étranger/ ne lui donne jamais asile/ Il se lève la nuit/ et s'enfuit.* » Et cet autre, premier poème écrit par Massa au *manicomio* : « *l'infâme étranger !/ Ah ! l'étranger./ il fait un trou dans le mur,/ comme un voleur.* » Aventino les rapprocha, bord à bord, et lut à voix basse :

– « L'étranger, l'étranger, *l'infâme étranger !*
ne lui donne jamais asile. *Ah ! l'étranger.*
Il se lève la nuit, *il fait un trou dans le mur,*
et s'enfuit *comme un voleur.* »

Il poursuivit sa recherche. La partie de gauche du poème correspondait à un texte trouvé dans sa chambre le jour du retour de la famille du maharajah à Dibrougarh, et celle de droite avait été écrite au *manicomio* :

– « Où que tu ailles, *emmène-moi avec toi,*
je serai ta compagne de route. *Le long de la vie*
Je te ferai tantôt rire, *tantôt pleurer,*
Je veux vivre *dans ta jeunesse.* »

Chaque médaille avait ainsi ses deux faces, de leur réunion naissait un sens nouveau. Là encore : à gauche, les mots trouvés sur la natte de couleurs vives alors que les grêlons de la mousson commençaient à tomber. À gauche, un texte sans date « écrit à Cortanze », avait certifié Massa :

– « Les chrysanthèmes ont fleuri *dans ton jardin,*
leur ombre glisse *sur le mien.*
tout au long du jour, *mon désir se porte vers toi,*
la nuit, mon corps s'enflamme, *et jaillit l'éclair.* »

Chaque élément de la marqueterie était une confirmation. Chaque poème avait son double, son ombre, son prolongement qui l'achevait et lui donnait un sens, refermé sur lui-même, comme les deux coques d'une noix. Les parties n'étaient disparates qu'en apparence. Ces poèmes racontaient des histoires, dessinaient des visages. Tous, sans exception, comme ce dernier, qu'il avait « reçu » juste avant son retour en Italie : « *Ne pars pas là-bas/ ne me souhaite aucun mal,/ si je suis loin de toi,/ la nuit, tu me verras.* » Accolé au poème écrit par Massa, il donnait, ainsi complété, le texte suivant :

– « Ne pars pas là-bas *dans le monde des hommes,*
ne me souhaite aucun mal, *mon homme ;*
si je suis loin de toi, *j'apparaîtrai dans tes rêves,*
la nuit, tu me verras, *le jour, dans ton ombre.* »

Son premier mouvement aurait été de rejoindre Massa et de lui faire part de sa découverte. Mais cela était impossible. Le choc serait trop fort, et ce qu'il prenait pour une évidence de sa raison n'était peut-être que pure folie, pure coïncidence. Il n'avait aucune preuve attestant que les papiers trouvés aux Indes avaient été écrits par la *rajkumari*, et rien ne disait que les textes présentés par Massa avaient bien été rédigés par elle. Curieusement, d'ailleurs, la graphie des lettres qu'elle lui avait adressées d'Italie autrefois ne correspondait pas à celle des poèmes. Il rangea tous les papiers, sans faire de bruit, et retourna dans son lit. L'aube allait se lever et Massa dormait en souriant doucement.

Dans les jours qui suivirent, Aventino ne parvint pas à oublier sa découverte étrange. Il lui semblait qu'il avait trouvé une réponse mais que cette dernière ne répondait à aucune question. Encore une fausse preuve ! Encore un mensonge ! Il comprit que ce n'était jamais le bon moment pour évoquer son trouble avec Massa, et cela d'autant plus qu'elle devenait chaque jour plus enthousiaste, sereine, comme habitée de forces nouvelles, alors qu'Aventino maigrissait et se sentait gagné par une affreuse langueur. Un matin, alors qu'il pensait avoir enfin rassemblé assez de forces pour parler à Massa de ces préoccupations qui l'étouffaient lentement, un émissaire de la reine Marie-Thérèse vint frapper à la porte du château. Il était imprudemment vêtu d'un uniforme qui le faisait ressembler à un général anglais et à un pantin. Il portait des cheveux poudrés, et ne semblait savoir sur quel pied danser :

– Sa majesté la reine souhaiterait vous confier une mission magnifique.

Personne, en Piémont, n'ignorait le caractère autoritaire et la puissante austrophilie de Marie-Thérèse. Que pouvait-elle bien vouloir à Aventino ?

– Asseyez-vous, je vous en prie.

L'homme, âgé, faillit se casser en deux. Sans doute était-il né sous le règne du pape Clément XI, pensa Aventino.

– Cher marquis, peut-être vous souvenez-vous que l'occupation française avait interdit le traditionnel pèlerinage au sanctuaire de la Madone-des-Neiges. Votre ancêtre le chevalier Ghilion l'a créé, il y a plus de cinq siècles, de retour des croisades. C'est le plus haut pèlerinage d'Europe, 3 458 mètres. Il doit renaître. Son altesse sérénissime Marie-Thérèse souhaiterait que vous preniez la tête du cortège, en août prochain.

– Ma foi est trop hésitante... Ce serait péché.

– Dieu ferme les yeux sur certaines faiblesses ou imperfections lorsqu'elles servent sa cause. Et les Autrichiens y sont très favorables.

– Que viendraient faire les Autrichiens sur la Rochemelon ? On n'y monte qu'à pied, les broussailles déchireraient leurs uniformes blancs...

– Les autorités autrichiennes savent que vous avez lutté contre les Français. Vous pourriez jouer un rôle dans l'Italie nouvelle, entre l'Autriche et le clergé réinstallé dans son droit.

– Quelle perspective, en effet !

Imperceptiblement, l'homme changea de ton et d'attitude.

– Monsieur Roero Di Cortanze, les désirs de la reine sont des ordres.

– Je comprends bien, naturellement... Mais si je refuse ?

– Vous savez que l'Église fait procéder ici et là à des autodafés. J'ai laissé sur la place Vittorio Veneto une dizaine d'hommes en armes qui ne demandent qu'à intervenir.

– Et quelle en serait la raison ?

– Dénonciation. Vous savez très bien que les Autrichiens ont élevé la dénonciation au rang de vertu. Il paraîtrait que vous écririez des Mémoires, *Ricordi dei viaggi al India* ? Vous avez côtoyé des hérétiques... Vous évoquez aussi, je crois, dans ce livre, cette drogue étrange qu'on appelle le thé...

– Ce ne sont encore que de vagues projets, quelques idées jetées sur le papier, concernant de très lointains souvenirs...

– Votre bibliothèque familiale est, dit-on, remarquable, fourmille de livres interdits, démoniaques, d'archives, de titres de propriété, d'actes de vente...

Aventino se leva brusquement, et sans un mot, montra la direction de la porte à l'homme qui eut toutes les peines du monde à se relever.

– Hélas, je n'ai plus un seul livre, cher ami. Monsieur Vivant Denon, directeur du Louvre, accompagné de ses « observateurs », s'est servi, il y a bien longtemps ; faisant, par la même occasion, un passage prolongé par la galerie de portraits. Mais à ce qu'il paraît, l'heure serait à la restitution, et aux réparations... Repassez un peu plus tard, cher monsieur, quand tout ce qui m'a été volé m'aura été restitué...

57

C'ÉTAIT une belle fin d'après-midi d'été. La veille, Massa et Aventino avaient assisté, à Milan, à la première de *Francesca da Rimini*, œuvre dramatique de Silvio Pellico, qui n'était rien d'autre qu'une adaptation mollasse du « Chant V » de *L'Enfer*, mais que le public avait chaleureusement ovationnée. Aventino avait volontairement enfoui l'épisode des poèmes au plus profond de sa mémoire, et opté pour le silence. La vie reprenait, l'équipée napoléonienne s'était définitivement enlisée dans la boue de Waterloo, et sans doute était-il temps de regarder l'avenir, ce lieu si commode pour y mettre ses songes. Ils avaient voyagé toute la journée, passé plusieurs contrôles de la douane autrichienne, mais, malgré la fatigue, c'était comme s'ils venaient de gagner une journée de plus sur la bêtise et la méchanceté.

Un homme était assis sur la margelle du puits, dans la cour du château de Cortanze. Il vint vers eux, le visage sombre. C'était Jean Gall, l'ordonnance d'Ippolito. Avant qu'il n'ait prononcé le premier mot, Massa et Aventino comprirent qu'un drame avait eu lieu :

– Si on ne m'avait pas dit que c'était lui, je n'aurais pas pu le reconnaître. Le plomb l'avait défiguré. Il n'avait plus de visage. Un chien léchait son sang et sa cervelle.

Massa et Aventino étreignirent le jeune Alsacien qui pleurait doucement dans leurs bras. Les larmes du jeune homme empêchaient Aventino d'en verser.

– Que s'est-il passé ? demanda Massa.

– Mon colonel a d'abord été condamné à quinze années de *carcere duro* dans la forteresse du Spielberg. On pensait que le rescrit impérial allait adoucir la sentence. Ce fut tout le contraire : il a demandé la peine de mort.

Aventino avait du mal à contenir sa colère :

– Quand a-t-il été fusillé ?

– L'ironie du sort est parfois terrible, monsieur. On l'a tué le 22 juin, le jour de l'abdication de Napoléon !

– Accepterez-vous notre hospitalité, monsieur ?

– Non, je ne peux pas, répondit le jeune homme, j'ai juré de...

– Qu'avez-vous juré, monsieur ? Est-ce si grave ?

– Oui. La seule façon de voir mon colonel avant son exécution et après, c'était d'accepter de prendre du service dans l'armée autrichienne.

– La parole donnée à l'ennemi ne vaut rien !

– J'ai donné ma parole à mon colonel, monsieur. Je lui ai juré de le voir avant et après sa mort. Mon engagement était le prix à payer. D'ailleurs, on lui avait fait, ainsi qu'à ses compagnons de cellule, une proposition similaire : si vous intégrez l'armée autrichienne, nous oublierons la sentence. Tous ont accepté, sauf mon colonel.

– Qu'allez-vous faire, alors ?

– Rejoindre mon bataillon, à Venise. Je n'ai pas d'autre choix. À moins que je ne m'ouvre la gorge avant d'arriver au *Canalazzo*.

Au moment de quitter la cour du château, Jean Gall plongea la main dans une des sacoches de cuir accrochées au flanc de son cheval, et en sortit un sac contenant la ceinture ornée de l'aigle de Napoléon qu'Ippolito portait le fameux soir de la représentation du *Troubadour portugais*.

– J'allais l'oublier. Il tenait absolument à ce que je vous la donne. Il voulait vous écrire. On le lui a interdit. Il vous aimait beaucoup, monsieur, et vous aussi, madame. En Espagne, en Allemagne, en Russie, partout il me parlait de vous, et de Gênes, et de Turin.

Une ceinture frappée des armes de Napoléon, c'est tout ce qui lui restait de son ami très cher ! « C'est drôle », pensa Aventino, en regardant Jean Gall, tirer sur les rênes de son cheval. Le jeune homme avait quelque chose d'Ippolito jeune, de celui qui venait d'être admis à la *Société médicale d'émulation turinoise*, ce côté grave, lucide, et dans le même temps presque rêveur, aérien, comme si un peu de l'un était passé dans l'autre. Aventino se souvenait d'une conversation avec Ippolito, au sujet de la mort. Ils sortaient du *Tre Colli*, à Montechiaro d'Asti, un restaurant qui affichait fièrement sur sa porte : *Tabacchi e Giornali*.

– Mais non, Aventino, la mort n'est pas un mal.

– Comment peux-tu dire ça, à dix-huit ans ! Je savais bien que tu avais trop forcé sur le vin du patron !

– Absolument pas. La mort libère l'homme de ses maux. Elle le prive de tous ses biens, donc : lui enlève ses désirs.

– Jésuite !

– C'est la vieillesse qui est le mal suprême. Elle ôte à l'homme toutes les jouissances, ne lui en laisse que la soif, et apporte avec elle douleurs, souffrances, maladies...

– Pourtant, c'est la mort qu'on redoute.

– Et la vieillesse qu'on désire, mon cher marquis...

Le 22 juin 1815, Ippolito Di Steloni avait, à quarante-cinq ans, délibérement choisi, non pas la mort mais l'honneur, qui valait pour lui plus que la vie.

Il fallut des semaines avant qu'Aventino ne sorte de l'abattement profond dans lequel l'avait plongé la disparition de son ami. Le retour de Barnaba Sperandio qui avait, par on ne sait quel miracle, retrouvé son poste à l'observatoire de Bréra, l'aida progressivement à sortir de sa léthargie. Ce dernier, qui n'avait pas oublié sa promesse de faire décoller son aérostat pour fêter la défaite définitive de Napoléon, réinvestissait régulièrement le campanile de Cortanze afin d'y poursuivre la mise au point de son engin volant. L'« Ogre corse » venait de poser le pied à Sainte-Hélène. L'heure était historique et le moment venu de réaliser le plus vieux rêve de l'homme : voler. Penché sur sa table encombrée de papiers et d'instruments, Barnaba transpirait d'excitation, découpant, sciant, collant, prenant des mesures, recommençant dix fois la même opération, tout en égrenant devant Aventino les moments clefs de l'histoire de l'homme-oiseau.

– Lao Tseu, tu sais ce que dit Lao Tseu ? C'est le premier, au VIᵉ siècle avant Jésus-Christ. Tiens, passe-moi la paire de ciseaux.

– Je ne sais pas ce que dit Lao Tseu, non...

– « Jadis, une nuit, je fus un papillon voltigeant et joyeux. Puis je m'éveillai et je fus Lao Tseu. Qui suis-je donc ?

– ...

– Aventino, tu ne m'écoutes pas ! « Qui suis-je donc ? »

– Je ne sais pas.

– « Lao Tseu qui rêve qu'il est un papillon ou un papillon qui rêve qu'il est Lao Tseu ? » Voilà.

– Quoi, voilà ?

– Eh bien, c'est le premier homme volant !

Aventino ne répondit rien. Il repensait à Ippolito, à cette Italie qui leur avait tant coûté, au rôle qu'il devrait ou non y jouer.

– Et Archytas de Tarente ? Il a inventé une colombe construite en bois et propulsée « par l'air qu'elle recèle intérieurement » ! Tu vois, j'en étais sûr, ce qu'il faut c'est augmenter la circonférence du globe ; en faire le plus gros ballon qui ait jamais existé.

– Et si tout à coup, il se dégonfle ou explose ?

– En cas de chute, l'asphyxie vous tue en route !

– Charmant...

– Ne t'inquiète pas, Aventino... Dis-moi, combien reste-t-il de rouleaux de taffetas, là, juste derrière toi ?... Ne t'inquiète pas, je ne suis pas Simon le Magicien.

– Simon le Magicien ? demanda Aventino, en comptant les rouleaux, et en répondant : Une dizaine, pas plus...

– C'était à Rome, en 66 avant J.-C. Il s'est jeté dans les airs pour planer, et s'est tué..., répondit Barnaba, avant d'ajouter : Aventino, qu'est-ce qui se passe ? Je ne t'ai jamais vu dans un état pareil.

Aventino posa les outils qu'il avait à la main, et tenta d'expliquer ce qui le perturbait à ce point. La mort inutile d'Ippolito avait cristallisé une série de questions qu'il se posait depuis toujours quant à la suite de son existence ; il n'avait pas encore cinquante ans, et c'était comme si sa vie était déjà derrière lui. L'Italie, il en était sûr, ne se remettrait jamais du passage de Napoléon et des conséquences désastreuses qu'avait entraînées sur son sol la chute de l'Empire.

– Tu le sais bien, dit-il à Barnaba, il suffit de se promener dans n'importe quelle ville. La population a diminué de 20 %. Tu te rends compte ! Les rues sont pleines de mendiants, le typhus est partout. Des familles entières d'ouvriers viennent dans les couvents boire la soupe populaire. Jusqu'à la petite bourgeoisie qui vend son linge et ses meubles pour survivre ! L'Italie ne s'en relèvera jamais. Voilà ce que nous a laissé Bonaparte : la faim et l'humiliation ! Ah, et puis j'oubliais, un pont de pierre qui enjambe le Pô et des chansons piémontaises dans lesquelles on chante la tristesse, le sang et l'argent. Barnaba, quel rôle vais-je jouer, moi, dans cette Italie-là ?

– Tu ne vas tout de même pas partir en France comme Vincenzo ?

– Non, évidemment.

– Tout reste à faire. Il faut passer au travers des mailles du filet du vieil antagonisme entre les Habsbourg et les Savoie, dépasser les querelles entre conservateurs rigides et modérés réformistes, souvent francs-maçons.

– Le plus inquiétant ce sont les groupes régionaux, rétifs à l'appareil gouvernemental, et qui sont tentés par l'autonomie.

Tandis que les deux hommes parlaient, montait de la rue une chanson.

– C'est Pietro, le boulanger, qui pétrit son pain. Tu entends ?

– *« La Pôvra Olanda/ C'est la femm' d'un tambour/ De toutes' les tavern 'ell' fait l'tour/ Pour chercher son mari... »*, répondit Barnaba.

– Tu comprends ce qu'il dit ?

– Non.

– Le problème, il est là. C'est la langue qui a conduit les troupes italiennes engagées auprès des Français à la défaite. Les soldats ne se comprenaient pas entre eux ! Il n'y a que les intellectuels et les riches citadins à parler l'« italien », les autres ne s'expriment que dans les dialectes régionaux.

– Eh bien voilà, tu l'as trouvé ton combat, Aventino : l'unité italienne.

– Oui. Ne serait-ce que pour montrer à ce fat de Talleyrand que l'Italie peut être un véritable État unitaire, justifié par le principe de la légitimité monarchique.

– Ce serait une première.

Aventino sourit :

– C'est vrai. Si on veut être honnête et parler d'un royaume d'Italie proprement dit, formé de l'Italie entière, sans aucun appendice, il faut remonter au règne d'Odoacre, et ça n'a duré que quatorze ans...

– Donc, mon ami, tu vas t'engager dans la politique. Comme tes ancêtres. Les Roero Di Cortanze ne savent décidément pas faire autre chose.

– Je finis par croire que c'est vrai...

– Et le thé, on n'en parle plus ?

– Non, répondit Aventino, le regard vague. Il me reste un livre que je ne finirai sans doute jamais, et des souvenirs que je ne peux partager avec personne.

– Même avec Massa ?

– J'ai essayé, mais ça ne marche pas, et je n'arrive pas à comprendre pourquoi. Ce pourrait être simple, et c'est très compliqué. Comme si, dans cette affaire, il y avait un secret, un danger. C'est une histoire qui devrait être merveilleuse, riche, et qui est en réalité petite, étriquée, réduite aux dimensions des pieds de théiers qui sont relégués dans la serre. Je devrais avoir un jardin de thé, vert, flamboyant, exubérant, et j'ai un plant qui végète, auquel il manque les pluies de mousson, les tigres, les éléphants, les tribus anthropophages, les rites sanglants.

– Tu as l'air bien amer.

– Les nouvelles d'Assam sont très tristes... À moins que les feuilletonistes inventent des histoires pour les Européens...

– C'est-à-dire ?

– La récolte du thé est très délicate et exigeante, et elle est à l'origine des légendes les plus folles : singes dressés, vierges pures, musique exécutée pendant la cueillette qui doit s'effectuer juste avant que la rosée ne soit évaporée. Tout ça fait rêver... On aimerait tellement pouvoir croire à ces contes...

– Et ce n'est pas la réalité ?

– Non. La réalité du thé, c'est l'esclavage et la servitude. Surtout aujourd'hui. Les choses ont bien changé depuis mon voyage aux Indes. Les Anglais sont en train d'y créer des jardins de thé, et essaient d'industrialiser tout le processus. Ils ont besoin d'une main-d'œuvre nombreuse et qualifiée, et comme elle n'existe pas en Assam, ils la font venir du Bihar, de Chota Nagpur, de Bénarès. On assiste à des déplacements de population considérables, à de véritables déportations. Les conditions climatiques sont épouvantables, les trajets interminables. Les ouvriers sont enfermés dans des camps. Epidémies de malaria, malnutrition, mauvais traitements. Les *coolies* meurent par milliers.

– Je croyais que tu voulais introduire la culture du thé en Italie ?

– J'en ai eu la tentation. Une tentation un peu folle, tout de même ... Tout cela est bien terminé, et j'ai de plus en plus de mal à parler sereinement du thé. Toute la littérature écrite à son sujet, à présent m'ennuie. Bien sûr, on peut rêver sur la variété *Assamica* et sa liqueur « charpentée, corsée, vigoureuse, puissante, tannique, astringente, épicée, d'un rouge profond et intense », mais je ne peux m'empêcher de penser que derrière cette littérature européenne, ces salons de thé, ces philosophies de nantis, ces propos de boudoir, il y a les canonnières de l'*East India*, des tribus décimées, et un thé de plus en plus médiocre. En passant du thé aux feuilles entières au thé brisé puis bientôt broyé, on aura certes de moins en moins de pertes sur la récolte, mais aussi de moins en moins d'arôme.

– Tu regrettes ton voyage aux Indes ?

– Non. C'est l'événement principal de ma vie... Je peux le dire, maintenant. Juste avant mon imminent premier voyage en aérostat, ajouta Aventino, qui manifestait ainsi son désir de changer de sujet de conversation...

– Tu y tiens toujours ?

– Bien sûr. À moins que tu ne sois pas prêt...

– Ce n'est plus qu'une question de météorologie. Demain, après-demain, dans une semaine ? Il faut un ciel clair, dégagé, du vent mais qui ne souffle pas en tempête.

– Les risques d'accident sont réels ?

– Fuite de gaz, ballon gonflé à éclater, les oreilles qui saignent, l'air qui manque, l'angoisse, la peur, le vide immense qui attire, le vertige qui pousse dans l'abîme... Rien de bien sérieux.

Décidément, tout rentrait dans l'ordre. Après une absence de neuf ans, le roi des Deux-Siciles avait fait un retour triomphal dans sa capitale, accueilli par des Napolitains qui laissaient éclater leur enthousiasme ; Murat, condamné à mort par une commission militaire, avait été fusillé ; et Victor-Emmanuel se ridiculisait avec une constance royale tant à l'extérieur qu'à l'intérieur du Piémont. L'aérostat *À Buon Rendere*, hommage de son constructeur à son mécène, pouvait enfin tenter son ascension dans le ciel sans nuage du Montferrat.

D'une conception nettement plus élaborée que celui de tous ses illustres prédécesseurs, le *À Buon Rendere* était construit en papier gros raisin, soutenu par un réseau de fils, doublé de papier brouillard et recouvert de taffetas. Il comportait en outre une calotte supérieure renforcée, constituée d'un croisillon de rubans fixés par des boutons. Deux écoles s'affrontaient quant au moyen de propulsion. La première prônait l'air chaud, la seconde, à laquelle appartenait Barnaba, défendait l'hydrogène. Si l'obtention de ce gaz précieux était une opération délicate bien que parfaitement maîtrisée, sa conservation à l'intérieur du ballon posait quelques problèmes. On venait récemment de découvrir en Guyane un arbre aux propriétés extraordinaires, l'*Hhévé*, que les savants proposaient de latiniser en *hevea*, et qui contenait un latex, un lait, dont l'on extrayait une gomme élastique : le *caoutchouc*. Barnaba, contre l'avis de l'Académie des Sciences de Turin, l'utilisa pour imperméabiliser l'enveloppe de son aérostat. Ces engins avaient des formes singulières. Barnaba délaissa la « poire », qu'il trouvait inesthétique ; la « pomme », jugée dangereuse ; et opta pour le « melon », parce qu'il avait un goût immodéré pour les cucurbitacées, et adorait le proverbe qui disait : « Les maris sont comme les melons ; il faut en essayer plusieurs pour en trouver un bon. » L'aérostat *A Buon Rendere*, avait donc la forme d'un melon, décoré en sa partie supérieure d'une frise de petites croix de Saint-Maurice, et sur toute sa circonférence du blason couleur de sang, orné de trois roues argentées, des Roero Di Cortanze. Une nacelle, faite de tiges de rotin tressées et renforcées de ceintures de cuir, accrochée par des corolles, se traînait avec nonchalance sous le monstre enflé de gaz..

On avait choisi la cour intérieure du château, de proportions plus modestes que la place Vittorio Veneto, mais garantissant une certaine discrétion. Bien que tout le Montferrat fût au courant des préparatifs de l'expérience, Barnaba n'avait pas souhaité donner à l'événement un lustre susceptible de lui nuire. La vraie science n'avait pas besoin des paillettes de la gloire, et cela d'autant plus que les prêtres et les Autrichiens n'auraient pas manqué de tirer on ne sait quel parti de cette tentative historique. Il avait été convenu qu'un ordre très strict réglementerait la montée dans la nacelle : Aventino, suivi de Massa, puis, en dernier, Barnaba. Équipage dont la composition avait été tenue secrète jusqu'à la fin puisque l'Académie des sciences déconseillait vivement l'embarquement de femmes à bord des « globes », dans le but louable « d'épargner les organes délicats que la pression de l'air risquait d'affecter ». Que le vol réussisse ou non, Massa serait la première « Vénus aérostatique ».

À mesure que le temps passait, une certaine fébrilité gagnait les quelques privilégiés qui avaient été conviés à participer à l'expérience. L'énorme brasier destiné à fabriquer le gaz qui devait gonfler l'enveloppe ronflait comme un dragon dont les flammes venaient presque lécher les murs du château qu'on avait, au préalable, aspergés d'eau afin de prévenir tout accident. Le ballon gonflé, on le tira, comme une sorte de colosse aveugle, au moyen de lourds cordages, près de la nacelle. L'assemblage des deux parties terminé, il ne restait plus que de monter à bord. Massa, de la fenêtre de la chambre, fit signe à Aventino qu'elle descendait le rejoindre.

– À quoi peuvent bien servir les ballons ? demanda Felicita à Barnaba, essayant vainement par cette question de faire remettre à plus tard cette folie inutile.

– À quoi peut servir l'enfant qui vient de naître ? lui répondit-il, comme si une telle réponse pouvait rassurer la vieille servante qui regardait Aventino en hochant la tête.

Le ballon se dandinait sur sa queue molle, tandis qu'on accrochait aux tresses du filet des sacs de sable destinés à réguler son ascension et sa descente.

– Que fait Massa ? demanda Barnaba qui commençait de s'impatienter.

– Elle arrive, lui dit Aventino. Profites-en pour me rappeler les dernières instructions, ce que je dois faire et ne pas faire.

Depuis des semaines que les deux amis travaillaient au projet d'aérostat, Aventino se sentait capable de s'occuper seul de la marche à suivre. D'ailleurs, de toute évidence, la prochaine sortie en ballon, il l'effectuerait sans Barnaba !

Massa arriva enfin, habillée d'une robe légère presque transparente, les vêtements chauds : houppelandes, *passe-montagnes* et couvertures ayant été entassés dans une malle arrimée au fond de la nacelle. Elle portait à chacune de ses oreilles les boucles ayant la forme d'une chaîne d'or, enrichie de trois pierres précieuses de couleur verte, et à la main un rouleau de papier.

– Que comptes-tu en faire ? lui demanda Aventino.

Massa sourit :

– C'est mon secret, tu verras...

Barnaba l'aida à monter, tout en donnant les derniers ordres. Elle retroussa sa robe qu'elle tenait à la main comme un bouquet. Il faisait une chaleur d'enfer. Afin de faciliter les manœuvres, Barnaba avait accroché aux filins qui reliaient la nacelle au globe deux glaces de bonnes dimensions dans lesquelles on pouvait se voir, voir et observer. Massa se regarda dans les miroirs en riant :

– Pour que les dames s'apprêtent, quel luxe ! Il ne manque plus qu'une baignoire.

La masse énorme, ballottée de droite et de gauche, grognait sous le vent. Il était temps de partir. Alors que Barnaba sur le point de monter dans la nacelle commençait de crier : « Lâchez, lâchez tout ! », une bourrasque soudaine le jeta à terre. Le ballon fit une embardée, cassa les deux grosses cordes qui le retenaient encore au sol, et commença lentement à s'élever à la verticale. Il était impossible de revenir en arrière. Barnaba hurlait :

– Tenez bon ! Lâchez encore ! Foutredieu, tenez-vous à la nacelle !

Une partie des personnes présentes, croyant que Barnaba était bel et bien dans la nacelle, applaudissaient, et agitaient leur chapeau en criant : « Bon voyage ! À bientôt ! Merveilleux, ils s'élèvent ! Ils vont toucher les nuages ! » Avant que Massa et Aventino ne comprennent ce qui leur arrivait, le ballon avait déjà pris de la hauteur, en pleine ascension, il était parfaitement inutile de jeter le *guiderope*, ce cordage qu'on laissait traîner sur le sol au moment de l'atterrissage pour diminuer sa vitesse et faciliter sa descente ; « queue teigneuse », comme l'appelait Barnaba, qui s'accroche à tout ce qui traîne...

Il fallut moins de sept minutes à l'aérostat pour atteindre deux mille mètres d'altitude. Le château, sur sa colline, était minuscule, comme les terres qui le cernaient. Les cris avaient depuis longtemps disparu. Massa et Aventino nageaient en plein espace. Aventino songea à cette phrase de l'astronome français Joseph Lalande, que lui avait rapportée Barnaba, amusé : « Il est démontré impossible dans tous les cas qu'un homme puisse s'élever dans les airs et même s'y maintenir. Il n'y a donc qu'un ignorant qui puisse former des tentatives de cette espèce. » N'était-ce pas ce même Lalande qui affirmait que l'homme, pour voler, aurait besoin de confectionner des ailes de plus de cent quatre-vingts pieds de longueur ?

Perdus ensemble dans l'immensité du ciel, ni Massa ni Aventino n'avaient peur. On leur avait dit qu'ils mourraient brûlés par la foudre, qu'un arbre les éventrerait, qu'une corde casserait et les étranglerait, que la nacelle se fendrait, que le ballon crèverait, qu'ils éprouveraient l'angoisse affreuse du vertige. Mais rien de tout cela ne se produisit. Absolument rien. Au contraire, ils éprouvaient une totale sérénité. Il fallait si peu de temps pour être loin de tout, si loin. De temps en temps, ils se penchaient très bas sur le balcon de la nacelle, pour éprouver le vertige. En vain. Ils n'éprouvaient que le silence et le bruit des cordages. Ils croisaient des oiseaux mais ne les entendaient pas. Les maisons en contrebas n'étaient plus que de minuscules champs de pierres grises, les lacs des baignoires, les routes des fils emmêlés. Il n'y avait, dans toutes ces choses, rien d'effrayant. Et lorsqu'ils levaient la tête, c'était comme s'ils pouvaient toucher le ciel avec leurs doigts. À quatre mille mètres, ils eurent les tympans assourdis et fatigués jusqu'à la douleur, mais cette impression fut de courte durée, en jouant avec les sacs de lest, Aventino put faire redescendre le ballon. Au-dessus de leurs têtes les nuages s'enroulaient en balles de ouate blanche et au-delà des montagnes, dans le lointain, flottaient de molles vapeurs. C'était certain, ils allaient passer la nuit dans les nuages et voir s'allumer les étoiles. Le ballon dérivait vers le sud. Ils crurent reconnaître Alessandria ; Tortonia, et sa cathédrale au milieu de la plaine ; Bobbio et ses collines de vignes et d'oliviers. De temps en temps, Aventino jetait des sacs vides.

– On pourrait entasser des montagnes entre la terre et nous, dit Massa.

– Plus pour très longtemps.

– Pourquoi ?

– Quand on est poussé vers un obstacle, une montagne, un arbre, les mâts d'un navire, il faut alléger le ballon, jeter du sable, pour remonter. Nous n'en avons plus beaucoup.

– Ce qui signifie ?

– Qu'à la prochaine descente on ne remontera plus, répondit Aventino qui imaginait déjà la nacelle arriver à terre, la toucher, bondir et rebondir plusieurs fois, tandis qu'on matait le monstre, qu'on le bloquait avec des cordages pendant qu'il vomissait ses ultimes flots de gaz, se tordant sous le vent, avant de finir, terrassé, vaincu, par s'étendre sur le sol comme un immense rhinocéros.

– Alors, accomplissons vite ce que nous avons à accomplir, murmura Massa, en donnant à Aventino le rouleau de papier qu'elle avait emporté avec elle.

– Qu'est-ce que c'est ?

– La réponse à l'énigme.

Aventino fit glisser le petit ruban et déroula les feuilles de papier sur lesquelles étaient écrits les poèmes réunis deux par deux et classés. Avant qu'Aventino ne dise quoi que ce soit Massa lui mit la main sur la bouche :

– Ne me dis pas que j'ai fouillé dans tes affaires. Tu as fait de même.

– Je ne dis rien, mon amour, mais je ne comprends rien...

Massa inclina vers eux un des miroirs de la nacelle, prit la feuille de papier qui servait de chemise à l'ensemble et sur laquelle elle avait écrit MASSA, et la mit devant lui.

– Que lis-tu ?

Aventino retint sa respiration :

– ASSAM.

– Massa. Assam. Massa. Assam.

– Une seule et même personne ?

– Massa c'est Assam... Tu as bien été un tigre.

– Mais tu n'es tout de même pas la même...

– Regarde, dit Massa, en montrant à Aventino les immenses carrières de marbre à ciel ouvert qui encerclaient la région de Massa Ducale. Ma ville, ajouta-t-elle en lançant par-dessus bord les feuilles de papier qu'elle avait déchirées en milliers de petits morceaux blancs qui voletaient dans le ciel, accompagnant un court instant le ballon avant de disparaître à jamais.

– Massa Ducale, comment avons-nous pu y arriver en si peu de temps ?

– Je savais bien que nous y retournerions ensemble !

Massa était folle, folle de joie. Elle remonta ses jupes et vint se coller contre Aventino.

– Viens, maintenant, ici.

Le ciel était très bleu. La lune blanche inondait d'un reflet d'argent le bleu profond de la mer qui scintillait le long des côtes de la *Riviera di Levante*. Bientôt, il n'y eut plus qu'une vaste étendue bleue de ciel unie à une étendue bleue de mer. L'air était transparent et clair. Accrochée à Aventino, Massa le sentait aller et venir en elle, et quand ils perdirent ensemble la tête, ce fut comme s'ils prenaient à eux deux la mesure de l'univers.

LE MADRID DE JORGE SEMPRUN, Le Chêne, 1997.

HEMINGWAY À CUBA, Le Chêne, 1997.

ZAO WOU-KI, La Différence, 1998.

JEAN-MARIE GUSTAVE LE CLÉZIO : LE NOMADE IMMOBILE, Le Chêne, 1999.

L'ACIER SAUVAGE (avec des photos de Hélène Moulonguet), Actes Sud, 2000.

PHILIPPE SOLLERS OU LA VOLONTÉ DE BONHEUR, ROMAN, Le Chêne, 2001.

UNE CHAMBRE À TURIN, Éditions du Rocher 2001, prix Cazes-Lipp 2002.

Poésie

AU SEUIL : LA FÊLURE, PJO, 1974.

ALTÉRATIONS, Éditions d'Atelier, 1973.

U. CENOTE, Alain Anseuw éditeur, 1980.

LOS ANGELITOS, Richard Sébastian Imprimeur, 1980.

LA MUERTE SOLAR, Pre-textos, 1985.

JOURS DANS L'ÉCHANCRURE DE LA NUQUE, La Différence, 1988.

LA PORTE DE CORDOUE, La Différence, 1989.

LE MOUVEMENT DES CHOSES, La Différence, 1999, prix SGDL-Charles-Vildrac 1999.

Anthologies

HUIDOBRO/ALTAZOR/MANIFESTES, Champ Libre, 1976.

AMERICA LIBRE, Seghers, 1976.

UNE ANTHOLOGIE DE LA POÉSIE LATINO-AMÉRICAINE, Publisud, 1983.

LITTÉRATURES ESPAGNOLES CONTEMPORAINES, Éditions de l'Université Libre de Bruxelles, 1985.

CENT ANS DE LITTÉRATURE ESPAGNOLE, La Différence, 1990.

Cet ouvrage, composé
par I.G.S. - Charente Photogravure
à L'Isle-d'Espagnac,
a été achevé d'imprimer sur Roto-Page
par l'Imprimerie Floch à Mayenne,
pour les Éditions Albin Michel
en novembre 2002.

N° d'édition : 21325.
N° d'impression : 55757.
Dépôt légal : août 2002.
Imprimé en France.